ELENA
GARRO

ELENA GARRO

NOVELAS BREVES

Prólogo de
Jazmina Barrera

Cuidado de la edición de
Álvaro Álvarez Delgado

ALFAGUARA

El papel utilizado para la impresión de este libro ha sido fabricado a partir de madera
procedente de bosques y plantaciones gestionadas con los más altos estándares ambientales,
garantizando una explotación de los recursos sostenible con el medio ambiente y beneficiosa para las personas.

Novelas breves. Elena Garro

Primera edición: octubre, 2022

ISBN: 978-607-382-099-8

Impreso en México – *Printed in Mexico*

Índice

Nota del editor

Durante buena parte de su vida, a Elena Garro, la idea de escribir en vez de leer le parecía *tan absurda*, que incluso llegó a afirmar: "Yo no pensaba en ser escritora". Cuando en 1957 "debuta" como dramaturga, en 1958 como cuentista y en 1963 como novelista, sin que ella misma se refiriera a su labor periodística en la década de los 40, lo hace, como bien señala Emmanuel Carballo, "tardíamente [pero] dueña de un oficio, de un lenguaje poético y eficaz, de una sabiduría burlona con los cuales construye sus obras". Al momento de hacer esta declaración, Carballo tiene en cuenta, como buena parte del público lector, incluso en la actualidad, los libros: *Un hogar sólido*, *Los recuerdos del porvenir* y *La semana de colores*, cuando el silencio que cubrió tanto a la escritora como a su obra durante poco más de diez años, recién empezaba a desaparecer y el grueso de su producción literaria iba siendo publicado a intervalos, hasta poco después de la muerte de su autora, en ediciones que, hoy en día, resultan de muy difícil acceso para toda aquella persona interesada en conocer más de la propuesta literaria de Elena Garro.

En este último punto reside el principal atractivo de estas *Novelas breves*, compuestas por: *La casa junto al río*, *Y Matarazo no llamó...*, *Inés*, *Un corazón en un bote de basura*, *Busca mi esquela*, *Primer amor* y *Un traje rojo para un duelo*, novelas que, además de ser la primera ocasión en que son publicadas en conjunto, ofrecen a sus lectores un perfil más completo de la producción total de Elena Garro. Se trata de obras ideadas o escritas a la par de otros textos publicados antes de 1980 que, además, inicialmente fueron concebidos como cuentos (caso de *Inés*) o bien, como obras de teatro (*Un traje rojo para un duelo*). Este punto, poco atendido por la crítica, nos lleva a considerar la trayectoria literaria de Garro como una búsqueda temática y formal continua: además de su reiterado y justo rechazo a ser considerada como parte del realismo mágico (observación basada, sobre todo, en sus tres primeros libros publicados), hay que considerar el aspecto fragmentario de su producción, así como la reiteración de ciertos temas, tratados tanto en el resto de su obra como en las *Novelas breves*.

Así, y por mencionar unos cuantos ejemplos, la lucha del individuo por preservar tanto su individualidad como sus ideales, en un ambiente ajeno, hostil, y aun a costa de su propia vida, es lo que une a Consuelo, Eugenio Yáñez e Inés, protagonistas de las tres primeras novelas que aparecen en esta edición. Pero la búsqueda de formas expresivas y de diversos ángulos de esta problemática no se detienen ahí, ya que sostienen una relación con personajes centrales de otras obras, como Felipe Hurtado, Felipe Ángeles, Mariana o los dos personajes femeninos que transitan por las páginas de *Andamos huyendo Lola*. Por su parte, *Un corazón...*, *Busca mi esquela* y *Primer amor* establecen paralelismos temáticos, narrativos, descriptivos y ambientales con cuentos como "Invitación al campo", "La vida empieza a las tres" o "La feria o De noche vienes", con personajes femeninos tan enigmáticamente inaprehensibles y, en buena medida, incomprensibles, de manera muy similar a lo que ocurre con Laura Aldama, Lucía Mitre o Blanca, protagonistas de diversos cuentos de *La semana de colores*. Finalmente, *Un traje rojo para un duelo* ofrece nuevas perspectivas a historias como "La mudanza", "La señora en su balcón" o "Parada San Ángel", al ofrecer no sólo personajes y ambientes similares, sino también escenarios y problemáticas afines, como si se tratara de un universo fragmentado.

Lo anterior no resta valor a las particularidades de cada una de las *Novelas breves*, sino que pretende establecer apuntes y líneas de lectura referentes a los vasos comunicantes que pudiera haber entre estas y el resto de la producción de nuestra autora. Así como resulta erróneo acercarse a la producción literaria de Elena Garro desde la perspectiva del realismo mágico, es necesario leer y releer estas novelas bajo la óptica de una mujer, de una escritora, cuyo interés por la búsqueda de diversas formas de expresión literaria asume sus riesgos y la mayoría de las veces resulta lo suficientemente bien lograda como para ofrecer una de las escrituras más originales, auténticas e inimitables de la literatura hispánica de todos los tiempos.

En cuanto a los criterios de edición respecta, se puede señalar que, salvo la primera edición de *Un hogar sólido* (1958), el resto de la producción editorial de Elena Garro ha debido "padecer" algunas inadvertencias de índole diversa que han tenido que ser corregidas en buena parte de las ediciones más recientes de la obra de Garro. En el caso de *Novelas breves* se puede ejemplificar que dichas inadvertencias pueden ser ortográficas ("acechanzas" por "asechanzas"), léxicas ("volvió a repetirse" por "se repitió";

"cañonazo" por "cachazo", en referencia a un golpe dado con la cacha de una pistola) y sintácticas ("cruzó la casa apagada en silencio" por "cruzó en silencio la casa apagada"). Si se toma en cuenta que la escritora estuvo varios años fuera del país en reiteradas ocasiones y que buena parte de ese tiempo vivió en Francia, resulta comprensible la esporádica aparición de algunos galicismos. Uno de los más notables, al aparecer en novelas distintas, resulta ser un verbo: "repandir" o "repander", proveniente del francés *répandre*, cuya traducción al español sería "propagar", "extender", "difundir" o "esparcir", pero no "repandir" ni "repander", que no existen en nuestro idioma. Un último tipo de trabajo de edición podría ser considerado de índole "cultural", con casos como *El diálogo de las Carmelitas* por *Diálogos de carmelitas*. Aunque la revisión (en los aspectos señalados) de las siete obras aquí reunidas se hizo de manera cuidadosa, no pretende ser exhaustiva. Finalmente, es preciso señalar que se tomó como texto base las primeras publicaciones de cada una de las novelas, pues las que han sido publicadas tanto en México como en el extranjero parten de ellas. En resumen, fueron estos los aspectos en que se centró la edición de las *Novelas breves* de Elena Garro, que Alfaguara pone a disposición de antiguos y nuevos lectores de una obra que aún tiene mucho por mostrar.

Álvaro Álvarez Delgado, 2022

Prólogo para leerse al final

¿Quién ha leído a Elena Garro?

Hice una pequeña encuesta entre 40 personas dedicadas a la literatura y algunas otras lectoras frecuentes. Les pregunté si habían leído a Elena Garro, cuándo la leyeron por primera vez y cuál fue el primer libro que leyeron. El 17% no la había leído, el 20% la leyó en la preparatoria, el 6% en la universidad y el 39% la leyó por su cuenta. Quién sabe qué habría pasado si les hubiera preguntado, por ejemplo, por Rulfo, con quien Garro ha sido comparada varias veces, o por Octavio Paz, el premio Nobel que fuera esposo de Garro por veinte años. Sospecho que casi todos los encuestados los habrán leído en la secundaria o en la preparatoria, porque estos contemporáneos de Garro son lecturas obligadas en la educación básica de México, a mí, por lo menos, me los metieron hasta en la sopa.

A pesar de que el 83% de las personas a quienes pregunté sí la habían leído, varias de ellas decían tener la sensación de que Elena Garro es todavía una escritora, por así decirlo, de culto. No creo que mi pobre encuesta dé para sacar muchas conclusiones, pero sí pienso que esa sensación puede deberse a que la mayoría de esas personas se encontraron con Garro lejos de las instituciones. Mi generación, y otras anteriores, leía a Garro como un descubrimiento, un secreto oscuro y poderoso. El hecho de que Garro no haya ingresado del todo a las listas de lecturas obligatorias hace que menos lectoras y lectores conozcan sus libros, pero la mayoría de quienes sí la leen lo hacen porque se les pega la gana, no porque algún señor profesor se los ordene. Muchos nos adentramos en su obra sin prejuicios, sin saber nada de su vida, de su estilo o sus referencias, completamente abiertos al misterio y el hechizo de sus palabras, así sentimos sus libros como un tesoro escondido, íntimo y propio. El crítico Emmanuel Carballo dijo que Garro: "Es como una escritora clandestina, hay que hablar en voz baja de ella para que nadie lo sepa porque nos puede pasar algo, como si fuera una conspiradora, una dinamitera. La imagen más bella que tengo de Elena Garro es la del escritor en contra de la sociedad. Aunque merezca todos los homenajes, yo la prefiero como una escritora maldita y mítica, autora de una obra perdurable, original y distinta".

A Elena Garro no la leí en la secundaria, ni en preparatoria ni tampoco en la licenciatura. Cuando estudiaba la maestría, en un país extranjero, una admirada profesora chilena me recomendó que la leyera. La mitad de las personas extranjeras a las que pregunté en mi sondeo me respondieron que nunca habían leído a Garro, pero esa profesora era, por suerte, de aquella otra mitad. Garro fue contemporánea de los señores del así llamado boom latinoamericano, aquel zambombazo que fue casi por completo masculino y dejó fuera a muchas de las grandes escritoras de su tiempo. A Garro no la subieron a esa ola que lanzó a escritores como García Márquez por todo el mundo, y eso que Garro escribió libros con sucesos maravillosos, hasta con enjambres de mariposas amarillas, antes que Márquez y antes de que existiera ese término, *realismo mágico*, que a ella tanto le desagradaba. Además de la clara desventaja que en su época significaba su sexo, su historia política y personal (su enmarañado matrimonio con Paz, su activismo agrario, sus declaraciones en contra de los intelectuales y del movimiento estudiantil de 1968, su exilio, entre muchas otras cosas) la hacían una escritora incómoda para muchos. No la ayudaba tampoco su personalidad impulsiva y rebelde, peleonera y valiente, que por un lado la hizo destacar y por el otro la metió en tantos embrollos.

De unos años para acá, las escritoras y académicas feministas en todo el mundo han hecho un enorme esfuerzo por reescribir la historia literaria, por reeditar o editar por primera vez las obras de esas tantas escritoras que no llegaron a los anaqueles, a las bibliotecas, a las secundarias y preparatorias ni a las manos de las lectoras. De unos años para acá, esos esfuerzos empiezan a tener un alcance masivo en México. Esas personas que leyeron por su cuenta a Garro la están ahora enseñando en las escuelas, sus obras completas se han ido reeditando: se la lee y se la escribe, está, poco a poco, siendo cada vez menos un culto y más un gusto extendido y para algunos hasta una religión.

Llevo dos años leyendo todo lo que me encuentro sobre Elena Garro y he visto que, con ese afán jerárquico que los reviste de autoridad, la mayoría de los prologuistas y estudiosos ponen las novelas cortas de este libro por debajo de las indiscutibles obras maestras que son *Los recuerdos del porvenir* y *La semana de colores*. El 68 fue un gran cisma en la vida de Garro y su producción anterior a esa catástrofe sigue siendo la mejor conocida y más apreciada.

A estas novelas las meten a todas en el mismo saco: dicen que el tratamiento es pobre, que son repetitivas, vanidosas, vengativas, ensimismadas. Dicen que parte del problema es que Garro vivía en el exilio mientras escribía estas novelas, —aunque esto no es así, su publicación fue posterior al 68 pero en muchos casos empezó a escribirlas antes de irse de México—. Dicen que estaba delirante, era pobre, no tenía lentes y había empeñado su máquina de escribir, que por eso escribía tan mal y publicaba sólo por dinero. Eso último lo dijo varias veces la misma Garro, a la que le daba por una modestia quizás falsa o quizás verdadera.

El estilo de estas novelas es sin duda distinto de sus primeras publicaciones: más contenido, menos adornado, más centrado en la trama, menos retórico, para bien y para mal, según el gusto de cada quién. La valoración de los críticos, su mala fama, su propio carácter tan enrevesado y las complicaciones de los testamentos hicieron que estas novelas salieran de circulación por mucho tiempo. Por ejemplo; de esas 40 personas a las que pregunté, 15 llegaron a leer a Garro por *Los recuerdos del porvenir* y 11 por *La semana de colores*, sólo 2 personas llegaron por alguna de estas novelas.

Ya sabemos lo que dijeron los críticos, pero ahora llegó el momento de que sean las y los lectores quienes opinen sobre estas obras. Con esta publicación (y otras que sin duda no tardan en ver la luz) se completa y se amplía el panorama de la obra de Garro, que se abre al misterio, al humor y otras muchas vertientes distantes de sus primeros libros. Por mi parte, me limito a ofrecer un inventario de adjetivos para estas novelas cortas, geniales, osadas, tristes, lúcidas, perturbadoras y hermosas.

A la luz y la sombra

Al hablar de la realidad y la invención, Garro solía contradecirse. Por ejemplo, cuando José Bianco le envió *La pérdida del reino*, una novela basada en el periodo en que coincidió con ella en París, Garro le escribió: "Dime, ¿así era la vida o así la veías tú? Mi pregunta es idiota. Las novelas nunca son la vida. Son novelas". En esa pregunta está la necesidad de buscar en las novelas respuestas sobre la vida, o al menos la percepción de la vida, y en la afirmación con que ella misma se contesta está la imposibilidad de encontrarlas.

Garro tuvo varias veces que aclarar que sus novelas no eran autobiográficas. O sí, pero no del todo, no siempre, hasta cierto punto. Se enojaba con las lecturas autobiográficas simplistas. Dijo, por ejemplo, alguna vez: "Hay un empeño en confundir mi literatura con mi vida personal y sobre todo con mi vida conyugal. ¡Cosa que me harta! Todo y todos son O.P. Ya basta de joder". Dijo también acerca de su novela *Testimonios sobre Mariana*: "Si piensas que en Mariana aparecen personajes vivos te equivocas. Aunque es verdad que tomé rasgos de algunas personas vivas y difuntas para crear a un solo personaje. Acuérdate de Ortega y Gasset: 'lo que no es vivencia es academia'. Recuerda también a Dostoyevski y a Balzac: 'la novela es vida'. Eso no quiere decir que lo que cuento en Mariana sea una simple calca de mi vida al papel. Creo que todas las novelas son *roman à clef* o no son novelas".

Sobre esa misma novela, por otro lado, dice en una carta: "Te advierto que cada frase, cada situación y personaje, son auténticos. Lo que me resulta difícil es ordenar, ELIMINAR situaciones, pues si pongo todo resulta inverosímil".

En esta negociación entre lo verosímil y lo inverosímil, lo auténtico y lo artificial, la memoria y la fantasía, la fidelidad y la traición es que existe buena parte de la literatura en general y de la obra de Garro en particular.

En estas novelas cortas podemos adivinar varias referencias autobiográficas y aquí ennumero algunas de ellas, principalmente por curiosidad —curiosidad a la que nunca habría que menospreciar, ni siquiera cuando es amor al chisme, porque el chisme es la sal de la vida—. Pero también porque leer la obra a la luz y a la sombra de su historia amplía a mi parecer las posibilidades de lectura y de interpretación de sus textos.

Busca mi esquela es una novela de enredos, trágica y cómica, que se resuelve en un casi chiste sobre el matrimonio. Después de su desdichada vida conyugal con Paz, Garro reflexionó mucho en sus libros y entrevistas sobre la presión social de su época (quizás todavía de la nuestra) para que las mujeres se casaran. "Le humillaba la idea de que el único futuro para las mujeres fuera el matrimonio. Hablar del matrimonio como de una solución la dejaba reducida a una mercancía a la que había que dar salida a cualquier precio", se dice en *Los recuerdos del porvenir.* El matrimonio aparece en su obra equiparado a una cárcel, a una maldición y en esta novela, a la muerte. No le faltaron ocasiones, pero después de su divorcio Garro nunca se volvió a casar.

Irene, la condenada de *Busca mi esquela*, se llama igual que un personaje de *Inés*, una más de las mujeres oprimidas y violentadas que retratan estas novelas. Esta otra Irene es una chica que llega a hospedarse en casa de su padre, donde éste, sus amigos y sus amantes celebran ceremonias orgiásticas con drogas y rituales extraños. La golpiza y el maltrato que recibe Irene de su padre resuenan con lo que Garro cuenta en una carta sobre su hija y Octavio Paz: "A la Chatita en dos meses que vivió con él en la Embajada le hizo tales cosas (por ejemplo no abrirle la puerta cuando volvía de las fiestas y dejarla en la calle toda la noche, golpearla, calumniarla, etc.) que se me puso muy enferma. Se cubrió de eczema y estuvo al borde de una depresión nerviosa".

El nombre de Irene viene del griego y significa "paz", esa paz que su hija llevaba en el apellido y que está ausente en la vida turbulenta de estas Irenes. Garro describía *Inés* como una refutación a Sade y tiene varios elementos también de la novela gótica, con la mansión casi embrujada, guardiana de secretos oscuros, y la joven víctima, Inés, que pierde en esa casa paterna la inocencia y la cordura. La protagonista, dice Garro, está inspirada en un personaje real, una mujer que conoció en los años sesenta, que vivía con unos conocidos suyos, adeptos a ese tipo de rituales. Garro dice haber visto cómo Inés se enloqueció o la enloquecieron, y después desapareció. Dice que trató de encontrarla, trató de ayudarla, pero fracasó, entre otras cosas por miedo. Aunque conoció al personaje que la inspiró en los años sesenta, la novela está ubicada en los setenta. Aparece ahí la curandera María Sabina, que según Garro "estaba muy de moda". Aquí Garro —que profesó siempre un cristianismo y un conservadurismo hasta monárquico, y contradictorios con mucho de lo que hizo, escribió y representó en su vida— demoniza, hiperboliza, critica y se burla de las ideas y costumbres que ella llamaría libertinas de varios intelectuales en su época. Garro sabía que la literatura podía ser una forma de conjurar odios, miedos y rencores. Sobre el poema de Octavio Paz, *Piedra de sol*, por ejemplo, dijo: "Antes, en los años cincuenta, Paz escribió su gran poema. 'Piedra de sol'. Lo leímos y releímos juntos. '¿No te ofendes?', me preguntó Paz. 'No, tienes derecho de decir lo que te parezca', le dije. Y lo que le pareció fue llamarme 'pellejo viejo, bolsa de huesos', o algo así. [...] El poeta mitifica y Paz quiso exorcizarme diabolizándome. Lo han hecho todos los poetas. Para eso sirve la creación poética".

El mismo ogro que es y no es Octavio Paz en *Inés* se reconoce también en el padre de *Un traje rojo para un duelo*. Esta obra de teatro, que luego se convirtió en novela, cuenta la historia de una niña que está en casa de su terrible padre y de su demoniaca abuela, mietras su abuelo materno agoniza. "Yo creo que se me hizo el trauma cuando murió mi papá y yo no tenía con qué enterrarlo.

Y cuando me mandó lanzar, estando mi papá moribundo. Bueno, ya lo leíste en el *Traje rojo para un duelo*", dijo Garro en una carta. La novela exuda tensión, angustia y paranoia: tres comunes denominadores en estas siete novelas cortas.

En *Un corazón en un bote de basura*, como en *Busca mi esquela*, las mentiras y las bromas se confunden y contribuyen a la paranoia de una mujer que abandonó a su esposo y se involucra con un grupo de comunistas.

La casa junto al río hace eco de la llegada de Garro a España en 1974. Después de la matanza de Tlatelolco de 1968 (tras haber sido acusada de ser parte del movimiento estudiantil, declarar que no lo era y denunciar a un montón de intelectuales que tuvieron que esconderse o salir huyendo), Garro abandona México. Se va también tras la sospechosa muerte —que Garro juraba asesinato— de su amigo y cómplice Carlos Madrazo, y después de varias amenazas reales y documentadas en contra de ella y de su hija. La desaforada y a la vez justificada paranoia de Garro se desata a partir de ese momento y en el caso de esta novela se plasma en la historia de Consuelo. Esta protagonista busca refugiarse con sus familiares españoles y se encuentra con la cruda realidad de la España de la posguerra y con el complot de un conjunto de asesinos, que pretenden quedarse con su herencia.

Primer amor es la reelaboración de un episodio de su vida en Europa, en los años cuarenta. En sus diarios cuenta cómo se fue de vacaciones con su hija a Bidart, en Francia, y se hizo amiga de un grupo de soldados alemanes, sometidos a realizar trabajos forzosos después de la Segunda Guerra Mundial. Garro siente compasión por estos hombres, les regala unos cigarros y se encariña con ellos, a pesar de que los habitantes del pueblo se lo reprochan. Un día en que su hija estaba dormida en una zona peligrosa e inaccesible de la playa, los alemanes ponen su vida en riesgo para ayudar a rescatarla. En la novela, tanto Bárbara como su hija (también Bárbara) se enamoran de Siegfried, uno de los alemanes. Las rodean historias de presos asesinados y mujeres rapadas por cometer el sacrilegio de enamorarse de ellos, pero siguen frecuentándolos. Tras la muerte de Siegfried, en el tren de regreso, la niña Bárbara le pregunta a su madre si está triste y ella le responde: "¿Yo triste?... Estoy enojada".

Alguna vez dijo Garro que de sus novelas su favorita era *Y Matarazo no llamó*. Esta novela, que tiene algo de policiaca sin serlo, es de este conjunto la que mejor despliega el humor, uno de los recursos que más brillan en la obra y la personalidad de Garro. Humor negro, en este caso, porque esta es la historia de un oficinista, un hombre sencillo que sin saber en lo que se está metiendo termina implicado en el movimiento obrero de 1958. En esos años Garro se involucró en una huelga que comandaban Demetrio Vallejo y Valentín Campa, y se hizo amiga de dos estudiantes que militaban en el Partido Comunista: Pedro Sáenz y Tito Urbina (a este último lo habrá querido tanto que así le puso a uno de sus gatos). La novela está firmada en 1960, pero fue en 1968, poco antes de la matanza de Tlatelolco, cuando dejaron afuera de su casa a un herido, Raúl Palacios, al que ella y su hija cuidaron y protegieron hasta que se mejoró, y al que apodaron "la piñata".

Matarazo es una de las pocas novelas de Garro que no protagoniza una mujer. Pero de todas formas permite una lectura feminista, porque exalta la rareza y vulnerabilidad de un hombre que llora, que cuida, que no encaja en los estereotipos masculinos de su época y se vuelve presa fácil de los hombres en el poder. Garro dijo muchas veces no considerarse feminista, pero su obra está llena de retratos crudos, denuncias y críticas a la violencia machista que daña y limita a todas las personas del mundo, sin importar su género.

Matarazo es también, quizás, de estas novelas, en la que vuelve con más fuerza la obsesión que Garro tuvo siempre con la memoria y el espacio-tiempo, con ese brillante párrafo inicial que cuenta de una casa nómada, relojes invisibles y pájaros misántropos.

Si de unos años para acá estamos releyendo la historia literaria con nuevos ojos, habría que releer estas novelas con esos mismos, para darles su justo lugar en la obra de Garro y en la literatura de su tiempo, lejos de los prejuicios que las circundan, para darlas a conocer y ponerlas al alcance de las personas que las buscan y de las que no las buscan, pero serían felices de encontrárselas. Si Garro está llegando a las manos de más y más personas, quizás estas novelas por fin dejen de ser un apéndice de su obra y pasen a ser disfrutadas y apreciadas por lectoras y lectores frecuentes y esporádicos, por gusto propio y por asignatura, en México entero y en el mundo.

JAZMINA BARRERA, 2022

La casa junto al río
(1983)

Las tragedias se gestan muchos años antes de que ocurran. El germen trágico está en el principio de las generaciones y éstas, como los caballitos de las ferias, hacen la ronda alrededor del tiempo, pasan y nos señalan. Pasa Caín asesinando a Abel y la quijada de burro permanece en su lugar inicial; pasa el incestuoso lecho de Edipo y sus horribles ojos sacados de las órbitas; pasa Helena con el fruto de oro, premio a la belleza y origen de la guerra, y pasa Job, el castigado por su inocencia. Aparece Nerón, fornicando y aspirando el humo del incendio que nunca afinará su lira, y también pasa Cuauhtémoc, de pie y prendido en su piragua, y todos giran en la infinita ronda que nos refleja y engendra la tragedia. Y el tiempo, circular e idéntico a sí mismo, como un espejo reflejando a otro espejo, nos repite.

A veces la belleza de una abuela determina la muerte de sus nietos o la ruina de sus descendientes. Una mentira pesa durante generaciones y sus consecuencias son imprevistas e infinitas. Enfrentarse al reflejo del pasado produce el exacto pasado y buscar el origen de la derrota produce la antigua derrota. Consuelo lo sabía. Sin embargo, sólo le quedaba ir al encuentro del pasado remoto que estaba en su memoria. Si lograba encontrar los restos de la casa junto al río encontraría su presente, dejaría de ser sombra flotando en ciudades sin memoria. ¡Todos habían muerto! Sólo quedaba ella, perdida entre millones de desconocidos.

Consuelo era portadora de un germen extraño, cuyo origen debía encontrar en la casa junto al río. Un germen que provocaba la curiosidad de los transeúntes de los huéspedes de los hostales, de los viajeros de los trenes y, en ese momento, de los compañeros de viaje en el autobús que la llevaba a la búsqueda de la casa junto al río. Procuraba olvidar su equipaje voluminoso, que decía que viajaba con su casa a cuestas: "ocho cajas de libros, dos baúles, tres maletas", se repetía mientras soportaba las miradas ávidas de los viajeros.

Miró por la ventanilla; todo estaba igual: las montañas perfumadas, los helechos húmedos al pie de los castaños y de los manzanos, el brezo perfumado creciendo entre las rosas, los ríos plomizos como espejos líquidos sobre las lajas blancas. Las filas altas de los álamos girando en el sol cambiante de la tarde, inexplicablemente campesina. Los pueblos aparecían muy abajo sobre el mar o muy altos sobre los pisos de las montañas. Los tejados, rojizos o de piedra gris, anunciaban las edades y las categorías de las casas, de las iglesias, de los palacios y de los monasterios.

El chofer la miraba por el retrovisor y ella no se atrevía a preguntar los nombres olvidados de los pueblos que cruzaba. En su memoria sólo estaba la fotografía que presidió siempre a su casa de México: árboles amables envueltos en la niebla, un puente romano tendido sobre un río invisible y una casa desdibujada por las ramas y la bruma. Temía que aquella casa fantasmal no hubiera existido nunca.

Alguna vez en el tiempo, un carricoche tirado por dos caballos fúnebres trotó en medio de las sombras y la lluvia, llevando a dos señores enlutados. Así se lo contaron de niña y así lo recordaba ella misma, que también viajaba ya, en aquel carricoche. Éste se detuvo a la entrada del Monasterio de Valdediós y el prior despertó a dos niños: José Antonio y Martín, para explicarles que acababan de quedar huérfanos. Con los ojos inmóviles por el horror y las rodillas adoloridas por el frío, los niños hicieron el camino de regreso en compañía de los dos enlutados y atravesaron ráfagas de lluvia, hasta llegar a su casa, para llevarlos luego a donde el tío y la tía, que ahora también estaban muertos. El trote nocturno que marchaba junto a ella determinó su destino. La repentina muerte de su abuelo sacó a su padre y a su tío del monasterio. "Si él no hubiera muerto, mi padre hubiera sido fraile, yo no hubiera nacido y no iría en este autobús", se dijo, y recordó el viaje en el carricoche nocturno y escuchó a los caballos y miró a los enlutados de barbas bien cuidadas. Las ramas olorosas ocultaban a las ramas del duelo y a las otras, a las de la huida, rotas por la metralla y amenazadas por el incendio, y Consuelo supo que siempre fueron las mismas ramas.

La luz de la tarde ocultaba con simpleza aquella noche lejana de su infancia. Su padre dijo: "Hay que sacar a estas niñas de España". Su madre contestó: "Volverán cuando pase esto..." Su hermana menor se cubrió la cara con las manos. Sólo le quedaban imágenes sueltas, fijas como fotografías; una y otra vez se repetían sin dar la clave de lo sucedido. "México, México, México...", repitió varias veces. Allí murieron sus padres y su hermana. No tenía a nadie en el mundo y le era necesario buscar las huellas de la casa junto al río. Era un detective del pasado que buscaba sombras que le dieran la clave de su derrota. Cruzaría el tiempo para hablar con sus abuelos muertos. Era una paria. En ambos lados del océano era extranjera y sospechosa. Había huido a México y después había huido de México. Su pasado era una sucesión de casas extrañas, rostros desconocidos y palabras no pronunciadas. No tenía absolutamente nada qué decir a los vivos. Todos los seres de este mundo le producían terror y, para esconderse de ellos, buscaba a los otros, a los muertos. Dejó de pensar en los muertos de México, para concentrarse en los muertos de España; ellos le darían la deseada compañía y la anhelada respuesta.

El autobús hizo una curva inesperada y Consuelo se encontró frente al puente romano. Ansiosa, buscó la casa junto al río y en su lugar vio unos pilones de cemento armado. "La echaron abajo", se dijo. "Nadie la derribó, nunca existió esa casa junto al río...", se dijo, tratando de salir del engaño en el que vivió siempre. Cruzó un puente moderno que era la prolongación de la carretera y el autobús entró en un pueblo desconocido. "Tal vez se incendió completamente", pensó. Sus padres la libraron de la muerte aquella noche, aunque la muerte sólo es cruzar la frontera maravillosa oculta en una habitación, un camino, en la mitad del mar, en una iglesia o en una confitería, ya que cualquier lugar es válido para morir. En todo caso, aquella noche infantil, ella no cruzó la maravillosa frontera. El autobús se detuvo frente a un café de puertas amarillas. Los viajeros bajaron atropellándose y permanecieron en la acera para contemplar su equipaje. Consuelo se sintió una intrusa mirada por todos.

—Un taxi...

—El hostal está a dos pasos —y un coro de carcajadas acogió su demanda.

El pueblo se congregó ante sus baúles viejos, sus cajas de libros y sus maletas. Consuelo abandonó su equipaje y se dirigió al hostal, situado en la esquina de la calle.

El hostal tenía el aire modesto de un caserón de la colonia Industrial en México: terraza de cemento, ventanales de vidrios empañados, un vestíbulo de colores violentos y, al fondo, un bar barato de gusto cinematográfico. Allí, un grupo de mujeres viejas y maquilladas jugaba a las cartas. Dejaron caer las barajas para observarla de arriba abajo. Nadie le dio las buenas tardes. Amparo, la dueña del hostal, se puso de pie con esfuerzo y se encaró a Consuelo, con sus ojos miopes tras los gruesos lentes de sus gafas.

—¿Hay alguna habitación...? Con baño, por favor. Amparo guardó silencio. No le apetecía concederle un cuarto a la desconocida.

La temporada había terminado y en el hostal sólo quedaban los "fijos" y los viajeros que iban de paso. La desconocida parecía tener intenciones de pasar allí una larga temporada.

—Hay una habitación sin baño... ¿A nombre de quién? —preguntó Amparo.

—Consuelo Veronda.

Amparo permaneció tranquila. ''No será de ellos", pensó, mientras las jugadoras repitieron el nombre de Consuelo en voz muy baja. Por la puerta abierta que se encontraba detrás del bar, apareció la cabeza calva de Perico, con las mismas gafas gruesas que llevaba Amparo, y ordenó de prisa recoger el equipaje abandonado sobre la acera. También él se acercó a Consuelo.

—Usted estuvo en Covadonga hace tres años —dijo sonriendo.

Consuelo lo miró sorprendida y negó con la cabeza. Amparo y Perico repitieron:

—Sí, sí, la última vez que estuvo usted en Covadonga fue hace tres años.

—Era mi hermana —dijo Consuelo.

Estela, su hermana, había ido a Covadonga varias veces. La última visita la realizó tres años atrás y aquella gente pacífica no sabía contar el tiempo. Las jugadoras la observaron con descaro. Hubo una pausa y Amparo la condujo a un cuarto estrecho, provisto de un lavabo y de una cama de hierro. Juanín, un chico rubio, colocó su equipaje. Una vez a solas, encerrada en la habitación, Consuelo se sintió inútil. La ventana daba a una calle estrecha que no reconoció. Enfrente había un edificio de ladrillos y de todas las ventanas la espiaban hombres en mangas de camisa y mujeres de rostros severos. Bajó la persiana. Encerrada en la humedad del cuarto se preguntó si había hecho bien en volver al pasado. También se preguntó si ése era el pasado.

La noticia de su llegada corrió por el pueblo. Las mujeres abandonaron sus casas para acudir al hostal. Las mesillas del bar-vestíbulo, cubiertas con manteles a cuadros naranjas y blancos, se ocuparon con vecinos que ordenaron café y sidra.

—¡Llegaron ellos...! ¡Los de México!

—¡Vaya mala suerte! —exclamó Rosa, la maestra de arte, que hablaba con autoridad.

Era un problema que debían resolver entre todos. Amparo olvidó preguntar a la viajera por cuánto tiempo venía al pueblo. El carnet de identidad de Consuelo pasó de mano a mano. Parecía legal y, ante lo inobjetable, optaron por esperar la llegada de Concha y Adelina. Las hermanas entraron con paso grave y examinaron el carnet.

—Es la misma que estuvo en Covadonga —afirmaron.

—Debemos esperar a que llegue Ramiro —dictó Rosa.

Mientras llegaba Ramiro, lo más prudente era sonreír y tratar de conocer las intenciones de Consuelo.

—¡Justamente ahora tenía que volver uno de México! —exclamó Concha, disgustada.

Ante el silencio de sus amigos, Concha fijó sus ojos de un azul helado en el vacío. Su hermana Adelina quiso continuar la charla, pero el grupo entero juzgó peligroso prolongar la reunión. Consuelo podía sorprenderlos. El bar-vestíbulo recuperó su aire inocente con sus viejas jugadoras de cartas en sus lugares habituales y Juanín detrás del bar.

Una vecina llamó con los nudillos en los vidrios de la ventana de Ramona y le indicó con señas que Consuelo continuaba encerrada en su cuarto. Ramona se aferró a su tricot negro, se retorció las enormes manos y se volvió a Pablo, su marido, que escupió una maldición.

—¡Odio la palabra "México"! —agregó el anciano, mirando a su mujer con ojos iracundos.

Ramona pareció consternada: ella, la pobre, ¿qué podía hacer sino esperar la vuelta de Ramirín? Eulogio, su otro hijo, guardó silencio, se miró las manos inútiles y agachó la cabeza. El viejo Pablo le lanzó una mirada despectiva: sólo servía para beber sidra y repartir carbón. ¡Y con el maldito gas butano, cada vez repartía menos!

—¿Cómo es? —preguntó el viejo, haciendo un esfuerzo.

—Concha y Amparo dicen que se parece a doña Adelina —contestó Ramona.

—¡Bah! Habrá que investigarla. ¿Quién puede asegurarme que realmente es una Veronda?

La cocina pequeña se convirtió en un campo de batalla de pensamientos encontrados. El calor de la estufa era insuficiente para ahuyentar a las sombras heladas que entraron por la puerta que comunicaba con el pasillo estrecho. Era necesario descubrir el motivo del regreso de Consuelo.

La vecina llamó otra vez con los nudillos en el vidrio de la ventana y avisó que la forastera caminaba hacia el puente romano. Ramona se ajustó el tricot negro y salió corriendo. Era muy ágil y corría sin hacer ruido.

Consuelo caminó al tiempo que miraba las fachadas de las casas, muchas de las cuales eran modernas. Tuvo la impresión de que el pueblo se había vuelto muy pequeño y de que estaba poblado por seres inesperados de camisas a cuadros y pantalones excesivamente estrechos. En unos minutos, llegó al puente ancho y moderno. A la izquierda estaba el puente romano, apenas visible entre las sombras y la niebla. Su silueta familiar la recibió con una alegría mezclada de tristeza. Contempló su curva ascendente de piedra antiquísima, cubierta de enredaderas y de hierbas. La naturaleza lo había decorado con guirnaldas y hasta ella llegó el perfume de las madreselvas. El puente romano invitaba a atravesarlo; era un arco de triunfo y empezó a subirlo. Alguien la llamó por su nombre: "¡Consuelo...! ¡Consuelo!" Se detuvo sobrecogida, se apoyó en el pretil y escuchó a la noche oscura mecida por las ramas de manzanos. Del otro lado del puente romano existía el país de la bruma, los huertos de castaños, los caminos de helechos, los manzanos, los macizos de rosas y el aire leve y aromatizado. Desde donde se encontraba, apenas pudo divisarlo. Su nombre, misteriosamente pronunciado, la detuvo y entonces contempló el lugar cubierto de silencio y recogido en perfumes. Abajo corría el río formando espumas blancas; su humedad iluminaba la noche llena de neblina. La voz volvió a llamarla: "¡Consuelo...! ¡Consuelo!". Decidió no seguir adelante y bajó para regresar al puente nuevo. Tuvo la sensación de que la acechaba algo adverso. De repente, frente a ella apareció la casa junto al río, brillando como una gran rosa marchita, encerrada en rejas despintadas. Consuelo se agarró de sus barrotes gruesos.

—¿Qué hace? —le preguntó un desconocido.

—Mis abuelos y mis padres eran de aquí y yo...

—Sí, ¿usted qué hace, de dónde es? —le preguntó el hombre con brutalidad.

—¿Yo...? de ninguna parte...

El hombre, metido en una cazadora a cuadros, tenía algo amenazador, por lo que prefirió volver de prisa al hostal. Reconoció su albergue cuando vio a través de los vidrios de la terraza a las jugadoras que la miraban con rostros de mariposas nocturnas y maléficas.

En el comedor, desolado como el de una estación de trenes de tercera clase, Perico le indicó una mesa pequeña, vecina a la que ocupaban Amparo y él. Los huéspedes, repartidos en las mesas, no le quitaban los ojos de encima, mientras ella comió la sopa de letras, las judías blancas, la carne y el flan, sin levantar la vista de su plato. En el cuarto de la televisión se sintió incómoda; en una esquina, detrás de una registradora, una chica de cabello teñido de rubio la miraba con descaro, por lo que prefirió la humedad de su habitación.

Despertó varias veces, sintiendo que la rodeaba un peligro. Cuando por la mañana bajó a desayunar, al pie de la escalera la esperaba Amparo.

—No ha preguntado usted por su familia —dijo la mujer con una sonrisa equívoca.

Estupefacta, Consuelo contempló los ojos de batracio ocultos detrás de las gafas y la boca larga parecida a las de las ranas. Amparo se dejó contemplar, cogió el teléfono colocado sobre una mesita y marcó un número.

—¿Veronda...? Sí, aquí está Consuelo, tu pariente... Sí, viene de México...

Consuelo la escuchó asombrada. La mujer colgó el aparato y anunció:

—Ahora mismo viene. Ayer no le dije nada, pensé que usted preguntaría por ellos. Su familia es muy conocida... ¡Qué! Se ha quedado usted de piedra...

Consuelo se encontró sentada en el vestíbulo, acompañada de Pablo y de Ramona. Se sentía incómoda ante aquel anciano envuelto en un gabán sucio y ojos ávidos. Su mujer tenía ojos afiebrados y manos enormes y huesudas. Consuelo no podía apartar la vista de aquellos dedos temibles.

—No los recuerdo... —dijo.

—Vamos a ver, ¿por qué es usted Veronda? —preguntó el anciano, con voz disgustada.

—Porque soy hija de Martín Veronda y sobrina de José Antonio y de Adelina Veronda. Anoche pasé frente a la casa junto al río..., la casa de mi tía. ¡Está muy sola, muy abandonada!

—Esa casa es del Ayuntamiento. Por la tarde le mostraremos todo lo que nos perteneció.

—Mi tía legó todo a la iglesia. No sabía que el Ayuntamiento hubiera comprado la casa... —dijo ella.

¡Es del Ayuntamiento! ¡Todo es del Ayuntamiento! —repitió Pablo, con sequedad.

¡Qué día tan grande para Pablo! Esperó tantos años la vuelta de su familia de México... —suspiró Ramona, fijando sus ojos negros y afiebrados en Consuelo.

—¡Conozco muy bien México! —afirmó Pablo, con voz amenazadora.

Algunos huéspedes contemplaban al grupo con avidez. Fue Pablo quien se puso de pie. Se apoyaba en un bastón, iba en pantuflas y se diría que apenas podía dar paso.

—Vamos a casa. ¡Venga usted con nosotros! —ordenó a Consuelo.

Dieron vuelta en la esquina del hostal y tomaron la callejuela a la que daba la ventana del cuarto de Consuelo. La casa de Pablo estaba allí mismo, en un callejón escondido. Era muy antigua, de entrada estrecha, de donde partía una escalera empinada que llevaba al segundo piso. Se instalaron en el minúsculo comedor, vecino a la cocina, alrededor de una mesa cubierta por un tapiz fabricado en serie. Los dos la observaron en silencio, como si midieran fuerzas con la intrusa. Ella, en cambio, prefirió observar la acumulación de objetos dispares que había en aquel comedor de luz escasa y techo bajo. De un muro, colgaba un gran retrato de mujer pintado al óleo y, en el muro opuesto, otro cuadro igual con un hombre de barba recortada.

—¡Tía Adelina y el abuelo! —exclamó Consuelo.

—Sí, ahí tiene usted a mi abuelo y a mi tía —afirmó el anciano.

Consuelo escuchó sus palabras e iba a contradecirlo: su abuelo no podía ser el abuelo de aquel anciano vidrioso y hostil. Las edades no coincidían. Pablo le arrebató la palabra:

—Usted y yo somos primos hermanos. Usted sabe que mi abuelo tuvo muchos hijos: Ramiro, Eulogio, Alfonso, Antonina, Lolina y... su padre.

El viejo se detuvo para observar el efecto de sus palabras y Consuelo guardó silencio ante aquel torrente de nombres desconocidos. Debía existir algún error. Ramona revolvió en un cajón y sacó algunas fotografías y, con un gesto infinitamente humilde, se las tendió a la visitante: eran su tío José Antonio y su tía Adelina. Las fotografías estaban manchadas de humedad. Se diría que el agua había borrado sus esquinas. No supo qué decir; se sentía cohibida entre aquellos dos personajes. "¿Quiénes son?", se preguntó inquieta. Le ofrecieron varias copas de anís y unas tajadas de jamón.

—Esta jarrita de plata era de doña Adelina—dijo Ramona.

—De tía Adelina —corrigió Pablo.

—No entiendo nuestro parentesco. ¿Somos primos? —preguntó Consuelo.

— ¡Exactamente! Usted es la hija de tío Martín —respondió el anciano.

¡No era posible! Pablo era más viejo que su padre; pero Consuelo guardó silencio. El aire frío de la calle no le disipó las náuseas producidas por el anís y el jamón helado. Nunca había oído nombrar a aquellos parientes y le pareció imposible que aquel anciano fuera sobrino de su padre. Estaba tan confundida. Las rosas del otoño le recordaron su infancia con una precisión aterradora; supo entonces que el viejo Pablo mentía. Los vecinos espiaron su paso desde los miradores de madera y cristal adornados con tiestos con geranios. ¡Era un error haber regresado al pueblo!

Por la tarde, Ramona se presentó acompañada de un hombrón de más de cuarenta años. El hombrón la llamó "tía" y Consuelo no pudo dejar de sonreír frente a aquel sujeto llamado Eulogio, que vestía un tricot de color rosa. La chica del cabello teñido de rubio la miraba desafiante desde la barra y su silueta gorda se reflejaba en el espejo del bar.

Acompañada de Eulogio y de Ramona, dio una vuelta por el pueblo. Al pasar junto al banco, Ramona explicó con deleite:

—Aquí, en el banco, trabaja Ramirín...

Eulogio le explicó que Ramirín era su hermano. Se dio cuenta de que la llevaban hacia la casa junto al río y ella apenas se atrevió a contemplar su jardín abandonado y la enorme huerta que daba al río por la parte posterior de la casa, precisamente donde el río hacía una curva pronunciada. Le echó una mirada a la galería de cristal que unía a la casa con la capilla y se guardó de decir una sola palabra. Ramona siguió su mirada.

—La capilla está cerrada. Todo se perdió con la guerra —dijo la mujer, dando un suspiro.

—Y tía Adelina, ¿cuándo murió? —preguntó Consuelo.

Sus padres habían muerto sin obtener ninguna carta o noticia de los familiares que habían quedado en España. Recordó que tiempo después recibieron dos o tres cartas en que les advertían que era mejor no regresar al pueblo. Por eso, Estela, cuando iba a Covadonga, evitaba detenerse allí.

—¿Que cuándo murió...? ¡Yo qué sé! Eso ocurrió mucho antes de que Pablo y yo nos casáramos... —con el sol de la tarde, Ramona parecía un árbol viejo y nudoso. Un árbol negro plantado en medio de la luz. Ramona tenía algo amenazador. Su hijo Eulogio bajó la cabeza. Consuelo señaló las gradas de piedra que llevaban a la terraza de entrada de la casa, situada muy atrás de las rejas despintadas que guardaban el jardín.

—Yo estaba sentada ahí antes del incendio... —dijo.

—La capilla es almacén de granos —contestó Eulogio.

Se alejaron y ella notó que la madre y el hijo evitaron tomar la calle perpendicular que llevaba a la casa de su tío José Antonio. Sólo vio las espaldas de esa casa: el jardín estaba destrozado y los vidrios de los miradores, rotos. Subieron una calle minúscula flanqueada por edificios modernos y cerrada al fondo por la escalinata de un palacio en ruinas. Sobre el portón de entrada había un escudo labrado en la piedra. "Sus parientes" se echaron a reír al verla perpleja delante del palacio que anunciaba grandezas pasadas. Subieron la escalinata y entraron en un vestíbulo de muros pintados de azul negro. Del lado derecho partía una escalera enorme de madera astillada. Sus muros altísimos mostraban grietas y grandes manchas de humedad. Subieron en silencio los escalones tendidos que crujían bajo sus pies. Era asombroso el silencio y el abandono del palacio. No había nadie, excepto ellos, subiendo la escalera. En el primer descanso se encontraron entre dos puertas, cada una abierta en los muros opuestos. Sobre la puerta de la izquierda colgaba un letrero casi borrado: "Juventudes". Eulogio abrió la puerta y la hizo entrar en un salón que abarcaba toda la fachada del palacio. Las duelas estaban rotas y las ventanas, alguna vez fastuosas, carecían de cristales. Tirados en el suelo había algunos cartelones y algunas sillas viejas. En un rincón aparecía un camastro. Eulogio se echó a reír y, de pronto, aquel hombrón, de espaldas caídas metidas en el tricot color rosa, le dio miedo. ¡Nada la unía a él! Ramona no entró en el salón abandonado; hasta allí llegó su voz llamando:

—¡Severina...! ¡Severina!

Ramona entró en el salón, acompañada de una mujer gruesa, baja de estatura, vestida de negro, que avanzó hacia ella sonriendo. La mujer tenía los brazos rojizos y rugosos, iguales a su enorme rostro, coronado de cabellos rubios.

—¡Rica...! ¡Cuánto tiempo tardaste en volver! —exclamó la vieja.

Consuelo hizo un esfuerzo por reconocerla, mientras se dejaba abrazar y besar por Severina, que se enjugó algunas lágrimas. Ramona la tomó del brazo.

—¡Anda, vamos...!

Salieron al descanso de la escalera y Severina escogió una llave enorme de entre las llaves que colgaban de su cintura y se dirigió a la puerta opuesta a la de "Juventudes". Esta puerta era de hierro negro y la mujer la abrió con un chirriar de cerrojos oxidados. Ante ellos se abrió una enorme boca negra, cruzada de pasillos colgantes y estrechos, también de hierro negro. El aire del lugar estaba quieto y, abajo de los puentecillos, un mundo negro y profundo mostraba puertas de hierro cerradas herméticamente, como cajas fuertes. Severina avanzó por uno de los pasillos colgantes y los tres la siguieron. Llegaron al otro lado y Eulogio se inclinó a su oído y le preguntó:

—¿Te gusta? Es la cárcel.

Consuelo no entendió nada, sino que se dejó invadir por el miedo y el frío que reinaban en el lugar. Se dejó conducir a las celdas de muros de piedra, pintados en color violeta oscura, que carecían de puertas. Presos desconocidos habían dejado mensajes sentimentales u obscenos en los muros. Las celdas eran heladas y grandes. Ramona se colgó de su brazo y la miró con ojos afiebrados.

—¿Ya ves? Es la cárcel y Severina es la carcelera —dijo.

—¿Cuántos presos hay? —preguntó asustada.

—¡Ninguno! Hace ya muchos años que la cárcel está vacía —contestó Severina.

Severina parecía un duende viejo y bondadoso a pesar de su oficio. Ramona brillaba como un carbón en aquel infierno negro y Eulogio tenía un aire dichoso. De sus ojos escondidos entre las cejas y las espesas pestañas, brotaban chispas de malicia. Volvieron a los pasillos colgantes. Severina iba a la cabeza y avanzó con decisión por el puentecillo que colgaba sobre el pozo negro. De pronto se detuvo.

—Eso que ves abajo, rica, es "Siberia". En esas celdas encerraban a los presos y por las noches abrían las puertas y los sacaban para matarlos. Los llevaban por ese portón grande —dijo, señalando una puerta de salida al exterior del palacio.

Consuelo se inclinó para ver la hilera de puertas de hierro que formaban un muro entero de "cajas fuertes" y sintió miedo.

—¡Marchémonos...! ¡Marchémonos...! —gritó Ramona a sus espaldas.

—Es "Siberia". La construyeron los rojos. El primero que ocupó una celda fue el padre Fana. ¿Lo recuerdas? Era el canónigo que decía la misa en la capilla de tu tía Adelina. ¡Por ahí lo sacaron! Fue el primer muerto.

—Me da miedo este lugar —gimió Ramona.

Severina no cedió el paso; quieta en el puentecillo colgante señalaba "Siberia", con su mano rojiza.

—¿Lo mataron? —preguntó Consuelo, aterrada.

—¿No lo sabías, rica? —preguntó Severina.

—Después mataron los Azules —corrigió Ramona.

—¿Quién mató más? —preguntó Consuelo.

—¡Coime...! ¡Cágome en Deu! —gritó Eulogio.

—Los dos bandos, los rojos y los azules —dijo Ramona.

—¡No, Ramona, no! Mataron más los rojos. Tú lo sabes. "Siberia" se llenaba todas las noches y todas las noches quedaba vacía...

—¡Paso...! ¡Paso! —gritó Ramona, retorciéndose las huesudas manos.

De "Siberia" subía un frío helado que congelaba los barrotes de hierro del puentecillo colgante. Consuelo se sintió suspendida sobre un infierno imprevisto y trató de no ver a sus familiares.

—¡Por ahí, por ahí sacaron al probín! —insistió Severina.

La claridad de la calle los recibió sin alegría. Los miradores de cristales, madera y geranios acechaban su paso y el viento llegaba de las montañas, oloroso a brezo. "Fue el primero...", se repitió Consuelo y se preguntó por qué aquellos dos personajes la llevaron a visitar "Siberia" y por qué no le dijeron antes nada sobre la muerte del padre Fana.

—¿Te gustó la cárcel? —le preguntó Eulogio.

Se hallaban frente a una iglesia de piedra rosa, que le recordó las iglesias modernas de México. Ramona se detuvo y le mostró, bajo el pórtico y colocado dentro de un nicho, el busto de piedra de un hombre de rostro vil. Consuelo lo miró con disgusto.

—Era más bueno que el pan. Antes aquí sólo había casucas. ¿Recuerdas? Él construyó la iglesia, con su dinero. —La voz de Ramona revelaba veneración por aquel busto de piedra.

En el camino a la confitería, Consuelo supo que la aparente inocencia de los miradores, los tiestos y las nubes altas, encerraban un misterio tenebroso. El chocolate que le sirvieron en la confitería era espeso y la conversación languidecía. Se produjo una pequeña conmoción cuando entraron Concha y Adelina, vestidas para ir a la iglesia.

—Son Concha y Adelina, tus sobrinas —le dijo Ramona a Consuelo.

Las dos mujeres se sentaron a su mesa e inmediatamente hablaron de su bisabuelo, que era el abuelo de Consuelo. "Es increíble que sea su bisabuelo, si tienen mi misma edad...", pensó ella.

—Son las hijas de Alfonso, el hermano de Pablo —aclaró Ramona.

—¿Hermanos de mi padre? —preguntó Consuelo sonrojándose.

La invitaron al piso de Concha, que se encontraba en un edificio junto al hostal. Los muebles forrados de terciopelo azul pavo con dibujos pesados, las gacelas de porcelana fabricadas en serie, las flores de papel, los cuadros sacados de los calendarios y las pequeñas repisas, cubiertas de juguetes baratos, le recordaron a Consuelo las casas de las costureras de México. Los rostros de Concha, Adelina y Eulogio permanecían extraños a los de su padre y de sus tíos, Adelina y José Antonio.

La dejaron ir muy tarde. El pueblo estaba solo y apagado. La puerta del hostal estaba abierta. Consuelo no encontró el botón de la luz, subió la escalera a tientas y se confundió en la oscuridad de los pasillos. Cuando logró encontrar la puerta de su cuarto, la llave no giró en la cerradura. Era evidente que el hostal estaba vacío. Buscó la salida en aquel laberinto, bajó la escalera y volvió a encontrarse en la puerta de salida. Todos dormían. La calle estaba silenciosa. En la contraesquina vio un letrero apagado: "Saltillo". Era el nombre de un café ya cerrado. ¡Un nombre mexicano! Recordó el norte de aquel país del que se había ido. Vio desiertos y montañas gigantes y se sintió aplastada. ¡Debo olvidar todo! Y ahora ¿por qué Saltillo?

—¿No duerme? —preguntó una voz gruesa.

La voz pertenecía a la chica del cabello teñido que yacía escondida entre las sombras de la terraza.

—¡Sígame! —ordenó con su voz de vieja. Atravesaron los pasillos apagados y al final de uno de ellos la chica se detuvo, abrió la última puerta, encendió la luz y dijo con cinismo.

—Ésta es su nueva habitación. Aquí tiene la llave.

—¡Gracias! ¿Cómo te llamas?

—Consuelo —contestó al mismo tiempo que abría la puerta vecina a la suya y se metía en su cuarto dando un portazo. ¿Quién era aquella chica que llevaba su nombre y vivía en el cuarto vecino?

La nueva habitación tenía cuarto de baño, pero de los grifos no salía agua. Su equipaje estaba en orden. Se echó a dormir para olvidar la extraña jornada. Con las sábanas húmedas, el recuerdo de "Siberia" le llegó como un viento helado. Recordó a Severina y tuvo la impresión de estar en aquel infierno negro.

Por la tarde, sus sobrinas Concha y Adelina la esperaron al pie de la escalera. Adelina la cogió del brazo y la llevó a un rincón.

—¿No tienes miedo de que te maten los rojos en ese cuarto tan solo? ¡Tú eres azul! —le dijo.

—No, no tengo ningún miedo —afirmó asustada, ante el gesto imprevisto de la sobrina.

Concha sonrió. Sus ojos azules no reían. Vestía un traje negro y se cubría los hombros con un tápalo también negro.

—En este pueblo hay muchos rojos —afirmó.

En la calle decidieron ir andando a Peña. Eran los últimos días del otoño y pronto la lluvia impediría las caminatas. Tomaron la carretera estrecha y solitaria. Los prados verdes, sembrados de manzanos, y las tardes, eran apacibles. El río corría entre la verdura olorosa y de sus aguas se desprendía una ligera neblina. Estaban rodeadas de montañas; el cielo era un cono azul que absorbía los vapores verdes de la tierra. Adelina comía "pipas". De cuando en cuando pasaban automóviles a toda velocidad, casi rozándolas. Consuelo estimó curioso que, tanto los autos que iban como los que venían, tenían el mismo color marrón y sólo llevaban un viajero: el chofer.

—¡Es el mismo automóvil! —exclamó.

—¡Qué va! Son coches que van a Peña y vuelven —le contestó Adelina.

Consuelo no le creyó. Había visto que siempre era el mismo automóvil, de ida y de vuelta. Las casas esparcidas a lo largo de la carretera las miraban pasar con indiferencia. Eran casas campesinas y ordenadas. Algunos aldeanos daban las "Buenas tardes". Antes de llegar a Peña, Concha se detuvo frente a una casa muy aislada.

—Ésta es la casa de los padres de Ramona —miró pensativa y se volvió a Consuelo.

La casa era muy grande y estaba sucia; los árboles estaban mutilados y, en la puerta, una mujer vieja y de rostro hostil las miró, disgustada. Sobre su frente oscura permanecía quieta una mosca. A través de la puerta abierta se veía el interior sucio y desordenado. Un aire inquietante la envolvía. Podría decirse que la casa estaba separada de las otras casas por un signo infame. El aire quieto y el silencio que la envolvían olía a palabras terribles. Concha parecía fascinada. Adelina siguió comiendo "pipas" y Consuelo rehusó enfrentar su mirada a la de aquella mujer oscura que se cubría la cabeza con un pañuelo negro y sobre cuya frente continuaba quieta la mosca. Quiso irse. Echaron a andar seguidas por lo ojos de la vieja de rostro agorero.

Un poco más lejos, Concha salió de la carretera y tomó un sendero casi cubierto por hierbas olorosas. Consuelo la siguió. Se aproximaban al estruendo de una cascada. Se encontraron frente a una catarata y un lago azul de aguas tumultuosas. En el centro de los remolinos se erguía un islote de rocas blancas. Un pasadizo hecho de rocas desiguales servía para llegar allí. El agua se abría paso en corrientes violentas, para luego correr por un amplio río, cuyas orillas estaban bordeadas de árboles frondosos. A lo lejos, descubrió un enorme edificio de piedra gris.

—La Central Eléctrica —dijo Concha, señalando hacia el edificio.

Las dos estaban solas. El ruido del agua producía una música agradable y húmeda. Consuelo se sentó en una roca de la orilla para escuchar el estrépito de la cascada.

—Vamos al islote, allí donde pescaba Franco —propuso Concha, tendiéndole la mano.

Consuelo vio las uñas manicuradas y los ojos azules que la invitaban, pero no se movió. No, no iría al lugar donde pescaba Franco. Concha se aventuró sola por el pasadizo de rocas desiguales y desde lejos tendió nuevamente la mano.

—¡Ven...!

Había algo maléfico en su llamada. La soledad era perfecta y la figura pequeña y negra de Concha se recortaba extraña sobre las rocas y la espuma blanca. El cielo era muy azul. "¡Ven!", repitió nuevamente la mujer de negro. Consuelo contempló su figura. Tenía la cabeza demasiado grande y las piernas excesivamente cortas. Las desproporciones físicas le producían inquietud. Además, aquella silueta enlutada no era su sobrina, tampoco era su prima y su invitación en aquellas soledades era desagradable. Bastaba un paso en falso, un ligero empellón, para caer en los remolinos de aguas heladas... Al cabo de un rato, Concha volvió a su lado.

—El año pasado ya no vino Franco... —dijo, pensativa.

En la carretera las esperaba Adelina y las tres entraron en una taberna a tomar sidra. El olor agridulce devolvió a Consuelo imágenes perdidas de su infancia.

—Una peluquera fue a México y te conoció. ¿La recuerdas? Su padre era madreñero —dijo Adelina.

—¿La Remedios? —preguntó Consuelo.

—¡Mira qué pronto la recordó! Ahora está internada en el manicomio municipal de Irún. Volviose loca —explicó Concha, con frialdad.

—Era roja perdida. Casose con un mexicano. Volvió al pueblo, vestíase muy raro, sentábase en un café y nadie le hablaba. ¡Hasta que aprendió a no volver jamás!

Consuelo comprendió que no debía haber vuelto ¡jamás! Encendió un cigarrillo. Caminaba días incoloros en espera de la última página de su calendario privado. La Consuelo de México ya no existía y la Consuelo del pueblo murió la noche del incendio, cuando sus padres trataron de salvarla, huyendo. En la taberna, un hombre leía un diario en que aparecía con grandes titulares: "El Otoño Caliente". Recordó que existía la política y se supo extranjera entre aquellas gentes.

Por la noche fue al café Saltillo. Llovía a torrentes y llegó empapada al ruidoso lugar. Buscó la última mesa y se sentó, deseando que nadie notara su presencia. Dos hombres le lanzaron miradas por encima del hombro y dijeron en voz muy alta: "La inglesa", "¡la mexicana!". Y ambos le volvieron la espalda. En México la llamaban "gachupina" cuando se enfadaban. Observó a los dos desconocidos: uno era grueso, de espaldas blandas, tricot color ladrillo y gafas verdosas. El otro era flaco, con pantalones verdes y cazadora usada. Afuera, la lluvia lavaba los tejados y Consuelo prefirió la calle a estar bajo los ojos de aquellos dos parroquianos hostiles.

Mientras tomaba el desayuno, Amparo la invitó a ir al ayuntamiento a ver los cuadros de un pintor que había cobrado fama. Consuelo se sintió invadida por un sentimiento de dulzura y aceptó de buen grado. La mañana era radiante. Subieron los escalones del ayuntamiento, que había permanecido intacto, y un ujier de uniforme las condujo al Salón de los Cabildos. El salón era amplio, con cortinajes rojos, mesa enorme y sillones de respaldo alto. De los muros inmaculados colgaban numerosos cuadros que Consuelo ya había visto. Estaban pintados por el mismo artista que pintó a su abuelo y a su tía Adelina. ¿Por qué estaban allí?

—¿Recuerdan a mi tía Adelina?

Amparo y el ujier guardaron silencio y ella vio un juego de miradas entre los dos. Repitió la pregunta.

—¡Ah!, la tía aquella que usaba peluca, se ponía polvos blancos y cejas postizas —contestó el ujier, echándose a reír.

—Sí, es verdad... cuando cruzaba la galería para ir a la capilla daba miedo. Apenas la recuerdo —comentó Amparo.

Consuelo enrojeció de ira. No entendió por qué deseaban ofenderla, calumniando a su tía. El hombre debería andar en los sesenta años, mientras que Amparo pasaba ya esa edad. Ambos se negaban a darle noticias sobre su tía. Cambió el tema.

—¿Recuerdan a una chica muy guapa?, se llamaba Marta. Una vez la vi en México...

—¡Roja perdida! Ésa era una adelantada, estaría bien ahora —contestó el ujier, muy animado.

—¡Muy guapa...! ¡Muy inteligente! Fue de mi tiempo —contestó Amparo.

La invadió un rencor desconocido. Los dos personajes querían confundirla o insultarla. Recordaban a Marta e ignoraban e insultaban a su tía. No entendió por qué le mostraban los cuadros de Zamora y quiso volver a la calle. Había cometido un error al buscar el pasado y ahora carecía de dinero para abandonar el pueblo. Tenía todo el día por delante y ningún lugar adonde ir. Amparo regresó al hostal y ella echó a andar hacia la casa junto al río. La detuvo Ramona; traía el gesto descompuesto, la tomó del brazo y la llevó a su casa. En la cocina esperaba Pablo, enfundado en su sucio gabán. El hombre la miró con severidad.

—¡No hable usted de política, jamás, jamás! —ordenó el viejo.

Consuelo nunca había hablado de política, ni siquiera cuando la llevaron a "Siberia". Iba a protestar, cuando vio que Pablo se inclinaba peligrosamente.

—¡Ayúdenme...! me siento mal, muy mal —gimió el anciano.

Las mujeres le ayudaron a subir la escalera estrecha y empinada, luego lo llevaron a una habitación de techo bajo, provista de una ventana que apenas permitía la entrada de la luz. El aire estaba enrarecido. Pablo se tendió en una de las dos camas y le hizo un gesto a Consuelo para que acercara una silla a su cabecera. Ramona se acomodó a los pies de la cama. Parecía muy abatida.

—Escucha a Pablo. Vives en un hostal de rojos. No hables con Rosa, es comunista; su hermano no puede entrar a España —gimió Ramona.

—Nunca he visto a Rosa...

Pablo se enderezó en la cama y le lanzó una mirada centelleante de cólera.

—¿Nunca? ¿Nunca? Es la maestra de arte. Tiene pelo rojizo. ¡Usted ignora todo! ¡Absolutamente todo! La madre de Amparo se marchó a Rusia con sus hijas. Después volvió con Amparo, la otra hija se marchó a la Argentina. Me sorprende que no se refugiara en México, en donde viven todos los rojos. ¡Van ahora con el cuento de la amnistía! ¡Volverán los asesinos! ¿Usted por qué volvió ahora?

Consuelo no supo qué decir al viejo, que la miraba con ojos de inquisidor. Nunca entendería los motivos de su regreso. El pueblo entero le había dicho, sin decírselo, que la consideraban enemiga. Entró Eulogio, con unas copas de anís. Pablo rechazó la suya con energía y se tendió nuevamente en la cama, con la mirada fija en el techo y los brazos cruzados sobre el gabán. Tenía el pelo blanco revuelto, los ojos vidriosos.

—¿Y ustedes dónde pasaron la guerra? —preguntó Consuelo.

No esperaban la pregunta y cruzaron entre ellos miradas rápidas. Se diría que Consuelo no debía preguntar nada; ella estaba allí para que la interrogaran. Vio a Eulogio bajar la vista y a Ramona taparse la boca. Pablo se sentó en la cama y la contempló con fijeza.

—Señora, debe usted saber que a mí me metieron en la cárcel ¡los azules! ¡los franquistas! —afirmó con solemnidad.

Ramona movió la cabeza con gesto desesperado para demostrar su infinita vergüenza y Eulogio se hundió en el silencio y la penumbra de la habitación. Sólo Pablo permaneció erguido y desafiante en su lecho.

—¿Eras rojo? —preguntó Consuelo.

Pablo se irguió aún más. Levantó la cabeza enmarañada; estaba en verdad indignado.

—Señora, como todos los Veronda ¡soy azul! —declaró con voz solemne.

—Los rojos lo obligaron a trabajar en la Cooperativa, ¡lo obligaron! gimió Ramona.

—Señora, mi hermano Alfonso y yo escondimos el dinero del banco. Los rojos nos secuestraron, ¡nos torturaron! Pero no entregamos el dinero. Entonces, como castigo, me obligaron a trabajar en la Cooperativa. Cuando por fin entraron los azules, yo me encontraba patrullando la cárcel en la que habíamos encerrado a todos los rojos. En eso llegó un azul y ordenó: "¡Veronda, adentro!" Estuve tres años adentro. ¡Tres años!

Después de estas palabras, Pablo se dejó caer exhausto sobre su lecho, con la mirada clavada en lo alto. Por la ventana se colaba el frío. "Tres años" se repitió Consuelo, sin entender a sus "parientes". Era preferible no preguntar nada, ni mirar al hombre inmóvil como un cadáver. Estaba desconcertada. No le gustaban aquellos personajes equívocos. ¡Mentían! En la profundidad de la mentira siempre hay algo perverso. Eulogio salió de las sombras y fue en busca de más anís. Tendría que beberlo, aunque le produjera náuseas.

—¿Vendrás al novenario por mi hermano? —le preguntó Ramona, con humildad y como si se diera cuenta de la repugnancia que despertaba en su pariente y deseara borrar el efecto producido por las palabras de Pablo.

Pablo se irguió nuevamente en su lecho, miró con fijeza a Consuelo, levantó un brazo y señaló a su mujer.

—¡Aquí tiene a una mártir! Y no voy a dejarle nada. ¿Sabe usted cuánto tengo de pensión? ¡Siete mil quinientas pesetas! —y volvió a hundirse en el lecho.

—Me dijeron que mi tía Adelina se volvió loca, que llevaba peluca... —dijo Consuelo, aprovechando la hora de las confidencias.

Al escuchar las palabras de Consuelo, el viejo se enderezó en la cama, como empujado por un resorte potentísimo. Su ira no tenía límite.

—¿Quién? ¿Quién ha dicho eso de mi tía Adelina? ¡La tía era una gran dama!

—¿Y cuándo murió...? ¿Cómo murió el tío José Antonio? —preguntó Consuelo.

El viejo entrecerró los ojos, se llevó un dedo a los labios, dudó unos instantes y se dejó caer, abatido, sobre su lecho.

—Señora, deje usted en paz a los muertos —musitó.

El silencio cayó en la habitación. La luz se fue desvaneciendo y las sombras aumentaron, los olores se hicieron intensos y el aire se volvió irrespirable. Consuelo quiso irse y Ramona la detuvo con fuerza. Sus parientes deseaban saber cosas de México, de su hermana, de sus padres y la interrogaron con brusquedad, al mismo tiempo que le daban anís helado y tajadas de jamón. En el cuarto sombrío existían poderes extraños que la inmovilizaron. Ya muy tarde, Ramona y Eulogio la llevaron a la puerta de la calle. Los dedos de la vieja se clavaron en su brazo, con una fuerza desconocida.

—No repitas nada de lo que te confiamos. El probín de Pablo sufrió mucho en la cárcel. ¡Íbanle a matar! ¡Íbanle a dar treinta años de presidio! Un sacerdote, amigo de doña Adelina, dio fe de su inocencia...

Ramona tenía el aire de una conspiradora dando consignas en la oscuridad de la puerta de su casa.

—No diré nada —prometió Consuelo, ansiosa de librarse de las tenazas de los dedos de Ramona. Afuera, la noche estaba fresca, no olía al cuarto de Pablo. Eulogio la acompañó al hostal. Caminaba a su lado, cabizbajo, como si una insoportable tristeza hubiera caído sobre sus espaldas agachadas. Por la estrecha acera avanzó la figura pesada del hombre del tricot color ladrillo y las gafas verdosas, que la llamó "la inglesa" en el café Saltillo. Se cruzo con ellos sin dar las "buenas noches".

—¿Quién es? —preguntó Consuelo.

—Paréceme que es relojero... Paréceme que es rojo perdido.

La palabra "relojero" sonó amenazadora. El oficio del hombre le pareció maléfico. Se diría que ese hombre poseía el secreto de la hora de la muerte de todos los vecinos y también la suya. Eulogio le explicó que había llegado al pueblo mucho después de la guerra. Ella detestaba los relojes, sólo encontró uno que no la intranquilizara: el de Berna, que producía personajes bobos que giraban en lo alto de una torre.

En el comedor del hostal, encontró a un nuevo huésped, viejo, flaco, con un traje muy usado. Su mesa estaba colocada junto a la de la maestra de arte y ambos charlaban con animación. De vez en vez, el huésped señalaba con el cuchillo hacia el lugar que ocupaba Consuelo; parecía que hablaban de ella. Recordó que Rosa era "roja perdida" y se dijo: "Dos conspiradores". Amparo y Perico cenaban a su espalda y ambos la observaban con fijeza. Frente a ella, un hombre calvo comía ávidamente con el cuchillo y el camarero ponía un interés especial en atenderlo. En alguna parte lo había visto. Era incómodo ser observado. Se volvió a Rosa, sólo para darse cuenta de que su amigo la vigilaba y vigilaba a todos los comensales. No preguntaría quién era, porque nadie le diría la verdad. Prefirió subir a su habitación.

Trató de dormir; la novedad de tener una familia desconocida le quitó el sueño. Tal vez se equivocaba sobre su pasado. Muy tarde escuchó golpes y voces sofocadas; alguien trataba de entrar en una habitación. Sin saber por qué, decidió no frecuentar más a Pablo y a Ramona; eran ellos los que la asustaban por ser más desconocidos que los desconocidos.

Durante varios días se rehusó a frecuentar a sus "familiares" y la vieja del kiosko se negó a venderle el periódico, única distracción que tenía en el pueblo.

—¡Véndeselo! —ordenó una voz a sus espaldas.

Se volvió para encontrarse con un hombre alto y rubio que, después de saludarla, se alejó. La vieja del kiosko llevaba una peluca rojiza y tenía la piel porosa. Se fue disgustada y sin saber adónde dirigirse.

En la acera de enfrente vio un café moderno, encerrado en cortinajes rojos, y entró allí a leer el periódico. La llamó la voz de Concha. Se mudó a su mesa; allí estaba el señor rubio que le ordenó a la kioskera venderle el diario. Había también una mujer morena, de pecho levantado y sonrisa fácil.

—Joaquín y Josefina. Él combatió en la División Azul y su hermano murió en Rusia —dijo Concha. Joaquín enrojeció y su mujer se echó a reír. Parecía ser el único hombre rico del pueblo, con su traje azul marino y su camisa blanca impecable. Sus maneras eran tímidas; en cambio, su mujer era charlatana y amaba el cine.

—Cuando fui presidenta del Círculo de Damas Católicas, estaba fastidiada, casi todas las películas estaban censuradas y no podía ver ninguna ¿Vio usted *Gilda*? —le preguntó Josefina a Consuelo.

Sí, la había visto. Josefina pareció desolada y habló del cine del pasado. Las películas modernas eran todas pornográficas y, si se veía una, ya se habían visto todas. Su sueño había sido visitar Hollywood. De pronto calló y Consuelo tomó su respiro para preguntarle por su tía Adelina; aquella charlatana le diría algo. Josefina la miró con malicia.

—¡Era horrible! Me daba tanto miedo. A los jóvenes nos regalaba dulces si íbamos a misa en su capilla. Yo le hacía diabluras. ¡Pobre loca! Mire, hablaba en voz tan suave como usted. Llevaba una peluca... ¡Ah!, pero dígame, ¿cuál de las dos? —Consuelo no supo que decir ahora—. ¿Tenía dos tías Adelinas? ¿Cuál de las dos era su tía? —preguntó con inocencia—. Porque eran dos. ¡Dos Adelinas! —aseguró Josefina.

Joaquín miró con reproche a su mujer. Hubiera deseado que callara, pero ella insistió en reír y hablar de la peluca.

—La mente infantil desfigura todo. No haga usted caso... —dijo Joaquín, a manera de excusa. Concha reía también y Joaquín, nervioso, sacó un pañuelo albeante y lo pasó por su frente, cubierta de un sudor imaginario. Había enrojecido hasta la raíz de los cabellos y no veía a Consuelo. Para ella todo se volvió confuso: "¡Dos Adelinas!", se repitió. El alborozo de las mujeres la sacó de su distracción.

—¡Ramirín...! ¡Ramirín! —gritaron.

Un hombre alto, de gafas, se acercó a ellas. Era Ramiro, el otro hijo de Pablo, el predilecto, el que trabajaba en el banco. El recién llegado saludó con gravedad y colocó las manos en los hombros de Consuelo.

—Necesito hablar a solas contigo —dijo.

Con aire solemne, la llevó a la calle y echó a andar a pasos largos y pausados. Llevaba un chaleco de punto de color gris y tenía el aire preocupado de un burócrata. Caminaron de ida y vuelta por la calle oscura; de pronto, Ramiro se detuvo frente al café. En la acera, y a dos pasos de ellos, estaban el relojero y su amigo, el hombre flaco de la cazadora verde, que la había llamado "la mexicana" en el café Saltillo. Quiso saber quiénes eran aquellos dos hombres, pero Ramiro hizo un gesto de impaciencia.

—¡Ta, Ta, Ta! En el pueblo todos sabemos que eres comunista. No hables de política. Aquí la derecha tiene el poder —empleaba una voz impersonal.

Consuelo quiso decir algo, pero Ramiro no le permitió decir una palabra. —¡Ta, Ta, Ta! Tengo las pruebas.

—¿Cuáles pruebas? —preguntó aterrada.

Ramiro se balanceó de atrás a adelante y de adelante a atrás. La miró a través de sus gafas de arillos niquelados, con condescendencia, y se volvió, pues del café salían Joaquín, Josefina y Concha, que se detuvieron a charlar con ellos. Fue entonces cuando se acercó el hombre de la cazadora verde.

—¡Comunista! —le gritó con voz estentórea.

—¡Basta! —exclamó Joaquín.

—Gil es una gran persona y un gran amigo nuestro —protestó Concha, y saludó efusiva a Gil.

—Perdone usted a Gil. Es un hombre bueno, pero inculto —explicó Joaquín.

El relojero observaba la escena y ella se alejó de prisa para ocultar su derrota. Lo único que la consolaba era no haberle dado la mano a Ramirín, que le había puesto la trampa.

Se refugió en el hostal. Gil, el hombre de la cazadora verde, la había marcado con una etiqueta que la convertía en persona peligrosa y en blanco de todas las miradas. Cenó cabizbaja las judías blancas y se unió a los huéspedes que veían televisión. No iba a amilanarse. Junto a ella se sentó el hombre calvo que comía en la mesa frente a la suya. De pronto el hombrecillo se inclinó:

—Deseo que todos los mexicanos se ahoguen en mierda —le dijo en voz baja.

—Soy española...

—¡Muy elegante ser español cuando conviene! —contestó el calvo, subiendo la voz.

Amparo y Perico sonrieron. Nadie dijo nada y Consuelo tuvo la seguridad de que los insultos y el silencio estaban acordados de antemano. Se retiró a su cuarto. "Tengo que irme de aquí." Contó el dinero y advirtió que no tenía bastante para transportar su equipaje. Hundió la cabeza en la almohada y lloró. No quería ver nunca a nadie del pueblo.

Llovió todo el día. Consuelo vio caer la lluvia a través de las rendijas de su persiana bajada. Salió del hostal y, para no ver a nadie, se fue al café de los choferes, espacioso y húmedo. Se sentía humillada; temía que su familia descubriera su escondrijo. "¡Ese Ramiro!" En la barra, unos jóvenes hablaban de futbol y de alguien que había sido asesinado en el País Vasco. No quiso escuchar, no le interesaba. Un jovencito, con cazadora azul marino, cara abierta y risa fácil, se plantó frente a ella.

—Camarada, voy a sentarme aquí; sé lo que te ocurre con los paisanines —dijo con voz decidida.

El chico empujó con el pie un taburete y se sentó a su lado.

—¿Qué me ocurre?

—¡Hombre!, que todos son unos fascistas —contestó, inclinándose para decir la última palabra en voz muy baja.

El muchacho lanzó una mirada satisfecha, encendió un cigarrillo y sonrió. Después miró hacia todas partes con rapidez y le pasó una revista que llevaba escondida bajo la cazadora.

—*¡El Viejo Topo!* —dijo con voz de conspirador.

Consuelo trató de esconder la revista, que debía ser muy subversiva, y miró al chico, asustada.

—Estos paisanines son tremendos. ¡Mira, pintan sus madreñas de negro para ser más elegantes! Yo las uso blancas —y levantó un pie para mostrar sus madreñas de madera clara. Consuelo se echó a reír y el muchacho dio varias palmadas y ordenó un coñac.

—Tengo gente adentro del hostal. Tú no te preocupes, hemos hecho las listas y les daremos cuerda a todos —y el chico dio una larga chupada a su cigarrillo—. ¡Oye, me llamo Manolo! El paisanín ese que te dijo que te ahogaras en mierda no es de este pueblo. Lo trajo un moro hace ocho años. Se llama Marcelo y es ¡maricón! Ma-ri-cón. Como lo oyes.

Consuelo iba a reír, pero vio entrar a Gil, que se colocó en la barra y los observó con ira mal disimulada. Manolo le sostuvo la mirada; luego, inquieto, se inclinó sobre su amiga.

—¡Mírale! Se llama Gil. Es el que te llamó comunista. No te preocupes, yo vigilo. Estos paisanines son tremendos, dicen que no eres Veronda. Y sí que lo eres ¿verdad?

—¡Claro! —aseguró ella, sorprendida.

Gil se acercó a ellos, dudó y volvió a la barra. Manolo juzgó que debía retirarse, "Andaré por ahí" dijo, y salió pisando fuerte, balanceando su enorme paraguas negro. Gil bebió algunas copas de coñac y se marchó. Consuelo lo vio desaparecer entre los remolinos de lluvia que azotaban la calle. Ella se quedó allí, pensando en que no tenía adónde ir, salvo al cuarto húmedo. Era tarde y tuvo que irse, en medio del viento helado que bajaba de las montañas con una furia tan violenta que no le permitía avanzar. No llevaba paraguas y en unos segundos quedó empapada como una sopa. Del quicio de un portal salió Gil y la atrapó. Tomada por sorpresa, se dejó llevar sin resistencia a su automóvil. Gil la introdujo en el asiento posterior y partieron a toda velocidad. Pasaron frente a la casa junto al río que, en aquel momento estaba envuelta en la tormenta, y enfilaron por la carretera. Corrieron por la noche oscura, barrida por el viento; la lluvia golpeaba el parabrisas y afuera sólo había sombras fantásticas. Gil tomaba las curvas a una velocidad vertiginosa. Consuelo no sentía miedo, iba resignada. ¿Qué podía hacer en medio de una tormenta y ante la cólera ciega de aquel maniático? De pronto, el auto se detuvo en una cuneta junto a algo que parecía una casa abandonada. La tormenta pareció crecer en violencia, el viento helado se coló por las rendijas del auto y la noche entera pareció derrumbarse sobre el vehículo estacionado en ese lugar absurdo. Gil echó los faros sobre la casa despintada e invadida por la maleza. Consuelo vio su puerta y sus ventanas condenadas.

—Los rojos asesinaron a muchos. Los liquidaban de noche. ¿A cuántos se cargaron? —preguntó Gil.

—No lo sé. Yo era niña y me marché con mis padres...

—En esta casa mataron a cuatro de ¡tus asesinos! que habían matado a noventa y dos —contestó él.

La casa despintada, envuelta en la tormenta, tenía algo demasiado quieto, inmóvil en un instante de horror. Era intocable. Toda la lluvia del mundo no lavaba la sangre acumulada. "¡Cuánto rencor!", se decía Consuelo, y recordó que en México había habido una revolución y los odios y rencores personales estaban borrados. A la gente la movían otras cosas que miraban al futuro; no estaba estacionada mirando con odio al pasado, llevándose unos a otros las cuentas. Gil apagó los faros y, en la oscuridad completa, ella no pudo pensar en nada, sólo en la caída de la lluvia y el soplar del viento. Estaba paralizada por el terror.

—Puedo hacerte bajar y darte una paliza para que quedes más roja que tus asesinos —dijo Gil.

Ella no contestó. De pronto supo que era peligroso abandonar a aquel individuo a sus pensamientos y pidió encender la radio para escuchar música. El hombre obedeció y la alegría de la música pareció calmarlo. Al cabo de unos minutos volvieron a correr a toda velocidad, cruzaron un pueblo y Gil detuvo el automóvil frente a una discoteca. Ocuparon una mesa al fondo del local. Los rayos violentos de los reflectores verdes, violetas y rojos iluminaban los ojos borrachos del hombre sentado frente a ella. Nunca pensó que aquel "paseo" terminaría en una discoteca pobretona y casi abandonada. Se sintió segura.

—Quiero saber qué es mi familia —dijo con voz firme.

—¿Su familia? ¡Roja! Roja perdida. Ramiro es un buen chico, salió de la nada... —dijo Gil con voz cansada.

—No me interesa que sea roja. Quiero saber por qué son mi familia. ¿Pablo de quién es hijo? —Gil la miró con sus ojos pequeños e inyectados de sangre y estiró un brazo sobre la mesa; se diría que iba a caer dormido.

—Alfonso, el padre de Concha, y Adelina y Pablo son hijos de Lolina, la sillera, a la que nunca se le conoció marido...

—Y mi tío José Antonio y mi tía Adelina, ¿cuándo murieron?

Gil se enderezó, la miró con sus ojos desprovistos de pestañas, como los de un pájaro, y dio un puñetazo sobre la mesa.

—¡Ésos nunca existieron! ¡Nunca! He visto todos los papeles del municipio y nunca existieron... ¡Pobre Adelina! Su padre, Alfonso, quería que fuera una señorita y ¡mire ahora! cuida cerdos y descarga sacos. Concha es viuda de un cubano; nunca lo quiso. ¡Ésa no quiere a nadie! Eulogio y Ramiro son chicos excelentes. ¡Excelentes! —Y dio un nuevo puñetazo sobre la mesa.

—¿Son excelentes y son rojos? Entonces, ¿por qué me acusó a mí de ser comunista?

—Hoy estaba usted con Manolo, ese hijo de puta. Y mire, Ramiro la conoce mejor que yo, no importa que sea rojo, es ¡excelente! Siempre lo fue. Además, Pablo me debe muchos favores, ¡muchos! —afirmó Gil, con los párpados entornados.

Las luces rojas, verdes, violetas y anaranjadas continuaban pasando sobre el rostro enjuto del hombre que, con sus ropas viejas, parecía un payaso usado y roto.

—Y estos tíos, José Antonio y Adelina, que se ha inventado usted ¡nunca existieron! ¡Nunca! —repitió Gil, centelleante de cólera.

Consuelo comprendió que debía callar. Cuando volvieron al hostal, continuaba lloviendo. Estaba empapada y el agua chorreaba de sus cabellos. El pueblo parecía haberse ahogado. Al bajar del auto, Consuelo se encontró paralizada por el terror; quizás había hecho demasiado esfuerzo en mantenerse tranquila frente a aquel demente y trató de correr hasta la puerta abierta del hostal. Subió la escalera oscura y a tientas buscó la puerta de su cuarto. ¡Si pudiera encontrar a alguien de confianza! Se dejó caer en la orilla de su cama. Estaba asqueada: había soportado insultos, miedo, ¿por qué? ¿Quién era ese individuo amenazador que negaba que hubiera existido su familia? El hostal vacío y la puerta abierta le dieron miedo. Debía dejar el pueblo, irse, pero ¿adónde y con qué dinero?

Por la noche, el comedor estaba quieto; fijó la vista en su plato, en el que se enfriaba un trozo de carne con patatas. Alguien la miraba. Levantó la vista y vio la cara de Ramona pegada a los vidrios de la ventana que daba a la callecita lateral. En la oscuridad de la noche, el rostro de la mujer era negro y los ojos brillaban febriles. Consuelo pareció hipnotizada y el huésped nuevo, el viejo amigo de Rosa, volvió los ojos rápidamente y sorprendió a Ramona. La mujer desapareció con velocidad. Marcelo, el ma-ri-cón, como lo llamó Manolo, comía con el cuchillo y masticaba con decisión. Perico y Amparo cenaban indolentemente. Era indudable que habían visto a Ramona. No supo si ir al Saltillo o tomar el café en el bar del hostal. Necesitaba reflexionar. Perico se mudó a su mesa.

—La veo preocupada, doña Consuelo. Mi hermano era un gran revolucionario y pasó toda su vida en la cárcel. ¡Toda! Salía y volvían a detenerlo y ¡pumba!, ¡pumba!, ¡pumba! Lo golpeaban tanto, que volvía a casa destrozado... Murió el año pasado. Lo recuerdo lleno de sangre, cuando volvía a casa, para que lo pillaran enseguida y ¡pumba!, ¡pumba!, ¡pumba! Pobre hermano, murió unos días antes que el Caudillo. No tuvo esa alegría...

Consuelo lo dejó hablar y observó sus labios rojos y su calva brillante. Llevaba dos anillos de diamante y sus gestos eran demasiado elocuentes. Sus ojos opacados y abultados fingían una simpatía no sentida. Consuelo agradeció las confidencias y evitó entrar en el cuarto de la televisión, en donde campeaba Marcelo. La chica teñida de rubio le salió al paso.

—No sé qué quiere Ramona. ¡Nada bueno! No, nada bueno. Anoche la encontré mirando hacia su ventana apagada. Me da miedo, yo en su lugar no volvería nunca a su casa. Papá le ha hecho muchos favores. ¡Así es papá! —dijo con su voz áspera.

—¿Quién es tu padre? —preguntó Consuelo.

—¿Mi padre? Es Pedro y Amparo es mi tía.

Amparo apareció por la puerta del bar que comunicaba con la cocina y la chica fingió leer una revista.

Una vez en su habitación, recordó la frase de Gil: "Pablo y Alfonso son hijos de Lolina, la sillera, a la que nunca se le conoció marido". La seguridad de que todos le mentían le produjo miedo. Quizás Manolo le diría la verdad. En el espejo vio su rostro lívido y se sintió muy cansada.

La despertó el bullicio del pueblo. A través de la persiana bajada le llegaron las campanas que llamaban a misa por el patrón del pueblo. Después, todos irían a la romería; sólo ella estaba sola, encerrada en el cuarto de un hostal de una estrella. Por la noche se halló en medio de los huéspedes y escuchó sus alegres comentarios: "Por un momento me creí dentro de un Renoir", dijo Rosa, la maestra de arte, moviendo sus pendientes hechos de plástico azul. Se volvió a Consuelo.

—Usted sabe que la República era la inteligencia y el franquismo, la pistola —dijo enfáticamente.

El viejo con mirada de pájaro sonrió y, acompañado de Rosa, se dirigió a su mesa. Era difícil soportar la soledad a la que la habían condenado. La acusaban de algo y ella sólo encontraba en las esquinas a Gil y al relojero. Ahora, también estaban dentro del hostal, charlando animadamente con Amparo. Cenó de prisa y volvió a su habitación. ¿Era ésa la hospitalidad tan cantada?

Oscurecía cuando pasó frente a la casa de su tío José Antonio. Sobre la piedra del enorme portón todavía estaban labradas sus iniciales: J. A. V. La casa estaba abandonada; las ventanas, cerradas; las tapias, derruidas y, en el jardín, los árboles crecían rotos, en medio de la maleza. Contempló los vidrios destrozados de los miradores. Una furia antigua sopló sobre la casa, para después abandonarla y dejarla en silencio. Había un misterio que nadie deseaba descifrarle. De pie, frente al portón, se sintió descorazonada; era inútil llamar, nadie acudiría. La furia destructora la expulsó de su casa y los vecinos la miraban con regocijo. "¡Su familia nunca existió!", dijo Gil, y las iniciales grabadas en la piedra se dejaban contemplar con tristeza. Dio vuelta a la esquina y vio que una de las ventanas del salón había sido convertida en puerta, que daba acceso a una farmacia. ¿Quién rompió esa ventana? ¿Quién destruyó la casa? ¿Quién la clausuró? Entró en la farmacia para encontrar alguna huella del pasado y un hombre de bigote retorcido apareció tras el mostrador. Ella no supo qué decir, atontada por el inesperado espectáculo. Recorrió con la vista las vitrinas, que encerraban frascos de etiquetas pequeñas y anuncios para la tos, los callos, alimentos para niños raquíticos y aceites para dorarse en la playa. La farmacia era pequeña; una puertecilla abierta entre sus estantes conducía al interior amplio, alguna vez acogedor y lujoso. El hombre se atusó el bigote. En su actitud había algo perverso.

—Unos somníferos... —dijo ella.

Era asombroso hallarse allí, percibiendo aromas medicinales... en ese lugar que antes tuvo muebles tapizados en oros viejos, alfombras, espejos, libros, flores y los cuadros que ahora colgaban en el Salón de Cabildos del ayuntamiento. Desde la ventana convertida en puerta, ella contemplaba el puente romano situado a unos cuantos metros de allí, en ese momento desdibujado por la llovizna. Desde esa ventana ella vio llover en el pasado, igual que ahora, sólo que antes la madera ardiente de la chimenea perfumaba la habitación e iluminaba los libreros. Contempló el puente romano, envuelto en la neblina y la llovizna. Sus hierbas y sus enredaderas la llamaban, como lo hicieron en el pasado. Trató de escuchar al río de aguas heladas que corría bajo su arco y una mujer la interrumpió.

—¿Cómo encuentra al pueblo?

—Igual... —le contestó a la desconocida, que la miraba con demasiada curiosidad.

Su interlocutora pareció asombrarse: "¡Igual!", ¡pero si todo había cambiado! El farmacéutico observó la escena e intervino en la conversación cuando se pronunció el nombre de José Antonio, al que la cliente no deseaba recordar.

—Sí, sí, algo he escuchado sobre el pobre José Antonio...

—¡Eladia!, deja de charlar; aquí tienes tus parches —gritó el farmacéutico.

Consuelo abandonó la farmacia. Se refugió en el antiguo café situado en la acera de enfrente. Estaba segura de que la mujer deseaba decirle algo y decidió esperar. La puerta iluminada de la farmacia parecía un espejo en el que se reflejaban personajes equivocados. El hombre y la mujer discutían. La humedad del café y la lluvia de la calle la cubrieron de tristeza. Cuando la mujer abandonó la farmacia, corrió tras ella y la alcanzó en la esquina, frente a la casa junto al río. La mujer se volvió, fingiendo sorpresa, sonrió bajo su enorme paraguas negro y esperó las preguntas. Consuelo se alisó los cabellos mojados; sólo deseaba saber la suerte de su tío José Antonio. La mujer miró en torno suyo y luego clavó la vista en el rostro de Consuelo.

—No recuerdo... he oído algo, creo que se suicidó... ¡Se ahorcó! —dijo la vieja Eladia y escrutó el rostro de su interlocutora a través de la llovizna y de las sombras.

La respuesta atroz de Eladia la hizo olvidar el agua que caía sobre ella.

—¿Se ahorcó...? ¿Ahí, en su casa...? —preguntó aterrada.

—No, eso sucedió en otra casa... en otro pueblo. ¡Por Dios, he hablado demasiado! ¡Calle!, ¡calle! Esto no conviene decírselo a nadie. ¡Suerte, mucha suerte!

La mujer se alejó de prisa, moviendo su enorme paraguas negro y ella quedó bajo la llovizna.

La casa junto al río continuaba quieta en la calle desierta. "¿Se ahorcó?", se repitió Consuelo. "¿Por qué me lo oculta Pablo?" Decidió ir a la casa del viejo en ese mismo instante. Cruzó el pueblo silencioso y lavado por la lluvia. Frente a la puerta de la casa de Pablo, dudó unos instantes. "¿Por qué calla?", volvió a preguntarse y apoyó la mano en la campanilla. ¡Entraría! Le abrió Ramona.

—¡Nos has olvidado...! Pablo está muy enfermo —dijo con aire abrumado.

En la habitación de techo bajo, Consuelo ocupó la silla que estaba junto a la cabecera de la cama del moribundo. Este, con los brazos cruzados sobre las mantas, miró a su pariente con gran enojo y ella sintió un asco repentino ante aquel anciano y aquella mujer oscura que fingían un sufrimiento innecesario. ¿Por qué querían aparecer como víctimas... y, víctimas de quién? Ambos la examinaban con reproche y, al cabo de unos minutos de silencio, el viejo exclamó indignado:

—¿Por qué no asistió usted al novenario del hermano de Ramona?

—Deja, Pablo, deja. Consuelo está muy ocupada, la vi bajar del auto de Gil...

—¡No era yo! —afirmó Consuelo con descaro. También ella mentiría.

Pablo se sentó en la cama y miró con severidad a Consuelo.

—¿Sabe usted que ese hombre es un asesino? ¡Un asesino! Incluso ha querido matar a su padre. Usted no debe mezclarse con los fascistas. Le he dicho que no opine de política. También sé que estuvo usted con Joaquín, el legionario azul. ¡Defínase políticamente! ¡Defínase! —exigió iracundo.

—¡Extrema derecha! —contestó Consuelo.

Pablo se dejó caer en su lecho, miró el techo con fijeza y Ramona se mordió los nudillos de los dedos como si pensara devorarlos. Entró Eulogio.

—La señora acaba de definirse; ¡extrema derecha! —dijo Pablo, y los tres se miraron asustados.

—Como todos los Veronda ¡azules! —repitió Consuelo.

—Efectivamente, como todos nosotros —contestó Pablo. Hubo un silencio y Eulogio salió para volver con los vasitos de anís y las tajadas de jamón.

—Mira, estas copas vienen de la casa de la señora Adelina —dijo Ramona.

—¿La loca de la peluca? —preguntó Consuelo.

—No, no, ésa era la otra, la que estaba un poco chalada. Tres veces entró al convento y tres veces salió. A mí, la señora Adelina siempre me quiso mucho. ¿Verdad, Pablo? —dijo Ramona.

—¡Verdad! —contestó el viejo a su mujer, concentrado en mirar el techo.

—¿Y quién era la otra? —preguntó Consuelo, esperanzada, creyendo que obtendría la verdad.

Los tres guardaron silencio. Luego Pablo se irguió en el lecho, se volvió a Consuelo y exclamó con aire de extrema dignidad.

—¿Cómo que quién era la otra? ¡La tía Antonina, la hermana de su padre, señora!

"La hermana de su padre, señora", escuchó Consuelo, asustada, y en la habitación de techo bajo, planeó una sombra siniestra, que se le antojó que era la de su tío José Antonio suspendido de una cuerda. Sintió miedo ante aquellos personajes que se desdibujaban en la penumbra de la habitación y decidió preguntar por él.

—¿Y mi tío José Antonio?

Pablo saltó como si un resorte mágico lo hubiera movido. Se sentó en el lecho y la miró con ojos vidriosos.

—¡No me hable de él! ¡Estaba loco! —y volvió a adoptar su posición horizontal, boca arriba y con los flacos brazos cruzados sobre el pecho, mirando a lo alto con aire digno.

—¿Has visto a Concha? —preguntó Ramona, mirándola con ojos ansiosos.

Pablo levantó un brazo y lanzó una mirada de ira a su mujer.

—Prohíbo que la nombres en esta casa. Usted debe saber que echó a mi madre a la calle. Yo mismo la vi venir por la ventana de la cocina y salí y dije: "¡Madre... Madre!" Hacía varios meses que no la veía, ya que estaba con esa mujer, a la cual no nombro. Mi madre se quedó a vivir con nosotros; ella quería legarme todo, pero yo no acepté. Llamé a un notario y delante de testigos hice que nos heredara a todos por partes iguales.

—¿Quién era tu madre? —preguntó Consuelo, con voz indiferente.

Pablo dio un golpe sobre las mantas y volvió a enderezarse iracundo.

—¿Mi madre? ¡Lolina...! Lolina Veronda... De Veronda...

—La hija predilecta de tu abuelo —añadió Ramona.

—Y hermana de su padre —terminó Pablo.

Consuelo lo escuchó disgustada. Su padre nunca tuvo una hermana llamada Lolina y si la hubiera tenido y fuera la madre de Pablo, éste no debería llamarse Veronda, sino llevar el apellido de su padre. Los tres sombríos personajes que tenía delante estaban mintiendo. Los observó con miedo, mientras ellos permanecían impasibles. En ese momento se escuchó la voz de Concha, llamando desde la escalera.

—¡Pablo...! ¡Pablo! Vengo a usar el teléfono.

El anciano no se inmutó al escuchar la voz de su enemiga, la que, según él, nunca pisaba su casa y había echado a la calle a su madre. Tranquilo, le ordenó a su mujer:

—Echa a la calle a esa mujer.

Ramona salió de prisa. De abajo llegaron rumores de voces: eran Ramona y Concha, que conferenciaban.

La vieja volvió a la habitación para anunciar con aire compungido.

—Le dije que no insista en llamar desde aquí y que no vuelva nunca.

Pablo cerró los ojos, parecía extenuado. Eulogio y Ramona acompañaron a Consuelo hasta la puerta; al despedirse, vio colgados en el muro de entrada dos medallones del siglo XIX y tuvo la corazonada de que habían sido robados.

—Me los regaló la señora Adelina —confesó la vieja, que había seguido su mirada.

Ya era tarde para cenar en el hostal. No quiso encerrarse a solas consigo misma en la humedad de su cuarto; caminó al azar, preguntándose por qué todos le mentían y, sin darse cuenta, pasó frente a la casa junto al río, envuelta en silencio. Tampoco ella quería confiarle su secreto. Las rejas despintadas y los prados sin rosales ni violetas la dejaron inquieta: "Aquí pasó algo..." Vio avanzar un automóvil que se detuvo frente a ella y Gil saltó a la acera.

—¿Busca algo?

—Doy un paseo...

Gil llevaba la misma cazadora verde y los mismos pantalones amplios. Fijó en ella sus ojos borrachos y trató de interceptarle el paso, pero ella se dirigió al hostal.

—Ya me dijo Ramiro que usted habla varios idiomas. ¡Como en el cine! Usted me recuerda a esas mujeres que salen en el cine, muy elocuentes, muy preparadas para engañar a todos. Esas mujeres que llegan de Rusia. Dígame ¿conoció allá a Amparo? —preguntó el hombre.

—¡No diga estupideces! Amparo nunca estuvo en Rusia, ni yo tampoco...

—¿Trata de engañarme? Amparo sí estuvo en Rusia. Lo sabemos todos, desde ella hasta Ramiro. ¡Vamos!, contestó subiendo la voz.

Consuelo siguió caminando; de pronto se detuvo y se volvió para encararse con Gil.

—¿Cómo murió mi tío José Antonio?

—¡Le tengo dicho que esos tíos suyos no existieron nunca! —gritó iracundo.

Consuelo volvió sobre sus pasos. Antes de encerrarse en el hostal, regresaría a casa de Pablo y lo acorralaría hasta sacarle la verdad sobre su familia. Gil la siguió y ella no dio importancia a aquel maniático. Llamó con ira a la puerta de Pablo y encontró a este dedicado a la lectura del periódico. El viejo, sorprendido, se quitó las gafas: "Sí, sí, leyendo, como todos los Veronda", dijo, mientras Consuelo lo observaba con ira.

—¿Por qué no quieres hablar de mi tío José Antonio?

Pablo se sentó en la cama. Su mujer quiso intervenir, pero él le hizo un ademán enérgico para callarla.

—Sí quiero hablar, señora. Le dije que se volvió loco... Yo no quería apenarla... La última vez que le vi iba por la carretera de Peña, vestido de negro. ¿Recuerda que siempre vestía de negro...? Le gustaban los paseos solitarios. Sí, le gustaban... Él era así, solitario y callado... ¡Qué horror, qué pena! Espero que usted no practique esa costumbre —dijo el viejo, con voz triste.

—¡Ay! todo se acaba; mi pobre hermano murió... —intervino Ramona.

Esperó a que continuaran, pero los dos viejos callaron y ella supo que habían cerrado los labios para siempre. La repentina tristeza de Pablo le cayó encima como una capa de cenizas y escuchó su extraña frase: "Espero que usted no practique esa costumbre..." ¿Qué quiso decirle ese viejo de mirada atroz, súbitamente triste? Investigaría por su cuenta: iría al cementerio a buscar las lápidas de sus familiares, así sabría las fechas de sus muertes; después continuaría en la búsqueda de sus huellas, hasta solucionar el misterio.

Cavilaba en su habitación, cuando escuchó nuevamente los golpes y las voces en un cuarto cercano. Se lo diría a Amparo, eran inquietantes aquellas escenas nocturnas y violentas, llevadas en voz baja. Antes de caer dormida, se prometió no preguntar a nadie por el cementerio. No deseaba que nadie supiera sus planes.

El cementerio más antiguo se hallaba en las afueras del pueblo, en el camino de la Capilla de San Antón. Muy temprano se dirigió allí. Las calles habían cambiado, pero daría con él. Tomó callejuelas solitarias y rápidamente se encontró en la cuesta de San Antón. Lloviznaba ligeramente y los árboles se difuminaban en la niebla y el agua que caía con suavidad. Tomó el caminillo empedrado, húmedo y resbaladizo. El campo olía a verde y muy cerca estaban las montañas que cerraban al pequeño valle. La tierra perfumada por los manzanos era amable.

—¡Camarada! —la llamó una voz de muchacho.

Se detuvo y miró hacia todas partes: no había nadie, sólo la llovizna envolviendo a los árboles con una penetrante melancolía.

—¡Camarada!

Repitió la voz. Descubrió a Manolo, escondido tras unas tapias derribadas. Miró hacia atrás y cuando se hubo cerciorado de que nadie la seguía, se dirigió adonde estaba el muchacho. Manolo tenía el rostro mojado y un aire solemne.

—Estos paisanines son tremendos. ¡No vayas al cementerio! Yo sé que vas allá, todos lo sabemos. ¿Para qué vas?

Asombrada, no supo qué contestar. Manolo se dio importancia, hizo girar su enorme paraguas negro y dio puntapiés a las piedras.

—Vienes sin paraguas... ¿No tienes? —preguntó con asombro.

—¡No! No tengo paraguas...

Manolo enrojeció; ignoraba que careciera de dinero hasta para comprarse un paraguas y sintió vergüenza por tener algo de lo que su amiga carecía. Se movió inquieto.

—Tú quieres visitar las tumbas de esos tíos tuyos, pero no las vas a encontrar. Yo soy un paisano muy listo; ya las busqué y resulta que no existen.

Lo miró boquiabierta, mientras la llovizna tupida continuó cayendo.

—Mira, mi padre es el cartero. Los carteros sábenlo todo. ¡Todo! Esas tumbas no existen. Veo que eres de otra época, que no te enteras de nada. ¡Vamos!, que los enterraron en tumbas para pobres. No compraron el terreno, pasaron siete años y echaron los huesos al osario común. ¿Entiendes? Los paisanines creen que vas a buscar sus tumbas y no te conviene. Regresa al hostal y hazte la tonta... Yo seguiré con mis contactos y ya te avisaré lo que vaya sucediendo. ¡Aquí hay más mierda...!

—¿Cómo sabes tanto?

—No preguntes. Tampoco le tengas miedo a Gil. Ese paisanín mucho jugar con su pistola y no asusta ni a su madre. Vuelve al hostal, que no conviene que nos encuentren aquí de charla.

Manolo parecía preocupado bajo su enorme paraguas negro. La vio alejarse cuesta abajo: ¿cómo supo Manolo que iba al cementerio? El chico no la engañaba. Entró en el pueblo con las ropas mojadas y el cabello chorreando; se encontró al relojero, el cual no se dignó mirarla, amparado bajo un paraguas negro. Desde la puerta de una tienda la saludó Joaquín, el marido de Josefina. Entró en el comercio a refugiarse de la lluvia y saludó al antiguo miembro de la División Azul.

—¡Qué manera de llover! Espere aquí a que amaine... —le dijo Joaquín, poniéndose encarnado.

Sorprendida por su cortesía, no supo qué decir; era la primera vez que recibía un gesto amistoso en ese pueblo hostil, de alguien que no fuera Manolo. Sobre una mesa se hallaba una máquina de escribir, la que Joaquín limpiaba con esmero. Lo observó trabajar y fumó un cigarrillo. Era difícil entablar un diálogo con aquel hombre tímido. La tienda estaba sola, aislada por la lluvia que arreciaba por momentos.

—Usted estuvo en Rusia...

Joaquín no levantó la vista; continuó limpiando la máquina.

—Gente muy dulce la rusa —dijo como para sí mismo.

Su respuesta la desconcertó. Ella sabía por Concha que su hermano había muerto en aquel país. Escuchó caer la lluvia y después de un rato le preguntó por qué se había ido de voluntario a la División Azul, si pensaba que los rusos eran "tan dulces". El hombre dejó su trabajo y miró hacia la calle.

—Yo era casi un niño cuando los rojos mataron a mi padre... Un poco después, también mataron a mi hermano mayor. Fue una tragedia. Más tarde, cuando pidieron voluntarios para ir a Rusia, me inscribí. Sucedió que una mañana mi hermano menor fue a comulgar y al volver a casa anunció: "¡Me voy a la División Azul!" Yo decidí hacer lo mismo.

La voz de Joaquín no se alteró. Miraba algo y su pasado entró a la tienda, cubriéndola de una melancolía infinita. Se diría que sobre ambos cayeron copos de niebla. Joaquín dejó sus manos quietas. En el cenicero, los cigarrillos encendidos levantaron columnas caprichosas que escribieron signos irrecuperables, evocados en la mañana de un pueblo perdido. Joaquín se echó a reír.

—Recuerdo que, durante una licencia, un compañero y yo llegamos a Madrid. No conocíamos a nadie y decidimos ir al teatro. Llevábamos los uniformes azules y las botas negras limpísimas. Queríamos dar buena impresión y al avanzar por el pasillo del patio de butacas, las botas crujían como si fueran truenos. La función había empezado y los espectadores se voltearon a vernos, pues dábamos un paso y ¡crac! otro y ¡crac! Nos quedamos quietos. Volvimos a avanzar y los actores interrumpieron sus parlamentos para mirarnos. Entonces, nos apoyamos en los brazos de las butacas y avanzamos columpiándonos, sin pisar suelo. Los actores empezaron a aplaudir...

Joaquín rio de buena gana al recordar aquel episodio juvenil. Consuelo observó su cabello rubio mezclado con canas, su nariz recta y sus ojos nostálgicos. "Debe haber sido muy guapo", se dijo. Invocados por él, aparecieron en la tienda dos oficiales de uniforme azul en un patio de butacas. Era él quien proyectaba aquella imagen remota, era su pasado magnífico en la modestia de la tienda. "Para los hombres, siempre su tiempo de guerrero es su mejor tiempo, de cualquier bando que sean", pensó Consuelo, y recordó a su abuelo y a sus amigos y conocidos hablando siempre de sus acciones de soldado.

Joaquín cesó de reír y puso orden en sus lápices.

—Josefina quedó huérfana. A su padre lo fusilamos los nacionales. Era comunista; las guerras civiles son atroces. Su padre era muy buena persona, murió por sus ideales, como mi hermano. Al volver de Rusia la conocí y nos casamos.

Hablaba con inocencia, convencido de sus palabras modestas y mirando hacia la calle como si de la vía le llegara su pasado. La acompañó hasta la puerta, había olvidado la cortesía y el gesto del hombre la hizo salir dando traspiés.

En el vestíbulo del hostal se encontró a Amparo; su mirada gruesa, aumentada por los cristales de sus espesas gafas, cayó imperturbable sobre sus cabellos y sus ropas mojadas.

—Estuviste con Joaquín. ¡Pobre diablo! Fue el héroe local. ¿Sabes lo que hizo? Cuando volvió de Rusia, toda la gente de los alrededores lo esperaba en la estación con banderas y flores. Pues bien, él lo supo y se apeó del tren en el pueblo anterior. ¡Eso se llama abandonar el éxito! ¿No estás de acuerdo? Míralo ahora, de empleado. ¡Pobre diablo! —dijo con voz desdeñosa.

Consuelo la escuchó asombrada.

—No me juzgues mal, imagínate que tres personas de su familia murieron por los Nacionales. ¿No crees que podía tener una situación mejor? —prosiguió Amparo.

—Sí, mucho mejor...

—Es un imbécil; en cambio, mi madre y yo sufrimos y luchamos... y ya ves...

Consuelo subió a su habitación; no le interesaban las confidencias cínicas de Amparo. "Joaquín es un imbécil porque no supo aprovechar el éxito." Tampoco ella lo había aprovechado. Procuraría no escuchar más a la gente del pueblo y durante varios días evitó cualquier palabra o roce con ellos.

"Mañana a las seis en el café de los choferes. Manolo", decía la nota que encontró bajo la puerta de su habitación.

Manolo llegó puntual al café, haciendo sonar sus madreñas blancas. Ordenó un coñac y ocupó un taburete frente a su amiga.

—Camarada, sucede que estos paisanines son cerrados. El viejuco ese, Pablo, está enfermo desde que tú llegaste. ¡Qué pantomima la de este fascista!

—¿Fascista? Me dijeron que era rojo —dijo Consuelo.

—¿Rojo? ¿Rojo ese tramposo? Es muy viejo, muy triquiñuelo para ser rojo... Mira, nadie quiere decir nada, pero yo sigo la buena pista. ¿Ya te dije que mi padre es cartero? Cuando yo era niño, a veces repartía cartas y cuando llegaba a la cocina de ese paisanín y salía la paisana tan enorme y tan negra, yo estiraba la mano, le daba la carta y salía pitando. Esa paisana es negra y siempre se está comiendo los dedos. ¡Malo, malo! El paisanín repartía carbón en una furgoneta... Mi madre es maestra de escuela y tiene conciencia de clase, pero en cuanto le hablo de esto, me tira un coscorrón...

Manolo se detuvo y encendió un cigarrillo; parecía preocupado. Estaba alerta y a Consuelo le pareció que tenía miedo.

—El paisanín se iba a las tabernas a jugar a las cartas. Yo acompañaba a mi padre. ¡Mi padre era un buen camarada! El carbonerín echaba la cabeza hacia atrás, cruzaba los brazos sobre el pecho, cerraba los ojos y simulaba tirar cualquier carta. ¡Vaya cómico! Yo lo llamo el cadáver...

Consuelo se echó a reír: la imitación que Manolo hacía de Pablo era perfecta. El chico se puso serio.

—¿No me crees? Así era y supe que en los días en que a tu tío lo golpeó un camión en la carretera a Peña, el paisanín se puso muy enfermo, como ahora...

—¿Lo golpeó un camión? —preguntó Consuelo, aterrada.

—¡Sí!, información de primera mano. Esto pasó antes de que yo naciera y es información ¡confidencial!, de primera mano. Paréceme que tu tío volviose loco con el golpe, porque ya nunca salió de esa casa —añadió Manolo, mirándola con fijeza.

—¿Qué casa?

—¡No entiendes nada, coime! La casa de Peña; allí se ahorcó tu tío. Lo encontraron una semana más tarde. Es confidencial... Tu tío tenía el traje negro desgarrado y estaba lleno de golpes. Tal vez fue el camión. Dicen que volviose loco y ya no quiso salir de esa casa... No lo creo —agregó el chico en voz muy baja.

Consuelo recordó el paseo a Peña, la soledad de la carretera, el automóvil que pasaba zumbando junto a ella y la casa quieta que fascinaba a Concha. La puerta abierta mostraba un interior desordenado y sucio y la mujer oscura, con la mosca en la frente, la miraba con algo parecido al odio. Se alejó de allí, impresionada por la suciedad, los árboles mutilados y el gesto impenetrable de la vieja. Recordó que bajo unos árboles estaba un carromato de gitanos. Escuchó decir a Manolo:

—A tu tío lo encontraron con el reloj de oro. Paréceme muy raro que no lo hayan robado. Por esos días estaba por ahí un carromato de gitanos... Tú sabes lo que hacían, ¿verdad...?

Manolo se volvió, inquieto, y Consuelo descubrió acodados a la barra a Perico y al relojero, que los miraban con inquietud.

—¡Ahí está el relojero! Es un fascista; se llama Alberto y como arregla los relojes, se entera de todo. No sé qué hace con el músico ese de la charanga, ese Perico que nunca dio un golpe...

—La casa de Peña es de los padres de Ramona, ¿verdad? —preguntó Consuelo.

—No sabía que esa paisana tuviera padres. Ella no es del pueblo; iré a mis contactos... Tú calla y espera —contestó el chico, visiblemente nervioso ante la insistente mirada de Perico.

—Márchome, el Perico y el relojero irán a ver a mis padres, son confidentes y muy amigos de Concha y de Gil. Hay que callar. Vete con cuidado...

Lo vio salir, balanceando el paraguas y golpeando las madreñas, y ella quedó allí, escuchando el trote del carricoche que conducía a los dos enlutados por caminos empedrados y entre ráfagas de lluvia. Los niños a los que el prior despertó en el monasterio estaban muertos: Martín en México y José Antonio asesinado.

Y ella estaba allí, escuchando su muerte, recitada por un chico de rostro de manzana. "Pablo conducía una furgoneta y desde un camión golpearon a mi tío, lo llevaron a la casa de Peña y una semana después apareció ahorcado..." La conclusión era siniestra: Pablo y Ramona lo habían asesinado. Todos lo sabían.

Tuvo miedo y evitó mirar hacia la barra en la que Alberto y Perico continuaban acodados. ¿Por qué callaban? Salió corriendo. Al entrar en el hostal, se encontró con las mujeres viejas que jugaban a los naipes. Amparo le salió al paso.

—¿Sucede algo? —le preguntó con una sonrisa floja en sus labios de batracio.

—Nada.

El viejo amigo de Rosa, la observó con una mirada rápida. "Iré al pueblo vecino a buscar alojamiento", repitió durante la cena. No podía olvidar a su tío José Antonio, y el silencio que la rodeaba le produjo pánico.

En medio de la llovizna de las siete de la mañana se dirigió a la parada de autobuses y compró su billete. Sólo había unos pocos aldeanos cuando apareció también el relojero y compró un billete para ir al mismo pueblo. ¿Para qué la seguía aquel hombre? En la acera de enfrente, estaba listo para partir el autobús que iba en dirección opuesta; cruzó la calle y lo abordó. El vehículo salió inmediatamente y Alberto, el relojero, tomado por sorpresa, se quedó mirándola partir. Durante el inesperado viaje a Covadonga olvidó mirar los pueblos que cruzaba. "¿Por qué estaba allí el relojero?", se repitió mil veces. Al llegar a Covadonga, era la única viajera.

Covadonga estaba desierta. Desde las montañas bajaba un aire frío y transparente y se escuchaban el agua de la gruta y el rumor de las ramas de los árboles. Caminó sin rumbo y luego enfiló hacia la basílica. La encontró vacía; el pendón azul colgaba junto al altar mayor y parecía un trozo de agua congelada. No pudo rezar. Salió a contemplar la mañana intacta, encerrada bajo el cielo por los montes verdes. Se dirigió a la Cueva, le pidió consejo a la Virgen de rostro visigodo, encendió un cirio grueso y lo colocó sobre el pretil de piedra abierto al viento; después, terminó de oír la misa celebrada por un sacerdote muy viejo. Al terminar, corrió tras él y lo alcanzó en el pasaje abierto en la roca.

—¡Padre! Necesito hablar con alguien...

Caminaron juntos hasta las terrazas de baldosas blancas y allí le explicó que estaba sola en el mundo, que había venido a buscar refugio en el pueblo de sus padres. El viejecito la escuchó en silencio.

—Ahora tengo miedo. Hay una familia que pretende ser mi familia...

—Lo sé todo. Pon tierra de por medio, mucha tierra, estarás más segura.

Lo escuchó asombrada. Los sacerdotes sabían todo antes de que hablaran los penitentes; ya le había ocurrido en otras ocasiones. Tenían el don de la videncia. Estuvieron un rato en silencio; el viejo miraba las montañas con aire apacible.

—No tengas miedo. Es falta de confianza en Dios; pero pon tierra de por medio —insistió.

Pasearon por las terrazas de losas blancas y hablaron del buen aire de las montañas.

—Estás muy pobre, lo sé. Abajo hay fondas baratas; come en una de ellas y toma el autobús de las tres de la tarde. No te conviene tomar el de las siete de la noche. Ahora oscurece muy temprano —le recomendó el sacerdote.

Consuelo le preguntó por qué debía tomar tantas precauciones.

—¿No eres la sobrina de Adelina y José Antonio?

—Sí...

—Pues por eso mismo —contestó enigmático.

Consuelo obedeció sus órdenes y tomó la rampa solitaria y bien cuidada para bajar al estrecho valle. La soledad inocente de aquel lugar le produjo miedo; tuvo la sensación de que nunca terminaría de bajar. Un automóvil se detuvo frente a ella y reconoció a Ramiro y al relojero.

—Sube, te llevamos —ordenó Ramiro.

Pero, si ellos iban arriba y ella bajaba... "Sube, te llevamos", repitió Ramiro. La soledad absoluta la dejó indefensa frente a los dos hombres que la invitaban a subir, y obedeció. Ocupó el asiento de atrás y escuchó la conversación de los dos hombres, que hicieron girar el auto y éste tomó la cuesta abajo.

Alberto era un poco tartamudo; se diría que separaba las sílabas en un tic-tac, tic-tac. Ambos hablaban de los "curas faldones" y de las faltas cometidas por las mujeres solas. "Son tías raras", y ambos rieron impunemente. No debía sentir miedo, pero no podía impedirlo. Vio que Ramiro detuvo su automóvil en una huerta y lo escuchó ordenarle que bajara. Tomaron un sendero que los llevó a una casa escondida entre los árboles. Era una taberna bien cuidada. Ocuparon una mesa y el tabernero se dedicó a mirarla con descaro. Sólo estaban ellos tres, sentados a una mesa y sin cruzar palabra. Después, salió la tabernera a observarla con mirada escrutadora. Notó que Ramiro les hacía una seña a los taberneros.

—Creíamos que era usted la señora Veronda que estuvo aquí hace tres años. Venía con su marido, los dos muy elegantes. Comieron afuera; yo misma les serví —le dijo la tabernera a voces.

Consuelo supo que hablaban de su hermana. Estaba desconcertada.

—La señora traía alhajas muy buenas: pulseras de oro, anillos de diamantes; era rubia, se parecía a usted... pero en elegante —afirmó el tabernero.

—No quiso ver a la familia del pueblo. Supimos que no se detuvo a buscarla —dijo la mujer, con voz rencorosa.

—Vino varios años, pareciole poco la familia, la reconocimos por el aire, el parecido —afirmó el hombre.

—Era mi hermana... no era yo... —dijo Consuelo.

—¿Tu hermana? ¿Dónde está tu hermana? —preguntó Ramiro, alarmado.

—En Madrid —contestó ella al recordar al sacerdote.

El relojero movió la cabeza como un péndulo y, después de terminar la sidra, los tres volvieron al automóvil. Desconoció el camino de regreso y desconoció los pueblos. Recordaba al sacerdote y el secreto revelado por Manolo: estaba segura de que los dos hombres iban a matarla. Se dio cuenta de que hacía años que le seguían los pasos; por eso la llevaron a aquella taberna para ver si era ella u otro miembro de la familia. Los pueblos apacibles le producían terror y le costó trabajo aceptar que habían llegado al hostal. En la terraza estaba el viejo amigo de Rosa. Se hubiera dicho que la esperaba. Cruzó el vestíbulo de prisa y el viejo la siguió. Le dio alcance al pie de la escalera y la llevó a un rincón.

—Usted tiene una mala impresión del pueblo. ¿No es así? —y la miró hasta el fondo de los ojos.

—No, no... lo que sucede es que estoy triste...

—Soy policía. Fui comisario y conozco muy bien la mente criminal —le contestó el viejo.

—Yo no soy criminal...

—Vamos a ver; los crímenes se cometen por tres motivos: sexuales, económicos o políticos. Busque usted el motivo de lo que le sucede. Porque algo le sucede, ¿no es así?

—Sí... será político. Me acusan de ser comunista...

El viejo movió la cabeza y continuó observándola.

—No. No es político. El problema es económico. Conozco bien el caso y hay en juego una millonada. Los herederos legítimos no habían aparecido hasta ahora...

—No entiendo...

—¿No entiende que sus familiares murieron intestados? Los bienes están en manos del Ayuntamiento hasta que los herederos o la heredera legítima los reclame —concluyó el hombre.

—¿Habla de mí...? —preguntó Consuelo.

—Sí... conozco bien el caso. ¡Vaya con mucho cuidado!

El viejo le dio una palmada y prometió charlar más tarde. Ella, por su parte, debía guardar silencio.

Se sintió perdida. ¡Una millonada! ¿Y por qué aquel viejo que se decía comisario no actuaba? ¿Por qué la dejaba sola en medio de aquellos criminales activos? El viejo sabía que ella no tenía dinero y encima le recomendaba prudencia. Volvió a recordar que su tía Adelina le había legado el dinero a la iglesia, así estaba convenido en la familia. Sin embargo, el sacerdote le dio el mismo consejo: prudencia y poner tierra de por medio, "mucha tierra". ¡Nadie le decía la verdad! Quizás Manolo era el único y la verdad era que habían asesinado a su tío, que todos lo sabían y que nadie hacía nada. Perpleja, abandonó el rincón bajo la escalera, sólo para descubrir a Eulogio, metido en su tricot color de rosa.

—Mi padre está enfermo y quiere verte. ¡Vamos! Anda, vamos, que Concha y Adelina también están enfadadas contigo.

Eulogio le produjo un horror invencible: sus ojos de pelos enmarañados parecían arañas dispuestas a saltarle encima. Retrocedió y subió corriendo a su habitación. Al oscurecer, se fue a buscar a Manolo al café de los choferes. El chico la esperaba con aire circunspecto. Apenas empezaban a charlar cuando surgió un incidente: entraron dos chicos al café y Manolo les salió al encuentro.

—¡Se marchan de aquí! ¡No quiero estar con los guerrilleros de Cristo Rey! —dijo desafiante. Los recién llegados lo miraron con altivez y uno de ellos avanzó hasta él. Era más flaco y más bajo.

—¡Tú vas a sacarme de aquí! Yo no me marcho.

—¡Eres un crío! Crece y luego nos daremos con cadenas —contestó Manolo, midiéndolo con la vista.

—¿Un crío? Voy a cumplir diecisiete años.

—¡Vaya con este guerrillerín! —dijo Manolo.

—¡Soy! ¡Fui! ¡Seré! —exclamó el guerrillerín, saludando con el brazo tendido.

—¡Acojonante! ¡Acojonante! —repitió Manolo.

"Los enemigos" ocuparon una mesa vecina y pidieron un chocolate. Manolo se sentó junto a Consuelo.

—¿Has visto? Quédame pegado al suelo. ¡Vaya con el cristerín! Es acojonante, pero no es de este pueblo —explicó.

Consuelo se echó a reír y Manolo también. De pronto, cambió de expresión y le señaló al relojero, que en ese instante buscaba una mesa. Al verlo, "los guerrillerines" abandonaron el local.

—¿Ves tú? Es confidente. Ya se enteró de que aquí hubo bronca. ¡Vaya follón que va a armar ese paisano! —dijo Manolo, preparándose a partir.

Consuelo lo vio irse y permaneció sola, bajo la mirada del relojero. Éste se acercó a ella.

—Pueblo chico, infierno grande —le dijo con su voz de tic-tac.

También ella abandonó el café. Caminó un rato y se dio cuenta de que Manolo la seguía. Al llegar a la iglesia de piedra rosa, el muchacho la alcanzó y la hizo entrar al pórtico, donde se encontraba el nicho que guardaba el busto del hombre de rostro repulsivo.

—Mira a ese cabrón fascista. Vino de México a corromper a los paisanines. ¿Sabes lo que hacía? Echaba gasolina a los animales y les prendía fuego —explicó indignado. Manolo levantó un puño amenazador, pero el hombre de piedra permaneció impávido ante su cólera.

Se alejaron de la iglesia y caminaron bajo la lluvia. Le relató lo sucedido con el comisario, pero el chico no pareció sorprenderse: escuchó con atención y de pronto la detuvo.

—Camarada, esta gente es fascista. Te han robado hasta el nombre. La carbonera se pone en las cartas: "¡de Veronda...!" pero, también tú eres fascista. Fuiste a ver a esos curas y ellos te dijeron algo y ya no puedo confiar en ti. No soy intransigente; una persona de tu edad ya no evoluciona, ¡pero me diste un golpe!

Se sintió culpable delante de aquel chico. El nunca creería que los sacerdotes eran buenos, trató de explicarle lo que habló con el cura y cuando Manolo escuchó la recomendación: "pon mucha tierra de por medio", se detuvo preocupado.

—Están tramando algo tus familiares fascistas —dijo.

—Gil me dijo que eran rojos. ¿Sabes que Pablo estuvo en la cárcel? Lo metieron los Nacionales.

—Un cartero sábelo todo. Los carteros son como Dios, están en todas partes y tú no tienes a nadie en el mundo, por eso hoy tomé precauciones para que nadie se entere de la mentira que dijiste en la taberna. No te culpo, tu hermana no vive en Madrid; está muerta —dijo, y la miró con pena.

Volvieron a la iglesia y se sentaron en las gradas; se sentían deprimidos. Manolo buscaba indicios sobre la muerte de su tía Adelina, pero todos guardaban silencio. Cada vez enredaban más el caso. Ahora ya no era una tía la que atravesaba la galería para ir a la capilla, eran ¡tres! Manolo se rascó la cabeza; sabía algo nuevo.

—Los cuadros que están en el ayuntamiento eran de tu tía Adelina. El paisanín era un pintor que no daba ni golpe. ¿Sabes? No diremos que era Goya, pero sus cuadros valen mucho dinero. ¡Mucho! Tú no ves claro, no tienes una perra gorda y la clave está en el hostal... ¡Y tú ni te enteras!

Echaron a andar, pasaron frente a la casa de su tío José Antonio y se desviaron hacia una casa enorme y apagada. Sus muros rojizos parecían negros. Las ventanas estaban clausuradas y Consuelo la recordó como en sueños. "¿Cómo era posible que la hubieras olvidado?", se dijo. Manolo la observó en silencio.

—Gastó mucho dinero en perros blancos, en pieles, en perendengues. Cuando le traía las cartas, me recibía en un salón con muebles dorados. ¡Era una fascista! Se fue a Biarritz durante la guerra. Yo la conocí de vieja. Un día, los anticuarios vinieron de Francia y se llevaron todo. Sólo quedó ella y se prendió fuego. Pero no murió y nadie puede verla. Paréceme que sólo te vería a ti... Deberías entrar a visitarla; ella sabe lo que sucedió con Adelina.

—¿Entrar a su casa? —preguntó Consuelo, mirando aquel caserón muerto.

—En esta casa no vive nadie. Ya no es de Elvira. Ella vive en el hostal. No digas nada, entra en su cuarto. ¡Mira que te has pasado la vida chupándote el dedo! —contestó Manolo, con impaciencia.

Le pareció que Manolo deliraba. Elvira vivía en el hostal, ¿y se lo ocultaban? El chico se indignó: corría riesgos, investigaba, movía a sus contactos, ponía en peligro a su organización y el resultado era que ella no le creía nada. Consuelo prometió cumplir con las órdenes que le diera el chico.

—Busca a Elvira. Ahora me marcho; no conviene que nos vean juntos. Mañana la cita es en San Antonio —ordenó el muchacho.

Desde afuera del hostal, vio a los huéspedes, arropados en mantas y abrigos, mirando la televisión. Ya habían terminado de cenar y ella se fue al Saltillo a tomar un café. Estaba abarrotado, los parroquianos discutían sobre la democracia. A su lado surgió el relojero.

—No sé, no sé qué puede hacer un niño a estas horas de la noche. Debería estar en su casa, estudiando, cerca de sus padres —le dijo el hombre, sacudiendo la cabeza con enojo.

—¿Cuál niño? —preguntó Consuelo.

—El niño de mierda que juega a la revolución. ¡Manolo! Si sus padres se enteran...

El relojero insinuó algo sexual y Consuelo se quedó muda. ¡Eran capaces de acusarla de pervertir a menores! Lo leyó en las gafas verdosas del hombre y salió del café, tratando de disimular el terror que la invadió. Buscaría a Elvira, que vivía escondida en el hostal. Los huéspedes continuaban mirando la televisión. Detrás de la barra estaba Juanín y, contemplándolo con los ojos entrecerrados, Marcelo, encarado en un banquillo alto. Subió y se detuvo en el primer piso. Recorrió los pasillos apagados; por las puertas cerradas de las habitaciones no escapaba ningún indicio de luz. En el segundo piso descubrió una raya de luz y llamó a la puerta con suavidad.

—Elvira... Elvira..., soy yo, Consuelo Veronda —dijo en voz muy baja.

La puerta se abrió de golpe y ante ella apareció Marcelo, que avanzó dando voces:

—¡La mexicana! ¡Quiere entrar en mi cuarto! ¡Allanamiento de morada! ¡Soy funcionario del ayuntamiento, del Registro de la Propiedad Privada! ¡La meteré en la cárcel...!

Consuelo salió huyendo. No podía encontrar su habitación y apenas pudo introducir la llave en la cerradura de la puerta. Marcelo continuó dando voces, escuchó a Amparo hablando con él y pronto las voces se apagaron. ¿Cómo podía estar Marcelo en ese cuarto si acababa de dejarlo cortejando a Juanín? ¡Le habían puesto una trampa! Fumó varios cigarrillos y trató de no dormir. Muy tarde escuchó voces y amenazas en voz baja. Salió de puntillas y avanzó para atisbar en el pasillo contiguo: era Juanín, empujando la puerta del cuarto de Marcelo. "¡No te abro!", decía este con enfado. Volvió de prisa y se encerró con llave. Había descubierto el misterio de los golpes y las riñas nocturnas. Alguien cerró con precaución la puerta contigua. Recordó a la chica de cabello teñido, a Consuelo, que vivía en la habitación de al lado y sintió miedo. La había sorprendido espiando en el hostal de su padre.

Al día siguiente, temió enfrentarse con Amparo y prefirió ayunar. La mujer despedía una frialdad extraña, como si de verdad fuera un enorme batracio que saliera de las profundidades de un pantano helado.

Al oscurecer, ganó la calle en silencio para dirigirse a la capilla de San Antón. Apenas había dado unos pasos, se encontró con Adelina y con Concha, acompañadas de una desconocida. Las tres se cubrían con un paraguas y sonrieron al verla.

—¿De dónde sales? No te vemos ni en misa.

Afables, la tomaron del brazo y la llevaron al elegante café en donde se reunieron con Josefina.

—Mi tía no estaba loca, ni usaba peluca, ni se pintaba las cejas —le dijo a la mujer de Joaquín, con voz trémula de ira.

—¡Vamos, si lo dices tú! —exclamó Adelina.

Una de las mujeres sentadas a la mesa, se ruborizó y le dio una palmadita en el hombro; se llamaba Covadonga y era hermana de Joaquín. Tenía el cutis rosa y delicado de una inglesa.

—Fue una crueldad lo que hicieron con ella —acertó a decir.

Concha se volvió a Covadonga y clavó en ella sus ojos helados. Adelina se incorporó sobre su silla y las demás guardaron silencio.

—¡Era muy mística la señorita! ¡Muy mística! Pues yo la gozaba viéndola de lejos, riéndose sola, se echaba hacia atrás y se le caía la peluca —dijo con ferocidad.

—¡Pobre mujer! Se moría de hambre. Mi madre le enviaba comida y la encontrábamos sacando piedras del río para molerlas y vender la arena en el mercado. Comprende, Concha, que era muy buena —aseguró Covadonga.

—¡Odiaba a los niñines! ¿Cuántas veces mi pobre padre le rogó que viniera a casa? —contestó Concha, mirando a su amiga para hacerla callar.

Consuelo no entendía nada. ¿De quién hablaban? Las mujeres discutían sin dirigirse a ella ni darle ninguna explicación.

—Se tomaba por una gran señorita. ¡No niegues los humos que se daba! —dijo Adelina.

—¿Quién? ¿Mi tía Adelina? —preguntó Consuelo.

—Sí... ¡No!, la otra —contestó Concha, con voz seca.

—Se murió de hambre —insistió Covadonga.

—¡Mira mis manos! ¡Míralas! Yo trabajo, pero la señorita era tan mística que no podía trabajar; todo eran alabanzas al Señor —gritó Adelina.

Covadonga calló, era inútil discutir con sus amigas. Para disipar el mal ambiente, Josefina ordenó unos pastelillos y habló de la noche en que se incendió el pueblo. Todas recordaron las llamas, que contemplaron desde lo alto de la montaña adonde huyeron a esconderse. Consuelo recordó la carretera y las voces de sus padres, que la sacaron del pueblo para salvarle la vida.

—¡Ésa fue la noche fatal! ¡Fatal! —aseguró Covadonga.

Sí, había sido fatal. Las mujeres comieron los pasteles y guardaron silencio. Concha se volvió a Consuelo.

—Parece que eres muy amiga de Gil. Está "tochu" por ti. Le gustan mucho las mujeres. ¿Verdad, Adelina?

Las dos hermanas se echaron a reír. Covadonga, Josefina y la otra invitada se retiraron; era muy tarde y como seguramente la lluvia iba a arreciar, no deseaban mojarse. Un rato después, salieron Concha y Adelina, acompañadas de Consuelo. En la calle, las dos hermanas volvieron a reír. ¡Pobre Josefina, con el fracasado del marido!

—¿Sabes que al padre de Josefina lo fusilaron los azules? —le preguntaron.

—No sé nada...

Llovía a cántaros y Adelina, para hablar de la miserable vida de empleado de Joaquín, se internó en el jardín abandonado atrás del kiosko de periódicos. En el fondo, bajo el tejadillo de una discoteca clausurada, continuaron hablando. Consuelo escuchó los chillidos destemplados de una guacamaya.

—Es un pájaro de América, está ahí —explicó Adelina, y señaló vagamente hacia un muro.

Consuelo corrió para encontrar a la guacamaya encerrada en una jaula que colgaba del muro. El animal lanzaba alaridos y ella se identificó con el pájaro de plumaje raído, dispuesta a morir de tristeza bajo la lluvia pertinaz. Concha y Adelina sonrieron y de la oscuridad surgió Manolo, con su enorme paraguas negro, abierto como un hongo peligroso. El muchacho cogió a Consuelo por un brazo y se alejó con ella a través del jardín inundado por la lluvia.

—Las dos paisaninas sabían que te esperaba, por eso te trajeron. Querían estar seguras de que íbamos a vernos. No fuiste a San Antón. ¡Malo! ¡Malo! Anoche llevaron a Elvira a la cárcel. Todo lo haces mal, ¡coime! Te dejaste pillar por Marcelo. Ve mañana a la cárcel y que nadie te vea. Severina te espera.

Consuelo advirtió la impaciencia del chico. Ella hacía todo mal y él giraba sobre sus talones, para luego enfrentársele nuevamente y dar órdenes.

—¿Severina es de fiar? —preguntó ella.

—¡Completamente! Es fascista, pero no importa. No mata una mosca.

—¿Es uno de tus contactos?

—¡Uno! Sólo uno. Esto no se lo he dicho a nadie. ¿Oíste? Nos va el cuello a muchos. Si no estás dispuesta a obrar como un buen elemento y a tener conciencia de clase, es mejor que no vayas a verla. Puedes fastidiar a mi organización. Lo sentiría por Severina, que sólo es una come-hostias. ¡Vaya con la manía de Severina de tragar una hostia cada día...! ¡Hostia, digo yo!

—Iré con mucha cautela —prometió Consuelo.

—No hables con esas mujerucas que se dicen tus parientes. Las dejé pegadas al suelo ¿Te fijaste?

Les llegaron nostálgicos los alaridos de la guacamaya; su llamado sonaba trágico en la noche lluviosa.

—Manolo, ¿podrías hacer algo por la guacamaya?

El chico dio una patada en el suelo y salpicó de lodo a su amiga.

—¡No había pensado en ella! Espera, primero mataré a todos los fascistas y liberaré a la pájara esa. En este pueblo sólo vamos a quedar la pájara, la organización y tú —prometió satisfecho.

Se dieron cita para el día siguiente, al pie de la estatua de Don Pelayo.

—¿Sabías que Pelayín era un fascista? ¡Hombre, tenía más prejuicios raciales que Hitler!

Y el chico se perdió en el jardín, chapoteando en el agua y haciendo girar su enorme paraguas negro. La soledad oscura del pueblo cayó sobre Consuelo como una campana de vidrio. Se hallaba dentro de una jaula expuesta a todas las miradas y sin la posibilidad de que nadie la escuchara. Al llegar al hostal, Amparo le salió al paso y, solícita, le preparó pan y vino, pues los huéspedes ya habían cenado.

—Si me hubieras dicho que deseabas ver a Elvira, hubiera logrado que te recibiera. ¡Quedó tan desfigurada... y con lo guapa que fue! ¿La recuerdas? Paseaba con sus galgos blancos... ¡Era impresionante verla! Mi madre le cosía a ella y a tu tía Adelina. A veces yo entraba en sus casas. ¡Qué lujo! Ya todo se acaba, es una pena. Elvira se marchó; no quiso que la vieras desfigurada...

Amparo hablaba como para ella misma, aunque de vez en vez observaba a su interlocutora, con una ansiedad mal disimulada. En su dulzura se ocultaba una ira por la indiscreción cometida por Consuelo la noche anterior. Consuelo comió el pan con queso, en silencio. Sabía que Amparo le estaba mintiendo y que ella se encontraba en el centro de una madeja de embustes, que tarde o temprano descifraría. La voz falsamente dulce de la hostelera la irritó. "¿Por qué si eres tan buena me dejas sin agua en los grifos del baño, escondiste a Elvira y la sacaste cuando me enteré de que se alojaba aquí?", le hubiera querido preguntar, pero calló. Amparo permaneció junto a ella, observándola. Los huéspedes salieron del cuarto de la televisión y comentaron en voz alta el anuncio de la huelga general fijada para una fecha próxima. Estaban contentos, los alegraba la noticia y esperaban desórdenes.

—¡Bah! No hay que hacer caso. Aquí en España nunca pasa nada —sentenció Amparo.

A la hora del desayuno, la dueña del hostal se acercó a Consuelo y le tendió una carta que venía de Madrid. La escritura era desconocida; rasgó el sobre y buscó la firma: "Tu hermana que nunca te olvida, Estela". Consuelo leyó varias veces la misiva bajo la mirada inquieta de Amparo. ¡Estela estaba muerta y en sus líneas le reprochaba el haberse alejado de Madrid, "donde la pasaban tan estupendamente bien"!

—¿Buenas noticias? —preguntó Amparo.

—Muy buenas... es de mi hermana...

La mujer se mordió los labios y Consuelo se fue a la calle inhóspita a reflexionar sobre aquella broma macabra. Recordó a Elvira y se dirigió a la cárcel. Al llegar al callejón cerrado donde se hallaba el antiguo palacio, se encontró con Alberto, el relojero. Deshizo sus pasos y se encaminó a la estatua de Don Pelayo. ¡Era increíble que aquel pueblo luminoso encerrara a tantos seres mezquinos! Debía volver a buscar a Elvira. Rehízo el camino y se encontró entonces con la chica del cabello teñido de rubio, plantada frente a la prisión en actitud desafiante. La muchacha masticaba chicle y a la luz del día resultaba gorda y grosera, metida en sus pantalones estrechos. Por la acera de enfrente patrullaba el relojero. Era evidente que estaban allí para impedirle entrar a ver a Elvira. Poseída de ira, se fue al café Saltillo. El relojero llegó casi inmediatamente y ocupó una silla en su propia mesa. Observó sus dedos gordezuelos con uñas carcomidas.

—Ese niño es marxista. Usted no lo ignora —dijo el hombre, con su voz cortada.

—¡Qué catástrofe! —contestó ella con voz burlona.

—Es extraño que ande con usted tan a deshoras... —comentó el relojero.

Observó sus dientes disparejos, que armonizaban con sus uñas, y cogió su bolso para marcharse.

—Parece que tuvo usted una carta de su hermana...

Salió del café con la seguridad de que la espiaban y un escalofrío le corrió por la espalda. En el café de los choferes la esperaba

Perico, cuchicheando con el propietario. Al verla, sonrió con la misma sonrisa de batracio de su hermana Amparo. Le cerraban los caminos y se volvió al hostal. "Por la tarde iré a ver a Elvira", se prometió disgustada.

A la hora de la comida todos la miraron: estaban ya al corriente de que su riquísima hermana le había escrito desde Madrid; sólo el excomisario de policía parecía inquieto.

Por la tarde, se dirigió nuevamente a la cárcel. Allí estaba, flanqueada por dos edificios modernos situados en las esquinas de entrada al callejón. Al fondo, sentada en las gradas de piedra del palacio en ruinas, distinguió la figura gorda de la chica de cabello teñido de rubio, la hija de Perico. "¿Por qué me impiden ver a Elvira?" Se alejó furiosa. "Si me sorprenden, Manolo no me lo perdonará más", se dijo. Vagó por el pueblo, sin atreverse a salir a la carretera. El recuerdo del paseo a Peña era una advertencia y por ella, como por su tío José Antonio, nadie reclamaría. Al oscurecer, hizo un nuevo intento y se aproximó a la cárcel. Desde la esquina vio sus ventanas apagadas. "Ya es tarde", dijo el relojero, quien surgió a sus espaldas acompañado de Perico. Se desvió a un callejón y dio unos cuantos pasos, "Me tienen cercada, me tienen presa", se dijo indignada. Un olor a perfumes y a jabones la distrajo de su cólera. Pasaba frente a una tiendecita de luz rosada, entraría y compraría lo más barato y luego volvería a la cárcel. Dentro, se encontró a Covadonga, la hermana de Joaquín.

—¿Trabajas aquí?

—Soy la dueña...

Charló con ella, teniendo la debida precaución, y fumó un cigarrillo. El recuerdo de Concha y Adelina se interponía entre las dos. Observó a la dueña del pequeño establecimiento, era rubia y rosada y escondía la verdad con sonrisas y palabras banales. La cólera le subió a la garganta.

—¿Por qué Concha y Adelina usan mi nombre? —preguntó, mirando a su interlocutora con fijeza.

Covadonga dejó caer el cigarrillo y su sonrisa se apagó. Le repitió varias veces la pregunta y ante la mudez de la propietaria agregó:

—Son nietas de Lolina, la sillera, a la que nunca se le conoció marido. Mi padre no tuvo ninguna hermana llamada Lolina, ni ningún hermano llamado Alfonso, ni Ramiro, ni Enrique, ni Antonina. ¿Por qué usan mi nombre? —insistió.

—No lo sé... En realidad, yo traté a Concha después de terminada la guerra. Nos conocimos en la escuela... Déjame ver, ellas vivían en una casa vieja que ya no existe. Eran muy pobres, muy pobres...

—No me interesa que fueran pobres o ricas. Me interesa saber por qué se han apropiado de mi nombre.

—No lo sé... no lo sé... Ahora recuerdo que siempre me he preguntado por qué las dos tienen alhajas tan antiguas y magníficas, si eran tan pobres. Además, nunca las usan; pero me las han enseñado. Dicen que se las regaló su abuela Lolina, que era camarera de barco en aquellos tiempos...

—Camarera de barco —repitió Consuelo, sorprendida.

—Sí, iba a Cuba y venía. Los pasajeros le regalaban alhajas... ¿Tantas alhajas? Es un poco extraño, ¿no te parece? Un pasajero regala una tabaquera, un recuerdo, pero no tantos diamantes... Eso me han dicho...

Covadonga encendió un cigarrillo y trató de descifrar el enigma de las alhajas. Consuelo miró a la mujer rubia, envuelta en la luz rosada de la tienda, y recordó otro resplandor, el de la noche del incendio.

—Saquearon la casa de mi tía Adelina la noche del incendio, ¿verdad?

—Eso he oído...

—Pablo tiene fotografías manchadas, como si hubieran estado tiradas en el jardín —dijo Consuelo.

—Las he visto y tengo la misma impresión que tú... —contestó Covadonga.

—¿Quién era Antonina?

—La hermana de Lolita, la sillera. Vivió un tiempo con tu tía y luego la pobre murió de... hambre. ¿Has visto la casuca en la que vivió? Se quedó sola, se sentaba en una piedra y reía. Adoraba a los niños y nosotras íbamos a verla. Es verdad que una tarde se cayó de la piedra y...

—Mi padre nunca tuvo una hermana llamada Antonina —repitió Consuelo.

—Molía piedras hasta hacerlas arena y llenaba sacos para venderlos...

Covadonga hablaba en voz baja, recordaba algo que todavía le producía pena. La tienda se cubrió de tristeza, fantasmas trágicos y gritos melancólicos.

—Pregúntale a Gil por qué llevan tu nombre. Él es muy amigo suyo y trabaja en el Ayuntamiento.

—¿Gil? Ramiro me acusó de ser comunista y a él lo acusa de ser fascista. No entiendo su amistad.

Covadonga la escuchó atenta, se ruborizó, apagó el cigarrillo y exclamó:

—¡Dios mío! ¡Dios mío! Van a matar a mi hermano. ¡Van a matar a mi hermano...!

Al escucharla, Consuelo se paralizó de terror. Recordó a su tío José Antonio, rubio, risueño, vestido de negro y lo vio caminando por la carretera de Peña...

—¿Los padres de Ramona vivían en Peña? —preguntó en voz baja.

—No. No sabemos quiénes eran sus padres. Creo que eran árabes o sirios. Su padre huyó después de lo de Oviedo. Sus hermanos huyeron a la Argentina; uno acaba de morir... No estoy segura, pero sé que la casa de Peña era de ustedes. La arrendaban a alguien...

La campanilla de entrada vibró con energía y ambas se sobresaltaron: era peligroso asomarse al pasado. Entró Severina, agitada. Se diría que había competido en una carrera y traía las mejillas encendidas. Las dos mujeres le regalaron un beso y la vieja las miró con tristeza y se quedó muy quieta. Covadonga rompió el silencio.

—Recordábamos aquellos tiempos, Severina, y yo dije que van a matar a mi hermano... Sí, lo van a matar —repitió con voz trágica.

—¡No digas tonterías! Ya te mataron a dos y a tu padre, ¡eso ha terminado! —contestó Severina.

La carcelera se quejó de su soledad. Había estado muy enferma, las noches eran largas y estaba angustiada. Agradecería que cualquiera fuera a visitarla. Consuelo entendió que podía ir más tarde y guardó silencio.

—Hablábamos también de su tía Adelina... —dijo Covadonga.

Severina se cubrió el rostro con las manos; se diría que iba a llorar. Estaba nerviosa.

—¡No hay que hablar de eso! ¡No! No hay que hablar —dijo.

En los ojillos azules de Severina había nubes tormentosas cuando abandonó la tienda. Ellas guardaron silencio, asustadas por la orden dada por la carcelera; después de unos segundos, Covadonga se inclinó sobre Consuelo para confiarle un secreto:

—Todo viene de Ramona. Lolina no quiso nunca que se casara con Pablo... Si supieras lo mala que es esa mujer... ¡lo mala!

—¿De dónde salió?

—Nadie lo sabe. Te doy un consejo: ¡no investigues nada! —recomendó Covadonga, en voz baja.

Al salir a la calle, Consuelo se encontró frente a Perico, que rondaba la cárcel, y regresó al hostal sin haber podido hablar con Severina. Apenas cenó, las miradas de los huéspedes estaban fijas en ella y salió huyendo. ¿Adónde ir? Se refugió en el Saltillo. Después buscaría a Severina. Apoyado en la barra estaba el relojero, mirándola. ¡Maldito pueblo, no existía un lugar en el que pudiera refugiarse un rato! Desde lejos vio a Eulogio, charlando con el propietario del café de los choferes y se abstuvo de entrar. Recordó a la guacamaya y fue en busca de ella. Desde lejos escuchó sus gritos lastimeros y casi a tientas se acercó a la jaula. El animal sintió su presencia y dejó de gritar. Los dos eran extranjeros: gritarían, llorarían y nadie vendría en su ayuda; la guacamaya se acercó al alambrado tupido y Consuelo trató de acariciarle el pico. Después se sentó en el suelo a esperar y fumó varios cigarrillos. "¿Ves tú?, somos dos parias". Le dijo al pájaro y éste aprobó sus palabras. Esperaría a que avanzara la noche para ir a buscar a Severina, mientras sus espías dormían. Ella y la guacamaya sabían que estaban en un pueblo impío, un pueblo endemoniado. Ella no se quejaría a gritos como lo hacía el pájaro inocente, encerrado en una jaula expuesta a la lluvia y al frío. Escuchó al reloj de la iglesia dar las once, se puso de pie y se despidió del animal. Con paso rápido se dirigió a la cárcel.

Cruzó las calles desiertas y alcanzó el portón abierto de la cárcel apagada. La oscuridad del zaguán era total y la espesura de las sombras frías como bloques de hielo. Encendió varias cerillas y casi a tientas buscó la gran escalera de madera reseca. Las cerillas se extinguían con velocidad y Consuelo se quemaba los dedos y detenía el paso. Subió trabajosamente; en el primer descanso, las llamitas parpadearon ante las puertas de "Juventudes" y "Siberia". "A esta hora todos duermen en el pueblo", se dijo mientras continuaba subiendo. En el segundo descanso distinguió una puerta y golpeó sobre su madera compacta. ¡Severina! ¡Severina!

—Ya voy, ya voy —contestó la mujer.

Se corrieron cerrojos y apareció Severina metida en su traje de trapo negro. La mujer la hizo entrar en un cuarto de techo altísimo, con las duelas y los muros pintados de color de rosa. Había allí algunas sillas oscuras y muchas fotografías prendidas a los muros. El río brotaba del suelo como un manantial permanente. Era curioso aquel lugar de proporciones nobles reducido a aquella miseria con toques de ternura personal. La luz era muy tenue y el silencio grave. Severina se llevó un dedo a los labios y la miró ansiosa.

—Vamos más adentro, estaremos mejor —le dijo en voz muy baja.

Entraron en otra habitación enorme, en la que el frío se había aposentado para siempre. "Debió haber sido un salón elegante", se dijo, mientras Severina le ofreció asiento frente a una mesa cubierta por un mantelillo barato. Permaneció de pie, un poco asombrada y sin saber qué decir, a sabiendas de que Severina la observaba con sus ojillos azules, listos para echarse a llorar. "Hay algo que anda mal, muy mal. Este palacio convertido en cárcel", se dijo, no sin cierto asombro. Adosado a un muro de piedra había un trastero con juguetes de porcelana barata y dos bujías de cera ardiendo, el único lujo. El resto del mobiliario lo conformaban unos sillones baratos y unas repisas cargadas de fotografías. La escasez de muebles hacía que el enorme salón pareciera abandonado. Severina se sentó frente a ella, apoyó los codos sobre la mesa y escondió el rostro entre las manos, mientras murmuraba.

—¡Qué lástima...! ¡Qué lástima...! Tardaste tanto en venir y rondaste tanto por aquí, que se llevaron a la señora Elvira. No sabes hacer las cosas, rica...

—¿Se la llevaron? —preguntó Consuelo, indignada.

—Hoy al oscurecer. ¿Recuerdas cuando entré en la tienda de Covadonga?... Fui a avisarte que Perico y Amparo la estaban sacando. Severina calló y ella dejó caer los brazos: ¡la habían burlado! Ahora era tarde...

—Podrás verla en Madrid. Ella quiso mucho a tu tía Adelina. ¡Pobre señora Adelina!

La escuchó decir. ¡Sí, pobre tía Adelina!... pero no pudo pensar en ella. El rostro de batracio apacible de Amparo y la voz untuosa de Perico, su hermano, se interponían entre ella y su pena. ¿Qué se proponían aquellos dos cuerpos engrasados?

—¿Recuerdas a la señora Teresa? Yo era su doncella y la tarde en que empezó el peligro, nos fuimos a la casa junto al río. Creímos que era más seguro estar todos juntos... ¡Qué desastre!

Severina calló, perdida en recuerdos que todavía ahora la paralizaban de terror, y Consuelo no se atrevió a interrumpir su silencio.

—Ya había caído la noche cuando empezaron a acercarse y la señora Teresina y yo huimos por detrás de la casa. Ella dejó sus ropas de señora, iba vestida como yo. Atravesamos el campo y la escondí en el monte; cuando al día siguiente bajé por comida, me detuvieron. ¡Aquí en esta cárcel estuve presa; desde aquí vi cuando se llevaron al padre Fana...!

—¿Cuándo lo cogieron? —preguntó Consuelo, tiritando de miedo.

—Al mismo tiempo que a mí, cuando ya había sucedido todo... Estábamos apiñados, no cabíamos en las celdas, hombres y mujeres juntos; los traían de los pueblos... Éramos fascistas. ¿Comprendes? Tu tía y la señora Teresina eran tan amigas... ¡Qué pena, qué pena más grande! Lo que yo he visto... Estábamos los pobres y los ricos revueltos, todos revueltos... La vida no es eso...

—¿Y mis tíos José Antonio y Adelina?

La carcelera se echó a llorar en silencio, cubriéndose el rostro con las manos. Era un ser mitológico venido de las profundidades del pasado. Consuelo la miró fascinada. ¡Severina poseía todos los secretos! Tenía las llaves de aquel purgatorio por el que habían pasado todos; era una especie de antesala de la muerte o de la vida, por eso lloraba. Conocía las miserias y las grandezas de los hombres y lloraba con lágrimas humildes, incapaces de remediar los males o de producir milagros. Sólo era el valioso testigo de tragedias pasadas condenadas a repetirse, de ahí sus lágrimas. Alguien interrumpió aquellos minutos sorprendentes llamando con furia a la puerta de entrada. Severina se descubrió el rostro lavado por las lágrimas y escuchó tensa.

—¿Tomaron a alguien preso...? Si todavía no pasa nada...

Con el terror dibujado en el rostro, se puso de pie. La violencia de los golpes amenazaba con echar la puerta abajo.

—¡Soy Gil...! ¡Abre, Severina...!

—¡Voy...! Rica, debe saber que tú estás aquí —dijo, al tiempo que corría con las llaves en la mano.

Consuelo la vio cruzar el enorme salón y salir. Después la escuchó abrir la puerta de entrada y vio entrar a Gil, con las ropas verdes y viejas en desorden, y el rostro descompuesto. Severina entró tras él.

—¡Vamos a ver! ¿A qué ha venido usted aquí? —le preguntó el hombre, encarándose a ella.

—A visitar a Severina —contestó con frialdad.

—¡No! ¿A qué ha venido usted al pueblo? No me diga que de turista. Usted no tiene una perra gorda. ¿A qué ha venido? ¿A buscar trabajo? Yo se lo doy ¿Dónde quiere trabajar? —la voz del hombre llenaba la habitación y retumbaba sobre los muros de piedra. Sus ademanes eran dislocados y su rostro estaba lívido.

—No quiero trabajar en ninguna parte.

—¡Ah! No quiere trabajar. Pues en España no queremos parásitos, ni señoritos. ¡Yo soy un trabajador! —vociferó el hombre, dando paseos desordenados y ajustándose los pantalones verdes.

Severina, de pie en la habitación, contemplaba muda el espectáculo, con el rostro intensamente encarnado y los brazos colgantes.

—¡Pues trabaje y que le aproveche! ¿Pretende ser señorito con esa pinta que tiene? Estoy aquí porque quiero saber qué sucedió con mi familia —afirmó Consuelo, con desdén.

—¡Usted nunca tuvo familia! ¡Carajo!

—¡Basta de chillarme, malvado! Severina conoció a mi familia —gritó Consuelo, poniéndose de pie. El hombre se volvió a Severina y bajó la voz. La mujer pareció aterrarse.

—Dime, Severina, ¿a quién le debes la comida? ¿No me lo debes a mí? ¿No fui yo el que logró que te pagaran la pensión de tu marido? ¡Dilo, Severina, dilo!

—Sí, pero acababan de arreglar lo de las pensiones, Gil. Arreglaste lo que ya estaba arreglado —contestó la mujer.

—Severina, tú no quieres ir a la calle, ¿verdad? Pues dile a esta señora que ha venido a joder a todo el pueblo, que nunca tuvo familia aquí. ¡Dilo, Severina, dilo! —gritó exasperado.

Severina se sentó con calma a la mesa y Consuelo la imitó, mientras que Gil continuó de pie y repitiendo: "¡Dilo, Severina, dilo!"

—No puedo decirlo: yo conocí a su familia.

—¡Joder! Tú no conociste a nadie.

—También yo la conocí —vociferó Consuelo.

—Gil, la señorita Consuelo se marchó del pueblo mucho antes de que vosotros llegarais de Segovia. ¡No puedo engañarla!

—¡Joder, Severina, joder! ¿Dices que no vivimos siempre aquí? ¿Acaso no es mi padre el dueño de la Central Eléctrica? Escuche, señorita de mierda, yo soy millonario y trabajo. ¡Trabajo!

—Gil, tu padre se quedó con la Central después; primero era de don José Antonio...

—¡Me cago en tu puta madre! ¿Qué dices? Si tú aquí no eres nadie. ¡Nadie te conoce! ¿Cuántos años hace que llegaste al pueblo? ¿Cuatro...? ¿Cinco...?

El hombre dio algunos pasos, giró alrededor de Severina, mirándola como si quisiera pulverizarla con sus grandes orejas, alertas a las palabras de la vieja y sus ojos enrojecidos por el alcohol.

—Gil, yo ya soy muy vieja. Estuve presa en esta cárcel y he visto muchas cosas...

—Tú no has visto nada. Lo único que has visto son los favores que me debes —rugió el hombre, golpeando la mesa con el puño.

—Estuve presa, Gil, luego me soltaron y corrí a buscar a mi señora...

—¡No me jodas con tu señora! Tú aquí no tienes más señor que yo, que soy igual a ti: un trabajador, aunque mi padre está podrido en millones. Severina: ¿no me eligió a mí el pueblo? ¡A mí, porque soy del pueblo!

—Sí, Gil, te eligió el pueblo, pero yo debo decirle a la señorita lo que sucedió con su familia —insistió Severina.

—¡Me cago! ¿No entiendes que debes callar? ¿No entiendes que nunca tuvo familia?

La vieja permaneció muy quieta bajo la mirada iracunda del hombre, que parecía dispuesto a golpearla. Consuelo sintió que Severina estaba en peligro, vio sus ojillos azules dispuestos al sacrificio y decidió irse para no provocar a aquel demente.

—Severina, no digas nada —le ordenó a la vieja.

"Éste se quedó con el dinero de mi familia y les dio el nombre a los impostores... ¿Por qué?", se preguntó, mirando al hombre que, repentinamente se había calmado y la observaba con astucia.

—No sé lo que desea la señora —le dijo Gil, haciéndole una reverencia.

—No haga reverencias, le van mejor las palabrotas. Severina, vendré en otra ocasión.

Se puso de pie y abrazó a la vieja. La mujer la acompañó a la puerta para encender la luz de la escalera.

—Busca al señor Fernando en Ribeseya. Él sabe todo. Manolo está enterado de lo del banco. Ven mañana, rica... —le dijo en voz baja y volvió a su vivienda.

Consuelo bajó corriendo las escaleras; tenía miedo. Hubiera deseado no escuchar jamás a aquel hombre. Ganó la calle solitaria y se volvió a ver la fachada de la cárcel; le pareció irreal, era como si tuviera un mal sueño. La ventana de Severina continuaba iluminada. Caminó de prisa y escuchó sus pasos solitarios rompiendo la noche. Cruzó un parque grande en el que los árboles parecían personajes amenazadores. Detrás de sus troncos podían ocultarse los amigos de Gil. El cielo alto permanecía inocente a los crímenes que se cometían bajo sus transparencias azules y plateadas. ¡Le habían impedido ver a Elvira! A la pobre mujer la tenían secuestrada. Nunca debió regresar al pueblo; era un pueblo maldito. Deambuló por sus calles y pasó junto a la casita abandonada en la que vivió Antonina. Ahora sabía que era allí en donde la vieja murió de hambre. A esa hora, la casita se despegaba más del resto de las casas, a sus espaldas. Recordó haber dicho a Ramona: "Me gustaría vivir en esta casa y, si tuviera dinero, la compraría".

Ramona contestó: "¿Esa casuca?" y le explicó que valía una millonada. La casita era de piedra, sus ventanas estaban condenadas y la escalera de piedra adosada al muro carecía de barandal. Se diría casi conventual. "Alabanzas al Señor", había dicho iracunda la hermana de Concha, que llevaba el nombre de su tía. La casita estaba terriblemente sola y muda; pero ahora ella conocía su secreto. Volvió al centro del pueblo dormido y sus pasos cantaron su derrota. En la calle principal, frente a donde se hospedaba, encontró una pareja de guardias ¿Que sucedía? La pareja se dirigió a ella.

—Documentación —dijeron con voz pausada.

Mostró su carnet. Los guardias eran viejos. Examinaron el documento y se lo devolvieron. Era la primera vez que le pedían los documentos.

—¿Pasa algo, guardia?

—Nada.

Los guardias la miraron como si trataran de no olvidar sus rasgos, saludaron y volvieron a su puesto. La calle formaba parte de la carretera y quizás vigilaban el paso de los vehículos.

Una vez en su cuarto, pensó que no le había gustado que le pidieran el carnet. Tampoco le gustaba el pueblo, tenía algo demoniaco. Se echó en la cama y la escena con Severina y con Gil la dejó aturdida. Iría a Ribeseya a hablar con el señor Fernando. Tomaría el primer autobús para impedir que la siguiera el relojero. No se dejaría intimidar por los gritos de Gil, ni por las sonrisas de sus cómplices. Trató de dormir un rato.

Era noche cerrada cuando abandonó el hostal para tomar el autobús. Llovía a cántaros y el cafetín de los choferes todavía estaba cerrado. No tenía un lugar de espera. El Saltillo estaba abierto y apagado. Al entrar, le salió al paso una mujer.

—Está cerrado, yo vengo a hacer la limpieza —le dijo burlona.

Eran las cinco de la mañana; se había adelantado una hora. Le suplicó a la criada que le permitiera esperar allí dentro y le diera un café. La mujer accedió y Consuelo ocupó un rincón vecino a un ventanal que daba al pequeño jardín público. Desde allí vio que alguien encendía una luz en el hostal. Trató de hacerse muy pequeña en la penumbra del café. Pensó que todo le salía mal: quería pasar inadvertida y todos notaban su paso. Se hundió en meditaciones sombrías; tal vez era mejor tomar el autobús y no volver jamás al pueblo. ¿Y su equipaje? No podía abandonarlo, era lo último que le quedaba en el mundo. Lo más importante era las fotografías de sus padres y perderlas era como volver a quedar huérfana. A sus espaldas alguien llamó con los nudillos sobre el vidrio de la ventana. Al volverse, se encontró con Manolo. Con señas, le ordenaba salir. Se reunió con su amigo y ambos se internaron por el jardincillo, cerrado por la fachada del internado para señoritas.

—¿Como supiste que estaba aquí?

—La clandestinidad enseña muchos trucos. ¡Estuvo pésimo lo que hiciste anoche! ¡Pésimo! No sabes desenvolverte y temo que, si continúo ayudándote, acabemos mal los dos. ¿Por qué no fuiste a Pelayo? Te esperé a pie firme. ¿No sabes que las citas son sagradas? Tenía que decirte lo del banco, pues yo sigo con mis investigaciones.

Consuelo vio que en el internado para señoritas se encendían algunas luces y tuvo miedo, pues Rosa, la maestra de arte, podía pasar en cualquier momento y sorprenderlos.

—¡Ésa...! No temas. Duerme como un borracho. ¡Cuidado con ella! La paisana es fascista. La conozco, pega más que un guardia. Le debo magullones, es mi maestra, pero no te preocupes, la tengo en la lista.

—¡Estás loco, es roja! Su hermano no puede entrar a España —afirmó Consuelo.

—¡Hombre, contigo se entera uno de cada cosa! Creía vivir en un pueblo de fascistas y ahora resulta que todos son rojos. ¡Eso sí que me hace reír! Dime ¿a quién pongo en mi lista? La Rosa es una tía esquirola, amiga de la poli secreta. ¡A ti te engaña un burro!

Era inútil tratar de convencerlo, estaba allí para darle instrucciones concretas; sin embargo, lo interrumpió: ¿qué podía decirle del hermano de Perico y de Amparo, muerto por las golpizas de la policía? Ese pobre hombre era detenido a cada dos por tres y ¡pumba!, ¡pumba!, ¡pumba!, vengan palizas. Manolo la escuchó con asombro.

—¿Eso te dijo el tío? Su hermano murió el año pasado, tenía el hígado hecho polvo. ¡Se ponía cada cruda! Los dos tenían una charanga y armaban líos de borracheras. Además, trabajaba por las tardes en el ayuntamiento, mientras que Perico maneja el juego en el sótano del hostal y despluma a los paisanos. Con que ¡pumba!, ¡pumba!, ¡pumba...!

Y Manolo se echó a reír a carcajadas, sin temor de despertar al pueblo entero. La lluvia arreció y el chico se dio cuenta de que Consuelo estaba empapada y dejó de reír.

—¡Hombre, un paraguas no vale nada...!

Era increíble que careciera de dinero para comprarse un paraguas. Le dejó el suyo y le dio las instrucciones.

—Vamos a lo del banco. Mi abuelo también era cartero. Te lo digo para que entiendas; desde ese tiempo, tu tío José Antonio recibía todos los meses una gran cantidad de pesetas, ¿comprendes? Murió tu tío, pero las pesetas siguieron llegando. ¡Calcula tú lo que hay allí! Por eso quieren que te marches. No sé cómo se las arreglarán para cogerlas. Anoche reñiste con Gil y le diste el chivatazo. ¡Malo, malo!

Consuelo lo vio girar sobre sus talones y volver a encararse con ella, que había guardado silencio.

—En Ribeseya busca a este hombre y vuelve temprano, que a lo mejor se arma algo...

Le dio un papel con un nombre y una dirección y prometió estar en la estación del autobús a las cinco de la tarde; después se alejó con paso rápido. Consuelo lo vio desaparecer entre las brumas y la lluvia.

Frente al café de los choferes ya habían colocado el autobús, subió y trató de esconderse detrás de la ventanilla; pero cuando el vehículo pasó frente al hostal, Amparo se hallaba en la terraza y le hizo señales de adiós. ¡Era inútil, siempre la espiarían!

En los muros de Ribeseya aparecían escritos en letras rojas llamamientos a la huelga general; se quedarían sin luz, sin gas y sin correo. Caminó distraída, buscando la dirección del señor Fernando. ¡Bah! Huelga general; eso no solucionaba su problema, quizás sólo podía obligarla a quedarse en el pueblo aislada y en medio de aquellos personajes peligrosos. Ni siquiera sabía para qué iba en busca del señor Fernando. Con desgano, tiró de la campanilla de un enorme portón labrado. Un criado viejo, al escuchar su nombre, la hizo pasar y ambos subieron una escalera alfombrada y entraron en un salón de tapicerías y muebles oscuros. El criado salió y ella se sintió intimidada. Escuchó el tic-tac del reloj de péndulo y recordó a su perseguidor, el relojero. ¿Para qué buscaba al señor Fernando? Estaba muy cansada, apenas había dormido y la humedad de sus ropas le producía escalofríos. Entró un hombre joven que se inclinó ante ella y le besó la mano.

—Señorita Veronda, ¡cuántos años la esperó mi padre! —exclamó.

No supo qué decir. El joven habló con emoción de la amistad que unía a sus familias y de los tiempos en los que los Veronda eran dueños de casi toda la comarca. "¡Ah, recuerdo a mis abuelos y a mis padres hablando de la magnificencia de las casas y las carretelas de su abuela!" Consuelo escuchó en silencio y admiró el entusiasmo del joven de cabello castaño y ojos claros que hablaba de un pasado, origen de todas sus desdichas. Consuelo le explicó que sólo deseaba saber cómo habían muerto su tío José Antonio y su tía Adelina, pues todos trataban de ocultarle la verdad. El señor Fernando guardó silencio.

—Señorita Veronda, los tiempos han cambiado. Ya no existe el respeto, ni el afecto, sólo privan intereses más brutales. Usted sabe la amistad que ha unido a nuestras familias y en el nombre de esa amistad, le suplico que no investigue nada. Evite todo lo que pueda producirle dolor... Además, sería muy imprudente... —le aconsejó después de meditar bien sus palabras.

Consuelo le explicó que el único motivo de su vuelta era estar cerca de sus muertos y nadie podía negarle ese privilegio. Incluso había quien afirmaba que su familia nunca había existido. El señor Fernando se mostró inflexible: debía renunciar al recuerdo de su familia; existían individuos que trataban de apoderarse del dinero acumulado en el banco, incluso tenían cómplices dentro de la institución bancaria para estar al corriente del capital y de los intereses acumulados durante años. Consuelo debía entender que era peligroso enfrentarse a ellos. Esas personas tenían, además, el inventario de las fincas de su familia para reclamarlas al Estado, y el señor Fernando juzgaba que lo más prudente era alejarse del pueblo, buscar a un abogado y ponerlo en contacto con él, para tratar de salvar algo. También el señor Fernando tenía el inventario de las fincas y las cifras depositadas en los bancos, ya que su padre nunca perdió la esperanza de que regresaran los herederos.

—Entonces, debo marcharme...

El señor Fernando afirmó con la cabeza y, avergonzado, miró al suelo. Después, le pidió que dejara su dirección para estar en contacto con ella.

—No tengo dirección, vivo en hostales de una estrella.

El señor Fernando enrojeció, encendió un cigarrillo y con la vista baja ofreció facilitarle algún dinero. Consuelo enrojeció y ambos se miraron desolados.

—¡No!, de ninguna manera. Arreglaremos todo legalmente... si se puede —afirmó ella.

El señor Fernando insistió en ofrecer dinero y ella en rechazarlo. Hablaron de la brutalidad de los tiempos modernos y el criado les sirvió un jerez. “Ha corrido ya tanta sangre...”, escuchó decir al señor Fernando, cuando la acompañó a la puerta. Hubiera deseado enviarla al pueblo en su automóvil, pero resultaba imprudente. Nadie, absolutamente nadie, debía saber que ella lo había visitado. Era una garantía para la seguridad física de Consuelo. Prometió abandonar el pueblo y antes de salir a la calle preguntó.

—¿El individuo que está en el banco se llama Ramiro?

El señor Fernando afirmó con la cabeza y volvió a recomendarle silencio. La trama para apoderarse de la fortuna empezó muchos años atrás...

En la calle se sintió aún más derrotada; no sólo era peligroso aspirar al capital, sino a su propio pasado. El señor Fernando se había descompuesto cuando preguntó: "¿Cómo murieron mis tíos?" Padecía un miedo heredado. Caminó calles estrechas y casas de hermosas fachadas. No debía pensar. Se acercó a los barrios cercanos a la playa, donde había edificios modernos construidos por "indianos". Sus fachadas de mosaicos amarillos y verdes eran un insulto. El viento soplaba, frío y salado. El mar estaba frente a ella, inquieto, cubierto de espuma caprichosa. ¡Cuántas veces había añorado aquel mar frío! Ahora le llegaba su yodo y la sal se mezclaba con su cabello revuelto; sólo deseaba alejarse de allí. ¿Adónde? No quedaba lugar en el mundo para ella. Estaba en la frontera final. Sobre la banca colocada a la orilla del mar leyó las letras rojas: "Huelga General". ¿Qué significaba aquella estupidez? Recordó a los habitantes de su pueblo y le parecieron títeres ridículos. "Los nuestros", había dicho el relojero, refiriéndose al presidente Carter y sus partidarios. "¡Los nuestros!" ¿Por qué? No había nada más alejado de aquel relojero infeliz que el presidente de los Estados Unidos. Imaginó la risa de los norteamericanos ante aquel personaje de gafas verdosas que paseaba bajo su enorme paraguas negro. Baltasar, el dueño del Saltillo, lo escuchaba boquiabierto. Era curioso, ambos mezclaban a Carter con Columbo, el detective de la serie televisiva y para los dos, eso era la democracia ¿Y a esos seres fantásticos temía el señor Femando? Recordó a Himmler, productor de gallinas antes de pertenecer a la Gestapo, y concluyó que tal vez el señor Fernando llevaba algo de razón: el potencial de crimen encerrado en los seres anónimos era infinito. Seguramente Baltasar y el relojero llevarían gustosos el uniforme de verdugo. Se alejó del mar y buscó una fonda barata.

Perdió el autobús y esperó el siguiente. Los viajeros hablaban de la huelga general decretada para el día siguiente. Consuelo sorprendió en sus voces y gestos un regocijo hipócrita. Le parecieron pirómanos con permiso para ejercer el incendio. Continuaba lloviendo sobre los paisajes y los pueblos melancólicos, ajenos a la huelga general y a la tristeza que a ella la invadía. Llegó al hostal a las nueve de la noche. Detrás de los vidrios del bar espiaron su llegada las mujeres con rostros de mariposas viejas. Entre las sombras de la terraza la esperaba Manolo, acompañado de tres chicos.

—Mañana, a las cinco de la mañana, estalla la huelga. Tú no te preocupes, van a morir todos los fascistas —le dijo con seriedad.

Sus amigos lo escucharon tranquilos y él sacó de su bolso una cadena con la que azotó a la lluvia.

Consuelo recordó a Covadonga: "Van a matar a mi hermano", y escuchó a Manolo preguntar con voz inocente.

—¿Encontraste al paisanín?

—Sí, estuve en su casa...

—Aquí ya te jodió un chivato —lo dijo sin dejar de hacer girar su cadena.

—¿Cómo me jodió? —preguntó asustada.

—Parece que por teléfono. Mi contacto no está seguro, me lo dirá más tarde. ¡Pobres paisanines cabrones! Tú no te preocupes, en cuanto empiece la huelga empezarán a morir todos. Y el que te jodió será el primero —aseguró el chico.

Manolo se limpió el agua que corría sobre su rostro y se echó a reír.

—Manolo, nadie me puede joder porque ya estoy jodida —reflexionó en voz alta.

—Te veré más tarde en el Saltillo. Ya sabré cómo te jodieron y quién lo hizo —afirmó Manolo, girando sobre sus talones para mirar a los huéspedes del hostal, que se encontraban pegados a los vidrios.

En el comedor, Consuelo trató de evitar las miradas de todos y fijó la vista en el fondo de su plato. Entró la chica de cabello teñido, metida en un pantalón estrecho y un tricot grueso con cuello de tortuga, que la hizo muy semejante a ese animal. La chica silbó un aire de moda y ordenó un filete con patatas; ella no comería el menú sucio y raquítico. Su voz áspera cubrió las otras voces excitadas de los comensales, que hablaban de una huelga cuyas consecuencias podían resultar fatales.

—Callen, callen, que no pasará nada. En España nunca pasa nada —ordenó Amparo y el sonido de su voz produjo que Consuelo dejara caer el tenedor sobre el plato.

—Mañana se servirá usted misma su café —le avisó Juanín.

—¿Aquí habrá huelga? —le preguntó Consuelo.

—En todas partes y los comercios que abran serán cerrados a pedradas.

Se preparaba el desorden y las viejas jugadoras, de maquillaje cargado, parecían eufóricas. Salió a la calle y vio venir hacia ella al relojero, amparado en su paraguas y esquivando los charcos.

—¿Paseando tan tarde?

—Usted también irá a la huelga —contestó ella.

—¿Qué huelga? Parece usted demasiado interesada. Aquí no habrá ninguna huelga.

Escrutó su rostro bajo el hongo negro del paraguas; tal vez era él quien la había jodido. No leyó nada en el reflejo de sus gafas verdes y se fue al Saltillo. En la barra pidió un café. Baltasar, el propietario, le dijo con malicia:

—Se marchó, estuvo aquí esperándola.

—¿Quién?

—Su amiguito, el huelguista.

Bebió el café y observó la cara pálida del tabernero; decidió entonces regresar al hostal. Desde lejos, chapoteando en el agua, vio avanzar a Ramiro y a Eulogio; ambos discutían algo y se diría que iban al hostal "Pablo está gravísimo", le repetían Amparo y Perico con voz de circunstancias; pero ella permanecía impermeable y se rehusaba a ir a visitar al viejo. Dio una vuelta rápida y se internó en una plazoleta. "También, cuando ahorcaron a mi tío, el carbonerín estuvo gravísimo", se dijo, alejándose lo más posible de los hijos de Pablo. La lluvia descomponía en rayos multicolores la luz de las farolas y daba reflejos inesperados a las ramas de los árboles. En un rincón del Saltillo había visto a Gil; parecía esperar a alguien, tal vez al relojero. "Iré a la cárcel", se dijo, y se dirigió allí. Subió las gradas de piedra y entró en el oscuro zaguán. Emprendió a oscuras la subida de la escalera; no deseaba que ningún resplandor delatara su presencia. Llamó con suavidad a la puerta de Severina.

—Soy Consuelo...

Escuchó los cerrojos y apareció la vieja, que la llevó en silencio a la habitación en que había discutido con Gil la noche anterior. Severina no encendió la luz, se alumbraba únicamente con las luces parpadeantes de los cirios encendidos delante de la Virgen de la Covadonga. La vieja estaba nerviosa.

—Si alguien te ha visto estamos perdidas. ¡Dios mío, ve con cuidado! Ramiro te ha puesto una trampa. Te acusarán de algo... no sé de qué, pero lo van a hacer...

—No puede, no he hecho nada.

Severina la miró con intensidad, como si tratara de convencerla de un peligro que Consuelo no entendió. ¿No importaba que no hubiese cometido ningún delito? Ramiro le había calentado la cabeza a todo el pueblo.

—No he hecho nada... —insistió.

—Tampoco tu tía había hecho nada. ¡Y mira cómo acabó!

—¿Cómo? —preguntó ella temblorosa.

Severina movió la cabeza y se cruzó de brazos, luego los descruzó para dejarlos caer como dos leños sobre la mesa y su mirada se quedó fija en un punto muy lejano, en donde se materializaban personajes del pasado que la visitaban con frecuencia y la dejaban aterrada. Ahora los invocaba y Consuelo esperó sus palabras.

—Antonina, la hermana de Pablo, era la doncella de tu tía. ¿Comprendes? La guardaba en casa, aunque no sirviera para nada, porque le daba pena la pobre mujer. Estaba un poco chalada y era tan pobre... La señora Adelina le consentía todo y Antonina a veces se vestía de señorita, paseaba por la casa con batas de encaje, desayunaba en la terraza, rezaba mucho y a veces quería meterse de monja y marchaba con las Clarisas. Volvía unos meses más tarde... ¡Pobre Antonina! También ella era muy buena, una inocente, y sus hermanos le tenían envidia y la envidia ¡mata! ¡Mata, te lo digo yo!

Severina puso los codos sobre la mesa y se inclinó sobre Consuelo.

—Sus hermanos, los hijos de Lolina, la sillera, rondaban la casa. Ya sabes que Lolina traía un hijo en el vientre después de cada viaje a Cuba. Tuvo muchos hijos y todos ellos iban a misa a la capilla y envidiaban a Antonina. La aconsejaban: "¡Sácale herencia a esta tía!" La señora le regaló la casa en la que vivían todos. Pablo nunca trabajó, era un borracho... Estaba borracho cuando sucedió el incendio. Él lo causó, junto con sus amigotes... ¡El fuego! El fuego y ellos entraron y nosotros salimos corriendo... La señora Adelina no salió, nunca creyó en sus malas intenciones... Lo siento, pequeña, lo siento tanto...

Consuelo la escuchó aterrada y la vio limpiarse las lágrimas.

—¿La mataron? preguntó en voz muy baja.

—Eso parece... eso parece. Nunca se encontró nada de la pobre señora, ¡nunca! Y eso dijeron los hermanos de Ramona, que entraron con Pablo... Antonina se escondió en la casa que ahora tiene el marido de Adelina, la hija de Alfonso, que también entró. Luego, cuando pasó todo, echaron a Antonina. ¿Comprendes?

—Sí, sí entiendo y la dejaron morir de hambre. Después mataron a mi tío José Antonio...

—¡Calla! No lo digas. Era por lo de la Central, la querían ellos, ¿sabes? Pero no fue así... No, no fue así. Nunca irán a la cárcel. Ramona mandó a su hermano a la Argentina y a Pablo lo mandaron a México para que informara sobre ustedes, y todo se arregló...

—Mataron a mi tío para quedarse con el dinero y alguien se los quitó, ¿por qué?

—Todo estaba combinado, usaron a Antonina, se robaron el nombre, ¿comprendes? Dijeron que ella era tu tía; luego la dejaron morir de hambre, cuando ya tu tío había muerto. Él no estaba aquí, estaba en Gijón, fue cuando volvió...

—Severina, me dijeron que Pablo estuvo tres años en la cárcel. Todos supieron lo que hizo. ¿Quién lo sacó? Ramona me dijo que un cura amigo de mi tía Adelina.

La carcelera negó con la cabeza.

—¡No! No lo sacó un cura. Cuando llegó el padre de Gil al pueblo, hizo el trato en la cárcel. No sé por qué mi marido era el carcelero. Tu tío se quedó muy solo, no hablaba con nadie... Y no le llegaban las cartas de tu padre, tampoco salían las suyas... —le susurró con voz casi inaudible.

—¿Quién era el padre de Gil?

—No lo sabemos, llegó de Segovia, era fascista. Ten mucho cuidado, hoy estuvieron juntos en la casa de Ramona, Gil y Ramiro... El padre de Gil arregló los papeles de tu familia en el Ayuntamiento...

—Entonces ¿él robó el nombre para robar la Central? —preguntó Consuelo.

—Sí, lo planearon con Ramona y con su hermano, que nadie sabe de dónde vinieron: sacaron a Pablo de la cárcel y, entonces, cuando se puso a trabajar, a los pocos días se murió tu tío... Arreglaron el asunto con Antonina y Pablo marchó a México por un tiempo... ¿ves? ¿Lo ves? Nunca irán a la cárcel...

Consuelo escuchó el relato entrecortado de la vieja y la miró aterrada. Era verdad que estaba en peligro; aquellos individuos no retrocederían ante nada ni ante nadie. Sintió que la sangre se le iba a los pies; el rostro rojizo de Severina se alejaba y se acercaba asombrosamente. Comprendió que era una locura, una temeridad haber regresado al pueblo.

—¿Qué hago Severina...?

—No sé. Ramiro no es borracho como su padre. Él trabaja en el banco y maquina cosas. Te van a acusar de algo... Quédate en el hostal, no digas nada, la madre de Amparo era muy amiga de Pablo y ella también. ¡Márchate...! Si pudieras marcharte hoy. ¡Dios mío!, que nadie te vea salir de aquí. Gil vive enfrente, por eso no conviene encender la luz.

Quiso irse inmediatamente, pero le flaquearon las piernas. Se dejó caer en una silla y encendió un cigarrillo, pero no pudo fumarlo; debía estar en el hostal antes de que Gil abandonara el Saltillo. Observó la luz parpadeante de los cirios y escuchó decir a Severina:

"Sí, rica, sí, el dinero lava la sangre; no hay ideales, no hay nada, sólo hay dinero empapado de sangre..." Se quedó con los ojos muy abiertos mirando al vacío: las palabras de la mujer le llegaron de muy lejos. No, no debía haber vuelto al pueblo, "al Edén sumergido", había dicho alguien. "Estaba todo tan revuelto y lo revolvieron más...", repitió la mujer sentada frente a ella. Comprendió el silencio de sus tíos. La sombra de su tío José Antonio entró en la habitación y hasta ella llegó la voz de Pablo: "¡Azul, señora! ¡Azul como todos los Veronda!" Se puso de pie y besó a Severina.

—No salgas del hostal, más que para marcharte del pueblo... —le recomendó la vieja.

Salió de la casa en penumbra para ir a la oscuridad total de la escalera. Temblaba. Los escalones se hundían bajo sus pies como abismos negros. "Homicidas, homicidas, homicidas", y continuó bajando: "Pablo, Gil, Ramona, sus hermanos, homicidas", se repitió y recordó el novenario.

¡Querían que rezara por el sino de su familia! El pueblo entero lo sabía y callaba, espiaban detrás de los miradores su derrota. En la calle, se echó a correr hasta llegar al hostal. "¡Homicidas!", se repitió al cruzar la puerta.

El señor Fernando tenía razón: era mejor no saber nada. Le pareció que los muros de su habitación se estrechaban alrededor suyo. No podría dormir; pensó que debía pedir auxilio, pero nadie acudiría en su ayuda. "Escondieron a Elvira...", se repitió. "La loca de la peluca...", dijo con rencor y sintió piedad por Antonina. La venganza fue feroz. Nunca imaginó que pudiera tener tanto miedo. Escuchó el silencio nocturno y trató de apaciguar el terror que subía como oleadas por los muros. Pablo estuvo en México y Concha recordaba a Remedios, la peinadora; le habían seguido los pasos durante todos esos años. Tuvo seguridad de que el pueblo entero la vio entrar y salir de la cárcel esa noche. "Te van a acusar...", dijo Severina.

¡No podían acusarla de nada! Debería ser tardísimo, las canciones mexicanas que salían todas las noches del Saltillo estaban mudas cuando regresó al hostal. Se echó sobre la cama y rezó. No debía tener miedo, Dios estaba con ella. Se tranquilizó y trató de dormir.

No supo a qué hora despertó. Era de día, se asomó a la ventana y comprobó que todo estaba tranquilo. En la ducha, como siempre, no había agua caliente. El agua helada de las montañas la despejó. Decidió su conducta: bajaría absolutamente tranquila. Se vistió con esmero y se persignó antes de abandonar el cuarto.

En el vestíbulo-bar encontró a Marcelo que, al verla, levantó los hombros y se fue a la calle. "Este tipo trabaja en el Registro de la Propiedad, también lo sabe...", se dijo. Era más fácil vivir cuando se sabía la verdad. Amparo se hallaba detrás de la barra, le regaló una sonrisa y le ofreció un café.

—¡Dormiste mucho! Es la una...

—¿Dónde están todos? —preguntó ella.

—Por ahí. Algunos salieron para ver si había huelga —contestó Amparo, con aire maternal.

—Descubrí que Marcelo corteja a Juanín. Es él quien hace los escándalos nocturnos —le dijo Consuelo para vengarse.

Estaba harta de que todos la engañaran. Entre todos asesinaron a su familia y le robaron hasta el nombre. Recordó al relojero y sus insinuaciones groseras. En cambio, todos cubrían a Marcelo, que se acostaba con Juanín. Y encubrían a los asesinos de sus tíos. Amparo no se inmutó, la miró con indulgencia.

—¿Se acuesta con Juanín? No lo noté nunca —y se echó a reír.

"¡Fabuloso! Nadie nota nada...", pensó Consuelo. Lo único que notaban todos era que ella había vuelto.

"En España no sucede nunca nada", era el lema de Amparo y ahora no "sucedía" el marica. Si preguntaba por la huelga, le dirían lo mismo. Se volvió a mirar a la calle y descubrió a un guardia en la acera de enfrente. No hizo comentarios, continuó charlando con Amparo en el solitario bar. El hostal también aparecía desierto.

El comedor mostraba sus mesas de manteles manchados, desiertas, y de la calle no llegaban ruidos. La luz del mediodía iluminaba aquella estancia enorme, en la que Amparo y Perico ocupaban su lugar habitual, muy cerca de Consuelo. Perico se ató la servilleta al cuello y, entre bocado y bocado, entabló un diálogo con ella, llevado de mesa a mesa.

—Le digo que en este mundo no cuenta el arte, cuenta sólo el dinero —afirmó Perico, con la boca llena. Ella guardó silencio, recordó que había sido músico de charanga.

—Para los artistas, la única ciudad que existe es Nueva York. Allí respetan al artista —continuó el hombre, sin dejar de masticar.

Consuelo no supo si le hablaba en serio. Amparo no se inmutó, ocupada como estaba en chupar los huesos grasientos de un pollo asado. Las palabras de Perico carecían de sentido en aquel comedor abandonado y aquel día señalado para una huelga general. Perico se exaltó.

—¡No puede usted negar que en Nueva York están los mejores artistas del mundo! —dijo, subiendo la voz.

Quizás, sólo trataba de hacerla decir que América era mejor que España. Recordó que Perico se había confesado revolucionario y le había referido las torturas sufridas por su hermano a manos de los Nacionales. Se cuidó de decirle que su difunto hermano trabajó toda su vida en el Ayuntamiento. Miró a su anfitrión con desconfianza y éste insistió.

—¿Acaso Rubinstein no es de Nueva York?

Consuelo negó con la cabeza y Perico se empeñó en llevar adelante la conversación.

—Rubinstein es norteamericano. El próximo mes tocará en Oviedo... ¡Mire, la invitamos a que venga con nosotros al concierto!

Perico decía cualquier cosa, deseaba llenar un espacio vacío en el que se preparaban cosas oscuras, palabras sin sentido. Amparo sonrió: su pobre hermano soñaba con la llegada de los grandes artistas. El arte era la razón de su vida.

—Perico fue un gran músico, tocaba el piano, pero lo abandonó... —dijo con tristeza.

—¡Sí, abandoné la música! No da para comer. ¡No produce pasta! Y en este mundo todo es dinero, dinero, dinero. Yo formé una orquesta ¿y para qué sirvió? Para nada, ahora cuido el hostal.

Perico levantó los brazos e hizo como si dirigiera una orquesta, la batuta era un tenedor. Señaló hacia un rincón y Consuelo descubrió un piano viejo que demostraba las pretensiones artísticas de Perico y su familia. Quiso reír, pero el individuo, con el tenedor empuñado, la boca llena y la palabra "música" en la lengua, le produjo miedo. Conocía muy bien a aquel tipo de personas que se escudaban en "el arte" para cometer sus crímenes. Amparo notó su desconfianza.

—Toca algo, Pedro —le pidió a su hermano.

Perico dejó de dirigir la imaginaria orquesta y empuñó el tenedor con un gran trozo de carne.

—¡La música no da para esto! ¡La carne nuestra de cada día! —exclamó y bebió un vaso de vino.

Amparo insistió para que su hermano tocara algo en el piano. Perico obedeció sus órdenes. Se levantó, abrió el piano y empezó a tocar algunos aires banales en aquel viejo instrumento desafinado. Consuelo lo observó, con la servilleta atada al cuello y masticando todavía; tocaba las teclas con torpeza. Su hermana escuchaba con aire preocupado. Se diría que le interesaba más lo que pensaba Consuelo que la música de su hermano. Por su parte, Consuelo recordaba a Manolo: "Tenía una charanga, eran dos borrachos, nunca dieron un golpe...” ¿Y si sólo fuera una fábula infantil de su amigo? Le costaba trabajo aceptar tanto disimulo y recordó a Elvira. Era mejor evitar los ojos espesos de Amparo. Escuchó decir a Pedro:

—Si habré bailado yo... creo que pasé la vida bailando. Antes éramos más alegres, las chicas eran más guapas; creo que hemos perdido algo...

— ¡Se han perdido tantas cosas! —suspiró Amparo.

—Mire a los chicos de ahora, buscando huelgas y tonterías —agregó Perico.

—Antes también buscaban huelgas y tonterías —corrigió Consuelo.

—Sí, pero las ideas eran más claras. Yo, por ejemplo, era republicano y luché por... los Nacionales. Mi hermano era republicano y luchó por los republicanos.

—Así no podían equivocarse —dijo Consuelo, en voz alta.

Perico cerró el piano, Amparo recogió los platos y, sin decir palabra, abandonó el comedor solitario, seguida por su hermano.

Consuelo recordó a Severina y subió a su cuarto, levantó las persianas y miró la calle. El Saltillo estaba abierto y nadie había roto sus ventanas. No vio ningún automóvil estacionado en la calleja lateral. La tarde estaba demasiado tranquila. Vio pasar a dos jóvenes arrojando octavillas y notó que desde la ventana del edificio de enfrente la observaba una mujer en bata. Se inclinó para ver la esquina opuesta y descubrió la figura enlutada de Ramona, recortada en la resplandeciente luz como un viejo cuervo enorme. Ramona la espiaba desde la saliente de un muro blanco. Al verse descubierta, se ocultó con rapidez. “Tú y tu hermano ahorcaron a mi tío”, se dijo Consuelo, y prometió vengarse. Bajaría inmediatamente a decírselo a Amparo. La encontró charlando con Rosa; ambas parecían preocupadas y hablaban en voz baja. “¡Se lo diré a Ramona!”, se dijo, y se echó a la calle en busca de la vieja. Al llegar a la esquina en la que estaba apostada la mujer, no encontró a nadie. Ramona había desaparecido.

Dio unos pasos y descubrió a Gil en la puerta de entrada de la casa de Ramona. El hombre, se introdujo y cerró la puerta tras de sí. “Estarán planeando su crimen” pensó Consuelo y se alejó con paso rápido. El pueblo permanecía silencioso, los comercios estaban abiertos y vacíos. Recordó a Amparo: “En España nunca pasa nada”. ¡Era verdad! Salió al camino en cuesta que llevaba a la Capilla de San Antón. Iría al cementerio a buscar las tumbas familiares. Vio bajar al padre Antonio, muy viejo, con la sotana tan usada que amenazaba con caérsele a trozos. Quiso pedirle confesarse, pero también el sacerdote la miró con desconfianza y se alejó. ¿Qué sucedía? Se sentó sobre una piedra; al cabo de unos segundos temió que alguien contemplara su derrota y volvió al pueblo.

Se acercó a la estatua de Don Pelayo, que ignoraba que era fascista, para leer la inscripción. En ese momento, tres jovencitos se acercaron a ella, le lanzaron unas octavillas y ordenaron:

— ¡Grita viva el comunismo!

—No puedo ¡soy contacto! —contestó muy seria.

Los muchachos le dieron una octavilla que llamaba a la huelga y a la solidaridad y se alejaron. ¡Solidaridad! Era sólo una palabra, ella nunca estuvo tan sola y aquella palabra, escrita en letras gruesas, la dejó atónita. Absorta en la palabra "solidaridad" no notó cuando se le acercaron dos guardias.

—¿Podemos ver ese papel?

Los guardias echaron un vistazo a la octavilla y la dejaron caer; el papel voló unos instantes, antes de caer a los pies de la estatua de Don Pelayo.

—Usted viene de México.

—Sí, de México.

La despidieron con un gesto y se alejó de ellos, preocupada. La tarde era fría, amenazaba lluvia, el hielo se alejaba de los picos de las montañas y el pueblo continuaba vacío. Caminó sin rumbo, y al cabo de un rato se encontró en el café de los choferes. El café estaba lleno de clientes que hablaban en voz alta. Buscó una mesa oculta por el humo producido por los cigarrillos y abandonó su bolso sobre una silla vacía. Así, pensarían que esperaba a alguien. Bebería un café. En España lo único que hacía era beber café. Se acercó el camarero.

—Un café.

El hombre se alejó y ella trató de aparecer indiferente en su soledad. Apenas había probado la bebida, cuando entraron tres jóvenes de barba crecida que lanzaron unas octavillas. Manolo entró tras ellos como una centella y gritó: "¡Fascistas!" Los hombres se volvieron a él y se echaron a reír. Uno contestó: "¡Viva la República!" Manolo se acercó a la mesa de Consuelo, se llevó la mano a la frente en señal de saludo y anunció:

—¡Jornada de lucha!

Después, giró sobre sus talones y abandonó el local. "Es un iluso", se dijo Consuelo, observando la salida impetuosa del muchacho. Encendió un cigarrillo y de repente escuchó la voz de Gil que gritaba a su lado.

—¡Mire lo que trae en el bolso!

Consuelo vio que la mano de Gil sostenía una especie de fruto de color ladrillo.

—¡Una granada! —exclamó el camarero.

—¡Imbécil! Eso no es mío. No me gusta esa clase de bromas —contestó ella, rechazando con la mano los dedos en forma de espátula que sostenían la granada a la altura de sus ojos.

Ante la impasibilidad acusadora de Gil y la expectación de los parroquianos, recogió su bolso abierto, pagó la cuenta y abandonó el café. Todos los clientes la miraron atemorizados, mientras el camarero continuaba con la boca abierta por la sorpresa.

En la calle no se detuvo frente al hostal, necesitaba serenarse. Estaba turbada por la broma siniestra de Gil y caminó sin rumbo, pensando en lo que le había dicho Severina. Sí, existía un peligro... Parecía todo demasiado tranquilo, la calma antes de que empiece una tormenta. "Te van a acusar de algo" le dijo Severina, y ya lo habían hecho: "¡La granada!" Era absurdo. Gil le mostró aquella arma delante de los clientes del café, eso no significaba nada... o tal vez que pensaba organizar un atentado. No estaba deprimida y tenía miedo. Continuó caminando; era más prudente no estar al alcance de Amparo y de Perico. ¿Por qué estaba tan abandonado el hostal? Eran ellos los que habían ocultado a Elvira y eran ellos los que habían llamado a Pablo y a Ramona. Notó que le temblaban las rodillas, el miedo la ensordecía y continuó dando vueltas como las mulas en las norias. En el pueblo no había ningún escondrijo, sólo le quedaba la cárcel; pero ¿cómo dirigirse allí? Creyó ver a Ramiro en el interior del banco cuando pasó junto a sus ventanas de cristal. "Es ridículo... los bancos no abren en la tarde y además hay huelga", se dijo, y siguió caminando. "¿Dónde estará Manolo...?" Se vio en la callejuela lateral del banco, daba vueltas en redondo y tuvo la extraña sensación de que Manolo, ¡su amigo! había entrado por la puertecita de salida del banco en el que trabajaba Ramiro. Manolo también la había engañado. "Es normal... muy normal...", y caminó rumbo a casa de su tío José Antonio. "¿Por qué iba a ser amigo mío...?" Su tío había muerto, no estaba en su casa, pero le pediría protección; después de todo, había venido en su busca. El enorme portón continuaba cerrado y nunca más lo cruzaría. Sobre él, labradas en la piedra y a la luz del oscurecer, leyó las iniciales J. A. V., y sintió un alivio; aunque Gil negara su existencia y el pueblo callara, la piedra fiel confirmaba que tenía familia: J. A. V., volvió a leer y a releer. La conmovió la muda compañía de la piedra oscureciéndose en las últimas luces de aquel día extraño y recordó los verdes encerrados en los ojos de su tío y el calor de su salón en el que ahora estaba la farmacia. Desde allí, ella contemplaba el puente romano, las brumas y las flores e imaginaba los huertos que había del otro lado del río. La tarde caía con gran velocidad y las brumas se levantaron ligeras de la corriente invisible y olorosa a hierbas. Contempló el puente romano que comenzaba a volverse oscuro y le apeteció cruzarlo. Lo haría después; primero iría a la casa junto al río, en donde jugó de niña, entre las rosas, los manzanos, los castaños y los lirios. Llegó a ella, quieta y tranquila como una gran rosa marchita, con las rejas despintadas y el jardín abandonado, sepultado en las primeras sombras. Fue entonces cuando escuchó la explosión. "¡Se voló el imbécil!", se dijo y pensó en Gil y en su granada de mano. Se asió a las rejas para contemplar la casa quieta. La capilla era un almacén en que guardaban granos. Se preguntó por el destino que habían sufrido los ángeles, las vírgenes y recordó los reclinatorios de madera negra y terciopelo rojo. No podía entrar, también la capilla estaba cerrada. A ella la habían expulsado de todo lo que amaba: familia, casa, pueblo. Sólo le interesaban las sombras luminosas y trágicas de sus tíos, que a esa hora del oscurecer cobraban rasgos transparentes. Asida a las rejas, contempló la casa inaccesible y lejana, tan lejana como el Paraíso. Escuchó los gritos y se volvió: algunas gentes avanzaban corriendo hacia ella por en medio de la calzada iluminada por las farolas. "Sucedió algo...", se dijo asustada. Escuchó un grito:

—¡Volaron el banco!

Las gentes se acercaban a ella y Consuelo avanzó a su encuentro; ante su asombro, todas se detuvieron en seco. No pudo descubrir ningún rostro, salvo el del relojero, cuyas gafas verdes despedían destellos. Se quedó estupefacta.

—¡Avisen a los guardias...! ¡Está aquí! —gritó la voz terrible de una mujer.

—¿Qué sucede? —preguntó a gritos Consuelo.

—¡Asesina! ¡Murió Manolo en la explosión! —le contestaron con ferocidad.

Consuelo reculó aterrada y la gente avanzó hacia ella. Recordó a Manolo entrando en el banco... "Alguien le dio cita allí... ¡Él era el testigo! Él era el detective del pasado... Severina dijo: '¡Te van a poner una trampa...!' Sí y la trampa incluía a Manolo... ¡Lo mataron...! ¡Lo mataron!" Vio que atrás venían corriendo más personas, en medio de la oscuridad del final de la tarde; dio la media vuelta y echó a correr desaforada. Pasó frente a la casa de su tío José Antonio y escuchó tras ella un trote furioso de cabalgata y recordó el carricoche, a los dos enlutados y a los dos huérfanos corriendo entre ráfagas de lluvia nocturna, le pareció que eran Manolo y ella. La gente amenazaba alcanzarla.

—¡Guardia...! ¡Guardia, que se escapa! —pensó reconocer a la voz de tic-tac del relojero.

Torció hacia la izquierda, a unos metros estaba el puente romano. Si lograba cruzarlo llegaría al otro lado, al país de las brumas, los huertos de manzanos, los senderos de helechos y los macizos de rosas y huiría para siempre de sus perseguidores. Alcanzó el puente y subió para avanzar sobre sus piedras resbaladizas cubiertas de yerbas olorosas. Empezaba a dar el primer paso para descender su curva y llegar al otro lado, cuando escuchó la voz que la llamó la primera noche: "¡Consuelo...! ¡Consuelo!". Dudó un segundo y se detuvo. Entonces, alguien le dio un golpe en la espalda. Pensó que caía y que las voces y los pasos cesaban. Arriba de ella estaba el cielo, cada vez más alto. Sus bóvedas de azules oscurísimos se abrían en vetas de azul claro, clarísimo. ¡Se había salvado! Bajó el puente y entró a la casa de su tía Adelina.

En el salón, los canceles de cristal lucían encendidos y las sedas amarillentas de los muebles brillaban con destellos cegadores. Su tía levantó la vista del bordado y sonrió. Consuelo ignoraba que el esplendor de los colores fuera tan variado, cada color contenía todos los colores y sus matices se convertían en rayos de oro con vetas celestes. Avanzó sin esfuerzo, como si avanzara en cámara lenta. Su tía avanzó hacia ella también muy lentamente, casi flotando en su traje de seda gris, igual al pecho de una paloma torcaz. El bastidor con el bordado quedó sobre el sofá, como una luna olvidada. Por la gran puerta que conducía al fumador, apareció su tío José Antonio, avanzando hacia ella muy despacio, muy despacio. Venía como siempre, vestido de negro y sus ojos parecían hojas de menta... Consuelo se acercó a la ventana, corrió un poco la cortina de seda y levantó apenas la cortina de muselina blanca y miró.

Afuera, en la noche, algunos brazos acercaban linternas a su cuerpo tirado en el puente romano. La gente que corría antes tras ella estaba quieta.

—¿Quién ha disparado...? ¿Quién ha disparado? —gritaban los guardias, mirando a los perseguidores, que permanecían quietos en las sombras.

Consuelo se hallaba adentro del corazón tibio del oro, levantando apenas la cortina de muselina blanca y desde allí vio a Ramona de pie, debajo de un manzano plantado a la orilla del río. Era una sombra oscura y sólo eran visibles sus ardientes ojos afiebrados. El agua casi no hizo ruido cuando recibió el revólver de la mano huesuda de la mujer del tricot negro. Consuelo sonrió; ahora, nunca más aquella mujer oscura y terrible le haría daño: estaba dentro de la casa junto al río; a su lado se hallaban sus tíos y la casa resplandecía como un arco iris. ¡Estaba a salvo! ¿Acaso no había venido a España en busca de sus muertos...?

Y Matarazo no llamó…
(1991)

A Tito y a Pedro

Hacía varios días que, de noche, la casa de Eugenio cambiaba de lugar. De día estaba a espaldas de la avenida de los Insurgentes; de noche, no se sabía adónde la llevaban. Antes, la casa había sido sedentaria; ahora se había convertido en andariega y vagabunda. Vías férreas enormes y temibles se instalaban bajo sus ventanas y los trenes pasaban silbando, peligrosos. Relojes inexistentes durante el día daban las horas con insistencia. En cuanto oscurecía, la casa se poblaba de huéspedes inesperados. Pájaros misántropos visitaban los muebles para golpearlos con sus picos destructores. Animales misteriosos gruñían adentro de los cojines verdes de la salita y por el caño del lavadero de la cocina salían ajolotes enormes a hacer gorgoritos. Eugenio escuchaba esos ruidos con asombro.

—¿Quién anda ahí?

Tres relojes cercanos le contestaron dando las doce campanadas. Eugenio contó los golpes, preocupado.

—Sí, las doce...

Volvió a contar las campanadas cuando otro reloj cantó solemne la media noche. Enseguida, dos relojes más se empeñaron en dar la hora al mismo tiempo, confundiendo sus voces, como lo hacen los hombres en las discusiones, cuando ya nadie escucha a nadie.

—¡Las doce de la noche y Matarazo no llamó...!

Eugenio se quedó quieto. Escuchó con atención: una rata enorme roía las patas de su cama. De puntillas se dirigió a su habitación y trató de descubrir al animal. El ruido cesó. Bajo las mantas, el hombre casi no hacía bulto y estaba quieto. Le dio temor acercarse nuevamente a él y contemplar su rostro deformado y su cabeza vendada. Volvió a la salita y, nervioso, encendió un cigarrillo y se dedicó a contemplar el teléfono callado y hosco sobre una mesita.

—¡Sábado, hace apenas ocho días que los conozco...! —se dijo.

Se dejó caer perplejo en un sillón. Su mano rozó la superficie áspera de la tela, por las manchas de sangre seca. Ni siquiera se había preocupado de limpiarlas; se había acostumbrado a ver correr sangre y que ésta se secara. Dos de los cojines del sofá también estaban manchados. Pensó que era raro que Matarazo no hubiera notado aquellas manchas, para decirse enseguida: "Debe creer que son del otro..." Aturdido, volvió a levantarse. "Me van a acusar de asesinato..." Dio unos pasos por la salita; quería volver a su habitación, pero se detuvo y se dejó caer en el sofá.

—¡Todo esto es muy raro! —se dijo en voz baja.

El teléfono llamó con timbrazos agudos. Descolgó la bocina con avidez y alivio.

—¿Bueno?

—¡Cabrón...! ¡Hijo de la chingada! ¡Te vamos a joder...!

—¿Quién habla...? —preguntó, sin esperanzas de que se identificara su interlocutor.

—¡Tu puta madre! —contestó la voz y cortó la comunicación.

Eugenio contempló el aparato sin asombro. Ya le habían llamado varias veces para amenazarlo. Con cuidado, depositó el teléfono en su lugar y le pareció que su casa había caído en el vacío. Sintió que los labios, la nariz y las orejas se le enfriaban con una velocidad aterradora. Un vértigo momentáneo lo obligó a sentarse y a cogerse la cabeza entre las manos. Procuró reponerse de la impresión, se santiguó y, con gran esfuerzo, se acercó a la ventana. Allí se instaló y, con suma precaución, miró a la calle a través de una rendija de la persiana, cuidadosamente cerrada. ¡Lo vio! ¡Allí estaba el automóvil negro con sus ocupantes de sombrero puesto! Llovía copiosamente y la calle a esas horas parecía la calle de una ciudad desconocida. El cuadro de pasto de la acera de enfrente brillaba muy verde a través del agua y de la luz de los faroles. La casa de las prostitutas tenía las ventanas cerradas. Nadie frecuentaba la calle. Sólo aquel coche de color negro aguantaba la lluvia con valor, mientras que sus ocupantes fumaban tranquilos un cigarrillo. Se diría que los hombres se sintieron observados, pues volvieron la cabeza para mirar con insistencia hacia su ventana.

—¡Las doce de la noche y Matarazo no llamó...! —volvió a decirse Eugenio. De pronto se sintió culpable. Sí, era tan culpable que podía ocurrirle cualquier desgracia. "No cabe duda, ando fuera de la ley..." "¿La ley?", se preguntó asombrado. "¿Y quién hizo esa ley tan desnaturalizada?" No lo sabía. "Creo que los padres de la Patria...", se dijo con amargura. Bastaba con que aquellos hombres bajaran de su automóvil negro y llamaran a su casa, para que él, Eugenio Yáñez, estuviera perdido. ¿Acaso sus compañeros de trabajo no habían dicho que los culpables eran los comunistas?

—¡Es absurdo...! ¡Absurdo! —se repitió en voz alta.

Y se sentó a esperar a que llegara Matarazo.

No se arrepintió de nada de lo que había hecho, ya que en realidad no había hecho nada. Llevaba una vida solitaria y anónima. "¡Pero si soy un don Nadie!", se dijo, para convencerse de su inocencia.

Su hermano mayor vivía en San Luis Potosí, era dueño de una zapatería, estaba casado, tenía seis hijos y hacía un año que no lo visitaba. Supo que estuvo en la ciudad para hacer sus compras, pero seguramente no tuvo tiempo de llegar hasta su casa. "A lo mejor olvidó mi teléfono." Su hermana también estaba casada y vivía en El Mante, ocupada en sus hijos, de manera que él podía considerarse como un hombre completamente solo. Le molestaba recordar a su mujer, con la que sólo vivió cuatro años. Le había perdido la pista. Supo que se casó con un gobernador, después de haber vivido con algunos hombres de menor categoría social. No entendió por qué se acordó de ella justamente esa noche. Pero no logró recordar sus rasgos; era extraño: recordó su presencia, su olor y su bata de casa de color morado. También le llegó el eco agudo de su voz. "¿Cuánto tiempo hace que no sé nada de ella?", se preguntó, para calcular enseguida: "¡Unos veinte años...!" Veinte años le parecieron muchos años y poco tiempo. El Eugenio de hacía veinte años ya no existía; lo vio surgir, entre la niebla espesa que se acumulaba en su memoria, como a un desconocido, que nada tenía que ver con el Eugenio que de su trabajo iba algunas veces al cine o daba paseos melancólicos en su automóvil de tercera mano. Conocía a mucha gente —en México todo el mundo se conoce—, pero no la frecuentaba. De joven, en la universidad, tuvo amigos que ahora ocupaban altos puestos en la política. En realidad, la carrera les servía de trampolín para saltar a algún empleo notable, que mejoraba cada sexenio. Cuando se los encontraba en la calle parecían ponerse muy contentos:

—¡Hermano...! ¡Cuánto tiempo! ¡Ven a verme! ¡Estoy para todo lo que se te ofrezca!

Y apuntaban presurosos su número de teléfono en un papel cualquiera, que él sabía que tirarían en la próxima esquina. Estaban gordos, llevaban automóviles de último modelo y vistosos trajes norteamericanos. Su alegría al verlo, de pronto se convertía en nostalgia.

—¿Te acuerdas, hermano? —decían sentimentales.

—Sí, me acuerdo...

—¿Te acuerdas...? —repetían.

No sabía bien de qué le pedían que se acordara, pero todos ponían la misma cara cuando le hacían aquella pregunta. Alguna vez necesitó de alguno de aquellos "hermanos" y acudió a su oficina, sólo para contemplar el esplendor de su antesala repleta de pedigüeños de caras cansadas y zapatos viejos. Los que entraban sin espera y con diligencia eran los otros, sus iguales en trajes americanos, coche último modelo y voces optimistas y sentimentales. Hasta la sala de espera llegaba:

—¡Hermano!, ¡Qué gusto! ¿Qué te trae por aquí...?

Eugenio decidió estar solo. No entendía a aquellos hombres que usaban un lenguaje pomposo y oratorio acompañado de gestos cordiales. Tenía la impresión de que le ponían mayúsculas a palabras tan simples como madre, progreso, obrero, patria, libertad, campesino o bandera.

A su edad —ya pasaba de los cincuenta años—, era difícil hacerse de nuevos amigos. A medida que se alejaba de su juventud, volvía a la timidez de su primera adolescencia y su capacidad de afecto se dirigía a los animales, aunque por pudor no se atrevía a adoptar a un perro, un gato o un canario y prefería inclinarse hacia la gente humilde, pero tampoco se resolvía a dar rienda suelta a este sentimiento. Movido por la compasión y por la necesidad de hablar con alguien, se acercó a los obreros que vigilaban los patios de la estación. Recordó cómo pasó casi rozando sus rejas, tratando de oír lo que decían. Quería mezclarse con ellos, compartir su huelga, aunque fuera de un modo accidental y lejano, para confundirse un poco con los demás, ya que también él era un desdichado. Se dio cuenta de ello en el momento de pasar por aquel lugar prohibido.

—¡Ya no tenemos cigarros...!

—¿Qué haremos...? —escuchó decir a dos huelguistas.

—¡Caray! ¿A poco vamos a pasar la noche sin fumar? —contestó otro obrero.

Eugenio tomó la decisión de proveerse de cigarrillos y de traérselos a los huelguistas. Cruzó los cordones de soldados inmóviles y alertas y de los policías vestidos de paisano que vigilaban la estación y sus alrededores; buscó en las calles adyacentes un estanquillo donde comprar tabaco. La señorita del mostrador le repitió con impaciencia:

—¡Decídase, señor! ¿Qué marca de cigarrillos quiere?

—Pues, setenta y cinco pesos de todas las marcas —respondió Eugenio con decisión.

La señorita parecía no estar dispuesta a surtir aquel pedido disparatado. Se diría que el cliente le quería dejar vacío el estanquillo.

—Señorita, setenta y cinco pesos de cigarrillos de todas las marcas. Son para los huelguistas...

—¡Ay!, pobrecitos, les va a ir muy mal, ya sabe usted cómo es el gobierno... —dijo la muchacha, convencida.

Eugenio volvió a la estación con el tabaco. Avergonzado, entregó el enorme paquete a unos obreros que le parecieron ser los que se quejaban de la falta de tabaco.

—¿Cómo se llama, compañero? —le preguntaron.

Eugenio les dio su nombre y su dirección. Se cambiaron apretones de mano. Pudo retener dos nombres: Tito Vallarta y Pedro Torres. Los dos eran muy jóvenes y ambos tenían el aire grave. De regreso en su casa se sintió tranquilo; había ayudado en algo a aquella gente que velaba en la estación. Era su primera acción política. Una emoción nueva y desconocida lo hizo sonreír mientras se preparaba unos huevos revueltos y bebía su solitaria copa de tequila.

"¡De manera que el Señor Gobierno es omnipotente; dice: '¡No hay huelga!' y no la hay... Pues que vea que somos muchos los que no estamos de acuerdo con él", se dijo, saboreando su tequila. Para Eugenio, el gobierno eran las caras de sus conocidos y las de los desconocidos que aparecían todos los días en el periódico. "¡Bola de ladrones!", afirmó, depositando su copa sobre la mesa.

A la noche siguiente volvió a presentarse en la estación con su cargamento de tabaco. Los cordones de los policías eran más espesos. Con gesto adusto revisaron los cartones repletos de cajetillas de cigarros.

Al llegar al lugar en donde había estado la noche anterior, oyó que lo llamaban por su nombre:

—¡Yáñez...! ¡Yáñez...! ¡Acá...!

Se volvió para descubrir a Pedro y a Tito. Los muchachos parecieron alegrarse al verlo.

—Estábamos casi seguros de que vendría otra vez— dijo Pedro.

—Pues sí, aquí me tienen —contestó Eugenio, satisfecho porque alguien lo esperaba.

—Compañero, ¿quiere hacernos un favor? —preguntó Tito.

Eugenio asintió contento de sentirse útil y de que alguien le pidiera un servicio.

—¡Pues véngase!

Tito y Pedro, seguidos de dos obreros más, salieron de la estación y se unieron a Eugenio.

—No tenemos ni un centavo. ¿Nos puede llevar a la calzada del Chabacano? —le pidieron sus cuatro nuevos amigos.

—¡Cómo no! —contestó Eugenio con alegría. Un placer nuevo en él lo hizo caminar de prisa; se dio cuenta de que era el placer de la rebelión lo que lo animaba.

Buscaron su automóvil. Llovía a cántaros y los soldados, bajo sus capotes, los vieron alejarse con indiferencia. Los cuatro hombres y Eugenio subieron al auto y cruzaron la ciudad ahogada por la lluvia. Los obreros iban silenciosos, como si de pronto toda la melancolía de la noche lluviosa se les hubiera echado encima. Eugenio sentía la necesidad de decir cosas que no había dicho jamás en su vida, pero el desaliento de sus compañeros lo obligó a callar. Sin embargo, dentro de él bullía una efervescencia desconocida, una energía nueva, que casi lo llevó a silbar mientras iba conduciendo. El hecho de desafiar a las autoridades lo colmaba de optimismo: con su desafío, probaba que todas las palabras y los discursos que había tenido que escuchar de labios de sus jefes y de sus amigos eran patrañas, ¡mentiras!, ¡falsedades! Eran ellos los malos ciudadanos, no los obreros.

—Pero vamos a ver, muchachos, ¿existe o no existe el derecho de huelga? —preguntó con optimismo, mientras limpiaba el parabrisas empañado con tantas respiraciones.

—¡Claro que existe...! Lo que no existe es el derecho a ejercerla... —contestó Tito.

—Entonces, ¿la huelga está prohibida? —insistió Eugenio.

—En la práctica está prohibida. En la Constitución y en las leyes del trabajo, el derecho a la huelga existe. Es uno de los derechos de la clase obrera, sólo que no debemos ejercerlo —contestó Pedro animándose repentinamente.

—¡Eso es absurdo! Si existen las leyes, ese derecho debemos ejercerlo. ¿Cuándo dejaremos los mexicanos de ser un pueblo de borregos? Sí, compañeros, somos un pueblo de mandados, no tenemos valor para ejercer nuestros derechos; por eso la bola de ladrones que nos gobierna hace de nosotros lo que le da la gana. ¡Ya es tiempo de que México despierte!... Yo, por ejemplo, he despertado al verlos a ustedes y siento que mi pecho, humildemente, se inflama de orgullo por andar en su compañía...

—¿Es nuevo en la lucha...? —preguntó el más moreno de los amigos de Tito y que más tarde supo que se llamaba Eulalio.

—Sí; es decir, ni siquiera nuevo, digamos un espontáneo... —confesó Eugenio, súbitamente ruborizado.

—Muy bien, compañero. Es interesante su actitud, aunque me parece demasiado sentimental... cosa nada rara en un novato pequeñoburgués pero, de cualquier manera, ¡muy encomiable!

—terminó Eulalio con voz aguda, que desentonaba con las voces de los demás.

—Compañero Eulalio, así empiezan los más duros, los más aguantadores, de los que uno menos espera —recordó Ignacio, el compañero de Eulalio, un hombre joven que tiritaba de frío en el fondo del coche. Iba en mangas de camisa y su voz parecía muy afligida.

Era Tito el que guiaba a Eugenio durante el trayecto. El auto se detuvo frente a una casucha sucia y complicada. Un niño abrió la puerta.

—¿Están los Galán? —preguntó Tito.

—Sí, ahí están —contestó el niño haciendo un gesto con la cabeza. Entraron a un cuarto de paredes pintadas de color de rosa, en el que había una mesita de palo y, sobre ella, restos de chicharrones y jarros de café frío. Se quedaron todos de pie, sin saber qué hacer. Eugenio miró en torno suyo. "Están fregados, qué cuartel general tan miserable... ¡caray!", se dijo al contemplar al niño que se caía de sueño. "Y este centinela tan minúsculo, ¿quién será?" Lo escuchó decir:

—Tengo harto sueño...

—¿Y los Galán? —insistió Tito.

El niño señaló una puertecita al fondo de la habitación y luego se acostó en el suelo, disponiéndose a dormir.

Eugenio tuvo la impresión de que los Galán eran muy importantes en la huelga, pero no logró verlos. Recordó las novelas rusas que leyó en su juventud y le pareció ser uno de aquellos protagonistas. ¿De cuál? No podía precisarlo. Pensó que era indicado tener miedo y, para su gran decepción, no pudo gozar de aquel sentimiento exaltante. Tito cruzó el cuarto, se dirigió a la puerta indicada por el niño, llamó con los nudillos y las hojas de madera se abrieron con sigilo. Tito desapareció tras ellas. Sus pantalones viejos de mezclilla, su chaquetón tan usado y sus botas vencidas dejaron perplejo a Eugenio. "¡Caray!, para ser obrero está demasiado pobre...! Dicen que todo el salario se les va en beber...", y trató de descubrir en el rostro de Pedro y de sus amigos las huellas dejadas por el alcohol. Tal vez Eulalio era el único borracho, aunque era una temeridad pensarlo. A Eugenio se le ocurrió pensar que el mal humor de aquel hombre pequeño y gordezuelo se debía a la cruda, pues miraba a Pedro con ojos biliosos. Pedro, por su parte, esperaba en silencio la reaparición de Tito, mientras que Ignacio, nervioso, se golpeaba la palma de la mano derecha con el puño izquierdo. No le parecía bien que hubiera entrado Tito solo a parlamentar con los Galán y observaba de reojo el disgusto de su amigo Eulalio. Eugenio sintió la tensión, tensión que montaba entre Pedro y sus dos compañeros, pero no dijo nada. Era curioso, ver que también entre los obreros existieran diferencias. ¡Era una lástima!, ¡una verdadera lástima! Observó a los tres hombres sentados en sus sillas de tule. Los tres parecían muy cansados y los tres guardaban silencio. A sus pies dormía el niño, descalzo, con los brazos cruzados sobre el pecho y el rostro pálido devorado por la fatiga.

—¿De dónde lo sacaron? —preguntó Eugenio.

—¿Al Novillero?... pues no sé. Hace ya tiempo que anda con nosotros. Vende la *Extra* en la tarde y siempre nos trae noticias nuevas que escucha por aquí y por allá... ¡es un buen elemento! —contestó Pedro, convencido de sus palabras, y mientras miraba dormir al chiquillo.

—Como de costumbre, no tiene padres, ¿verdad? —preguntó Eugenio, sintiendo una enorme piedad por aquel mocoso apodado El Novillero.

—¿El Novillero...? No, no tiene familia. Creo que su madre vive en Michoacán; de su padre no sabe nada. Él vino a la ciudad a hacer fortuna... —contestó Pedro, que parecía más interesado en lo que se decía detrás de la puerta que ocultaba a Tito, que en la triste suerte del Novillero.

—Es la falta de educación cívica la que produce casos como el de este niño —sentenció Eulalio, con su voz aflautada.

—También la miseria, la miseria... —insistió Ignacio, moviendo la cabeza y con temor de disgustar a su amigo.

Por fin reapareció Tito. Parecía mortificado al cerrar con harto esmero la puerta por la que había salido.

—Compañero Eulalio, los compañeros prefieren guardar ellos mismos los documentos. Les agradecen a ti y a Ignacio el sacrificio al que están dispuestos, pero en este momento no lo juzgan conveniente —anunció Tito.

—De acuerdo. No hay ofensa, compañero, aunque me parece muy arriesgado... muy arriesgado estando ellos tan señalados —contestó Eulalio, con aire decepcionado.

Su amigo Ignacio lo miró con temor. Pedro apartó la vista de él y Tito trató de hacerle leve el rechazo:

—No sé si más tarde cambien de opinión. Tú sabes, compañero, que en momentos como éste las situaciones varían en cuestión de minutos. Tu oferta de sacrificio queda en pie. No lo olvidaremos, camarada.

Afuera continuaba lloviendo y los cinco hombres escucharon el caer de la lluvia sin volver a dirigirse la palabra, sumido cada uno de ellos en su propia fatiga y en sus propios pensamientos.

De pronto, Eulalio rompió el silencio; empezó a hablar con vehemencia en una jerga revolucionaria en la que abundaban las palabras carcomidas en las tribunas políticas. Ignacio, el amigo del orador, aceptó con paciencia aquel diluvio de palabras, mientras que Pedro y Tito observaban con curiosidad la estatura mínima de Eulalio y su abundante gordura, como si fuera la primera vez que lo veían. Ninguno de los dos parecía dispuesto a tomar parte en la discusión solitaria de Eulalio, en la cual él se hacía las preguntas y se daba las respuestas.

La lluvia golpeaba con insistencia los vidrios de la ventana y las llantas de los automóviles zumbaban sobre el pavimento mojado.

—Llueve... —dijo Eugenio.

Eulalio lo miró con rencor y detuvo su disertación. Ignacio trató de animarlo para que continuara, pero el hombrecito guardó un silencio obstinado.

—Voy a preparar café —anunció Tito.

Bebieron el café humeante y escucharon el ritmo de la lluvia que arreciaba por momentos. La bebida caliente se esparcía por el interior del cuerpo de Eugenio, produciéndole un placer casi sentimental: el placer de sentirse acompañado. De pronto se dio cuenta de que se hallaba entre sus iguales, los desheredados. Y el hecho de beber con ellos un café caliente en una noche de lluvia, en el corazón de la ciudad ajena a sus pesares, lo llenó de cordialidad hacia sus compañeros. El Poder le pareció absurdo, inhumano y alejado para siempre de ese instante inefable en la casita de Chabacano, donde por primera vez gozaba del peligro y de la compañía de los conspiradores. Miró los ojos tristes de Tito y los cabellos castaños de Pedro. Observó sus botas manchadas de grasa negra de las vías de los ferrocarriles, sus pantalones de mezclilla desteñida, sus camisas a cuadros y sus chaquetones remendados. Sintió vergüenza por su traje de casimir y su camisa de High Life. Nunca había pensado con seriedad en la gravedad de la pobreza. ¿Qué pedían con su huelga? Pedían muy poco, bastaría con que sus amigos, "sus hermanos", suprimieran un año las compras de sus automóviles de lujo para satisfacer la miseria que pedían los hombres que guardaban la estación. La suma que él pagaba en un buen restaurante cuando tenía la ocurrencia de darse buena vida, era mucho mayor que el aumento pedido por cabeza por el comité de huelga. "Es estúpido no darles lo que piden", se dijo, sintiéndose culpable, y miró a Ignacio, tan mal vestido como sus compañeros y que, en ese momento, con los brazos caídos, miraba sin esperanzas a Eulalio. Éste se movió en su silla, miró largo rato al Novillero, que continuaba durmiendo, se puso de pie, levantó los brazos y exclamó:

—¡Camaradas, me retiro! Veo que todo está en orden.

—Nosotros nos quedamos —dijeron Pedro y Tito.

Ignacio imitó a su amigo, se puso de pie, se frotó los ojos enrojecidos por las desveladas y anunció que también él se iba.

Eugenio se ofreció a llevarlos en su coche. Salieron corriendo de la casita, para evitar la lluvia y el lodo. Apenas subieron al automóvil, Ignacio se deshizo en quejas. ¿Cómo era posible que le hubieran negado a Eulalio la guarda de los documentos? Él, y ningún otro, había sido uno de los grandes promotores de la huelga. Su colaboración había sido definitiva. No era justo que Tito y Pedro, dos elementos sin gran importancia, se tomaran tamañas prerrogativas. La cara oscura de Eulalio permaneció impasible. Ignacio continuó sus quejas:

—Son dos recién llegados... ellos le dan mucha importancia a su intervención en el norte, que en realidad es mínima.

Eulalio afirmó con la cabeza, sin descuidar de continuar indicándole a Eugenio la ruta que debía tomar el coche. Llegaron a una barriada pobre. Frente a la puerta de una vivienda oscura, Ignacio hizo detener el automóvil. Bajó del auto y le tendió la mano a Eugenio:

—Gracias, compañero, aquí tienes tu casa.

—Ignacio es un elemento útil —declaró Eulalio cuando su amigo desapareció por una puertecilla sucia.

—Parece buen compañero...

—Sí, es útil, y en caso que no se logre, ¡a los leones! —dijo Eulalio, invirtiendo el dedo pulgar a la usanza romana. Después le dio su dirección a Eugenio, que no podía dejar de pensar en la frase: "¡A los leones!"

Eugenio se sintió incómodo junto a aquel hombre. Después de todo, era un desconocido y sintió que los puentes entre él y Eulalio se habían roto. No había comunicación entre ambos. Eulalio poseía una fuerza extraña, fundada en una seguridad desmedida en sí mismo, que tenía la virtud de desconcertar a su interlocutor. Hablaba con el aplomo que poseen las personas de estatura muy corta y daba la impresión de que no le interesaba guardar ningún secreto. Se preguntó en qué residía la fuerza del personaje aparentemente insignificante que viajaba a su lado, y llegó a la conclusión de que su fuerza no era sino la fe profunda en su causa. Lo interrumpió Eulalio en sus pensamientos:

—No importa que ellos guarden los documentos. Yo tengo copias de los archivos de todo el movimiento. Están perfectamente clasificadas. ¡No sé qué harían sin mí!

A continuación, explicó su sistema para manejar a la gente. "No debe ser muy efectivo su sistema, puesto que Pedro y Tito no le prestaron obediencia", se dijo Eugenio y se limitó a contestar con movimientos afirmativos de cabeza. Eulalio vivía en las afueras de la ciudad y tuvo tiempo para explicar sus métodos. ¿Por qué se confiaba así a un extraño...? Tal vez deseaba curarse de lo que él consideraba una humillación: la negativa de sus compañeros para confiarle los documentos.

—Esos dos compañeros son primerizos. No tienen todavía la experiencia revolucionaria que tiene un luchador experimentado como yo. No hay que tomarlos muy en cuenta, pero eso sí, ¡hay que estar alerta! Es muy fácil que cometan un error, que se dejen llevar por el sentimentalismo, por ejemplo, como en el caso suyo, compañero —dijo de pronto, mirándolo con dureza.

Eugenio se sintió intranquilo; pensó que debía asegurarle a su compañero que la amistad con Pedro y con Tito era inexistente.

—Pero si yo apenas los conozco, es un puro azar el que yo estuviera esta noche con ellos —contestó incómodo Eugenio.

El automóvil salió de la ciudad y entró por unos llanos húmedos y brillantes. Pasó cerca de las bardas derruidas que anuncian la proximidad del campo. Encontró grupos de casuchas amontonadas en un aparente desorden. Su compañero le indicó entrar por una callecita mal trazada y se encontró en un callejón lodoso y sin salida.

—Ahí tiene usted su casa —dijo Eulalio señalando vagamente alguna de aquellas casuchas. Se volvió a mirar a Eugenio para decirle con voz concentrada—: Pensaba que su amistad con los muchachos era más profunda. ¿Ve cómo tengo razón? ¿Ve cómo son dos impreparados...? —se bajó del coche y se perdió en el callejón oscuro, con pasitos rápidos de enano.

Eugenio buscó el camino de vuelta a su casa. Atravesó la ciudad; iba preocupado. Había tratado de disculpar a los dos muchachos, negando la amistad que sentía por ellos y el resultado había sido peor. Eulalio lo había tomado como prueba de su inconciencia. Las palabras corrosivas de Eulalio habían deshecho la noche cordial y que a él le había parecido fabulosa. Hasta los rostros de

Pedro, de Tito y del Novillero parecieron diluirse, perderse entre la lluvia, después de las frases de Eulalio.

Al día siguiente, Eugenio se sintió quebrantado. Se había acostado a las cuatro de la mañana y el despertador lo sobresaltó a las siete. A lo sumo había dormido dos horas. En su oficina le hicieron bromas:

—¡Mire qué cara de desvelado!

—¿De parranda, señor Yáñez?

—¡No molesten! Está bien que se haya echado una cana al aire...

Al mediodía, un sueño invencible lo hizo cerrar los ojos y quedarse dormido sobre su escritorio. La señorita Refugio lo despertó con suavidad. La luz plateada de las dos de la tarde le produjo un dolor violento en los ojos.

—¡Es sábado, señor Yáñez! —le dijo la señorita Refugio para consolarlo.

Los sábados sólo trabajaban medio día. Eugenio le agradeció la atención y abandonó su oficina en silencio. Estaba preocupado; compró los diarios de la tarde y se dirigió a su casa. Los titulares de los periódicos acusaban a los huelguistas de traición a la patria y de estar al servicio de potencias extranjeras. Eugenio sonrió con amargura. Él conocía bien aquellas firmas que paseaban su indignación en automóviles de más de cien mil pesos. Recordó la voz indignada de su jefe:

—¡Hay que darles duro a esos comunistas! ¡Duro!

Si su jefe supiera que había pasado la noche entre aquellos huelguistas, lo mandaría borrar de las nóminas. Sonrió satisfecho; el viejo imbécil nunca lo sabría. ¿Y por qué lo llamaba viejo si era mucho más joven que él? "Vamos a ver, ¿qué edad tendrá el señor Gómez...? A lo sumo, treinta y cinco años", se contestó sorprendido. ¡Eso se llama hacer una carrera burocrática! La señorita Refugio le había asegurado que tenía buenos padrinos, que llegaría muy lejos...

—No se extrañe usted de verlo uno de estos días de ministro... —le había susurrado unos días antes.

La pobre señorita Refugio economizaba sus planillas de autobús y escribía a gran velocidad en la máquina. Era la mejor dactilógrafa del departamento. ¡Pobre señorita Refugio!, siempre con su falda azul marino y sus blusas planchadas con rigor.

Eugenio tomó una larga ducha de agua caliente y se metió en la cama. Dormiría hasta las primeras horas de la noche y luego iría a la estación a buscar a sus amigos. No le importaba el juicio de Eulalio. Quería ver a Tito y a Pedro, entre otras cosas, para comentar sobre aquel hombrecillo vanidoso y desconfiado. Les preguntaría: "¿Por qué es tan importante Eulalio...?" Antes de caer dormido, recordó a su jefe y sonrió. "Pobre hombre... no sabe nada"; luego agregó, casi dormido ya: "Yo nunca he conocido a un comunista..." Se durmió profundamente. A medio sueño le pareció que alguien llamaba a su puerta de entrada. Se levantó a tientas y cruzó la casa sumida en el silencio; iba descalzo. Abrió la puerta de entrada de par en par; un viento helado de lluvia le despejó la cabeza y le aligeró el sueño. En la puerta no había nadie. Tal vez soñó que llamaban. Volvió a su habitación y miró su reloj: ¡Las diez y media de la noche! ¿Cómo era posible que hubiera dormido tanto? "Tengo que ir a la estación", se dijo, y se apresuró a buscar una camisa limpia. La prisa le impedía vestirse con orden; tenía la impresión de perder el tiempo, de equivocarse de manga, de no encontrar la corbata adecuada. Se estaba abrochando las mancuernillas cuando el timbre de entrada llamó con furia. Eugenio se precipitó a la puerta de entrada, abrió e Ignacio se introdujo veloz en su casa, sin decir una palabra y mirando ansioso en todas direcciones, como si buscara a alguien o huyera de algo. Venía empapado; sus cabellos chorreaban agua y traía el gesto descompuesto. Eugenio lo miró asustado, lo siguió hasta el saloncito.

—¿No está...? —preguntó Ignacio sin alientos.

—No... ¿quién?

—El herido... oí que se lo traían a usted, compañero.

—¿El herido...? ¿Cuál herido...? —preguntó Eugenio, que se quedó con los brazos colgantes y la boca abierta frente al intruso.

Ignacio se levantó algunas mechas mojadas que le caían sobre la frente, hizo el gesto de querer sacudirse el agua que chorreaba de su ropa y de pronto exclamó:

—¡Nos dieron...! ¡Nos dieron, compañero...! Siguen combatiendo...

—¿Combatiendo...? —preguntó Eugenio, atontado.

—¡Imagínese, compañero...! Nos echaron encima a todas las fuerzas, ¡qué tiroteo! Dicen que hay muchos muertos... y también muchos heridos —gritó Ignacio exaltado, casi con alegría.

Eugenio Yáñez permaneció mudo de sorpresa ante la exaltación de su visitante. Éste se acercó a él y le dio una palmada en el hombro.

—Deséeme buena suerte, compañero Yáñez.

Ignacio se balanceó sobre las piernas, lanzó una mirada suspicaz a Yáñez y se dirigió a la puerta.

—¡Es inútil! No hay quien pueda con el gobierno. No, ellos tienen la fuerza... ¡el poder y la gloria! —agregó, haciendo una mueca como si fuera a echarse a reír o a llorar.

La puerta se cerró tras él y la casa de Eugenio volvió a quedar en silencio. Perplejo, se dejó caer en el sofá. "Combatiendo...", se repitió varias veces; le pareció increíble. Recordó que debía ir a la estación y se dirigió a su cuarto para acabarse de vestir. Mecánicamente se hizo la corbata frente al espejo del lavabo. Se encontró muy pálido y se dijo con convicción: "No estoy pálido de miedo, sino de rabia".

Quiso tranquilizarse antes de ir a la calle; encendió un cigarrillo y lo fumó dando paseos cortos por su habitación. Un nuevo timbrazo lo estremeció. Fue a abrir la puerta y esta vez entró Matarazo. No lo conocía y desde el primer momento le llamó la atención ese personaje silencioso, que apareció en su casa acompañado de Pedro y de Tito.

—Matarazo —dijeron los dos jóvenes al entrar a la salita.

El nombre del nuevo personaje tintineó en sus oídos como un mal augurio. La vista del recién llegado le impidió ver a sus amigos.

—Compañero, ¿tiene usted un poco de alcohol? —oyó decir a Tito.

Eugenio se volvió a verlo: estaba muy pálido, con la camisa desgarrada y los cabellos en desorden. A su lado, Pedro se cubría el cuello con un trapo rojo y miraba silencioso al suelo. Llevaba la camisa cubierta de sangre y el pantalón manchado de grasa y tierra. Eugenio, aterrado, le retiró la mano que sostenía el trapo rojo alrededor del cuello y un borbotón de sangre le manchó la camisa que acababa de ponerse. Pedro tenía una herida abierta en el pecho, muy cerca de la garganta, y una oreja hinchada y sanguinolenta.

Eugenio no pudo preguntar nada; recordó a Ignacio. ¿Era por ese herido por el que había venido a preguntar? Matarazo, en medio de la salita, se quedó quieto, de pie, sin mover un solo músculo de la cara. Pedro, ayudado por Tito, se dejó caer en un sillón con un terrible gesto de moribundo y a Eugenio lo único que se le ocurrió fue correr a la cocina para buscar varios vasos y una botella de tequila. Les sirvió a todos un buen trago y él apuró el suyo y corrió a buscar alcohol y pañuelos limpios. La sangre manaba en abundancia; el sillón verde quedó impregnado de ella.

—¿Qué pasó, muchacho...? —preguntó Eugenio, tratando de parecer natural.

—Le dieron; parece que es una cuchillada o un cachiporrazo... —dijo Tito, que parecía muy cansado.

Entre Tito y Matarazo le colocaron algunas compresas en la herida para atajar la hemorragia. Ahora la sangre corría por el pantalón y alcanzaba al suelo.

—¡Voy a buscar a un médico! —exclamó Eugenio aterrado.

—¡No! Es mejor que nadie se entere de que está herido.

Eugenio corrió a la cocina para volver con una bolsa de sal, pues recordó que su abuelo le echaba sal en cualquier herida que se hiciera para evitar la infección, después de limpiársela con cuidado. Luego, para calmar la hemorragia le echaba montoncitos de azúcar. Con calma explicó su técnica curativa, que fue aceptada por unanimidad. Eugenio quiso ir a comprar vendas a una farmacia de guardia.

—¡No, no! Es mejor no hacerse notar en nada. Usaremos una sábana limpia —ordenó Matarazo.

Entre los tres hicieron varias tiras de una sábana y procedieron a la curación y vendaje de Pedro, que, muy pálido y muy callado, aguantó las maniobras de sus amigos.

—¡Bebe otra copa, muchacho! —le aconsejó Eugenio.

Pedro aceptó la copa, aunque estaba al borde de un colapso y lo invadían unas náuseas que jamás había sentido. Tito lo observaba con temor y Matarazo guardaba silencio. Una vez que lo hubieron vendado, lo vistieron con ropa limpia que les proporcionó Eugenio y lo recostaron en el sofá. Pedro cerró los ojos; sus amigos se miraron alarmados.

—¡Un café...! ¡Cafecito para todos! —exclamó Eugenio para romper aquel minuto de angustia. Se dirigió a la cocina; no soportaba la vista del muchacho lívido como un muerto y con los ojos cerrados. Fue en ese momento cuando Matarazo, con su voz imperturbable, preguntó:

—Yáñez... ¿recibió usted al compañero Galán?

—No... —respondió el aludido deteniéndose en seco, al recordar los timbrazos que creyó haber escuchado cuando estaba dormido.

—Lo mandamos para acá. Estaba malherido y no tenía dónde esconderse —dijo Tito con aire preocupado.

—Vino Ignacio... me preguntó si había recibido al herido... pero no me dijo de quién se trataba. Estaba muy exaltado —contestó Eugenio, con voz contrita.

—¿Ignacio...? —preguntó Tito, con aire pensativo.

Matarazo cruzó una mirada con Tito, que a Eugenio le pareció significativa, y ambos se inclinaron sobre Pedro, que parecía próximo a la muerte.

—Nos dispararon... —dijo Tito, como si fuera a echarse a llorar. Estaba conmocionado; no esperaba una reacción tan violenta de parte del gobierno, se sentía traicionado y apenas si encontraba fuerzas para hablar.

Matarazo miró un punto fijo en uno de los muros y se cruzó de brazos. Ante la magnitud de los hechos parecía no tener nada que decir.

—¿Y usted? —preguntó Eugenio a aquel huésped silencioso.

—¿Yo...? Yo, ¿qué...? —contestó turbado Matarazo.

—No sé... nada, compañero... no sé... —dijo Eugenio, cortado ante la respuesta del desconocido.

Matarazo volvió a caer en su atento silencio. Miraba a sus amigos con la cortesía de la clase media, un poco tímida y un poco forzada, como si le preocupara quedar bien o como si fuera ajeno a lo que sucedía. La pregunta de Eugenio lo había hecho enrojecer y, preocupado, dio unos pasos por la salita y volvió a quedarse quieto. Vestía un traje color marrón oscuro y una camisa, blanca y arrugada. Se arrancó la corbata a rayas vistosas y la guardó nervioso en uno de los bolsillos de su americana. Al tocarla, se dio cuenta de que tenía manchas de sangre. Eugenio notó que también el cuello de la camisa estaba manchado de sangre. "Se va a manchar el traje", se dijo Eugenio, cuando vio que su huésped escondía la corbata. Notó sus mancuernillas de oro falso, muy grandes y llamativas. Matarazo, ante la mirada escrutadora de Eugenio, trató de sonreír, mientras que Tito trataba de entablar una conversación imposible con Pedro.

—¡Casi no perdiste sangre, de manera que el plan continúa siendo el mismo...! ¡Anímate!, dentro de un rato tenemos que salir para Zacatecas. ¿Aguantarás...? ¿Cómo te sientes...?

—Mejor... mucho mejor...

—¿Aguantarás la tirada?

—No te preocupes, la aguantaré bien... —contestó Pedro, sonriendo débilmente.

—Allá será distinto, te podremos curar como lo necesitas, de manera que "¡ay reata, no te revientes que es el último tirón!" —le dijo Tito, tratando de parecer alegre.

—Sería bueno ponerle un poco de penicilina —opinó Eugenio.

—¿La tiene aquí, compañero? —preguntó Matarazo.

—No, pero puedo ir a una farmacia de guardia...

—Deje, compañero, deje... —dijo Pedro, a quien le pareció más prudente no hacer ningún movimiento sospechoso.

—Pero, ¿cómo se atrevieron estos hijos de su madre a disparar? —preguntó Eugenio, súbitamente furioso.

—Así son, compañero; pero no olvide que "a cada capillita le llega su fiestecita" —le contestó Tito con rencor.

Bebieron varias tazas de café. Eugenio propuso que Pedro reposara un rato sin hablar y todos aceptaron su propuesta. Los tres se refugiaron en la cocina, para dejar solo a Pedro. Eugenio quiso preparar unos sándwiches, pero sus visitantes se negaron a probar bocado; tenían el estómago revuelto.

La calle estaba solitaria y silenciosa. Eugenio era el encargado de vigilarla y para ello miraba a través de las rendijas de las persianas bajadas. Observó un buen rato.

—No se preocupen, no hay ni un alma —aseguró en voz queda.

—Esos se esconden en cualquier quicio, detrás de cualquier árbol... —murmuró Pedro.

Eugenio se esforzó en la vigilancia, cambió de ventana y de ángulo. ¡Inútil!, no descubrió a nadie. Volvió a intentar:

— ¡Ni un alma!

—Nos preocupa Galán... ¿adónde se habrá ido? —se repetía Tito una y otra vez.

—¿Y qué quería Ignacio? —preguntó Pedro, que trataba de comportarse normalmente, como si hubiera olvidado la herida y la hemorragia que acababa de sufrir.

Los amigos guardaban silencio; ninguno tenía las respuestas adecuadas. Todos temían confesarse que sospechaban de Ignacio, ya que su actitud era poco normal, pero ¿cómo decir que temían que fuera un traidor? Sabían que eso significaba, si no la muerte, cuando menos un castigo físico para Ignacio. Por otra parte, callar significaba un peligro para todo el grupo dirigente. Se miraron con ojos hoscos y preocupados.

—Tal vez Ignacio también andaba buscando refugio —aventuró Tito.

—Pero no se lo ofrecí, no me dio tiempo. Llegó de carrera, muy excitado, y salió corriendo. Me pareció que tenía miedo. Me di cuenta cuando ya se había ido —confesó Eugenio.

—Tal vez. Pero, ¿por qué habló del herido?... No lo nombró, ¿verdad? —preguntó Tito, sombrío.

—No. Sólo dijo: "el herido" —afirmó Eugenio.

Matarazo lo miró con severidad. "Me reprocha mi actitud", se dijo Eugenio, incómodo ante la mirada del desconocido. Hubiera querido tener un aparte con Tito para preguntarle: "¿Quién es este hombre?", pero no tuvo valor de hacerlo; temió que su amigo lo tomara por un indiscreto. Además, bastaba con que los dos muchachos lo hubieran llevado a su casa para que fuera un hombre de bien. Sin embargo, ni su físico, ni su manera de vestir, ni su actitud cuadraban con sus amigos. Era lo que se puede decir un "inesperado". "Sí, sí, eso: un inesperado", se repitió Eugenio con cierta preocupación. La voz de Pedro lo sacó de sus cavilaciones.

—Ya va a amanecer —dijo el muchacho con voz dolida, como si el tiempo fuera su enemigo.

Todos se volvieron a verlo, con la misma pregunta en los ojos: "¿Aguantará el viaje?" Pero ninguno comentó nada. La cara de Pedro se había vuelto de cera y el cuerpo se mantenía rígido con los vendajes. Seguía tendido en el sofá. Con lentitud, se pasó una mano por el cabello, como para alisárselo y tener mejor aspecto.

Las rendijas de las persianas se aclararon levemente y una luz violeta les dio un relieve inesperado. Tito observó las ventanas, luego se volvió decidido y miró con fijeza a Pedro.

—Vámonos antes que aclare —ordenó decidido.

—¿Adónde? —preguntó Eugenio, contemplando la traza de los dos jóvenes.

—A Zacatecas —respondió Pedro.

—Pero, ¿cómo vas a llegar así? —exclamó Eugenio asustado.

—Un compañero nos llevará en el portaequipajes de su autobús —aclaró Tito.

—Irán escondidos —afirmó Matarazo, con tranquilidad.

Eugenio le dio a Tito una camisa y un pantalón limpios, que el muchacho se puso con rapidez. A Pedro le disimularon el vendaje que subía hasta el cuello con un gran pañuelo de seda, que Eugenio empleaba a veces para ir a los jaripeos charros.

El herido se puso de pie; no parecía muy seguro sobre sus piernas.

—¡Casi son las cinco! —gritó Tito alarmado.

—El camión sale a las seis —contestó Pedro con calma.

Matarazo se acercó a Pedro para ofrecerle apoyo. Al despedirse, los dos muchachos le dieron a su anfitrión un fuerte apretón de manos, como si quisieran sellar una amistad y un agradecimiento profundos. Eugenio se sintió atontado. "No es posible que viajen así", se repitió varias veces, mientras los veía cruzar la puerta, acompañados de Matarazo, que sonrió con humildad antes de abandonar su casa.

—En cuanto lleguemos, le mandamos un telegrama, compañero —prometieron los dos jóvenes.

Se fueron con esa promesa. Eugenio se quedó desconcertado. Su amistad había durado lo que dura un relámpago; ahora volvía a su vida solitaria y oscura. Sintió no haberse explayado más con aquellos obreros abiertos a todos los sentimientos nuevos. Con ellos hubiera podido decir todo lo que había acumulado en tantos años de silencio. A la gente que él veía no le interesaba hablar de lo que sucedía en el país. No quería enterarse de que estaban sucediendo cosas que quedaban fuera de su alcance o de su control y prefería comentar las películas de moda o sus achaques personales. Eugenio tuvo la certeza de que una violencia extraña germinaba en alguna parte y esa violencia se había introducido en su casa, para dejarla más sola, como si estuviera contaminada de un germen peligroso. Sorprendido, miró sus muebles: la sangre derramada de Pedro continuaba sobre el sillón verde. Escuchó las palabras de sus amigos: "En este país va a suceder algo". Se sintió preocupado, apagó la luz de la salita y se fue a su habitación. "Mañana lavaré los vasos y las tazas", se dijo con fatiga, sin darse cuenta de que ya era "mañana".

El domingo fue un día extravagante. La ciudad estaba quieta, como si quisiera ignorar lo que había sucedido en la estación. Eugenio no quiso leer los diarios. ¿Para qué? El conocía mejor los acontecimientos de la víspera y los hechos distorsionados le iban a producir un malestar.

A las doce del día, se encontró sentado en una iglesia; allí podía reflexionar y pedir que sus amigos llegaran bien a su destino. No podía confiarse en nadie, se sentía el depositario de un secreto importante, tan importante que de su silencio dependía la vida de aquellos dos hombres. No era absurdo haber ido a la iglesia; se encontraba rodeado de gente y el espectáculo de la misa lo hizo olvidar sus preocupaciones.

Al salir, se enfrentó al sol radiante del mediodía. La gente caminaba junto a él, cabizbaja; se sentía que no era un domingo cualquiera. Los encabezados de los diarios encomiaban la energía empleada por las autoridades para anular a los sediciosos, que habían actuado bajo las órdenes de algunas potencias extranjeras. Eugenio los leyó, sin querer, en las manos de algunos de los clientes de la heladería adonde fue después de la misa a beber un *ice cream soda* de vainilla, que lo reconfortó después de aquella noche sedienta.

En una taquería de la avenida Insurgentes comió unas chalupitas y varios tacos de pollo con guacamole; satisfecho, volvió andando a su casa. Al encontrarse frente al sillón manchado de sangre y las tazas sucias de café dispersas en la salita, le cayó encima una enorme fatiga. ¿Para qué se había metido con aquellos obreros si todo era inútil? "Soy un viejo estúpido, a ver si esto no me acarrea consecuencias graves", pensó con cansancio. La seguridad de que sus amigos pertenecían a una organización a la cual él era ajeno, lo hizo sentirse ridículo.

— ¡Bah!, es igual: ellos no me necesitan. Yo fui el que los busqué —se dijo en voz baja, mientras recogía la camisa desgarrada y llena de sangre que Pedro había abandonado a un lado del sillón verde.

Hizo un bulto con la ropa vieja de los muchachos y dudó en tirarlo al bote de la basura. Por las películas de crímenes sabía que era comprometido y peligroso poseer ropa ensangrentada. "Es verdad, no es normal tirar ropa llena de sangre", se repitió. Escondió el bulto en su ropero. El lunes, al ir al trabajo, lo escondería en la cajuela del coche y a la salida lo tiraría en algún llano perdido.

Estaba cansado; en un instante perdió el interés vital que lo había convertido en un ser activo por dos días. El silencio de su casa lo deprimió. Su vida continuaría siendo la misma: una rutina solitaria. Se echó en la cama para dormir una siesta. El timbre de entrada volvió a despertarlo. Sin ánimos, fue a abrir la puerta y se encontró con un desconocido, que avanzó hasta el centro de la salita. Era un hombre flaco, de ademanes nerviosos y rostro pálido.

—Usted no me conoce, compañero. Vengo sólo de pasada para avisarle que su nombre figura en la lista de la Procuraduría... —le dijo, mirándolo con sus ojos enrojecidos.

—¿Mi nombre? —preguntó Eugenio con animación.

—Sí, compañero, ¿qué no es usted Eugenio Yáñez? —preguntó el visitante, súbitamente alarmado.

—¡Ése es mi nombre! Eugenio Yáñez —afirmó.

—Sería prudente que no duerma usted aquí esta noche. ¡Sálgase! Vaya a la casa de algún familiar o a un hotel. Ahora tengo que irme para avisarles a otros amigos —dijo de prisa el desconocido.

—¿Y usted cómo lo sabe? —preguntó Eugenio súbitamente desconfiado.

—Tenemos las listas, nos las pasa un compañero. Perdone, tengo que irme, el tiempo cuenta en estos casos —dijo el hombre, enrojeciendo ligeramente.

Eugenio lo miró con asombro. No era un obrero, tenía más bien el aspecto de un burócrata modesto. No le preguntó su nombre. Lo acompañó hasta la puerta, ya que el desconocido parecía no querer perder un minuto y buscaba la salida. Al llegar a la puerta, el desconocido se volvió, le tendió la mano y le dijo:

— ¡Alberto!, para servirlo, compañero. Y por favor, Yáñez, sálgase de su casa unos días.

Cuando Eugenio se dio cuenta, el hombre había desaparecido. "Se llama Alberto", se dijo pensativo. No podía confiarse completamente en él. ¿Por qué su nombre iba a figurar en las listas de la Procuraduría? ¿Y qué significaban esas listas? ¿Los nombres de las gentes que iban a ser detenidas? Era ridículo que su nombre figurara entre los de esas personas. "Si no he hecho nada...", se dijo para convencerse. Sin embargo, agradeció la visita de Alberto: alguien había pensado en él. Tal vez era un amigo de Pedro y de Tito y estos, antes de partir, le rogaron que se ocupara de su caso. Tenía pensado ir al cine, pero la visita de Alberto lo hizo olvidar su decisión y, lentamente, se dejó caer en el sillón que había ocupado Pedro. Estuvo ahí largo rato, tratando de pensar con frialdad. Se sorprendió al ver que empezaba a oscurecer. No, no saldría de su casa. Era más prudente quedarse muy quieto; abandonar su casa era hacerse culpable frente a aquellos personajes desconocidos que trataban de hundirlo. Esperaría un rato, luego se prepararía la cena y vería un rato la televisión. Era domingo y de costumbre daban buenas películas.

A las diez y media de la noche, se encontró en su cuarto, cómodamente instalado frente a su aparato de televisión. Se preparaba a ver una gran película, que en sus días de estreno él se había perdido. Se llamaba *Shangri-La*. Todos sus compañeros de oficina le habían hablado de ella.

—¿Cómo, señor Yáñez, no vio usted esa película? Si alguna vez la dan, no se la pierda; es magnífica.

Ahora vería el filme y podría comentarlo en su oficina. Sus compañeros tenían razón, pues desde las primeras imágenes Eugenio se sintió atrapado por la película. "Si se pudiera vivir en un lugar como ése", se repitió durante toda la función. No quiso ver las noticias para no romper el estado beatífico que creó en su interior la historia que acababa de pasar ante sus ojos. Soñador, recostó la cabeza sobre el respaldo de su sillón y fumó un cigarrillo, tratando de revivir las imágenes y las frases de la película. Dormiría en paz; había olvidado los sobresaltos, las exaltaciones y luego la depresión producida por esos días agitados y locos que acababa de vivir. Trató de olvidar a Pedro, ensangrentado como un Cristo: "Ahora ya deben haber llegado a su destino", y regresó al mundo ideal del filme que acababa de ver. Un sueño dulce empezó a surgir del centro mismo de su ser y con calma se lavó los dientes, se puso la pijama, se aseguró de que su puerta estuviera bien cerrada, apagó la luz y se metió a la cama.

El timbre del teléfono llamó en esos momentos. "¿Quién puede ser a estas horas?", se dijo mientras encendía la luz para alcanzar el aparato, que llamaba con desesperación. "Deben ser los muchachos para tranquilizarme. Ya voy, ya voy", dijo y descolgó el aparato.

—¿Yáñez? —preguntó la voz desconocida de un hombre.

—Sí, Yáñez. ¿Qué desea? —preguntó Eugenio sorprendido.

—Ya sabe que sigue muy enfermo, muy grave; sería cosa de que usted lo llevara al hospital —contestó la voz.

—¿Muy enfermo? ¿Quién...? —preguntó asustado Yáñez. La voz lo interrumpió:

—Se lo encargamos: cuídelo bien, camaradita —respondió la voz y cortó la comunicación.

Eugenio contempló el aparato que conservaba en la mano y un tumulto de pensamientos se le vino a la cabeza. ¿Cuál enfermo? ¿Por qué tenía que llevarlo al hospital? ¿En dónde se encontraba ese enfermo? Inquieto, colgó el aparato. Pensó que tal vez el desconocido hablaba de Pedro. "¡Claro, se trata de él!" Ya le parecía que era imposible que el muchacho hiciera un viaje tan largo en el estado en que se hallaba. Pero, ¿dónde lo podía encontrar? Se le había espantado el sueño. Ya no podría dormir. La voz del desconocido sonaba muy extraña; ¿angustiada? No, más bien temerosa o quizás temible, aunque hablaba cubriendo la bocina con un trapo, para disimular su voz. ¿Quién podía ser? Tal vez Matarazo. ¿Pero por qué no se identificó?

Nervioso, Eugenio se dirigió a la cocina a prepararse un café. Ya no dormiría. Debía salir a buscar a Pedro. Iría a la casita de la avenida Chabacano, aunque era muy improbable que diera con ella. Tal vez se encontraría con El Novillero. Se puso los pantalones sobre la pijama y los zapatos sin calcetines, se caló el abrigo y empezó a beber un café, cuando escuchó el timbre de la puerta de entrada de la calle. Le llamó la atención; recordó a Alberto. "¿Será posible?" Esperó unos minutos, nadie repitió la llamada. Abrió su puerta con sigilo: en el descanso de la escalera no había nadie. Decidió bajar hasta la entrada y al llegar a la reja se encontró con un hombre puesto de rodillas, con la cabeza inclinada sobre el pecho y un pequeño maletín de Mexicana de Aviación colgando de uno de sus hombros. El hombre parecía desmayado, vencido, con la cabeza enorme vendada; se diría un títere roto. Reculó ante su vista. Después reaccionó y se acercó a él, le levantó la cabeza y se encontró con un rostro deforme y sanguinolento. Asustado, miró en derredor suyo; no había nadie. La calle estaba solitaria y las ventanas de la casa de las putas y de las casas vecinas, apagadas.

Ese hombre no había llegado solo. Se diría que estaba muerto o moribundo, colgado de su reja. Tembloroso, abrió las rejas, se inclinó ante él y trató de levantarlo metiendo sus manos debajo de las axilas del herido; éste no opuso ninguna resistencia. Tampoco ayudó en nada. Sudoroso por el esfuerzo, Eugenio se lo echó al hombro con rapidez, antes de que pasara algún viandante, y subió con su carga hasta su casa. En el descanso de la escalera, dejó unos momentos en el suelo al hombre herido, para recobrar aliento. No tuvo fuerzas para volver a levantarlo y lo arrastró al interior de su salita; cerró la puerta, encendió la luz y examinó la cara del herido. "¡Nunca lo he visto! ¿Quién es?", se preguntó aterrado. El rostro que estaba frente a él parecía el de un monstruo: tenía la boca hinchada y partida en varios trozos sanguinolentos y los ojos desaparecían entre una masa de carne roja. Sin embargo, el hombre abrió unas rendijas que dejaron ver dos pupilas negras angustiadas, que volvieron a cerrarse en unos segundos.

—¡Por favor! ¿Cómo se siente usted? Muy mal, ¿verdad? Sí, muy mal —repitió Eugenio, horrorizado ante aquella mirada de súplica muda y de dolor. El hombre no contestó nada; continuó tirado en el suelo, inmóvil. Eugenio, con gran cuidado, lo arrastró hasta el sofá y lo subió al mueble con grandes esfuerzos. Con terror vio que el herido había dejado huellas de sangre en toda la salita hasta llegar al sofá.

—Compañero, compañero, ¿cómo se siente? —preguntó asustado.

El hombre estiró un brazo, buscó algo en la bolsa de Mexicana de Aviación y bruscamente se quedó quieto.

—Creo que ya murió... —se dijo Eugenio, espantado frente a aquel cuerpo inmóvil.

El herido calzaba zapatos negros puntiagudos, unos pantalones de mezclilla y una chamarra vieja de color azul marino.

—¿Qué buscabas, compañero? —le preguntó Eugenio, sintiendo que la angustia le rompía el pecho y la cabeza.

El hombre continuó inmóvil. Se acercó para oír su respiración. "Creo que todavía respira", se dijo Eugenio, sudando copiosamente. Casi sin proponérselo, él también metió la mano en el bolso de Mexicana de Aviación que ahora yacía en el suelo. El bolso estaba vacío, excepto por algo duro y frío que topó con la mano de Eugenio. Cogió el objeto y lo sacó.

—¡Una pistola! —dijo, admirado de su descubrimiento.

Se sentó en el suelo, olió el cañón del arma y comprobó que acababa de ser disparada: un olor intenso a pólvora salía de la boca redonda y estrecha del cañón del arma.

—¡Disparó! —se dijo asustado y comprobó que en la pistola no quedaba ni una sola bala.

Eugenio se sintió perdido. "Abajo debe haber sangre. Tengo que borrar las huellas antes de que amanezca... También debe haber sangre en las escaleras y en la puerta. ¿Y qué hago con la pistola...?" Miró al hombre tendido en el sofá. Antes que nada, debía prestarle algún auxilio. Corrió al baño y volvió con el poco alcohol que había dejado Pedro y con algunos pedazos de algodón. Empapó un trozo y lo aplicó a las ventanillas rotas de lo que debía ser la nariz de aquel rostro deshecho. El herido no reaccionó. Eugenio corrió a buscar tequila, le metió el pico de la botella entre los labios enormes y virtió poco a poco la bebida. El hombre tragó con dificultad, entreabrió las rendijas sanguinolentas y sus pupilas negras volvieron a mirarlo con aquella angustia indecible.

—Compañero, aguante por favor. No se mueva, ahora tengo que limpiar la sangre para borrar sus huellas. ¿Me entiende? —preguntó ansioso.

El herido volvió a mirarlo y pareció aceptar su proposición; después volvió a la inmovilidad. Eugenio se echó la pistola en el bolsillo de su abrigo, corrió a la cocina, llenó un cubo de agua y un trapeador y salió con sigilo de su casa. Le parecía que todo lo hacía con calma, pero en realidad temblaba y sus movimientos eran inconexos. Con el trapeador, limpió toda la entrada: "Si me ve alguien, va a pensar que estoy loco", se dijo mientras ejecutaba aquel menester. Después echó el balde de agua y la vio correr entre las rayas del cemento de la acera. Subió y bajó varias veces, para echar más agua y trapear las manchas de la escalera y de la entrada. El trapo se quedaba enseguida pegajoso y necesitaba volver al baño a enjuagarlo en la ducha. Durante sus viajes se acercaba al herido, que continuaba inmóvil.

—Compañero, aquí estoy, no se preocupe —le repetía en cada viaje.

Cuando terminó su trabajo, estuvo seguro de que lo habían visto muchas gentes. "Los vecinos y alguien que debe de estar escondido por ahí", se dijo con amargura. ¿Y el herido? ¿Qué iba a hacer con él? No podía llamar a ningún médico; Matarazo le había dicho que era muy peligroso. ¡Ah!, todavía se encontraba frente al problema de la pistola. "Este hombre acaba de disparar; si vienen a buscarlo, encontrarán el arma. Tengo que esconderla." ¿Dónde? Ningún lugar le pareció seguro. Podía enterrarla en el prado que estaba frente a su casa. No quería esperar hasta el lunes para deshacerse de la pistola; podían llegar en cualquier instante y el arma era una prueba irrefutable de acusación. ¿A quién había matado el herido? Se acercó a mirarlo; se diría dormido aquel rostro deforme, cubierto de costras de sangre. Se inclinó sobre él para escuchar si respiraba. Sí, respiraba lo bastante para no estar muerto del todo. Las hendiduras cerradas de sus ojos estaban hinchadas y las pestañas resultaban fuera de lugar y absurdas. La pistola pesaba demasiado en su bolsillo. La escondió en el fondo del ropero. Al cabo de unos minutos, decidió que era estúpido guardarla allí, ya que lo primero que harían sería revisar el ropero. La sacó, la miró con atención y se fue a la cocina; la depositó en el fondo del bote de la basura. No, seguramente lo vaciarían y darían con ella. Ensayó las ollas colocadas en fila en la alacena y se sintió más seguro. Corrió hacia el herido; no podía dejarlo en el sofá, estaba muy a la vista, podía llegar cualquiera y enfrentarse con aquel espectáculo terrible. Se inclinó para observarlo; el hombre parecía estar dormido o muerto.

—Compañero, lo voy a llevar a la cama, allí se encontrará mejor —le dijo en voz baja.

Fue a la ventana y levantó una de las tablitas de la persiana para mirar la calle: estaba sola y quieta. Todavía no se aproximaba a nadie, tenía tiempo, ¿tiempo para qué? ¡Ah, sí!, para llevar al hombre a su habitación. Debía proceder con cuidado, evitar los ruidos y no lastimar al herido. Quiso tomarlo en brazos. No pudo. Aquel cuerpo pesaba demasiado, o quizás el cansancio le había quitado fuerzas. Lo tomó por las axilas y con suavidad lo bajó al suelo; escuchó un quejido leve.

—Estará mejor, compañero, mucho mejor, espere, espere —le murmuró.

Lo cogió nuevamente por debajo de las axilas y empezó a arrastrarlo a su habitación de dormir. Vio los zapatos negros del desconocido, puntiagudos y gastados. Una vez en su cuarto, se sentó unos minutos en el borde de la cama; estaba sin aire, había perdido el resuello con el esfuerzo de llevar hasta allí al desconocido. "¿Y si se muere, a quién le doy parte? ¿Qué hago con el cuerpo? Me acusarán de asesinato." Recordó a Matarazo; si al menos estuviera allí, podría darle algún consejo práctico: él parecía gozar de mucha experiencia. El hombre yacía a sus pies, inconsciente. "¿Quién fue el canalla que lo golpeó de esa manera? ¿Y quién lo trajo a mi casa?"

Recordó que alguien le llamó por teléfono para avisarle de su llegada. "¿Y si no hubiera salido a la calle, se hubiera muerto frente a mi puerta?" Era evidente que el hombre no había llegado solo; alguien lo había traído y colocado sobre la entrada. "Lo dejó de pie y a él se le doblaron las rodillas y lo encontré hincado." Se lo llevaron *in extremis,* pues le habían dado los primeros auxilios y le vendaron la cabeza. "¿Por qué le dejaron la pistola?" No encontró las respuestas que buscaba y se sintió muy abatido. Debía ocuparse de aquel desdichado. Abrió bien la cama y empezó a subirlo con grandes trabajos. Luego, le estiró las piernas, le colocó la almohada más suave bajo la cabeza vendada, lo cubrió y se quedó sentado en la orilla de la cama, observándolo bajo la luz difusa de la lamparilla de noche. La cara deforme continuaba deforme, no presentaba ninguna mejoría. Cuando lo estaba acomodando en la cama, notó sus brazos flacos, sus muñecas delgadas y sus manos pequeñas de dedos afilados y uñas sucias, tal vez de sangre.

"No parece un obrero", se dijo Eugenio, convencido. Tampoco usaba zapatos de obrero; el herido llevaba unos pantalones de casimir color azul marino muy deshilachados, que al principio tomó por mezclilla. Lo observó con intensidad. ¿Quién podía ser el hombre que yacía inmóvil en su lecho? Por primera vez tuvo miedo. "Ya sé lo que produce el miedo, es lo desconocido", se dijo para consolarse. Por eso, con sus amigos Pedro y Tito actuó con tanta tranquilidad: los conocía, sabía quiénes eran, hablaban con él. "Debo estar loco. Nadie se mete en estos líos y menos a mi edad. Los otros son jóvenes", se reprochó con amargura. Recordó el bolso de Mexicana de Aviación y corrió a la salita. Allí estaba, desinflado, tirado en el suelo como un objeto inservible. Lo recogió, sin querer notar las manchas de sangre que habían quedado en el sofá y en el suelo; lo dobló con cuidado y lo metió en el fondo del ropero, entre los zapatos viejos y los objetos inútiles. Se sentó unos minutos.

El recuerdo de la pistola lo hizo levantarse de un salto: la olla de la cocina no era un buen escondite, la encontrarían enseguida. La sacó y la contempló largo rato, "Gastó todas las balas; debió conservar una para mí, puede que la necesite para defenderme", se dijo disgustado. Fue a la ventana a contemplar la calle, que continuaba quieta y apacible. Tal vez nadie sabía que el herido se hallaba en su casa. Nadie, excepto los amigos que se lo llevaron y de los cuales no podía temer nada. Andarían huyendo... Pero, entonces, ¿cómo explicarse la presencia de Alberto? ¿Acaso no le ordenó que durmiera fuera de su casa? ¿Cómo entonces le iban a llevar al herido? ¿Quién es Alberto?", se preguntó con desesperación. "¡Un policía...! ¡Un policía que vino a ver si estaba yo en mi casa! ¿Y por qué no me aprehendió...?"

Anonadado, se tumbó sobre el sofá. "Alberto no se identificó, dijo el primer nombre que se le vino a la cabeza." Se dio cuenta de que llevaba la pistola en la mano y en un acceso de ira la lanzó contra el muro. Un disparo seco y tronador lo hizo ponerse de pie de un salto. "¡Me disparan!", se dijo aterrado y se dejó caer al suelo, para buscar al autor de aquel tiro. Después del disparo la casa quedó más silenciosa y quieta que antes. Poco a poco, pensó que era la pistola la que se había disparado con el golpe contra el muro. ¿Sería posible que no se diera cuenta de que le quedaba un cartucho? Tenía que buscar el casquillo, pero primero debía esperar unos minutos para ver si no se había alertado algún vecino... No, primero tenía que reanimar al hombre herido, no podía permitir que se muriera. Corrió a su lado, le abrió la boca rota y le echó unos tragos de tequila, no tenía otro remedio que ofrecerle. El hombre lanzó algunos quejidos débiles; parte del líquido resbaló entre sus labios deformes, pero consiguió hacerlo beber un poco.

—Calma, compañero, calma, todo va a salir bien —le dijo, sin esperanza de respuesta.

Volvió a la salita en busca de la pistola y del casquillo. Tuvo que encender la luz. La pistola, muda y pequeña, estaba tirada en el suelo, al pie del muro. ¿Y el casquillo? Lo buscó a gatas durante largo rato; se diría que se lo había tragado la tierra. Lo delató un agujero pequeño en un costado del sillón verde manchado con la sangre de Pedro. La bala se había incrustado allí dando un rebote. Imposible sacarla. Trató de colocar el mueble de manera que el agujero no se viera a primera vista. El lunes, al volver del trabajo, cortaría un trozo de tela del interior del mueble y con buena luz le pondría un pequeño parche. Ahora tenía que esconder la pistola y descansar un rato, mientras vigilaba al herido. ¡Esconder la pistola! ¿Dónde? Una idea luminosa le vino a la cabeza: ¡en la televisión!

Buscó en su caja de herramientas un desarmador y con suma paciencia levantó la tapa posterior del aparato. En su interior encontró algunos huecos; con trabajo logró guardar en uno de ellos el arma que le quemaba las manos y luego, nervioso, puso la tapa y empezó a colocar uno a uno los tornillos que unos minutos antes había quitado, casi sin esperanzas. Buscó un trapo, le untó un poco de aceite y frotó con vigor toda la superficie y los lugares de los tornillos, para borrar las huellas de la reciente maniobra. Enseguida encendió el aparato para ver si funcionaba. El ruido de la estática lo tranquilizó: al aparato no lo molestaba aquel cuerpo extraño que él acababa de colocar en su interior.

Se dejó caer en la orilla de la cama. Estaba exhausto. "¡Qué noche!", murmuró agotado.

Volvió a la ventana; la calle era lo más importante en esos momentos. A través de las persianas la examinó con atención: ¡no había nadie! Empezaba a amanecer. Lo primero que haría cuando amaneciera sería buscar penicilina y vitaminas, para inyectarle al herido y evitar una infección. Luego tenía que presentarse en su trabajo. Si no iba, Gómez, su jefe, le enviaría al médico de la oficina para justificar su ausencia. Y no podía quitar al herido de su cama. Casi se rio al pensar en la cara que pondría el médico al encontrarse con un herido grave escondido en su casa. "¡Pobres gentes! No tienen caridad", se dijo.

Necesitaba valor para enfrentarse a sus compañeros de trabajo. No podía llegar ante ellos con "la cara desaforada que tengo", se dijo, echándose un vistazo en el espejo. Era necesario reposar, aunque sólo fuera un rato. No quiso echarse en el sofá, necesitaba estar pendiente del enfermo. Además, ya había manchado de sangre su traje, cuando se tendió allí desesperado, y debía deshacerse de él, tirarlo en alguna parte, no sin antes quitarle las etiquetas.

Con delicadeza, se tendió en el otro lado de la cama, se estiró y trató de descansar una hora. ¡Qué cansado estaba! Miró de reojo al moribundo; nunca pensó que algún día compartiría su lecho con aquel desconocido de aspecto tan desolador. Cerró los ojos y dormitó unos minutos. Lo despertó la luz cruda de la mañana.

—¡Demonios! ¿Qué hora es?

Había olvidado poner el despertador. Eran las siete en punto de la mañana. Su despertador interior funcionó con precisión. Se sorprendió al encontrarse junto a aquel hombre pesadillesco. Saltó de la cama, se inclinó a contemplarlo y el herido abrió las rendijas de sus ojos. Eugenio vio en el fondo de aquellas pupilas negras un pequeño brillo, que le pareció ser un signo de agradecimiento. Los labios trataron de moverse para decir algo.

—No se preocupe, compañero, le traeré un poco de café.

Preparó en la cocina la bebida caliente, sirvió una taza y cogió una cucharilla. Sentado junto al herido, trató de introducirle algo de café en la boca. La bebida corrió por los labios heridos y el hombre intentó sacar una lengua amoratada y mordida para limpiarse el café que corría por su boca.

"¡Carajo, a éste sí que lo golpearon hasta debajo de la lengua!", se dijo Eugenio con ira.

—Compañero, ¿quiénes fueron esos animales?

El hombre no contestó, estaba otra vez inmóvil. Renunció a darle el café. Tomó una ducha rápida, se vistió y se acercó nuevamente a su huésped.

—Compañero, voy a la farmacia a comprar penicilina y vitaminas. ¡Por favor, no se mueva! Pase lo que pase, no se mueva —le suplicó. El hombre abrió los ojos y su mirada de dolor lo dejó anonadado—. Vuelvo enseguida, compañero.

Salió corriendo a la calle. Ni en la escalera ni en la entrada quedaban huellas de sangre; había hecho un buen trabajo. Recorrió varias farmacias. Algunas todavía estaban cerradas y en otras se negaron a venderle la penicilina sin receta médica. "Tal vez la pido con demasiada urgencia. Debo disimular; compraré varias medicinas inocuas y al final diré: '¡Ah!, se me olvidaba lo principal; también necesito penicilina'..." Así lo hizo.

—¿De cuántas unidades? —le preguntó el farmacéutico, con voz indiferente.

—La más fuerte —contestó Eugenio encendiendo un cigarrillo. El sólo fumaba en las situaciones límite. Al ver la docilidad del farmacéutico, exclamó con naturalidad: Póngame tres dosis. Así me evita usted el viaje...

El farmacéutico lo miró unos instantes, se internó en las profundidades de su almacén y volvió con las otras dos cajas de penicilina.

—Son terribles los hijos, ¿no cree, usted? Mi niña se lastimó una rodilla y se le ha infectado —dijo para sentirse seguro frente a aquel hombre tranquilo e impecablemente vestido de blanco, que en ese instante empaquetaba las medicinas. El farmacéutico suspendió su maniobra, lo miró y le preguntó:

—¿Qué edad tiene su niña?

—Diecinueve años, pero es terrible, adora el deporte —contestó, recordando a Delia, su sobrina, la hija de su hermano, a la que no veía desde hacía tres años.

—Ah, está bien, esta dosis es muy fuerte —contestó el farmacéutico.

"Dios me iluminó", se dijo mientras salía despacio de la farmacia.

La mañana llena de sol le volvió a lastimar los ojos. Debía apresurarse para llegar cerca de aquel herido lastimero, inyectarlo y precipitarse a su oficina, antes de que Gómez enviara a su médico.

Abrió la puerta de su casa. La salita presentaba un aire extraño y desolado. La sangre estaba seca, se había convertido en manchas negruzcas. Pero no era la sangre la que producía aquel ambiente desolador; aquella extrañeza, aquel profundo desorden, que no se debía a que los muebles estuvieran fuera de lugar, sino a algo más profundo e indecible. Era como si la fuerza imperiosa de algún poder invisible se hubiera apoderado de su casa. Miró a su alrededor con miedo; no, no había nadie. Entró en la habitación para encontrarse con el herido, que continuaba inmóvil. Buscó la jeringa, preparó la inyección y se acercó a él.

—Compañero, tengo que ponerle penicilina para evitarle una infección grave.

El hombre no se movió. Tal vez se había dormido.

Depositó la jeringa en la mesita de noche. Cogió un brazo del enfermo, le levantó la manga de la camisa sucia y vieja y en la parte superior buscó un poco de carne donde poder clavar la aguja. El herido se dejó hacer. Después, cargó la jeringa con vitaminas e hizo lo mismo en el otro brazo del herido. Luego, le bajó las mangas, le colocó los brazos a lo largo del cuerpo, lo cubrió con las mantas y le dijo en voz baja:

—Compañero, me voy al trabajo. Lo dejo aquí encerrado. No se mueva, por favor, ¿me entiende?

El hombre abrió los ojos y lo miró. Sí, entendía, no debía tener ningún cuidado.

—Gracias, compañero, gracias —le repitió Eugenio antes de marcharse. Atravesó la ciudad a toda velocidad. Iba a llegar muy tarde y Gómez le lanzaría una mirada de burleta. Contaba con la pobre señorita Refugio. ¡Ah, si pudiera confiarse en ella! No, era más prudente no confiar en nadie. Entró a la oficina, tratando de que nadie notara su presencia. Chávez le salió al paso.

—El señor Gómez acaba de preguntar por usted, señor Yáñez.

—¡Sí, hombre!, qué estupidez, me quedé dormido; traigo veinte minutos de retraso. En general siempre soy puntual como un clavo.

—Ya lo conoce, preguntó dos veces —dijo Chávez con aire de fastidio.

—Avísele que ya llegué, compañero —le pidió Yáñez, que no tenía la intención de enfrentarse con el jefe. Gómez permanecía encerrado en su despacho particular. Durante el día, salía de vez en vez para echar una ojeada sobre el personal.

Eugenio ocupó su escritorio y sacó sus papeles. Tenía que trabajar como si no le hubiera sucedido nada. "La pistola... por fin, ¿dónde la escondí?", se preguntó alarmado. "¿Dónde...? ¿Dónde...?" Sintió que se le nublaba la vista al no recordar el escondite; de pronto exclamó en voz alta:

— ¡La televisión!

—¿Qué dice usted de la televisión, señor Yáñez? —le preguntó Chávez, mirándolo asombrado.

Eugenio se echó a reír, a reír, con una risa nerviosa.

—¿Dije algo? ¡Ah!, sí, la película de anoche en la tele, ¡qué magnífica!

En realidad, apenas si se acordaba del tema de *Shangri-La.* Se recordaba desatornillando la televisión y eso era lo que le producía la risa. "Debo estar loco para olvidar algo tan precioso y tan peligroso", se dijo a sí mismo, y miró a sus compañeros para ver si no notaban en él algo anormal. No, todos habían vuelto a agacharse sobre sus papeles y trabajaban tranquilos. En cambio, él no podía hacer nada; necesitaba concentrarse frente a aquellos documentos imbéciles, pero el recuerdo del herido se interponía entre él y los papeles que yacían sobre su escritorio. "¡Qué salvajes! ¡Qué golpiza! Con tal de que no se muera el pobre..." El pensamiento de la muerte del herido lo dejó petrificado. Si le había costado tanto trabajo esconder la pistola, ¿qué haría con el cuerpo de aquel desconocido? Desde luego que no podía tirarlo en un basurero. "¡Un basurero! Estoy loco. Es un cristiano." No, tendría que buscar a algún médico que le diera el permiso de inhumación. Se puso a revisar los nombres de sus amigos médicos. No, ninguno le daría el permiso; eran todos unos cobardes...

—¡Qué barbaridad! Los comunistas han pasado al ataque en nuestro país —dijo Chávez, sin levantar la vista de los papeles extendidos sobre su escritorio—. ¡Están desatados! Menos mal que por una vez el gobierno se ha fajado los pantalones.

—Al fin que no les cuesta, ¡paga Moscú! —comentó Retes desde el fondo de la oficina.

—Bueno, eso de que paga Moscú, ¿es cierto? —preguntó la señorita Refugio.

—¡Cómo que si es cierto! Usted, Refugio, sale con cada cosa... Eso es sabidísimo —le contestó Retes, lanzando una risotada que contagió a todos.

—¿Usted cree que esa bola de gritones se iba a lanzar a armar semejante alboroto si no tuvieran las alforjas llenas? —preguntó Chávez con pedantería.

—Yo no sé...

—¿Usted qué opina, señor Yáñez? —le preguntó Retes.

—¿Yo...? como santo Tomás: hasta no ver, no creer —dijo Yáñez, enrojeciendo.

—Bueno, ya tenemos a dos comunistas aquí, a los dos beatos: la señorita Refugio y el señor Yáñez —afirmó Chávez.

— ¡Ay!, por Dios, no hablen así —protestó la señorita Refugio.

Eugenio no escuchó más. Recordó de pronto a Alberto y a las listas de la Procuraduría. Ahora sí que no le cabía duda: Alberto era un policía. Ya había avisado en su oficina y todos lo sabían y ahora le estaban poniendo pruebas. ¿Y si durante su ausencia entraban a su casa? Olvidó a Tito y a Pedro, para recordar sólo al herido. Sintió que el suelo se hundía bajo su escritorio. Guardó silencio y pensó que se le había ido el color. Mientras, los demás continuaban la discusión.

—¿Y usted, señor Yáñez, qué opina? Lo encuentro muy calladito —insistió Chávez, sin dejar de examinar sus papeles.

—¿Yo...? Yo no opino nada. Es decir, creo que el gobierno debería aumentar los sueldos para no verse obligado a llegar a estos excesos —afirmó con calma, pues ya se sentía perdido.

—¿Aumentar los sueldos a los obreros? ¿Y por qué no a nosotros? Ellos se sirven con la cuchara grande; sería justo que algo nos tocara a todos. Bueno, digo yo, ¡qué caray!: o todos hijos o todos entenados —dijo la señorita Refugio.

— ¡Ande, Refugio, no me diga que se ha hecho usted una subversiva! —dijo riendo Chávez.

—¿Subversiva? ¡No! ¡Qué barbaridad! Yo digo que lo justo es lo justo. Apenas le alcanza a una para comer, de modo que un poco más de sueldo no nos caería nada mal. ¡Nada mal! ¿Verdad, señor Yáñez? —preguntó la señorita Refugio.

—Yo no me quejo, soy solo, pero ustedes que tienen familia, pues tienen derecho a decirlo. En realidad, nos pagan una miseria —contestó Yáñez con la vista baja.

—¡Ah! ¡Usted quiere lanzarnos a la protesta y quedarse al margen! ¡Qué bonito! ¿Sabe lo que lograríamos? Que nos echaran a todos —dijo Chávez con violencia.

—México no es un país rico, no puede hacer despilfarros —agregó con reproche otro de los empleados, un joven que contaba con la confianza de Gómez.

—¡Un momento! Eso de que México es un país pobre son cuentos. Fíjese en la sangría que sufre cada seis años —contestó con vivacidad la señorita Refugio.

—Entonces, ¿está usted de acuerdo con los huelguistas? —preguntó el joven.

—Tanto como eso, no. Pero hasta cierto punto, sí —contestó la señorita Refugio con sinceridad.

—Así empiezan todos los comunistas —afirmó Chávez.

—¿Los comunistas? ¿Alguno de ustedes ha conocido a un comunista? —preguntó Yáñez con impaciencia y para terminar con aquella discusión que lo ponía nervioso.

—Bueno, comunista de verdad, no he conocido a ninguno. Pero todos conocemos a los revolucionarios que luchan por nuestra patria —afirmó el joven que gozaba de la confianza de Gómez.

—¿Los priístas? Pues por el lenguaje que usan parecen comunistas, sólo que no hacen huelgas porque no las necesitan —exclamó con ira Yáñez.

Sus compañeros lo miraron con sorpresa y él se arrepintió de sus palabras. "No debí decir nada, ¡y menos en mi situación!", se dijo Eugenio, volviendo a coger sus papeles y fingiendo interés en ellos.

—Yáñez tiene razón en algo: ¡todos somos de izquierda! —afirmó el joven.

—¡Oiga, no! Yo soy católica, como casi todos los mexicanos —afirmó la señorita Refugio.

Sus compañeros se echaron a reír.

—No todos, señorita, no todos —afirmó el joven.

Eugenio no agregó ni una palabra más. Trabajó en silencio, temeroso de haber cometido una imprudencia. A decir verdad, trabajó mal. Alberto, Tito, Pedro y el herido se le aparecían a cada instante. "No será difícil que al llegar a mi casa me estén esperando", se repitió todo el día.

Al oscurecer, llegó a su domicilio. Abrió la puerta con temor; la salita continuaba en el mismo estado, intacta, como la había dejado por la mañana. Desanimado, atravesó la casa para llegar a su habitación. Allí estaba el herido, cubierto con las mantas hasta la cabeza que, con los vendajes, hacía un bulto enorme. Encendió la luz de la mesita de noche y examinó al hombre con cuidado. Continuaba igual y parecía dormir. Salió de puntillas y se refugió en la cocina, para escapar al olor extraño que invadía la casa. Se sirvió una copa de tequila y la bebió despacio. No tenía nada que hacer, salvo esperar. Se sintió terriblemente solo. Apenas había logrado descubrir amistades como las de Tito y Pedro, cuando volvió a quedarse solo. Solo no, sino con la compañía de aquel desdichado desconocido que ocupaba su cama.

"Dentro de un rato le pondré más penicilina." Bebió otra copa de tequila. Si al menos el herido pudiera decir alguna palabra, identificarse, contarle lo que le había sucedido, se sentiría menos desamparado. Podrían platicar, consolarse mutuamente, pero tal como estaba era sólo un fardo doloroso, en inminente peligro y que, sin quererlo, lo arrastraba también a él a un final desconocido.

Sumiso, limpió un poco la cocina. La víspera había dejado todo sin lavar, tenía prisa por instalarse ante el televisor para ver por fin la famosa película *Shangri-La*. ¿Quién iba a decirle que al terminar las pacíficas escenas del filme se le iba a presentar el horror del herido?

Lavó la sartén y los platos y tazas que habían quedado sucios desde el sábado. Los secó y volvió a sentarse en la silla blanca metálica de la cocina a esperar que llegara la hora de la segunda inyección. Los timbrazos del teléfono lo sobresaltaron. Vio el reloj: eran las siete de la noche. ¿Quién podía llamarle? Cogió el teléfono con desconfianza y con la seguridad de que eran los amigos del herido que necesitaban saber de su salud.

—Soy Matarazo, señor Yáñez. ¿No me recuerda?

—¿Matarazo...?

—Sí, Matarazo, el que fue a su casa el sábado... con los muchachos. ¿Me recuerda ahora?

—Sí, sí, claro que lo recuerdo, perdone...

—¿Puedo verlo esta noche?

Eugenio aceptó sin entusiasmo la visita de aquel amigo de sus amigos. No sabía si podía confiarle la presencia del herido en su casa. Lo decidiría en el transcurso de la visita.

A los diez minutos, Matarazo se presentó en su casa. Llegó tranquilo y no pareció notar el aire extraño que presentaba la casa de Eugenio, ni los rastros de sangre seca sobre el suelo y el sofá. Entró con timidez y miró a Eugenio con inquietud, como si temiera que su visita fuera inoportuna. Esto lo notó Eugenio, a pesar de la tranquilidad que aparentaba su visitante. Le ofreció asiento y Matarazo ocupó la silla de respaldo alto en la que se sentó la primera noche de su visita.

—Estoy con pendiente por los compañeros. No he recibido ninguna noticia suya —confió Matarazo con voz pausada.

—Tampoco yo tengo noticias —contestó Eugenio perplejo, ya que había olvidado la promesa de los muchachos de enviarle un telegrama apenas llegaran a Zacatecas.

—Quedaron en avisar, ¿se acuerda? ¿Usted no sabe nada? —preguntó Matarazo bajando la voz.

— ¡Nada! No me enviaron el telegrama —contestó Eugenio con prudencia.

No podía explicarse por qué la presencia de aquel hombre lo atemorizaba. Tal vez se debía a que en la ciudad se contaban demasiadas cosas extrañas. Él lo había escuchado en la oficina: "¡Ah!, no crea usted, señorita Refugio, el gobierno se protege bien. Han puesto orejas en todas partes. Todos los sospechosos están vigilados de muy cerca, cada uno tiene su oreja o una grabadora..." La señorita Refugio era prudente y tenía razón en ¡todo! "Ya sé que hay que cuidarse de todos, hasta de usted, señor Chávez", contestó con seriedad. Ella se enteraba de lo que ocurría únicamente a través de los periódicos; quizás él, Eugenio, debía hacer lo mismo aunque, según la propia señorita Refugio, los periódicos no decían nada, ocultaban la verdad, y la verdad era que la policía estaba haciendo redadas silenciosas y enormes. Había "soplones" en cualquier parte y nadie se sentía seguro. Miró a Matarazo con atención; ¿no podría ser él una de aquellas siniestras "orejas"?

—Compañero, ¿y no tiene usted idea de quién puede darnos alguna noticia sobre los muchachos? —preguntó Matarazo en actitud contrita.

—No —respondió Eugenio lacónico.

—Me dejaron una llave de la casita de la calzada del Chabacano. Hoy fui y encontré un gran desorden. Me dijeron que antes de irse a Zacatecas iban allí a recoger unos papeles y alguna ropa. Hoy que fui me llamó la atención ver que sus camisitas estaban planchadas, puestas sobre una silla, como para meterlas en una maleta que estaba abierta... sus libros están tirados en el suelo, la casa está revuelta y llena de sangre...

—¿De sangre? —preguntó Eugenio sintiendo un escalofrío.

—Sí, sólo la silla con las camisas está de pie...

—¡Qué necedad haber ido allí! Me parece increíble en dos luchadores de experiencia... —exclamó Eugenio, contrariado.

—A mí me parece lo mismo pero, en fin, son jóvenes; no creo que tengan tanta experiencia —aventuró Matarazo, con timidez.

—Pues haga usted de cuenta que los cogió la policía —afirmó Eugenio.

—Es lo que temo...

Hubo un largo silencio. Eugenio trataba de pensar: ¿habría alguna conexión entre la casa de la calzada del Chabacano y el herido que yacía en su cama? Quiso consultarlo con Matarazo, confiarse en él, pero la actitud contrita de este último, lo convenció de que debía guardar el secreto. No, no debía enterarse de la estancia del moribundo en su casa. Se fue a la cocina a buscar vasos y tequila. Al volver a la salita, lo asaltó el recuerdo del Novillero.

¿Lo habrán matado? Se volvió a Matarazo dispuesto a preguntarle por el niño:

—¡Compañero! ¿Y el niño...? ¿No lo vio usted...?

—¿Cuál niño? —preguntó Matarazo, sobresaltado.

—¡El Novillero, el que cuidaba la casita del Chabacano! ¡Qué barbaridad! Hay que encontrar a esa criatura —dijo muy excitado. Sirvió las copas de tequila—. Un trago, compañero —ofreció Eugenio con alivio, al pensar que gozaba de una compañía para comentar los terribles sucesos que lo agobiaban.

Matarazo aceptó la bebida. Se movió un poco en la silla de respaldo alto que ocupaba. Tenía el aire sombrío.

—No sabía que hubiera un niño metido en este desgarriate. ¡Qué inconciencia! ¡Un niño! —comentó.

Eugenio se bebió la copa de un trago y enseguida relató con detalle la estancia del Novillero entre los revolucionarios. Les servía de centinela, de correo, era un pobre niño, "hijo de la calle" podemos decir, terminó Eugenio.

—Habrá que buscarlo entre los papeleritos, en Bucareli —aconsejó Matarazo.

—Sí, sí, pero a la hora en que se reúnen yo trabajo —dijo Eugenio con disgusto.

—Es verdad, es a las doce cuando les reparten la *Extra*... Trate de darse una escapadita, compañero.

Eugenio no contestó. ¿Cómo iba a pedirle permiso a Gómez para salir de la oficina? Matarazo pareció avergonzarse de sus palabras y cambió el tema:

—¿Y aquéllos, dónde estarán? No es justo que nos dejen en esta intranquilidad. Todo el día me he preguntado: "¿Dónde están...? ¿Qué les sucedió?"

—¡Quién sabe! —respondió Eugenio. Él también estaba preocupado y, a medida que pasaban las horas, su desasosiego aumentaba. Ahora ya no se trataba de Pedro y de Tito; estaba el herido y, para colmo, El Novillero. Sintió que la cabeza le iba a estallar. Recordó a Ignacio: "¡No hay quien pueda con el gobierno, compañero!" Aquel hombre había dicho una gran verdad.

—¿Los habrán matado? —preguntó Matarazo.

—¿A quiénes? —gritó Eugenio.

—A los muchachos... —respondió Matarazo, asombrado ante las palabras de su amigo.

—Sí, son capaces de todo. Usted lo ha visto... bueno, lo hemos visto todos...

—Esta situación no puede continuar. Pero el bendito pueblo mexicano no reacciona —exclamó Matarazo con ira.

—Sí, así somos y seguiremos siendo —contestó resignado Eugenio.

Eugenio sirvió otras copas de tequila y ambos las bebieron en silencio. Eugenio no se decidía a compartir el secreto del herido con Matarazo. Lo miró con atención: ahora llevaba una camisa limpia y bien planchada. Tendría treinta y cinco años a lo sumo, era bajo de estatura y corpulento. Sus mancuernillas brillaban escandalosamente. Sin embargo, tenía algo tan familiar que, si Eugenio lo encontraba en la calle, era muy posible que no lo reconociera. En la ciudad de México había cientos de hombres como él. Se sintió inquieto a su lado; ignoraba su vida, su domicilio, su ocupación, y era inútil preguntarle algo acerca de su vida, ya que el visitante parecía dispuesto a no hacerle ninguna confidencia. Lo observó unos minutos más, sin lograr descubrir nada. Recordó al herido y su angustia de un rato antes y le agradeció su presencia. Era mejor hallarse con Matarazo que padecer la terrible soledad en la que se hallaba antes de su llegada. Se sintió reconfortado por aquel extraño. Se puso de pie; tenía que ir a inyectar al herido.

—Permítame unos instantes —le dijo, alejándose de puntillas rumbo a su cuarto. "A ver si no me sigue", se dijo, y sintió un gran malestar. No debería dejarlo solo en la salita, tendría tiempo de ver la sangre seca en el suelo y sobre el sofá. "Bueno, pensará que las dejó el otro, ese Pedro que se ha vuelto mudo", se aseguró para consolarse. Encontró al herido casi en la misma posición. Buscó la jeringa, la hirvió en su cajita metálica, la cargó y se inclinó sobre el enfermo, al mismo tiempo que le murmuraba con energía:

—¡Compañero! ¡Compañero...! Su inyección de penicilina... —mientras le cogía el brazo, le subía la manga de la camisa y se preparaba a clavarle la aguja.

El hombre no se movió. Ni siquiera abrió los ojos. "¿Estará peor?", se preguntó Eugenio angustiado, mientras lo inyectaba. Después vino el turno de la vitamina; dio vuelta a la cama y le preparó el otro brazo, mientras volvía a hervir la jeringa. "Debo darme prisa, aquel está solo, puede venir y sorprendernos..." Le puso la inyección de vitamina, lo cubrió con cuidado y salió de la habitación. Llevaba el alma en los pies. Aquel hombre se encontraba peor, tenía que llamar a un médico, pero, ¿a cuál? Entró confuso a la salita, para encontrar a su visitante en la misma posición en la que lo había abandonado unos minutos antes. Matarazo lo vio y quiso ponerse de pie. Eugenio extendió un brazo.

—¡No, no se moleste, así está bien! —le dijo con una voz casi desmayada. "¿Qué voy a hacer con el herido?", se preguntó varias veces y miró con impotencia a su visitante. Éste parecía abstraído, pensando en algo distinto al problema del herido.

—Entonces, compañero Yáñez, ¿no se le ocurre nada qué hacer en favor de los muchachos? —preguntó con aire patético.

—Por lo pronto, nada... Déjeme pensar un rato —le contestó con la esperanza de retenerlo en su casa, pues no deseaba hallarse solo con el moribundo.

Lo invitó a cenar. En la cocina, mientras preparaba los huevos revueltos con tomate y chiles serranos, se preguntó una y otra vez: "¿Cómo hacer para que me consiga a un médico...? ¡No!, es absurdo, si no sé quién es... ¿Por qué es amigo de los muchachos...?"

Comieron en silencio, y a la hora del café hablaron de las películas de moda. Fue Eugenio el que escogió el tema, para evitar un giro peligroso en la conversación. Matarazo declaró su predilección por Marilyn Monroe y Eugenio, por Audrey Hepburn. Al final, llegaron a la conclusión de que ambas actrices, a pesar de ser físicamente opuestas, representaban al mismo tipo de mujer: infantil, ingenuo y angelical. Volvieron a la salita, donde Matarazo ocupó la misma silla de respaldo alto.

—Es usted un hombre de costumbres —le dijo Eugenio.

Su visitante sonrió; había entendido la alusión.

Eugenio se ausentó nuevamente, para echarle un vistazo al herido. Hubiera dado diez años de su vida para encontrarlo en una postura distinta, oírlo roncar, gritar. Todo era preferible al silencio terrible de aquel cuerpo de cabeza rota que yacía quieto en su dolor.

—¡Compañero...! ¡Compañero! ¿Le duele mucho? —le preguntó, inclinándose sobre el lugar en el que debería estar su invisible oreja a causa de los vendajes.

El hombre no le dio ninguna señal. "Debe tener el cráneo roto, debe quedarse quieto..." y, acongojado, volvió a la salita.

—¿Sabe, señor Yáñez? Me encuentro bien sentado en esta silla. Los sillones son demasiado blandos, se hunde uno, se sofoca —dijo Matarazo, contestando a su frase de unos minutos antes. Se hubiera dicho que, durante la breve ausencia de Eugenio, Matarazo se había preguntado el porqué de su predilección por aquella silla de respaldo alto, y que ahora encontraba las razones para su gusto en apariencia incómodo.

—Cuestión de gustos. Tal vez debió usted ser fraile —contestó Eugenio distraído.

—¿Fraile? A lo mejor le dio usted al clavo —dijo Matarazo sorprendido.

Fumaron en silencio. Eugenio echó varias ojeadas rápidas a su salita y notó que había olvidado regar sus dos macetones de helechos. También vio polvo acumulado sobre su pequeño librero, en el que figuraban *María* de Jorge Isaacs, el Código Civil, la Constitución mexicana, una biografía de Simón Bolívar, el *Ulises criollo* de Vasconcelos, *La amada inmóvil* de Amado Nervo, *Entre naranjos* de Blasco Ibáñez, *La dama de las camelias* y una fila entera de novelas de detectives. Matarazo siguió su mirada repasando sus libros, se puso de pie y señaló el *Ulises criollo*.

—¡Lo felicito, compañero! Es la mejor lectura que podemos hacer los mexicanos. ¡Vasconcelos! Ése sí que es un hombre. ¡Y un hombre como se debe! —exclamó Matarazo, entusiasmado.

—Pues sí, y ya ve usted cómo le fue...

—Tuvo que irse al exilio. Pero, ¿qué tal?, ¡les cantó las cuarenta! Y si no se va, lo matan. ¡Qué violencia hay en México! ¡Qué violencia...! Y a propósito, ¿cree usted que los habrán matado? —preguntó Matarazo con timidez.

—Pues no lo sé... francamente no lo sé...

—Pues los buscaremos... Aunque ya los busqué, seguiremos en la brecha. Usted, trate de encontrar al Novillero, tal vez él pueda darnos alguna razón... ¿Qué le parece, compañero Yáñez?

—Que los buscaremos. No se puede permitir que la gente desaparezca como por arte de magia. Es anticonstitucional.

—La Constitución es un mono pintado en la pared —afirmó Matarazo.

—¡Muy bien! Pero está escrita, y lo escrito, escrito está.

—¡Cierto...!

A las dos de la mañana, Matarazo se puso de pie.

—Me retiro, ya le puse a usted una desvelada. ¡Qué barbaridad! El tiempo pasa volando. Perdóneme...

—Ningún perdón, ha sido una noche muy... agradable —dijo Eugenio mientras acompañaba a su visitante hacia la puerta.

Se dieron las buenas noches con un gran apretón de manos.

Eugenio volvió a quedarse solo con su moribundo. Se sintió desamparado y corrió a la ventana para mirar a través de las rendijas de las persianas bajadas la calle por la que se iba su amigo. ¡Le hubiera gustado que no se fuera hasta que naciera el día! La noche era desapacible, llovía. Dos sujetos con sombrero calado estaban sentados en el interior de un automóvil negro. El auto se encontraba estacionado en la acera de enfrente de su casa. Yáñez trató de ver la salida de su amigo, pero las plantas de la ventana se lo impidieron. Oyó el motor de un coche. ¿Matarazo tenía coche? El automóvil arrancó, alcanzó a verlo por detrás. Era un modelo antiguo, pintado de verde claro. Los hombres del automóvil negro hicieron señales con una linterna sorda, pero no se movieron. ¿A quién le hacían esas señales? Eugenio se sintió oprimido, el corazón le latió con fuerza y notó que las palmas de las manos se le ponían húmedas. No se movió de la ventana sino para apagar la luz y echarle un vistazo rápido al herido, que continuaba inconsciente. ¿Quiénes eran esos hombres?, se preguntaba, a pesar de que conocía la respuesta. Desde lo más profundo de sí mismo subía la respuesta amenazadora: "¡La policía secreta...!" Lo estaban esperando; cuando saliera a su trabajo, le echarían el guante.

"Deben saber que tengo aquí al herido... Sí, lo deben saber." Y la suerte de aquel miserable le ahogó la garganta. "¿Qué hará sin mí...? ¿Quién lo va a cuidar...? ¿Y adónde me van a llevar?"

Volvió varias veces a su habitación, para ver si notaba alguna mejoría en el moribundo. ¡Ninguna! Quizás Matarazo podía habérselo llevado. No. Era imposible. Para transportarlo era necesaria una ambulancia e internarlo en un hospital. Pero, ¿qué decir? ¿Quién era? ¿Cómo se hallaba en esas condiciones...? ¿Y por qué habían esperado tanto tiempo para ponerlo en manos de médicos...?

"¡Juro que esto es para volverse loco! Sí. ¡Loco! Loco...", se dijo, y tuvo ganas de pedir auxilio. ¿A quién? Ningún vecino acudiría y menos ante la presencia de aquel coche negro con sus ocupantes de sombrero puesto. "¡Los canallas...! ¡Los muy canallas!", se dijo, y para desahogar su ira dio de puñetazos violentos sobre los cojines sucios de sangre del sofá. Pegó y pegó hasta que se quedó sin aliento. "Tengo que dormir un rato, no puedo faltar a la oficina...", se dijo nervioso y decidió irse un rato a la cama.

Antes de acostarse al lado del herido, lo observó atentamente y con sumo cuidado le limpió la cara con un algodón empapado en alcohol. Logró quitarle algunas costras de sangre seca y notó que el herido respiraba apacible y débilmente. "A las ocho le pondré la última penicilina que me queda", se dijo preocupado. Dormitó unos minutos, repitiéndose: "No puedo volver a llegar tarde, ya Gómez sospecha algo..." ¿Y si fuera Gómez el que lo había denunciado? Un remolino de preguntas le impidió conciliar un sueño profundo, por breve que fuera. Se preparó un café, lo bebió de prisa y le llevó al enfermo un poco de la bebida caliente, con la esperanza de que bebiera un poco.

—¡Compañero, un cafecito! —le suplicó varias veces.

Le abrió la boca y lo hizo tragar algunas cucharadas. El hombre lo bebió con más facilidad que la víspera.

—Vaya, parece que va usted un poquito mejor —le dijo, animándose ante lo que le pareció un milagro.

Quizás al oscurecer lo podría llevar a algún hospital. Diría que se lo había encontrado tirado en la calle. Le arregló las almohadas, lo cubrió y salió para su oficina.

En la calle no había nadie. El coche negro había desaparecido. "Tal vez lo imaginé, estoy tan nervioso...", se dijo, mientras corría a toda velocidad rumbo a su oficina. Era absurdo que el coche de color negro velara la noche entera y que, al acercarse el día, a la hora justa de la salida de su casa para ir a la oficina, desapareciera en vez de arrestarlo. "Bueno, eso de arrestarme... es ¡fantástico! ¿Por qué demonios me van a arrestar a mí, que soy un ciudadano honesto?"

La señorita Refugio le encontró muy mala cara.

—¡Cuídese, señor Yáñez! Está usted muy pálido. ¿No durmió bien?

—¡La juerga, la juerga lo está devorando, señor Yáñez! ¡Ya no abuse! —dijo riendo el joven protegido de Gómez.

—Ya hemos comentado que desde hace días lleva usted una vida muy disipada —agregó Chávez sonriendo.

La seriedad del gesto de Yáñez hizo callar a los bromistas. ¿Y cómo podía saber él si eran bromistas o simplemente estaban encargados de espiar sus palabras? Con aire circunspecto ocupó su escritorio y empezó a revolver papeles que no significaban absolutamente nada. "Inútil, inútil, inútil", se repetía mentalmente mientras pasaba un oficio tras otro. "¡Demonios! ¿Y en estas pendejadas se pierde tanto tiempo?", se preguntó, asustado ante la vaciedad de sus días.

Era martes y sólo podía pensar en Pedro y en Tito, que no habían dado señales de vida. La noche anterior, la cercanía del moribundo le impidió escuchar debidamente a Matarazo. Y era justamente ahora, en plena oficina, cuando se planteaba con angustia lo último que sabía de sus amigos: "Había mucha sangre en la casita de la calzada del Chabacano..."

—¡Ya los mataron! Y nunca lo sabremos... ¿Adónde los habrán ido a tirar?, se preguntó, mirando con fijeza el rostro tranquilo de la señorita Refugio. Debió mirarla de una manera muy extraña, pues la señorita se dirigió a él, muy alarmada:

—¿Decía usted, señor Yáñez?

—No, no, no he dicho nada...

—¡Ah! Me pareció que me pedía usted algo o que no se sentía bien... —contestó ella, ruborizándose.

—No, no, no... —aseguró el pobre Yáñez tratando de reír para quitarle importancia al gesto que debió tener unos segundos antes.

"¿Qué cara puse? ¿Qué dije? Menos mal que sólo la señorita Refugio se dio cuenta de que ando mal." Y se inclinó sobre sus papeles. Lo peor era empezar a sentirse culpable. La culpa lo hacía desvariar, hacer cosas raras, tener miedo de sus compañeros y... odiar a Gómez. No sabía por qué había empezado a odiar a aquel hombre estúpido, con sus treinta y cinco años a cuestas y sus trajes de gabardina clara, que se permitió hacerle observaciones sobre su primer retraso en tantos años de trabajo. Gómez, con sus bigotes caídos, sus ojos redondos y sin ningún mérito, esclavizaba a todos sus empleados. "Estos nuevos son los peores... ¿De qué charco habrá salido este sapo?", se preguntó lleno de ira.

Gómez no se sentía culpable de nada, se tomaba por un burócrata perfecto y, a pesar de su magnífico sueldo, pensaba que su trabajo valía mucho más y culpaba a sus superiores de injusticia. ¡Ah!, el culpable era Yáñez, que renegaba de él en secreto y, en secreto también, escondía heridos. "Si el gordo Gómez supiera lo que tengo en mi casa, me enviaría a lo más profundo de la cárcel", se dijo casi con regocijo. No debía sentirse culpable; eso significaba reconocer que Gómez tenía la razón y que él, Yáñez, estaba cometiendo un delito. La culpa lo debilitaba frente a aquellos sinvergüenzas que se habían hecho del poder y habían logrado poner en cuatro patas a todos los ciudadanos. "No, no soy culpable de nada. ¡De nada!", se afirmó a sí mismo. Y volvió a recordar a Pedro y Tito. ¿Qué había sido de ellos?

Abandonó su oficina, casi sin despedirse de sus compañeros. La única que le salió al paso fue la señorita Refugio, para desearle mejor salud:

—¡Cuídese, señor Yáñez! A ver si duerme hoy y mañana nos llega con mejor cara.

En el camino a su casa, recordó al Novillero y se fue rumbo a Bucareli. Si tenía suerte, encontraría a aquel pobre mocoso. Le costó trabajo encontrar un lugar para estacionar su automóvil cerca del periódico, a cuyas puertas se amontonaban los vendedores, para recibir sus paquetes y salir corriendo a venderlos. "*¡Extra...! ¡Extra...! ¡Extra!*", le llegaban los gritos de los niños, vendiendo la edición última de la tarde. Caminó entre la gente, tratando de descubrir al Novillero sin éxito. Trató de detener a alguno de aquellos vendedores infantiles que se escurrían entre los coches ofreciendo su periódico con voces estridentes. "Alguno lo debe de conocer", se dijo Eugenio, y dedicó sus esfuerzos a atrapar a cualquier chico. Cogió el primer periódico que le ofreció un muchachito y antes de pagarle le preguntó directamente:

—¿Has visto al Novillero?

—¿A cuál Novillero? —contestó el niño mirándolo con ojos asustados.

—¿Cómo que a cuál Novillero? Al único que vende la *Extra* aquí —contestó de mal humor.

Inmediatamente se vio rodeado de tres o cuatro vendedores más que lo miraban con rencor.

—¡Órale! Vámonos. ¿Qué tanto hablas con éste? —le preguntaron al muchachito que había negado conocer al Novillero.

El grupo de niños se echó a correr y, una vez que estuvo a buena distancia de Eugenio, se detuvo y todos se volvieron a verlo.

—¡Eres poli...! ¡Lárgate! —le gritaron, para luego perderse entre los coches y la gente.

Eugenio se quedó de pie, desconcertado, con el periódico que no había tenido tiempo de pagar, en la mano. "Me creyeron policía. Es evidente que ya alguno de esos canallas vino a buscar al Novillero." Buscó su automóvil y volvió de prisa a su casa, para ver al enfermo. La carita del Novillero la llevaba en la memoria. No quería pensar que le hubiera sucedido nada malo. "Son muy listos. Si fueron por él, de seguro se les escurrió de entre las manos", se dijo para consolarse.

Entró a su casa desanimado. Tenía la impresión de que el mundo se desbarataba a grandes pasos y que sobre él caían peñascos superiores a sus fuerzas. "Ojalá que lo encuentre mejorado", se dijo mientras se dirigía a su habitación. Se acercó de puntillas al enfermo. Un hilo de baba sanguinolenta colgaba de sus labios hinchados. ¡Había olvidado comprar la penicilina! Salió corriendo en busca de una farmacia. Por fin consiguió que se la vendieran en una farmacia del centro y regresó de prisa para inyectar al enfermo. Cuando terminó su tarea, estaba rendido. Se dejó caer en una silla y se dedicó a contemplar al desconocido que yacía en su cama. Notó que le había bajado un poco la hinchazón de la boca. "Si se aliviara...", suspiró descorazonado. Debía esperar y se haría el milagro. Recordó que su madre, en los casos graves, acudía siempre a la Villa de Guadalupe. "Tal vez deba ir...", se dijo, y sintió que una llamita diminuta se encendía en su pecho para calmarle la angustia insoportable que lo oprimía. De repente, lo sobresaltaron los timbrazos del teléfono. Era Matarazo.

—Señor Yáñez, ¿puedo ir unos minutos? —preguntó con timidez.

—¡Sí, naturalmente!

—Estaré ahí en diez minutos...

Eugenio se dio cuenta de que su cocina estaba sucia y en desorden. Los platos, los cubiertos, las tazas y las ollas de la víspera estaban sin lavar. Se apresuró a poner orden. Tenía todavía las manos llenas de jabón cuando Matarazo se presentó a su puerta.

—No aparecen —dijo Matarazo al entrar a su casa.

—¿Usted no tuvo ninguna noticia? —preguntó alarmado Eugenio.

—Ninguna... No es normal que nos dejen en esta espera —comentó Matarazo, mientras ocupaba su lugar en la silla de respaldo alto.

—Pues no es posible, pero así es. No nos dicen nada.

Eugenio fue a la cocina, para volver con una botella de tequila sin abrir y dos vasos. Le sirvió uno a Matarazo y otro para él.

—¡Salud, compañero!

—¡Salud! —contestó Yáñez.

—Pudiera ser que no tuvieran dinero para enviar el telegrama. Es una hipótesis, pero no debemos descartarla —opinó Matarazo, después de haber bebido el tequila.

—No. Eso sí que no es posible. Iban a refugiarse con compañeros, alguno les pudo dar el dinero. Un telegrama no cuesta un capital. No hay más que dos explicaciones: o los mataron o simplemente no les da la gana decirnos que llegaron con bien —contestó Yáñez de mal humor.

—¡Eso sí que no! Lo prometieron muy formalmente; me inclino más a creer que les sucedió alguna desgracia.

—Mire, compañero, la gente es así; una vez que logra su objetivo se olvida de los que les sirvieron de escalera. La ingratitud es clásica en el hombre. Es muy posible que, una vez en medio de sus compañeros, nos hayan olvidado —dijo Eugenio con amargura.

—No soy tan pesimista como usted. Algo me dice en el corazón que a esos dos les ha ocurrido algo malo...

—O algo muy bueno... —insistió Yáñez, que en ese momento pensaba en el herido que yacía en su cama. Lo atormentaba la duda: ¿podía confiar en Matarazo? Volvió a examinarlo con atención; se había cambiado de camisa y de corbata, iba impecablemente limpio y su gesto patético no lo había abandonado. Pero, ¿qué escondía su impasibilidad? Aun en los momentos en que se diría que iba a exaltarse, cuando hablaba de la suerte de los muchachos, guardaba sus gestos impasibles y el tono correcto de voz. En verdad que no podía descifrarlo.

Lo invitó a cenar. No soportaba la soledad, ni la muerte que rondaba la cama del herido. En la cocina, mientras hacía los inevitables huevos revueltos con tomate y chiles serranos, se sintió apaciguado; Matarazo no podía ir a su habitación sin pasar delante de la puerta de la cocina, de manera que no iría a fisgar y él no corría el riesgo de ser descubierto. Además, estaba acompañado y el aire de la casa parecía más saludable. Pensó que era mejor que dudara frente a Matarazo de la lealtad de Pedro y de Tito; se hacía menos sospechoso en el caso de que su invitado fuera una "oreja" del gobierno, que entraba a su casa para luego informar a la policía. La palabra "policía" le recordó al Novillero y volvió a preguntarse si lo habrían detenido. "En ese caso debe estar en el Tribunal para Menores", y volvió a caer en sus cavilaciones. Sí, le preguntaría a Matarazo algo sobre el pobre niño.

Entró a la salita comedor con la cena lista. Encontró a su visitante sentado en la silla de respaldo alto, inmóvil y preocupado. Durante la cena insistió en la inocencia de los dos jóvenes. Yáñez lo escuchó complacido.

—¿Ha vuelto usted a la casita de la calzada del Chabacano? —le preguntó mirándolo hasta el fondo de los ojos.

—¿Yo...? ¡No! ¿Para qué voy a volver si ya le conté anoche el estado en que la encontré? Ésa debe de ser una ratonera. Cuando salí, estaba casi seguro de que me iban a caer encima. ¡Gracias a Dios no sucedió nada malo! —contestó Matarazo con sinceridad.

—Yo se lo preguntaba por el Novillero. Hoy estuve pensando que tal vez se vaya a refugiar allí —contestó Eugenio.

—¿El Novillero? ¡No lo creo! ¡Si viera usted cómo son de listos esos niños callejeros! Es algo increíble; como viven a la intemperie tienen un olfato muy especial para el peligro... No, no creo que ese niño vuelva allí. ¡Imposible! —aseguró Matarazo.

Eugenio lo escuchó con atención. ¡Qué seguro estaba de la sagacidad de esas criaturas! Decidió contarle su experiencia con ellos. Matarazo lo escuchó complacido.

—¿Ve usted? Lo creyeron un policía y se lo gritaron en su cara. Yo creo que todos esconden al Novillero. No debemos preocuparnos por él. Lo que es seguro es que la policía lo ha buscado. Sí, seguro; si no fuera así, ¿por qué iban a reaccionar de esa manera?

—Tiene usted razón, mucha razón —afirmó Eugenio al recordar la cara desconfiada del muchachito al que le compró el diario y la presteza de los otros para rodearlo y llevárselo.

—¡Ojalá que nosotros tuviéramos ese instinto!, ¿no le parece? Sería más difícil engañarnos —aseguró Matarazo sin inmutarse.

Yáñez estuvo de acuerdo. "Si yo fuera como ellos, sabría quién eres tú", se dijo preocupado.

Volvieron a dar las dos de la mañana y Matarazo volvió a ponerse de pie.

—¡Otra vez he abusado de su hospitalidad! No sabe cómo le agradezco su compañía... y ahora debo irme —dijo Matarazo a manera de despedida.

—Soy yo quien le agradece que se acuerde de un viejo solitario como yo. Y, a propósito, anoche había un coche negro estacionado frente a mi casa y cuando usted se fue, empezó a hacer señales con una linterna sorda.

—¿De veras? Justamente yo tuve la preocupación de mirar y no vi nada. En estos casos hay que ser muy cauto, ya sabe usted que "hombre prevenido vale por dos."

—¿En verdad no vio usted nada? Pero si estaba ahí, con dos hombres de sombrero puesto... —insistió Yáñez en la puerta y deseando detener a su visitante.

—¿De veras? Pues no los vi... —y Matarazo salió tranquilo.

Yáñez cerró la puerta con lentitud. Un rencor extraño le inundó el pecho.

—¡Traidor! —dijo en voz muy baja, mientras se apoyaba de espaldas contra la puerta cerrada.

Recordó al automóvil y corrió a la ventana: ahí estaba el coche de color negro con sus dos ocupantes con el sombrero puesto. Escuchó partir el auto de su visitante y, desazonado se dirigió a su habitación. "Por qué lo llamé traidor...? Estoy muy nervioso. Bueno, esta vez ya está advertido, y habrá visto el maldito coche negro", se dijo al entrar a su cuarto para ver cómo estaba el herido.

—Compañero... compañerito... ¿cómo se siente usted? —dijo en voz muy baja.

El hombre entreabrió un poco los ojos deformados por los golpes y Yáñez vio sus pupilas negras flotando en aquella masa de carne hinchada. Yáñez leyó en ellos un rayo de esperanza.

—¿Quiere un cafecito, compañero? Le caerá bien, tiene usted el estómago vacío...

El hombre cerró los ojos en señal de asentimiento y Yáñez corrió a la cocina a preparar un poco de café con leche. Le dio algunas cucharadas que rodaron sobre la barbilla del herido. Casi no podía abrir la boca; se diría que los labios los tenía anestesiados o paralizados, pues no lograba apoyarlos sobre la cucharilla.

—¡Malhaya sea! Mañana compraré unas pajuelas o popotes, tal vez le será más fácil beber —dijo disgustado consigo mismo por su torpeza y falta de previsión.

Sin embargo, continuó dándole cucharaditas de café con leche, pues algo lograba tragar. De pronto, el hombre no pudo tragar ni una gota más. Eugenio tuvo miedo de ahogarlo y cesó en su intento de alimentarlo. Le limpió la cara con un algodón empapado de alcohol, le movió las almohadas y luego se tendió a su lado, tratando de ocupar el menor espacio posible.

Estaba tan cansado que hubiera podido dormir cuarenta y ocho horas seguidas, pero se sobresaltó al pensar si el herido había orinado. Levantó las mantas para ver el colchón y el pantalón del hombre. Se sintió aliviado al notar cierta humedad en la sábana. "Sí. Ha orinado, pero muy poco, ¡muy poco!... ¡Poquísimo! Debo buscar a un médico". Y trató de dormir. "A lo mejor le rompieron los riñones", pensó aterrado. Los bigotes caídos y los ojos redondos de Gómez lo hicieron pensar en que debía dormir, aunque fuera unos minutos.

A las siete de la mañana, saltó como un robot del lecho. Se duchó de prisa corrió a la cocina a preparar el café del enfermo. Éste apenas pudo tragar unas cuantas gotas; como tenía los ojos cerrados, Eugenio no sabía si seguía durmiendo.

—No se preocupe, compañero, hoy voy a comprar unos popotes y le será más fácil tomar su café. Le haré un jugo de frutas, tiene muchas vitaminas —le prometió, mientras le ponía las dos inyecciones. Después, volvió a insistir: ¡Por favor, no se mueva! ¿Me oye, compañero? ¡No se mueva hasta que yo llegue!

En el trayecto a su oficina se detuvo en el mercadillo de costumbre. Compró de prisa plátanos, naranjas, tomates, huevos, leche, café, pan, tortillas y algunas latas de conservas. Al último, cuando ya iba de salida, se dijo: "¡Qué estúpido soy!", y compró carne molida y yerbas de olor, para hacerle un consomé al herido. Dejó su bolsa de compras en el coche y subió optimista a su oficina.

"El consomé lo pondrá bien. ¡Es un levantamuertos!", se dijo.

La señorita Refugio le sonrió con amabilidad al darle los buenos días. Yáñez la miró con agradecimiento. Era como si aquella mujer se hubiera dado cuenta de que algo malo le sucedía y quisiera darle algún consuelo. Era increíble que "los dedos más veloces del Departamento", como la llamaban en broma sus compañeros, tuviera aquella delicada intuición. Y, sin proponérselo, la comparó con los chiquillos que vendían los diarios y tenían la facultad de oler el peligro. ¿Y si se confiara en ella? No, la señorita Refugio era una pobre señorita que vivía en un apartamento de la colonia del Valle, en compañía de su padre, un anciano sin trabajo desde que perdió tres dedos en un accidente en la fábrica donde era jefe de sección.

—¿Sabe usted cuánto le pagaron por cada dedo? —le preguntó la señorita Refugio, acercándose a su escritorio con el pretexto de mostrarle unos oficios.

—No, no lo sé —contestó sorprendido Yáñez, a quien nunca se le había ocurrido hacerse esa pregunta absurda.

—Ciento ochenta pesos por el pulgar, ciento sesenta por el índice y ciento cincuenta por el cordial. ¡Y eso que eran de la mano derecha! ¿Qué le parece? ¿Qué le parece, señor Yáñez? —dijo ella con voz sofocada.

—Pues me parece escalofriante. No entiendo de precios a ese nivel; además, nunca oí hablar de semejante... cosa.

—Son los precios oficiales. Por las piernas creo que pagan novecientos pesos —dijo ella, enrojeciendo.

—Sigo sin entender, señorita Refugio...

—Es lo que pagan los patrones en el caso de mutilación por el trabajo. ¿No lo sabía usted? ¡Y luego quieren que no haya huelgas! —comentó la señorita Refugio en voz aún más baja y revolviendo ruidosamente los papeles que llevaba en las manos.

—Es terrible, terrible, señorita Refugio... —dijo Yáñez en voz también muy baja.

La señorita Refugio volvió a su escritorio. Yáñez la contempló atontado. "Todos los días se aprende algo nuevo", se dijo desagradablemente sorprendido. Lo que le había revelado la señorita lo volvía rencoroso. "¿Cuánto pagarán por una cabeza?", se preguntó indignado. "Desde luego, por ésa no pagaría yo ni cinco centavos", se dijo al ver aparecer la cabeza de Gómez, que lanzaba una mirada de propietario sobre sus empleados.

—¿Un cafecito, señor Yáñez? —le ofreció la señorita Refugio, con voz calmada, a las doce de la mañana. Y le sirvió de su termo un poco de café en un cono de papel encerado de los que tenían en la máquina de beber agua.

—Muchas gracias. ¡Bienvenido el café! —le contestó encantado Yáñez, que ahora sabía que gozaba de una cómplice en la oficina.

La palabra "cómplice" lo desconcertó y le quitó el aroma al café. ¿Por qué de repente la señorita Refugio le hacía aquellas confidencias evidentemente "políticas"? ¿Acaso sabía algo? ¿O era ella la encargada de espiarlo...? La euforia de unos minutos antes se convirtió en amargura. Sería más cauto, aun con la señorita Refugio, que ahora lo miraba con sus tristes ojos color canela, como si también ella se hubiera arrepentido de su arrebato de antes al ofrecerle el café. La tristeza que se desprendía de su mirada conmovió a Yáñez: "No, no, ella es diferente de estos..." y, al decir "estos", pensaba en sus demás compañeros.

Lo primero que hizo al llegar a su casa fue correr al lado del enfermo. Descorazonado, vio que ni siquiera había cambiado de postura.

—Compañero, le voy a preparar un consomé y un juguito de naranja... ¡ah!, y un puré de plátano. Necesita alimentarse poco a poco, para recuperar fuerzas —le dijo exaltado.

El herido movió ligeramente una mano y Yáñez se dedicó con furor a preparar el menú. Ayudado por el popote, el enfermo logró tragar algunas gotas de consomé y un poquito de jugo de naranja. Yáñez se empeñó en darle algunas cucharaditas del puré de plátanos, pero se diría que el contacto del metal, le producía dolor, pues por primera vez lanzó unos quejidos débiles. Yáñez arrojó al suelo la cucharilla y, asustado, contempló los labios rotos de su amigo. "¡Soy un salvaje!", se dijo, furioso consigo mismo.

—¿Qué le duele, compañerito? —le preguntó ansioso.

El hombre hizo un gran esfuerzo y trató de mostrar la lengua amoratada y mordida. Al ver los dientes rotos de su amigo Yáñez retrocedió. "¡Carajo!, no sirvo para enfermero!", y sintió que la cabeza le daba vueltas. El hombre se quedó quieto y él se dejó caer en una silla para contemplarlo. Era evidente que había mejorado en algo, pero la hinchazón de la cara no disminuía gran cosa. Además, en los pedazos de cara en donde no había golpes, la piel estaba intensamente pálida, como si fuera de cera. Se desesperó. Febril, trató de pensar en algún médico amigo, pero su memoria se ofuscaba a medida que hacía esfuerzos para encontrar un nombre. Ya casi era la hora de la penicilina. Hirvió la jeringa, le tomó al herido la manga de la camisa y la levantó; el hombre había adelgazado terriblemente. "Este hombre se puede morir y yo no hago nada", se dijo con desesperación. Si llamaba a un médico lo descubriría y se descubriría él mismo, y si no lo llamaba, el herido podía morir y él iría a la cárcel por asesinato. Se quedó perplejo. Su situación no tenía salida. "¡Estoy atrapado...! Estamos atrapados", corrigió, pensando en el herido. Permaneció inmóvil con la mente en blanco, a fuerza de querer hallar una solución. Cerca de las ocho de la noche habló Matarazo.

—En diez minutos estoy ahí —anunció como de costumbre.

"Le pediré auxilio, auxilio, auxilio...", se repitió Yáñez mientras esperaba su llegada.

Matarazo se presentó con la tranquilidad acostumbrada. Eugenio, en cambio, tenía los nervios deshechos.

—¿Nada sobre los muchachos? —preguntó, apenas se hubo sentado en la silla de respaldo alto.

—¡Nada de nada! —respondió Yáñez, temiendo que su amigo sintiera la desesperación que se apoderaba de él por segundos.

—Usted dirá lo que quiera, compañero, pero esto es alarmante. Si mañana no tenemos noticias, habrá que presentar una queja...

—¿Una queja...? ¿A quién...? ¡No sabe usted que no existe un lugar en el que se pueda presentar una queja? —gritó Eugenio enrojeciendo de ira.

—No se ponga así, compañero. Yo pensaba en alguna comisaría...

—¿Qué...? ¿En una comisaría? ¿Sabe usted cuánto pagan por el dedo pulgar? ¡Ciento ochenta pesos...! ¿Y por el dedo índice? ¿Lo sabe?

—No, compañero, no lo sé... —contestó sobresaltado Matarazo, mirando a su amigo como si éste hubiera perdido el juicio.

Eugenio se tomó la cabeza entre las manos y permaneció así largo rato. Sentía que era capaz de ponerse a dar alaridos. Su amigo respetó su silencio. Ambos permanecieron quietos. La angustia, como pesada plancha de plomo, los obligó a callar. Se sentían aplastados y Eugenio supo en esos momentos que su situación era desesperada. "No, no tengo salida... Estoy perdido." Cuando levantó el rostro, miró con ojos muy cansados a Matarazo. Se puso de pie para dirigirse a la cocina.

—Vamos a tomar una copa de tequila...

En la cocina, sirvió los vasos y volvió con ellos y la botella a la salita. Los dos amigos bebieron en silencio.

—Perdone, compañero, que me haya exaltado. Una queja sólo se puede presentar en el nivel más alto... y aun así es peligroso —dijo Eugenio Yáñez en voz baja. Estaba sombrío y Matarazo hizo el gesto de querer retirarse—. ¡No, no, por favor! Vamos a cenar

—pidió suplicante Yáñez. Preparó los huevos revueltos y el café, y abrió un frasco de cajeta de Celaya.

Los dos amigos cenaron cabizbajos y casi en silencio.

—Los muchachos nos debían haber dicho algo a través de alguno de sus amigos. Es lo mínimo, para no tenernos en esta zozobra —aseguró Yáñez.

—Es verdad... Una pequeña atención no cuesta —aceptó Matarazo.

A las dos de la mañana se despidieron. Eugenio no mencionó el automóvil de color negro, que estaba estacionado frente a su casa. No quiso preguntarle a Matarazo si lo había visto; a lo mejor pensaría que tenía miedo y que el miedo le producía alucinaciones. O tal vez corría el riesgo de alejarlo de su casa si se sentía vigilado por el hecho de visitarlo.

Miró por las rendijas de la persiana al coche negro y escuchó el motor del auto de Matarazo, que se alejaba de su casa. Abatido, se dejó caer en un sillón y después de un rato se dirigió a ver al enfermo. Éste parecía respirar más regularmente. Se extendió en la orilla de la cama y notó que de ella se desprendía un olor desconocido y repugnante. ¿Sería la enfermedad o sólo la falta de aseo del pobre hombre que yacía a su lado? "¡Caramba! ¡Sus compañeros deberían preocuparse por él! No han llamado ni una sola vez." Yáñez trató de dormir un rato. Su situación se volvía insostenible; al final, caería fulminado en la oficina... o los hombres del coche negro entrarían a tiros en su casa. ¿Qué esperaban para hacerlo? No lo entendía. El olor lo distrajo de ese pensamiento y recordó que tenía que ver si el enfermo había orinado. Se levantó, movió las mantas y palpó las sábanas; estaban casi, casi secas. "Es malo que no orine", se dijo, mientras hundía la cabeza en la almohada para olvidar todo lo que sucedía a su alrededor.

A las siete de la mañana limpió al herido con alcohol. Le aflojó el cinturón de cuero viejo que llevaba y quiso obligarlo a orinar, pero sólo logró que el hombre dejara correr algunas gotas medio rojizas. "Algo es algo", se dijo para consolarse. Le dio un poco de café y de consomé que había sobrado de la víspera, le puso la inyección de penicilina y la de vitaminas y casi sin afeitarse salió volando a su trabajo.

La oficina le pareció paradisiaca. Se dejó caer en su sillón frente a su escritorio y lanzó un suspiro de alivio. Allí estaba con gente, había luz, nadie agonizaba a su lado en un cuarto con las persianas bajadas, un cuarto en sombras. El orden y la vista de la señorita Refugio, que lo saludó con amabilidad, lo reconfortaron de sus noches pesadillescas. ¡Nunca imaginó que una simple huelga pudiera traer tantas complicaciones sórdidas y criminales!

—¿Un cafecito, señor Yáñez? —le ofreció la señorita Refugio a las doce del día.

—Sí, gracias, en verdad lo necesito —contestó Eugenio con sinceridad.

La señorita Refugio no le hizo ninguna confidencia, pero si él lograba vencer la desconfianza, podía contar con ella. A lo mejor ella conocía a algún médico. Era cosa de preguntárselo. A Dios gracias, la señorita estaba de dictado en el despacho de Gómez y él tenía tiempo para reflexionar. "Es un albur...", se repitió varias veces, pero debía hallar la solución; ese pobre hombre no podía morirse así, sin cuidados, escondido en su cuarto, "clandestinamente..." A la salida se encontró con la señorita Refugio, que tenía siempre prisa en llegar a su casa para atender a su padre. "Ya será otro día." Y también él abandonó la oficina de prisa, pues tenía que comprar las medicinas y la comida.

En su casa encontró al enfermo en una postura diferente. ¡Ya podía moverse! El hecho lo animó. Se acercó a la cama y el hombre abrió los ojos con dificultad; quiso decir algo, pero sus labios y su lengua no lo obedecieron.

—Paciencia, compañero; en unos días más se sentirá mejor. Ahora voy a preparar su consomé.

En la cocina se movió con rapidez; lavó los trastos de la víspera y preparó la comida del herido. Éste logró dar dos o tres sorbitos al consomé, ayudado por la pajuela. También bebió unas gotas de jugo de naranja y un poco de café.

Eugenio, entusiasmado, le puso las dos inyecciones y trató de no fijarse en la flacura extrema de los brazos.

—Verá, compañero: cuando esté bien, recordará esto como una pesadilla, pero que habrá terminado. ¿Se siente mejor? —preguntó solícito.

El hombre lo miró con los ojos vidriosos apenas entreabiertos, hundidos en una carne que iba tomando colores violáceos y verdes pronunciados. Movió ligeramente una mano y quiso decir algo que no llegó a pronunciar. Resignado, cerró los ojos, y Eugenio se fue a la salita a esperar la llamada de Matarazo, que no tardó en producirse. Matarazo apareció a los pocos minutos.

Juntos bebieron su vaso de tequila y cenaron los huevos revueltos con tomate. Casi no necesitaban hablar. Eugenio puso chicharrones y tortillas y Matarazo sonrió satisfecho.

—Se ve que andamos más optimistas. ¿Alguna buena noticia? —preguntó mientras se preparaba un taco de chicharrones.

—Ninguna, pero estoy resignado a la espera... —no quiso confiarle que su optimismo se debía al ligero progreso en la salud del enfermo.

La velada transcurrió apacible. Ninguno de los dos se atrevió a profundizar en la conversación ni quiso prestarse a las confidencias. Los dos seguían tan desconocidos como el día de la primera visita. “Debía preguntarle dónde trabaja”, pensó Eugenio, pero temió ofenderlo. No podía prescindir de su amistad. ¿Qué haría sin sus visitas? “Tal vez me hubiera vuelto loco... “, se dijo, repentinamente asustado. También podía suceder que, si él lo interrogaba, el otro se sintiera con autoridad para interrogarlo a su vez y en ese caso era muy probable que le soltara lo del herido. Era mejor que todo quedara así, hasta la reaparición de los muchachos. Ellos le dirían quién era Matarazo.

—¡Qué barbaridad! Ya es jueves y nosotros sin noticias —exclamó Matarazo antes de irse.

—¡Jueves...! ¡Qué semanita de pesadilla! —contestó Eugenio.

—¿Verdad...? ¿Verdad que es una pesadilla? Yo apenas puedo dormir... —confesó Matarazo.

—Yo tampoco duermo —respondió sombrío Yáñez, pues sabía que en cuanto cerrara la puerta tras de su amigo, volvería al horror de su habitación.

Matarazo se fue, después de darle unas palmaditas en la espalda; Eugenio corrió a la ventana. Allí seguía el automóvil negro. ¿Por qué Matarazo no hacía ninguna alusión a él y a sus hombres que hacían señales con su linterna sorda? “Esto es infernal”, se dijo convencido. Se sentó en el sofá para fumar un cigarrillo y reflexionar. Pero estaba demasiado cansado y, arrastrando los pies, se dirigió a su habitación. Desde que entró, el olor extraño que se desprendía de su cama lo volvió a inquietar. Se sentó en la orilla de la cama y de pronto supo que unas lágrimas ardientes corrían por sus mejillas fatigadas. El llanto silencioso le produjo un bienestar. Se tendió junto al herido, aquel pobre náufrago que había venido a encallar en su cama, y pidió que le volviera la salud. Por primera vez logró dormir un rato sin sobresaltos.

El viernes encontró contentos a sus compañeros de trabajo. Siempre se animaban cuando se acercaba el sábado. Hacían planes para el domingo y bromeaban entre ellos con confianza.

—Mañana mi papacito y yo iremos al cine. Están dando unas películas magníficas —escuchó decir a la señorita Refugio.

¡El cine! Lo había olvidado. Decidió que esa noche no vería a Matarazo. Iría a su casa, cuidaría al enfermo y luego se iría a cenar al Sorrento y a ver alguna película. Volvería a su casa a las doce. El automóvil negro llegaba alrededor de la una de la madrugada. Necesitaba distraerse; no quería saber nada, ni de Tito, ni de Pedro, ni de Matarazo. Bastante pena tenía con el herido, temiendo a cada instante que muriera en su casa. Después de todo, sus nuevos amigos le eran desconocidos; él les había hecho un pequeño servicio y ellos ni siquiera se habían preocupado en enviarle aquel telegrama. ¡No sabía quiénes eran! Necesitaba olvidar por algunos momentos la presencia de aquel automóvil negro, que se le había convertido en una obsesión. ¿Por qué Matarazo no lo veía? "No puedo estar loco", se dijo con enfado. "Ese maldito automóvil llega a la una de la madrugada todos los días."

En su casa encontró al enfermo tranquilo. Le preparó la cena y el café y lo obligó a dar unos sorbitos de consomé. El puré de plátano no pudo tragarlo. Se hacía ilusiones: el hombre no estaba tan bien como él lo deseaba. Se había acostumbrado, o más bien resignado, al olor que esparcía su cama, pero al arreglarla notó que el olor era más intenso. Lo inyectó y le aconsejó dormir un rato. Antes, se cercioró de que el hombre no orinaba. Aquellas gotas rojizas no podían ser orines. "Tengo que hacer algo, algo, algo...", se repitió con exasperación. Se ahogaba, necesitaba salir para refrescarse la cabeza; después pensaría mejor.

—Voy a salir por dos horas, compañero. No se intranquilice, trate de dormir mientras estoy ausente —le aconsejó acercándosele al oído.

Al decir esto, decidió abandonar su casa inmediatamente, pero el teléfono sonó imperioso: era Matarazo.

—Estoy muy intranquilo, señor Yáñez. También Ignacio ha desaparecido...

— ¡No me diga! ¿En dónde está usted? Iré a buscarlo... —propuso Eugenio, que prefería verlo en la calle.

—Aquí, con unas gentes...

—¿Dónde puedo ir a buscarlo? —insistió Eugenio.

—No sé, no sé... Bueno, que sea en el Tibet-Hamz —dijo desganada la voz de Matarazo.

—¡Ahí llego en diez o quince minutos...!

—No, no... Que sea a las diez... estoy en un bautizo.

—¡En un bautizo! —Eugenio tuvo la impresión de que Matarazo se burlaba de él.

"Lo dejaré plantado y me iré al cine", se dijo, y salió a la calle. Dio varias vueltas en su automóvil; no se decidía a abandonar a Matarazo. "Es estúpido, me voy al cine." Detuvo el coche en una calle cercana al cine París y se colocó en la fila de espera para llegar a la taquilla. Pero no estaba tranquilo, había algo misterioso que lo empujaba a ver a aquel personaje, como antes lo había empujado a llevar cigarrillos a los huelguistas. Además, llovía a cántaros y no era justo que el pobre Matarazo lo esperara inútilmente bajo aquel diluvio. Abandonó la cola y, corriendo bajo la lluvia, buscó su automóvil. Dio nuevamente varias vueltas a la deriva, perdido en pensamientos contrarios. La lluvia golpeaba con furia el parabrisas y este hecho tan simple lo ponía de mal humor. ¿Por qué debía acudir a aquella cita disparatada a las diez de la noche, en vez de haber entrado al cine, comer una barra de chocolate y luego cenar en el Sorrento? El recuerdo del automóvil negro le dio ánimos para asistir a la cita. Tenía que descubrir qué deseaban aquellos individuos de mala catadura que vigilaban su puerta. Matarazo lo podía ayudar en esa empresa. Ese pensamiento lo convenció de que no podía abandonarlo en aquella aventura que parecía tan peligrosa. Si había entrado en el juego, era necesario llegar hasta el final.

La palabra "final" le produjo miedo. ¿Cuál podía ser el final de tantas pequeñas locuras como había cometido? Al decir "pequeñas" sonrió con amargura. ¿Acaso no tenía en su mismo lecho a un moribundo desconocido y en su aparato de televisión una pistola recién disparada? En cualquier momento aquel pobre hombre podía fallecer y, él, Eugenio, sería acusado de asesinato. "El hombre no debe pensar, se adelanta a los acontecimientos y puede provocarlos", se dijo asustado. Pero, ¿cómo detener la máquina infernal del pensamiento que sólo anuncia desgracias? Antes, cuando era joven, no pensaba... ¡Qué estupidez! Claro que pensaba, pero con calma, y sus pensamientos eran sencillos, desprovistos del toque pesimista y trágico que se había ido apoderando de él a medida que envejecía. De niño, ¿qué pensaba? Le fue imposible reconstruir un solo pensamiento infantil. Recordó que contaba los días que faltaban para las fiestas y el temor de que su padre se enfadara con él cuando tenía algún fracaso en el colegio o algún tropiezo en la calle. ¿Y a eso se reducían sus pensamientos infantiles? No, poco a poco, y desde lo más profundo de su memoria, surgieron olas leves de melancolía que se apoderaban de su niñez al caer la noche, cuando su casa empezaba a quedarse quieta, y él, Eugenio, emprendía el solitario camino de los sueños. Sí, siempre hubo en él un fondo melancólico, una tristeza agazapada en lo más profundo de su corazón, tristeza que con el tiempo se fue convirtiendo en un miedo ligero hacia los demás, y que lo fue aislando de sus compañeros de estudios primero, y más tarde de sus compañeros de trabajo, hasta dejarlo completamente solo en su modesto piso de divorciado. De alguna manera, aquellos huelguistas habían roto la coraza que lo defendía de los otros seres humanos. Tal vez le contagiaron su entusiasmo juvenil... Sí, debía ir al encuentro de Matarazo, que también estaba sometido a la desconfianza. Varias veces leyó en sus ojos patéticos el miedo. También Matarazo hacía esfuerzos por romper su cáscara protectora y él no podía fallarle.

Un poco antes de las diez de la noche, enfiló su coche anticuado hacia la avenida Juárez. Al llegar a la altura del Tibet-Hamz, descubrió a Matarazo, esperándolo en la calle. Se veía muy desvalido resguardándose de la lluvia bajo una saliente del edificio. Se había levantado las solapas de la americana para cubrirse del agua y del viento que barrían la calle. Se detuvo, abrió la portezuela del coche y Matarazo se introdujo en el asiento delantero, con aire alborozado. Apenas ocupó su lugar, volvió a su timidez habitual, que convertía el diálogo en algo casi imposible.

—¿Qué pasa? —preguntó Eugenio olvidando su enojo, ya que se sentía ahora tranquilo, al lado de su amigo.

—Los muchachos me dejaron la dirección de Ignacio. Hoy fui a buscarlo y me encontré a su mamá muy acongojada. Desde el domingo no sabe nada de su hijo.

Eugenio reflexionó unos instantes. Recordó la entrada de Ignacio en su casa, su exaltación, y su salida precipitada.

—Debe estar escondido —dijo Eugenio pensativo.

—¿En dónde? ¿Por qué no le da señales de vida a su familia? —preguntó ansioso Matarazo.

—No sé... Tal vez huyó el mismo sábado, después de ir a mi casa...

—No, no, dejó su maletita lista y le dijo a su mamá: "Ahora vuelvo..." y no volvió, ni habló, ni mandó ninguna señal. ¿Qué le parece?

—Pues que el asunto está raro... muy raro —contestó Eugenio, con aire preocupado.

—Compañero, ¿y si fuéramos a la jefatura de policía a preguntar por los tres muchachos desaparecidos? —preguntó Matarazo en voz baja.

Eugenio tuvo una sacudida. ¡La jefatura de policía! ¿Cómo podía ir allí si tenía al moribundo en su cama y a los hombres del automóvil negro enfrente de su casa? Se volvió a contemplar a Matarazo. Era increíble que le propusiera semejante disparate. Matarazo lo miró a los ojos con aire pasivo. Eugenio trató de controlarse.

—Sería correr un riesgo inútil. A lo mejor nos agarran también a nosotros y entonces, ¿qué podríamos hacer por ellos? —dijo volviéndose a mirar la calle con gesto fatigado.

—Es cierto, no pensé en eso... ¡Estos son tan atrabiliarios...!

—El coche negro me da mala espina; si al menos no estuviera allí... —murmuró Eugenio, casi para sí mismo.

—¿Usted no conoce a alguien de arriba que pudiera informarnos en privado y a título amistoso? —aventuró Matarazo.

—Sí, conozco a muchos de arriba, pero no sirven para nada. Déjeme pensar... —dijo Eugenio con enojo.

Pensó con detenimiento, repasó los nombres de sus antiguos compañeros que ahora ocupaban puestos clave en la administración, pero ninguno le merecía confianza, a pesar de su amabilidad en sus encuentros ocasionales: "¡Hermano...! ¿Te acuerdas...?" No, ninguno lo recibiría y menos a esas horas de la noche. Sus criados los echarían a la calle y además se volverían sospechosos. De repente le vino a la cabeza el nombre de Manuel López Rubio, que trabajaba en la Presidencia de la República y cuyas tendencias izquierdizantes lo habían llevado a tan alto puesto. López Rubio era un tipo simpático, moreno, alto, barrigón y cínico. Hacía gala de buen humor y trataba de inspirar confianza. De estudiante había organizado huelgas universitarias y ganado un concurso de oratoria. Trataba de aparentar una juventud que ya se le había escapado, supliéndola con gestos propios de los jóvenes, palabras vulgares, palmadas en la espalda y refranes populacheros. Su enorme boca se abría como la de un caníbal, dispuesto a la risa y al chiste fácil. ¡Era cordial! ¡Muy cordial! Además, pretendía ser un idealista. Hacía mucho tiempo que él y López Rubio habían dejado de frecuentarse; sin embargo, cuando de casualidad se encontraban en la calle o en alguna taquería, ya que Manuel padecía de un apetito insaciable de tacos enchilados, López Rubio se precipitaba a saludarlo con una efusividad conmovedora. El consejero de la presidencia vivía en una mansión de la colonia Juárez, mientras terminaban el palacete que se había mandado construir en las Lomas de Chapultepec. Eugenio dirigió su automóvil hacia allá.

—Vamos a tener suerte —le dijo a Matarazo.

Una sirvienta adormilada les hizo pasar a un salón enorme y de gusto dudoso, decorado por Teresa, la mujer de Manuel, que se consideraba una aristócrata venida a menos, debido a su matrimonio con Manuel. Espejos ahumados y sillones del siglo XIX, de madera labrada negra y forrados de raso escarlata, daban una impresión equívoca a aquella habitación en la que los introdujo la criada.

—¡Eugenio, hermano! ¿Qué te trae por aquí? Hace años que no nos vemos —exclamó López Rubio, al mismo tiempo que le daba un gran abrazo a su visitante.

—Pues ya ves... Vine a pedirte un pequeño servicio; es muy urgente, por eso me atreví a despertarte...

— ¡No, no! Eso de que me despertaste no es cierto. ¡No me acuesto como las gallinas! —y López Rubio soltó una risotada, abriendo la boca hasta mostrar la campanilla.

Eugenio aprovechó su buen humor y le expuso la causa de su inesperada visita: la desaparición de tres huelguistas: Tito, Pedro e Ignacio. Lo hizo con calma y en voz baja, para estudiar la reacción en el rostro grueso y sudoroso del consejero, que poco a poco pasó de la alegría al asombro y luego a lo sombrío.

—¡Eugenio, es increíble que me molestes a estas horas por esos agitadores! ¿Te das cuenta de quiénes estás hablando? —exclamó con voz severa el dueño de la casa.

—Manuel, no exageres, no se trata de agitadores; se trata de tres huelguistas jóvenes...

—¿No te das cuenta de que su conducta no corresponde a la realidad económica ni política de México? El país está en pleno desarrollo y vienen esos sinvergüenzas a poner todo patas arriba... Estás fuera de la realidad, te lo repito.

—¿De la realidad...? Sí, sí me doy cuenta. Yo diría que corresponde por ejemplo a tus discursos y...

—¡Y nada! Tú has estado siempre en las nubes. No entiendes nada de política constructiva. Estamos trabajando muy duro, pero muy duro, para levantar este país, y me sales ahora con la historia de tres agitadores. Mira, en estos momentos no es tolerable una huelga...

—La huelga ya se deshizo, te hablo de tres muchachos...

—Tres delincuentes irresponsables que se han enfrentado a la ley no merecen nada. Tú no debes preocuparte por ellos, ni preocuparme...

Yáñez contempló distraído los retratos de novia diseminados sobre las consolas negras del salón. Se puso de pie y Matarazo, que no había abierto la boca, lo imitó. "El que vive fuera de la realidad eres tú", se dijo viendo la enorme boca abierta de López Rubio, que había abandonado su aire severo y volvía a la risa casi maquinalmente.

—¿Qué? ¿Ya se van? ¿Tan pronto? —exclamó decepcionado.

—Ya es muy tarde. Perdona que haya venido a molestarte —contestó Eugenio sombrío.

—¡Qué lástima! Me hubiera gustado comentar contigo un libro escrito por una vieja formidable: *El segundo sexo.*

—Otro día...

Salieron descorazonados de aquella casa inhóspita. El lenguaje empleado por Manuel López Rubio les había producido un sentimiento indefinible: no sabían si se trataba de un cínico, de un imbécil o simplemente de un oportunista. Además, los había hecho sentir no sólo inoportunos, sino imbéciles al dirigirse a él, un alto funcionario del mismo gobierno que había perseguido la huelga y a los huelguistas.

—No sé por qué se me ocurrió venir a pedirle ayuda a Manuel... Creía que era más comprensivo. ¡Como presume de cordial! Creo que subió muy de prisa. ¡Está eufórico! ¿No le dio la impresión de un caníbal alegre? Aunque hubo un momento en que me pareció amenazador —afirmó Eugenio con seriedad.

—No me pareció gente de fiar. Es muy capaz de llamar a la policía y decir que andamos investigando lo que ha hecho el gobierno. No se va uno tan arriba nada más porque sí... ¡Hay que hacer méritos, compañero! ¿No le parece? —preguntó Matarazo, mirando a Eugenio con reproche.

—Tiene usted razón, compañero...

Corrieron por la ciudad, resbaladiza por la lluvia. Ambos iban disgustados; Eugenio sentía una ira especial, provocada por la injusticia. No era tolerable que, en nombre de la revolución, Manuel hubiera acumulado tantas riquezas y tanto poder, y que se negara a ayudar a tres infelices.

—¡Lo peor es que se dice de izquierda! —dijo Eugenio como para sí mismo.

—Eso es justamente lo que yo no comprendo. Mire, compañero, me quiebro la cabeza pensándolo y sin entenderlo. La única razón que hallo es que es un oportunista de lo peor —y al decir esto, Matarazo pareció hundirse en un humor sombrío. Se volvió hacia la calle para ver caer la lluvia torrencial.

—Vamos a buscar a Eulalio —exclamó Eugenio, acordándose de aquel hombrecito amigo de Ignacio y a quien conoció en la casita de la avenida de Chabacano la noche en que Tito y Pedro le pidieron que los llevara allí.

Dirigió su automóvil hacia el rumbo de Iztapalapa, en busca de aquella callecita de lodo donde vivía aquel obrero minúsculo. Matarazo no dijo una palabra; parecía ignorar la existencia de Eulalio y observaba con atención el complicado camino que llevaba el automóvil. Encontraron el callejón con gran dificultad. Eugenio detuvo el auto, era imposible avanzar más en medio de la lluvia; las llantas patinaban en el lodo y se negaban a tomar la pequeña cuesta para alcanzar la casa de Eulalio. Después de una pequeña discusión, decidieron bajar del auto y enfrentarse a la tormenta. Batiéndose en lodo pegajoso, subieron andando la cuesta y se dirigieron hacia la casita más cercana. Golpearon con fuerza en las ventanas de la casucha, para hacerse oír. Por una rendija se asomó una vieja.

—¿Qué quieren a estas santas horas? —preguntó gritando para que la oyeran.

—¡La casa del joven Eulalio! ¿Cuál es? —gritó Yáñez.

—¡Es la casa blanca! ¿Por qué molestan a la gente de paz? —respondió la vieja con enojo.

—¡Gracias, gracias, señora!

La casa indicada quedaba casi al fondo del callejón. Tuvieron que volver al automóvil para encender los faros, pues el lugar estaba completamente a oscuras. Rehicieron el camino resbalando en el lodo. La lluvia les impedía ver con claridad. De repente, en el fondo del callejón se echó a andar un potente motor de coche y súbitamente vieron venir hacia ellos, reculando, y con la furia ciega de un animal asesino, un enorme camión de carga dispuesto a aplastarlos. Aterrados, apenas tuvieron tiempo de saltar una cerca para evitar el golpe mortal. Se encontraron dentro del corralito de la casa blanca. El camión se metió en el corral de la casa vecina con una fuerza homicida y se quedó quieto, con los faros apagados, después de derribar cuanto obstáculo halló a su paso.

—¿Qué hace este camión a estas horas y en estos lugares? —preguntó asustado Eugenio, contemplando la enorme mole que había quedado silenciosa y oscura al lado de ellos. El resplandor de los faros encendidos de su automóvil le daba reflejos monstruosos.

—¡Quién sabe...! ¡Quién sabe qué intenciones traiga! —contestó en voz muy baja Matarazo.

De las sombras surgió una manada de perros ladrando con furia.

—¡Chist...! ¡Chist...! —les ordenó Matarazo, mientras Eugenio golpeaba nervioso en una ventana de la casita blanca.

Ambos estaban seguros de las intenciones asesinas del camión, que permanecía quieto y agazapado. Ambos sentían la urgencia de abandonar aquel lugar siniestro. Los golpes de Eugenio en la ventana retumbaban en la oscuridad de la noche.

La voz cascada de un viejo salió por el hueco de la ventana, ligeramente entreabierta y cubierta de un alambrado grueso y tupido.

—¿Qué quieren?

—¡El joven Eulalio! —gritó Eugenio.

—¿Eulalio...? ¿mi hijo...? —el viejo les echó encima la luz de una linterna sorda. Pareció aprobar su presencia, ya que enseguida agregó—: Pues ya saben, señores, se fue a Acapulco...

—¿A Acapulco...? ¿Y con quién se fue? —preguntó Eugenio desconcertado ante tan inesperada respuesta.

—¡Pues con quién había de irse! ¡Con Ignacio...!

Los dos visitantes, deslumbrados por la luz de la linterna, no podían distinguir el rostro que emitía aquella voz desagradable y aquellas palabras temibles. El viejo continuó:

—Yo no tengo ningún informe que darles. El general quedó contento con los papeles. Eulalio no dejó nada aquí. ¡Todo lo entregó! ¡Toditito! —terminó con voz satisfecha.

—¿Todo? ¿Está seguro? —preguntó Eugenio automáticamente.

—¡Cómo no voy a estar seguro, si el mismo comandante estuvo aquí, en esta su casa, y la de usted también, señor! —el viejo calló repentinamente, temeroso de haber hablado de más.

—¡Habrá que esperar a que regresen para los otros datos! —gritó Eugenio, tembloroso al recordar el empeño de Eulalio en guardar él los documentos relativos a la huelga.

—Sí, señor, habrá que esperar —respondió el viejo con voz respetuosa.

Era tiempo de retirarse. Eugenio pensó: "Estoy loco, loco, de haberme metido en este lío de traidores; a ver si ahora no nos aplasta el camión del general." Se repuso y dijo con voz amable:

—Buenas noches. Perdone que lo hayamos molestado.

—¡No faltaba más! Yo, como mi hijo, estamos aquí para servirlos, contestó con servilismo la voz del viejo, que en ese momento desvió la luz de su linterna sorda de los rostros de Eugenio y de Matarazo.

El camión continuaba quieto, como una mole amenazadora. Atrás, el automóvil de Eugenio se veía muy extraño con las portezuelas abiertas y los faros encendidos. Sus chorros de luz se partían en una multitud de rayos brillantes y cegadores, en medio de los torrentes de la lluvia.

—¿Y ese camión? —preguntó Eugenio, sobrecogido de miedo.
—Es para matarnos —aseguró Matarazo en voz muy baja.
—Nos podrían matar ahora...
—Sí, cuando salgamos de este corralito...
Fingiendo indiferencia, abandonaron el corral y empezaron a subir la cuesta. "Tal vez los del camión pensaron que conocíamos al viejo", se dijo Eugenio. En la cima se hallaba el automóvil con los faros encendidos. Subieron sin prisa, aunque Eugenio sentía la necesidad imperiosa de echar a correr, de huir de aquellos andurriales y de encontrarse en las calles céntricas de la ciudad. Matarazo imitaba su calma, sin decir una sola palabra.

Eugenio sintió un gran alivio cuando se encontró en la avenida de los Insurgentes. Se volvió a su amigo y sorprendió en él una mirada extraña. Tuvo la seguridad de que lo iba espiando, de que observaba sus reacciones con un propósito oculto. "En realidad no sé quién es este individuo...", se dijo temeroso. ¿Acaso no era él quien había propuesto buscar a Ignacio? Eugenio sintió que la sangre se le iba a los pies y temió caer desfallecido sobre el volante. Matarazo lo miró y volvió la cabeza con rapidez hacia la calle, para ver caer la lluvia con aire severo. Eugenio prefirió callar, ante el temor y la desconfianza que le inspiró su compañero. Recordó al herido, al que había dejado solo hasta tan tarde, y un sudor ligero y frío le cubrió la frente. "¡Ojalá y lo encuentre vivo todavía!", se dijo a sí mismo con angustia.

La traición de Eulalio y de Ignacio lo había dejado petrificado de temor y veía surgir enemigos en cada bocacalle. Un miedo oscuro lo envolvía, cualquiera podía ser el traidor: ¡Matarazo! Sí, ¿por qué no? El herido, Tito, Pedro, ¡cualquiera! O todos juntos. Sí, todos habían decidido utilizarlo para sus fines traidores. "¡Eulalio e Ignacio en Acapulco, Pedro y Tito en cualquier lugar y yo con éste y con el herido...!", pensó furioso.

—¡Compañero!, ¿no cree usted que somos un pueblo de vendidos? —le preguntó a Matarazo con brusquedad, mientras éste continuaba mirando la calle.

—Pues francamente, ¡sí! Mire lo que han hecho esos dos —contestó el hombre convencido.

—¡Vendidos! ¡Vendidos! ¡Vendidos! —insistió Eugenio, con furia.

¡Lo habían engañado! Tenían hasta el camión listo para aplastarlo. En adelante tomaría precauciones... ¿Precauciones? Recordó al herido que dormía en su cama. "Es mejor no salir de noche y tener cuidado en la calle", se dijo, preocupado.

—¡Quién lo iba a decir! ¡Tan jóvenes y ya tan traidores! Tengo la impresión de que esto no puede suceder en otros países... —dijo Matarazo, refiriéndose a Ignacio y a Eulalio.

Eugenio iba a contestar, cuando vio que habían alcanzado la avenida Juárez. ¿Por qué se había ido hasta allí? Se volvió a su compañero para preguntarle:

—¿Dónde lo dejo?

—En el Tibet-Hamz.

¿Allí? Pero si el café estaba cerrado y la avenida a esas horas parecía abandonada bajo la lluvia. A Matarazo no pareció importarle la soledad ni la inclemencia del tiempo; decidido, bajó del automóvil.

—Los dos traicionaron —repitió antes de bajar del coche.

— ¡Los dos! ¡Es increíble...! ¿Me llama mañana? A ver qué sucede —suplicó de pronto Eugenio, a quien la soledad en que volvía a caer sin su amigo Matarazo le resultaba insoportable. El herido se le apareció en todo el esplendor de su miseria y un terror secreto lo obligó a insistir:

—¡Por favor!, no deje usted de llamarme mañana...

—¿Mañana...? Es sábado... Sí, compañero, no faltaba más, lo llamo mañana a la misma hora —contestó Matarazo, recibiendo las ráfagas de lluvia en pleno rostro.

Yáñez lo vio alejarse solo, en mitad de la lluvia, con las solapas de la americana levantadas para resguardarse del agua. "¿Por qué no le pregunté dónde vive?" El corazón se le oprimió; era como si la figura de su amigo se fuera para siempre de su vida. "No, estoy muy pesimista, lo veré mañana y le diré que me ayude a trasladar al herido a alguna otra parte, ¡a un hospital!" En realidad, nunca le había preguntado nada a Matarazo; simplemente lo había aceptado. Tampoco Matarazo le hizo nunca ninguna pregunta, pero el solo hecho de entrar a su casa, de ver su intimidad, era ya una manera de saber quién era Yáñez. No, Matarazo no podía dudar de él. Quiso correr tras él, pero temió ofenderlo con sus preguntas y, apoyado en el volante, se resignó a contemplar cómo se alejaba su amigo desconocido. A medida que se alejaba Matarazo, la angustia crecía dentro de su pecho. "Soy un imbécil, de pronto puedo necesitarlo, debo saber quién es Matarazo y en dónde vive", se dijo enérgicamente. Pero todavía tardó mucho en decidirse a echar a andar el automóvil; le pareció que su amigo había dado vuelta en una esquina y cuando se decidió a alcanzarlo, se dio cuenta de que lo había perdido. "Siempre dudando, siempre temiendo ofender... ¡Así me ha ido en la vida!", se dijo con amargura. "¿Por qué lo dejé ir?", se dijo, pensando que había dejado escapar algo precioso. Estaba equivocado en todo, debía aprender a ser más firme, más seguro, más egoísta. ¿Aprender? "No, a mi edad ya no se aprende nada." Recorrió varias calles, con la esperanza de encontrar a su amigo. Sabía que la búsqueda era inútil, pero no se resignaba a volver a su casa con aquel amargo sentimiento de derrota. "Él ya debe de estar en su casa, calentándose, después del frío, de la lluvia. Mañana le diré la angustia que me provocó la separación de esta noche."

Al llegar a su casa, el automóvil de color negro estaba estacionado en la acera de enfrente. Sintió un terror nuevo, casi de alivio: "¡Anden, agárrenme, bola de cabrones!"

Encerró su coche en el garage del edificio y subió con calma a su departamento. "¡Cabrones, ni siquiera se mueven! ¿Qué esperan?", se dijo mientras metía el llavín en la cerradura de su puerta. Nadie contestó a sus pensamientos.

Corrió a ver el herido. Allí continuaba echado, inmóvil; había devuelto lo poco que él había logrado darle de comer o, más bien dicho, beber.

— ¡No se preocupe, compañerito! ¡Ahora lo limpio y lo dejo como nuevo!

Le quitó la camisa sucia que llevaba y le puso una suya, no sin antes limpiarle el pecho con una toalla y alcohol. Después de todo, aquel hombre era lo único con lo que contaba en su vida. Se intranquilizó; el herido estaba inerte, apenas si entreabrió un poco los ojos, en los que Yáñez leyó una desesperanza tan terrible que lo dejó paralizado unos minutos.

—No, no hay que desesperar. Lo arreglaremos todo, ya va usted a ver... Contamos con algunos amigos poderosos, ¡muy poderosos!, y mañana ellos traerán a un médico, ¡ya verá!, ¡ya verá...!

Era necesario que continuara hablando, así el herido se sentiría reconfortado. "¡Lástima que el pobre no crea en Dios, pues me pondría a rezar por él y los rezos lo llenarían de esperanza y de consuelo! Pero los revolucionarios son ateos, de manera que es inútil." Pensaría que era un viejo imbécil. ¿De qué hablarle? ¡De la revolución!

—Mire, compañero: cuando usted gane la batalla, podrá colgar de los faroles a tanto cabrón que padecemos. ¿Qué le parece? Se vería bonita la avenida Juárez con sus racimos de colgados, ¿no cree? No hay que desanimarse, todo llega, ¡todo!

Era inútil. El herido respiraba mal y parecía no escucharlo. Le dio a oler alcohol, y en silencio le pidió a la Virgen María que tuviera compasión de aquel desdichado.

—¡Caramba, compañero, qué madriza le dieron! —dijo Yáñez, al ver la indiferencia del herido y su rostro deforme.

Esperó algunos minutos para ver si el hombre reaccionaba a sus palabras. Ante su silencio, dio un puñetazo sobre el respaldo de una silla.

—¡Carajo!, ¿con qué le pegaron? Compañero, dígame, ¿quién lo puso así...? Ya veo, ya veo que no puede contestarme; no importa, cuando se sienta mejor me contará todo. Ahora trate de dormir un poquito, nada más un poquito...

Descorazonado, se sentó en la orilla de la cama. Ya no le importaba el olor nauseabundo que salía de ella. "Es lo de menos. Lo peor es que no orine" y se cogió la cabeza entre las manos para que no le explotara de dolor. "Mañana, pase lo que pase, Matarazo y yo lo llevaremos a un hospital o llamaremos a un médico. ¡Qué pecado tan grande estoy cometiendo! Dejar que sufra así un cristiano, un pobre cristiano... Y todo por miedo, ¡sí, por miedo! Dios me castigará. 'Con la vara que midas serás medido.'"

Con ira, fue a mirar a través de las persianas: ahí seguía el coche negro. "¡Hijos de su putísima madre!", se dijo desesperado y se apelotonó en el sofá, cubriéndose la cabeza con las manos. Sin saber cómo, de pronto se encontró llorando de impotencia: eran unas lágrimas escuálidas y saladas, muy saladas, que le quemaban el rostro. "¿Que amanezca...! ¡Que amanezca...! ¡Que amanezca...!" repitió muchas veces, hasta que se quedó dormido.

Despertó atontado y adolorido de todo el cuerpo. "¿Qué me pasa?", se preguntó, sin saber por qué estaba en el sofá, con el sol entrando a mares por las rendijas de las persianas. Su traje estaba arrugado, le dolía la cabeza y apenas pudo ponerse en pie. Su salita le pareció irreal y el silencio que reinaba le produjo miedo. Se acordó del herido y corrió a verlo: ahí estaba, había vuelto a vomitar y de entre sus labios amoratados escurría una baba extraña. Lo limpió con esmero mientras le prodigaba palabras de aliento:

—Compañerito, no se me desavalorine, hoy arreglamos todo, ya verá... ¡Santísima Virgen de Guadalupe, madre de los pobres, madre de los desesperados, ayuda a este compañero! ¡Ayúdalo! ¡Cúbrelo con una esquinita de tu manto para que se alivie, Madre nuestra...!

Sus ojos cayeron sobre el reloj de la mesita de noche, "¿Qué...? ¡No es posible que sean ya las cinco de la tarde! ¡Las cinco! Ya no puedo ir a la oficina... ¡No importa, el lunes daré una excusa! ¿Qué me pasó? ¿Cómo pude dormir tantas horas?" Miró a su amigo en la cama: "¡Ay, si pudiera quitarle ese casco de vendas y de yeso que trae, se sentiría mucho mejor! Pero no me atrevo... No, eso lo debe hacer un médico. ¿Verdad, compañero? ¿Verdad?"

El hombre no contestó. Continuó inmóvil; sólo su respiración entrecortada indicaba que estaba vivo. "Si Dios quiere, está mejor, no en balde le he puesto tanta penicilina."

Dio varias vueltas por el cuarto. No podía pensar con claridad; la imagen de Matarazo se confundía con la del herido y luego ésta con la de Pedro y la de Tito: "También ésos deben estar malheridos o muertos..." Volvió a sentarse en la orilla de la cama para reflexionar: "Tengo que encontrar una salida, un remedio para esto. ¿Por qué sus amigos no llaman? Sería una gran ayuda comunicarme con ellos... "Pero, ¿quiénes eran esos amigos que se lo dejaron colgado en su puerta y luego desaparecieron, como si la tierra se los hubiera tragado? ¡Si al menos volviera Alberto! A él le podría confiar la situación y entre los dos buscarían la solución para curar a aquel desdichado. "¡Que llamen, que llamen sus amigos, por favor, Dios mío!", suplicó. No, nadie llamaba. Lo habían olvidado.

Se sintió sucio, desaliñado. Decidió bañarse y cambiarse de ropa para estar listo para cualquier emergencia. ¿Por qué no iba a llamar algún amigo del herido? Después del baño decidió darle un pequeño trago de tequila para reanimarlo. Con trabajo logró introducir un gotero en la boca del herido y darle unas gotas de bebida. El hombre se movió un poco y volvió a caer en su sueño espeso, como si hubiese sido fulminado por el alcohol. Eugenio se tendió a su lado para que el pobre hombre no se sintiera tan solo ni tan abandonado. Espió su respiración: "Está vivo", se dijo agradecido. Sin proponérselo, se quedó dormido unos minutos. Despertó sobresaltado: "Tito y Pedro también han desaparecido...", se dijo, y esta vez no se atrevió a preguntarse si estarían vivos.

Oscurecía rápidamente. Eugenio salió de su estupor al comprobar que la habitación estaba en tinieblas. "¡Qué bueno, pronto llamará Matarazo!"

Se puso de pie. Esta vez actuaría: estaba decidido a plantearle a Matarazo su verdadera situación. Encendió la lamparilla de la mesita de noche y contempló al herido; le pareció que seguía igual. Fue a la cocina, se echó un trago de tequila y luego fue a mirar a través de las rendijas de las persianas: ¡el coche negro no estaba allí! Sintió un gran alivio. Matarazo no tardaría en llamar, era mejor que fuera preparando el jitomate picado, la cebolla y los chiles serranos... Volvió a la salita a contemplar el teléfono, a conminarlo para que llamara pronto Matarazo. Fue inútil. Desasosegado, se refugió junto al herido. Ya era tarde, sí, ya eran más de las once de la noche.

—¡Compañero! Matarazo, nuestra esperanza, no ha llamado, pero no se preocupe, nos va a llamar. ¡Nos tiene que llamar!, ¿no le parece...?

Vio que el herido había cambiado de cara.

—¿Qué le pasa, compañero...? ¿Qué le pasa? —dijo exasperado, inclinándose sobre el hombre que ya no respiraba y cuyo rostro se había puesto terriblemente pálido—. ¡No...! No me puede dejar solo usted también. Si estamos esperando a Matarazo... ¡Compañero! —dijo, rozando el rostro del difunto con la mano para darse cuenta de que estaba helado—. ¡También usted me deja...! ¿Qué voy a hacer...? ¿Qué voy a hacer...? Yo lo cuidé lo mejor que pude... —y Eugenio se echó a llorar a los pies de aquel cuerpo flaco, pobre, moreno—. ¿Qué le hicieron, compañero? ¿Con qué lo golpearon?

El teléfono llamó con furia. Atontado, Yáñez se dirigió a contestarlo.

—¿Bueno?

—¡Cabrón! ¡Hijo de tu puta madre! —le contestaron.

Eugenio miró al aparato negro que vomitaba injurias y lo colgó. "La próxima llamada será la de Matarazo", se dijo medio sonámbulo. En su cuarto, el herido estaba muerto; apenas si hacía bulto en la cama. Miró el reloj de la mesilla de noche: "Diez minutos para las doce y Matarazo no llamó...", se dijo, asombrado de su desdicha. Fue a mirar por las rendijas de la persiana: allí lo vio. Allí estaba el automóvil negro, con sus ocupantes de sombrero de alas amplias. "Estoy perdido... ", se dijo varias veces, "estoy perdido." Cuando sonaron las doce campanadas de la media noche, todavía esperaba a su amigo: "Las doce de la noche y Matarazo no llamó..."

Volvió a mirar por las rendijas de las persianas. Sí, allí seguía el automóvil negro y Matarazo pretendía no haberlo visto. ¿Quería más pruebas de su traición? Buscó cigarrillos; se dio cuenta de que había cambiado de traje y fue al baño en busca de su traje arrugado, para recoger su cartera con su quincena y sus cigarros, y de pronto se le ocurrió recoger su chequera y echársela al bolsillo.

Volvió a la salita. Por las rendijas vio que los hombres del automóvil negro fumaban y también él encendió un cigarrillo y se mantuvo en su puesto de observación. De repente, las portezuelas del coche negro se abrieron con violencia y varios hombres bajaron, asegurándose los pantalones con ambas manos, antes de echar a andar. Miraban a su ventana con aire amenazador. Fue lo último que vio de ellos pues, sin dudar un segundo, corrió a la última habitación de su departamento, abrió la ventana y saltó. Cayó en el patio de una casa vecina. "No me maté", se dijo, mientras se trepaba a una barda muy baja para llegar a un jardín raquítico, de la casa que daba a la calle de atrás. Lo cruzó sin aliento; saltó nuevamente una reja muy baja y se encontró en la acera. Estaba desorientado por el terror. La ciudad desierta aumentó su pánico: "Ni un cristiano a quien pedirle auxilio", se dijo mientras continuaba su carrera desenfrenada. Se dio cuenta de que corría por la avenida de los Insurgentes. Los anuncios de los pollos asados estaban apagados. Aminoró la carrera cuando vio venir un taxi. Lo llamó con un gesto que le pareció normal. El taxi se detuvo y él montó con calma y cerró la portezuela. Cuando escuchó la pregunta del chofer —"¿Adónde?"— se dio cuenta de que no podía contestarle. Estaba sin aliento. Su respiración agitada obligó al chofer a volverse para mirarlo con curiosidad y repetir su pregunta:

—¿Adónde?

—Asma... muy asmático —dijo con dificultad, tratando de encontrar alguna dirección que dar al chofer, que parecía impacientarse. Recordó a Tito y a Pedro: "Se fueron al norte..."

—A Transportes del Norte...

El taxi cambió de rumbo. "¿Habrán entrado a mi casa...? ¡Virgen de Guadalupe!", se dijo aterrado al recordar al... herido; prefería llamarlo así que "el muerto". Iba huyendo sin saber adónde, ni por qué huía. Nervioso, se buscó la cartera.

—¿Se siente mejorcito, señor? —le preguntó el chofer, con solicitud.

—Sí... Cuando se me pasa el ataque de asma descanso... Puedo respirar...

—No cabe duda que la salud es lo más grande que puede regalarnos Dios —contestó el chofer, muy convencido de sus palabras.

El taxi se detuvo en la calle donde se amontonaban los camiones Transportes del Norte.

Desorientado, Eugenio entró en el hangar sucio que servía de estación y de sala de espera. No sabía a quién dirigirse, le daba miedo cometer alguna imprudencia que lo delatara. A esas horas apenas había público. La luz de neón volvía lívidos los rostros de los empleados que atendían al público detrás de las ventanillas o de un mostrador niquelado.

Se sentó en una banca a esperar. ¿Qué esperaba? Alguna idea que lo llevara al lugar debido. No podía actuar a lo loco. A su lado estaban sentados unos campesinos, que aguardaban pacientes con sus bultos bien atados, puestos a sus pies. Le pareció que eran la imagen de la paciencia. "¿Adónde irán?", se preguntó, y se dedicó a observarlos: inmóviles, tranquilos; se dejaban mirar con absoluta indiferencia. En cambio, él se hallaba agitado. "¡Claro!, ellos no tienen a un difunto, que en paz descanse, acostado en su cama..." Se inclinó hacia ellos; necesitaba hablar con alguien.

—¿También ustedes van al... norte? —preguntó.

—También, señor. Volvemos a Torreón. Perdimos el camión que salió temprano. Somos de por allá —contestó uno de los hombres con seriedad.

—¡Qué casualidad! También yo voy a Torreón...

—¿Ya compró usted su boleto? —le preguntó el hombre, que sin duda había observado su entrada intempestiva—. ¡Mejor cómprelo antes de que llegue la gente! —le recomendó.

Eugenio se precipitó a una de las ventanillas para regresar enseguida a su butaca. Humilde, le mostró su boleto al campesino, que lo examinó sonriente.

—Así está mejor. Luego vienen los empujones y los apretujones, señor, y si uno no sabe defenderse, pues no alcanza lugar en el autobús —el hombre se volvió a mirar el reloj y guardó silencio.

Eugenio se sintió ridículo. "¿Para qué voy a Torreón?", se preguntó asombrado y recordó a los individuos amenazadores que bajaron del coche negro y dirigieron sus pasos hacia su casa. "Deben haber entrado... De seguro forzaron la puerta... ¿Y el compañero...? ¿Quién le dará cristiana sepultura...?" Para no pensar en lo que él consideraba una cobardía, fumó un cigarrillo tras otro y miró con envidia a los campesinos que, sentados a su lado, esperaban inmóviles el autobús que debía llevarlos a Torreón. "Quisiera ser uno de ellos", se dijo con tristeza; cuando menos no huían, volvían a su tierra, a sus labores. "No me voy a presentar en la oficina. ¿Qué dirá la señorita Refugio? A lo mejor mis compañeros se inquietan por mi ausencia... Con tal de que no den parte a la policía", pensó sudoroso, y con precauciones examinó a los viajeros que esperaban en aquella estación destartalada. No, ninguno tenía tipo de pertenecer a la Secreta. Agachó la cabeza, deseaba volverse invisible; en cualquier momento podía aparecer alguno de aquellos hombres terribles... "Y Matarazo no llamó...", se dijo con tristeza y convencido de su traición. De pronto, sintió que su cabeza embotada se iluminaba con un rayo certero: "¡Él entregó a los muchachos, por eso nunca me enviaron el telegrama...! ¿Cómo es posible que yo sea tan estúpido..., tan crédulo? ¿Cómo no lo adiviné antes?"

Lo había cegado el miedo; sí, el miedo. "Me pasa esto por miedo a estar solo..." Fumó nervioso un nuevo cigarrillo. "Con razón dicen que más vale estar solo que mal acompañado... ¡Claro que los matones entraron a mi casa! ¿Qué habrán hecho con el compañero?" Su recuerdo le produjo escalofríos. "¡Pobre compañero! Lo mataron a golpes. De hecho, ya llegó muerto a mi casa", se dijo, sintiendo que iba a llorar al acordarse de sus huesos delgados y frágiles y de su rostro deforme. "¡Nunca sabré quién fue...! ¡Nunca!", se dijo desconsolado. El herido se había limitado a lanzarle miradas patéticas y desesperadas... Se hundió en su butaca para que nadie notara su desconsuelo.

—Señor, ya está formado el camión —le dijo el campesino, que ya se había puesto de pie y recogía con calma sus bultos amarrados con cuerdas.

Eugenio siguió al hombre y subió tras él al enorme autobús. Buscó su asiento y se sintió protegido cuando, después de un rato de espera, el camión decidió partir. Se recostó en el asiento de respaldo alto, cerró los ojos y trató de no pensar en nada. Pero la imagen de su oficina y de la señorita Refugio le venía una y otra vez a la memoria, mezclada con su casa, Matarazo y el herido. Ya el camión iba por la carretera cuando le pareció escuchar la voz de la señorita Refugio: "¡Qué raro que no haya llegado el señor Yáñez! Nunca ha faltado a la oficina". Su compañero, *El Güero* Almeida, le contestó: "¿Cómo que nunca? ¿Y cuando tuvo la tifoidea?" La señorita Refugio lo miró con sus grandes ojos tristes: "Eso sucedió hace cinco años... Tal vez esté enfermo otra vez". Almeida sonrió: "Es posible, en los últimos días andaba muy nervioso. ¿No lo notó usted?" Ella asintió con un gesto. "Es cierto, ¿también usted lo notó...?" Después, las imágenes de sus compañeros de trabajo se borraron en una niebla repentina y cayó dormido. Durante el sueño, se movió agitado y lanzó quejidos. Sus compañeros de viaje se volvieron a verlo, mientras él corría por unos llanos enormes y desiertos, persiguiendo a un zopilote que volaba muy bajo. "No me alcanzarás", le repetía el enorme pájaro negro. De pronto, él mismo era el pájaro negro y abajo, en los llanos, dos espantapájaros corrían tras él. "Si hubiera un campo de maíz no correrían tan de prisa", se decía Eugenio, convertido en zopilote. Con terror, comprobó que perdía altura y que de sus alas se desprendían plumas que iban dejando huellas de su paso por los llanos. A medida que él perdía altura, los espantapájaros ganaban velocidad. Les veía los sombreros raídos de petate y de pronto se desplomó. El golpe de su cuerpo sobre la tierra seca se escuchó a varias leguas a la redonda, como si alguien hubiera hecho estallar una potente bomba. "¡No!", gritó, cuando los dos espantapájaros se inclinaron sobre él. Su vecino de asiento lo sacudió por un hombro.

—¿Qué le pasa? ¿Se siente mal?

Atontado y sudoroso, se encontró con un rostro extraño que lo miraba con curiosidad.

—Estaba soñando... ¿dije algo...? —preguntó asustado.

—No, pero pegó usted tamaño grito, que pensé que se sentía mal.

Eugenio se sintió observado por todos los pasajeros.

—Perdón, perdón... —murmuró asustado.

En adelante trató de no dormirse. En la primera parada del autobús se escabulló entre los pasajeros y se encontró en una plazoleta de piso de tierra, sembrada de árboles copudos. Allí encontró varias mesitas, atendidas por mujeres viejas que vendían café caliente, tacos y chalupas. Bebió varias tazas de café y trató de comer un taco.

"Menos mal que traigo mi chequera", se dijo al buscarse en los bolsillos el dinero para pagar su desayuno. Se sintió asegurado al palparla. Podía resistir más tiempo del que se había imaginado mientras corría por la avenida de los Insurgentes.

En las siguientes paradas, Eugenio cobró confianza y comió una pierna de pollo, acompañada de una cerveza.

A medida que se alejaba de la Ciudad de México, el paisaje se volvía seco y polvoriento. Las fondas estaban llenas de moscas y la gente parecía achicharrada por el sol. Le parecía increíble que pudieran vivir dentro de aquella hornaza de luz blanca y vibrante.

Al oscurecer, el autobús se detuvo en Torreón. Él era el único pasajero que no llevaba equipaje. Deambuló por unas calles animadas de gente, pasó frente a varias heladerías claras y niqueladas, estilo americano. Todo era nuevo para él: las casas bajas, el aire tibio... Algunas personas habían sacado sus sillas sobre las aceras estrechas y charlaban pacíficamente. Nadie parecía notar su presencia en aquella ciudad de provincia. "No sé por qué tenemos que vivir en la capital. Voy a establecerme aquí. Buscaré un trabajo", se dijo, al pasar frente a una gasolinera iluminada con gas neón. Se detuvo unos momentos a observar al muchacho que llenaba el tanque de un automóvil y admiró su presteza para limpiar el parabrisas del auto último modelo. "Podría buscarme una chamba así", se dijo, al mismo tiempo que envidiaba la tranquilidad de los gestos y del rostro del muchacho que, metido en un overol blanco, parecía la imagen de la felicidad. "A él no lo persigue nadie, es un hombre feliz", pensó al alejarse de la estación de gasolina.

De pronto, comprendió que su vida había sido un error total. ¿Para que empeñarse en hacer una carrera que lo había llevado a un escritorio reseco de papeles en el que se marchitaban los años, las esperanzas y las ambiciones? "Por ambición. Sí, debo confesarlo, por pura ambición, y ahora de viejo me encuentro en esta situación estúpida. ¡Pobre de la señorita Refugio! Gastará sus años como los gasté yo, sentada frente a un escritorio y cuando abra los ojos será tarde, ¡muy tarde!" Quiso hacer la cuenta del número de veces que había tomado autobuses para llegar a la oficina y le pareció que eran millares. Esperaba en la esquina de la avenida de los Insurgentes la llegada del autobús, que casi siempre venía repleto. Entonces, trataba de conseguir algún pesero. La espera lo ponía de mal humor y la avidez de los que esperaban obtener un lugar para llegar al centro de la ciudad se mostraba en carreras, empujones, codazos y, muchas veces, en riñas.

El recuerdo de la máquina checadora, situada a la entrada de su oficina, lo obligaba a veces a discutir con los que, como él, esperaban ansiosos el medio de transporte, que cada día se volvía más y más difícil. Hasta que decidió comprarse aquel automóvil de segunda mano, que lo obligó a hacer economías desmesuradas para poder pagar las letras, que se vencían implacables todos los meses. Así empezaban sus días de trabajo, un año y otro año y otro. Siempre con la esperanza de un ascenso, que no llegaba nunca para él, sino para el último recién llegado a la oficina, pero que traía recomendaciones de "arriba".

"Bueno, gané algo con esta experiencia de los muchachos; ahora ya no espero nada. Se acabaron los ascensos. Empezaré una vida nueva, tranquila, pacífica", se dijo al cruzarse con un grupo de hombres que charlaban y reían juntos por en medio de la calle, sin miedo a los automóviles, en el apacible silencio de la noche tibia.

Llegó a una plaza grande, con árboles oscuros; a un lado descubrió un letrero, "Hotel". Se dirigió a aquel edificio grande, con el gran portón abierto. Detrás del mostrador se encontró con dos señoritas de gesto diligente y les pidió un cuarto. Se registró y una de las jóvenes le tendió una llave grande, con una placa de metal colgando de ella.

—La 212; tiene un baño muy grande, señor. ¿No trae usted equipaje? —preguntó sorprendida.

—No... vine por carga... —contestó turbado.

La jovencita llamó a un muchacho, que esperaba cerca de la puerta del elevador, y le ordenó que condujera al huésped a su habitación.

Subieron al segundo piso y el muchacho lo hizo entrar a un cuarto enorme, provisto de una gran ventana que daba sobre la plaza. Encendió la luz, le mostró el baño y desapareció. Eugenio se dejó caer sobre la cama amplia y respiró profundamente. Estaba rendido, pero en medio de su fatiga lo invadió una gran felicidad desconocida. "¡Dios mío, eso es la dicha, la dicha! ¡Qué paz!," se dijo, con el pecho henchido de un placer modesto. En ese instante decidió quedarse para siempre en aquella habitación, cuyo precio era menor al que pagaba por su casa en la capital. "Comeré cualquier cosa y buscaré un trabajo. Aquí nadie me conoce, puedo ser obrero, vendedor, lo que sea."

Ayudado por ese optimismo repentino, entró a la ducha con decisión. Lamentó no haber traído su navaja y brocha de afeitar. "Compraré lo necesario esta misma noche", se dijo, al recordar que las tiendas estaban abiertas cuando él entró al hotel.

Se echó a la calle a buscar un lugar donde cenar, sin olvidar antes detenerse en una farmacia, mitad heladería, en donde compró lo necesario para afeitarse en la mañana. Su angustia había terminado. Cenó en un restaurante pequeño de muros color de rosa pintados al óleo. Le sorprendió que no hubiera tortillas. La aventura era maravillosa; le gustaron las "gordas", especie de tortillas gruesas hechas con harina de trigo. "Se dejan comer muy bien." Y volvió a preguntarse por qué no había abandonado antes la capital. "Esa capital ruidosa... ¡Malvada!, poblada de gentes agresivas", y miró en derredor suyo, para encontrarse con rostros apacibles, sentados a las mesas de aquel lugar pequeño y reluciente, que lo acogía con benevolencia.

De regreso a su hotel, pasó frente a otro hotel más moderno, que gozaba de un corredor lleno de plantas. El corredor era exterior y en él habían colocado mesitas al aire libre, ocupadas por familias y hombres solos que bebían refrescos y bebidas alcohólicas colmadas de trocitos de hielo. Le preguntó a un transeúnte el nombre y los precios de aquel hotel. El hombre le contestó con dejo norteño:

—Es nuevo, es para los políticos... No se crea, no es tan bueno como aparenta, hay otros de precio más cómodo y tan buenos como éste.

Le gustó la simplicidad y el consejo que le dio aquel pasante y, al llegar a su hotel, se dispuso a dormir apaciblemente.

Despertó sobresaltado al encontrarse en aquel cuarto desconocido. Sintió que vivía en otra dimensión o que quizás soñaba, atrapado en una pesadilla inesperada, en la que se mezclaban el herido y los hombres de sombrero puesto que habían saltado del automóvil sin placas estacionado frente a su casa. Corrió a la ventana. Los árboles de la plaza oscura lo volvieron a la realidad: había huido, había abandonado al herido y ahora se ocultaba en un hotel del norte del país. "¿Qué voy a hacer?", y la enormidad de su situación lo dejó aplastado. "Quizás hice mal en escaparme, quizás hubiera sido mejor abrirles la puerta... Pero, ¿y Matarazo por qué no llamó?" Se podía preguntar mil veces lo mismo y no acertaría con la respuesta. "Si al menos me hubiera dado su dirección, o su profesión... Pero no me dijo ¡nada! ¿Y qué será de los muchachos? ¿Estarán vivos?" Recordó que se habían ido al norte y tuvo la insensata esperanza de encontrarlos. "¿Dónde andarán?", se preguntó, dispuesto a salir en su busca. Su idea era absurda: el norte era mucho mayor que el resto de la república. Recordó los paisajes desérticos que había atravesado en su huida, los pueblos calcinados y los habitantes agobiados por una miseria poblada de moscas. Junto a ellos pasaban zumbando automóviles de último modelo, de colores brillantes como caramelos...

Estaba solo, era ajeno al mundo. Sintió que siempre había estado a un lado, mirando pasar automóviles, personas, sucesos. Se preguntó qué hacían los otros para integrarse en grupos, fiestas y amistades, pensó que pesaba sobre él una maldición de la que no se libraría jamás. "Hice un intento..." Sí, había hecho un intento al comprar los cigarrillos para los huelguistas. ¡Qué felicidad le produjo llevarles aquellos cartones de cigarrillos de marcas variadas! Nunca pensó que ese hecho iba a sellar su destino. Sólo había sido un impulso generoso, un deseo irrefrenable de tomar parte en algo que ignoraba, pero que reunía a millares de personas, entre las cuales él podría confundirse y arrojar lejos de sí la terrible soledad que lo rodeaba. Esa noche, cuando les tendió el regalo, una felicidad desconocida se apoderó de él. ¡Por fin había roto el círculo de soledad y de silencio que lo aislaba del resto de sus semejantes! Compartía la suerte de muchos y, lo que era aún más importante, ellos lo habían recibido sin reservas. Lo llamaban "compañero Yáñez". Después desaparecieron todos y sólo quedó frente a su casa aquel automóvil negro sin placas y, tendido en su cama, aquel herido de quien ni siquiera conocía el nombre. La violencia de los hombres que se dirigían a su puerta lo aterrorizó, y ahora se había cortado para siempre del mundo conocido y se hallaba en una habitación hueca, esperando. Esperando, ¿qué? Al llegar a Torreón, le pareció que debía quedarse allí, buscar trabajo y olvidar todo.

¡Olvidar todo! No tenía casi nada que olvidar. No era un hombre que tuviera un pasado, sino una serie de días solitarios, iguales los unos a los otros, y le era difícil distinguirlos.

Quizás sólo quedaban aislados, viviendo en una pequeña isla secreta; los días de su infancia, cuando los olores eran nuevos; las flores, continentes perfumados que descubrir; los cielos, paisajes turbulentos en anaranjados, violetas, azules y torbellinos de nubes blancas. Le fascinaban los atardeceres, cuando los cielos se incendiaban y le parecía que el fin del mundo, anunciado por su madre y por su tía, se iba a producir de un momento a otro.

No se produjo el fin del mundo. Sólo murió su madre a las dos de la mañana de un Jueves Santo. A su padre lo veía poco y su hermano mayor cayó en un mutismo que lo dejó casi más solo que la propia muerte de su madre. Él iba a la preparatoria en aquellos días y no logró decirle a ninguno de sus compañeros ni de sus maestros el drama que había ocurrido en su casa. No encontró las palabras adecuadas. Además, tenía la certeza de que a nadie le importaba aquel misterio terrible que él había contemplado con sus propios ojos.

No pudo llorar. En cambio, a la mitad de una clase de historia o de latín, un torrente de lágrimas amenazaba subir hasta sus ojos y, precipitadamente, le pedía permiso al profesor para salir unos instantes del salón de clase y calmarse caminando de prisa por los amplios corredores de la escuela. "No debo llorar... y menos en público." Ahora estaba solo en aquel cuarto, pero tampoco debía llorar. "Los hombres no lloran", le repetía su padre. ¿Y por qué los hombres no podían llorar? Alguna vez debía romper las reglas impuestas y con decisión se lanzó sobre su cama y sollozó sobre la almohada de borra. La almohada parecía estar llena de piedrecillas duras y compactas. Toda su vida, a partir de la muerte de su madre, se había deslizado entre piedras grandes y pequeñas, pero todas inamovibles.

La desaparición de su madre significó desayunos silenciosos, comidas a deshora, tardes calladas, durante las cuales él lavaba sus camisas para presentarse limpio en la escuela y noches cargadas de misterio y de sombras impenetrables.

La vida empezó a parecerle absurda: lo obsesionó la idea de que todos, absolutamente todos, terminarían muriendo, y en el autobús que lo llevaba al centro de la ciudad, escrutaba los rostros fatigados de los viajeros, con curiosidad y la terrible certeza de que todos morirían el día menos pensado. "¿A qué tantos afanes?", se preguntaba.

Poco a poco lo invadió una gran apatía. ¿Para qué correr, precipitarse en hacer una carrera, ganar puestos, dinero, si al final todo terminaba en aquel panteón de Dolores, silencioso, con sus caminillos por los que circulaban los vivos que iban a enterrar a los muertos?

Aceptó el divorcio con pasividad, como aceptó también el matrimonio. En realidad, ni el uno ni el otro le dejaron huellas perdurables. Fue simplemente una etapa pasajera, gris, de la que casi no tenía memoria. No podía culpar de nada a su mujer. Casi había olvidado el color de sus cabellos y le era muy difícil reconstruir su rostro. Quizás estaba ya muy cansado cuando decidió casarse. Quizás el mundo ya había perdido sus colores y las personas habían tomado los rasgos de una multitud que corría a tomar el autobús o el tranvía, que se daba empellones y se injuriaba para tomar el primer lugar. ¡El primer lugar! ¿Y cuál era el primer lugar en Dolores? A raíz de la muerte de su madre, acostumbraba visitar su tumba modesta y recorrer los caminos abiertos entre monumentos funerarios casi siempre olvidados durante todo el año. Monumentos que, se diría, esperaban el día de muertos para ser despojados de las hierbas raquíticas que crecían a sus costados. Ese día, el cementerio se llenaba de deudos y de flores. Sentía pena ante las tumbas rotas y olvidadas. "Seguramente ya no existen sus familias...", pensaba con horror, al imaginar que alguna vez también la losa de su madre estaría rota, hundida, cubierta por el polvo y con su hermoso nombre apenas visible: "Lucía Espejo de Yáñez..."

Recordó que en el hotel se había inscrito con otro nombre, el de un antiguo compañero suyo de la escuela primaria: Roberto Palma. Había olvidado su segundo apellido y se puso Jiménez. El peligro era que no atendiera al llamado de "¡señor Palma!" Debía estar muy alerta. Desanimado, se dirigió a la ducha. El día ya se había levantado y era necesario continuar con aquella farsa que era su vida. Cuando el agua cayó sobre su cabeza, un dolor intenso le invadió el cráneo y el rostro, como si un arillo de hierro lo oprimiera. Iba a gritar y no pudo, un miedo invencible lo dejó quieto bajo la regadera potente. El dolor lo aterró; no supo si era él quien estaba bajo la ducha o si era el herido que estaba tendido sobre su cama. La confusión le duró unos instantes, como si hubiera sufrido una alucinación. ¡Era él, Eugenio! No le cupo duda cuando se vio reflejado en el espejo situado arriba del lavabo. ¿Y el otro? Ya habían pasado dos noches y un día entero desde que lo abandonó.

"¡Eso no se hace...! Es una falta grave de caridad abandonar a un pobre... muerto", se dijo muy bajito y temeroso de haber cometido un acto infame. Pero, ¿y los hombres que se dirigían a su puerta? No quiso contestarse. Se vistió con lentitud y bajó a desayunar.

En el gran comedor no encontró ninguna cara conocida. Ocupó su mesa y se pasó con cuidado la mano por la barbilla; quería estar seguro de que se había afeitado con esmero.

Todos los huéspedes bebían su café con leche mientras leían el periódico desplegado sobre sus mesas. Él ya no leía los diarios; hacía mucho tiempo que había tomado esa decisión. Los huéspedes eran viajeros anodinos, llevaban trajes claros y pedían huevos rancheros y pan en abundancia. Las muchachas que atendían las mesas llevaban uniformes de color chabacano y mandiles y cofias blancas. Ninguna sonreía.

Eugenio dio una vuelta por la pequeña ciudad. Su impresión halagüeña de la noche anterior se desvaneció a la luz del sol. No encontró ni la cordialidad ni la facilidad para vivir allí que había imaginado la víspera. Todos los lugares estaban tomados y nunca encontraría un trabajo. Las gentes caminaban de prisa, ensimismadas en sus propios asuntos; nadie reparaba en su presencia, era como si no existiera.

"Como siempre, tampoco aquí hay un lugar para mí", se dijo, observando con cuidado las tiendas, los transeúntes y las ventanas abiertas de las casas. "No puedo detener a nadie para solicitar un empleo, sería ¡absurdo!" No le quedaba sino caminar para observar cómo vivían aquellos norteños. Eran muy diferentes de los capitalinos hasta en la manera de caminar, a pasos largos y ladeándose como barcos. El calor arreciaba y, cansado de vagabundear, buscó refugio en la plaza, en la que algunos árboles prodigaban su sombra. Optó por sentarse en una banca, necesitaba reflexionar sobre su situación nada buena. "¿Qué haré cuando se termine mi quincena?", se preguntó, súbitamente aterrado. Se palpó la chequera. "Lo malo es que di un nombre falso en el hotel..." Fumó un cigarrillo. "Pero, ¡era indispensable! Estoy seguro de que me siguen los pasos", se dijo, sudando copiosamente. Se tranquilizó al pensar que había actuado con una rapidez fantástica: "Deben creer que ando en la Ciudad de México"; quiso reír, pero el recuerdo de la chequera lo volvió a preocupar. "¡Carajo!, trae mi nombre... ¡Hablarán al banco y sabrán que ando por aquí! ¡Con razón siempre fui enemigo de las cuentas de banco! ¡Vivimos en un estado policiaco...! ¿Y qué carajos digo en el hotel? ¿Cómo justifico el cambio de nombre? Quieren que me vuelva loco, sí, ¡loco!", afirmó lleno de ira. "No hay escapatoria."

Se quedó quieto, hundido, mirando al vacío. Dos hombres ocuparon el otro extremo de la banca y se empeñaron en una conversación que parecía de suma importancia para ellos. Los miró desde el fondo de su desdicha: "¡Dichosos! Son libres..." Los hombres hablaban de pasarse "al otro lado"; era necesario tomar todas las precauciones, ya que los gringos vigilaban la frontera, especialmente los vados bajos del río.

—Hay que irse más allá de Juárez, allí la gente se ha amontonado desde hace años, esperando la chance de pasar —dijo uno de ellos ladeándose el sombrero.

Su compañero escupió, miró en torno suyo y exclamó muy seguro de lo que decía:

—Una vez allá, ¡vida regalada! La chance está en conseguir un patrón que te contrate "luego, luego", para la pizca de lo que sea.

—Ya ves, el tal Baldomero ya hasta se llevó a toda su familia para allá... Y para los amigos, ¡nada! —dijo el hombre que había hablado primero y que se llevaba continuamente la mano al sombrero.

"Pasarse al otro lado; ésa es la solución. ¿Cómo no lo había pensado antes?", se dijo sorprendido Yáñez. Pero, ¿cómo se hacía el paso? Necesitaba hablar con aquellos dos hombres. ¿Qué haría para inmiscuirse en su conversación? "Pueden creer que soy policía", se dijo con amargura.

—Yo me paso a más tardar en tres días. Ahí verás si te conviene venir o quedarte —dijo el del sombrero ladeado, que no dejaba de acomodárselo en la cabeza, como si fuera un juego o le estorbara.

Su amigo volvió a escupir; estaba preocupado:

—¡Sale!, me jalo contigo —contestó decidido.

Fue lo último que escuchó Eugenio.

Por lo tarde se metió a un cine. Cenó en una fonda y volvió al hotel. Se hallaba desanimado, temía dormir y encontrarse con sus sueños cargados de amenazas. La habitación le resultó extraña, con sus muros altos y la cama de hierro pintada de azul. Por la ventana abierta le llegaban los ruidos de la noche, cada vez más espaciados. Se encontró muy solo, no podía conciliar el sueño.

"¿Qué habrá pasado en la oficina...? ¿Qué pensará la señorita Refugio...? ¿Y Gómez?" Dejó para lo último la pregunta que tanto temía hacerse: "¿Quién habrá sepultado al... herido?" No podía contestar a ninguna de sus preguntas y era inútil que se las formulara. Era más prudente tratar de dormir. ¿Dormir cuando la angustia le oprimía el pecho, le cerraba la garganta y apenas si podía respirar? Se puso de pie de un salto y se acodó sobre la ventana a contemplar la noche. La oscuridad profunda del cielo sin luna lo calmó. "¡Lástima que no supe su nombre!", se repitió, pensando en el hombre que había muerto en su cama. En cierta forma, su suerte era envidiable; había dejado de ser, ya no soportaría la presión inaguantable de la vida. "Dios lo debe tener en su Santa Gloria." Rezó varios avemarías por el pobre difunto, que había muerto en silencio, en una cama ajena y sin ningún amigo o pariente que lo acompañara en aquel trance tan duro. "Yo hice lo posible, lo posible... aunque mi deber de cristiano era llamar a un médico... Pero el miedo, el miedo maldito me lo impidió..." No se explicaba cómo cometer un acto bueno podía producir ese terror.

Durante el día rondó por la ciudad. No tenía ganas de volver al hotel. No le había gustado la manera de mirarlo de la chica que le sirvió el desayuno. Ni tampoco las miradas hostiles de dos de los clientes que comían sus huevos rancheros y que interrumpieron su colación para mirarlo atentamente. "Se diría que nunca han visto a un fuereño", se dijo con disgusto, mientras recorría las calles en busca de alguien que le inspirara confianza para solicitar un empleo. Se detuvo en seco a la entrada de un banco. "No. Me van a pedir referencias."

En su paseo, observó a los transeúntes y no tuvo la impresión de hallarse frente a ningún hombre sospechoso. "La policía ha perdido mis pasos", se dijo aliviado. En la plaza, sentados en la misma banca, descubrió a los dos hombres que trataban de cruzar la frontera y entabló con ellos una conversación sin importancia. Al cabo de media hora de charla, se llegó al tema de pasar al "otro lado". Sonriendo, les pidió que lo incluyeran en el grupo. Los hombres lo miraron con asombro.

—Hace calor... —les dijo sonriendo.

—No tanto, más tarde es cuando aprieta —le contestó el del sombrero ladeado, que había notado que Eugenio no tenía el dejo norteño y agregó, mirándolo a los ojos—: Usted no es de por acá, ¿verdad?

—No, soy de Toluca... —contestó Eugenio, pensando que allí se hablaba muy parecido a la Ciudad de México.

— ¡Está duro! Por dondequiera brazos caídos —dijo el compañero del que le había hecho la pregunta.

—También está duro el paso. Créame, señor, que si abrieran la frontera, todos los cristianos nos jalábamos para allá —afirmó el del sombrero.

Eugenio observó con atención a aquel hombre alto y fornido, de mirada triste y ademanes sobrios, que parecía habitado por la desesperación.

—No sabía que hubiera tantos compatriotas que quisieran irse —dijo tímidamente.

—¿Tantos? ¡Cantidad, señor, cantidad! —aseguro el hombre.

—Todos los que queremos trabajar... —dijo su amigo, otro hombre alto y fornido.

—¿Y cómo se logra pasar? —preguntó Eugenio esperanzado.

—No hay más que dos formas: a lo legal o a lo bruto. A lo legal tiene usted que ir a Monterrey y dirigirse al cónsul americano. Desde allí él pide el permiso a las autoridades americanas. ¡Claro, usted le entrega su pasaporte!

—No tengo pasaporte —confesó Eugenio, confuso.

—Entonces tiene usted que pedirlo a México. Tiene usted que enviar su acta de nacimiento, su acta de matrimonio o de divorcio, su domicilio fijo, fotos, ¡bueno, una bola de carajadas! Si no tiene usted antecedentes penales le dan el pasaporte, y con el cónsul gringo puede usted lograr algo en tres meses... Ya le digo, es pura chingadera; por eso nosotros preferimos pasarnos a lo bruto.

—Es lo más prudente —afirmó Eugenio.

Los tres guardaron silencio. El sol caía a plomo sobre la plaza. Algunos chiquillos corrían, tirándose piedras. Los hombres la cruzaban a pasos lentos. Los automóviles relucientes se deslizaban casi en silencio. Adentro de ellos, jóvenes en mangas de camisa, sonrisa irónica y mirada indolente, apenas reparaban en los tres hombres que discutían en la plaza, sentados en una banca pública. De uno de los automóviles salió un llamado:

—¡Eh, braceros! ¿qué hora tienen?

Los tres hombres levantaron la vista para enfrentarse a un hombre joven, que esperaba la respuesta desde la ventanilla de su automóvil color cereza. Uno de los dos norteños levantó el brazo, señaló su muñeca y negó con la cabeza, como si dijera: "No tengo reloj".

Eugenio se dio cuenta de que sus compañeros de banca lo tomaban por alguien que había venido del sur y que buscaba la manera de cruzar la frontera en busca de trabajo. Era eso justamente lo que él deseaba, ¡irse! Olvidar su reciente pasado, perderse entre las multitudes ajenas a su desdicha, no volver a escuchar jamás:

"¡Hermano, cuántos años!", ni escuchar su nombre: Eugenio Yáñez. ¿Por qué debía llamarse así? Recordó a dos amigos de infancia y de adolescencia, tal vez los únicos a los que podía darles el título de amigos: Jorge Carrión y Tomás Córdoba, los dos médicos; pero les había perdido la pista. ¿Por qué no llamarse como alguno de ellos, una vez que hubiera pasado la frontera? O quizás combinar los dos nombres: Tomás Carrión, Jorge Córdoba. Debía pensarlo, aunque de antemano decidió: Tomás Carrión. Sonaba bien, así nunca nadie volvería a llamarlo Eugenio Yáñez... o Roberto Palma, como se había inscrito en el hotel. Un momento de aturdimiento: "el nombre no me gusta nada. Además, no sé qué fue de él, a lo mejor es policía", se dijo temeroso. También podía usar los dos nombres, según la ciudad o pueblo en que se hallara.

Sintió que ya debía irse, que ya era tarde, ¿tarde para qué? No lo sabía, pero se puso de pie.

—¿Se va, compañero?

—Sí, voy a desentumir las piernas...

—A ver si de verdad lo vemos esta noche. No se olvide.

—A ver si de verdad lo vemos esta noche. Aquí nos juntamos entre las siete y las ocho. No más tarde, pues perderíamos el tren de carga que nos lleve hasta ¡El Paso...!

El hombre examinó a Eugenio de arriba a abajo y se rascó la cabeza; luego dijo:

—¿No tiene usted una ropita más vieja? Se ve usted muy elegante...

—¡Mejor! Así a lo mejor lo toman por un inspector y todo se nos facilita. No sé, pero creo que este compañero nos trajo la suerte —dijo el más callado de los dos.

—La ropa es lo de menos —contestó Eugenio, agradecido.

—Ya para mañana a estas horas puede que nos andemos paseando por allá... O a lo mejor tenemos que hacer noche en la orilla y entonces será hasta pasado mañana.

—¡Dios lo oiga! —exclamó Eugenio con fervor.

Los tres se echaron a reír ante la dicha de vivir del "otro lado".

—Entonces, ¡no hay pierde! Aquí, entre siete y ocho a más tardar.

—Aquí, ¿en la banca? —preguntó Eugenio, que quería estar absolutamente seguro.

—¿Y adónde vamos a estar? No hay nada más barato que la banca de la plaza —contestaron riendo.

"Tengo suerte, son buenas personas", se dijo contento, mientras se alejaba de sus dos nuevos amigos. Sí, iría al "otro lado" y empezaría una vida nueva. Recordó su chequera. "¿Cómo podré cambiar un cheque?" Sería duro llegar allá sin un centavo. "No, no puedo cambiar nada", se dijo iracundo. "Tal vez cuando ya vayan a cerrar el banco", pensó con alivio. Tenía que jugársela. Irritado por su mala suerte, se metió en una cantina. "No puedo emborracharme; hablaría de más", se dijo, y pidió una cerveza.

Bebió unos tragos y se dio cuenta de que el cantinero lo miraba con una fijeza amenazadora. "¿Por qué me ve así?", se preguntó, sintiendo que las piernas se le aflojaban. "¿Será policía?" Distrajo la vista y se empeño en dar otro trago a su tarro de cerveza. No, el hombre no le había quitado la vista de encima. Las orejas y la nariz se le pusieron muy frías y un sudor helado le cubrió el cuerpo. Se acercó el camarero:

—¿Se siente mal, señor?

—¿Mal...? No, no, ¿por qué?

—Se ha puesto usted muy pálido —le contestó el hombre, mirándolo con atención.

—¿Pálido...? No, no.

Era mejor alejarse rápidamente de allí, aunque las piernas apenas lo sostenían. Trató de pagar su cuenta con calma y mientras se reponía de aquel malestar, se dedicó a ver pasar a la gente que circulaba en la calle. Era en vano que se hiciera el disimulado, los ojos terribles del cantinero continuaban clavados en su espalda. Pero debía fingir indiferencia, cosa nada fácil, atrapado como estaba por aquellos ojos impíos.

Abandonó el bar y volvió a la calle, lleno de intranquilidad. Era como si alguien lo estuviera señalando, alguien desde las sombras, alguien a quien él no podía distinguir. "¿Habrá pasado algo?", se preguntó, sintiendo un golpe en el corazón. "Sí, algo sucede...", se repitió, buscando con la vista algún lugar donde esconderse. ¿Esconderse? ¿Por qué? ¿De quién? No lo sabía. A lo lejos, divisó una iglesia pequeña. Apresuró el paso. "Me esconderé en la iglesia, gracias a Dios que existen." La frescura de la pequeña nave lo tranquilizó. Un bálsamo muy dulce cayó en el centro de su corazón. Ocupó un lugar apartado, necesitaba reflexionar. ¡No! Lo que necesitaba era confesarse, quitarse de encima aquel peso enorme, escuchar una voz piadosa.

Mientras se dirigía al confesionario se dijo con alegría: "Diré todo, todo, todo".

A través de la rejilla del confesionario, le llegó la voz del sacerdote; quiso escrutar su rostro, pero la penumbra era casi completa. Olvidó todo, se quedó mudo unos minutos:

—Yo, pecador, me confieso a Dios Todopoderoso, a San Miguel Arcángel... a San Juan Bautista... —repitió varias veces, sin saber cómo iba a empezar aquella confesión terrible. No lograba coordinar sus ideas ni pronunciar una palabra—. ¡Padre! —exclamó con desesperación.

—Te escucho, hijo —le contestó el sacerdote en voz muy baja.

—¡Padre! —volvió casi a gritar Eugenio.

El sacerdote esperó, luego puso el rostro de perfil muy cerca de la rejilla y preguntó en voz aún más baja:

—¿Has matado a alguien?

Eugenio reaccionó con rapidez:

—¡Matado! ¡No, padre! Pero un hombre murió en mi cama...

—¿Quién era ese hombre? —preguntó el sacerdote con mucha calma.

—Un desconocido, padre... Un herido que llegó a mi casa... —murmuró Eugenio.

—¿Antes de morir recibió los auxilios espirituales? —preguntó el padre.

—No, no, no, padre, no recibió nada, no llamé a ningún sacerdote...

—¿Y por qué lo dejaste morir sin sus viáticos? Es una muy grave responsabilidad.

—Porque tenía miedo, padre, tenía mucho miedo, yo traté de curarlo, esperaba la llegada de un amigo, de Matarazo, ¿sabe, padre? Pero Matarazo no llamó y yo estaba aterrado... Sí, aterrado y huí...

Poco a poco, el padre lo hizo contar su historia desde el principio, cómo les llevó cigarrillos a los huelguistas, la noche en que Pedro llegó herido a su casa, que fue la noche en que conoció a Matarazo, la huida de los jóvenes al norte, y luego, la llegada del herido...

—Y Matarazo, ¿qué te propuso para salvarlo? —preguntó el padre.

—¡Nada, padre, nada!, porque nunca le dije que estaba ahí el herido... Le tenía desconfianza, sobre todo después de lo que descubrimos...

Y le contó al padre la traición de Eulalio y de Ignacio.

El sacerdote guardó silencio; parecía preocupado. Eugenio terminó su confesión con su fuga, su llegada a Torreón y la imposibilidad de usar su chequera. El padre lo escuchó con suma atención; a veces lo interrumpía para precisar fechas y horas.

—No, no cambies ningún cheque. Sería tu pérdida —le dijo con voz solemne.

Hubo un silencio. El sacerdote parecía reflexionar y Eugenio se sintió confundido.

—¿Tan grave es mi situación, padre?

—Sí, tan grave es… —contestó el sacerdote en voz apenas audible. Luego preguntó—: ¿Has hablado con alguien?

Eugenio recordó a sus amigos de la banca de la plaza.

—Sí, padre, con dos hombres en la plaza, parecen buenas personas, se van a pasar al "otro lado" y yo me pienso ir con ellos esta noche.

El sacerdote le pidió las señas físicas de los dos desconocidos, y cuando Eugenio terminó de dárselas le dijo:

—No hay cuidado. Son Julián y Andrés ¡Pobres muchachos! Hace ya tres años que están tratando de pasarse y van cinco veces que los devuelven; pero ya sabes, la esperanza es lo último que pierde el hombre.

—Sí, padre —contestó Eugenio con mansedumbre.

—No se te ocurra irte con ellos. Desde la huelga, la policía anda muy alerta buscando a los agitadores; muchos se han venido al norte, te cogerían sin remedio —le explicó el sacerdote, que cada vez se ponía más sombrío.

Después de un silencio, el padre le dio la absolución.

—No te doy penitencia; ya es bastante con la que llevas, rezaré por ti… Espérame en la sacristía —le dijo con voz rápida.

Eugenio se puso de pie y, sin volver la cabeza, buscó la entrada a la sacristía. Era muy pequeña y modesta. Se sentó a esperar en una silla de tule. Se sentía protegido y reconfortado. Esperó mucho rato. Oyó transcurrir la misa. Cuando apareció el padre, ya casi iba a oscurecer. Eugenio se asombró; creía que el sacerdote era un hombre joven, y ante él se presentó un hombre pálido, doblado por algún peso invisible, que lo miró con atención y benevolencia.

—Vamos a ver, vamos a ver qué podemos hacer por ti —le dijo, mientras se despojaba de las ropas sacerdotales, para quedar en un pantalón viejo y raído, una camisa muy usada y unas maneras agobiadas.

Eugenio esperaba sin decir una palabra.

—Vamos a mi casa —dijo el sacerdote con decisión, al mismo tiempo que lo tomaba del brazo. Salieron a un corralito, lo cruzaron y se hallaron en una casa muy modesta. Dos habitaciones de piso de ladrillo, paredes encaladas, muebles de pino e imágenes con veladoras encendidas, formaban un conjunto monacal y silencioso. A un lado, la cocina pequeña, en donde el padre preparó café para los dos. Yáñez se sintió tranquilo: "¡Qué dichoso es el padre, lejos de las intrigas, de las mundanidades... Yo debería haber sido sacerdote", se dijo mientras bebía el café caliente. Notó que el padre lo miraba con fijeza, como si tratara de descubrir en él algún secreto. "¿Por qué me mirará así?", se preguntó asustado.

—Padre, si tiene usted alguna duda, pregúnteme —le dijo avergonzado.

—¿Duda? Ninguna. Estoy preocupado por tu situación. Mira, si la policía busca en el norte, lo prudente es ir hacia el sur —le dijo.

De pronto vio un periódico sobre una silla y lo arrojó fuera de su alcance, con una violencia que sorprendió a Eugenio.

—¡Esta basura! —exclamó iracundo.

—Hace ya mucho que no leo los periódicos, sólo dicen mentiras —afirmó Eugenio.

—¡Tienes razón...! Yo tampoco los leo, éste me lo trajo un parroquiano —dijo el padre, con disgusto.

Terminaron el café en silencio, absortos en sus pensamientos. El padre continuaba preocupado; de pronto pareció decidirse.

—¡Mira, en Lerdo tenemos a unos hermanos! Hay que ir allá. El coche se lo pediremos a Alicia, una santa mujer; ella es de Michoacán y de jovencita fue una cristera heroica, de manera que nunca niega una ayuda. Te llevaré a Lerdo, porque Lerdo ya no es Coahuila, es Durango, de modo que si hay algo malo contra ti en Torreón, allá en Durango ya no te toca la orden y ganamos tiempo, mientras sacan allá la autorización... ¿Comprendes?

—Sí, padre, comprendo —dijo asustado Eugenio, que entendió que la orden que podía haber contra él era simplemente una orden de aprehensión. "Pero, ¿qué demonios he hecho?", se preguntó desesperado.

A la hora en que los braceros esperaban a Eugenio en la plaza, éste, acompañado del sacerdote, llamaba a la casa de doña Alicia. La señora los recibió con alegría; ya era muy vieja, pero sus ojos claros brillaban llenos de luz. Su casa estaba llena de plantas y de jaulas de pájaros. La visita fue muy breve, ya que la señora entregó las llaves de su coche sin ninguna reticencia; más bien, se diría que con prisa.

Yáñez notó que la vieja señora lo miraba con demasiada atención y eso le preocupaba, pero siempre sonriendo. Ella misma abrió la vieja puerta del garage y él, escondido en el suelo del coche, y el padre al volante, salieron de la casa de la vieja cristera.

Era noche cerrada cuando el padre Joaquín y Eugenio tomaron la carretera rumbo a Lerdo, Durango. "Tal vez no me miraba tanto, tal vez me lo imagino... Creo que voy a acabar loco", se iba diciendo Yáñez, que ahora iba al lado del sacerdote y que apenas si escuchaba sus explicaciones:

—Mira, en Lerdo estarás seguro. Bueno, mientras pasa el escándalo, es decir, mientras se aclara este lío. ¡Qué barbaridad! Los cristianos seguimos pagando nuestro tributo de sufrimiento y de sangre...

La última palabra del sacerdote lo estremeció. "¿De sangre?" Eugenio tuvo la impresión de que el padre hablaba para sí mismo.

—La casa de los hermanos es muy pobre, pero estarás tranquilo, ya verás —afirmó el sacerdote.

—Sí, padre, estaré tranquilo —repitió Eugenio con resignación, pues de pronto tuvo la seguridad de que su caso era muchísimo más grave de lo que él podía imaginar. Aceptó lo peor. ¿Qué era lo peor? "Lo peor sería que me mataran... ¿Lo peor? Quién sabe, tal vez es lo mejor", se dijo convencido. Así terminaría de una vez el terror que lo invadía en ese momento.

—Lo bueno es que esa casa no está declarada, de modo que es muy difícil que se les ocurra ir allí. Mira, en tres minutos cruzamos la frontera y entramos en Durango —exclamó triunfante el padre.

Eugenio vio en su derredor: el campo estaba cubierto por una oscuridad completa, no había ni un alma viviente en aquellos andurriales; realmente, el padre tomaba riesgos enormes por él. Iba a decírselo cuando de pronto unos faros potentísimos se encendieron en mitad de la carretera y deslumbraron a los dos hombres. El sacerdote aminoró la marcha:

—¿Qué pasa? —preguntó sorprendido.

Eugenio no contestó; tuvo la certeza de lo que sucedía, "¡Vienen por mí!", se dijo. El coche que avanzaba hacia ellos, amenazador, se detuvo a corta distancia, se abrieron sus portezuelas y bajaron dos hombres de sombrero, que avanzaron hacia ellos.

—¿Qué es esto? —preguntó el sacerdote con voz terrible.

—Es la Secreta, padre, la Secreta... —alcanzó a decir Eugenio.

Los desconocidos abrieron las portezuelas del coche de doña Alicia. Traían la pistola en la mano:

—¡Bájate, Yáñez! ¡Ándale!

—¡Esto es un asalto! ¡Un atropello! —gritó el sacerdote, agarrando a Eugenio por un brazo para impedir que lo bajaran.

—¡Usted no se meta! ¡La iglesia no puede inmiscuirse en los asuntos del Estado! —dijo uno de los hombres, arrancando a Eugenio de su asiento, como si fuera un muñeco.

—¡Asesinos! ¡Asesinos! ¡Levantaré un acta de este secuestro! —gritó el padre, fuera de sí.

—¡Ándale, cura cabrón! ¡Levanta lo que te dé tu chingada gana! —le contestó el otro hombre, con una violencia desmedida y asestándole un cachazo en la cabeza, que hizo brotar la sangre con una rapidez increíble.

Eugenio vio cómo se derrumbaba el padre, sobre el volante del coche de doña Alicia.

—¡Estúpidos...! ¡Lo han matado...! ¡Lo han matado...! —dijo, mientras los dos atletas lo cogían como a un muñeco de trapo y, casi suspendido en el aire, lo llevaban a su automóvil y lo echaban en el suelo del coche. Se apoderó de él un miedo que nunca pudo imaginar que existiera.

—¡Órale, asesino, no se mueva! —ordenó uno de ellos.

—¿Asesino? —murmuró con sorpresa y sintiéndose aliviado, ya que él nunca había matado a nadie y podía probar su inocencia.

El hombre que iba al volante arrancó con furia, mientras sus dos amigos cacheaban a Eugenio buscándole armas.

—¡No viene armado este pendejo! —dijeron.

—¿Ni una navajita?

—Nada.

—¿Conque jugando al tumbagobiernos y asesinando sin armas? —dijo el que iba al volante.

—¿Al tumbagobiernos...? ¿Y asesinando sin armas? —preguntó Eugenio, sorprendido.

Uno de los hombres lo agarró por las solapas, lo levantó del suelo donde iba echado y sin decir una palabra le asestó un golpe en pleno rostro. Debía llevar anillos de hierro, porque el golpe cayó preciso haciendo un ruido de piedras rotas, y un borbotón de sangre caliente le inundó la cara.

—¡No se haga el pendejo, cabrón asesino! ¡Cabrón traidor a la patria! —exclamó indignado el compañero del que lo había golpeado.

Eugenio apenas pudo oír su voz, ocupado como estaba en aguantar aquel dolor terrible e inesperado.

El hombre del volante le imprimió velocidad al auto. Parecía regocijarse de la energía de sus compañeros, uno de los cuales volvió a golpear a Eugenio en pleno rostro. Éste sintió que la sangre corría por el cuello de su camisa y, sin saber por qué, recordó que las portezuelas del coche de doña Alicia habían quedado abiertas: "Alguien dará parte", pensó con dificultad.

—Agarra derecho hasta México —ordenó el hombre que lo golpeaba.

Eugenio sintió que el coche hacía un viraje y que luego tomaba una recta. Como en un sueño doloroso y oscuro, recordó la cara hospitalaria del padre Joaquín: "Lo mataron", se dijo. Un nuevo golpe lo hizo tragar bocanadas de sangre caliente.

—Este hijo de la chingada se creyó muy listo —dijo el que lo golpeaba.

Eugenio escuchó la voz irreal de aquel ser: "Es increíble que exista", pensó trabajosamente. Los golpes siguientes lo separaron de su cuerpo. No sabía si le dolían a él o si los quejidos que escuchaba escapaban de otra persona: "Así... así... golpearon... al herido", alcanzó a decirse y se escapó, pues dejó de existir, cayendo en una niebla espesa hasta desaparecer.

Detuvieron el automóvil. Le ordenaron algo que él empezó a oír viniendo de muy lejos.

—¡Bájese! —era la orden que poco a poco empezó a tomar cuerpo.

A través de la sangre que casi le cerraba los ojos y por la portezuela abierta, Eugenio vio un amanecer de color rosa y una lluvia insistente. Se bajó tambaleante.

— ¡Quítese los zapatos!

—¿Para qué? —preguntó con una lengua que sintió espesa y torpe.

—¿Quiere morirse con los zapatos puestos? —preguntó el que llevaba el volante.

Nunca había pensado en eso, pero le pareció mejor morir descalzo. Casi agradecido por la explicación del hombre, se sentó en el suelo mojado para quitarse los zapatos. Un golpe seco en la nuca lo hizo caer de bruces sobre el lodo. Le pareció increíble morir en ese universo extraño. Siempre pensó que moriría en su cama, con un sacerdote que lo asistiría. Cuando abrió los ojos, se encontró tirado junto al automóvil. Estaba empapado por la lluvia y el horror de su situación lo dejó paralizado. Sentados en el asiento delantero, dos de los hombres fumaban. Eugenio los miró desde abajo, sin atreverse a hacer un movimiento.

—Le dije: "Mira, linda, te doy lo que quieras pero, por favor, déjame verte dormida" —decía el que lo había golpeado.

—¿Y se durmió? —preguntó su compañero.

Las voces de los hombres llegaban perezosas en la mañana de lluvia, perdidas en las cercanías de la Ciudad de México.

—Dormidas es cuando uno sabe si de veras te gustan.

—Sí, hermano, yo no aguanto que se pongan a hablar. Tampoco aguanto que duerman mal. Yo soy como tú, muy delicado.

—¿Y cómo duerme?

—Vieras que muy bonito. ¡No cae, hermano! ¡Flota! Y no se mueve.

Las palabras de los hombres le llegaron a Eugenio empapadas de nostalgia. Desde abajo los veía mover los labios, y los dientes, vistos al revés, resultaban feroces. Le pareció increíble que hablaran de mujeres. Parecían seres llegados de una nueva dimensión. ¿Cómo podían acercarse a los demás después de cometer actos parecidos al que habían cometido con el padre Joaquín, con el herido, con él? Sintió que podía ponerse a llorar, pero los caminillos de las lágrimas se le habían roto con los golpes. Aquellos hombres se escapaban de su mundo terrible, comían tacos y dormían con mujeres apacibles. ¡Era extraordinario! El que se había declarado muy delicado, se volvió a él, lo miró con curiosidad y preguntó:

—¿Qué, ya reviviste?

Su compañero pareció interesarse:

—¡No digas! ¿Ya volvió?

—¡No! Ahí sigue tirado... ¡Caray, con estos cabrones comunistas! No les gusta vivir bien ni gozar de la vida; mira nomás a este viejo pendejo, ¿para qué tenía que meterse en esta bola? Como ellos no la gozan, no quieren que la goce nadie. ¡Tan a gusto que podríamos vivir sin ellos! Mira, yo les aplicaría la ley fuga a todos y me dejaba de tanto trabajo, tantas vigilias espiándolos, y ¡tanta pendejada!

—Pero tú no mandas, mano. Tú eres mandado y a ti te mandan que pases las noches en vela, que sigas a estos cabroncitos, que los agarres, que les des su sopita y que te pases las noches metido en este coche haciendo bilis.

—Todavía cuando se trata de agarrar a los correos que vienen de donde sea, con las maletas llenas de dólares, ¡vale la pena! ¿Te acuerdas cuando nos pasamos con el jefe toda la noche contando billetes? ¡Ese golpe estuvo padre!

—Aunque el jefe se quedó con la parte del león...

—¡Ora pues! ¡Es el león! El mero león. ¿Qué te ibas a quedar tú con toda esa lanaza?

—No, seguro que no. Yo sólo digo que agarrar a uno así vale la pena, ¡pero a este viejo infeliz! ¿Cuánto crees que traía? ¡Echa un cálculo! Ciento siete pesos y cuarenta centavos...

— ¡Carajo!, y con eso iba a cambiar al mundo —y el hombre se echó a reír con ganas.

Después callaron. Con aire de fastidio se reclinaron en las portezuelas, fumaron otro cigarrillo y bostezaron. El hombre que golpeó a Eugenio se volvió al asiento de atrás:

—Oye, mano, ya te dormiste tus dos horitas, ¿no te parece que ahora es mi turno?

Del asiento de atrás surgieron unas palabrotas entrecortadas por el sueño:

—No jodas. Yo estuve en el volante toda la noche...

—Es que ya va siendo la hora de descargar el bulto —contestó su compañero.

—Queríamos que le explicaras al viejo que la revolución no se hace con cien pesos —dijo el que ahora estaba al volante, soltando una carcajada.

—Con cien pesos... Con eso no alcanza ni para chingar a su madre... —contestó malhumorado el que todavía estaba medio dormido.

Sus compañeros se echaron a reír. ¡Era verdad! ¿Qué eran cien pesos? Sólo un pendejo podía aventarse a tumbar al gobierno con esos tristes centavos. ¡Si siquiera hubieran sido dólares!

Eugenio sintió un frío desacostumbrado. Tiritaba dentro de su traje empapado y lleno de lodo. Se dio cuenta de que tenía rotos los dientes delanteros y que el cuerpo y la boca le dolían con un dolor nuevo, entumecido, como si nunca más pudiera recobrar el movimiento, sin resquebrajarse todos los huesos, que ahora se habían vuelto frágiles e hinchados.

—¡Oye, tú! Ya estuvo bueno. A ver si te empiezas a despertar —le gritaron.

Eugenio se movió un poco y todo el cuerpo se le electrizó de dolor. Miró a los hombres con sus ojos lastimados. Ahora lo rodeaban los tres.

Eran tres gigantes todopoderosos.

—Bueno, ¿qué? ¿A cuántos has matado? ¡Suelta la sopa, cabrón! —le gritó uno de ellos dándole un puntapié en el costado.

—No sé nada... —contestó Eugenio sorprendido de tener voz en medio del quebranto que sentía.

—¡Hay que subirlo! —ordenó el hombre que llevaba el volante.

Los hombres lo levantaron como un bulto y lo echaron en el piso del auto. Una vez dentro le vendaron los ojos y le pusieron una mordaza. ¿Adónde lo llevaban? ¿A cuántos habrían llevado así? Sabía que uno de sus guardianes viajaba atrás con él, porque llevaba puestos los pies sobre su costado. Dolorosamente, recordó al padre Joaquín. "¿Lo habrán recogido?", se preguntó, al tiempo que unas tinieblas lo invadían por dentro y le borraban el rostro hospitalario del padre. Hubiera querido rezar, pero su cerebro funcionaba mal, sólo podía repetir: "Dios te salve... Dios te salve...", y no podía repetir la Salve, que había rezado millares de veces. De repente, supo que iban cruzando la Ciudad de México. Esa ciudad que ignoraba su suerte y se movía en todas direcciones, como si nada hubiera ocurrido. Todos ignoraban su suerte. Los periódicos no hablarían de su muerte, tal vez alguien descubriría su cadáver flotando en el canal del desagüe o en alguna barranca del camino a Cuernavaca. Recordó milagrosamente a la señorita Refugio; ella era la única que podía preocuparse por su ausencia, a lo mejor hasta iba a buscarlo a su casa y, al comprobar su desaparición, daría parte a la policía. ¿A la policía? Pero si era la policía la que lo llevaba en aquel automóvil, y sintió que iba a desfallecer de terror.

Los hombres que lo llevaban, ¿ignoraban que morir era un acto sagrado? A esas horas en el mundo, ¿cuántos hombres irían en el fondo de un automóvil para morir en manos de unos desconocidos? Como él, millares de inocentes en el mundo viajaban en coches oscuros, con los ojos vendados, tragando su propia sangre, hacia un destino inicuo. El destino de la víctima es siempre el mismo: ¡terrible! ¿Qué había hecho para ocupar ese lugar en el suelo de un auto? "Yo no soy nadie..." , se dijo sorprendido, y recordó el momento en que les regaló los cigarrillos a los huelguistas. Nunca imaginó que el final iba a ser el fondo de un coche negro. ¿Cómo se llamaban los hombres que lo sacaron del coche de doña Alicia? ¿Y cómo se llamaban los otros que habían sacado de sus casas a hombres iguales a él? El nombre no importaba. Aquellos hombres existían para que existiera el acto prodigioso del crimen, y nuestro tiempo era sólo eso: el crimen. Le subieron a los ojos unas lágrimas de fuego, que le abrasaban por dentro todo el rostro. Llorar le hacía daño, la cabeza parecía rompérsele a medida que subían los sollozos.

—No llores... ¿Qué, no eres hombre?

El coche se detuvo. Lo bajaron y lo hicieron cruzar un patio. Supo que era un patio por el eco de los pasos sobre las baldosas y porque sus pies sintieron la aspereza de la piedra. Sus pies descalzos revivían al contacto de aquella piedra lisa y recién regada. Después lo hicieron bajar una escalera y lo pusieron en presencia de alguien. Una puerta se cerró tras él. El aire de la habitación estaba enrarecido, como si guardara muchos gritos y el sudor de muchos cuerpos, que ahora misteriosamente se volvían el suyo.

—¡Eugenio Yáñez! —dijo uno de sus captores.

—El nombre de tu víctima —le pidió una voz débil. Yáñez no entendió la pregunta. —El nombre de tu víctima —le repitió la voz débil. —No entiendo, señor... —murmuró Yáñez.

—¡Ah! ¿No entiendes que te pido el nombre del muchacho al que torturaste y mataste en tu casa? ¿No lo entiendes? ¡El nombre! ¡El nombre! —dijo la voz, impacientándose.

—¿El herido...? —preguntó Yáñez, sintiendo que entraba en la locura.

—¿"El herido"...? ¿Así lo llamas? ¡Tu cómplice no quiere ni siquiera nombrarlo así! ¡Yáñez, eres un cobarde! ¿A cuántos has matado? ¿A cuántos has matado? ¿A cuántos has matado? —repitió muchas veces la voz y en un tono cada vez más perentorio.

Eugenio sintió que vacilaba, no sabía qué pensar ni qué decir. ¿Por qué le preguntaban eso? Estaban confundidos, debían hablar de otro Eugenio Yáñez.

—Yo soy Eugenio Yáñez Espejo... —alcanzó a decir para deshacer el error que cometían sus verdugos.

—¿De veras, desgraciado? ¿De veras? Pues ya que confesaste tu nombre, ¡confiesa ahora el o los nombres de tus víctimas! —dijo la voz, subiendo de tono.

Eugenio lo escuchó cada vez con más terror. "Tal vez nadie me pregunta nada y yo deliro." ¡Le dolía tanto la cabeza!

—¡Es inútil! ¡No va a hablar! —dijo uno de sus captores.

—Ya hablará, no se preocupe —dijo la voz aguda.

Eugenio recibió un golpe terrible en la frente. El objeto que lo golpeó era blando, pero lo hizo caer de espaldas sobre el piso de cemento. Los cuerpos de los caídos antes que él, no aminoraron el golpe ni la dureza impía del suelo.

—¡Es un necio cabrón! —comentó el hombre que tenía la mujer que dormía bonito.

Lo pusieron de pie y le repitieron la pregunta. Su memoria se nublaba ante el terror que sufría delante de aquellos hombres invisibles. Sintió correr la sangre caliente por su cuello y su pecho. Desde muy lejos escuchó la pregunta:

—¿Quiénes son tus víctimas, cabrón?

Quiso recordar nombres, algunos nombres, los que fueran, pero su memoria se había agazapado en un callejón oscuro y ya no funcionaba.

—¡Llévenselo! —dijo el hombre de la voz débil.

Se lo llevaron a rastras.

—¡Ahora sí, cabrón, te vas a encontrar con quien no quieres! —le dijeron los hombres—. ¡Ya verás si tienes cómplices o no los tienes! ¡Te va a nombrar a tus víctimas, joto hijo de la chingada...!

El nombre de Matarazo se abrió paso en su memoria embotada. Le llegó enorme y difícil, como si no le cupiera en la cabeza. "Me denunció", pensó con dificultad, aceptando su culpa. ¡Claro que era culpable de rebeldía...! Era culpable de no ser como sus verdugos, y el mundo estaba lleno de culpables. El nombre de la señorita Refugio se dibujó en su memoria. "¡Refugio!" Debió irse a su casa, su nombre lo indicaba, ella le había dicho que había muchos "soplones", muchas "orejas". No pudo llorar, las lágrimas no hallaron el camino, muchas piedras les impidieron el paso.

Abrieron una puerta, le quitaron la venda ensangrentada, le dieron un empellón y se encontró de bruces en el piso de cemento de un cuarto oscuro, de techo bajo y aire irrespirable. Cerraron la puerta con doble llave.

Eugenio se encontró en aquel lugar maloliente y cerrado como una tumba, a sabiendas de que todavía no estaba muerto. Se quedó quieto, incapaz de pensar en nada. Cuando menos, habían cesado de golpearlo. En el silencio sepulcral, alguien respiraba con dificultad, muy cerca de él. Temió que fuera "el herido" y lo invadió un terror sobrenatural. Con gran temor extendió el brazo y tocó la tibieza de un cuerpo. El otro no se movió. Eugenio hizo un movimiento para acercarse a él.

—¡Déjeme! —gimió una voz que le pareció conocida.

—¡Matarazo...! —dijo en voz muy baja.

—¡Yáñez! —respondió el otro.

— ¡No me llamó usted...! —dijo Yáñez asustado.

Hubo un silencio, que a Yáñez le pareció eterno.

—Quieren que confiese a quién matamos en su casa... —dijo Matarazo con esfuerzo, como si tuviera los dientes rotos.

—¿A quién matamos...? —repitió Yáñez como un estúpido.

—¿Qué voy a confesar...? Ya les dije que yo no sé nada... Yo trabajo en una camisería cerca de la estación... El día de la bola vi a unos muchachos que corrían... Uno iba herido, los recogí... Usted sabe quiénes son, ellos me llevaron a su casa... No sé nada más...

Hablaba con trabajo y Yáñez pensó que tenía la lengua destrozada.

—No me llamó usted... Quizás juntos hubiéramos podido sacar al difunto —insistió Yáñez.

—Entonces, ¿es cierto que usted lo mató...?

—No. Yo no maté a nadie... Yo no sé nada. Yo les llevé cigarrillos a los muchachos... Y cuando ya se habían ido me trajeron al herido... Lo dejaron de rodillas frente a mi casa... y lo recogí...

—¿Quiénes se lo llevaron...?

—No sé... Me dijeron por teléfono: "El compañero está muy enfermo, cuídelo, compañerito..."

—¿Y quién era...?

—No lo sé... Si yo no conocía a los muchachos... Los conocí cuando les llevé los cigarrillos...

Guardaron silencio: el horror era total. Habían andado a ciegas en un mundo para ellos desconocido, que gozaba de su propia mecánica y de sus propias reglas. ¡No conocían a nadie! Sí, Yáñez conocía a Ignacio, a Eulalio y al Novillero...

—Fuimos a buscarlos... y nos salió el camión... —dijo en voz muy baja.

Lo había olvidado. Matarazo se estremeció al recordar la oscuridad, la lluvia y la voz del viejo y el camión...

—Nunca lo diga... ¡Nunca!... —suplicó aterrado. Y agregó—: Todo está muy oscuro, muy oscuro...

—Sí. Muy oscuro. Andamos en tinieblas... Nos van a matar...

—Sí, nos van a matar... Ya ese camión nos lo dijo... —insistió Matarazo.

—Me agarraron en Lerdo y no han parado de golpearme... ¿Por qué no me mataron en la carretera...? —preguntó Yáñez, sin entender el proceso que provocaría su muerte.

—A mí me agarraron el viernes... al bajarme de su coche en la avenida Juárez... Hallaron a un muerto en su casa... Querían que yo lo identificara... —contestó Matarazo con rencor.

—¿Le enseñaron al herido...? —preguntó Yáñez aterrado.

—Estaba bien muerto... de una golpiza o de varias golpizas... ¡Yo lo vi...!

Yáñez calló. ¿También Matarazo creía que él era el asesino? Ya le había dicho la verdad, pero volvió a insistir:

—Compañero, me lo trajeron a la casa... Me lo dejaron hincado frente a la reja... Yo lo recogí... Lo cuidé... Le puse penicilina... ¡Tengo testigos, los de las farmacias!... Y falleció el día que usted no me llamó...

—¿Se lo llevaron los muchachos...? —preguntó Matarazo.

—No, no lo creo... No sé quién lo llevó... Cuando salí estaba solo...

Guardaron silencio.

—¿Y quién era? —volvió a preguntar Matarazo.

—Nunca lo supe... No podía hablar... Creo que estaba en coma...

—Nos van a matar... Debe ser alguien importante... —reflexionó Matarazo.

—Sí, nos van a matar... Un padre me socorrió en Torreón... Si está vivo hará algo...

—¿Un padre?... No, no hay respeto... Nadie vendrá por nosotros... sólo Dios —dijo Matarazo con trabajo.

—Sí. Sólo Dios... —y Yáñez quiso recordar la Salve—: "Dios te salve, reina y madre de misericordia..."

—"Vida, dulzura y esperanza nuestra. Dios te salve..." —continuó Matarazo.

Volvieron a callar. Las palabras de la Salve les dieron la resignación necesaria para morir. Notaron que, a medida que el tiempo pasaba, el dolor de los golpes aumentaba. ¡Si pudieran morirse ahora! Ahora mismo, antes de volver a enfrentarse nuevamente con sus verdugos. Entre ese momento y el de su muerte había un espacio abierto y desconocido que los aterraba. Después de todo, ya estaban muertos y sepultados en aquella celda hedionda por la que circulaban ratas. Sí, sólo les quedaba la misericordia de la madre de Dios. Se quedaron quietos, imaginando cómo los recibirían cuando cruzaran la frontera de los muertos.

—Habrá mucha luz... —dijo Matarazo.

—Sí... mucha luz... —convino Eugenio.

—Allí, más tarde, me reuniré con mis hijos... —añadió Matarazo.

Eugenio quiso preguntar por ellos, pero no se atrevió. Era la primera vez que su amigo los nombraba.

—Sí, allí los verá usted... —aceptó Yáñez con una gran tristeza.

La puerta se abrió con gran estrépito. La luz mortecina de un pasillo les lastimó los ojos heridos.

—¡A ver, cabroncitos! ¿Ya se pusieron de acuerdo? ¿Van a cantar? Han provocado graves daños al país y a la moral pública. ¡Qué ejemplo para los jóvenes! ¿Qué me dicen? ¿No? ¿No van a hablar? ¡Pues hay relevos para ustedes!

Y entraron dos tipos fornidos que los miraron con una mezcla de odio y de tedio.

Torreón se conmocionó con la noticia. En todos los diarios aparecía a ocho columnas, anunciando los crímenes de los dos degenerados, con las palabras más impresionantes. La gente se arrebataba los diarios:

— ¡Uno de ellos estuvo aquí!

—¿Aquí? ¿En Torreón?

—Sí, aquí en Torreón. Vino a esconderse.

—¡Qué horror, no hay seguridad en ninguna parte! —comentaban en los barrios alejados del centro de la ciudad.

Pero a las pocas horas, todos recordaban haberlo visto. ¡Era verdad! Iba detrás de los muchachitos. Todos lo habían visto. ¡Todos!

En las esquinas leían en voz alta los encabezados y los artículos escritos sobre el caso de los dos degenerados que torturaban y asesinaban a sus víctimas. Miraban con avidez las fotografías de Yáñez y de Matarazo.

¡Claro que me acuerdo de él!, si llegó aquí muy sospechoso. Ni siquiera traía equipaje. Enseguida imaginé que había salido a uña de caballo. También supe que había dado un nombre falso —aseguró la señorita que atendía el mostrador del hotel en el que había parado Yáñez.

El cajero leyó en voz muy alta:

—"Les fue aplicada la ley fuga a los dos asesinos viciosos."

—¡Quién iba a decirlo! Yo no sospeché nada. El tal Yáñez me pareció un pobre infeliz —comentó un huésped que recordaba a Eugenio como si lo estuviera viendo.

—¡Escuchen! Yáñez fue detenido en Torreón, cuando trataba de reunirse con su cómplice, que se hallaba oculto en Lerdo —leyó una de las señoritas que servían la mesa.

En la fonda donde Yáñez cenó la primera noche, también había expectación. La dueña, una mujer gorda y colorada, parecía convencida de los crímenes que se le atribuían a su cliente fortuito:

—Eran feroces. Se quisieron escapar y en el camino agredieron a la policía y no quedó más remedio que aplicarles la ley fuga... Sí, eran temibles, que Dios los perdone... —comentó la mujer, mientras contemplaba la foto de Yáñez, sacada de su credencial de burócrata—. Estaba ya viejo... —añadió, viendo aquella cara gris que la miraba desde la página del diario. Se quedó meditabunda—. ¡Se me hace raro que fuera tan fiera! —dijo después de unos minutos.

Sus parroquianos la miraron con atención.

—Sí, el caso está rarito... Aunque quién sabe, le hallaron en su cama al muchacho torturado —dijo uno de los clientes, que bebía café caliente.

—Les diré que ¡hacen tantas trampas que quién sabe! ¡Quién sabe! —dijo una mujer del pueblo ocupada en masticar una tostada.

—¿Y el otro quién era? —preguntó una joven.

—¡Un hombre casado, con cuatro hijos! ¡Increíble! ¡Increíble!

—Sí, ¿quién va a sospechar de un casado y empleado de una buena camisería? ¡Nadie! Aunque, según los testigos, ¡andaba siempre muy prendidito! —comentó un joven, comiendo un sándwich de jamón.

—¡Mire, doña Alicia: desde que se hincó en el confesionario supe que estaba perdido! Hacía un buen rato que uno de esos hombres había venido a prevenirme del caso. Me mostró la fotografía del pobre Yáñez y me advirtió que si se acercaba a la iglesia mi deber era dar parte inmediata a la policía... No sé, no sé, pero yo supe, desde antes de su confesión, que era inocente. ¡Y es inocente! ¡Un inocente, doña Alicia! —exclamó exaltándose, el padre Joaquín, que con mano nerviosa se acomodó el vendaje que le cubría la cabeza.

—¡Pobrecito! Dios lo ha de tener en su Santa Gloria. Yo también había visto su foto en el periódico, pero no quise decírselo para no ponerlo más nervioso —dijo conmovida doña Alicia.

—El hombre estaba deshecho. Tampoco yo le mostré el diario, era mermarle fuerzas, que mucho necesitaba en esos momentos —añadió el padre.

—Lo peor es que lo han cubierto de lodo y al otro pobre señor, también...

—¡Yo voy a hablar con los periodistas! ¡Diré la verdad! Yáñez era un justo. No se puede permitir que enloden su memoria después del martirio que le hicieron pasar —dijo el padre, dando un puñetazo sobre la mesa.

—¿Con los periodistas? —preguntó incrédula doña Alicia.

—¡Sí, con los periodistas! —afirmó el padre.

—Mejor hable con el diputado que lo sacó de la cárcel, por su complicidad con el pobre Yáñez. Él prometió intervenir en su favor...

—¡Prometió, prometió! De promesas está empedrado el infierno... Pero no pueden quedar como asesinos de jóvenes —insistió el padre.

En la oficina de Yáñez, hacía ya varios días que los empleados guardaban silencio. La policía se había presentado desde la desaparición de Yáñez y había pedido hablar con el jefe. Entre los compañeros de Eugenio circulaban rumores fantásticos: "Parece que ha matado a once muchachos". "¡Es increíble! Y si no le encuentran al último, muerto en su propia cama, hubiera seguido la serie..." "¡No es posible!", exclamó la señorita Refugio tapándose las orejas. Pero cuando el escándalo estalló en todo su esplendor, la señorita no volvió a nombrarlo. ¡Yáñez y su cómplice habían confesado todos sus crímenes! Y sus compañeros trataban de hablar de aquel "horror" a espaldas de ella.

—No cabe duda de que, "donde menos se espera, ¡salta la liebre!" Pero qué bien escondido tenía su homosexualismo —decía el más joven de la oficina.

—¡Y pensar que venía tan tranquilo y volvía a su casa para seguir torturando a ese infeliz!

—¡Qué estómago! ¡Nunca me gustó ese viejo hipócrita! —concluyó Gómez, el jefe, que en el fondo se hallaba satisfecho de haber tenido bajo sus órdenes a aquel "monstruo". Su importancia aumentó el día en que el propio secretario lo mandó llamar para pedirle informes sobre "el individuo ese a quien me da asco nombrar".

—¿Cómo no se dio usted cuenta de la clase de hombre que era? —preguntó con gesto adusto.

Enseguida pidió detalles sobre su conducta y ambos pasaron una hora hablando del caso que tenía conmocionada a la ciudad. Se despidieron con cordialidad.

En Saltillo, Pedro y Tito leyeron la noticia en los diarios y se miraron aterrados. Ambos estaban escondidos en la casa de una comadre del padre de Pedro.

—¡Cabrones, les dieron la ley fuga! —dijo Pedro, enrojeciendo de ira.

—¡Carajo! Ésos supieron algo..., algo que no debían saber. Cuando pase la racha investigaremos y a ver a cómo nos toca —dijo Tito, que se había puesto muy pálido.

—¡Somos unos pendejos! Les debimos haber dejado la dirección y en vez de vagar por Torreón se hubieran venido acá directamente —contestó Pedro.

—Pero, ¿cómo íbamos a imaginar esto? Desaparecidos nosotros, desaparecía el peligro para ellos... Ni siquiera estaban fichados. ¡Carajo! El imbécil de Alberto no les debe haber avisado nada —dijo Tito dando vueltas por el cuarto.

—Mira, el secreto está en el muerto. ¿Quién era...? Si es que hubo muerto, cosa que yo dudo —contestó Pedro, que trataba de encontrar el porqué de aquellos asesinatos.

—¡Claro que hubo muerto! Es uno de los Galán. ¡Estoy seguro! Acuérdate cómo se agarró con la policía... Ya lo verás cuando salgamos de aquí.

—Tienes razón, ¡fue un cuatro muy bien montado! ¡Muy bien montado! y el pobre de Yáñez cayó en la trampa. Pero, ¿cómo llegó allí...?

—Todo lo sabremos, con el tiempo y un ganchito.

Esa misma tarde, los diarios publicaron las declaraciones de dos huelguistas, hechas a la prensa desde la clandestinidad. En los diarios no aparecían ni sus nombres ni sus fotografías. Y los periodistas guardaban el más absoluto secreto profesional. Uno de ellos, el más enérgico, declaró:

> El peligro en los movimientos populares es la infiltración de elementos oscuros, pertenecientes a la clase burguesa, que se mezclan con el pueblo sano para desvirtuar los verdaderos objetivos de la lucha de clases que hemos emprendido. Estos cuerpos extraños corrompen a los revolucionarios y ensucian los ideales que los mueven: la libertad, la igualdad y los derechos de los trabajadores. Es a esos elementos oscuros, a esos cuerpos extraños, a los que hay que eliminar, si alguna vez

queremos tener en México una lucha limpia, que guíe a los mexicanos por el camino de la justicia.

Su compañero, que hablaba también desde la clandestinidad, fue más breve:

> Por desgracia contamos con muchos elementos nuevos en la lucha, elementos que se dejan encandilar por la imposible simpatía que les muestran algunos burgueses, buscadores de placeres prohibidos. ¡Alerta! ¡Alerta, camaradas, si no quieren terminar asesinados en el corrupto lecho de un degenerado!

En Saltillo, Pedro y Tito leyeron en voz alta ambas declaraciones y se miraron convencidos de que habían descubierto algo de suma importancia, algo que los dejó sobrecogidos y de lo que no se atrevían a hablar. Se miraron a los ojos en medio de un silencio que los aterró. Fue Pedro el que se acercó mucho a Tito para preguntarle en voz baja:

—¿Qué te parece...?

—Que ya sabemos todo... o casi todo... fueron ellos...

—Sí, ellos fueron... ¡Vendidos! ¿No te acuerdas que Ignacio llegó a casa de Yáñez a buscar al "herido"? ¡El herido era Galán!...

—Debe de haber estado muy mal herido y lo agarró la policía... —respondió Tito, que se había puesto muy pálido.

—¡Claro que estaba mal herido...! Ignacio y Eulalio lo acabaron de chingar. Lo entregaron a la policía y le aconsejaron que lo llevara a la casa de Yáñez... —Pedro estaba rojo de ira.

— ¡Ellos montaron la trampa...! Y ¿por qué escogieron a Yáñez...? No lo entiendo...

—No lo sé... ¡Eso es lo que tenemos que investigar! Aunque, mira, lo más fácil es lo más obvio: lo hicieron por dinero. ¡Así de simple! Escogieron a Yáñez porque lo vieron con nosotros y algo tenían que esconder... ¡Vendidos...! —repitió Pedro en voz baja.

—No les va a durar mucho el gusto. ¿Tú crees que la policía necesita de dos cabroncitos como ellos? —preguntó Tito.

Pedro se quedó callado largo rato; luego, muy despacio, le explicó a su amigo:

—Sí, los necesita. A los que no necesita es a dos idiotas como nosotros. Y estamos en sus manos...

—¿De quién...? —preguntó Tito alarmado.

—De Ignacio y de Eulalio. ¿No lo ves? Habrá que ir con pies de plomo si no queremos acabar como Yáñez y Matarazo...

Pedro tenía razón. Desde el norte se enteró de que los dos cómplices ocupaban puestos de confianza en la sección administrativa. Tito hacía ya meses que se había ido a Centroamérica, como guerrillero, y Pedro decidió reunirse con él. De Galán, corrió la voz de que andaba en el extranjero, pero nunca más nadie volvió a verlo, ni a tener noticias de su andar por este mundo. Se diría que se lo había tragado la tierra. Y así era, en un lugar no muy lejano del que ocupaban Yáñez y Matarazo...

París, 1960

Inés
(1991)

—No temas ir a un país extranjero. Vas a un lugar impecable, al cuidado de tu primo Jesús, y el propio señor se encargará de arreglarte los papeles de trabajo. ¡Confía en Dios, hija mía! Has tenido mucha suerte en haber encontrado tan excelente trabajo.

En el pequeño andén, las palabras de la madre superiora se confundieron con la llovizna que caía sobre los rieles y sobre su propio rostro. Inés guardó silencio. Miró su modesta maleta que contenía un traje gris, alguna ropa interior, un peine, un cepillo de dientes y un jabón de tocador. Inés contuvo las lágrimas y trató de no mirar al cielo, ni a las pocas personas que desde lejos contemplaban su partida con gesto mudo y sorprendido.

—Dios siempre nos ve, siempre nos cuida, recuerda que nunca nos deja de la mano. Aunque estés lejos, seguirás siendo nuestra hija muy querida y velaremos y rezaremos por ti todos los días.

Inés asintió con la cabeza. Llevaba puesto el abrigo de lana y calzaba los guantes de punto regalados por una señora protectora del convento de huérfanas en el que había crecido. En su bolso de mano guardaba algún dinero para el viaje.

—¡Vamos, ánimo! —exclamó la madre superiora cuando el tren amenazador como un monstruo se detuvo ante ellas.

La imagen de la madre superiora otorgándole la bendición, al lado del hombre que la ayudó a subir la maleta al tren, le pareció irreal. Angustiada, se preguntó si en verdad se marchaba de aquel andén español, del hombre que la despedía con la gorra en mano y de la cara sonrosada de sor Dolores. Al salir de la estación, el tren hizo una vuelta inesperada e Inés se encontró sola en su compartimiento de segunda clase. Lejos de las figuras conocidas, prefirió cerrar los ojos para no ver al mundo que la esperaba.

Al día siguiente, el tren se detuvo en una estación enorme: Inés había llegado a París. Atontada, bajó del tren para buscar entre la gente el rostro olvidado de su primo Jesús. Lo recordaba rubio y pequeño de estatura.

Ahí estaba, esperándola en el andén desconocido, haciendo señales vagas con la mano. Le pareció cansado, envuelto en su viejo gabán raído. Sonreía y se apresuró a cargarle la maleta. Ambos hablaron poco del pueblo y del convento que Inés acababa de abandonar. Confundidos entre la multitud de viajeros, buscaron una boca del metro. Deambularon por los pasillos subterráneos por los que circulaba gente atareada. Cambiaron tres veces de tren. Cuando salieron nuevamente a la superficie, Inés se encontró en una hermosa plazoleta silenciosa y bordeada de castaños. Jesús sonrió satisfecho.

—¿Te gusta? Es el barrio más elegante de París.

Inés afirmó con la cabeza. Cruzaron la plazoleta y tomaron una avenida que desembocaba en ella. La avenida era de doble tránsito, con una calzada en el centro, sembrada de castaños desnudos y desdibujados por la neblina del invierno. A unos cuantos pasos de la plazoleta se detuvieron frente a un portal enorme, de madera pulida: ésa era la casa, ése era su destino. Jesús pareció satisfecho al ver la sorpresa retratada en el rostro de su prima Inés, que por un instante reculó, como si algo le dijera que no debía entrar ahí.

—¿No te gusta? —preguntó su primo, orgulloso de la mansión en la que él prestaba sus servicios.

—Es muy grande... no sé si pueda con ella.

Entraron al patio embaldosado. Una marquesina cubría la escalinata de piedra que conducía a la mansión. A la izquierda estaba la puerta que llevaba a la conserjería en donde Suzanne, la mujer francesa de Jesús, y los niños le dieron la bienvenida y le ofrecieron un café caliente. La habitación era pobre, situada en un nivel más bajo que el patio embaldosado. Una ventana pequeña permitía mirar la calle de abajo hacia arriba. Sobre un muro descansaban los tableros con las llaves de las habitaciones, los timbres y algunas indicaciones. Cerca, estaba el conmutador telefónico con las clavijas para comunicar a toda la casa.

Inés se sintió oprimida y escuchó con extrañeza la conversación de su prima y de sus sobrinos. Los niños tenían la palidez producida por el encierro y el aire cargado de olores malsanos que flotaba en aquella especie de sótano habitado. Inés recordó la frescura de la huerta del convento: ahí la gente andaba sobre la tierra, no se escondía en cuevas malolientes que los convertía en seres agobiados por un destino adverso. "¿Por qué habré venido aquí?", se preguntó. Jesús interrumpió sus cavilaciones, debía mostrarle la casa. Ambos avanzaron por la puerta cochera, cruzaron el patio embaldosado y subieron la escalinata. Inés se encontró en un vestíbulo enorme, con los muros cubiertos de madera oscura y el suelo tapizado de rojo. De uno de sus costados partía una amplia escalera, también de madera oscura. El comedor, con los muros tapizados de espejos ahumados, era parecido a un viejo acuario en desuso.

Una serie de salones amplios, con el mobiliario en abandono, terminaba en el enorme salón de música en el que un gran piano negro semejaba un animal de lujo. Volvieron al comedor para visitar la antecocina y la cocina, ambas enormes, destartaladas, como si nadie hubiera entrado en ellas durante muchos años. Aturdida, Inés no escuchaba las explicaciones de su primo.

Regresaron al vestíbulo para tomar el pequeño ascensor que llevaba a los pisos superiores. Inés se encontró con habitaciones abandonadas, con las cortinas mal colgadas y cubiertas de polvo.

—Ésta es la habitación del señor —dijo Jesús con tono respetuoso.

El cuarto era enorme, situado en el último ángulo del vestíbulo del tercer piso. El lecho se escondía en un nicho envuelto en cortinajes pálidos; estaba colocado a la izquierda de la puerta de entrada. Una ventana alta daba a un patio interior. Había unos cuantos sillones y dos armarios empotrados en los muros. La habitación le resultó inquietante a Inés. Su primo la miró intranquilo; hubiera deseado que la joven dijera algo. Las mujeres reservadas lo ponían en guardia. Él prefería a las otras, a las habladoras, a las que no ven nada. Inés, con sus ojos indiferentes, registraba todo lo que él hubiera deseado que ignorara.

Subieron al último piso. Inés midió la terraza que abarcaba toda la fachada de la casa. Movió la cabeza. La terraza, cubierta por cristales polvorientos, era un granero de lujo, abandonado, sucio, con varias mesas y sillas plegadizas recostadas contra la pared. La presencia de un teléfono negro colocado en el suelo agregaba extrañeza a aquel lugar desolado.

—¡Qué diferencia con el convento! —exclamó Inés—. Allá, el orden brillaba en los dormitorios, en el refectorio, en la capilla y en la huerta. Todo rigurosamente pulido —agregó.

Detrás de la terraza y subiendo una escalerilla interior, se hallaban los cuartos de servicio, pequeños y lúgubres. Inés escogió el primero de ellos con los muros empapelados de color gris. Una cama de resortes vencidos, un armario desportillado, una silla y una mesa formaban el mobiliario. Jesús colocó la maleta de su prima junto a la cama.

—¿Quién vive en esta casa...? Se diría que no vive nadie.

Jesús se turbó; era difícil contestar a la pregunta de su prima que, envuelta en su modesto abrigo negro, esperaba la respuesta.

—El señor. A veces come aquí y a veces también duerme.

—¿Quieres decir que aquí no vive nadie? ¿No hay señora?

—No..., no hay señora...

—¿El señor es viudo?

—Algo así.

—¿Y a quién debo obedecer?

—¡Al señor! Tal vez te llame hoy mismo —contestó Jesús con impaciencia.

Ambos guardaron silencio; se hallaban perplejos y el primo parecía turbado.

—Si quieres baja después a la conserjería.

Inés arregló su nueva habitación y colocó en el armario sus pequeñas propiedades. Después volvió a inspeccionar la enorme casa deshabitada y su silencio le pareció un presagio de desgracia. El teléfono sonó intempestivamente.

—¿Quién es usted? —preguntó la voz de un hombre con acento extranjero.

—Soy Inés, la doncella —contestó ella asustada.

—¿A qué hora se presentó usted? —preguntó la voz.

—Llegué en el tren de las ocho cuarenta y cinco.

—Ya lo sé. Pero ¿a qué horas se presentó usted en la casa? —dijo la voz con irritación.

—Tal vez al cuarto para las diez...

—La veré más tarde.

Inés empezó la limpieza de la casa por la habitación del señor. Al oscurecer, cuando frotaba los espejos del comedor, vio de pronto la imagen de un hombre reflejada una y otra vez en la superficie de los muros de azogue. El hombre se sostenía el rostro con el índice de la mano y la miraba con fijeza. Inés se sobresaltó. ¿Cómo había entrado? Ningún ruido había anunciado su presencia; se diría que brotaba de las profundidades del espejo.

—¿No tiene usted algo más propio que ponerse? No me gusta ese traje de monja —dijo el hombre, haciendo un gesto de disgusto profundo.

Inés se ruborizó hasta la raíz del cabello. No tenía nada más que ponerse.

—La señorita Ivette se encargará de darle órdenes —agregó el hombre.

Inés creyó adivinar que aquel intruso surgido del azogue era el señor de la casa.

—Muy bien, señor —contestó sin atreverse a preguntar quién era la señorita Ivette.

Hubo un silencio embarazoso. Inés sintió la mirada escrutadora de aquel hombre, que iba desde la punta de sus zapatos gruesos hasta sus cabellos recogidos en la nuca. Después, el hombre dio media vuelta y salió del comedor. Asustada, lo oyó subir la escalera y lo imaginó en su habitación, en donde permaneció un gran rato. Ella esperaba una orden que no se produjo. Lo vio salir y corrió a refugiarse en la conserjería. El señor le había producido miedo. Era tan extraño como su manera de vivir.

—¡Vamos! No te alteres y trae tus papeles. El señor te arreglará el permiso de trabajo.

Subió a buscar su bolso, donde guardaba su documentación. La casa oscura la intranquilizó y en pocos minutos volvió a reunirse con Jesús. La familia entera parecía cansada: Suzanne, en la pequeña cocina situada en el fondo de la habitación, calentaba un potaje. Los niños, inclinados sobre sus libros, escribían con aplicación, mientras que Jesús, con aire agobiado, contemplaba por la ventana abierta las piernas de los paseantes, que caminaban de prisa, como si desearan alejarse de aquella ventana situada al ras de la acera. Después de un rato, cogió los documentos de su prima y le ofreció una silla. Se diría que le costaba trabajo entablar una conversación con ella. La repentina aparición de una mujer lo hizo correr a su encuentro.

—Es Inés, señorita Ivette —dijo con voz respetuosa.

La muchacha se encontró frente a una mujer de cejas espesas, quijada ancha, pelo cortado como hombre, zapatos de tacón bajo y abrigo de pieles lujosas. La intrusa la miraba con aire divertido.

—¿Qué hay en la cocina? —preguntó la recién llegada, volviéndose a Jesús.

—No hay nada, señorita.

La señorita Ivette ocupó una silla, abrió su bolso, sacó un papel y un lapicero de oro y apuntó el menú de Inés. Escrupulosamente anotó los precios, hizo la suma y le tendió unos francos a Jesús. Éste firmó un recibo y guardó el dinero.

—Espero que no nos des disgustos —le dijo la mujer a Inés, al mismo tiempo que le propinaba unos golpecitos en la espalda, como signo amistoso. Una vez en la puerta, se volvió con aire sorprendido:

—¡Me olvidaba! Necesito los documentos de Inés para arreglarle su estancia y su permiso de trabajo. El señor desea que todo esté en regla. Acuérdese, Jesús, que es muy ordenado y que tiene un corazón de oro.

Jesús le entregó los documentos de su prima y salió a acompañar a la visitante. Por la ventana, Inés la vio subir a un lujoso automóvil inglés, mientras que Jesús mantenía abierta la portezuela. En su actitud respetuosa había un gran cansancio. Cuando volvió al lado de Inés y de Suzanne, miró despectivamente la pequeña suma de dinero depositada sobre la mesa por Ivette y dijo:

—Tendrás que arreglarte con eso.

Los niños cenaron en la cocina y los tres primos compartieron el potaje y el pan. A esa hora, en el convento ya habían cenado en el gran refectorio oloroso a pan. En la cueva, nadie tenía ganas de conversar y los tres guardaron silencio para escuchar los ruidos amables de la calle, que se animaba con voces y pasos risueños y rápidos. Inés tenía miedo de subir a su habitación y para prolongar su estancia trató de establecer un diálogo con Suzanne:

—Desde muy pequeña me enseñaron a bordar, a lavar, a planchar, a coser, a cocinar...

Sus palabras cayeron sobre su prima sin obtener ningún eco y decidió salir de la conserjería e introducirse en la casa apagada. Encendiendo y apagando luces atravesó el vestíbulo, tomó el ascensor, llegó a la terraza empolvada y luego subió la escalerilla estrecha y de una carrera se metió en su habitación solitaria. Sabía que no podría dormir e intentó el rezo, pero no logró vencer al miedo. En el convento, la habían preparado para afrontar los peligros del mundo y las asechanzas del demonio, que aguarda en cada esquina y en cualquier rincón del mundo, y ahora supo que no estaba preparada y quiso huir del cuarto empapelado de muros estrechos. ¿Cómo había sucedido todo? Jesús se había dirigido al convento español de París y de ahí habían enviado la solicitud a San Sebastián. Así, Inés había encontrado aquel trabajo, en aquella casa que funcionaba de esa manera extravagante. En la solicitud, Jesús había puesto su nombre. La superiora le dijo: "¿Qué mejor que ir a trabajar al amparo de tu primo mayor?" Se sintió oprimida por el silencio que surgía de todos los rincones, en forma de ruidos amenazadores. No era un silencio pacificador. Por el contrario, estaba lleno de peligros que le impedían conciliar el sueño o continuar el rezo. La noche le pareció interminable y sus presagios la hicieron sudar frío, mientras su lecho ardía como un desierto de arena hirviente. Muy abajo estaba su familia, que parecía tan triste como ella. Se preguntó si dormían y si en caso de peligro escucharían sus llamados de auxilio.

Por la mañana, decidió anunciarle a su primo que deseaba regresar a España. Jesús la miró aterrado:

—Calma, mujer, calma, ya te acostumbrarás.

—No, no me acostumbraré nunca. Quiero marcharme.

—Aguarda unos días, habrá que buscar un pretexto; el señor te ha pagado el viaje. Ahora no puedo decirle que te marchas... además, te están arreglando tus papeles...

—Trabajaré unos días para devolver el dinero del billete...

Resignada, se decidió a limpiar la escalinata de entrada. Los escalones de piedra blanca estaban grises por la mugre acumulada. Desde ahí vio llegar varios automóviles que se estacionaron en el gran patio embaldosado. Jesús abría el portón de entrada y, una vez que estaban dentro, ayudaba a bajar de sus vehículos a sus ocupantes. Uno de ellos, alto, flaco, vestido de gris, dientes dispares y mirada astuta, se acercó a ella para examinarla con descaro.

—El señor Almeida, secretario de la empresa —le explicó Jesús a Inés.

—¡Saque de la cajuela del coche las pruebas de lámina que traigo! —le ordenó Almeida al conserje.

Continuó mirando a Inés sin dirigirle la palabra. Sonrió mostrando sus dientes remendados de oro y desapareció por una puerta pequeña situada al fondo del patio, que comunicaba la casa con la oficina por medio de un pasillo secreto. Las oficinas daban a la calle paralela, situada a espaldas de la hermosa avenida sembrada de castaños. De un automóvil pequeño y viejo bajó un hombre altísimo, envuelto en un abrigo negro, que miraba hacia todas partes a través de sus enormes gafas oscuras y gruesas. Tras él, entró la señorita Ivette en su coche inglés. Ambos se dirigieron a la puertecilla del pasillo secreto. Jesús cerró de prisa la gran puerta cochera. Inés, sorprendida, observó la maniobra. El hombre del abrigo negro la había mirado groseramente e Ivette le dio alguna explicación, que ella no alcanzó a descifrar, ya que ambos hablaron en francés.

El patio quedó quieto y Jesús volvió a su conserjería. Inés empleó la mañana en limpiar un poco los salones vacíos. A la una en punto se repitió la maniobra de los empleados, sólo que ahora se iban a la calle y su primo abría y cerraba la gran puerta cochera con precaución. El hombre del abrigo negro salió, precedido por la señorita Ivette. Parecían muy amigos.

—Sí, son muy amigos —exclamó Suzanne con tono despectivo.

—¡Calla, mujer!, que podemos terminar todos en la calle... —ordenó Jesús en voz baja.

—¡Bah!, las mujeres somos más discretas que los hombres —repuso su mujer con tranquilidad.

Al oscurecer, el viejo Enríquez, el conserje de la oficina, se reunió con ellos para tomar un café: venía a hablar de España y esperaba que Inés le diera noticias de lo que sucedía en su país. Enríquez esperaba todos los días el anuncio de la muerte de Franco. La muchacha apenas tuvo nada que decirle y le pareció terrible que hiciera veintiún años que aquel viejecillo hubiera abandonado Santander.

—Pero vuelva usted, hombre. Yo le digo que no le pasará absolutamente nada —le repitió Inés con voz acalorada.

—¡Que no puedo! Fui un líder importante, organicé algunas huelgas —confesó, mirándola con ojos apagados.

—Si no tiene usted delitos de sangre puede volver cuando le dé la gana.

—¿Delitos de sangre yo? ¡Vamos! Yo era obrero, ¡un buen líder! —y Enríquez guardó silencio.

—Inés quiere saber quién es Grotowsky —intervino con voz burlona la mujer de Jesús.

Enríquez puso la cara en blanco, se quitó de los labios la colilla del "Gauloise" y exclamó en voz baja.

—¿Grotowsky...?, pero... ¿viene todavía por aquí...?

—¡Todos los días! Está en el cuartito detrás de tu oficina. ¡Emparedado!, e Ivette saca su portafolio lleno y él lo trae vacío —exclamó Suzanne, echándose a reír a carcajadas.

Enríquez permaneció mudo y Jesús se impacientó con su mujer:

—No debes hablar así. La señorita Ivette me ha dado pases para algunos de sus cines. Si quieres, Inés, puedes ir gratis; nosotros te regalaremos los pases —agregó, dirigiéndose a su prima.

La muchacha no supo qué decir. No entendía nada de lo que se decía o sucedía en aquella casa. Se sintió rodeada por extraños. Desde las ventanas interiores había observado las casas vecinas por las que circulaban niños, señoras y doncellas de cofias blancas. Las luces se encendían al mismo tiempo en los distintos pisos y las cortinas se corrían con exactitud. En cambio, la casa en la que se encontraba estaba siempre apagada, con la cocina fría, las cacerolas inútiles y las habitaciones vacías. Miró a Enríquez con compasión: ¡Veintiún años fuera de España! No le sorprendió su palidez, ni las arrugas profundas de su rostro, ni los dedos manchados de nicotina, ni tampoco su traje viejo y enorme que le colgaba de los hombros, dándole el aspecto de un mendigo. El viejo bebió el café con deleite. Antes de despedirse, le prometió a Inés llevarla algún domingo a su casa a conocer a sus hijos y a su nieto.

A las diez de la noche Inés regresó a su habitación. Suzanne la acompañó hasta la escalinata de piedra, en donde le dio las buenas noches. Inés cruzó en silencio la casa apagada.

—¡Chist! —le dijo alguien cuando se dirigía al ascensor.

Petrificada por el miedo, no se atrevió a volver la cabeza y el llamado se repitió:

—¡Chist!

Unos pasos apagados por la alfombra se aproximaron a ella.

—¡Mirá! ¿Te asusté?

Inés se encontró frente a un ser del que no pudo distinguir el sexo en la penumbra que reinaba. Lucía pantalones gruesos de obrero, un suéter negro, cabellos cortos, boca gruesa y rostro mofletudo.

—Soy Andrea. ¿En qué habitación voy a dormir?

—No lo sé...

—¡Pucha! ¿Querés decir que Javier me olvidó? —contestó, echándose a reír.

Inés hizo ademán de salir en busca de Jesús. La persona aquella no le inspiraba confianza. Tuvo la certeza de que era completamente inconsciente y capaz de cualquier abuso. Era un ser amoral. La mujer la detuvo con fuerza, sus manos cuadradas parecían tenazas.

—Mirá, dame cualquier cuarto y no molestés a ese enano mental. No vale la pena. Mañana le reclamaré a Javier su inconsciencia.

Andrea abrió la puertecilla del ascensor, empujó a Inés y ambas subieron al tercer piso. Conocía la casa mejor que Inés. Escogió su habitación, se echó boca arriba en la cama y miró a la doncella con ojos burlones. Inés pensó en un pequeño demonio que hubiera adoptado el aspecto de un obrero, simulando ser mujer, e hizo la señal de la cruz para conjurar aquella presencia equívoca. La mujer echada en la cama se sacudió de risa.

—Podés irte. Si quiero bajaré a prepararme un café. Buenas noches.

Echada sobre la cama, ahora parecía un enano grotesco. Inés salió de puntillas. ¿Cómo había entrado aquella... cosa o persona? Si la casa vacía le producía miedo, la presencia de aquella mujer con los cabellos casi al rape le produjo terror. Subió sin aliento a la terraza, buscó el teléfono abandonado en el suelo y llamó a Jesús.

—No te preocupes, es Alejandra; se ha cambiado el nombre y ahora se llama Andrea. Es una pintora amiga del señor Javier. Me pregunto a qué horas se coló en la casa.

—¿Puedes decirme qué es el señor? —preguntó con firmeza Inés.

—¡Hombre! Es un gran industrial, sólo que ahora se le ha colocado mucha gente rara... pero inofensiva. Ésta quiere que la ayude en sus experimentos sobre los colores; en fin, que quieren sacarle ¡pasta...!

Inés se encerró en su cuartucho. Movió el armario y lo colocó contra la puerta; después se dirigió a la ventana y contempló la noche helada. ¡Industrial! En la voz de Andrea creyó reconocer el eco de algún viejo tango argentino que escuchó de niña. Se sintió súbitamente desamparada. Era inútil rezar. Las Aves Marías se interrumpían con los nombres de Grotowsky, Javier, Andrea e Ivette. De pronto recordó al hombre de cara astuta y dientes remendados de oro: "Almeida", "Almeida", se repitió, como si aquel nombre fuera decisivo en su vida y sintió rencor por la madre superiora: "Vas a un lugar impecable". ¿Por qué no hizo que alguien investigara aquel lugar impecable antes de enviarla? La culpa la tenía su primo Jesús; ¿cómo iba a sospechar sor Dolores de aquel primo solícito que se preocupaba por su triste suerte de huérfana?

Muy temprano bajó a la cocina y encontró los ceniceros llenos de colillas. Salió indignada, buscó la escalinata, abrió la puerta cochera y se echó a la calle. Iría al convento español. Ahí pediría que la enviaran a España. Las sirvientas de las casas vecinas la miraron con animosidad y ninguna quiso contestar a sus preguntas. No entendían el español y la trataban como a una apestada. Se alejó tratando de recordar cada puerta, cada árbol, cada banca, para poder volver a su destino si no encontraba el convento o la capilla española. Y continuó preguntando. La gente levantaba los hombros con desdén y seguían su camino. "Debería haber traído mi bolso para pagar un taxi." Era inútil, recordó que sólo tenía algunas pesetas. Desanimada rehízo el camino andado y entró en la casa. Jesús saltó sobre ella.

—¿Qué has hecho? Sola y sin documentación —le reprochó en voz baja.

Sin contestar a su pregunta se fue a la cocina, se preparó un café y lo bebió rencorosa. Suzanne apareció conciliadora.

—¡Quiero irme al pueblo! —repitió a cada razonamiento de su prima francesa.

—Estos nuevos amigos del señor son artistas. Ya se le pasará, volverá a andar con el gran mundo. Los pobres no te harán nada. Si insistes, se lo diremos a la señorita Ivette; ella tiene tus papeles.

Consolada con la promesa de Suzanne, decidió dejar la casa limpia como una patena antes de marcharse. Se amarró los cabellos con un pañuelo de percal y con energía fregó los vidrios de las ventanas. Por la tarde se encontró frotando las colas de los faisanes de plata maciza que servían de centro de mesa en el comedor.

La voz extranjera del señor Javier le ordenó:

—¡Sirva usted un café a la señora!

Soltó la franela y se volvió con un sobresalto. Frente a ella estaba la mirada inmóvil de su patrón; atrás de él, una mujer de cabellos negros peinados en bandos y recogidos en la nuca en un moño bajo. La mujer se mordía las comisuras de los labios finos. Iba de negro. Llevaba enroscadas al cuello y a los brazos unas serpientes esmaltadas en verde y en azul.

—¿No escuchó usted que sirva un café a la señora? —repitió el señor Javier.

Inés se precipitó a la cocina. "¡Vaya maneras! Podían haberme llamado al salón", se dijo contrariada. La desconocida la alcanzó en la cocina para observarla en silencio. A Inés le temblaron las manos de ira. No acertaba a colocar las tacitas sobre la bandeja ni a encontrar las cucharillas. "Y ésta, ¿por qué me ve así?", se preguntó, enrojeciendo de cólera ante la insolencia de la mujer vestida de negro.

—¿En los conventos no conocen el café? —preguntó la señora con acento extranjero y voz aguda.

—Sí, señora, claro que lo conocemos...

—¡Ah!, yo creía que se privaban de todo.

La desconocida soltó una carcajada y salió, seguida del señor Javier. Cuando Inés llegó al salón, la pareja había desaparecido. Desconcertada volvió a la cocina y depositó la bandeja con el café humeante sobre un mueble, para volver a la limpieza de la cola de los faisanes de plata, que de pronto le resultaron repugnantes con sus plumas labradas y sus ojos redondos e inexpresivos. Parecían pequeños dragones dispuestos a soplar fuego sobre su rostro. No podía explicarse la aparición y desaparición de la pareja. Por la noche, en la conserjería, le anunció a su primo:

—¡Me marcho!

—¿Por qué? ¿Te hizo algo la señora Gina?

Inés supo que así se llamaba la desconocida adornada de serpientes esmaltadas. Tal vez era la esposa del señor Javier, pero no lo preguntó. Sólo quería irse de ahí. La entrada de la señorita Ivette interrumpió el diálogo.

—No, Inés, tú te marchas cuando hayamos encontrado una nueva doncella para el señor —dijo, con la colilla colgándole de una esquina de la boca. Jesús presentó sumiso las cuentas de la víspera y aceptó los francos para los gastos del día siguiente. Apenas se hubo ido la señorita Ivette, Inés exclamó exasperada:

—¿Por qué? ¿Por qué no puedo marcharme? —y salió huyendo hacia su habitación.

Al llegar al tercer piso escuchó quejidos y alaridos que salían del cuarto del señor y empavorecida regresó escaleras abajo a refugiarse al lado de sus primos.

—¡Vamos!, no es nada —aseguró Suzanne, sonriendo.

Compartió el potaje y, ya tarde, Suzanne le dio un codazo:

—Son ellos... —le dijo en voz baja.

No pudo dormir, se sentía amenazada por las serpientes de Gina y la mirada fija de Javier.

Por la mañana, limpió la casa sin atreverse a acercarse a la habitación del señor. Ya muy tarde abrió la puerta; un olor extraño y penetrante la hizo retroceder: olía a quemado y a materias descompuestas. La ventana estaba herméticamente cerrada. El cuarto padecía un desorden atroz, como si ahí se hubiera cometido un crimen. Sintió asco y miedo. Abrió la ventana, recogió las pijamas sucias, las sábanas desgarradas, las colillas y salió lo más pronto posible de aquella habitación rebelde al orden.

Cuando terminó su trabajo era de noche. Trató de olvidar la soledad, el abandono y el silencio poblado de ruidos atronadores. Por su estrecha ventana contempló el cielo, amparada por el rosario que guardaba en las manos.

Jesús le anunció solemne que el señor daba una fiesta. Inés recibió las órdenes dadas con minuciosidad por Ivette, la secretaria del señor Javier.

—Todo debe de estar listo a las nueve de la noche —terminó Ivette.

A esa hora, los faisanes presidían la mesa. Las copas y los cubiertos de plata repartían destellos que se apagaban en los espejos de azogue manchado. Inés se puso el hermoso mandil blanco que la madre superiora había bordado para tales ocasiones. Cepilló con cuidado sus cabellos castaños, los recogió en un moño sobre la nuca y se colocó la pequeña cofia blanca bordada por la madre superiora. Nadie podría decir que en España no sabían hacer las cosas.

De pie, a la entrada del vestíbulo, esperó la llegada de los invitados. Preocupada, repasaba mentalmente las bandejas que había preparado en la cocina. ¡No faltaba nada!

Entraron dos hombres de cabelleras descuidadas y camisas a cuadros que la miraron con ironía.

—¡Carajo!, ¿no ha llegado Javier?

Sin esperar respuesta, ocuparon el diván de terciopelo rojo. Inés se mantuvo en su sitio sin atreverse a mirar a los desconocidos que hablaban en voz muy alta, fumaban con desparpajo y tiraban la ceniza sobre la alfombra. Andrea subió de dos zancadas los escalones de entrada, se plantó frente a ella y le hizo unos cariños.

—Mirá, no te acordás de mí. Soy Andrea.

—¡Andrea! ¿Qué harías tú con este cascarón burgués?

—¿Yo? ¡Nomás prenderle fuego! ¿Para qué sirve esta barraca sino para arder...? —gritó la recién llegada.

Andrea corrió a reunirse con los hombres que la acogieron con aplausos. Hasta Inés llegaron frases sueltas de la conversación: "El fuego ardiente que yace entre mis muslos". "¡Eso es poesía! ¡Verdadera poesía, humana, amorosa, carnal y no tanta cretinada!" "¿Y qué pasa con Gina?" "¡Y yo qué sé. Habrán tenido alguna bronca!"

Un señor alto, vestido de esmoquin, se inclinó ante Inés. Parecía sorprendido.

—¿El señor Javier...?

—No ha llegado todavía —contestó Inés, al tiempo que se decía: "Un despistado".

El señor se colocó en un sillón alejado del grupo. Se cruzó de brazos y esperó.

El señor Javier llegó vestido de negro, abrigo, suéter, calcetines, zapatos y pantalones. Se diría un agente de pompas fúnebres. Lo acompañaba Gina, también enlutada, con las serpientes enroscadas en los brazos y en el cuello. Sus amigos lo recibieron con júbilo.

—¿No ha llegado Torrejón? —preguntó Javier.

—¡Nooo! —gritaron a coro los demás invitados, salvo el señor de esmoquin que con timidez trataba de acercarse a Javier.

En grupo se dirigieron al salón de música. En unos minutos vaciaron las bandejas que Inés había preparado con esmero. Sentados en el suelo formaban un coro presidido por Gina, daban palmadas y reían a carcajadas. El señor de esmoquin se acercó con timidez a Javier:

—Querido amigo, ¿la ceremonia va a tener lugar? —preguntó con voz grave.

—No lo sé, no lo sabemos todavía...

El corro empezó a repetir en voz alta: Eneri-Aluap, Eneri-Aluap, Eneri-Aluap. Se tomaron las manos, cerraron los ojos y repitieron con más fuerza: Eneri-Aluap, Eneri-Aluap, Eneri-Aluap.

—¿Esto forma parte de la ceremonia? —preguntó el señor de esmoquin. Nadie le contestó. En la cocina, Suzanne lavaba las copas. Inés le comunicó la fórmula que repetían en el salón: Eneri-Aluap.

—¡Bah!, no hagas caso, lo repiten siempre; son Irene y Paula dichos al revés. Creen que repitiéndolos al revés les dan mala suerte, las matan... ¡Vaya con estos ociosos!

El señor entró a la cocina para ordenarles que se retiraran pues ya no eran necesarias. Suzanne regresó a la conserjería, murmurando "¡vaya locos!", mientras que su prima subía a su habitación. Hubiera deseado irse a dormir a la conserjería con sus familiares, pero la mirada severa del señor Javier le impidió hacerlo. Inés no había cenado y desde la ventana de su cuarto contempló las ramas desnudas de los árboles que descubrían la acera de la calle y la avenida. Desde su puesto vio llegar a nuevos grupos de invitados envueltos en mantas peruanas vistiendo pantalón de obrero. La casa permanecía en silencio, salvo algún alarido que de pronto atravesaba los techos y que le recordaba los alaridos de los indios en las películas que había visto de niña.

Por la mañana, la casa presentaba un aspecto desolador: los vasos, los platos, las colillas, las botellas vacías, los cubiertos, aparecían en el suelo, en los lugares más inesperados. Las escaleras estaban manchadas de vómitos y los retretes desbordados. Después de limpiar la mugre y el desorden dejados por la turba invasora de la noche anterior, Inés bajó a la conserjería.

—¡Comen en el suelo y se conducen como cerdos! —dijo indignada.

Tenía ganas de llorar y miraba iracunda a su primo. Le pidió algunos francos para tomar un taxi e ir al convento a pedirle a la madre superiora que la reclamara. Jesús bajó la cabeza; irían juntos el jueves, su día libre. Rendida por la faena del día, subió a su pequeña habitación. Pronto saldría de aquella pesadilla. Unos timbrazos destemplados la sacaron de su tranquilidad. Jesús le anunció por teléfono: "El señor te espera en el vestíbulo". Se vistió de prisa y bajó corriendo.

—Prepare usted una habitación. La señorita Irene va a pasar aquí unos días. Si comete algún acto despótico me avisará usted en seguida.

Su actitud era de profundo disgusto. Se abotonó el gabán negro y desapareció.

Intrigada, Inés bajó a la conserjería.

—¿Quién es la señorita Irene?

—Su hija —contestó Jesús.

Por la tarde se presentó la visita. Inés se sorprendió al recibir en el vestíbulo a una adolescente rubia, que con timidez preguntó por su padre y que enrojeció al saber que se encontraba ausente. Parecía tener más miedo que la propia Inés. La recién llegada se quitó un guante y le tendió la mano a la doncella:

—Soy Irene...

Inés la condujo a una habitación vecina a la del señor y la ayudó a vaciar su maleta. Con esmero colgó sus blusas de colegiala, sus faldas y su abrigo dentro del armario. La presencia de la jovencita la alegró. La huésped se movía con timidez y bajó dócil a la hora que Inés le indicó que su cena estaba servida. Irene cenó sola en el enorme comedor de espejos cenagosos, sin saber que se comía la ración de Inés. Más tarde, la doncella bajó a compartir el potaje de su primo. Después se presentó en el cuarto de la silenciosa huésped.

—Si necesita algo, me llama. Duerma tranquila.

Sentía compasión por la jovencita y le pareció increíble que su padre no se hubiera presentado a verla, estando su oficina a espaldas de la casa. La joven no preguntó nada.

Por la mañana escuchó la voz del señor en la habitación de su hija y los sollozos de ésta. Huyó antes de que la sorprendieran escuchando. A los pocos minutos, el señor Javier se presentó en la cocina.

—Usted no tiene ninguna obligación de recibir órdenes de Irene —le anunció, sonriendo por primera vez.

Inés iba a decir algo, pero el señor la interrumpió:

—Haga el favor de controlar el teléfono y dígame exactamente quién llamó. ¡Exactamente! Si habla esa mujer, cuelga usted la bocina, sin ninguna consideración. Le ruego que no se la comunique a Irene.

Y volvió a sonreír, satisfecho de la orden dada.

—Perdone, señor, ¿quién es esa mujer? —preguntó Inés, atónita.

—Paula, la madre de Irene.

Era la primera vez que Javier nombraba en su presencia a su esposa, y la llamaba "esa mujer". ¿Qué había hecho? Se lo preguntaría a Jesús. El señor la miraba con fijeza mientras se calzaba los guantes; después, abandonó la cocina y la casa.

Inés escuchó el timbre del teléfono, lo descolgó y volvió a colgarlo sin atreverse a escuchar la voz. El aparato repitió la llamada varías veces. Inés bajó a la conserjería. Se enfrentó a Jesús y preguntó con firmeza:

—¿Qué hizo?

Su primo enrojeció con violencia y guardó silencio. No deseaba hablar de Paula; ella le había conseguido trabajo en la conserjería. Inés repitió su pregunta:

—¿Qué hizo?

—¿No has oído cómo hablan de ella?

Por la cabeza de Inés cruzaron ideas locas. Imaginó robos, crímenes, y se quedó pensativa, tratando de descubrir el misterio que rodeaba a la madre de Irene.

—¿Qué hizo? —repitió Inés.

—¡Es muy simple! ¿Por qué tanto misterio? —interrumpió Suzanne.

Jesús le hizo señas de guardar silencio, pero su mujer se lanzó a charlar:

—Mira, Inés, la última vez que el señor la echó a la calle, ¡no volvió! Simplemente no le dio la gana volver a este palacete. Desapareció. Yo hubiera hecho lo mismo al día siguiente de casada. No creas, Inés, no todo lo que reluce es oro. ¡Pobre mujer!, ¡lo que le aguantó a este loco! —dijo con brutalidad Suzanne.

Jesús miraba la calle. No deseaba escuchar a su mujer. El teléfono repicó varias veces. Suzanne lo descolgó y volvió a colgarlo sin escuchar la voz. Sabía que de la oficina escuchaban a través de la extensión y temía desobedecer la orden recibida. Se lo comunicó a Inés para ponerla en guardia contra la tentación de hablar con la madre de Irene. Jesús encendió un cigarrillo, sin dejar de observar la calle helada.

—¡Ahí va! —dijo en voz muy baja.

Suzanne corrió a la ventana, seguida por Inés. Una mujer alta y rubia, envuelta en un abrigo marrón con cuello de castor, paseaba por la acera de enfrente, semioculta por los árboles desnudos.

—¿Estás segura de que es ella?

—¡Vamos! La conozco hace años, desde que instalaron estas oficinas. ¡Mírala! Mira cómo se vuelve para acá, está inquieta por su hija...

Entró Almeida y los sorprendió mirando por la ventana. Con gesto decidido, él tomó su puesto en la ventana.

—¡Ah! ¡Cuidado! Mucho cuidado. Ya sabía que estarían espiando por la ventana. Nadie ignora que esa mujer está loca. Si todavía anda suelta es gracias a la benevolencia del señor. Acabará mal, ¡muy mal! —dijo Almeida, mordiéndose las uñas con fruición.

Suzanne volvió a su cocina; Jesús le hizo señas a Inés para que se fuera. Almeida sintió que la doncella iba a desaparecer y se volvió con rapidez a ella.

—Esta tarde hace alto aquí la señora Adriana. Descansará unas horas entre sus dos vuelos. Prepare una habitación, tenga listo un baño caliente y un buen té a la inglesa. La señora tomará su avión a las siete y cuarenta. ¡Por favor, no le diga a la que está aquí que tenemos visita! No creo que la señora Adriana apruebe la debilidad del señor Javier —ordenó con ademanes entrecortados y voz firme.

La doncella escuchó en silencio y subió a la habitación de Irene. Encontró a la chica cosiendo un botón a una de sus faldas.

—Su madre anda por ahí... no salga ahora; el Almeida ese está en la conserjería. Yo iré a echar un vistazo. Espere, señorita Irene —le dijo en voz baja.

—Gracias, Inés, gracias —contestó Irene, ruborizándose.

La doncella fue a una habitación desde la que dominaba el patio embaldosado y la puerta que daba al pasillo secreto. Desde ahí vigilaría a Almeida. Al poco rato vio la figura flaca y ligeramente torcida del hombre. Sus cabellos negros vistos desde arriba parecían un penacho corto y erizado. Los automóviles se desdibujaban con la ligera neblina invernal. Inés corrió a encontrar a Irene.

—Puede salir, ya se ha marchado.

Irene se puso su abrigo, se calzó los guantes, la besó en las mejillas y bajó corriendo. Jesús la vio salir a la calle.

Inés preparó un cuarto en el segundo piso para "la señora que debía reposar entre sus dos vuelos." En la casa no había jabones perfumados y subió a coger el de Irene. "Menos mal que se marcha a las siete y cuarenta minutos", se repitió varias veces.

Irene regresó antes de que los empleados de su padre subieran a sus automóviles y se encerró en su habitación. A la una en punto se presentó en el comedor y comió en silencio la ración de Inés. La doncella le servía con esmero y las dos jóvenes cruzaron miradas de afecto.

—¿Tiene usted padre? —le preguntó Irene, turbándose ligeramente.

—Soy huérfana... —contestó Inés.

—¡Qué pena...!, ¡qué pena!

—Sí, una gran pena. Mi padre era un santo; sufrió un accidente, era albañil, ¿sabe, señorita? Mi madre murió cuando nací.

—¿No la conoció?

—No, señorita. Conozco a mi otra madre, a la madre superiora del convento que me recogió…

—¿Un convento? ¿Vivió usted ahí? ¡Qué maravilla! La envidio, Inés.

No podían prolongar el diálogo; arriesgaban que alguien escuchara. Irene terminó su comida, le dio las gracias a Inés, depositó su servilleta sobre el mantel y subió a encerrarse en su cuarto.

El teléfono sobresaltó a la doncella. Era el señor, que anunciaba la inminente llegada de la señora Adriana.

—No se preocupe por el té. La señorita Ivette llevará los pastelillos, las tostadas y la mermelada. Procure usted que Irene no se deje ver. Si sale de su cuarto, será suya la responsabilidad —le dijo con voz seca.

A las dos de la tarde, una limusina negra entró al patio de la casa. Jesús se precipitó a abrir la portezuela y ayudó a bajar a una mujer vestida con un abrigo ligero de jovencita. El azul marino iba mal con su piel oscura. Doña Adriana era muy alta y corpulenta, de nariz pronunciada, labios delgados y gesto adusto. Los botones dorados de su abrigo amenazaban con estallar a la altura de su abundante pecho. Un sombrerito de paja azul adornado de flores y unos guantes calados completaban el atuendo. Adriana lanzó una mirada llena de tedio y preguntó por el señor Javier, que avanzaba hacia ella con las dos manos tendidas, en un gesto anhelante. El señor, después de saludarla con efusión, la tomó del brazo y la condujo adentro de la casa.

—¡Estoy rendida! ¡Rendida! Tantas emociones fuertes…, tú sabes, verte a ti y con todo lo que me ha pasado. Un divorcio, una viudez y ahora otro divorcio y el matrimonio que me espera al llegar a mi casa. Es demasiado. ¿No te parece? Los hombres acabarán ¡matándome! Dime, ¿cómo me encuentras?

—Estás perfecta. ¡Guapísima…!, ¡elegantísima! y, como siempre, llena de gracia y de buen humor —le contestó el señor Javier.

—¿Ves?, a ti es al hombre que yo no hubiera dejado ¡nunca! ¿Qué me cuentas de esa infeliz de Paula? No, no, no. No me cuentes nada. Debe de estar mordiéndose los codos de rabia. Tú sé firme con la mocosa. Si cedes, estás perdido.

Adriana y Javier se detenían en cada escalón para contarse algún episodio de sus vidas agitadas. Inés llevaba el maletín de viaje en la mano y se veía obligada a hacer un alto cada vez que se detenían ellos. "¡Qué piernas más flacas para un corpachón tan grande!", se repetía, observando la gruesa silueta de Adriana. La visita hablaba de prisa, gesticulaba con la voz, pero ningún músculo de su rostro engrasado se movía. Era como si hablara otra persona. Por su parte, el señor no dejaba de reír, aprobando las palabras de su amiga.

—Sabía que te ocuparías de mí. ¿Cómo ibas a dejarme sentada en un aeropuerto o en una cafetería? ¡Odio las cafeterías! Son tan vulgares... —exclamó Adriana al entrar en su habitación.

Satisfecha, giró sobre sus talones, se quitó los guantes, los lanzó sobre la cama, se arrancó el sombrero, se deshizo el moño apretado que le restiraba los cabellos rizados y luego ella misma se echó de un golpe sobre la cama.

Inés hizo correr el agua caliente en la bañera y le tendió las toallas.

—Estas españolas son buenas criadas —dijo Adriana, con voz displicente.

—A veces... —contestó el señor Javier.

—¿A veces? ¡Pero si tú sólo tienes criados españoles! —protestó ella.

—Bueno, son la reserva de Europa.

La afirmación de Javier la hizo estallar de risa. Lo sacó a empujones de su cuarto.

—Espérame. Tomaremos juntos el té después de mi baño.

Javier esperó en el salón. Una hora después, Inés le avisó que la señora podía recibirlo.

La encontró sentada en la cama, envuelta en una bata de color azul marino. Estaba comiendo pastelillos.

—¡Barba Azul! No me dijiste que tenías a tu hija aquí.

—¿La viste...? ¿Salió a buscarte? Se le prohibió que saliera de su habitación. Me llegó hace dos noches. ¡Qué pesadilla! Quiere obligarme a dejarla vivir aquí. ¡Yo no puedo compartir el techo con ella! Mientras ella esté aquí, yo dormiré en un hotel. Lo cual me arruina. ¡Simplemente me arruina! Es ambiciosa, cree que viviendo aquí encontrará a algún millonario para casarse. No se quiere dar cuenta de que yo sólo frecuento a viejos hombres de negocios. No sé qué voy a hacer con esta chica...

—¡Muy fácil! Mándala con su madre. ¿Que no tiene madre? Haces muy mal en tolerarle sus caprichos. Cuando abrí la puerta de su cuarto, estaba echada sobre su cama mirando el techo, esperando el maná. ¿Te parece normal? Una chica fuerte como ella debería estar trabajando. Ya hablaré con ella. La vi, y qué bueno que lo hice, porque ya sabes que soy curiosa y quise echarle un vistazo a tu... ¡casota! —y Adriana se echó a reír—. Hablaré con ella ahora mismo —agregó.

Salió de la habitación y subió corriendo al tercer piso. Abrió la puerta del cuarto de Irene de un empellón. La jovencita, de pie ante una ventana, se volvió sobresaltada.

—¡Señora...!

—Mira, linda, vas a dejar tranquilo a tu papá. No eres bienvenida aquí. Estás muy fuerte y puedes trabajar. ¿No sabes que la gente trabaja? ¿O piensas sólo abusar del trabajo de tu padre? No soy dura contigo, pero éste no es tu sitio. Quiero abrirte los ojos. ¿Me entiendes?

Adriana se detuvo para estudiar el efecto de sus palabras sobre el rostro de Irene, que parpadeó como si una lágrima quisiera escaparse de sus ojos. Fijó la vista en el abdomen enorme de la señora, que se contraía a medida que hablaba, como si las palabras salieran de ahí y no de su garganta.

—No me mires así. Te tengo buena voluntad y sólo deseo enseñarte tu lugar, que ¡no es éste! Voy a ayudarte. ¡Espérame!

Y Adriana salió corriendo, para volver al cabo de unos instantes con un par de zapatos en la mano. Los tacones de los zapatos eran altísimos y uno de ellos estaba flojo. Los lanzó sobre la cama de Irene al mismo tiempo que decía:

—¿Ves?, ya tienes zapatos para buscar trabajo. Ahora, ¡a encontrarlo! —dio una palmada que sobresaltó a Irene, que miraba hipnotizada aquellos zapatos de tacón aguja.

Adriana se dispuso a abandonar el cuarto. Irene recogió los zapatos y corrió tras ella:

—¡Señora!, ¡señora!, sus zapatos. No los necesito... yo no uso tacón alto, ni me gusta que me regalen nada, ni usado ni nuevo...

No se atrevió a abandonar la habitación. Desde el umbral de la puerta vio bajar a la mujer y escuchó sus palabras.

—Te serán útiles. Si no los quieres, dáselos a tu madre. Para que veas que soy buena amiga.

Adriana se encerró en su cuarto para continuar su conferencia con Javier.

—Creo que se irá en seguida. Bueno, si le queda algo de vergüenza —dijo, y fue lo último que escuchó Inés.

A las seis y media de la tarde, la señora subió a su limusina alquilada. Inés le alcanzó el maletín de viaje. Adriana, adentro del enorme automóvil, parecía un rajá hindú, vestido de dama inglesa en primavera. Su gran nariz se volvió más severa. Recibió el maletín de manos de Inés y olvidó dar las gracias y la propina. Toda ella adoptó un aire hierático. Antes de subir al automóvil con ella, el señor Javier tuvo un aparte con Inés.

—Dígale a Irene que esta noche ceno aquí. Y usted prepare la cena para los dos.

La limusina abandonó el patio de la casa con gravedad.

Inés le comunicó la noticia a Irene y corrió a la cocina para preparar el menú miserable ordenado por la señorita Ivette. A las ocho y media en punto, el padre y la hija se encontraban sentados, cada uno en un extremo de la mesa. A Inés la atemorizaba el comedor iluminado por un candil de Murano, que producía reflejos grises en el azogue de los espejos, en los que se formaban mapas oscuros y dibujos peligrosos. Tenía la impresión de hallarse en un túnel sombrío o dentro de un pantano que lentamente se tragaba todo: mesa, cubiertos, comensales y a ella misma, para llevarla al fondo habitado por los seres informes y demoniacos. El señor se sirvió un copioso plato de ensalada.

—¿Qué pretendes? —le preguntó a su hija, con voz impersonal.

La jovencita guardó silencio, sin apartar la vista de los faisanes de plata que servían de centro de mesa. Frente a ella estaba el muro de espejos y se negaba a levantar la vista y a encontrarse con su propia imagen sumergida en aquellas aguas verdosas. Además, estaba a punto de llorar. Inés hubiera preferido no contemplar aquella escena. El señor Javier continuó:

—Adoras el lujo, chiquita. Eres como tu madre y yo no estoy dispuesto a que abuses de mi bondad.

—¡Papá...!

—¿Qué pretendes? ¿Un chantaje sentimental? ¡Te irás hoy mismo! —dijo el padre, masticando la ensalada.

—Pretendo sobrevivir... —contestó Irene sin mirarlo.

Inés salió del comedor. Volvió al cabo de un rato para anunciar que el café estaba servido en el salón fumador. Encontró a la jovencita sollozando de bruces sobre el mantel. El señor se levantó de la mesa.

—¿Entendiste que debes irte hoy mismo?

Irene no contestó, ni cambió de postura, ni calló sus sollozos. El señor Javier se dirigió tranquilo al salón fumador, seguido de Inés. Bebió el café a sorbitos y se enfrascó en la lectura del diario. La doncella volvió al comedor, donde la jovencita continuaba sollozando sobre el mantel. No se atrevió a acercársele; lo que sucedía en esa casa era imprevisible y ella tenía miedo. Nerviosa, se fue a la cocina y a través de los cristales de la ventana miró caer la lluvia en el traspatio de la casa, por cuyos muros renegridos subían los tubos de la calefacción y del agua. También ella quería llorar. Lavó los platos, colgó los trapos de secar y se asomó al comedor. La señorita Irene ya no estaba. ¿Se habría ido? En el salón, el señor continuaba la lectura.

—¿Desea algo más el señor? —preguntó temerosa.

—¿Ya se fue Irene? —preguntó el señor Javier.

—No lo sé, señor.

Recibió la orden de subir al cuarto de la chica para cerciorarse de que ya se hubiera marchado. Subió despacio, le latía muy de prisa el corazón, y se encontró frente a la puerta cerrada del cuarto de la señorita. Llamó con los nudillos, pues hasta ella llegaron los hipos de su llanto. Empujó la puerta y halló a Irene echada en la cama y con el rostro escondido entre las almohadas.

—Señorita...

La joven no contestó. Tal vez el señor olvidaría sus amenazas. Inés se refugió en la habitación vecina, pues no deseaba que la encontraran en compañía de Irene. Sobrecogida, se colocó tras la puerta y aguardó un gran rato, escuchando caer la lluvia. Después, de puntillas, se acercó a la ventana y contempló las copas desnudas de los árboles, irguiéndose negras y mojadas entre la neblina que subía de la calle, para unirse con el cielo bajo y borrado por la llovizna. Oyó cuando el señor la llamaba con el timbre y prefirió no aparecer. Así pensaría que estaba durmiendo y se marcharía a su otra casa con la señora Gina. Se equivocó: escuchó sus pasos subiendo la escalera, lo oyó abrir con violencia la puerta de la habitación del cuarto de su hija y encender la luz.

—¡Te ordené que te largaras, chiquita! —chilló furiosa la voz extranjera del señor Javier.

Escuchó cuando a golpes la arrancaba del lecho. La jovencita recibía los golpes en silencio. Inés quiso salir en su defensa, pero el miedo la paralizó.

—¡Lárgate ahora mismo!

Se abrió la puerta de la habitación de Irene y padre e hija fueron escaleras abajo. Inés salió de su escondite: Irene bajaba delante de su padre y trataba de contenerse la sangre que le brotaba de la nariz. En vano se cubría el rostro con las manos para defenderse de los golpes brutales que caían sobre ella. Llevaba puesto el traje de seda amarillo con lunares blancos, plisado como un abanico, con el que había cenado; calzaba unas sandalias muy usadas. Desde el barandal del tercer piso, los vio cruzar el vestíbulo. El padre le propinaba puntapiés en todo el cuerpo y la arrastraba de los cabellos hasta la puerta de salida. Luego, vio sólo al señor dirigirse al salón fumador. Inés permaneció muda, hipnotizada por el tapiz rojo del vestíbulo. Al cabo de un rato apareció nuevamente el señor, se puso su abrigo negro, se calzó los guantes y se fue. La casa volvió a quedar sola. Aterrada, bajó a la conserjería y se encontró con Jesús y con Suzanne, discutiendo acaloradamente.

—¡Es una víbora!

—¡Calla! ¿Quieres que también nosotros vayamos a la calle?

Suzanne levantó los hombros y miró a su marido con desprecio. Inés permaneció muda en medio de la disputa. El teléfono interrumpió los gritos. Inés lo contestó y le llegó la voz desconocida de la madre de Irene.

—No está la señorita. El señor la golpeó y la echó a la calle —anunció con decisión.

Paula no hizo comentarios. Se limitó a preguntar con voz apagada: "¿Sabe usted adónde fue?" Inés lo ignoraba. Paula dio las gracias y cortó la comunicación. Era la medianoche, ya muy pasada.

—¡Ya está! —dijo Inés con decisión.

Los tres sirvientes se miraron asustados.

—Seguramente Almeida la siguió cuando fue a ver a la señora esta mañana —dijo Suzanne, pensativa.

—No está con su madre... —comentó Jesús, con voz apagada.

La lluvia continuaba cayendo y los tres primos se preguntaron en voz baja en dónde se hallarían la madre y la hija a aquellas horas.

Una vez en su cuarto, Inés se preguntó muchas veces: "¿Por qué no defendí a la señorita?" En el convento se hablaba del pecado, pero no lo ilustraban con ejemplos, cuando menos con aquel ejemplo, y ella no había sabido actuar. La noche le pareció interminable. No podía imaginar dónde se hallaba Irene. Perseguida por la imagen de la chica, bajó a su habitación con la esperanza de encontrarla. En su cuarto sólo halló el camisón blanco tirado en el suelo y en el armario, sus blusas y faldas colgadas con cuidado. Contempló fascinada el traje de fiesta de Irene hecho en organza blanca con minúsculas florecillas azules bordadas. Sobre la colcha, las manchas de sangre empezaban a secarse y tomaban un color ladrillo. Transida de horror y de frío, subió nuevamente a su cuartucho.

Por la mañana sorprendió a Jesús leyendo los diarios con avidez. ¿Qué buscaba? ¿Acaso su primo había imaginado lo mismo que ella?

—¿Qué dice? —preguntó inquieta, pues no hablaba francés.

—Nada, lo de siempre…

El primero en llegar con aire satisfecho fue Grotowsky. Detrás de él entró la señorita Ivette y ambos cruzaron el patio embaldosado, charlando con animación. Después llegó el turno de Almeida, que se detuvo unos minutos en la conserjería y miró a los empleados con aire malicioso.

—¡Cuidado! ¡Cuidado con esperar a la zorra esa! —dijo satisfecho.

Nadie nombró a la señorita Irene, ni hizo alusión a su paso fugaz por la casa. En la tarde, Inés volvió a presentar su renuncia a la señorita Ivette. La casa se le había vuelto odiosa y al subir y bajar las escaleras sentía que iba a empezar a lanzar alaridos y que nadie tendría poder para callarla.

—Es usted una caprichosa. Le dije que sus papeles están en trámite —contestó con severidad Ivette y se marchó enfadada. Olvidó dejar el dinero para la comida de la doncella. Jesús bajó la cabeza y Suzanne comentó:

—Se guardó el dinero. Así se volverá más rica.

Inés salió al patio embaldosado, humedecido por una ligera llovizna. Los automóviles habían desaparecido y ella imaginó que daba vueltas en un patio de presidio. ¡Estaba perdida! Recordaba su vida en España como un paraíso perdido para siempre. ¿Por qué no podía ver los muros sosegados de su convento ni la huerta verde en la que amaba trabajar? El olor a la tierra le llegó como una bocanada de santidad, perfumada de tomillo. ¿Por qué debía estar en aquel patio inhóspito y extraño? No encontró respuesta y continuó girando por el patio húmedo. De pronto se encontró frente a la puertecilla abierta en el muro, por la que desaparecían todos los días los empleados de confianza de la empresa. La empujó, y cedió sin esfuerzo. Inés dudó unos instantes y luego, decidida, avanzó por el pasillo hasta llegar frente a otras dos puertas iguales. El pasadizo estaba iluminado por una bombilla eléctrica que proyectaba su sombra alargada sobre los muros encalados. Con precaución, Inés trató de abrir una de las dos puertas. Estaba cerrada con llave y su forcejeo resultó inútil. Aterrada escuchó que alguien se movía detrás de la madera y trató de escapar, pues la manecilla de la cerradura giró con sigilo y ante ella apareció la cara andrajosa de Enríquez.

—¿Qué haces aquí? —le preguntó sobresaltado.

Inés le dio un ligero empellón y entró en el cuarto ridículamente estrecho. Asombrada miró en derredor suyo. Nunca se había encontrado en un lugar tan extravagante: los muros estaban cubiertos de ficheros y archiveros metálicos, así como de cajas fuertes empotradas en los muros, de manera que apenas si quedaba sitio para moverse. Frente a ella había una gran mesa y junto a ésta, una silla confortable. No había ventanas. Enríquez la dejó mirar. Estaba asustado.

—Si alguien sabe que has entrado aquí...

—¿Qué pasa? —preguntó ella, contagiada por el terror que veía en Enríquez.

—No lo sé..., no lo sé..., ¡mira! —y señaló un círculo abierto en lo alto del muro, en el que había un ventilador.

Enríquez, poseído por una energía desconocida, puso la silla sobre la mesa e hizo que Inés se encaramara en ella para contemplar de cerca aquel ventilador cuyas aspas estaban colocadas de espaldas. Una vez arriba escuchó las órdenes del viejo: "¡Mira...! ¡Mira!" La muchacha miró entre las aspas del ventilador sin lograr distinguir nada, excepto oscuridad. "¡Espera!", ordenó Enríquez y salió de aquella habitación que tenía forma de caja fuerte. De pronto se encendió la luz e Inés pudo ver a través de las aspas del ventilador pedazos de vestíbulo de una oficina. "Aquí trabajo yo", escuchó decir a Enríquez muy cerca de ella, detrás del muro. Se puso sobre la punta de los pies y vio al hombrecillo del otro lado del muro, haciéndole señas amistosas, colocado cerca de una barandilla de madera. Un timbre sordo se dejó escuchar. "Así le aviso cuando llega algún inoportuno", explicó la voz de Enríquez desde el otro lado de la pared. "Busca el juego de espejos", ordenó el viejo. Un sistema de espejos pequeños y circulares anunciaba en la habitación-caja fuerte la presencia de Enríquez en el cuarto de enfrente, donde se hallaba él. "Ingenioso, ¿eh?" Su risa sonó amarga. Apagó la luz y reapareció en el cuarto blindado en el que se hallaba Inés.

—Ahora baja de ahí —le ordenó.

Cuando Inés se encontró en el suelo, miró sorprendida a Enríquez, éste había perdido el miedo y sonreía con gesto irónico.

—No me juzgues mal. Gano un salario de hambre... y está bien. ¡Muy bien! ¿Qué puedes esperar de estos burgueses? No quiero manchar mi pasado revolucionario. ¿Sabes que yo organicé huelgas en Santander? ¡Eso sí que era duro, con la policía pisándome los talones! Ahora, bueno, ahora como y cierro los ojos. Y ¿qué puedo hacer? Dime, ¿qué puedo hacer?

Lo dejó hablar. Hubiera querido preguntarle qué significaba aquel cuarto blindado y la diaria presencia de Grotowsky escoltado por Ivette, pero comprendió que ya era bastante por ese día. Enríquez encendió su colilla y la fumó con avidez.

—Nunca digas que has entrado en el despacho de Grotowsky. ¡Nunca! ¿Sabes algo de la señora Paula? El miserable este la echó a la calle con lo puesto. ¿Qué te parece...? Ya sé, ya sé que también echó a la niña. ¿Tienes idea de adónde pudo ir? La chiquilla te tenía buena voluntad y pensé que podía haberte llamado.

Inés movió la cabeza. No, no la había llamado. La colilla pendía de los labios arrugados de Enríquez, que trataba de parecer tranquilo. Lo traicionaban sus ojos angustiados.

—Ahora márchate y no digas nada. Sólo eres una pobre beata que no entiende gran cosa del mundo —dijo con voz cansada.

Inés volvió al pasadizo, cruzó el patio y entró a la vivienda de sus primos. "Hace un tiempo de perros", los escuchó decir.

El cuarto de Grotowsky, la imagen de Irene, la voz de Paula las explicaciones de Enríquez, los ojillos de Almeida y las manchas de sangre en el cuarto de la señorita Irene, giraban desordenadas en su memoria.

—¿Así es el mundo? —preguntó en voz alta.

—¡Así es! —contestaron a coro Suzanne y Jesús.

—Tengo que volver al convento. En el pueblo me encontrarán algún trabajo.

—¡Calla! No insistas, me recuerdas a la señora, siempre deseando volver a su casa. A la señorita Ivette no le gusta que nadie se imponga.

—¿Quién es Ivette? Ella no puede imponerme su voluntad.

—¡Ya lo sé, chica! Pero resulta que es empleada de confianza de la casa y si la atosigas no te dará tus documentos en mucho tiempo. Ya te ha visto el temple de rebelde —contestó Jesús con violencia.

Inés comprendió que era mejor no exigir sus papeles. Continuaría escribiéndole a la madre superiora diciendo que todo iba bien. ¿Para qué afligirla? Sus cartas las entregaba a Jesús para que éste las echara al correo. También era Jesús el que le daba las respuestas de la madre: "Hija querida, siento alguna pena oculta en tus queridas palabras...", decía siempre sor Dolores y le pedía: "Abre tu corazón". Sólo le quedaba el rezo, llamaría con todas sus fuerzas a las puertas de Dios para que éste la escuchara. "Y un buen día llegará Ivette para decirme: Mira, ya puedes marcharte." Con ese pensamiento trató de dormir, pero el rostro ensangrentado de la señorita Irene se le aparecía apenas cerraba los ojos. "¡Debí defenderla! No la escuché, por eso Dios no me escucha a mí", se decía, y terminaba sollozando.

—Chica, se te está poniendo una mala cara, ¡que no veas! —le repetía Jesús por las mañanas.

—¿Sabes algo de la señorita Irene?

—Nada, chica, como si se hubiera muerto.

—No digas eso...

—Es un decir, no te pongas nerviosa.

El señor no había aparecido en la casa desde la noche en que echó a su hija a la calle. Iba a la oficina, pero evitaba verlos a ellos. La que continuaba viniendo todos los días era la señorita Ivette. Fumaba un cigarrillo con Jesús y con Suzanne, hacía las cuentas, dejaba el dinero para la comida de Inés y se marchaba en su coche inglés.

—¡Quisiera saber qué comería la bruja esta con lo que deja! —comentaba indignada Suzanne.

—¿Qué comería? ¡Mierda! ¿Qué iba a comer con esta suma? —contestaba Jesús, esparciendo el dinero de un golpe. Las monedas rodaban por la mesa, pues Ivette dejaba siempre el dinero en suelto.

Inés limpió toda la casa. Lavó los cristales de las ventanas. Sacó brillo a las cerraduras de bronce de las puertas y arregló la terraza, que brillaba de limpieza. Colocó el teléfono negro sobre una mesita plegadiza y junto a ésta puso cuatro sillas. "Hacen falta plantas." No quedaba nada por pulir. "Me he deshecho las manos", se dijo, contemplándose los dedos enrojecidos e hinchados por el trabajo. "¿Y para qué...?" La respuesta se la dio Ivette.

—Mañana llega el señor Álvarez, un gran amigo del señor Javier. Prepare usted una habitación para él —ordenó la mujer.

Inés eligió la habitación de Adriana. Colocó toallas limpias, estiró la cama, esponjó las almohadas y se dijo: "El jabón que se lo ponga él. No voy a comprárselo yo". Terminado su trabajo, cenó con sus primos. Iba a dormirse cuando el teléfono llamó intempestivamente.

—El señor avisa que hay invitados.

Con parsimonia, se puso el traje negro, el mandil almidonado y la cofia. En el vestíbulo encontró reunidos a varios grupos de desconocidos. En un rincón descubrió a la señora Gina, acompañada del señor Javier.

—Prepare copas. Nosotros ya trajimos todo lo demás —ordenó el señor.

—¡Oye, grandísimo cabrón, vives como un gran burgués! Así vale la pena trabajar. ¡Qué vida de la gran puta te das! Mira este palacete digno de cualquier millonario. ¡No puedes quejarte, la vida te mima, te mima, gran cabrón! —el hombre que gritaba era gordo, alto, de cuerpo flácido, nariz roja, cejas espesas y voz y maneras de borracho.

Gina se echó sobre él, le tapó la boca con las manos y se echó a reír.

—¡Cállate, Álvarez! No pongas el desorden, que esperamos a Torrejón. ¡Esta noche sí viene!

Álvarez, el nuevo huésped, el hombre de la nariz roja, se echó a reír.

—¿Esperan a Torrejón? ¡Eso ya está muy visto, muy aplaudido! Acá llevan un gran retraso —y volvió a reír, mostrando sus dientes disparatados.

—Siempre fuiste un nihilista, Álvarez. Te suplico que no eches a perder la ceremonia —lo atajó Javier con voz molesta.

—¡Torrejón!, ¡Torrejón!, ¡Torrejón! —clamaron los grupos esparcidos en el vestíbulo.

Gina y Javier unieron sus voces al llamado colectivo, dando golpes con las palmas de las manos. Álvarez reía a carcajadas.

—¡Vi a ese cabrón en Costa Rica! ¡No vale nada! —gritó con todas sus fuerzas.

Andrea, metida en sus viejos pantalones, se acercó a Inés con solicitud.

—¿Puedo ayudarte en algo? ¡Mira que sos una rica! ¿No querés que te ayude? —le dijo con cariño, al ver que Inés hacía un gesto de rechazo.

—A esta señorita yo soy el único que puede ayudarla. ¡Señorita, a sus pies! No se asuste. Usted es hija de María y yo soy hijo de un cura que vivió en mi pueblo —dijo Álvarez, inclinándose ante Inés, que lo miró petrificada de horror.

Andrea cogió del brazo a la doncella y se fue con ella a la cocina.

—No lo tomes a mal. Está "mamao", ya se le pasará —explicó la visitante.

Con presteza, colocó copas en las bandejas, abrió paquetes, sacó bocadillos y repartió cubos de hielo en las cubetas de plata. Después puso a hervir agua en una olla muy grande. Con gesto natural, le pasaba las bandejas preparadas a Inés.

La doncella salía a repartir bebidas y volvía a la cocina, en donde la mujer de pantalones viejos y cabello al rape continuaba su tarea.

—¡Pucha, que son unos hinchapelotas! Mirá cómo devuelven las bandejas. No hagas caso a ese Álvarez. ¡Es un boludo! —repitió Andrea varias veces.

En los salones, los invitados mascaban las almendras con algarabía. Hablaban de sus viajes a Venecia, a Torremolinos y a la Feria de Sevilla.

—No pienso ir jamás a esa estupidez, para ver a millares de gente obtusa llevando en andas a un ídolo horrible —gritó Gina, festejando su frase con una carcajada.

Inés se volvió para no escuchar la blasfemia de la señora Gina. Observó entonces que bajo la escalera habían colocado mazos de velas negras.

—¡No mire, señorita! ¡No mire! —ordenó Álvarez, que seguía todos sus movimientos.

Inés corrió a la cocina, donde Andrea disculpó a Gina, hablando de su belleza espectacular y de la ceremonia que se iba a efectuar en su honor.

—Esperamos a dos personas —dijo enigmática.

Las dos personas no tardaron en aparecer. Se trataba de un hombre pequeño, de cabeza picuda y nariz aplastada. El cabello negro y liso le crecía en desorden, muy cerca de las cejas. Venía acompañado de una joven pálida, de grandes ojos negros, vestida con pantalón y suéter negro también. Su aparición iluminó el rostro del dueño de la casa.

—¡Torrejón...! ¡María...! —exclamó, estrechándoles la mano con efusión.

—¿Trajiste el disco? —preguntó Gina, inclinando la cabeza ante aquel enano que parecía ser tan importante. Éste mostró un bulto redondo y plano:

—Aquí está. María, dame el copal —ordenó el guatemalteco con una voz extrañamente aguda.

La muchacha entregó un paquete y sonrió con beatitud.

—¡Ah!, la vieja cultura india. ¡Los ritos antiguos! —exclamó Javier con su acento extranjero.

—Es María Sabina que viene a guiarnos desde Huautla —dijo Torrejón, en actitud humilde, acariciando el bulto redondo y plano.

Los invitados se aglomeraron alrededor de Torrejón y de María. Algunos querían escuchar el disco inmediatamente; otros opinaban que primero había que cenar. Javier alzó la voz:

—¡Silencio! Estamos mal. Somos verdaderos occidentales y actuamos con voracidad o, dicho de otro modo: ¡actuamos como bárbaros!

Los invitados guardaron silencio y se sentaron en el suelo.

—¿Tenemos el magneto? —preguntó Torrejón en voz baja.

—Sí. Tenemos a dos refrigeradores, aparatos malditos: Paula e Irene —contestó Álvarez con su voz borracha.

—Hay que pronunciar siempre sus nombres al revés: Aluap y Eneri. Prohíbo que se les nombre de otra manera. Hay que exterminar sus ráfagas heladas...

Gina se acercó a Inés:

—Puede usted retirarse —le dijo, mirándola con sus profundos ojos negros.

Inés contempló a la mujer; luego, en medio de la expectación general, dio media vuelta, tomó el ascensor y subió a su cuarto. Los invitados le producían miedo. Sentada en el borde de su cama vencida, murmuró: "Paciencia, paciencia" y escuchó que la casa entera había enmudecido. No quiso desvestirse. Temía que sucediera algo terrible y que la catástrofe la pillara en camisa de noche. Se quitó el mandil y la cofia y guardó las prendas en el armario. Después esperó. No sucedía nada, sólo el silencio. Recordó: "Los refrigeradores Irene y Paula" y pensó que las tenían ahí y que entre todos se disponían a asesinarlas. "No, no estoy loca, me están volviendo loca", se dijo y siguió esperando. La impresionaba la profundidad del silencio. Se quitó los zapatos y salió de puntillas. Caminó a tientas hasta alcanzar la barandilla del tercer piso. La casa estaba apagada y abajo, en el vestíbulo, un círculo de velas encendidas proyectaba las sombras de los invitados sentados a su alrededor, también en un círculo cerrado. En el centro resplandecía un círculo más pequeño. A Inés le pareció un espejo. Vio que Torrejón escribía algo introduciendo un dedo en la superficie brillante y se dio cuenta de que se trataba de una palangana llena de agua en cuyo fondo habían colocado un espejo redondo. El indio escribía en el agua parsimoniosamente. Después rodeó la palangana de cenizas y ordenó que todos se tomaran de la mano. Hasta Inés subió un olor penetrante y desconocido. Vio a María colocar unas ollas de barro humeantes alrededor del círculo brillante. La chica regresó a ocupar su lugar entre los invitados a la ceremonia y todos pronunciaron palabras incomprensibles, mientras que Torrejón pedía:

—¡Que las cubra la campana! ¡Que las cubra la campana de vidrio! ¡Que las aísle de todo contacto! ¡Que las cubra la campana de vidrio! ¡Y que nunca más las infames Eneri y Aluap tengan relación con ser humano!

Dichas estas frases, ocupó su lugar en el corro y murmuró las palabras que murmuraban los demás. De pronto Torrejón levantó la cabeza y anunció:

—Hermanos, ha caído el cono sobre ellas.

"Están locos", se dijo Inés y corrió a su cuarto. Se encerró con llave y puso el armario contra la puerta. En ese mismo instante, le llegó una voz de mujer recitando palabras desconocidas en tono monótono. Era un idioma extranjero en que de pronto aparecían: Virgen María, Arcángel San Miguel. Parecía una voz surgida del fondo del infierno, que inundaba el ambiente a través de los altavoces distribuidos estratégicamente por toda la casa. Movió ligeramente el armario y entreabrió la puerta, sólo para darse cuenta de que los invitados guardaban silencio para escuchar los salmos repetidos una y otra vez por la voz de la mujer. Recordó el disco que había traído Torrejón, cerró su puerta y corrió el armario contra ella. La voz no terminaba nunca; continuaba nombrando a San Miguel Arcángel y a la Virgen María.

—¡Están blasfemando! —se dijo Inés con la voz llena de horror.

El disco continuaba girando, persiguiéndola hasta su cuartucho en el que se encontraba presa. A medida que avanzaba la noche, Inés se fue llenando de terror. Al amanecer escuchó carcajadas estridentes y carreras frenéticas. Se encogió en su cama y pidió clemencia al cielo: "Recuerda, hija, que Dios nunca nos deja de la mano", había dicho la superiora en el pequeño andén mojado por la lluvia. "Me ha dejado de la mano a mí", se dijo al escuchar nuevos alaridos, que no opacaban los salmos del disco que continuaba girando.

Cuando los alaridos y los salmos cesaron, ya había amanecido y la mañana pálida de principios de primavera apareció pegada a los vidrios de su ventana. Inés continuó en su cuarto, escuchando ahora las manecillas de su reloj despertador que sonaba llamando a muerto. Sintió que cada uno de sus pasos minúsculos la precipitaba al instante al que ella no quería llegar. No sabía qué hacer, le daba miedo salir de su cuarto e internarse por la casa silenciosa.

A las nueve de la mañana decidió salir. Quitó el armario, abrió la puerta y avanzó por la casa. Llamó al ascensor y entró. Tirado en el fondo del aparato, estaba el cuerpo de María, la joven que había llegado con Torrejón. Ahora sólo llevaba puestas unas bragas negras y desgarradas. Inés detuvo el ascensor y salió. Se hallaba en el tercer piso y desde ahí echó a correr escaleras abajo hasta llegar a la conserjería, donde encontró a Jesús.

—¡Hay una chica muerta en el ascensor!

—¡Bah!, se le pasarían las copas. Tú calla. No has visto nada —contestó su primo, mudando de color.

No creyó en la indiferencia de su primo y permaneció a su lado. Suzanne, preocupada, le ofreció un café.

—No tengas miedo, algunos ya se fueron —le dijo conciliadora.

—El señor no va hoy a la oficina —anunció Jesús.

El aire en la conserjería era asfixiante, el matrimonio parecía agobiado; se diría que sentían vergüenza delante de ella. Al cabo de unos minutos de silencio obstinado, Inés prefirió volver a la casa.

El comedor sombrío reflejaba en sus espejos el desorden nocturno. Inés creyó descubrir que las manchas se debían a los pecados que habían reflejado. La habitación guardaba el perfume que salía de los cacharros colocados por María en el círculo de velas encendidas. Abrió las ventanas y el aire primaveral barrió aquel aire descompuesto. Sobre la alfombra roja del vestíbulo estaban los goterones de cera negra consumida la noche anterior. Alguien había levantado la palangana con agua y borrado el círculo de ceniza, que ahora aparecía esparcido sobre la alfombra. Empezaría el quehacer por las habitaciones. Subió las escaleras para evitar el ascensor en el que yacía la chica desnuda y muerta. "Tú calla. Tú no has visto nada", le había ordenado Jesús.

Del cuarto del señor salían voces confusas y prefirió bajar nuevamente a la cocina. No sabía qué hacer. Nerviosa, quiso poner orden en los platos y en la comida manoseada. Cuando terminó su tarea, empezaba a oscurecer. Se sintió desamparada y subió a esconderse en su cuarto para llorar un poco. Evitó el ascensor. Al entrar a su cuartucho, encontró a María echada sobre su cama, en actitud indecente. Inés retrocedió espantada. ¿Quién la había llevado ahí? El cabello negro y liso de la mujer pendía sobre el suelo. María abrió los ojos y la miró con fijeza.

—Hermana, ¿dónde está Torrejón? Tú eres buena, buena, amas el amor, eres dulce y me ayudarás a encontrarlo. Sí, me ayudarás, hermanita...

Inés guardó silencio y la muchacha continuó su monólogo:

—Él también es bueno, con él la paz reina sobre la Tierra, los demonios se apaciguan y todos nos amamos. El amor envuelve al mundo. Un mundo florecido nacido después de la tempestad del odio. Yo te amo, él me ha enseñado a amarte. La vida es un girasol que él posee y al que hace girar para calentarnos a todos; ahora estoy hirviendo bajo sus pétalos, después del frío que cayó sobre todos nosotros. ¡El gran frío...! El frío negro, hermanita. Él es bueno, sabio, es el dueño de la luz y el ahuyentador de las tinieblas...

Inés encendió la luz para contemplar a aquella demente. Quería saber si no estaba herida, si no deliraba por la fiebre. Debería llamar a un médico, pero no conocía ninguno. Recordó al doctor Pajares, tan viejecito, visitando a las enfermas del convento. La voz de la mujer tendida en su cama la arrancó de sus recuerdos; como en una pesadilla, la mujer le tendía los brazos y le pedía ayuda. "¿Quién le desgarró las bragas?", se dijo. No tuvo tiempo de contestarse. Apareció Jesús.

—¡Ah!, está aquí. El señor Torrejón la busca —anunció.

María continuó su discurso:

—Hermano, que la luz del iluminado te socorra. Eres bueno...

La muchacha se contorsionaba de un modo desordenado y obsceno.

—Inés, dile que está aquí, que venga conmigo —dijo Jesús con aire asustado.

En el vestíbulo aguardaba Torrejón. Parecía un hongo achatado y venenoso. Vestía un blusón blanco y unas sandalias gruesas. Al ver a los primos, sus labios abultados se distendieron para mostrar unas encías rojas que contrastaban con la piel oscura y lustrosa.

—La señorita María está en mi cuarto —dijo la sirvienta.

El hombrecillo la miró con malicia y movió la cabeza de cabellos negros y duros.

—Debo llevármela, el señor Javier me lo acaba de ordenar —contestó con voz aguda, en la que había un respeto irónico por el dueño de la casa.

Al llegar a su habitación, el hombre contempló con dureza a María, que al verlo se enderezó en la cama.

—¡Vámonos! —ordenó el hombre.

La joven se dejó conducir, cubierta sólo por las bragas desgarradas, mientras que de sus ojos fluían torrentes de lágrimas silenciosas. Inés quiso decir algo, pero la actitud amenazadora del hombrecillo la hizo callar. Lo vio entrar al ascensor acompañado de la joven y hundirse con ella en los pisos inferiores; tuvo la certeza de que la llevaba al infierno. Asustada, corrió a la ventana de su habitación para espiar la calle, pero sólo vio salir el lujoso automóvil de la señorita Ivette. Después, supo por Jesús que Ivette se había llevado a los dos y que más tarde había vuelto con Torrejón para llevarse a Gina, a Andrea y al señor Javier.

—Se fueron todos. Mañana te ayudaré a limpiar la casa —le dijo Suzanne para tranquilizarla.

—Me marcharé mañana —anunció Inés.

—No insistas. Ya has visto demasiado. Espera, sé más lista —le aconsejó Suzanne.

—Se trata de gente demasiado bien, demasiado rica... ¿no comprendes? —le suplicó Jesús.

—Éste es un lugar maldito. ¡Están todos endemoniados! No quiero estar aquí. ¡Acuérdate, Jesús, de que acabarán matándome! —gritó exasperada.

—¡Mujer!, no exageres. Las mujeres sois tremendas. ¿Quién va a querer matarte a ti? —le contestó su primo, subiendo el tono de voz.

—¡Ellos! ¡Ellos...! —repitió Inés con lágrimas en los ojos.

—¡Vamos!, cálmate, tampoco son asesinos. Son unos pobres diablos. Ustedes los españoles exageran y dramatizan todo —intervino Suzanne, acariciando la cabeza de Inés.

—Te aseguro que están jugando a algún juego de moda. Si te pones en ese estado, nos echarán a todos. ¿Y adónde quieres que vaya con los críos? ¿A la calle, como la señorita Irene? —suplicó Jesús.

Inés no quiso oírlo, prefirió llorar a solas en su cuarto. Sin papeles, la policía le echaría el guante ¿y qué podía hacer una pobre sirvienta española en contra de aquella gente poderosa? Tendría paciencia y algún día encontraría la manera de volver a España, de donde no debió haber salido nunca. Se le ocurrió escribirle a la madre superiora, pero ¿cómo explicarle aquellas escenas diabólicas? ¿Qué pensaría de su primo Jesús? "Que es un degenerado, y sus hermanos viven en el pueblo..." "Buscaré la manera, la buscaré, no voy a quedarme aquí toda la vida..."

Durante varios días limpió la casa y atendió al huésped Álvarez, al que procuraba no escuchar cuando a la hora del desayuno repetía: "Mastiquemos el cuero del hijo de José y de su concubina María", para después corear su propia frase con una carcajada llena de flemas. "Paciencia", se repitió Inés.

—¿El señor es judío? —le preguntó una mañana, en que no se sintió capaz de escuchar con calma la blasfemia.

Las risotadas de Álvarez se redoblaron y pareció próximo a ahogarse en flemas. Con los ojos inyectados de sangre a fuerza de reír, la miró largo rato y dijo:

—Sí, señorita hija de María. Pero converso y bautizado hace ya varias generaciones. ¿Quiere ver mi foto de mi primera comunión? ¡Qué burros son los españoles! ¡Qué burros! Sólo un español es capaz de hacer esa pregunta... —y la risa lo hizo escupir un trago de café que trataba de beber en ese instante.

—Muy burros, señor, pero muy cristianos —aseguró Inés enrojeciendo de ira. Y mentalmente se repitió: "Paciencia, paciencia". Para olvidar la grosería del hombre, quiso recordar los olores frescos de su pueblo lluvioso. "España está a un paso. Nadie la ha movido de sitio", se dijo en la cocina, mientras fregaba con empeño una olla de aluminio hasta dejarla brillante y plateada. Se fue a frotar las chapas de bronce de las puertas; necesitaba de la limpieza exterior para limpiarse un poco de la mugre interior que le colocaba cada día aquel grupo de blasfemos.

Desde la noche de la "ceremonia", el señor Javier había desaparecido y cuando el huésped salía, ella se quedaba completamente sola en la inmensidad de la casa. Entonces podía contemplar a sus anchas los valles verdes y los manzanos florecidos de su pueblo. "Puedo ir a ver al cónsul español", se dijo pensativa; la madre superiora tenía razón: "Dios nunca nos deja de la mano". Desde que estaba en París no había ido ni una sola vez a misa. Jesús se había negado a acompañarla. "Tiene miedo de que me queje con el señor cura... iré a ver al cónsul." Animada por esta súbita esperanza, se durmió tranquila.

—Inés, la España está muy lejos, muy lejos y es mejor para usted portarse con prudencia —le dijo Grotowsky al día siguiente, cuando ella limpiaba el patio embaldosado.

Era muy temprano y en las palabras del hombre creyó adivinar una amenaza. Al hombre le sudaba la nariz a pesar del aire fresco de la mañana. Inés había contemplado con alegría los brotes verdes en los castaños y ahora Grotowsky convertía en cenizas aquel día que apenas empezaba. Se preguntó si Enríquez la había delatado o si hablaba así por órdenes de Ivette.

—Más lejos está América y todos vuelven —contestó desafiando al gigantón.

—No todos, Inés. ¡No todos! —replicó Grotowsky, un poco sorprendido. Se echó a reír, cruzó el patio y se introdujo por la puertecilla abierta en el muro.

Su risa le sonó a Inés como una sentencia y su presencia oculta en el cubículo disimulado detrás de la oficina de Enríquez le quitó el apetito.

—¡Come el potaje, que te has quedado como una espina! —suplicó Jesús.

Inés se pasó la mano por los cabellos castaños y sintió que iba a llorar. Sí, era alta y delgada. Nunca fue gruesa; ¿qué importaba que perdiera algunos kilos? "Estás muy pálida", escuchó decir a Jesús. "¡No se ve él!", se dijo Inés. "¿Y cómo iba a tener buen color viviendo en las tinieblas de aquella casa, sometida a un rancho escaso como el de una prisión?" Había olvidado el sabor de la fruta y la alegría de vivir sin miedo. Muchas veces quiso preguntar por la señorita Irene, pero la atemorizaba la idea. ¡Nunca olvidaría a aquella chica chorreando sangre, bajando la escalera a puntapiés para alcanzar la calle helada! En el fondo la envidiaba. Hubiera deseado que el señor la echara a la calle a golpes. Así se libraría de aquella cárcel.

Al atardecer rehusó sombría el café que le ofreció Suzanne. ¡No lo quería! Los empleados ya se habían marchado y ella buscaba la manera de ir a una iglesia a confesarse. Pero para salir necesitaba el permiso de la señorita Ivette o del señor y éste se empeñaba en continuar ausente de la casa. Jesús se negaba a acompañarla sin la autorización debida.

Entró Enríquez con aire furtivo y el tinte de la piel de color tierra. Olvidó la presencia de Suzanne y le hizo señas a Inés de que se acercara:

—Parece que hay una cámara fotográfica que retrata a todos los que entramos ahí —le confió el viejo revolucionario en voz muy baja.

—¡Usted quiere asustarme! —gritó Inés.

—¡Calla! Te juro que es verdad. Grotowsky me mostró tu fotografía mientras fisgabas —aseguró con voz temblorosa y agregó—: También me enseñó la mía mostrándote todo...

Ambos se miraron inútiles, estaban desarmados.

—Estos extranjeros son unos demonios —susurró Inés.

—Sí que lo son —afirmó Enríquez.

Eran dos insectos atrapados en una enorme telaraña. Inés quería dilucidar el misterio. Lo que sucedía en la casa no era normal. Tenía que existir un cerebro que dirigiera aquel enredo.

—Mire, Enríquez, me parece que echan demasiado humo para ocultar a la armada. ¡Quisiera saber quién es el jefe de todo esto...!

—¡Don Javier, hombre! Eso está a la vista —dijo el viejo, sorprendido por las palabras de la muchacha.

—¡Claro...! pero me parece ¡tan imbécil!

—Así son los malos, hija mía, ¡imbéciles!

Los castaños ya se habían cubierto de hojas verdes cuando el señor se presentó en la casa acompañado de Gina.

Los dos se instalaron en habitaciones vecinas. Álvarez sonrió satisfecho, se sentía menos solo.

—Ya era tiempo de que regresaras a tu palacete. ¿Qué te sirvo? ¿Whisky?

Gina hizo el recorrido de la propiedad con aire severo. Visitó los salones, los cuartos de dormir, la cocina, los baños, las escaleras, las habitaciones de los criados y la terraza.

—¡Está hecha un asco esta casa! Mire los vidrios —le dijo disgustada a Inés, que la seguía en silencio.

—Llovió y volvieron a ensuciarse los cristales —contestó la doncella.

Gina la miró con ironía. Con la luz del sol, la mujer era diferente: tenía los ojos cubiertos de venillas rojas. También la piel de las manos era rojiza.

Durante la cena, Gina se quejó con Javier del estado "lamentable" de la casa.

—Procure usted mantener la terraza en mejores condiciones. ¿Qué hace usted durante todo el día? —le preguntó Javier a la doncella que servía con manos temblorosas.

Álvarez la miró con aire divertido, señaló el mandil blanco y la cofia de Inés y se echó a reír.

—Los criados son unos pobres esnobs, ¿verdad, Javier? Creo que para esta señorita no somos lo bastante elegantes —comentó Álvarez, enrojeciendo de alegría.

—Los criados son pequeñoburgueses —afirmó Javier.

—¡Álvarez! No me dirás que esta señorita se ha criado entre príncipes —exclamó Gina, echándose a reír.

Álvarez estalló en carcajadas apocalípticas. Inés perdió los cubiertos ante las risas y las miradas de los comensales. Su turbación los llenó de júbilo.

—¡Calma, señorita, calma! Le ayudaremos todos a recoger los tenedores que vuecencia dejó caer al suelo —y diciendo esto, Álvarez se puso a cuatro patas para recoger los cubiertos caídos bajo la mesa.

—¡Eres genial! —palmoteo Gina, ahogada por la risa.

Cuando Inés se refugió en su cuartito se echó a llorar. Nadie la había humillado de esa manera. Era inútil dirigirse a su primo, tenía demasiado miedo. "¿Qué puedo hacer? Nunca más encontraré trabajo", se repetía con la vista baja.

Las noches volvieron a tornarse ruidosas: carcajadas estridentes, alaridos, carreras por la escalera y en la terraza ruido de vidrios rotos, sobresaltaban su sueño incompleto. "¡Están endemoniados!", se repetía Inés y trataba de no mirar por el hueco de la escalera el lugar en donde habían colocado los mazos de velas negras la noche de la "ceremonia". Tenía la seguridad de que ese lugar estaba maldito. Aquella mañana, cuando encontró la sangre en la terraza y las botellas rotas, tuvo la desagradable impresión de que habían matado a alguno de ellos. Aturdida limpió aquellos ríos de sangre coagulada y prefirió guardar silencio. ¿Qué habían hecho? Esperó a que salieran todos de sus cuartos para saber quién había sido la víctima de aquella broma macabra. Salieron todos pidiendo vasos de jugo de tomate. Parecían muy cansados, el jolgorio los había dejado extenuados. Inés encontró huellas de sangre en el ascensor y buscó las heridas en alguno de ellos, pero todos estaban intactos. Limpió el ascensor y preparó la comida.

Aprovechó la hora en que se bañaban para bajar a hablar con Jesús.

—Mira, era un río de sangre... ¿te das cuenta?

—¡Calla! No fue nada, la señorita María se cortó las muñecas, pero Torrejón la llevó en seguida con un médico. Ahora parece que va muy bien —afirmó su primo, que estaba tan pálido que se diría que era él quien se había rebanado las venas de los brazos.

María volvió a los pocos días, acompañada de Torrejón y de Andrea. Torrejón sonreía, se deslizaba sin ruido, como si pidiera excusas por su presencia. Ahora lo acompañaba una jovencita rubia, de estatura muy pequeña y ojos claros, que lo contemplaba con adoración. Al principio, la muchacha llevaba alhajas costosas impropias de su edad; una noche apareció con una blusa vieja y extravagante, bordada con lanas de colores. Inés observó sus medias desgarradas, sus cabellos cortados a tijera y el gesto irritado. Los demás la trataban con mucha deferencia, asombrados de que se hubiera despojado de sus joyas.

—¡Mira que Asunción es maravillosa! ¡Miércoles, si yo tuviera sus joyas estaría ahora mismo instalada en el Danieli, comiendo caviar y contemplando esos canales! ¡Ay!, mirá, esos canales, esas góndolas, ¿pero querés algo más sublime? —gritaba Andrea, poniendo los ojos en blanco mientras que Asunción la miraba con reproche.

—Cállate, argentina lírica, es normal que la Chonita esté con nosotros, no nos hagamos los tontos, ¿pues qué no es hija natural del viejo de la leche condensada? —interrumpió Álvarez, soltando una carcajada apoplética.

—Mira que sos un indecente. ¡Un miércoles de mierda! ¿Qué tiene que ver aquí la leche condensada? —rugió Andrea.

—¡Carajo! La leche está en el origen del amor de Asunción por el pueblo. ¿O no es así, Chonita? Di la verdad, estás aquí frente al padre confesor —insistió Álvarez, enrojeciendo como una berenjena.

Asunción guardó silencio, arregló los pliegues de su blusa vieja y adoptó un aire majestuoso y despectivo. Torrejón corrió a su lado, le tomó la mano y exclamó en voz conciliadora:

—Amiga, tú estás por encima de todo. Tú flotas en la luz, las tinieblas no te alcanzan.

Al poco rato, Asunción y Torrejón abandonaron la casa.

—¡Qué lástima, podían haber cogido aquí! La Chonita todavía tiene prejuicios sociales, prejuicios de heredera natural... —y Álvarez volvió a reír, dispuesto a derribar con su risa los muros de la casa.

Andrea le dio la espalda y corrió a unirse con María que, lívida, había visto salir a la pareja.

—Mirá, nosotras dos vamos a organizar un jueguecito lindo, lindo... —María la escuchó inmóvil.

Muy tarde, Inés escuchó la voz nocturna del disco que salmodiaba en aquella lengua extraña y que repetía sin cansarse: "Virgen María, Arcángel San Miguel". Inés se preguntó de qué estarían hechos aquellos países en donde se practicaban blasfemias y degeneraciones. Recordó que una de las huérfanas le había contado que Rumania estaba llena de hechiceros. "Tal vez el señor Javier es rumano", se dijo preocupada. La verdad es que no encontraba la respuesta a sus preguntas y sólo sentía el impulso de echar a correr y olvidarse de lo que había visto y oído.

En la conserjería ya no pedía nada, ni hacía ningún comentario. ¿Para qué? Sabía de memoria que su primo Jesús le pediría quedarse por él y por sus hijos. Encontraba más consuelo en Enríquez, con el que había estrechado su amistad a partir de la tarde en que le reveló que ambos estaban fotografiados en la cámara secreta. Por la ventana de Jesús, vio las piernas delgadas de Asunción seguidas por las de Torrejón.

—¿Otra juerga? —preguntó Jesús.

—Así parece —contestó ella con voz resignada.

Mientras repartía las bebidas y los bocadillos a los invitados sentados en el suelo, se repetía: "Ivette debe dejar que me vaya". Los bocadillos los había llevado Asunción, que con voz humilde había suplicado:

—Acepten este tributo.

—Aceptado, hermana Leche —dijo Álvarez, al mismo tiempo que de un tirón le arrancó la falda.

Asunción corrió a refugiarse con Torrejón.

—¡Vuelve con tu hermano, perra! ¿Por qué lo rechazas? —le reprochó el hombrecillo.

Inés trató de ayudarle a ponerse la falda rota.

—Necesita unos puntos... —dijo la doncella. Asunción la miró con odio, levantó el brazo y le dio un bofetón.

Gina se sobresaltó, iba a decir algo, pero Javier comentó en voz muy alta:

—¡Buena casta!

Inés huyó a la cocina. Andrea llegó hasta ella, estaba turbada y quiso consolar a la muchacha.

—Mirá, debés entender a Asunción, es una niña millonaria que se está liberando de sus frustraciones; Torrejón trata de ayudarla, pero es un caso muy complejo. ¡Pucha!, que sí es complejo, ¿comprendés ahora...?

Inés contestó con sequedad:

—Esa chica debería estar en su casa.

—Pero si ahí está. ¿No lo sabes? Sus padres nos tienen en gran estima —y Andrea se echó a reír.

Inés se arregló la cofia; recogería las copas y subiría a su cuarto. No deseaba estar en donde se hallara Asunción. Salió con rapidez de la cocina y recogió las copas con prisa. Vio que Asunción lamía con asiduidad la mano de Torrejón, mientras este movía la cabeza con disgusto. Sonó el teléfono y Álvarez se precipitó a coger el aparato. Tapó la bocina con la mano y anunció con los ojos chisporroteantes de júbilo:

—¡Chist!, ¡es ella!

El corro, que unos segundos antes hablaba a un tiempo y reía a carcajadas, guardó silencio.

—La "ceremonia" tuvo efecto —comentó Torrejón con voz pausada.

Javier miró con fijeza a Álvarez, que sostenía la bocina cubierta con su mano. Gina adoptó una actitud tensa. Asunción se deslizó con rapidez al lado de Álvarez, tratando de escuchar a través del aparato. Entonces, Álvarez habló con voz cambiada:

—No, señora Paula, el señor salió de viaje... No soy Jesús, soy el nuevo sirviente.

Cuando colgó el teléfono, un coro de risas y de exclamaciones obscenas estalló eufórico.

—¿Qué quería? ¿Dinero? ¿Quiere volverme loco? —preguntó Javier con voz lúgubre.

—Dijo algo de Irene. Le urgía comunicarse contigo —contestó Álvarez.

—¡Irene! —exclamaron a coro y luego prorrumpieron en risas.

—*¡Sale garce!* No permitas que te anule —gritó Asunción.

Gina se puso de pie y, ayudada por Asunción, preparó el disco de María Sabina.

A los pocos minutos se escuchó la voz extraña de la india lanzando encantamientos. Era necesario terminar de una vez por todas con Paula y con Irene. El teléfono se dejó oír otra vez. Los invitados guardaron silencio, Gina detuvo el disco y Álvarez se hizo cargo de la conversación telefónica.

—Parece que le sucedió algo a tu hija, está llamando desde el sur de Francia.

—¡Qué buena vida se dan esas dos putas! —dijo Asunción.

Inés dejó caer la bandeja. "Algo grave ha sucedido", se dijo, mientras recogía los trozos de cristal, las colillas y las cenizas esparcidas en el suelo. Escuchó que le ordenaban retirarse y corrió a su habitación. La voz amplificada de María Sabina no la dejó coordinar las ideas ni conciliar el sueño.

A las siete de la mañana, cuando la casa había vuelto al silencio, la sobresaltó el timbre del teléfono.

—Señora Paula, llame al señor a su oficina más tarde —colgó, temblorosa; temía que alguien la hubiera escuchado por alguna extensión.

Por la noche, el señor Javier la acusó delante de sus invitados de haberle dicho a Paula que él estaba en la oficina. El teléfono llamó y el mismo Javier tomó la bocina con aire feroz, ante la aprobación de sus amigos.

—¡Irene!, no trates de chantajearme... ¿Qué dices...? ¿Estás en la ventana...? Pues ¡tírate!, ¡tírate!, ¡tírate!, ¡tírate!, ¡tírate...! —repitió una y otra vez, poseído por una fuerza desconocida, mientras que sus amigos aprobaban su orden con gestos enérgicos.

Inés huyó a su habitación y desde ahí le pareció escuchar el alarido de alguien que va por los aires cayendo de cabeza hacia el pavimento. El alarido se confundió de pronto con la voz de María Sabina que empezó a girar en el tocadiscos. Tuvo la certeza de haber sido testigo de un crimen cometido por teléfono y trató de rezar y pedir perdón por su cobardía.

En la mañana, la sorprendieron las copas verdes de los castaños que casi llegaban a su ventana. El verano daba sus primeros pasos y aquella casa permanecía en la repetición de las tinieblas.

Bajó y encontró cambios: Gina se había instalado en la habitación del señor Javier. María se iba a una isla griega. Por su parte,

Álvarez anunció que estaba harto de París y que se marchaba a Inglaterra.

Inés pasó el día haciendo maletas. El grupo empezaba a desintegrarse y ella sintió alivio.

—Aprovecharemos ahora que empieza el verano para pedir tus documentos —le dijo Jesús lleno de esperanzas.

—Diremos que vas a aprovechar tus vacaciones para ir a visitar a la madre superiora. ¿Qué te parece? —agregó alegre.

—Sí, chica, necesitas un descanso. ¡Qué escándalos nocturnos! Menos mal que los niños están ya con sus abuelos —le dijo Suzanne, dándole de palmadas en las mejillas.

Ambos habían envejecido en esos meses: estaban pálidos; Suzanne flotaba dentro de su traje de percal y a Jesús se le habían formado arrugas minúsculas como abanicos pequeños alrededor de los ojos rubios.

Al oscurecer, salieron de viaje Álvarez y María. Jesús cerró el portón.

—¡Vayan con viento fresco y que mal rayo los parta! Que nos han jodido bien y todavía no sabemos cómo va a acabar todo esto —exclamó el hombre, dando un puñetazo sobre su mesa.

El sábado de verano tocaba a su fin. Por la ventana pequeña de la conserjería se veían las filas de los troncos de los castaños. Jesús contempló las raíces y el nacimiento de los árboles guardados por rejillas redondas y metálicas, puestas para defender el trozo de tierra en la que estaban sembrados.

—¡Hay que ver, hasta a los árboles se les cuida más que a la señorita Irene! —exclamó el hombre, moviendo la cabeza.

—Pero si un animal es mejor, mucho mejor que él —comentó Suzanne.

La avenida solitaria y perfumada por millares de hojas verdes parecía un camino inesperado a la dicha. Aquellos árboles inocentes ignoraban lo que sucedía en esa casa tenebrosa. Era glorioso escuchar el rumor de sus ramas y aspirar la frescura que derramaban sobre la acera. Inés recordó su pueblo reverdecido después del invierno. Le pareció que hasta ella llegaba el olor del tomillo y de la menta fresca. La belleza que llegaba del exterior llenó de esperanzas a los tres criados. También ellos, como los árboles, volverían a florecer. "¡Qué hermosa debe estar la huerta!", se dijo Inés con nostalgia.

El automóvil de Almeida se detuvo frente a la casa. El hombre bajó del auto, cruzó el portón abierto por Jesús y entró sin decir una palabra.

—No paran jamás —dijo Suzanne.

A los pocos momentos, el señor Javier llamó desde adentro de la casa para dar órdenes.

—Sí, señor... Sí, señor... Sí, señor...

Inés y Suzanne contemplaron los cambios de expresión en el rostro de Jesús. Cuando terminó la conversación, el hombre estaba muy pálido.

—La señorita Irene llega hoy. Es absolutamente indispensable que apaguemos las luces y que no contestemos ni al timbre de la puerta ni el teléfono. ¡Indispensable! —terminó.

Almeida apareció en el patio embaldosado y el conserje se apresuró a abrirle la puerta de salida.

—Espero que por una vez cumplan ustedes las órdenes —dijo Almeida, antes de abandonar la casa.

Las mujeres lo vieron subir a su automóvil y partir sonriente. Un rato después, apagaron la luz en la conserjería y le ordenaron a Inés que subiera a su cuarto y que cumpliera con las instrucciones recibidas.

—¡No se te ocurra encender la luz de tu habitación! —dijo Jesús.

—¿Y la vamos a dejar en la calle? —preguntó la doncella.

—Yo qué sé. ¡Sube! —gritó Jesús, temiendo que su prima no entendiera, cegada por la cólera.

Inés subió a tientas por las escaleras. La risa desenfrenada de Gina ocupaba el vestíbulo y los pisos superiores. La muchacha se encerró en su habitación para no escucharla. Desde su ventana espió la calle, quería saber si en verdad la señorita Irene volvía a la casa. "Pobre señorita Irene, algo le debe haber sucedido para regresar aquí." La luz de las farolas llenaba de reflejos plateados las copas de los árboles frondosos y formaba cuevas habitadas por seres irreales. Muy abajo estaba el suelo y sus pesares, uniéndose a ella, que, por encima de las ramas, también estaba pesarosa. Si pudiera vivir en algún hueco fresco abierto entre las hojas, escaparía a la miseria que ahora la agobiaba. Las ramas se unían unas a otras para formar una amplia avenida suspendida en el aire, verde y plateada, que se perdía hasta el final de la noche clara del verano. Por esa avenida podía huir y correr a la felicidad tan alejada del ventanuco por el que espiaba la calle.

Escuchó detenerse un taxi y a través de las ramas vio la figura de la señorita Irene cargando una pequeña maleta. La acompañaba Paula. Supo que era ella por los cabellos rubios que brillaban muy abajo de las hojas. La madre acompañó a Irene a la puerta y regresó al taxi, que echó a andar para perderse en la noche. El timbre de la puerta de la conserjería atravesó el vestíbulo y subió hasta su cuartucho lejano. Inés no se movió. La joven Irene llamó muchas veces a aquel timbre sonoro esperando una respuesta e ignorando que aquella puerta no iba a abrirse para ella. Irene, asombrada, repitió los timbrazos, levantó la cabeza y examinó las ventanas apagadas. Inés quiso bajar a abrir, pero la paralizó el miedo. Vio a Irene sentarse en su maleta a esperar y se sintió llena de compasión. "¡Qué alma más negra!", se dijo, pensando en Javier, encerrado con Gina en su amplio cuarto de dormir.

Transcurrió más de una hora antes de que el teléfono empezara a llamar con insistencia. Sin duda era Paula que pedía noticias de su hija. Inés no lo tocó. El timbre de la puerta llamó con desesperación sucediéndose con los timbrazos del teléfono, llenándola de angustia, mientras la casa permanecía quieta y oscura. Inés se deslizó hasta el tercer piso de donde salían las carcajadas de Gina y una rendija de luz.

—¡Es una loba! ¡Una loba! —se dijo, ante aquellas risotadas que rodaban por las escaleras haciendo un ruido de platos rotos.

Con sigilo volvió a su puesto de observación. Irene continuaba sentada en su maleta. Desde su lugar vio cuando la policía se acercó a Irene y escuchó los timbrazos largos dados por el hombre de uniforme. Después vio cuando dos policías se llevaron a la jovencita. ¿Adónde la llevaban? A tientas bajó a la conserjería. La voz de Jesús le llegó en un susurro a través de las sombras.

—La policía se la llevó.

—Es menor de edad —suspiró Suzanne.

—¿Y ellos qué hacen? —preguntó Jesús.

—La Loba se ríe. ¿No la escuchan?

¡La Loba! Jesús recordó que la mujer era amiga de Ivette. De hecho, fue la secretaria del señor la que presentó a Gina con la señora Paula. Ésta acostumbraba invitarla a sus cocteles y a sus fines de semana en el campo. Fue Gina la primera en traer "bohemios" a la casa.

—Ivette, dile a Javier que no quiero a esta gentuza en la casa.

—Yo no soy más que la secretaria. ¿Qué puedo hacer?

Los pleitos entre la señora y el señor Javier fueron en aumento. La noche en la que una mujer desnuda corrió escaleras abajo, la señora amenazó con el divorcio. Gina se puso de su parte, pero los escándalos continuaron. El señor Javier se volvió sombrío y sus arrebatos de cólera se hicieron peligrosos. Nunca fue amable. En poco tiempo, su figura baja y robusta tomó peso, y sus cabellos grises se volvieron blancos. "Es la culpa de Paula", decía. Se compró una pistola que guardaba en la cajuela de su coche o en la mesilla de noche de su cuarto, "para defenderse de un posible ataque de Paula". La señorita Ivette era la única persona capaz de calmarlo y también la única que merecía toda su confianza. La noche en que echó a la calle a su mujer, lo primero que hizo fue llamar a Ivette. Ésta no hizo comentarios y prohibió a los criados hacerlos, so pena de perder el empleo. Paula nunca volvió. Gina continuó viniendo hasta convertirse en la dueña de todo. También ella se negó a ver a Paula.

—Antes de la Gina esto no era tan malo... —suspiró Suzanne.

Un automóvil se detuvo frente a la casa y un hombre vestido de civil bajó de prisa y llamó con insistencia al timbre de la casa. Los tres criados guardaron el aliento.

—¡Mierda...! ¡Canalla...! ¡Han descolgado el teléfono! —exclamó al no obtener respuesta.

Jesús se llenó de terror al descubrir que Irene estaba en el interior del automóvil. Por órdenes del señor, había desconectado el teléfono media hora antes.

—Es la Secreta... —dijo Jesús en un susurro que Inés apenas alcanzó a oír.

El automóvil esperó largo rato, al cabo del cual arrancó y se fue sin hacer ruido. Pasó varias veces frente a la casa. Al final se estacionó en la acera de enfrente, del otro lado del camellón de la avenida.

—Esto acabará mal —anunció Jesús.

Algo le dijo a Inés que las palabras de su primo eran proféticas y se sintió en peligro. Recordó la risa de Grotowsky: "España está muy lejos". ¿Qué quiso decir con aquella frase? Le escribiría a la madre superiora para pedirle auxilio y contarle lo que le sucedía. Ella misma saldría a echar la carta al correo. En sus cartas, sor Dolores se quejaba de las pocas noticias que le daba: "¿Pasa algo, hija mía?", le preguntaba. Las cartas se las entregaba abiertas Jesús. "Son órdenes", le decía a manera de excusa. "No pasa nada, el trabajo me absorbe...", le contestaba Inés. Ahora le pediría que se dirigiera al cónsul español para que éste viniera a sacarla de ese infierno. Tomó la decisión en la oscuridad y subió a su cuarto a tientas.

Por su ventana vio que el auto de la policía continuaba estacionado en la calle de enfrente.

Jesús y Suzanne discutían en voz muy baja:

—Deberías avisarle al señor.

Jesús, cegado por las sombras, subió hasta la puerta cerrada del cuarto del señor Javier. Dudó mucho tiempo antes de llamar. "El tío este me va a tirar algo a la cabeza... y yo, bueno, no sé si pueda contenerme..." Al final, llamó con los nudillos; estaba tembloroso.

—¿Quién llama? ¿No dije que no me molestaran? —contestó Javier, abriendo de golpe. Estaba desnudo, con el rostro enrojecido y la mirada extraviada.

—Hay un coche de policía que vigila la casa. La señorita Irene está con ellos —se atrevió a murmurar.

—¡Absurdo! ¡Completamente absurdo! Usted delira —contestó Javier.

Con pasos rápidos, se dirigió a una habitación apagada con ventanas a la calle y miró afuera, a través de las rendijas de la persiana cerrada. Volvió con pasos furiosos a su cuarto, seguido por el conserje, que trataba de ignorar su desnudez.

—¿A eso le llama usted un coche de policía? ¿No ve usted que es el auto de algún amigo de Irene? ¡Es el colmo del descaro! Esa niña y sus amigos poniéndole un cerco a mi casa. ¡El colmo! —y cerró de un golpe la puerta de su habitación.

Jesús regresó a su conserjería, tropezando y jurando en la escalera:

—¡El tío está loco...! Además, se está arruinando. Lo escuché en la oficina, cada mes tiene pérdidas enormes. Para mí que es el Almeida ese el que se lleva la tajada gorda —le sopló al oído a su mujer.

—¿Y qué me dices de Grotowsky?

—Bueno, ése robó siempre, para eso está, pero también mete dinero en la empresa. ¿No ves cuántas carantoñas le hace la Ivette? El peligroso es el nuevo, el Almeida, ¡vaya cara de bandido que tiene! Es él quien empuja al señor a tanta locura, el piojo ese...

La noche se alargaba, se diría que no iba a terminar nunca; Suzanne y Jesús continuaron vigilando al coche plantado en la acera de enfrente, que parecía dispuesto a no marcharse nunca.

A las siete de la mañana llegó el automóvil de Almeida, que enfiló el motor sobre la acera, justo frente al portón de la casa, al mismo tiempo que sonaba con urgencia el claxon. Jesús se precipitó a abrirle.

Inés, desde su ventana, vio que del automóvil negro descendían corriendo dos hombres y en unas cuantas zancadas alcanzaban el portón abierto, mientras que un tercero, llevando la maleta de Irene, corría cogido de la mano de la chica hasta llegar a la puerta abierta de la casa. Hasta Inés llegaron las voces airadas de los tres policías discutiendo con Almeida que, lívido de ira, parecía querer fulminarlos con sus ojillos feroces.

—¡Es una casa privada! ¡No pueden pasar! —repetía Almeida.

Irene, muy pálida, contemplaba la escena.

—¿Es la casa de la menor, sí o no? —preguntó un policía.

—Sí... es... —reconoció Almeida.

—¡Entre! Entre a su casa, señorita —le ordenaron a Irene que, asustada, cruzó el umbral y echó a correr hacia el interior.

—¡El nombre de su padre! Ha cometido el delito de abandono deliberado de una menor. Se negó a abrir la puerta y desconectó el teléfono. Lo constatamos en la oficina —gritó el policía más viejo, a quien la cara astuta de Almeida le producía cólera.

"¡Ojalá que le rompa la cara!", pensó Jesús.

—El señor no está en París. No sé por qué no abrió este hombre —contestó Almeida señalando a Jesús.

Inés bajó corriendo las escaleras; a medio camino se encontró frente al señor y frente a Irene. El hombre llevaba la pijama en desorden y los ojos coléricos.

—¡No fue Inés la que me abrió, papá! Fue la policía...

—¡Inés! ¡Échela a la calle! —ordenó Javier.

Inés se quedó inmóvil, creía que la Secreta vigilaba la calle. Ignoraba que, en ese momento, la policía se llevaba a Jesús y a Almeida a la comisaría, para declarar que el señor se hallaba ausente, que la señorita Irene se había presentado de improviso, que los criados no esperaban a nadie y que además tenían órdenes estrictas de no abrir a desconocidos. El miedo los había obligado a atrincherarse en la conserjería.

—La señorita dijo algo muy distinto. Además, no es una desconocida —les dijeron cuando ya habían firmado sus declaraciones.

Almeida y Jesús se miraron aterrados. Tenían suerte en que fuera domingo y sólo hubiera personal de guardia. Pero el lunes... el lunes recomenzaría otra vez todo...

Desde la habitación llegaron los alaridos de Gina reclamando a Javier. Éste dio algunos pasos. Inés aprovechó el momento para coger a la jovencita y llevarla corriendo a su cuartucho.

—¿Un café, señorita? —preguntó Inés.

—¿Un café...?

—No se mueva de aquí mientras se lo preparo —le ordenó la doncella.

En el umbral de la puerta estrecha del cuartucho apareció Javier sonriendo.

—Ven, Irene, Gina tiene algo que decirte.

Cogió a su hija por el brazo y ante la mirada atónita de Inés se llevó a la joven, que se dejó guiar con mansedumbre. Inés los siguió de lejos. Los vio entrar a la habitación del señor y escuchó los alaridos de La Loba. No sabía qué hacer, los alaridos aumentaban, escuchó golpes violentos. Inés se precipitó a entrar: Gina, con los cabellos negros revueltos, los ojos fuera de las órbitas y la pijama desgarrada, arañaba los muros y profería frases obscenas:

—¡Virgen hedionda, podrida! ¡Javier, dame un sacacorchos para desvirgarla yo misma! ¡Dámelo...! ¡Dámelo...! ¡Puta hipócrita...!

Javier, de pie, contemplaba la escena sonriendo de una manera extraña. Se había colocado junto a una ventana interior y miraba embelesado a Irene. La jovencita, puesta de rodillas en el suelo, miraba a Gina con terror, mientras que de una mejilla le corría la sangre como si le hubieran dado un navajazo. Tenía los cabellos en desorden y el traje desgarrado, cubierto de sangre. Inés se precipitó sobre ella, la abrazó, la puso de pie y la sacó de ahí, en medio de los alaridos de La Loba, que amenazaba con matarla y fornicar ella misma con la puta Virgen María.

Inés, sosteniendo a Irene con fuerza, huyó a su cuartito y colocó el ropero contra la puerta. Irene la miraba hacer. El teléfono llamó y la doncella se precipitó a contestarlo.

—¡Por los clavos de Cristo, venga la señora! —gritó exasperada.

Javier llamó con suavidad a la puerta del cuartucho.

—Irene, Irene, ven, que Gina tiene algo que decirte —ordenó.

—En seguida va, señor —contestó Inés para dar tiempo a que llegara la señora.

Lo escuchó alejarse y esperó unos minutos. Después, le anunció a Irene que ella iba a salir para esperar a su madre y que, apenas saliera, corriera el armario sobre la puerta, para evitar que entraran a atacarla. Irene asintió con la cabeza. La herida de la mejilla continuaba sangrando en abundancia. Inés, demudada, salió y desde afuera esperó a oír que la señorita se atrancara. Bajó por la escalera, iba llorando. A través de sus lágrimas vio subir a una mujer joven, vestida con unos pantalones de hilo de color canela y un tricot de hilo, también del mismo color. Calzaba sandalias, estaba tostada por el sol, no llevaba maquillaje y sus cabellos rubios se balanceaban tranquilos.

—¿Usted es la señora Paula? —le preguntó Inés.

—Sí..., ¿por qué está abierto el portón? ¿No hay nadie...? ¿Por qué no contestaron anoche el teléfono? ¡Qué mal rato me hicieron pasar! —exclamó con los ojos muy abiertos.

Inés no supo qué decirle a aquella mujer de aspecto apacible que, ajena a lo que sucedía, se dirigía a la puerta de la habitación de su marido. Iba a llamar con los nudillos, cuando Inés se le acercó.

—¡Cuidado, señora! ¡Es una loba! ¡Una loba!

Paula la miró asombrada. Tal vez la noche pasada sin dormir la había dejado sin reflejos o tal vez era simplemente una imbécil.

—¿Dónde está Irene? ¿Aquí... con su padre? —preguntó, mientras llamaba a la puerta con los nudillos.

—¿Quién molesta? —preguntó la voz de Javier.

—Soy yo, Paula. ¿Se puede?

Inés la miró boquiabierta. Un "¡Pasa!" la dejó aún más intranquila. ¿Paula ignoraba lo que sucedía en aquella casa? La vio entrar y se acercó a la puerta a escuchar lo que sucedía adentro.

—¡Gina...! ¿Qué haces aquí...? ¿Cómo estás? —preguntó Paula sorprendida.

Se produjo un silencio. Después hubo una explosión de injurias de Gina. Se dejó oír la voz pausada de Paula: "¿Dónde está Irene?" La voz incoherente de Gina llenó la casa.

—¿Culpable? Tú siempre con culpables y con inocentes. ¡Burguesa! ¡No existe la culpa! ¡No existe! Te voy a arrancar la piel de la cara y nadie dirá que hay culpa. ¡Nadie! —gritó Gina.

—Estás borracha —contestó Paula con voz despectiva.

—¡Paula, escúchala! Y no culpes al alcohol de tu propia imbecilidad. Siempre fuiste una imbécil. ¡Inerte como un trozo de hielo! Gina es una ¡mujer! ¡Una mujer que huele a axila, que coge, que pega, que ama, que tiene flujo...!

—¡Por favor, no entres en detalles tan asquerosos! —suplicó Paula.

—¿Vas a escucharla? —gritó Javier.

—No escucho. Detesto las incoherencias.

—¡Puta! Te voy a arrancar la piel de la cara. ¡Frígida! —rugió Gina.

La puerta se abrió y ante los ojos de Inés apareció Paula, que volvió a cerrar la puerta con cuidado.

—¡Qué espectáculo! ¡Qué horror! Cómo se ha degradado este pobre hombre. ¿Dónde está Irene? —le preguntó a Inés.

La doncella, sin decir una palabra, la condujo hasta su cuartucho. Paula, al ver a su hija, retrocedió y sus dedos temblaron hasta dejar caer el cigarrillo encendido.

—¡Irene! ¡Por Dios santísimo! Vámonos de aquí —y su piel dorada se volvió intensamente pálida—. ¡Irene! Estás herida..., ¿para esto me ordenó tu padre que te trajera? ¡Dios mío, Irene, vámonos de aquí!

La jovencita miró a su madre con reproche:

—Yo no soy como tú. Yo exijo mis derechos y no me voy. Ésta es mi casa. ¡Mi casa! Ya me fui contigo cuando te echó a la calle y dormí contigo en la calle y luego en el colchón de Nicolle. ¡No me voy!

Paula se aterró, miró a Inés pidiéndole socorro. La doncella las contempló a las dos sin saber qué decir, ni qué partido tomar.

—¡Irene, por favor, vámonos! —suplicó Paula.

—¡No! Ya no les tengo miedo. ¡Ahora se van ellos! Esa señora no tiene ningún derecho en invadir mi casa. La policía está de mi parte.

—¿La policía...? ¿Quieres que nos mate tu padre...?

Paula se sentó en el borde de la cama. Parecía agobiada y se negaba a ver la sangre que manaba del rostro de su hija. La doncella supo que tenía miedo, mucho miedo.

—Perdone, Inés, ¿tiene usted un cigarrillo?

—La policía me dijo que es él quien ha cometido un delito —afirmó Irene.

Inés buscó algodón, alcohol y limpió el rostro de la jovencita, sin hacer caso de la madre, que parecía ajena a lo que sucedía a su alrededor.

—La señorita pasó la noche con la policía —explicó Inés.

—¿Con la policía...? ¡No entiendo...! No entiendo nada. Irene, te lo suplico, vámonos de aquí...

Inés le relató lo sucedido, después trató de explicar lo que ocurría todas las noches en la casa y agregaba un final que condensaba todo: "¡Es una loba!", "¡una loba!", "¡una loba!" La palabra asustó aún más a Paula, que insistió en que debían salir inmediatamente de ahí.

—Inés, avísale a mi padre que yo no salgo de aquí, que son él y su amante los que deben abandonar esta casa —le ordenó Irene a la doncella, y al ver que la muchacha no se movía, cogió el teléfono y le pidió a Jesús que la comunicara con su padre. Una vez al habla con él, le comunicó su decisión y colgó el aparato.

—Irene, yo no puedo quedarme aquí. No tiene sentido y al final nos ma... —suplicó Paula.

—¡Vete! Después se irán ellos —afirmó Irene y se tendió en la cama de Inés.

La joven estaba intensamente pálida, tenía un ojo lastimado y el traje cubierto de sangre que empezaba a secarse.

Paula inclinó la cabeza. Era evidente que padecía un terror profundo y que no estaba dispuesta a acompañar a su hija en aquella temeridad.

—Me quedo con usted, señorita, aunque pueden... matarnos... —dijo Inés, convencida de sus palabras.

—Trataré de llegar a un acuerdo con ellos —afirmó Paula con voz desmayada.

Le recomendó a Irene que no abandonara la habitación de la doncella, que pusiera el armario contra la puerta y bajó, seguida por Inés, hasta el tercer piso. Llamó con suavidad a la puerta del dormitorio de su marido.

—Soy Paula... —repitió varias veces sin obtener ninguna respuesta.

Del interior del cuarto venían ruidos extraños, palabras obscenas y blasfemias. Paula miró a la doncella, con ojos aterrados, y ésta observó su palidez mortal. Inés supo que la señora sólo deseaba salir de ahí, acompañada de su hija, y no volver jamás. Era lo mismo que deseaba ella: huir hasta llegar a su convento. Sólo ahí se sentiría segura.

—No, la señorita no se irá. Le han hecho demasiado daño —le dijo contestando a la pregunta que Paula no le formuló—. Vuelva más tarde la señora. Tal vez la señorita cambie de idea.

La acompañó a la escalera y la vio bajar, insegura, volviéndose en cada escalón para regalarle una sonrisa de disculpa ante su cobardía.

—Estaré en el café de la esquina; cualquier cosa que pase la sabré en seguida. Allí las espero... —le dijo al oído a Inés.

No sabía qué hacer y se dirigió a Jesús, al que encontró escondido en su cocina.

—Estuve en la policía..., aquí va a correr sangre... —exclamó el hombre al verla.

—¿Lo detuvieron por lo de la señorita...?

—¡Vaya si me detuvieron! Tuve que hacer una declaración llena de mentiras para cubrir al señor y al Almeida ese... El lunes volverán...

—No se preocupe, yo seré testigo de que usted no mintió. Ahora escuche, Jesús, no se asuste y fíjese en lo que le digo: me voy al café de la esquina; si sucede algo, llámeme en seguida. ¡En seguida! No entiendo lo que pasa aquí. ¿Están locos...? ¡Dios mío! Jesús, ni una palabra de esto al señor. ¿Me lo jura? —suplicó Paula, temblorosa.

—Se lo juro.

Jesús la miró con atención: actuaba como siempre, usando palabras fáciles para restar importancia frente a los demás al pavor que le producía Javier. Hubiera deseado disculparse, pero ella no le dio pie para pedirle excusas. Paula sabía que también Jesús actuaba impulsado por el miedo. Repentinamente, el conserje sintió un odio irracional hacia su antigua patrona: ¡se lavaba las manos! Ponía más interés cuando le pedía: "Compre usted tulipanes blancos", que ahora que todo caía derrumbado ante sus ojos, hasta su propia hija.

Para vengarse por su falta de lágrimas y gritos, no le dijo que Almeida la acechaba en el patio.

En efecto, al salir de la conserjería, el hombre con ojos de serpiente le salió al paso y la arrinconó contra un muro. Ahí le habló en voz muy baja y Jesús vio el rostro de Paula volverse espantosamente pálido. Luego la dejó ir. Vio cómo subía la calle con pasos vacilantes. Satisfecho, Almeida entró a la conserjería.

—¿Por qué la dejó entrar...? Lo tiene usted absolutamente prohibido —le dijo aquel hombre de voz sibilina, cubierto con una cazadora inglesa que le colgaba de los hombros estrechos.

—Es la señora...

—¿La señora de quién?

Con disimulo, Almeida se acercó a la ventana para ver si el coche de la policía continuaba estacionado. Al comprobar su ausencia, sacó su automóvil y huyó con velocidad.

La casa permaneció silenciosa. Afuera, el verano esplendoroso llenaba el aire de polen, de hojas y de perfumes. Por la calzada avanzaron jinetes elegantes y despreocupados. Pasaron también automóviles abiertos, con jóvenes vestidos de sport y que se dirigían al campo. La iglesia vecina llamaba a misa y el domingo apacible subía al cielo, ignorante de aquel antro encerrado detrás del portón de maderas preciosas y de bronces pulidos.

Jesús se dejó caer abatido sobre su propia mesa. ¿Por qué tenía la desdicha de estar entre las manos de aquellos extranjeros que practicaban ritos obscenos? La casa entera estaba contaminada por el mal y él, Jesús, tenía miedo. Hubiera deseado que aquella mañana la policía hubiera arrestado a todos y los hubiera condenado a cadena perpetua, ya que en cualquier momento ocurriría algo terrible que él era incapaz de impedir. Él era ateo, la religión era puerilidades y, sin embargo, ahora estaba convencido de la existencia del demonio y, como su prima, creía que el diablo mismo vivía acurrucado bajo la escalera. Supo en ese momento que el mal era secreto y recordó los anuncios en los diarios: "Especialista en enfermedades secretas". En cambio, el bien, la salud, se practicaba a la luz del día. Estaba preso en una red de la que no podía escapar y en cualquier momento el demonio se apoderaría de su persona y también él cometería crímenes obscenos. "La culpa la tiene el hambre, el hambre que me trajo aquí..." Decidió pedirle a Inés que rezara por él. Sintió sudores fríos: ¿por qué la había llamado? "No tengo disculpa, yo sabía lo que pasaba aquí." Inés sólo era una pobre huérfana, sin defensa, sin ninguna garantía... Ivette y Almeida interrumpieron sus cavilaciones.

—Jesús, el verano ya empezó y usted debe tomar sus vacaciones en Normandía —le dijo Ivette en voz muy alta.

El portero no contestó, la mujer lo había tomado por sorpresa. Se volvió a Almeida que, con sus ojillos juntos, lo observaba con aire divertido. "¿Qué piensas hacer tú, mala leche?", se dijo, mirando al hombre con odio. Ivette dio varias vueltas por la habitación, con el cigarrillo colgado en la comisura de los labios. Consultó su reloj masculino y ordenó con voz gruesa.

—Haga su maleta, Jesús, que lo vamos a llevar a la estación.

El hombre, muy pálido, permaneció cruzado de brazos recordando al demonio acurrucado debajo de la escalera.

—Sí, Jesús, los niños nos esperan allá —intervino Suzanne, dándose cuenta de la resistencia muda de su marido y del empeño de los otros en alejarlos de la casa. "Es para evitar que mañana vaya a la comisaría...", se dijo la mujer.

—¡Estoy esperando, Jesús! —insistió Ivette, rascándose la cabeza.

Suzanne empezó a echar sus cosas y sus ropas en una vieja bolsa de lona. ¿Por qué se los llevaban con tanta prisa? Sintió miedo y corrió hacia la pequeña repisa para recoger los peines, los cepillos de dientes, los jabones, sus tubos de labios, que echaba en desorden dentro de la enorme bolsa. No era cosa de hacer un equipaje como los que había preparado en sus viajes anteriores. Jesús permanecía inmóvil, con los brazos cruzados, mientras la palidez de su rostro aumentaba de una manera alarmante y su nariz se afilaba como la de los muertos. A primera vista parecía que iba a darle un síncope. Ivette se acercó a él, le dio varias palmadas en la espalda para hacerlo volver a la realidad. Sus palmadas parecían muy cordiales, pero el hombre no pudo evitar hacer un gesto de repulsión al contacto de aquellas manos.

—¡Está usted muy tenso, Jesús, el campo le hará muchísimo bien! —le dijo Ivette, insistiendo en sus palmadas.

Suzanne arrastró la bolsa por el suelo de la habitación y la colocó a los pies de su marido. ¿No se daba cuenta el muy idiota que era necesario obedecer?

—Cárgalo, está muy pesado para mí —le dijo con voz suave.

Jesús no se movió. Fue Ivette la que se echó la bolsa al hombro y ordenó con voz fuerte:

—¡Vamos! ¡Vamos...!

—No puedo, debo despedirme de mi prima Inés —contestó el hombre con voz terca.

—¿De Inés? No querrá despedirse de usted ahora. Está con la señorita Irene —contestó Ivette.

—Además, ¿para qué?, si se la vamos a enviar esta noche en el nocturno. No deje de ir a esperarla a la estación —mintió Almeida con voz divertida.

—No puede viajar, no tiene sus papeles en regla...

—¡Aquí están sus papeles! —aseguró Ivette, golpeando con su mano libre el bolso que pendía de una correa, a semejanza de los sacos de los carteros.

Ivette echó a andar hacia la puerta. Se volvió, miró iracunda a Jesús y gritó:

—¡En marcha!, que no es usted ningún niño de teta.

Salieron al patio embaldosado. Suzanne le entregó a Almeida las llaves de la conserjería; éste aseguró con ellas la cerradura de la puerta y después las guardó en su bolsillo. Los cuatro alcanzaron el automóvil inglés de Ivette, que atravesó la ciudad, cruzó sus puentes y llegó a la estación a gran velocidad. Los subieron a un tren que no les convenía, ya que debían hacer varios cambios para un trayecto tan corto. Almeida e Ivette esperaron pacientes hasta verlos partir.

—¡Felices vacaciones! —les gritó Ivette.

Cuando el tren arrancó, Jesús se dejó caer en su asiento; iba agobiado por los remordimientos. Se debía haber impuesto e irse a despedir de Inés. "¡Cobarde! ¡Cobarde!", se repitió a sí mismo. De pronto recordó a la señora Paula, que esperaba sus señales en el café de la esquina. ¿Quién iba a contestarle cuando llamara por teléfono? "¡No sé cómo no se ha vuelto loca esa mujer!", se dijo asombrado. Y si sucedía algo, ¿quién iba ir a decírselo al café? No quiso pensar, se arriesgaba a volverse loco. Trató de recordar a sus hijos, pero había olvidado sus caras, sólo recordaba el rincón de la escalera en donde habían guardado las velas negras.

—Esos dos piensan hacer algo gordo. No teníamos más remedio que obedecer —dijo Suzanne, que también iba preocupada, y a quien la palidez de su marido le ponía la carne de gallina.

—¡Vaya que si lo piensan! —contestó Jesús.

—Bueno, pero no por eso tú vas a matarte del disgusto.

Su marido no contestó. Al cabo de un rato, Suzanne dijo pensativa:

—Tienen un plan.

Pasarían treinta días antes de que los dejaran volver a París. Jesús volvió a pensar en su prima abandonada, la imaginó frente a la puerta cerrada de la conserjería y volver luego, despavorida, a su cuarto de la buhardilla. Después ya no vio nada...

A esa hora, Inés bajó a la conserjería a buscar a su primo; en su lugar se encontró con Almeida, recargado sobre la puerta de entrada de la vivienda de Jesús. El hombre la miró con cinismo.

—¿Y mis primos? —preguntó la muchacha con voz trémula.

—Se fueron de vacaciones. ¿No lo sabía? En verano se va todo el mundo —contestó el hombre, con aire satisfecho.

Inés sintió que le flaqueaban las piernas. Se dirigió al portón de entrada y lo halló cerrado con llave. Procuró no ponerse demasiado pálida, pasó nuevamente frente a la conserjería y se detuvo un momento para decirle a Almeida:

—Usted está de broma.

Subió las gradas de piedra fingiendo indiferencia y, una vez dentro de la casa, se precipitó hasta llegar a su buhardilla. Trató de explicarle con calma a Irene la desaparición de Jesús y de Suzanne.

—¡Váyase usted, Inés! —le aconsejó la chica.

—El portón está cerrado y Almeida vigila —le contestó.

Irene se quedó pensativa unos minutos, después levantó la cabeza y miró de frente a la doncella:

—Tienen miedo. Han cometido un delito. ¡Muchos delitos! Pero ahora se han pillado los dedos. En la policía consta que me dejaron en la calle con un propósito criminal, por eso quieren asustarnos. No tema nada, Inés. Lo único que pueden hacernos es matarnos, como usted dijo antes, pero se notaría mucho.

La doncella admiró la lucidez de la jovencita. No la dejaría, correrían la misma suerte. Ambas estaban muy cansadas, colocaron el armario sobre la puerta y decidieron dormir un rato. Ellos a esa hora estarían planeando su venganza, se dijo Irene con tranquilidad. Ocupó una orilla de la cama y en unos minutos su respiración se volvió acompasada, dormía. La doncella la observó con afecto, le dolían los golpes marcados en el rostro dormido. También ella dormiría un rato. ¡Hacía tanto tiempo que el miedo le intranquilizaba el sueño! En unos minutos cayó profundamente dormida.

Despertó sobresaltada. El cielo empezaba a cubrirse de sombras ligeras, la casa estaba demasiado quieta y ella soñó que alguien había tratado de abrir la puerta. Irene dormía apacible, estaba muy pálida, necesitaba comer algo, pero no se atrevió a salir del cuarto. Gina o Javier podían venir a asesinar a la señorita. ¿Por qué le vino esa idea disparatada a la cabeza? Se asomó a la ventana y vio que el automóvil de Almeida ya se había marchado. Debían ser las siete de la noche. El cielo giraba con dulzura sobre las copas perfumadas de los árboles y por la calle pasaba gente vestida de claro. La oscuridad de su buhardilla la había engañado, proyectando sus sombras en el cielo todavía clarísimo. ¿Cómo podría ella, Inés, regresar al mundo amable en el que no sucedían los crímenes que ahora presenciaba? El teléfono se hallaba mudo y pensó que lo habían desconectado. Recordó a Paula, ¿estaría en el café? ¿Por qué no venía a buscar a su hija? "Tal vez vino y también desconectaron el timbre. Estos demonios son capaces de todo", se dijo, sintiendo que un escalofrío le recorría la espalda, como si el ángel de la muerte se hallara colocado a sus espaldas.

El crepúsculo empezó a caer con suavidad sobre las copas de los árboles. No quiso interrumpir el sueño de Irene. Tal vez era prudente revisar la casa y preparar algo de comer antes de que cayera la noche. Quitó el armario y salió con sigilo de su cuarto.

Bajó las escaleras, anhelante; se detuvo frente a la puerta abierta del dormitorio de Javier. La habitación estaba silenciosa y apagada. Entró y la encontró vacía. Contempló la cama deshecha y maloliente. Irene había logrado su propósito, La Loba había huido. Las cortinas estaban impregnadas del mismo olor que invadía la casa cuando organizaban los festines. Los armarios estaban abiertos y vacíos. Sí, Gina y Javier habían huido, llevándose todas sus pertenencias. Revisó las habitaciones vacías. El enorme vestíbulo la recibió en silencio. Entró al salón de música y retrocedió asustada por el enorme piano que parecía un animal peligroso. ¡No había nadie! Al entrar al comedor le pareció ver reflejada en los espejos la figura de Almeida. Sintió vértigo y las imágenes repetidas en el azogue oscuro desaparecieron en una huida fantasmagórica. El miedo le producía alucinaciones. La vista de la cocina con la mesa lavada con arena la reconfortó. Puso a hervir agua, prepararía unas patatas viudas y un café. En la despensa quedaban trozos de pan. Ni la señorita Irene ni ella habían probado bocado en todo el día. Bajó al patio embaldosado para revisar la entrada de la casa. El portón y la puerta de la conserjería continuaban cerradas con llave. "¡Nos han dejado presas en la casa!", se dijo asustada. Ni siquiera podían llamar por teléfono para pedir auxilio, pues el conmutador telefónico se hallaba dentro de la vivienda de su primo. ¡Por eso no había llamado la señora Paula! "Podemos huir por alguna ventana", se dijo, y recordó que las persianas de las ventanas del primer piso estaban cerradas con enormes candados. Desesperada corrió a las gradas de piedra para ir en busca de Irene y comunicarle lo que sucedía. Era suicida permanecer en aquella trampa. "Tal vez echaron los candados en todas las ventanas", se dijo aterrada. Entró al vestíbulo, que estaba ahora completamente a oscuras. A tientas buscó uno de los conmutadores de la luz, lo encendió y el vestíbulo continuó a oscuras. "Han desconectado la luz", se dijo, sintiendo que un sudor frío le recorría la frente, la nariz y el cuello. Estaba segura de haber dejado antes las luces encendidas. Quiso gritar: "¡Señorita Irene!", pero sintió presencias enemigas. De las sombras acumuladas bajo la escalera, surgieron dos sombras espesas que la sujetaron con fuerza: eran Almeida e Ivette.

—¡Inés! ¡Vámonos, el señor la espera! —ordenó Ivette en voz baja, muy extraña, que aumentó el terror de la doncella.

—No puedo, me espera la señorita Irene... —balbuceó Inés, temblando de terror.

—Su madre se encargará de ella —respondió Almeida, cerrando su mano como una tenaza de hierro sobre el brazo de la joven.

—¡Mi ropa! —protestó Inés con la esperanza de que la dejaran subir para avisarle a Irene lo que sucedía.

—¡Te la llevaré mañana! —contestó furiosa Ivette, que la mantenía cogida por el cuello.

Con rapidez la arrastraron fuera de la casa, llegaron al portón, Almeida lo abrió y salieron a la calle. Una vez fuera, el hombre cerró con llave la puerta de entrada.

—¡No grite si no quiere que la lleve a un manicomio! ¡Loca! —le dijo al comprobar que la muchacha trataba de zafarse—. ¡Loca! —le repitió.

La llevaban entre los dos, caminando de prisa, sostenida casi en vilo. Alcanzaron la esquina más próxima, dieron vuelta y encontraron el automóvil de Ivette. La introdujeron en el asiento delantero entre Ivette y Almeida. La secretaria llevaba el volante; a gran velocidad cruzaron la ciudad casi desierta, para luego estacionarse en una callejuela adoquinada, próxima a un hermoso parque.

—La señorita Irene... la señorita Irene... —balbuceó Inés en el colmo del terror.

De prisa también, la introdujeron en un edificio y en el ascensor no cruzaron ni una palabra. "Estoy muerta... la señorita está muerta... nos van a asesinar... tenía razón la señora Paula", se repitió Inés cuando la arrastraron por un pasillo estrecho con varias puertas pequeñas y cerradas. Ivette llamó a una de ellas y Javier en persona apareció sonriente.

—¡Aquí tienes a Inés! —anunció Ivette triunfante, al mismo tiempo que le entregaba las llaves de la casa en donde Irene había quedado atrapada.

—¡Nos vamos. Almeida y yo tenemos una cena! —anunció Ivette dándole una palmada afectuosa a su amigo Javier.

—Creo, sin vanidad, que hicimos un buen trabajo, rápido y limpio —agregó Almeida, que parecía satisfecho de su hazaña.

—Gracias, Almeida, siempre conté con su fidelidad —dijo Javier, tendiéndole la mano al hombre de ojos astutos, que no podía separar la mirada de Inés.

La muchacha, de pie, temblaba visiblemente y la palidez de su rostro anunciaba que estaba próxima al desmayo.

Almeida e Ivette se marcharon en seguida.

Inés se encontró a solas frente a su patrón, al que casi no distinguía, pues la vista se le había nublado. El lugar adonde la habían llevado era un piso estrecho. El saloncito se abría sobre la misma puerta de entrada y en él había algunos libros, un caballito arrancado de un tiovivo, pintado en color naranja, con tupidas crines blancas y enjaezado en oro. De los muros colgaban fotografías de hombres y de mujeres desnudas, en posturas osadas. Casi a su pesar, Inés levantó la vista y su mirada cayó sobre la fotografía de una mujer, que se repetía en todas las paredes. La mujer era vieja, se parecía a Almeida, estaba desnuda, con las piernas abiertas y el sexo cerrado con un candado. La doncella quiso ocultar el horror que le produjo aquella imagen horrible. Hubiera podido jurar que se trataba de Almeida, si no estuviera desnuda y en aquella situación inconcebible. Sus trenzas ralas y sus ojillos tenían una expresión trágica. Inés retrocedió espantada.

—¡Ven acá! —le gritó la voz de Gina, que salió desnuda de atrás de una cortina de cretona sucia.

La cortina dividía al saloncito de una alcoba, desde la que salió la risa apagada de Torrejón. Inés, sorprendida y aterrada, no pudo dar un paso. ¿Por qué estaba en ese lugar horrible? ¿Adónde la habían llevado? ¿Quién era el que iba a matarla? Los pechos de la señora Gina colgaban como globos desinflados. La joven la vio avanzar hacia ella y reculó instintivamente para evitar el contacto con aquella mujer que le producía terror. Tropezó con una mesita colocada junto a una ventana alta y cuadrada, que daba a un patio interior. Sobre la mesa, alguien había colocado un buzón rojo con el siguiente rótulo: "Misivas Lascivas". Inés trató de encontrar una puerta de escape.

—¡Ahí está! —gritó Gina, riendo a carcajadas.

Inés corrió y se encontró en una cocina, estrecha como un retrete de pueblo.

"¿Y la señorita Irene...?, ¿qué hacía...?, ¿qué le harían...?", pensó confusamente. Recordó que estaba sola, encerrada en la enorme casa. "Se morirá de terror", y empezó a sollozar con desconsuelo. No se dio cuenta que, desde la puerta de la cocinilla, el señor Javier, Gina y Torrejón, los tres desnudos, la miraban, hacían señas y reían. Gina entró conciliadora y se colocó junto a ella:

—¿Te pasa algo, Inés? —preguntó acariciándole la nuca.

—La señorita Irene... —contestó llorando.

—No te preocupes por ella. Está bien guardada, se morirá de hambre y yo te llevaré a su entierro después de las vacaciones. En cambio, a ti te voy a cuidar mucho... —su risa estentórea ahogó los sollozos de Inés, que la miró espantada.

Gina se acercó a la estufa y preparó una bebida que le ofreció a Inés. La joven abrió los ojos, miró a la mujer y gritó:

—¡No lo quiero! ¡Auxilio! ¡Quieren envenenarme!

Torrejón le saltó encima para taparle la boca; en el forcejeo la tiró al suelo y retorciéndole los labios le repitió muchas veces:

—No grite, histérica. No grite, histérica...

Después, se volvió a Gina y ordenó:

—¡Pásame el té!

Con una fuerza demoniaca, logró abrirle la boca y le vertió el líquido, a riesgo de ahogarla. Inés logró enderezarse y empezó a toser convulsivamente.

—¡Tómese el té! —le ordenó Torrejón, al tiempo que le daba varias bofetadas.

Gina se arrodilló junto a ella:

—¡Bébelo! ¡Bébelo! Te hará bien, estás cansada —ordenó con suavidad.

"Tenía razón la señora Paula, nos deberíamos haber ido con ella", se repitió una y otra vez la joven, mientras trataba de beber el líquido a sorbitos. La boca se le había hinchado con los golpes y no acertaba a beber correctamente. Vio a Torrejón que preparaba más líquido. "Mejor, me moriré de una vez", y las lágrimas brotaron de sus ojos con mansedumbre. Prefirió llorar con los ojos cerrados para no ver el rostro de la mujer que le producía aquel espanto. Gina y Torrejón la pusieron de pie; después la llevaron a un cuarto minúsculo que comunicaba con la cocina y la empujaron para hacerla caer sobre un catre.

—¡Duérmete! —le ordenó Torrejón.

—¡Duérmete! —repitió Gina, inclinándose sobre ella, con los pechos colgantes muy cerca del rostro de la joven.

Inés durmió muchas horas y durante el sueño la visitaron personajes extraños. La habitación giró como si estuviera montada en un tiovivo. Despertó con dificultad: le dolía la nuca, tenía sed y, por la rejilla abierta en lo alto del muro, vio un trozo de cielo veraniego que se manchaba de colores oscuros. Hacía un calor asfixiante en aquel cuarto parecido a una celda de castigo. No sabía dónde se encontraba. Se levantó tambaleante y salió a la cocina y al saloncito, en donde la mujer desnuda con el candado cerrándole el sexo le recordó a Almeida y retrocedió con espanto. Quiso saber en qué lugar se hallaba, se dirigió a las cortinas de cretona, miró tras ellas y supo que se encontraba sola. Quiso salir de ahí, pero la puerta de entrada estaba cerrada con llave. Agobiada por la nueva soledad regresó a la cocina y trató de recordar lo sucedido: una niebla espesa le empañaba los hechos; sin embargo, el rostro ensangrentado de Irene y la escalera de la mansión empezaron a dibujarse en su memoria oscurecida. Frente a ella vio un refrigerador: "Aluap-Eneri", se dijo, y corrió a abrazarse a él. Después, invadida por una sed desconocida, lo abrió y bebió toda la leche que encontró. Un rato después, la cocina creció desmesuradamente y ella pidió auxilio repetidas veces, pero no escuchó su voz. O tal vez nadie la escuchaba. Vagamente se dijo que era Irene la que pedía socorro y se dejó caer al suelo. Permaneció ahí, soportando el vértigo incontenible que le produjo la leche. Tenía miedo, miedo de que alguien la viera y se arrastró al cuarto a esperar a que llegara la señorita Irene. De repente cayó una cortina negra que sólo le permitió ver una pequeña rendija de luz. Quiso arrancarse los cabellos, pero no se los encontró. Tampoco encontró sus manos en aquella oscuridad profunda en la que se hallaba. Pensaba vertiginosamente hacia atrás, también caminaba hacia atrás por un túnel sin fondo, en el que sólo había una rayita de luz deslumbradora. Durante muchos años caminó a gatas por el túnel negro, buscándose los cabellos y las manos. En un momento se quedó quieta, tal vez se había muerto y ella lo ignoraba; alguna vez, en alguna parte, había escuchado la palabra ¡infierno...!, sí, infierno...

Cuando volvió la luz era de día. Alguien había levantado la cortina espesa de tinieblas y ella estaba tirada en la cocina estrecha. No pensó en nada, sólo tenía sed. Hizo un esfuerzo y bebió agua del grifo. Había más leche y un poco de jamón en el refrigerador. Intentó rezar: Padre Nuestro... Padre Nuestro... Padre Nuestro... Padre Nuestro... había olvidado la oración y volvió a ocupar su lugar en el suelo. Permaneció quieta hasta que oscureció y luego amaneció.

No supo cuando la señora Gina se inclinó sobre ella: su rostro enmarcado por sus cabellos negros la observaba con atención. Inés levantó una mano y tocó uno de sus pendientes de oro, que se alargaban como rayos solares deslumbradores que daban reflejos iridiscentes al cuello de la mujer inclinada sobre ella.

—¿Te sucede algo, Inés?

La doncella escuchó su propio nombre: "Inés", y le resultó asombroso. "Inés... Inés... Inés...", se dejó oír en aquella habitación asfixiante. Escuchó voces y carcajadas lejanas, que se acercaban peligrosamente a ella. Detrás de la señora Gina apareció el rostro de alguien a quien Inés recordaba vagamente.

—Che soy yo. ¿Te sentís mal?

Era Andrea, con sus cabellos al rape y sus mejillas mofletudas. Por primera vez comprendió la fealdad agresiva de la pintora, le asustaron su nariz aplastada y su piel oscura perlada de sudor.

—No, no estoy bien..., no soy nadie... —dijo con lucidez y contempló a la mujer, en mangas de camisa, que charlaba animada con Gina. Veía los movimientos de sus labios gruesos, pero no escuchaba ningún sonido. Hizo un esfuerzo y le pareció que hablaban con ruidos animales, como si fueran dos cerdos gruñendo.

Andrea se sentó en el borde del camastro y sonrió, mostrando sus dientes cuadrados con filetes de oro. Con suavidad, Andrea le pasó la mano por los cabellos, bajo la mirada fija de Gina. En los brazos desnudos de la mujer, las serpientes esmaltadas abrían la boca y amenazaban con sus lenguas agudas. Andrea se alejó para volver con un plato que contenía rodajas de salami y aceitunas.

—Come algo.

—La señorita Irene... —balbuceó Inés.

—Ya comió. Está muy bien. Sos vos la enfermita —le explicó Andrea en voz baja.

La obligó a comer el salami y le sirvió una gran taza de café. Inés se sintió reconfortada. Repentinamente vio brillar las aceitunas que quedaban en el plato, en todos los colores imaginables. Las había rojas, anaranjadas, azules, lanzaban rayos cegadores, de los que surgían círculos y triángulos rojos y azules que se acercaban peligrosamente a ella, acompañadas de sonidos estridentes, para alejarse después con la misma velocidad con la que le rozaban el cuerpo. En medio de aquella multitud de triángulos y círculos en movimiento, la señora Gina, con la nariz enormemente dilatada, permanecía de pie, observándola inmóvil y negra, como una enorme figura amenazadora.

—La Loba..., me odia..., ¡me odian todos!, ¡yo los odio...! —gimió Inés, huyendo a la otra habitación estrecha para evitar ser alcanzada por la multitud de proyectiles multicolores que la perseguían.

Andrea continuaba sentada en el camastro, muy lejos de ella, en una esquina del cuarto que había crecido desmesuradamente. En medio del estrépito producido por los discos de colores, la señora Gina avanzó hasta ella, enorme y negra, la tomó del brazo y la llevó al camastro. Caminaron largo rato antes de llegar junto a Andrea, que sonrió con los dientes de una calavera. La obligó a acostarse y le acarició los cabellos castaños deshechos. Desde el techo del cuarto la miraba Torrejón, con sus ojos redondos y su nariz aplastada.

—Necesita calor, calor humano, humano, humano, humano —decían los labios abultados del hombre.

Escuchó voces entrecortadas unidas a los ruidos agudos de los triángulos y de los círculos que viajaban sobre su cabeza. Las voces llegaban hasta ella con gran claridad, o bien, oscuras como piedras pesadas. En medio del estrépito escuchó la voz monótona de María Sabina:

—Virgen María... Arcángel San Miguel...

Estas palabras le produjeron visiones verdes que se extendían como praderas lejanas y perdidas que ella necesitaba alcanzar. Un tropel de vacas blancas con cencerros tintineantes desfiló por la llanura inalcanzable que la rodeaba.

A partir de ese momento su vida cambió: no sabía cuánto duraba una hora, ni el momento en que terminaba el día o si siempre era de noche. A veces la cocina misma entraba en su habitación y ella chocaba con los muros. A veces se encontraba a una distancia enorme de su cuarto. Inés casi siempre estaba sola y siempre se sentía enferma. Únicamente la visitaban Gina y Andrea, que la obligaban a beber leche y a comer. Después de la comida llegaban los colores, los ruidos estridentes y los rostros sin ojos de las mujeres. Estaba magullada y recordaba vagamente que se había azotado contra las paredes.

Cuando empezaron a llegar los invitados, la sentaron en corro junto a ellos y le pasaron el cigarrillo de mano en mano: "¡Tres chupadas!", "¡tres chupadas!", ordenaba una voz aguda que se separaba de la voz de María Sabina, repitiendo sus salmos. A veces la sed la agobiaba y Torrejón, solícito, le proporcionaba gigantescos vasos de agua que ella bebía con avidez. El sol se convertía en un sol de sangre con manchas oscuras y ella era incapaz de mirar las rejillas de su habitación. Inés recordaba la sangre, recordaba que corría a borbotones sobre una tela amarilla llena de estrellitas blancas.

La cocina estaba atestada de platos sucios en los que crecían hongos verdes. Su vista le producía una risa incontenible:

—¡Miren...! ¡Miren...! —exclamaba en medio de grandes carcajadas.

Sus patrones y sus amigos se desternillaban de risa. Le gustaba reír, se sentía ligera, después permanecía seria y apenas lograba avanzar unos pasos, buscando el rostro de Gina bañado por una luz radiante que la invitaba a volver a la risa. De pronto, se levantó enfurecida del corro y se lanzó contra una ventana, pero ésta sólo era la fotografía amplificada del sexo encadenado de la india parecida a Almeida.

—¡No quiero ver a su madre! —gritó muchas veces.

Torrejón corrió hacia ella y la recogió del suelo, con la frente herida por las astillas del vidrio. La sangre le cubría los ojos y resbalaba dulcemente hasta su cuello.

—¡Déjenla que se muera de una vez! —chilló la voz aguda de Asunción que, con las bragas en la mano, hacía figuras eróticas trepada en una silla.

Inés descubrió que, de los ojos de Torrejón, manaba una paz inefable, que se convirtió en ríos de sangre, brotando inacabables de sus cuencas vacías. Dio alaridos agudos y corrió a la alcoba en donde fornicaban Gina y Javier y otros invitados, al compás de los salmos de María Sabina. Gina se levantó del suelo, se dirigió a un mueble y avanzó hasta Inés, blandiendo unas tijeras enormes.

—¡Ven! —le ordenó.

En el saloncito, la obligó a ponerse de rodillas frente a ella. Le revolvió los cabellos y con las tijeras, que producían un ruido ensordecedor, se los cortó poco a poco, colocando con cuidado, sobre la mesita con el buzón rojo de las "Misivas Lascivas", las mechas sedosas que balanceaba en sus manos de uñas pintadas de laca roja.

Cuando terminó la operación, la cabeza de Inés brillaba como la de una calavera. La tomó de la mano y la hizo dar varias vueltas para mostrarla a los invitados. Nadie le había limpiado la sangre de la frente que continuaba manando. Algunos coágulos color granate le adornaban la frente como una corona lujosa. Los coágulos se formaban y crecían sobre las astillas de vidrio clavadas en la piel.

—Inés, ¿sabes quién es Clavileño? —preguntó el señor Javier.

La doncella no contestó. No veía a nadie, giraba sola en el vacío. Gina la tomó nuevamente de la mano y la colocó frente al caballito de feria, cuyos naranjas y dorados brillaban esplendorosamente. Le ordenó montarlo y la doncella obedeció hipnotizada. Le dolía la cabeza, había olvidado el golpe contra la fotografía del sexo encadenado de la vieja. Los invitados la rodearon, estaban desnudos, la miraban con fijeza y cada uno le ofreció tres chupadas de sus cigarrillos.

—¡Aspira, joven vestal! ¡Aspira! —le ordenaban con voz monótona.

Inés, trepada en el corcel, obedecía las órdenes y aspiraba con firmeza el humo de aquellos cigarrillos sudamericanos que hicieron que el caballo girara vertiginosamente.

—¡Viaja! ¡Viaja! ¡Viaja!, estás visitando el mundo entero, elévate, nunca más verás a una monja pestilente.

—¿Estás en onda? ¿Agarraste la onda? —preguntaba Torrejón, mientras Inés continuaba girando en medio de luces de colores y de voces estridentes.

Desde la mesa que sostenía el buzón de las "Misivas Lascivas", el señor Javier la miraba con tal fijeza que sintió que sus ojos eran dos clavos negros que la clavaban al caballo. El rostro de su patrón se transformó en una calavera que flotaba sobre las calaveras de los otros. A Gina le quedaban los labios untados a los huesos de la cara. Los colmillos de Gina se alargaron y recordó que era La Loba.

—¡Au! ¡Que viene La Loba! —gritó con su voz de niña.

No supo quién la bajó del caballo cuando las paredes se acercaron para aplastarlos a todos. El cuarto estaba repleto: había dos Javieres, dos Torrejones, dos Ginas, dos Andreas, dos Asunciones, dos Inés y mientras una de ellas pedía auxilio, la otra Inés la miraba desde la puerta de la cocina. Se quedó quieta, fascinada por su doble que, desaliñada y sucia, continuaba mirándola. Un tiempo después, su doble la llevó frente al espejo, en la soledad del retrete: "¿Quién me mira?", gritó al ver una imagen que no era la suya, con el cráneo rapado y la frente coronada de coágulos de sangre. Abajo, un rostro enjuto y verdoso movía la boca sin emitir una palabra.

—Ven conmigo —le dijo Gina, apareciendo a sus espaldas.

La llevó a su camastro, en donde esperaba Torrejón y los otros estaban apiñados.

A partir de ese día, los delirios crecieron al compás de la voz de María Sabina. Inés tenía miedo de caer dentro de un pozo negro, abierto dentro de ella misma. Estaba llena de barrancos en donde crecían criaturas informes que la perseguían de día y de noche. A veces las miraba enroscarse en las patas de las sillas.

El señor Javier la interrogaba estrechamente. Durante los interrogatorios lo acompañaba la pintora Andrea.

—¿Vienen solos aquí...? ¿Vienen solos aquí...? ¿Vienen solos aquí...?

—La señorita Irene se quedó sola... —contestaba llorando Inés.

El cuerpo compacto de Andrea y sus ojos de enano de América se abultaban a medida que se acercaban a ella. Inés trataba de concentrarse para encontrar las respuestas que exigían de ella y que se iban por su cerebro agujereado.

—No ha venido Jesús... —lloraba.

Andrea, después del interrogatorio, la llevaba a la cocina para darle su ración de leche. Después, acompañada de Javier, abandonaba la casa y ella se arrastraba por el suelo, se tapaba los ojos con las manos para no ver las luces infernales. A veces pasaban sobre ella Torrejón y Gina, que se alejaban hasta perderse detrás de la cortina de cretona que se revolvía furiosa. Otras veces eran Gina y Andrea las que pasaban por encima de ella rumbo a la cretona. La cortina recibía descargas de discos rojos y anaranjados, confundidos con las voces de las mujeres. El señor Javier llegaba envuelto en su gabán negro.

—¡Inés! ¡Póngase de pie!

—Estoy de pie... —contestaba ella, tirada en el suelo.

—¿Quién ha venido aquí?

—No ha venido la señora Paula, tiene miedo de que la maten...

Los nombres de Irene y de Paula permanecían intactos en su cabeza rota.

—¿Ha venido Torrejón?

—Sí, sí, vienen todos, todos, todos...

Pasó mucho tiempo. Javier se alejó, se acercó, abrió los cajones de la mesa, desapareció detrás de la cortina, volvió a aparecer entre los muros ondulantes. Contempló las fotografías de la mujer con el sexo cerrado por el candado. Hablaba solo. Se calzó los guantes y se fue. Inés se quedó sola. La misma escena se repitió durante mucho tiempo.

Inés estaba siempre sola, tenía frío y tenía miedo. Por la ventana enrejada que daba al patio interior, vio que estaba nevando. La nieve, primero blanca, fue cambiando de color hasta convertirse en trozos de ceniza. Se contempló las manos amoratadas por el frío. ¿Eran sus manos? Los huesos estaban a punto de romper el pellejo que los envolvía. Dando traspiés, se fue a la cocina invadida de basura, de platos sucios y de excrementos. Estaba sola y sintió que el caballito de color naranja la seguía por la casa. Se volvió. No estaba a sus espaldas. Salió al saloncito para cerciorarse de que no se había movido de su lugar. El caballito la miró con sus ojos vidriosos, alzó el belfo, levantó las patas y dio un largo relincho.

Inés se escondió en su cuarto. Ahí pasó mucho, mucho, mucho tiempo y siempre era de noche. Ya nunca iba a amanecer. Inés había olvidado todo: el convento, España, el pueblo, la madre superiora, los manzanos; en su memoria se amontonaba un engrudo gris en el que a veces se dibujaba el rostro borrado de Irene o las palabras proféticas de Paula: "Pueden mat..." Aceptaba con resignación que la hubieran matado, que las hubieran matado a las tres. "Nos han matado, estoy en mi tumba..."; no lograba saber en cuál cementerio la habían enterrado. Por la mirilla del féretro, veía nevar sobre el camposanto. ¿El camposanto? ¡No, no la habían enterrado en un lugar sagrado, la habían tirado en un muladar! Cuando se levantaba tambaleante para ir a beber un poco de leche, no era ella la que lo hacía, sino "la otra", a la que había visto en el espejo con la corona de rubíes y el rostro de una hoja seca. También encontraba en el refrigerador pedazos de pan que masticaba con furor, agazapada en el suelo, entre los excrementos y los platos rotos.

Una noche, la casa empezó a destruirse sola. ¡Tenía que suceder! Caían los muebles rotos, caían blasfemias, se sacudían las paredes, el piso se estremecía antes de hundirse. La voz del Demonio la llamaba a gritos: "¡Inés...!" "¡Inés...!" Ella no se movió. Sabía que alguna vez la casa terminaría así: ¡Suicidada! Era tiempo de que se cortara el cuello, después de tanta blasfemia. Se echó a reír a carcajadas. Los techos caerían abajo en unos instantes. De pronto cayó sobre ella un bulto gordo y pesado, era Gina.

—¡Inés! ¡Me mata!

Recordó la mano justiciera de Dios y le pareció natural que la casa volara dinamitada por ella.

—¡Puta! ¡Dame esas acciones! —ahora era la voz del señor Javier que deseaba hacer desaparecer las acciones cometidas en esa casa por él y por La Loba. Una carcajada estridente coreó la reclamación.

—¡Se las di a Torrejón, a Torrejón, a Torrejón! —y las carcajadas continuaron.

Alguien entró a la cocina y revolvió los cuchillos. Inés vio que era Gina, que había salido de su cuartucho y que volvía hacia ella armada de un cuchillo enorme. Le urgió en voz baja.

—Inés, Inés, ¡ayúdame a matarlo!

La doncella miró a la señora Gina que llevaba los cabellos revueltos y la mirada sanguinolenta.

—¿A quién? —preguntó en un susurro.

—A él, a Javier. ¡Me odia! ¡Odia a Torrejón!

—Deme el cuchillo a mí—le dijo con suavidad y se lo quitó de la mano.

—¡Hay que matarlo! —urgió Gina.

—¡No matarás! —contestó Inés y retrocedió hasta el umbral de la puerta de su cuartucho.

Afuera continuaba el estrépito de muebles rotos, de blasfemias, de pasos pesados y de rugidos. La casa se estremecía. Inés se sentó en la orilla de su catre, estaba muy cansada y la tormenta que se abatía sobre el salón la aturdía.

Aturdida, recordó que no había olvidado el mandamiento: "No matarás", y tal vez esa frase terrible le produjo aquella enorme fatiga. Gina se sentó junto a ella y la abrazó.

—¡Ayúdame, Inés! ¡Quiere matarme! —le susurró Gina al oído.

—¿Dónde está Dios? —preguntó Inés.

—¡No seas coñona! ¡Hay que matar a éste! ¡Ayúdame! —le suplicó Gina en voz muy baja. Estaba temblorosa.

Entró Javier, desnudo, con los cabellos blancos en desorden, la cara enrojecida por la ira y con un cubo de basura en la mano.

—¡Basura! ¡Basura! —gritó mientras vertía sobre ambas comida podrida, excrementos, latas vacías, materias descompuestas y papeles usados.

Javier volvió a salir como un endemoniado, para volver con más basura que arrojó sobre ellas, al tiempo que repetía:

—¡Basura! ¡Basura!

Inés permaneció quieta, con el rostro cubierto por desperdicios pestilentes. Gina, tumbada sobre la cama, temblaba bajo la porquería acumulada sobre ella. Javier entró varias veces, después dejó de blasfemar y abandonó el cuartucho. Ambas permanecieron inmóviles, mirando la ventanita alta y enrejada por la que empezaba a filtrarse la luz débil de la mañana. Febril, Gina buscó el cuchillo entre la basura.

—¡Ayúdame a matarlo Inés! —le volvió a suplicar.

Inés no se movió, el cuchillo estaba bajo su espalda. Seguramente el señor Javier, al golpearla, la hizo caer de espaldas. Vio de pie a la señora Gina, tenía la ropa desgarrada, los ojos desorbitados y se mordía los labios con furor. La vio salir y decidió seguirla. La encontró frente al señor Javier, que continuaba desnudo y con los cabellos erizados, buscando algo detrás de las fotografías, a las que luego estrellaba en el suelo, para revisar dentro de los cartones que mantenían el cuadro. Arrancó de la pared la fotografía mayor de la vieja desnuda con el sexo encadenado, la vieja parecida a Almeida, y la arrojó con violencia. Las astillas saltaron en todas direcciones, pero tampoco ahí encontró lo que buscaba. Al quitar la foto, dejó al descubierto un hueco hecho en la pared en donde se escondía un teléfono. Javier marcó un número:

—¡Jesús, venga ahora mismo por mí! —ordenó con voz descompuesta.

El nombre de Jesús produjo un calorcito en el pecho de Inés, que ya no escuchó cuando el señor le daba la dirección a su primo. "Jesús, es Jesús, es Jesús...", se repitió, sintiendo que también le subía una tibieza a los ojos casi cubiertos de lágrimas.

—¿Te vas? —rugió Gina con ojos desorbitados.

—Sí, me voy. A ver quién te compra ahora las joyas, las cremas, los trajes. ¡Vieja! Estás muy ¡vieja! Mírate con las tetas colgantes. Te mantienes a fuerza de tratamientos de belleza, a ver quién te los paga ahora —y se echó a reír satisfecho, mientras que Gina, sorprendida, se contemplaba los pechos, iguales a dos globos vacíos.

—La señorita Irene... —dijo Inés con voz sonámbula.

—Está con su madre —le contestó el señor Javier con voz reposada.

Gina, con el cabello revuelto, lo miraba sombría. Necesitaba los papeles que Javier guardaba en la mano. La casa estaba convertida en escombros: las sillas rotas, el buzón rojo hecho astillas, la cortina desgarrada, los objetos destrozados, sólo el caballito naranja permanecía intacto, contemplando con sus ojos de vidrio aquellas ruinas.

—¡Esto no va a quedar así! ¡Morirá alguien! —afirmó Gina, dando un paso adelante.

El señor Javier se había colocado muy cerca de la puerta de salida. Llamó el timbre y cuando Javier abrió la puerta de golpe apareció Jesús.

—¡Vámonos! —ordenó el señor Javier.

—¡Sé muchas cosas, cabrón! ¡Morirá alguien si no me das esas acciones! —repitió Gina en presencia de Jesús.

—¡Vámonos! —ordenó nuevamente Javier que, ante la amenaza, perdió el color.

Inés, como una mendiga medio desnuda, con el cráneo al rape, corrió hacia los dos hombres y se aferró a la manga del gabán negro, que el señor se había puesto como única ropa. Jesús la miró sin reconocerla, después gritó:

—¡Inés! —y se cubrió la cara con las manos. La creía en España a pesar de las cartas de la madre superiora que protestaba continuamente por el silencio guardado por su hija adoptiva Inés.

—¡Inés se queda conmigo! —afirmó Gina avanzando hacia ellos en actitud amenazadora.

—¡Señor!, ¡señor!, no quiero quedarme con La Loba —suplicó la criada aferrada a su manga.

—¡Inés se queda conmigo! —rugió Gina.

Jesús cogió a su prima de la mano —estaba muy pálido—, de un tirón la sacó del piso y salió él. Javier los siguió y los tres salieron huyendo.

—¡La encontraré! ¡Esa perra debe callar para siempre! —se escuchó la voz de Gina cerca del ascensor. Los tres corrieron escaleras abajo.

El aire helado de la calle golpeó con fuerza a la doncella. Jesús tuvo que sostenerla con una mano, mientras que con la otra abría la portezuela del automóvil, para que entrara el señor. Después, él y su prima ocuparon el asiento delantero y el coche se alejó veloz de aquella callejuela solitaria.

—Hay que evitar el escándalo —dijo con firmeza la voz del señor Javier.

Jesús sabía que pronto alguien vendría a rescatar a Gina y que el grupo entero se pondría a la caza de los fugitivos.

—¿Adónde vamos, señor?

—No lo sé...

Dieron varias vueltas por la ciudad. La gente de los automóviles miraba con estupor a Inés, que a la luz del día parecía la imagen de la muerte. Su cráneo afeitado y su rostro verdoso de mirada extraviada hacían que todos los conductores de los automóviles se volvieran a verla. A las once de la mañana, el señor todavía no había decidido su destino. Derrumbado en el asiento, con el tinte grisáceo, la boca caída, parecía un hombre acabado. Había perdido el aplomo y había perdido la partida. Sólo buscaba un lugar seguro donde esconderse de sus cómplices, mientras pasaba la tormenta o llegaba a algún acuerdo con ellos. ¿Un acuerdo? No había acuerdo posible. Tendría que ceder en todo o declarar la guerra abierta, y no estaba muy seguro... No, no estaba seguro de ganarla. Había ido demasiado lejos. La vanidad y la ambición lo habían cegado. La imagen de Inés en pleno día lo trastornaba. "Así me dejarán a mí", se repitió con horror.

Inés miraba las calles como a un papel en blanco. Jesús observaba de reojo sus cabellos afeitados y las arrugas profundas que caían de la nariz a las comisuras de los labios como dos cicatrices profundas. No era reconocible. Se diría que todos los vientos infernales habían soplado sobre su rostro, hacía apenas unos meses ¡joven! Inmóvil, parecía una piedra verdosa.

—¿Adónde vamos, señor?

—Lléveme a la casa de mi esposa —y dio una dirección.

Jesús se volvió incrédulo: "Mi esposa". Recordó lo sucedido a principios de julio: "Irene trató de tirarse por una ventana del tercer piso. Después bajó escalando el muro y estuvo enferma mucho tiempo. La señora Paula no presentó ninguna queja; al contrario, sostuvo lo que dije en la comisaría. Almeida, Gina, Ivette y el señor Javier celebraron su enfermedad brindando", se dijo Jesús y recordó algo más: "Si reaparece ese par de arpías, recuérdeles la nochecita de julio", le había recomendado Ivette. Y ahora el señor Javier se iba a esconder en su casa. Jesús ignoraba que continuaban en París. Buscó la dirección dada por el señor Javier entre las callejuelas del Barrio Latino. Inés se cubría los ojos con las manos, como si la débil luz invernal se los lastimara. Jesús se quitó el suéter que llevaba y se lo pasó a su prima que, medio desnuda, tiritaba de frío.

Don Javier le ordenó detenerse frente a un portón viejo y sucio. Bajaron los tres.

—Gracias, Jesús. Si ocurre algo me avisa usted aquí..., aunque será mejor que suba usted primero para saber si están en casa —y señaló su aspecto extraño: zapatos sin calcetines y como único ropaje su abrigo negro, con las solapas remontadas. Había olvidado a Inés que, con ojos aterrados, se colgó de su brazo:

—No quiero ir con La Loba... —le suplicó.

Javier la contempló incómodo. ¿Qué iba a hacer con aquella mujer impresentable? Echó mano al bolsillo de su gabán, no encontró ningún dinero y se volvió a Jesús:

—¡Ocúpese de ella! Ya arreglaré todo después.

El conserje le ordenó a su prima subir al automóvil y esperarlo. Después entró por el portal astroso, cruzó un patio muy antiguo y encontró la escalera de piedra que llevaba a los pisos superiores. Se detuvo frente a la puerta marcada con un número tres. Sobre ella no había ningún nombre. Llamó. La señora Paula, enfundada en unos pantalones y un tricot color vainilla, le abrió la puerta.

—¡Jesús...! ¿Qué sucede...? ¿Qué lo trae por aquí...? ¡Pase!

Lo recibió en un vestíbulo pequeño y blanco, apenas amueblado, del que partía una escalera de caracol que llevaba al segundo piso. Ahí todo era pequeño, menos las dos ventanas altas que daban al patio interior, cubiertas por cortinillas de muselina blanca. Sobre una mesa rústica había una olla de cobre con algunas flores; a un lado, un diván. Reinaban un silencio y un orden conventuales. El criado se sintió cohibido. Paula lo miraba asustada, como si esperara una noticia terrible. "Vive en un piso de criados", se dijo Jesús, que no encontraba las palabras para anunciarle la llegada de don Javier. Paula siempre había vivido en las tinieblas, desconocía el carácter de su marido y desconocía a casi todas sus amistades; sólo sufría de pavor ante su proximidad y ahora veía en Jesús a un portador del miedo. Evitó mirarlo: "¡Dios mío!, ¿qué nuevo truco habrá inventado ahora?" Levantó la vista y se encontró con Jesús, que mantenía la vista baja.

—Señora...

Lo interrumpió Irene, que en ese momento bajaba la escalerilla de caracol. Al verlo, su rostro adoptó una expresión de disgusto profundo. La muchachita estaba muy delgada y pálida. También ella llevaba pantalones y tricot de color durazno.

—¿Qué hace usted aquí...?

—Señorita... yo...

Antes de que Jesús hubiera contestado, el señor Javier entró cabizbajo y con voz irónica saludó a su mujer y a su hija, que permanecieron boquiabiertas.

—Aquí me tienen... Increíble, ¿verdad? —dijo, tratando de esbozar una sonrisa de burla sobre sí mismo.

—¿Qué quieres? ¿Cómo te atreves a pisar esta casa? —preguntó la jovencita con voz fría.

—Estoy enfermo... enfermo... ¡miren! —y señaló su atuendo extraño.

—¿Quién te dio esta dirección? —preguntó Irene alarmada.

—¿Esta dirección...? ¿Qué quieres decir...?, te digo que estoy enfermo...

—No nos interesa tu salud —replicó Irene.

Javier dio unos pasos, se pasó la mano por los cabellos y se dejó caer, abatido, sobre el diván.

—Me encuentro muy mal, muy mal. He pensado matarme... no sé para qué vivo, para mí el suicidio no es un pecado, es ¡una solución! —terminó con voz cansada.

Jesús creyó en sus palabras. Era difícil que la esposa y la hija le creyeran, pues ignoraban lo que él acababa de ver con sus propios ojos.

—¡Mamá!, viene a destruirnos. ¡A destruirnos!

—¡Ah!, Irene, eres como yo: ¡rencorosa! Tu madre es distinta...

El señor Javier esperó, pero Paula permaneció quieta, con los brazos colgantes y la mirada vacía: su vida acababa de caer rota en mil pedazos. Vio que una cantidad de pájaros muertos caían a su alrededor y no pudo decir nada. Escuchó nuevamente: "Tu madre es distinta, es generosa, me duele verte tan llena de amargura, hija mía..." Detrás de aquellas palabras se escondían amenazas temibles. Contempló las manos enormes de Javier: estaban sucias. Con esas manos había hecho trizas la infancia de su hija y con sus pies cuadrados había pisoteado sus jardines y ahora continuaba destrozando a Irene, lo que quedaba intacto de Irene. Paula sabía que Javier no iba a suicidarse, pero no podía negarle el hospedaje que pedía; era vengativo y esta vez su venganza sería terrible. Algo fuera de lo común le había sucedido y necesitaba su ayuda. Javier nunca pedía perdón. En cambio, imponía sus treguas. Las treguas que a él le convenían. ¿Para qué rehusarse? Su hija continuaba porfiando... escuchó a Javier reír a carcajadas y vio a Jesús que inclinaba la cabeza.

—¡Si supieras, Irene...! ¡Si supieras, Paula! —alcanzó a decir Javier, convulsionado por la risa.

Miró a Jesús con complicidad y agregó:

—Algún día se lo diremos... ¿verdad, Jesús?

—Sí, señor.

—Traiga mi ropa y no olvide mis objetos de afeitar.

Javier se tomó la cabeza entre las manos y permaneció así, en actitud vencida. ¡No fingía! Lo habían derrotado, se hallaba en un callejón sin salida y trataba de encontrar la solución: "Sólo me queda la venganza... pero, ¿cómo vengarme? Me han puesto en ridículo. ¡Estoy acabado! Paula puede ayudarme. Lo que menos imaginan es que estoy aquí con ella. ¡Pobre Paula, siempre tan estúpida! Reconozco que los estúpidos son muy útiles... pero ¿cómo vengarme?" La boca y las manos le temblaban, sus ojos enrojecidos se apagaron. Parecía muy enfermo y humillado. "Me han humillado... ¡malditos! Paula tiene razón en una sola cosa: ¡son gente del arroyo! Sí, del ¡arroyo!" Envuelto en aquel gabán de lujo, parecía un objeto extraño olvidado en ese piso modesto y casi desamueblado. "¡Qué mal viven!", y Javier lanzó una mirada apagada en torno suyo.

Jesús abandonó la casa. El señor ya había encontrado un puerto seguro; ahora él debía ocuparse de Inés. Al llegar a la calle vio que su prima había desaparecido. Se sintió palidecer. Como loco entró en una ferretería situada junto al portal de la casa de la señora Paula. Sí, el propietario del comercio había visto a aquella mujer lívida, con el cráneo afeitado, esperar un rato y luego bajar del auto y salir corriendo hacia la derecha.

—¿Está loca? —preguntó el comerciante.

—No, no está loca... ha estado muy enferma. Si vuelve por aquí, por favor deténgala hasta que vuelva. Voy a buscarla.

Jesús subió al automóvil y salió en busca de su prima por las callejuelas del barrio. No podía andar muy lejos, desconocía la ciudad y fatalmente se perdería en aquellas calles tortuosas. Maldijo la hora en que escuchó la súplica de Ivette para que se dirigiera al convento español solicitando una doncella bien entrenada por las monjas. ¡Y él!, ¿por qué pidió a Inés? "¡Mal rayo me parta! Desde que esa chica llegó, he llevado una vida de infierno".

Además, Ivette lo había engañado: "Es para que se ocupe de la señorita Irene". "¡Me engañó como a un chino!" Ahora pasaba frente a los puestos de frutas, de faisanes, de conejos, de pescados expuestos a las miradas golosas de los compradores, temiendo hallarse repentinamente frente a una catástrofe. ¿Inés estaba loca? Se preguntó aterrado: "¿Qué le han hecho?", y escuchó la amenaza de Gina: "¡Encontraré a esa perra, sabe mucho!" No podría llevarla con Suzanne. Gina lo sabría inmediatamente, pero primero debía hallarla. Un sudor frío perlaba su frente mientras revisaba los portales con los ojos muy abiertos. "Pero, ¿qué demonios le han hecho?", se repetía sin encontrar la respuesta. De pronto imaginó que Gina la había encontrado antes que él y quiso dirigirse al piso del que la había sacado unas horas antes. Primero debía consultarlo con el señor. Volvió a la dirección de Paula. El hombre de la ferretería lo llamó.

—La tengo aquí dentro. Apenas se marchó usted surgió ella de no sé dónde.

Jesús la encontró sentada en la trastienda, inmóvil, con la mirada perdida, cubierta con su viejo suéter gris. Notó que iba descalza. No escuchó cuando él la llamó por su nombre; tampoco lo reconoció. Había perdido la memoria. Se sintió perdido; Inés no escuchaba, parecía haberse sentado ahí dispuesta a quedarse, como si estuviera domesticada por una fuerza desconocida. El hombre le había ofrecido aquella silla en la trastienda oscura y ella permanecía inmóvil, obediente como si aceptara un castigo merecido. Se le ocurrió llamar a Enríquez, era el único que podía ayudarlo en aquel trance. Marcó el número de la conserjería de la oficina y pensó que debía actuar con suma prudencia ya que cualquiera podía escuchar por una extensión.

—¿Hay alguna novedad? —preguntó con voz tranquila.

—¡Hombre, que si la hay! La señora Gina está muy preocupada. Ya ha venido aquí varias veces a buscar al señor... parece que Inés le robó sus alhajas, es increíble, y nosotros que la creíamos en España. Increíble, ¿verdad? —contestó Enríquez, a sabiendas de que Jesús había ido a buscar al señor a la casa donde se encontraba con Gina y temeroso de que Grotowsky supiera que él sabía. Lo que sí, le había dado un mazazo sobre la cabeza era el asunto de Inés.

—¡Qué barbaridad...!, habrá que hacer algo. Cómo es posible que mi... ¿El señor no ha llamado? —preguntó Jesús, sudando frío al enterarse de que Gina rondaba la casa y había inventado la historia de las joyas.

—No, no ha llamado.

—Te veré más tarde —concluyó Jesús.

Ahora estaba seguro de que era imposible acercarse a la casa o a la oficina en compañía de Inés. Era mejor subir y consultar el asunto con el señor. Le rogó al hombre del comercio que cuidara unos instantes más a la muchacha y subió de cuatro zancadas la escalera de la señora Paula. Ella misma le abrió la puerta.

—¿Qué sucede ahora? —preguntó la mujer con la voz desfallecida.

—Necesito hablar con el señor...

—Está arriba. Dígame, Jesús, ¿Javier bebe mucho...?, ¿qué le pasa...? —le preguntó en voz muy baja.

—No lo sé, señora, no lo sé... —contestó sin atreverse a mirar el rostro de Paula, sobre el que habían caído cenizas. Estaba sombría.

Subió de puntillas la escalera de caracol y se encontró al señor Javier echado sobre un diván, cerca de una chimenea encendida. Tenía los ojos abiertos y miraba al techo con fijeza. No se movió al escuchar la entrada de Jesús.

—¿Me trajo mi ropa...? Súbala. ¿Trajo mis calmantes? —preguntó sin volverse a mirarlo.

—Señor, Inés ha perdido la razón. No puedo llevarla a casa, la señora Gina ha ido varias veces a buscarlo a usted y ha acusado a Inés de ro...

—¿A buscarme...? —preguntó Javier, incorporándose y con un fulgor maléfico en los ojos.

—Sí, señor, a buscarlo a usted. Apenas pude hablar con Enríquez, pero me di cuenta de que anda desaforada. Acusa a Inés de robo y yo...

—¡No tiene importancia! Escóndala donde pueda... mire, en la casa de Enríquez me parece seguro... ¡En fin, no sé! Tal vez tenga usted un pariente alejado que le haga el favor, se le pagará bien. Mire, dígale a Ivette que le dé dinero... dígale que es para mí. A la señora Gina dígale que he vuelto con mi esposa. Se pondrá furiosa, ¡verdad! —y Javier se echó a reír a carcajadas.

—Sí, señor, se pondrá furiosa...

Javier se estiró en el diván y le suplicó que no lo molestara más. Necesitaba dormir.

—Pasé una noche infernal. ¡In-fer-nal! Ah, no dé usted la dirección de mi esposa a nadie.

—Entendido, señor.

Le suplicó en seguida que cuando trajera su ropa, sus calmantes y sus objetos de afeitar debía dejarlos abajo. En el momento de retirarse, Javier lo llamó otra vez.

—¡Jesús! Avise usted en mi oficina que a partir de hoy estoy con mi esposa. Le repito, no dé la dirección.

Jesús quiso preguntarle si no sería peligroso para la señorita Irene y para la señora Paula que Gina conociera su escondite, pero el señor lo despidió con un gesto enérgico.

Abajo lo esperaba la señora. El miedo le había descompuesto el gesto, los cabellos y el rostro.

—Jesús, quisiera saber qué ha sucedido. Comprenda que para nosotras es un problema grave. Irene está en la cocina —y señaló la pequeña cocina que abría su puerta sobre el pequeño salón.

—El señor se lo dirá, señora...

—Usted sabe ¡que nunca me dice nada! —y Paula se dejó caer en el diván y permaneció con la vista fija en la pared. "¡Dios mío, todos los días debo construir mi vida y mi casa sobre arena!", se dijo, y pensó en el hombre extraño que se hospedaba arriba en la habitación de dormir de ella y de Irene. "Cualquier día nos dará una patada o una cuchillada...", agregó para sí misma y sintió tal miedo que le pidió a Dios que la recogiera y que recogiera a su hija. "Es menor y puede quitármela...", recordó, y se puso de pie inmediatamente para despedir al criado.

Jesús salió de prisa. Encontró a Inés en la trastienda. La tomó por un brazo y la joven se zafó de él aterrada.

—¿Quién es usted? —gimió.

—Alguien que la quiere bien —le explicó con dulzura el comerciante, que miraba a Jesús con compasión y movía la cabeza con pena.

Jesús la tomó otra vez del brazo, se excusó con el propietario de la ferretería y sacó por la fuerza a Inés hasta la calle. La subió de prisa al automóvil y arrancó con violencia. En el camino se dio cuenta que la chica deliraba. Había perdido la razón y la memoria, no lo reconocía. ¿Qué podía hacer él y qué podía hacer Enríquez? Gina la había acusado de robo de alhajas. A esa hora la policía debía estar buscándola. Enríquez y él eran dos españoles infelices, sin más apoyo que el que quisiera darles el señor Javier. Lo primero que investigarían era que la muchacha era su prima y la primera casa que visitarían sería la suya. Después, la de Enríquez. Inés estaba condenada de antemano. El señor Javier no era de fiar. ¿Acaso no acababa de poner en peligro a Irene y a Paula refugiándose en su casa? Se dirigió a las afueras de París para poner a salvo a Inés en la casita de Ángela, la hija recién casada de Enríquez. La joven lo recibió sonriente. La vista de Inés sentada en el automóvil la dejó atónita.

—¿Estás seguro de que es ella? —le preguntó asustada.

—¡Hombre, segurísimo! Mira en qué estado la dejaron estos bestias.

—Ven, rica, ven —la llamó Ángela ayudándola a bajar del auto.

Inés se dejó conducir hasta la salita modesta, se dejó sentar en una silla y se limitó a sollozar. De pronto abrió los ojos enrojecidos, miró para todas partes, se puso de pie y gritó:

—¡Las paredes se cierran...!, ¡se cierran...!

Jesús se apresuró a echar llave a la puerta de entrada y a asegurar las ventanas.

—¿Qué le hicieron? —preguntó asustada Ángela.

—¿Qué le hicieron? ¡Yo qué sé! Ahora no puede salir, la Gina esa la busca para meterla a la cárcel. Dice que le robó sus alhajas...

—¿A la cárcel? Ya se cuidará muy bien esa pájara de acercarse a la policía. Si la que debe estar en galeras es ella. Si la policía ve a Inés, le pedirá cuentas a esa bruja. De modo que de cárcel ¡nada! ¡Eso te lo digo yo!

Jesús la escuchó boquiabierto, pareció darse cuenta de que Ángela tenía razón, pero luego movió la cabeza con tristeza.

—No, no, no, tú no conoces el mundo. Lo único que cuenta es el ¡dinero!, y como nosotros no tenemos una perra gorda, estamos jodidos.

Inés continuaba de pie, llorando, mirando las paredes con ojos aterrados. Cuando lograron calmarla, la llevaron a una habitación, la acostaron y Ángela cerró la puerta con llave. Jesús debía ir a buscar la ropa del señor Javier.

—¡No me llames! Alguien podría escuchar. Yo llamaré de algún café. Si pasa algo, llama a tu padre y dile: me duele la garganta. ¿Entendido?

Ángela vio partir el automóvil. De pie en la puerta de su casa, sin palabras, aturdida por la tragedia encerrada en una de sus pocas y estrechas habitaciones, decidió esperar ahí la vuelta de su marido. El mundo le había revelado un rostro desconocido, que la aterraba. Ignoraba la hora; de pronto, sintió una pena aguda en el corazón: "No es justo, no es justo", y corrió a la habitación en donde estaba encerrada Inés. Abrió la puerta y la contempló, inmóvil sobre la cama. No podía soportar la vista de su cabeza rapada y fue ella la que empezó a sollozar sin consuelo. Se acercó a Inés y le acarició una mano descarnada. "Te pondrás bien, te pondrás bien...", le repitió varias veces.

Suzanne esperaba a su marido en la puerta de la conserjería. También ella estaba descompuesta. Impaciente, abrió la gran puerta de entrada y husmeó la calle elegante, con las aceras cristalizadas por el frío.

—¡Mírala! Ahí está; su marido debe estar dentro —dijo Gina desde el interior de un coche estacionado en la acera de enfrente.

—¡Claro! Mirá que vista tenés —le contestó Andrea.

Jesús entró por la oficina, cruzó por el pasillo secreto y subió a la habitación del señor Javier. Recogió su ropa, sus calmantes y sus objetos de afeitar. Bajó con pasos fatigados, se acercó a la conserjería y, al no ver a Suzanne, volvió a tomar el pasillo secreto y al cabo de unos minutos alcanzó el automóvil. Recordó la cara de Almeida y el grito de Ivette cuando, según lo ordenado por el señor, anunció:

—El señor está viviendo con su señora esposa. Me encargó que les pasara la noticia.

—¿Vendrá a la oficina? —preguntó Almeida.

—¡No! Está reposando, no se encuentra bien.

La noticia de la presencia de Javier en la casa de Paula corrió como reguero de pólvora entre sus empleados: "Sufre una crisis pasajera...", "Pronto volverá con Gina...", "¡Pobre estúpida!, estará encantada...", "Hay que sacarlo de ahí inmediatamente", comentaron. Ivette llamó a los amigos para anunciarles lo que ocurría. "¡Pobre Javier! Me lo llevaré a mi casa mientras pasa la crisis."

Ivette se propuso encontrar la casa y el teléfono de Paula. Por la tarde ya los tenía y llamó. Le contestó Paula, pero ella insistió en hablar con Javier.

—¡Gracias, Ivy! ¡Gracias!, pero estoy con mi esposa —le contestó con petulancia.

Pasaron varios días iguales. A Paula le asombró que llamaran constantemente preguntando por Inés.

—¿Qué Inés? —preguntaba al principio.

—¡Inés! —contestaban las voces de hombre o de mujer que preguntaban por aquella mujer.

No podía creer que se tratara de Inés, la doncella a la que había visto la tarde de aquel domingo de julio del año pasado.

—No está aquí. ¡No insista! —contestaba.

¿Por qué creían todos que la doncella vivía en su casa? Recordaba siempre agradecida lo que había hecho por su hija..., pero luego la había dejado encerrada en aquella casa, sin luz, sin teléfono, y la pobre Irene había sufrido un choque terrible. La vida era así: la gente cambiaba de opinión o fingía sentimientos que no sentía. Ahora, a pesar de las llamadas continuas, algo le impedía pensar en Inés, preguntarse con seriedad sobre la insistencia telefónica. Quizás se debía a la presencia de Javier que, postrado, no dejaba de llamarla para decir incoherencias o para que ella le llevara un vaso de agua para que se tragara uno o dos Libriums, unas cápsulas enormes, que Javier consumía como bombones. Javier había engordado mucho, su gordura era insalubre, en sus brazos aparecían grandes manchas de color púrpura. Varias veces Paula quiso llamar a un doctor, pero la cólera de su marido la detuvo.

—Lo mejor es suicidarse... Dime, Paula, dime, ¿qué hicimos de nuestras vidas? Éramos jóvenes, éramos ricos, éramos guapos.

"¡Dios mío!, ¿por qué habrá venido?" No tenía valor ni para tomar a solas un baño. Por las noches no dormía, ni le permitía dormir a ella.

—Paula, suicídate conmigo —suplicaba.

—Es pecado, es pecado, es pecado... —lo había repetido ya tantas veces que ni ella misma creía ya en la palabra pecado.

Trataba de contener a Irene, que guardaba un silencio obstinado. Una tarde Irene estalló:

—No me consueles. Sus asuntos no me interesan. Son pleitos estúpidos y mezquinos de viejos que han arruinado mi vida. ¿Tú no crees que yo quisiera llevar una vida normal, como la que llevan las otras chicas de mi edad? ¿Por qué siempre debo tener miedo?, ¿por qué las amantes del señor me odian si yo no me meto con ellas?

Ya escuché cuando Jesús te dijo que tuvieras mucho cuidado conmigo... ¡Estoy harta! ¿Comprendes? ¿Qué tengo que ver con esa vieja *cocotte*...? —gritó Irene y se echó a llorar.

Paula sabía que su hija tenía razón. Imaginó lo que ella hubiera sentido si sus padres hubieran llevado una vida tan irregular y enrojeció de vergüenza.

—Tienes razón, Irene, voy a tratar de arreglar esto...

Pero Paula no arregló nada. El asunto no tenía solución.

Cuando Javier volvió a la oficina, Paula tuvo que acompañarlo. Le daba miedo atravesar las calles o encontrarse solo, como si temiera el ataque de algún enemigo y confiaba en la sangre fría de su mujer que nunca le había fallado en los momentos de peligro.

—Eres más fuerte que yo... mucho más fuerte. Yo no hubiera resistido lo que te hice —decía cabizbajo.

Se sentía humillado ante ella y ese sentimiento se iba volviendo nuevamente una fuerza destructora contra ella. Paula no se daba cuenta de los sentimientos complicados de Javier. Lo veía indefenso y viejo frente a un peligro que ella ignoraba, pero que a él lo dejaba paralizado. Lo dejaba en la esquina de su oficina y luego volvía a recogerlo. Pero se negaba a entrar en "aquel antro", como ella lo llamaba. Javier insistía en que entrara hasta su despacho.

—¡Evítame el disgusto de ver la cara de esa gente! —repetía Paula.

Por las ventanas la espiaban los empleados y ella partía veloz. Volvía caminando a su casa. Iba preocupada y la marcha le calmaba la angustia. Cruzaba siempre por el Puente de Alejandro y fue ahí, en medio de la neblina del invierno, cuando creyó ver al hombre que acostumbraba caminar detrás de ella hacía ya varios días. Se detuvo indecisa y se apoyó en el pretil para ver pasar a las barcazas que navegaban por el río. Se había equivocado, el hombre continuó su camino enfundado en su vieja gabardina, con las manos metidas en los bolsillos y la cabeza inclinada hacia el suelo. De reojo vio su rostro rojizo y sus cabellos sucios. Sin embargo, Paula no quedó tranquila: el individuo tenía algo inquietante. "Imagino cosas estúpidas", se dijo, y echó a andar. Al abandonar el puente volvió a tener la sensación de que alguien la seguía, se volvió y descubrió al hombre que sin ningún pudor caminaba detrás de ella. No sabía si entrar a su casa o seguir de frente. Por precaución se metió en un mercadillo y trató de perderse entre los compradores. Un rato más tarde corrió con precipitación a su casa. Prefirió no decirle nada a Irene. ¿Para qué preocuparla más? La jovencita tenía el aire desdichado, salía poco y apenas cruzaba palabra con ella.

—Es curioso, alguien me sigue... —le dijo a Javier cuando regresaban juntos de la oficina.

—Me alegra que me lo digas. Si quisieras hacerme el favor completo... —suspiró Javier.

En vano esperó Paula el final de la frase o la explicación de cuál era "el favor completo".

Un sábado por la tarde, los tres se sintieron presos en el pequeño piso de Paula. Irene, echada en el diván del cuarto de entrada, leía o fingía leer *Diálogos de Carmelitas* para evitar hablar con sus padres. Javier, a su vez, estaba echado en el diván de la habitación superior y Paula giraba por las dos habitaciones sin saber qué decir o qué hacer. Tenía la impresión de que había agotado las palabras. Nada de lo que le dijera a Javier era escuchado; en cuanto a Irene, tenía tanto que decirle que no sabía cómo empezar su discurso.

—¿Quieres ir al cine?

—No, prefiero leer.

Paula subió para hacerle la misma proposición a Javier.

—¿Al cine...?, es una idea. Se me había olvidado que la gente va al cine —contestó Javier con aire divertido.

A la entrada de un cine en los Campos Elíseos, Javier de pronto descubrió a un amigo suyo. Se le crispó la cara de disgusto. "Me va a ver con ésta", se dijo, sintiéndose humillado por su debilidad de haber vuelto cerca de Paula, en vez de resistir el golpe solo.

—Ponte en otro lugar de la cola. Adentro, siéntate en un lugar alejado del mío —le ordenó a su mujer.

Paula no replicó. Estaba acostumbrada a aquellas tonterías de su marido a las que llamaba "falta de educación". Se colocó en el extremo de la cola y desde ahí vio a Javier conversar con animación con un joven de camisa de cuadros y gamarra de pastor de ovejas. El hombre no era francés, tenía la mirada furtiva y los movimientos agitados. Una vez dentro de la sala, ocuparon butacas vecinas. Paula se dedicó a mirar la película. Las tonterías de Javier habían dejado de interesarle. A la salida buscó con la mirada a su marido; al no descubrirlo, echó a andar a su casa. Unas calles más abajo, la alcanzó Javier. Parecía de muy mal humor y ambos caminaron en silencio hasta las vecindades de su casa. Javier entró al restaurante Le Petit Pave. Ocuparon una mesa en silencio. Paula se sentía incómoda, pues cuando revisaba el menú, Javier le dijo con voz cortante:

—¡Haz el favor de pedir el plato menos caro! Gasté mucho con Gina.

La grosería la hizo adrede. No le perdonaba a Paula que Hubert lo hubiera visto con ella. No tenía apetito, escuchaba las bromas que a esas horas estarían haciendo todos sobre él: "Iba con la escudera". Así le había dicho Hubert: "¿Qué pasa, che? ¿Venís con la escudera?" Era una maldición que fuera tan débil de carácter. "Sólo si se muriera podría liberarme de ella", se dijo, mirándola con ojos llenos de pensamientos homicidas. Paula no pudo comer. Volvieron a la casa de mal humor. Irene ya se había dormido. Paula se acomodó en una orilla del diván de su hija. ¡Quería dormir!

Pasaron varios días y Javier empezó a salir solo por las noches. Paula debía esperar despierta su llegada, como siempre, y para asegurarse de que no caería dormida Javier llamaba obsesivamente por teléfono: "Llego dentro de diez minutos", anunciaba. Al cabo de media hora llamaba nuevamente: "Llego en cinco minutos", y así hasta que amanecía. Ella nunca se enteró de sus andanzas ni de sus amigos, de manera que, al menos en ese aspecto, Javier no había cambiado. "¡Baja al portón!, estaré en cinco minutos." Temblando de frío, bajaba a abrir y a esperar la llegada de Javier. Fue un amanecer, cuando notó que el hombre de la gabardina sucia se hallaba apostado en la acera de enfrente. ¿Cómo cerrar? Javier se volvería loco de ira. ¿Y cómo esperar en ese lugar solitario con aquel individuo enfrente? El corazón le latió con violencia, observó al hombre, inmóvil, mirándola con fijeza, seguro de sí mismo. Bastaban cuatro zancadas para que llegara a ella... y no quiso pensar. Prefirió continuar de pie, fingiendo que no tenía ningún temor. Descubrió su repugnancia por los relojes, latían igual que su corazón, marcando el tiempo, un tiempo que nunca terminaba. "¿A qué hora llegará ese tipo?", se preguntó indignada. Y se sintió indigna. Pero debía obedecer las órdenes recibidas. El menor reparo, la menor rebeldía, le costaría un castigo grave. Lo sabía. Lo había experimentado muchos años y en tanto que Irene fuera menor de edad, su sujeción era completa. Vio al hombre de la gabardina sucia retirarse hacia la puerta cerrada de una pequeña pastelería y se puso en guardia. Era inútil ponerse en guardia, el terror le impediría gritar y si algo sucedía, sucedería en silencio. A pesar del abrigo grueso que llevaba, el frío la hizo temblar desordenadamente. Le castañeteaban los dientes. "Me los voy a romper", pensó. Quiso recordar la casa de sus padres, el automóvil de Javier se detuvo y él bajó colérico, igual a sí mismo.

—¿Qué ves? ¡Pareces una idiota! —le dijo, dándole un empellón para hacerla entrar, mientras el automóvil se alejaba veloz.

—¡Nada! No veo nada. Eres un majadero —le contestó cuando subían las escaleras.

Lo que Javier no deseaba que viera era que dentro del auto iban algunos amigos, entre los que se encontraba Gina.

Al día siguiente, Paula buscó con paciencia el momento propicio para hablar en calma con Javier. Por la tarde lo encontró de pie frente a la ventana con aire preocupado. Maquinalmente buscó en su bolsillo el frasco de Librium, sacó un puñado y se tragó las píldoras sin agua. Luego, se volvió a mirar por la ventana. Quería ignorar la presencia de Paula.

—Javier, me parece que debes volver con Gina. Aquí no te encuentras bien. Andas desasosegado, nervioso. ¿Por qué no asumes tu deseo, a pesar del riesgo que te suponga...?

Paula habló despacio, iba a tientas, ignoraba lo que le sucedía a su marido, por qué se sentía en peligro. Si no lo amenazara algo, no estaría ahí, soportándola, cuando era tan evidente que su presencia lo irritaba. Javier se volvió para interrumpirla.

—¡No se trata de eso! Necesito que me ayudes a ¡exterminar a Gina! —dijo con voz silbante.

Paula se dejó caer en el diván. Javier se acercó, ocupó un silloncito vecino y se dispuso a las confidencias. Sacó de su cartera una fotografía y se la tendió a Paula.

—Mira, está loca. ¿No lo ves...?

En la instantánea, Gina aparecía detrás de unas rejas, desnuda, con los pechos colgantes. Llevaba los cabellos sueltos y enmarañados. En verdad parecía una loca obscena. Las rejas la hicieron preguntar.

—¿Cuándo la encerraron?

—Está suelta, esa foto se la tomé yo, en Niza —y se echó a reír a grandes carcajadas.

Javier acercó aún más el silloncito, cogió las manos de Paula y con voz persuasiva le explicó su plan.

—Gina es una usurpadora. Usurpó tu nombre para comprar unas joyas. Por lo tanto, las joyas son tuyas. Yo las pagué y Gina ahora se niega a devolverlas. Tú, Paula, guiada por mí y por un abogado, debes acusarla de usurpación de nombre y de robo de joyas. Lo tengo todo muy bien pensado, está perdida —dijo Javier, con voz concentrada de odio.

Paula sintió que el cuarto giraba en derredor suyo. Contempló a Javier sin esperanza y balbuceó:

—¿Yo...? ¿Yo acusarla de robo? No puedo. Al final me triturarían todos... no puedo... ¿Por qué le regalaste mi nombre y las joyas...?

Javier se levantó de un salto, se colocó frente a su mujer e insistió:

—¡Debes hacerlo! ¡Ha usurpado tu nombre! ¡Debes hacerlo! Es muy fácil, tu firma es muy diferente a la de ella. Imitó tu letra, cogió tu nombre. Por favor, te lo suplico, no temas nada. ¡Nada!

Javier parecía fuera de sí, Paula no podía fallarle, era una venganza que había planeado durante sus horas de insomnio. Gina lo merecía, era una malvada. La estúpida de Paula ignoraba quién era aquella mujer. Él quedaría a salvo de sus amenazas y de su venganza, que sería implacable.

—¡Escucha, Paula! ¡Así acabará en la cárcel y nos liberaremos de ella para siempre! ¡Para siempre! Seremos libres otra vez. ¿No te das cuenta? —suplicó Javier.

—Tú sabías todo lo que dices ahora y se las compraste. ¡No puedo hacerlo! A mi juicio no ha robado nada, puesto que también le regalaste mi nombre.

Javier dio varios pasos por la habitación. Su mujer no comprendía que necesitaba vengarse. ¡Vengarse!

—Paula, hazlo por mí, por nuestra hija, necesito ¡vengarme!

—¿Vengarte de qué?

Javier no contestó, siguió insistiendo en la necesidad de denunciar a Gina y, al ver la obcecación de Paula, se detuvo nuevamente frente a ella y le dijo en voz muy baja:

—Hazlo por Inés...

—¿Por Inés...? ¿Qué tiene que ver Inés en todo esto? No entiendo nada. ¿Olvidas que Inés encerró a tu hija en tu casa y la dejó sola y a oscuras? ¿Era para que Irene se matara...?

—¡No, no, no! —la interrumpió Javier.

El hombre se dejó caer en un sillón. Había olvidado aquel episodio. Tendría que confesarle todo a Paula; si no, nunca la convencería de demandar a Gina. Levantó la cabeza, estaba fatigado, no fingía por esta vez.

—Paula, no fue Inés la que encerró a Irene, fueron Ivette y Almeida. Ellos planearon todo. Luego raptaron a Inés, dejaron a Irene a oscuras y bajo llave, con toda mala fe, y se llevaron bajo amenazas a Inés a un escondite que tiene Gina. Y Gina la volvió loca... ahora la busca, la busca por todas partes, ha contratado gentuza, alguno de ellos debe de ser el que te sigue, para saber si Inés no se esconde aquí. La busca para matarla. ¡Así de fácil! Yo no soporto más este juego. ¡No lo soporto! Hay que exterminar a Gina. ¿Sabes que Inés está escondida? Pero a veces se escapa y se pierde... Jesús y Enríquez están desesperados... Inés te anda buscando, también busca a Irene...

—¿Loca...? —murmuró Paula y sintió que el suelo se hundía bajo sus pies.

—¿Qué le hicieron? —preguntó con voz débil.

—No lo sé... la raparon, creo que también la golpearon... no lo sé. Lo único que me consta es que está loca y que Gina la busca. Sí, no tengas dudas, por eso te sigue ese hombre. Al principio estaban seguros de que estaba aquí. Ahora están convencidos de que tú la tienes escondida por otro lugar. No temas, no te harán nada ni a ti ni a la niña...

—Pueden secuestrar a Irene... —dijo temblando Paula.

—No les interesa. Por equis razones les interesa Inés. Mira, podemos esconderla aquí unos días y luego la podemos mandar a España, a su convento. ¿Comprendes? No quieren que se escape porque sabe demasiado, por eso no debe encontrarla Gina —suplicó Javier.

Paula permaneció muda, aturdida por la revelación de su marido: "Inés está loca. No quieren que se escape, sabe demasiado". ¿Qué sabía Inés? ¿Quiénes eran "ellos"? Un sudor frío le humedeció las sienes. "Les supliqué a Inés y a Irene que se salieran de esa casa, no me creyeron... era evidente que había ahí un peligro mortal", se dijo, recordando aquel domingo de principios de julio.

—Mira, traeremos a Inés a las seis de la mañana; ellos duermen a esa hora, la tenemos aquí unos días y la hija de Enríquez se la lleva a España. ¿Qué te parece?

—Si la descubren, nos matarán a las tres, ¿verdad? —preguntó Paula con voz pausada.

—¡Imposible! ¡Absolutamente imposible!, si tú demandas a Gina por usurpación de nombre y robo de joyas. ¡Es perfecto! —exclamó Javier.

El hombre se acercó a observarla y Paula trató de poner la mente en blanco, Javier era capaz de leerle el pensamiento. Encendió un cigarrillo y exclamó con voz que quiso ser natural.

—¡Lo pensaré...!

"¿Por qué no la llevan directamente de la casa de la hija de Enríquez a España? ¡No, nunca la llevarán, las monjas abrirían una investigación!", se dijo con tristeza. Escuchó exclamar a Javier:

—¡Ya lo sabía! Sí, sabía que tú te ocuparías de esa pobre chica. ¡Si la vieras no la reconocerías! Gina le afeitó la cabeza y tiene la cara llena de cicatrices...

—¡Lo pensaré...! —repitió Paula, que se sentía incapaz de pensar en nada.

—Inés preguntó mucho por Irene. Le preocupa —insistió Javier.

Paula quedó sola en la casa y sintió que los muros de piedra caían sobre ella con estruendo. "Lo normal sería llamar a la policía. Sí, eso es lo normal. ¿Por qué se va a permitir que asesinen a una chica de veintitrés años que no ha hecho absolutamente nada malo?" ¿Qué había hecho ella, Paula, para merecer aquel castigo de vivir siempre aterrada? ¿Siempre a ciegas? ¿En qué mundo se movía Javier y qué lo empujaba a mezclarlas a ella y a su hija en aquellas tinieblas? ¿Quiénes eran "ellos" y por qué tenían poder para secuestrar, golpear y luego asesinar a una joven? Nunca lo sabría. Miró el teléfono, hacía ya varios días que no preguntaban por Inés. En el listín, buscó el número de la policía, lo marcó y, cuando escuchó la voz del hombre diciendo "pólice", colgó el aparato. Podía ser una prueba de Javier y entonces ella y su hija estarían condenadas. La quietud y la soledad de su casa le recordaron que Irene había salido a tomar unas clases y le pareció que ya debería estar de vuelta. "¿Dónde anda...? ¿Por qué tarda tanto...?" Se le cerró la garganta, el espejo colocado arriba de la chimenea le devolvió su imagen pálida, con los rasgos distorsionados por el terror. Iría a buscar a su hija. ¡Iría inmediatamente! Se puso unos guantes y salió a la calle despavorida. En la acera encontró a Irene que volvía plácida.

—¿Qué te pasa...? ¡Mamá, creí que te habías vuelto loca! ¡No debiste venir...! —le reclamó Irene.

Entraron juntas a la casa. Paula no le confió a Irene los secretos de su padre, se fue a la pequeña cocina y preparó un café y unas tostadas. La imagen de Inés, desfigurada, la perseguía por todas partes. "¡Desfigurada...!", "La golpearon..." Le sirvió a su hija la bebida caliente; ella no probó nada. La aparición de François, un amigo de Irene, la tranquilizó. Le sirvió también a él una taza de café y decidió salir a dar una vuelta para calmarse los nervios. Podía estar tranquila, su hija quedaba en buena compañía.

—Vuelvo en seguida, François... —dijo antes de abandonar su casa.

El golpe del viento frío sobre su rostro no logró calmar la tempestad que desataron las revelaciones de su marido. Buscó el río para caminar de prisa a lo largo de sus muelles. "Dios mío, Dios mío, Dios mío", eran las únicas palabras que se le ocurrían. Las hacía coincidir con el ritmo acelerado de sus pasos. Volvió a su casa ya al oscurecer, abrió la puerta y encontró a Irene, instalada en el diván, en actitud perpleja.

—Mamá, vino una mujer llamada Andrea. Dijo que tenía cita contigo. Echó a François, pues tenía que hablar de cosas íntimas contigo. Te esperó mucho rato. Le gustó la casa, pero la encontró muy pequeña: "Mirá, es un palomar", me dijo...

—¡Cállate! Yo no conozco a ninguna Andrea. ¿Qué quería? ¿Qué dijo? Dime exactamente lo que dijo... —exclamó temblorosa Paula.

—¡No me interrumpas! ¿Como te voy a contar todo si me interrumpes? Imagínate que me habló de Inés. Me dijo que la conoce muy bien, que estuvo con ella en el mismo convento. ¿No te parece raro...?

—Sí, muy raro. ¿Y tú qué le dijiste? ¿Qué le dijiste?, contesta pronto —gritó Paula muy agitada.

—Si te pones así, no te cuento nada. ¿Qué querías que le dijera? ¡Nada! La dejé hablar, pero me pareció raro que me preguntara que si no la había visto. No quise contestarle...

—¿Por qué la dejaste entrar...?

El teléfono interrumpió el diálogo. Era Javier, que llamaba inquieto. Cuando Paula le dijo que una mujer llamada Andrea había visitado a Irene aprovechando su ausencia, Javier exclamó consternado:

—¡Qué mala fe...! ¡Qué mala fe! Te suplico, Paula, que no la reciban jamás.

—¿Quién es? —insistió Paula.

—Una joven admirable... una artista... y una ¡canallita! ¡Me la va a pagar!

—Javier, Irene dice que se trata de una mujer horrible, una especie de marimacho...

—¡No digas sandeces! Andrea es admirable, está llena de talento, pero no la reciban. ¡Se los suplico!

Javier volvió muy tarde. Paula lo esperó en el portal. El hombre se negó a decir una palabra sobre aquella Andrea que había ido expresamente a interrogar a Irene. Era claro que espió la salida de Paula para colarse en la casa. Paula no quiso insistir, era inútil. Estaba acostumbrada a sufrir interrogatorios, intrusiones y ofensas, de personas desconocidas de ella y amigas de su marido.

Espió el sueño de Javier. ¿Qué secretos terribles ocultaba? Si aquella mujer Andrea no debía entrar a su casa no era para protección de ellas, sino para protegerse él de alguna posible indiscreción de la desconocida. De puntillas subió varias veces la escalera de caracol, entró al cuarto de Javier y se inclinó con cautela a observar aquel rostro semidormido que respiraba con brutalidad, tratando de guardar algún secreto que se le pudiera escapar durante el sueño. También dormido le inspiraba miedo. Vio sus cabellos, prematuramente blancos, esparcidos sobre la almohada blanca. Vio la mueca suelta y aterrada de la boca y se dijo: "Tiene mucho miedo".

¿Cuántas veces le había suplicado que hiciera un acto de contrición? Sólo así lograría expulsar las tinieblas que anidaban en su pecho y en su cerebro, pero Javier le había contestado con un: "¡Idiota!, ¿un acto de contrición?", y se había echado a reír. Esa noche se convenció de que aquel ser que le inspiraba terror, estaba aterrado y que esparcía ese sentimiento alrededor suyo. Siempre supo que era peligroso y en ese instante creyó adivinar hasta dónde llegaba su peligrosidad. Su debilidad se había convertido en cobardía y estaba dispuesto hasta a tolerar el crimen, con tal de no enfrentarse a un ser al que suponía más fuerte. Se retiró de puntillas. No durmió.

—Tú tienes más miedo que yo. Yo te temo a ti, pero tú ¿qué temes? Vives aterrado —le dijo por la mañana, cuando Javier bebía su café en la cama.

—Sólo le temo a Gina... puede destruirme —confesó.

Se diría que sacaba un placer extraño al pronunciar sus verbos favoritos: destruir, exterminar y vengar.

—¿Y no temes que destruya también a Inés? Me parece una tarea más fácil que destruirte a ti —le dijo Paula con voz severa.

—¿No te das cuenta de que si destruye a Inés, también me destruye a mí? Por eso te pedí que la recogieras tú...

—Te dije que lo pensaría...

—¡No hablemos de ese tema! ¡Por favor! Yo trataré de arreglar las cosas como mejor pueda. Esa Gina es una ¡perversa! Ésa sí que está loca. Es obscena. ¿Sabes que la locura en las mujeres se caracteriza por la obscenidad... ?, aunque en Inés es diferente. La chica esa es una víctima... ¿Cómo no fui capaz de verlo antes? —y masticó las tostadas con aire sombrío.

—¿Una víctima? Siempre has dicho que no hay víctimas ni verdugos.

—En este caso sí hay una víctima: Inés. ¡Víctima de Gina! —afirmó Javier.

Durante los dos días siguientes, Javier se mostró muy agitado: llegaba al amanecer, insultaba, trataba de golpear a Paula y no le permitía a Irene decir ni una sola palabra. Se diría que un nuevo demonio se había apoderado de él.

—¡Tú tendrás la culpa de lo que le suceda a Inés! —repetía sin cesar y agregaba algún insulto.

—¿Ves? Te lo dije, que nos iba a hacer polvo otra vez —le reprochaba Irene a su madre.

—¡Calma! Cuando se pone así es que ya se va a ir.

—Lo veremos —contestaba Paula.

La casa presentaba un aire sombrío, a pesar de que Paula continuaba limpiándola y colocando flores. Había algo indecible, algo aterrador que flotaba en los cuartos, en la cocina y en el baño, que paralizaba a sus dos habitantes.

Jesús llegó por la tarde. Venía lívido, con la ropa flotante, estaba en los huesos, con la mirada apagada.

—Señora... ¿no ha visto usted a Inés? Desapareció hace dos días —explicó tembloroso.

Paula escuchó de labios del criado el aspecto terrible de la doncella:

—Salió descalza, no llevaba abrigo, y con esa cabeza afeitada... —Jesús sollozó.

—¡Qué horror...! —dijo Paula con lágrimas en los ojos.

—Llevaba un vestido de Suzanne, negro, que le quedaba enorme... desvariaba.

Paula se tapó la cara con las manos.

—Yo la saqué de las garras de La Loba y ahora parece que ha vuelto a caer en ellas. ¿Quiere la señora preguntarle al señor si sabe algo?

—Sí, Jesús, se lo prometo.

—¿Y querría la señora cuidar de ella en el caso de que la encontremos?

—Sí, me haré cargo de ella, no se preocupe —prometió.

"Yo misma la llevaré a España", se dijo con decisión.

—¿Sabe la señora que el señor sale de viaje? —preguntó el criado con la vista baja.

—No, no lo sabía... —y Paula sintió un escalofrío. "Sabe lo de Inés", se dijo. Miró a Jesús, enfundado en su enorme abrigo de casimir raído, y preguntó con voz firme:

—¿Ya dieron parte a la policía sobre la desaparición de Inés?

—No, señora. Ivette... perdone, la señorita Ivette es la encargada de arreglar la documentación de Inés. Y resulta que mi prima todavía no está registrada. Por eso no ha querido que se dé parte todavía. Dicen que hoy estarán en regla los papeles de Inés y entonces...

—¡No importa! Vaya usted ahora mismo a dar parte a la policía —le ordenó Paula, enrojeciendo de ira.

El criado se retorció las manos huesudas y su tinte pálido se volvió terroso. ¿No se daba cuenta la señora de que no podía desobedecer las instrucciones dadas por "ellos"? Él, Jesús, Enríquez, su hija Ángela y el marido de ésta, buscaban a Inés por todo París.

Habían visitado los hospitales, las iglesias, los conventos. Inés era muy católica y podía haber buscado refugio en alguno de ellos. La víspera, unos mendigos encontraron a Inés al amanecer frente a Notre Dame. Estaba de rodillas y lloraba a grandes sollozos. Cuando le preguntaron qué le sucedía, salió huyendo y desde entonces nadie la había vuelto a ver. Ángela había hablado con los mendigos.

—Comprenderá la señora que todos estamos agotados. La buscamos de día y de noche. Creemos que es más fácil encontrarla de noche... —el primo de Inés calló.

—Han visitado todo, menos las comisarías —dijo Paula.

—De eso se ha encargado Ivette, perdone, señora, la señorita Ivette...

Paula guardó silencio. ¿Cómo podía llegar Inés a su casa, si ignoraba su dirección? Jesús trataba de engañarla o de engañarse a sí mismo.

—Inés no sabe mi dirección...

—Ya lo sabemos... pero pensamos que a lo mejor el señor la había encaminado hacia aquí..., ¡estaba tan preocupado el hombre...!

Jesús guardó silencio, era un despojo humano. Paula quiso ofrecerle un café.

—No, no; gracias, señora, hace dos días que no tomo más que café...

Le prometió ocuparse de la doncella si la encontraban y lo vio partir, fulminado por la desdicha que se abatía sobre él. También ella se quedó anonadada. ¿Qué podía hacer? Llevarse a la muchacha a España. "Si le devuelven sus documentos y si no los devuelven, la llevaré al Consulado español." Debía esperar. ¿Acaso no había estado esperando desde que se casó con Javier? ¿Y qué esperaba? No le diría a Javier nada de su viaje. Esperaría a que él se lo dijera y a que le confesara qué habían hecho con Inés.

Su marido llegó al amanecer. Se excusó y quiso comer una ensalada. Estaba muy agitado y miraba con temor a Paula, que permanecía en silencio.

—Tengo algo que decirte. Mañana salgo de viaje, es algo que surgió hoy al oscurecer. Recibí un telegrama de Sidney y la oficina allá exige mi presencia. ¡Es algo sumamente urgente! Creo que volveré en unos cuantos días...

—¿Ya tienes los boletos?

—No... tuve que molestar a Ivy para rogarle que me consiga ¡un! sitio en el primer avión que encuentre. Estaré de vuelta en unos cuantos días...

Javier se tomó el trabajo de hacer hincapié en que sólo necesitaba ¡un! boleto.

—Ah...

Pasaron el resto de la noche haciendo el equipaje. Paula se cuidó de decirle que estaba al corriente de la desaparición de Inés. Le dio miedo Javier; estaba segura de que huía de algo y ella no quiso ser testigo, era más prudente. Tal vez la visita de Jesús se debía a eso: los pobres criados esperaban que ella le sacara la verdad a su marido. ¡Era no conocerlo! Javier le suplicó que no despertara a Irene. A las seis de la mañana llamó Ivette.

—¡Ivy, eres un genio! ¿Cómo conseguiste el boleto...?

Javier cogió su maleta, se detuvo frente al espejo para echarse el último vistazo y bajó de prisa la escalerilla de caracol. Paula lo siguió. Su nudo de corbata era perfecto y la esquina del pañuelo blanco asomaba apenas en el bolsillo superior de la americana. Paula y su marido se detuvieron en la puerta.

—¿Quedé bien? —preguntó Javier, tocándose nerviosamente la corbata y la esquina del pañuelo.

—¡Perfecto!

—¡Gracias, Paula! ¡Gracias! A mi vuelta trataremos de reconstruir nuestras vidas. Es horrible lo que hemos hecho con nuestra juventud.

Le tomó ambas manos y se las besó. Después la estrechó contra sí.

—Paula, estaremos siempre juntos. Hasta en la tumba. No concibo que me entierren lejos de ti. Nuestra lápida dirá simplemente: "Javier-Paula" —dijo con voz conmovida.

—Así será —contestó ella.

—Dale un beso a nuestra hija, yo no podría... —y los ojos se le enrojecieron con lágrimas.

—Que te diviertas, Javier.

Su marido bajó corriendo las escaleras. Por la ventana, Paula lo vio cruzar el patio.

—Javier, no quiero verte nunca más. Ni en esta vida ni en la otra —le dijo en el momento en que terminaba de cruzar el patio y salía a la calle.

El día transcurrió en una calma extraña. Paula puso orden en la casa. Javier había dejado las dos habitaciones, el baño y la cocina vueltos al revés, como si por ahí hubiera cruzado algún ciclón. Después, ella y su hija durmieron un rato. Habían pasado unos meses infernales e insomnes. Al oscurecer, en medio de un silencio absoluto, despertaron, se ducharon, comieron algo y volvieron a dormir.

Se sentían convalecientes de una larga enfermedad. Paula no supo la hora en que la despertó el teléfono; debía estar amaneciendo.

—Señora, soy Enríquez... sí, sí, perdone que la despierte... —la voz del viejo líder tenía lágrimas.

—No se preocupe, Enríquez, ¿qué sucede? —preguntó aterrada.

—Encontramos a Inés... ¿sabe? Pero la señorita Ivette opina que no debemos reconocerla. ¿Usted qué opina...? Nosotros quisiéramos...

—¿Está usted loco? ¿Cómo que no quieren reconocerla? ¡Tráigala aquí ahora mismo! Y esa Ivette que no se meta, porque se las verá conmigo.

—Señora, señora... Inés está en la morgue... acuchillada...

Paula dejó caer el teléfono. "¡No, no, no, no, no, no!", gritó sin parar, durante algunos minutos. Cuando terminó de gritar, Enríquez ya se había ido del aparato.

—¡Mamá...! ¡Mamá...!, ¿te has vuelto loca? ¡Cálmate! ¡Cálmate, te lo suplico! —le pidió Irene, que había corrido a su lado al escuchar sus alaridos.

—Sí, me he vuelto loca... tuve una pesadilla horrible, ¡horrible! —y se echó a llorar con desconsuelo.

Lloró mucho rato, esperando a que amaneciera. Entonces, se levantó, se duchó, se vistió y corrió a la calle a comprar los diarios. Volvió a su casa para leerlos con calma y encontrar la noticia tristísima de la muerte de Inés. Los revisó de prisa, con manos temblorosas y no encontró nada.

—¡Lo soñé! —gritó en voz alta.

Pero siguió hojeándolos, tal vez en alguna columna pequeña estaba la noticia. Sus ojos cayeron sobre un elegante grupo de viajeros. Al pie de la fotografía venían sus nombres: "El conocido hombre de negocios Javier, la hermosa señora Gina, la gran pintora Andrea, el científico Torrejón y la señorita Asunción, hacían un viaje de estudios, que los llevaría alrededor del mundo..."

Paula dejó caer los diarios. Sintió que no había nada qué hacer en el mundo. Irene le sirvió un café, que no tocó. Era difícil vivir, muy difícil y era tan fácil morir y ¡tan impune...!

Hacia las diez de la mañana llamó Jesús.

—¡Señora, no hay nada qué hacer! No podemos reclamar a Inés... Inés era una desconocida. No estaba registrada. Eso dictó la señorita Ivette... ¡una desconocida! Reclamarla sería ocasionar problemas a la oficina... y al señor. ¡Inés es una desconocida! —insistió el hombre.

—Sí, sí, justo, Inés es una desconocida... reclamarla le puede ocasionar dificultades a la oficina y al señor... Inés es una desconocida —repitió Paula.

—Señora, nos hubiera gustado enterrarla cristianamente... ella era tan creyente, tan católica... —expresó el hombre.

—Pero la señorita Ivette se opone. ¿O no es así? Ha decretado que Inés es sólo una desconocida... —y Paula se echó a llorar con rabia, con tal furia que parecía que iba a arrancarse los ojos de las órbitas.

En el saloncito de Paula se abrió un enorme abanico de días sombríos, todos iguales a ese día, al anterior, al de hacía dos años y al de hacía diecisiete años. ¡Una desconocida! Nadie deseaba ver, ni enterrar cristianamente a la chica que habían asesinado. "¿Y si yo fuera a reconocerla y a identificarla? Nadie me creería." Además, ¿cómo era Inés... ?, trató de recordar su rostro fino, sus ojos castaños y sus cabellos sedosos: "Tenía una piel de rosa", pero le habían dicho que estaba muy desfigurada. ¡Nunca la reconocería! "Gina le afeitó la cabeza..."

Desde que la señorita Ivette se encontró con Inés en la conserjería, supo que Jesús se había equivocado pidiendo a su prima. Inés no era la joven que ella esperaba. Su desenfado, sus maneras resueltas, su paso firme, su cabeza erguida y sus ojos, sobre todo sus ojos de mirada penetrante, registraban hasta el menor detalle, y descubrieron desde el primer día que había caído en el centro de un "ring". ¿Hasta dónde llegaron sus descubrimientos? La señorita Ivette lo ignoraba. En cambio, estaba segura de que Inés no había entrado en contacto con la Iglesia. Ella veló personalmente para que Inés no se confesara nunca, ni asistiera a ninguna misa.

Durante muchos días y luego durante varios meses, la señorita Ivette la estudió a fondo: era rebelde, irreductible e implacable. Era necesario retenerla con subterfugios que no podían prolongarse eternamente. Su inteligencia era superior a la normal, su espíritu de análisis, perfecto.

Las monjas la habían preparado a conciencia para enfrentarse con el mundo, por eso estaba condenada a estrellarse. ¡Era fatal! No se pueden dejar cabos sueltos, ni testigos peligrosos cuando están de por medio muchos millones de dólares y muchas reputaciones ¡impecables! La madre superiora no se equivocó al decirle: "Vas a un lugar impecable". Se equivocó simplemente en su enviada. Debió escoger a alguien más flexible, menos observador, dotada de una inteligencia mediocre, que hubiera podido ser absorbida por el medio. Nunca imaginó que su protegida no saldría jamás de aquel lugar en verdad ¡impecable! La señorita Ivette tomó la decisión, desde la primera noche en que dejó sobre la mesa de Jesús el dinero para la comida del día siguiente, que Inés no saldría de aquella casa. Las cartas cruzadas entre la madre superiora e Inés pasaban antes por sus manos y eran anotadas cuidadosamente.

La señorita Ivette era la única persona que no podía permitirse el lujo de equivocarse o de tolerar irregularidades como Inés. La señorita Ivette era la Directora Internacional del Círculo Industrial R.A.D.O. Los demás eran sus empleados. El menor de todos, pero el más ágil y vistoso, era el pobre Javier. Hubiera sido muy brillante si no padeciera esas crisis agudas de sentimentalismo, que lo convertían en un socio peligroso. Después del "affaire" Inés, la señorita decidió enviarlo a un puesto muy subalterno en la ciudad de Toronto, Canadá. Naturalmente, después de que terminara su viaje alrededor del mundo, para evitar problemas y posibles comentarios desagradables.

La señorita Ivette temió siempre las investigaciones de la Iglesia. Fue Jesús, su primo, el encargado de declarar solemnemente que Inés se fugó a Brasil, o a un país parecido, con un pintor sin renombre.

Estaba previsto que el señor Javier no viera nunca más a Paula y a su hija, que lo incitaban a sus crisis sentimentales. Javier entendió su enorme error y en pocos años llegó a ser la cabeza del Círculo Industrial R.A.D.O. de Toronto, Canadá.

Un corazón en un bote de basura (1996)

El pequeño cóctel sucedía con la precisión que gustaba al padre de André, que observaba con agrado el salón de soltero de su hijo, dispuesto con elegancia: libros, cuadros escogidos, figurillas africanas y aztecas, sofás amplios de mullidos cojines de pluma, mesas pequeñas con ramilletes severos y lámparas blancas, mapas antiguos y fotografías de André en sus cacerías en África y en Guatemala. El salón contaba la biografía de un joven culto, inquieto, de buenas maneras y educación impecable, mientras callaba su vida disoluta y su obstinación en negarse al orden de los negocios y la disciplina de una empresa y de una esposa. Miró a su hijo, que conversaba en una esquina con el señor Ramsey; a su lado estaba Charlotte, con los hombros desnudos, sosteniendo una copa con la dignidad de una cariátide. El padre de la joven comentó alentador:

—Tu hijo es magnífico —y lanzó una mirada circular sobre el salón y el reducido número de invitados.

—Espero que no desperdicie esta última oportunidad que le brindo —contestó severo el padre de André.

—Los americanos han sacado la mejor impresión de él. Mira a Ramsey... observa a Harriman.

En efecto, mientras Ramsey hablaba animado con André, Harriman contemplaba los cuadros y las figurillas antiguas con evidente admiración. De pronto, frente a un espejo semioculto por los cortinajes, se echó a reír a carcajadas. La risa inesperada del hombre de negocios hizo que todos se volvieran hacia él:

—¡El recado es encantador! —exclamó Harriman, en un francés de duro acento. André lo miró alarmado y Charlotte avanzó sonriente hacia él. Harriman leyó en voz alta:

—"Tu baño, delicioso. No tengo qué comer. Una limosna. Úrsula." —y mostró el espejo, en donde estaban las palabras escritas con jabón. Ramsey, divertido, se acercó también.

Las frases opacas y blancas crecieron en el espejo, mientras los padres de André y Charlotte apagaron sus cigarrillos y trataron de decir algo. La joven se lanzó intrépida:

—Es una *hippie*. Son una plaga —agregó con desdén para cerrar el incidente que amenazaba con hundir su propia dignidad y la de su padre.

—¡No es una *hippie*! —replicó André, mirando colérico a Charlotte.

—¡Claro que no es una *hippie*, se baña! Debemos llevarle un pavo —intervino Ramsey sonriendo.

Sus palabras no tuvieron eco. Las miradas de los invitados estaban fijas en André, que sostenía su copa como si la fuera a estrellar entre los dedos. Ramsey agregó:

—Debe ser una de esas personas encantadoras a las que hemos arrojado a la acera con nuestras acciones... ¿O no es así, André?

—Exactamente, son nuestras acciones... —empezó André.

—Creo que las acciones de la señorita Úrsula son peores que las nuestras —opinó su padre con voz tajante.

—Úrsula es una señora amiga mía —lo interrumpió André.

—¿Una señora? —comentó el padre de Charlotte, con alivio al oír que la limosnera era casada.

La joven sintió la ofensa de las frases del espejo y la actitud de André. Observó que las miradas se fijaban en ella y, con soltura, hizo lo que le pareció digno: humedeció una pequeña servilleta en una cubeta de hielos y con ella borró las palabras del espejo. André la miró hacer.

—Se borró el incidente —exclamó aparentando frivolidad.

—¿Se borró? —preguntó Ramsey con malicia.

André miró la mancha blancuzca dejada en el espejo y tuvo un mal presentimiento. Apuró su copa de un trago. No tenía valor para enfrentarse a aquella gente y su ira cayó sobre Úrsula, que se exponía a semejantes comentarios. ¿Por qué había hecho eso? "Ha violado la intimidad de mi casa, ha abusado de mi amistad", se repitió sin convicción. En ese momento sólo deseaba salir en su búsqueda y provocar una escena, reñirla por inconsciente. "Está loca", concluyó, mirando rencoroso la perfecta impasividad de Charlotte. La reunión volvió a su curso normal. Charlotte, con la servilleta mojada, se dirigió a la cocina, en donde Juana, ayudada por un mesero alquilado, preparaba bandejas, copas y bocadillos. La joven le entregó la servilleta sucia y le preguntó con desgano:

—¿Y se bañó aquí esa mujer?

—¿La señora Úrsula? Sí, se baña aquí todos los días —contestó Juana con respeto.

"Se baña aquí todos los días", se repitió Charlotte, y las palabras quedaron escritas en su memoria con una tinta más fuerte que el jabón utilizado en el espejo. Rencorosa, volvió al salón. Debía ignorar la ofensa. Hizo una entrada indiferente.

—Creo que debemos irnos. No sería justo llegar retrasados a la cena de madame Dejean —exclamó Charlotte.

Su padre la miró con aprobación y el padre de André se sintió aliviado; en la casa de su hijo la presencia inesperada de esa mujer llamada Úrsula no iba a borrarse fácilmente. Era como si un soplo de desorden hubiera interrumpido el giro elegante y suave de la reunión.

—Nosotros dos preferiríamos buscar a Úrsula —dijo Ramsey a André en tono confidencial.

—¿Nosotros dos? —contestó André mirándole a los ojos.

—Entiendo... perdón.

Charlotte avanzó con su espléndido abrigo de pieles y André la ayudó a ponérselo. Todos la imitaron y la fiesta —como las palabras del espejo— se borró en ese instante, dejando atrás sólo unas copas abandonadas, colillas y bocadillos mordisqueados.

El grupo bajó la escalera de piedra y cruzó el solitario vestíbulo, en donde los pasos retumbaron fúnebres, como dentro de una cripta. Salieron a la calle oscura y fría, en donde una pequeña fila de automóviles elegantes esperaba. André avanzó al lado de Charlotte, con el llavín del auto en la mano. Sentada en el borde de la acera, vestida con una gabardina y una mantilla sobre los cabellos rubios, estaba Úrsula, acompañada de un desconocido a quien André no pudo ver la cara. Ambos hablaban animadamente. Pensó dirigirse a la pareja, pero sería humillante para él delante de aquel grupo de intrusos elegantes. Con desesperación, se lanzó a su automóvil. Úrsula levantó la cara sorprendida e hizo ademán de decir algo, luego calló sin dejar de mirarlo. Su acompañante, vestido con un grueso suéter, en cambio, permaneció impasible, inclinado como si mirara atentamente el suelo, con los brazos apoyados sobre las piernas, en la actitud de un atleta en descanso. Ignoró al grupo que se desplazaba hacia los automóviles. André, al arrancar el auto, trató de ver la cara del desconocido. A su lado, Charlotte parecía no haber notado a la pareja; sin embargo, apenas se alejaron preguntó con frialdad:

—¿La mujer que te miraba era Úrsula?

—¿Úrsula...? ¿Úrsula sentada a media calle? —preguntó furioso.

La pareja, sentada en el borde de la acera, vio a cada uno de los automóviles irse.

—¡No me saludó! —exclamó Úrsula asombrada.

—¡Vámonos! —ordenó Dimitri tratando de sonreír, mientras con el dedo índice aplastaba las narices de su amiga en señal de juego, como si nada desagradable hubiera sucedido. Se pusieron de pie, dispuestos a partir.

—¡No, tú no conoces a André! Estoy segura de que me dejó algo con Juana. ¡Verás!

El joven no pudo detenerla, la vio entrar al vestíbulo y subir corriendo la escalinata de piedra. Juana abrió con suavidad la puerta:

—¿Me dejó algún recado André? —preguntó Úrsula tranquila.

—No, señora Úrsula. Ninguno. Se enojó cuando leyó lo del espejo —dijo la criada compungida.

—¿Nada? —insistió Úrsula incrédula.

—Nada...

Sin una palabra más, Úrsula corrió hacia las escaleras y las bajó con precipitación. En la calle la esperaba Dimitri con aire sombrío.

—Tenías razón, Dimitri —confesó humillada.

El muchacho le echó un brazo por encima de los hombros y ambos se alejaron en silencio por la calle elegante. A esa hora, a través de las cortinas de seda clara de las ventanas, se filtraba la luz de los candiles y se adivinaban vidas silenciosas, de pasos y gestos ordenados. Dimitri silbaba una vieja canción eslava, marcial y melancólica, para marcar el paso de ambos. De pronto empezó a cantarla. Se cruzaron con transeúntes envueltos en abrigos pesados de invierno, que los miraron con simpatía. Úrsula se detuvo:

—Ya sé que crees que hice mal en pedir una limosna. ¡Dímelo!

—No, pequeña Úrsula, creo que él hizo mal negándotela —contestó Dimitri con seriedad.

—¡Qué tonto...!, los mendigos son misteriosos y confiados. Uno nunca sabe quiénes son, ni por qué de pronto te eligen a ti para depositar su confianza. Hay uno que a veces aparece en los Champs Élysées, envuelto en una gran capa de pieles y, si eres el elegido, saca una campanita y la toca. Yo creo que es un gran personaje... A mí siempre me elige.

—No lo dudo. Pero si deseas algo, ve y cógelo tú misma. ¡Nadie te lo va a dar!

Dimitri se puso serio al decir estas palabras. Después, cogió a su amiga por los hombros, volvió a silbar la vieja canción eslava y se alejaron por la calle.

Muy tarde, Charlotte y André atravesaron la ciudad. La noche era muy fría y las calles estaban quietas. André detuvo su auto frente a la casa de la joven; estaba humillado y melancólico. Ella le acarició la mano:

—Todo salió perfecto. No debes preocuparte, ¡tienes un porvenir tan brillante!

—¿Brillante...? ¿Te parece brillante trabajar con Ramsey y con Harriman? —dijo burlón.

—¡Claro! Si no echas todo a perder por esa... señora.

André no contestó. Charlotte y su grupo eran incapaces de entender a Úrsula: la habían tomado por una mendiga. A Charlotte sólo se le ocurrió romper el mutismo de su amigo, echándole los brazos al cuello. André cedió al abrazo y ambos se besaron largamente. Después, se zafó del abrazo:

—Es tarde, Charlotte. Tu padre te espera.

Tenía urgencia de alejarse. Ella bajó del auto, poseída de una autoridad que lo exasperó:

—¿Vienes a montar con nosotros a Maisons-Laffitte? Pasaré a buscarte temprano —aseguró Charlotte, antes de dirigirse a la puerta de su casa.

Se sintió aliviado cuando la vio desaparecer. Al volver a su departamento, lo encontró otra vez intacto. Los criados habían recogido los restos de la fiesta. Sólo en el espejo quedaba la mancha blancuzca. Pensativo, la miró un buen rato y se miró a sí mismo en el espejo. Sacó un cigarrillo y se dejó caer en un diván, mientras marcaba un número de teléfono. Le contestó una voz masculina:

—¿Es la casa de la señora Úrsula? —preguntó André, sobresaltado.

—Sí, ¿qué quiere? —dijo la misma voz huraña.

—Hablar con ella —contestó indignado André.

—No se puede, está dormida —contestó la voz con severidad y cortó la comunicación.

André miró el teléfono con incredulidad. Le pareció increíble que un hombre estuviera con Úrsula a esas horas:

—¡Dormida! —murmuró.

Una vez acostado en su cama trató de dormir.

Temprano, André oyó entrar a Juana, que le traía la primera taza de café del día.

—Si viene la señora Úrsula, ¡dígale que se acabó el baño!

—No creo que vuelva. Anoche puso una cara muy sorprendida —dijo la sirvienta.

André quiso preguntar más, pero Juana abandonó la habitación. Cuando se afeitaba, cambió de opinión y llamó a la sirvienta a grandes voces para ordenarle que preparara con cuidado el baño para la señora Úrsula:

—¡Caliéntale las toallas! —dijo severo.

Él mismo colocó los frascos de sales y lociones en los lugares más visibles.

—La señorita Charlotte lo espera abajo —anunció Juana.

André cogió un sobre, metió unos billetes en él y escribió en el sobre: "Perdón, querida Úrsula". Lo cerró y lo colocó visible sobre un frasco de sales. Se puso de prisa la bufanda y salió. Colocó el llavín de su casa debajo de la alfombrilla de entrada, en el lugar convenido entre él y Úrsula. Una vez en la calle, subió con desgano al automóvil de Charlotte. Ella lo examinó de arriba abajo y le dio un toque a la bufanda:

—Te ves muy bien en traje de montar —dijo satisfecha.

Galoparon por los bosques húmedos de árboles desnudos, respirando el aire cargado de bruma. André creía ver figuras misteriosas y signos dejados especialmente para él sobre los troncos negros de los árboles.

Durante la comida guardó silencio. Veía arder los leños de la chimenea y las llamas también le hacían signos maléficos, como si los duendes del fuego le sacaran la lengua, burlones. Había cometido un error: se había avergonzado de la amistad más entrañable que poseía y al hacerlo se había apartado de lo maravilloso; tuvo la impresión de haber dado la vuelta a la última página de su infancia, poblada de cuentos y seres mitológicos.

Al atardecer, volvió a su departamento. Había pasado un día largo y tedioso.

—¡El día estuvo formidable! —exclamó Charlotte radiante. Él la miró irónico. La joven agregó:

—Pasaré por ti a las nueve en punto —ordenó la amazona, ahora dueña de un automóvil tan poderoso como su caballo, pero menos hermoso. La miró asombrado. Charlotte parecía más dotada para las máquinas que para la naturaleza, de la que parecía haberse desprendido hacía ya mucho tiempo: "no le queda ni una hebra de musgo", se dijo.

André subió corriendo las escaleras. El llavín estaba donde lo había dejado. Fue directamente al baño y lo encontró intacto; el sobre estaba sobre el mismo frasco de sales. Humillado, lo cogió y se lo echó al bolsillo. Úrsula no había ido. En su agenda buscó la dirección que su amiga le había dado, se echó un abrigo y salió precipitadamente. No se olvidó de colocar el llavín: "Úrsula es imprevisible", se dijo.

No tardó en encontrar la callecita en la orilla izquierda del Sena. Estacionó su automóvil y cruzó el gran portón abierto y oscuro. Se encontró en un patio que parecía abandonado. Un gato oscuro saltó de un bote de basura y un hombre pequeño le salió al paso:

—La casa de la señora Úrsula —dijo André al desconocido, que parecía amenazador.

—La primera puerta, en el primer descanso de la escalera.

André se encontró frente a una puerta pequeña y pesada y llamó con un campanillazo. A través de una mirilla enrejada, le llegó la voz conocida de la criada de Úrsula.

—¿Quién llama?

—¡André!

Al dar su nombre, la puerta se abrió y apareció ante él una mujer enorme con una vela en la mano. Se sorprendió:

—¿Es usted Adela? —dijo.

—Sí, señorito André —contestó la mujer en español.

El físico de la mujer lo dejó atónito. La mujer lo hizo pasar a un enorme salón completamente vacío, los muros eran blancos y los techos altísimos. La luz de la vela no alcanzaba los rincones. Al fondo se abría una puertecilla en el muro espeso, que conducía a otra habitación igualmente vacía, y en la cual sólo había una mesa pequeña y dos sillas. De pronto la casa se llenó con la música de Rachmaninoff, que venía de un clavecín invisible.

—La señora se pondrá contenta al verlo. ¡Lo quiere tanto, que no hace sino cantar sus alabanzas! —dijo Adela, conduciéndolo al pie de una escalera de caracol, que partía de una esquina del cuarto—. Suba, por la música dará con ella —ordenó, reteniendo la luz—. No se la doy al señorito, porque no tengo otra —terminó la criada.

André subió casi a tientas. La escalera conducía a otra habitación igualmente vacía. Con la luz de su encendedor vio adosada a uno de los muros una enorme chimenea y, tendida en el suelo junto a ella, una colchoneta y una manta. La música de Rachmaninoff venía de un pasadizo; se acercó y vio el resplandor que venía de la habitación situada al final del pasadizo. Asombrado, se detuvo y miró como un espía el interior de ese cuarto inundado de música. En una cama pequeña de latón estaba Úrsula, bajo las mantas cubiertas por una colcha blanca. Su amiga llevaba una camisa de noche de mangas largas y cuello cerrado, como el de una colegiala. Atenta escuchaba la música del clavecín, que el joven de espaldas atléticas tocaba ensimismado. El instrumento musical estaba colocado cerca de una ventana y él y la cama constituían todo el mobiliario. Retrocedió humillado y se pegó a uno de los muros del pasadizo para observar a la extraña pareja. De pronto, la música cesó. Hasta él llegó la voz profunda de Dimitri:

—¿Se te quitó el frío después del baño frío?

—Sí. Toca más, Dimitri —contestó Úrsula.

—Pensaba en ti… y creo que debes volver con tu marido.

—¡Dimitri, no me digas eso!

—Sí te lo digo. No conoces el mundo… yo no tengo nada que ofrecerte… ni siquiera un baño caliente…

Desde su lugar oscuro, André vio a Dimitri levantarse agitado y acercarse a la cama en donde Úrsula reposaba. El joven gesticulaba y su hermoso rostro eslavo brillaba al resplandor de la vela.

—¡Ese individuo, ese André!… ¿Sabes?, ¡es un pobre mezquino, un burguesito que sólo quiere acostarse contigo!

Hasta André llegó la alegre risa de Úrsula:

—¡No, Dimitri! André nunca ha tenido esa idea.

Dimitri se detuvo y la miró con fijeza:

—Úrsula, las personas como tú y yo estamos en un túnel, no tenemos salida. En una de las bocas están ellos; yo me escapé… y en la otra boca están estos… de los que tú quieres escaparte y, en medio, sin salida, estamos nosotros, condenados…

El joven se sentó a los pies de la cama y miró al vacío.

—No tenemos salida… no hay solución para nosotros —repitió cansado.

—¿Crees que son iguales? —preguntó ella asombrada.

—¡No sólo iguales, sino complementarios, Úrsula!, ¡Son los verdugos de la poesía, los enemigos de la belleza, los asesinos de la música...! ¿No comprendes que son cómplices del mismo crimen?

André vio cómo Dimitri tomaba las manos de Úrsula y las ponía sobre su frente. Se sintió un criminal espiando una vida misteriosa a la que él no tenía acceso y, dolido, atravesó de puntillas la habitación, bajó la escalera y buscó la puerta. No quería que Adela viera su derrota.

Una vez en la calle, subió a su automóvil y corrió por las avenidas elegantes, en donde una vida abierta se extendía por las terrazas de los cafés. Pronto la primavera verde y refulgente se extendería por la ciudad.

Desde la cocina, en la que sólo había un poco de pan, Adela escuchó la música nuevamente y subió hasta la habitación de su ama.

—¿Se marchó el señorito? —preguntó curiosa.

—¿Cuál señorito? —dijeron al unísono Dimitri y Úrsula.

—El señorito André —respondió Adela asombrada.

Úrsula y Dimitri se echaron a reír:

—La dieta te produce alucinaciones —comentó la joven divertida.

—¡Vaya!, le digo que estuvo aquí. Yo misma lo hice entrar y le mostré el camino.

Los jóvenes se miraron alarmados. Dimitri golpeó sobre el teclado:

—¡Es un espía! —gritó con fuerza.

—Ahora sabe que estás aquí... —dijo Úrsula asustada.

Ambos guardaron silencio; después, Úrsula agregó:

—¿A qué vendría si nunca se había dignado visitarme?

—¡Vamos, tuvo ganas de ver a la señora! Qué idea de que es espía. ¡Vaya tonterías! Le gusta la señora y se marchó cuando lo vio a usted —dijo Adela, señalando a Dimitri.

Al llegar a su casa, André encontró a Charlotte, esperándolo en su automóvil. La joven lo miró con reproche:

—¡Son las diez y todavía estás en traje de montar! —exclamó.

Ambos subieron al departamento. Mientras André se cambiaba, Charlotte se preparó un whisky. Cuando su amigo apareció, la miró sin afecto y se sentó a esperar a que ella terminara su bebida. Charlotte se acercó a él, se sentó muy cerca y preguntó maternal:

—¿Es ella, verdad...? Úrsula.

Le acarició la mano y luego le ofreció la boca; se abrió el abrigo y le acercó los hombros perfumados, que André besó distraído.

—Esas mujeres son peligrosas... siempre enredan a los hombres en aventuras involuntarias que luego se complican. André, por favor, ten cuidado... no es de tu clase.

André ignoró la frase "no es de tu clase". El perfume de Charlotte era penetrante.

Ambos terminaron en el diván. Charlotte le encendía los cigarrillos. Él se sintió atrapado: se asfixiaba. Se levantó de un salto:

—Creo que debemos ir al Novy... daremos algún pretexto para llegar tan tarde —dijo nervioso.

Charlotte no se inmutó, lo miró sonriente:

—¿Para qué? Yo puedo preparar algo aquí.

Se envolvió en su abrigo y se dirigió a la cocina. Indefenso, André la contempló en sus idas y venidas. La joven estaba radiante mostrando su eficacia. Con presteza preparó una bandeja que trajo al salón:

—¡Somos ricos, hasta tenemos un poco de caviar! —exclamó.

Charlotte tomaba la iniciativa con la precisión de un mayordomo y la seguridad posesiva de una esposa; era imposible escapar. Cuando aceptó volver a su casa, André la contempló vestirse y, respetuoso, la acompañó hasta su automóvil.

—Prométeme que no volverás a ver a Úrsula —dijo segura de su triunfo.

André la miró incrédulo.

—¡No eres de su clase! —suplicó Charlotte.

—Es verdad. Ni tú tampoco. Ella es distinta... no aceptaría verme más —dijo él convencido.

—¿Estás loco? ¿Qué más quisiera que echarte el guante? —dijo indignada la joven.

—Vete, Charlotte. Vete ya.

La muchacha lo vio con ojos penetrantes.

—No olvides que mañana vamos al teatro con Ramsey y con Harriman y su esposa.

Le fue difícil conciliar el sueño. El cuarto entrevisto de Úrsula, bañado por la luz de una vela y la música del clavecín se le aparecía como un sueño, una aparición milagrosa: quizá no lo había visto, quizá sólo lo había imaginado. Por la mañana ordenó nuevamente a Juana que preparara el baño para la señora Úrsula. La criada lo miró con ironía:

—Tal vez tampoco vuelva hoy —dijo.

Al mediodía, abandonó la oficina de su padre y decidió ir a la casa de Úrsula. Adela, al verlo, sonrió zalamera y lo condujo a la habitación, donde estaba colocada la mesa. Úrsula ocupaba una de las sillas y comía sosegada un plato de lentejas. Al verlo, saltó y le besó ambas mejillas:

—¡Andresillo!

Él la miró con severidad:

—No has ido a bañarte y vine a ver por qué has tomado esa decisión —dijo, sin comentar lo absurdo de la casa, ni la conducta de Úrsula.

La muchacha volvió a su lugar y le ofreció la silla restante. En la mesa, André vio otro lugar preparado y un plato de lentejas empezado y nervioso sacó un cigarrillo:

—¿Es de tu amigo? —preguntó tratando de ser superficial.

—¿Mi amigo...? No, ya se fue. Es para Adela...

André apoyó los codos sobre la mesa, hizo a un lado el plato y la miró con fijeza:

—Úrsula, no mientas. Ese hombre es tu amante. Por eso escapaste de tu marido.

—¡No, no, no! ¡Pobrecito Dimitri! Es mi amigo, es un gatito de gotera al que recogí hace tres semanas —gritó ella.

—¿Lo recogiste? ¿Qué quieres decir con eso? ¿Estás loca? Vas a acabar mal, recogiendo vagabundos para convertirlos en tus amantes y si se llama Dimitri, debe ser un comunista.

—¡André, no digas cosas vulgares! No quiero oírlas de ti —suplicó Úrsula.

—Tal vez digo vulgaridades porque sólo soy un hombre vulgar —dijo André convencido.

Un campanillazo interrumpió el diálogo. Ambos quedaron en suspenso y hasta ellos llegaron la voz educada de un hombre y las exclamaciones de Adela. Entró al salón un hombre vestido de azul marino que volvía más pálidos sus cabellos rubios. André pensó que le recordaba a alguien conocido. Pero dónde. Tal vez había visto su fotografía en los periódicos. El recién llegado exclamó al ver a Úrsula:

—¡Ah!, la linda fugada. ¡Qué bueno verte! Me hacías falta, mucha falta...

Úrsula corrió hasta él y le besó ambas mejillas. Él la tomó de las manos y la examinó con atención:

—¡Estás guapísima! No pude resistir tu ausencia y vine a buscarte.

—¿Cómo están todos? —preguntó ella.

—¡Aburridísimos, como siempre!

El desconocido miró a André que, de pie, no sabía qué actitud tomar.

—Jesús Gándara, y André —presentó Úrsula, sin formalidad.

Jesús, con una sonrisa de extrañeza, avanzó y tendió la mano. Adela, desde la puerta, contemplaba la escena encantada:

—Algo me decía que el señorito Jesús iba a venir un día de estos —dijo taimada.

Jesús se volvió a ella y echó a reír:

—No te pongas pitonisa, Adela, que no te va. Eres tú la que me escribiste para darme esta dirección y hoy por la mañana te llamé —dijo divertido.

—¡Adela! ¿Hiciste eso? —gritó Úrsula enfadada.

—¡Y claro que lo hice, si la señora sólo hace disparates! —contestó la criada.

André decidió irse, se sintió inoportuno. Jesús forcejeó con cortesía para que se quedara, el que debía irse inmediatamente era él. Además, en la casa sólo había dos sillas: estaba claro que Úrsula no contaba con que se quedara.

—Vendré esta noche por ti y hablaremos muy seriamente —dijo echándose a reír, y sin ninguna intención de hablar "muy en serio".

André salió primero. No conocía a Jesús, pero su nombre le era familiar, estaba en todas las notas elegantes. Desde su automóvil, mientras encendía un cigarrillo, vio aparecer a Jesús Gándara en el umbral del portón y dirigirse a un taxi que le esperaba.

Apenas salieron André y Jesús, Úrsula subió corriendo y encontró a Dimitri tendido en la colchoneta, mirando el techo de la habitación; lo cogió de la mano y lo hizo bajar con ella a la mesa. Dimitri la miró con preocupación.

—Adela, calienta las lentejas. Ese par de burgueses hicieron que se enfriaran —ordenó tranquila.

—¿De modo que para ti soy un gato de goteras? —preguntó dolido.

—Sí. Un gatito —contestó Úrsula guiñándole un ojo.

—La señora debe ponerse guapa para salir esta noche. No sé cómo voy a plancharle el traje: no hay plancha, ni luz. Tampoco tiene perfume... ¡qué desgracia!, ¡qué desgracia! —exclamó Adela, mientras colocaba los platos humeantes frente a los dos comensales.

Apenas terminó la comida, Dimitri, sin decir una palabra, se fue a la calle. Úrsula, preocupada, lo vio irse. Al oscurecer, volvió silencioso y subió para encontrar a su amiga bien arropada en su cama blanca. El muchacho se sentó a los pies de la cama y miró a

Úrsula con calma. Después sacó de debajo de su suéter una pequeña caja de cartón forrada de encaje negro y lo puso sobre la colcha:

—Femme, de Rochas, para Úrsula de Dimitri —dijo muy serio.

Úrsula cogió la cajita, la abrió, destapó el frasco de perfume y lo aspiró con deleite:

—Perfume... —dijo extasiada.

Dimitri se rio satisfecho.

—Sí, ¿qué, la calabaza no se va a convertir en carroza esta noche? —dijo contento.

—¿Y cómo lo conseguiste? ¡Es carísimo! —dijo Úrsula asombrada. Dimitri hizo la seña de robar.

—¿Eres ladrón? —preguntó ella tranquila.

—Sólo robo para mi ama —contestó Dimitri que, súbitamente se puso de pie, y eufórico empezó los pasos salvajes de una danza eslava en mitad del cuarto. Después, ruidoso, se lanzó sobre la cama de Úrsula y le besó el cuello y las manos. Adela interrumpió el juego con voz seca:

—La señora debe vestirse.

Con la cabeza baja, Dimitri salió de la habitación.

El vestíbulo del teatro era pequeño para el público que asistía al estreno de gala de Barrault. El busto de Molière miraba desde sus hermosos ojos ciegos de estatua a la concurrencia charlatana, que le lanzaba el humo de sus cigarrillos sin ningún respeto... y esa indecencia debía sufrirla cada noche. André anunció a sus amigos:

—Voy a tomar un poco de fresco.

Charlotte lo acompañó y en silencio caminaron bajo las arcadas de piedra que circundan el teatro y llevan a los jardines de Luxemburgo. Las arcadas vacías y oscuras ofrecían la posibilidad de un fantasma y André escuchó el compás de sus propios pasos, que convocaban la aparición esperada. En sentido contrario vieron avanzar hacia ellos a una pareja. Ella vestía una larga capa de armiño que, al entreabrirse, dejaba ver un suntuoso traje blanco. Él se cubría con una hermosa capa negra española y llevaba una bufanda blanca al cuello.

—¡Qué elegantes! ¡Parecen de otra época y de otra raza! —dijo Charlotte, con aire de conocedora.

La pareja avanzaba con la solemnidad de dos figuras de un juego de ajedrez, condenada a avanzar solamente por un piso de cuadros blanco y negro, y en donde cada movimiento significaba la victoria o la implacable derrota. En verdad a André le parecieron dos fantasmas avanzando por el portal oscuro. Al cruzarse, Jesús se detuvo:

—¿Qué hay? —dijo con simpleza.

André, sorprendido, hizo las presentaciones:

—Úrsula, Charlotte, Jesús Gándara —y guardó silencio.

Úrsula tendió un brazo enguantado de blanco, que André besó haciendo una reverencia.

—La tercera llamada... —advirtió Jesús y ambos, indolentes y casi sin hablar, siguieron su camino.

Ya desde su asiento, Charlotte localizó el lugar de Úrsula y, con el rabillo del ojo, observó a André. La había engañado y ahora permanecía ausente, sin seguir la obra y evitando mirar hacia el lugar que ocupaba su amiga, que parecía absorta en la representación. Charlotte preguntó a André:

—¿Es Jesús Gándara el noble español?

—El mismo —respondió seco.

Ramsey preguntó curioso:

—¿Quiénes son sus amigos?

—Úrsula y su primo —aclaró André, sin querer ver la sorpresa con que reaccionó el norteamericano.

A la salida, André perdió a Úrsula entre la gente. Malhumorado aceptó cruzar la plaza y dirigirse a La Méditerranée, el restaurante obligado después del teatro. Ocuparon una mesa en el local lleno de comensales elegantes, luces rosadas y ramilletes silvestres. Cerca de ellos, Jesús y Úrsula parecían muy serios, inclinados en una conversación íntima. A André le pareció que su amiga había cambiado; tenía una mirada trágica y apenas probaba bocado. Hubiera querido cazar alguna palabra suelta de la conversación. Ellos, a su vez, al verlo le prodigaron una leve inclinación de cabeza. Ramsey, Harriman y su esposa, así como Charlotte, los miraban con avidez.

—Podríamos pedirles que fueran con nosotros a bailar —propuso Ramsey.

Todos aceptaron, menos Charlotte, que guardó un silencio obstinado. No tuvieron tiempo de hacer efectiva su invitación, porque de pronto la pareja se levantó, Jesús colocó la capa de armiño sobre los hombros desnudos de Úrsula, y ambos hicieron una leve señal de despedida. Cuando desaparecieron, André pensó que el lugar se había vuelto odioso. Puso de pretexto una jaqueca para no ir al Novy. Irían cualquier otro día. En el automóvil, cuando conducía a Charlotte a su casa, apenas podía escucharla, pedirle explicaciones:

—¿Quién es Úrsula? Dime, ¿cuándo la conociste?

—Hace cinco años...

—¿Tanto tiempo...?, ¿y desde entonces...? —dijo indignada.

—No digas tonterías. La volví a ver hace dos meses... cuando se presentó en mi casa y me explicó que la calefacción de su casa estaba rota...

—¡Ah!, el pretexto del baño. ¿Y en esos cinco años qué hizo?

—¡No lo sé...! Me supongo que vivir con su marido —contestó de mala gana.

Detuvo el coche frente a la casa de Charlotte, pero ella no hacía ningún ademán de abandonarlo.

—Tengo jaqueca —dijo él, impaciente.

La joven se irguió y cambió de actitud, le pasó la mano por la frente y prometió llamar más tarde para indagar por su salud. André correspondió mecánicamente al beso de despedida y partió veloz.

En un cafetín oscuro, Jesús y Úrsula terminaron la conversación:

—Chica, haces bien en hacer lo que te da la gana. Quédate un tiempo más mientras reflexionas. ¡Claro que hay poco que reflexionar!

—No quiero volver...

Jesús le dio unas palmaditas en la mano:

—Mira que soy un imbécil. ¿Sabes que estás guapísima? Deberías casarte conmigo. Juntos podríamos hacer barbaridades. ¡Eso sí que sería un buen golpe! —dijo alegre.

—¿Lo dices en serio? —preguntó Úrsula, mirándolo a los ojos.

—¿En serio? ¡Es lo único serio y sensato que he dicho en mi vida! Pero no creas que te propongo ningún adulterio. ¡Pobre Alfonso! —agregó divertido.

De varias mesas los miraban con curiosidad. El cafetín era pobre y la concurrencia bohemia, en su mayoría masculina. Jesús echó una mirada circular y exclamó:

—Me parece que llegó la hora de repartir los puñetazos entre estos villanos que te miran como si estuvieras desnuda. Aunque, a decir verdad, no vienes muy vestida —y se echó a reír, abrió su pitillera, que brilló como un sol pequeñito, y sacó dos cigarrillos de los que molestaban los delicados ojos ciegos de Molière.

La condujo a su casa en un taxi. Pareció hundirse en un cansancio muy antiguo; las palabras se habían reducido a letras y la risa anterior se había quedado esparcida como un reguero de caracolas sobre las mesas del cafetín y los adoquines de las calles. Nada hacía sentido y lo mejor era olvidar en el recogimiento de su almohada. ¿Olvidar qué? Las locuras de Úrsula, las suyas y las de los demás, pero ¿y si sólo las de los demás fueran locuras y ellos estuvieran en lo cierto? De pronto pareció preocupado y antes de que ella se despidiera prometió:

—Buscaré una solución. Aunque en verdad, no sé qué aconsejarte.

La vio desaparecer por el portón oscuro. Quedaba la hermosura de la noche y las palabras repetidas de Marivaux, que se confundieron con la armonía de las estrellas siempre vistas, siempre nuevas y siempre iguales. Ordenó al taxi su dirección y resolvió su inexistencia. En realidad, Úrsula sólo tomaba forma cuando estaba frente a él; después se desdibujaba en una mancha clara aureolada por su propia risa, que ella compartía.

Adela abrió la puerta, la señora le quitó la vela en silencio y subió a su habitación. Se sentía descorazonada. Junto a la chimenea, echado sobre la colchoneta, estaba Dimitri, que cerró los ojos al sentir que ella se acercaba. Úrsula depositó la vela en el suelo y se sentó junto a él:

—¿Estás dormido? —preguntó en voz baja.

—No, te estaba esperando... ¿Te divertiste?

—Sí, me divertí. Ya no les pertenezco. Es curioso cómo el simple gesto de abandonar tu casa, te lanza a otro mundo, del cual ya no puedes salir —dijo en voz muy baja.

Dimitri la contempló envuelta en sedas y pieles blancas, inmóvil al resplandor de la vela, que volvía tenebrosas las cuencas de sus ojos.

—Quisiera regalarte un trineo, para que huyeras al compás de las campanitas de todos los lobos que te acechan —dijo con voz muy seria.

—En el teatro vi a André...

—¡André! ¡André! Siempre ese tipo. Sólo se te ocurre repetir su nombre —contestó Dimitri con disgusto.

Ella se arrojó en sus brazos y él le acarició la cabeza.

—No sé por qué lo recuerdo siempre...

Dimitri se separó de ella, que continuó:

—Jesús dice que haga lo que me dé la gana. ¿Te das cuenta? Tal vez por eso pienso en André...

Dimitri le echó un brazo sobre el hombro, con aire protector. El timbre del teléfono interrumpió la confidencia:

—¿Vas a contestar? —preguntó el joven con voz dolida.

—Sí. Debe ser André... —dijo ella con voz culpable. Y al oír la voz que le llamaba se echó a llorar—: Sí, soy yo, André... —dijo entre sollozos.

Dimitri la miró con amargura, se levantó y bajó las escaleras. No quería ver esa escena. Decidido, entró a la cocina y preparó un café. Cuando subió con las tazas y la cafetera humeante, encontró a Úrsula sentada en su colchoneta, ya no lloraba y parecía asombrada de sus lágrimas recientes. Dimitri se puso en cuclillas frente a ella y le ofreció una taza de café. Ambos apuraron la bebida, mirándose de cuando en cuando:

—Me dijo que me quería mucho... —confesó ella en voz baja.

—Fatalmente te convertirá en su amante —contestó él mirando al suelo con fijeza.

—¿Tú crees?

Dimitri le tomó la cabeza entre sus manos y le dijo mirándola a los ojos:

—¡Sí lo creo! Y creo que eso es lo que tú deseas: ir a su cama. ¿Por qué lloraste al oír su voz? ¡Lo estabas llamando!

—¡No es cierto...! ¡No es cierto! —gritó Úrsula.

—Sí es cierto. Te mientes a ti misma. ¡La única libertad que buscas es la de tener amantes!

Úrsula se puso a llorar nuevamente. Y Dimitri la soltó.

—No es verdad... me dolió que fuera con la muchacha elegante, me di cuenta de que yo había perdido mi lugar para quedarme sin ninguno... —confesó.

Dimitri la acercó contra su pecho y le acarició los cabellos con timidez:

—Por eso lloras, Ursulina... hubieras querido ser la otra. ¿Y ahora el granuja te llama? Ahora, cuando ya dejó a la otra. A esa joven no la llama a estas horas, las llamadas nocturnas las deja para las mujeres que han perdido su lugar como tú, por eso quiere convertirte en su amante —dijo rencoroso.

—No es verdad. Me ama. Y me invitó a cenar con él mañana...

—¿Y vas a ir?

—Sí... ¿Por qué no...?

Dimitri la empujó con violencia. Se puso de pie y se dirigió a la escalera. Úrsula lo llamó a gritos y bajó tras él. Lo alcanzó en la puerta y se colocó frente a él, para impedirle la salida:

—¿Adónde vas?

Adela surgió de la oscuridad portando una vela y se quedó muda contemplando la escena.

—¿Adónde vas? —repitió Úrsula a gritos.

—A buscar a mis amigos..., a mis compatriotas, a los gatos de gotera como yo —dijo humillado y furioso.

—Voy contigo —suplicó Úrsula.

Dimitri la tomó por los hombros y la miró con fijeza:

—No me has entendido. ¡Me voy con ellos! No tengo nada que hacer entre ustedes, mi pequeña Úrsula.

—¿Entre nosotros? —preguntó Úrsula, con los ojos llenos de lágrimas.

—Sí, entre los que juegan a la libertad y los que juegan a escaparse, como tú. Entre ustedes, los cómplices felices. Yo vengo de otro mundo al que tampoco pertenezco y del cual no tienes idea; pero tampoco pertenezco al tuyo, ni al de André que es el mismo, pequeña farsante, ¡cenicienta de juguete!

Con una violencia inesperada, la arrojó contra el muro y salió dando un portazo. Úrsula se quedó atónita, no entendía a Dimitri ni lo que sucedía, tuvo la impresión de hallarse sola, en un mundo desconocido que, antes de su fuga, no había imaginado. Lo imprevisto del peligro la petrificó. Adela se acercó y la tomó de la mano:

—¡Vamos a dormir! Por hoy ya basta de gritos y de disparates. ¡Lo único que debe hacer la señora es volver a casa con el señorito Jesús! ¡Vaya maneras de este jovencito!

Una vez en la cama, la noche creció desmesuradamente y sombras más oscuras que la oscuridad de su habitación se desprendieron de los rincones para rodearla e inclinarse a observar sus ojos abiertos por el espanto. Imaginó la calle con sus transeúntes escasos a esas horas y quiso salir corriendo y pedir auxilio. Pero, ¿a quién? El mundo redondo y milagroso se había transformado en un bólido negro, que a toda velocidad y timoneado por un ser malvado corría a estrellarse contra algo.

A las ocho de la noche, André recogió a Úrsula. Juntos fueron por el grupo de amigos y luego ocuparon una mesa en el Novy. Madame Debidour miró complacida a Úrsula mientras bailaba con Ramsey y se inclinó hacia André:

—¿De dónde la sacaste?

—Es una antigua amiga —contestó preocupado.

"El mundo gira sobre su propio eje", se dijo y se encontró a sí misma girando sobre su propio eje, en un continuo movimiento sin sentido, que no la llevaba a ninguna parte y que no le daba ninguna esperanza de poder quedarse quieta, como cuando era niña y, sin moverse, sentada en un tejado, observaba el vuelo de las aves migratorias o el vuelo inseguro y ondulante de las mariposas, que flotaban unos momentos para luego desaparecer para siempre. Le daban temor por la hermosura y brevedad de su existencia. "Sí, sólo viven para encender el aire de colores y luego desaparecen", le había explicado su padre. Ahora, ella hubiera querido ser así: una pequeña mancha multicolor, flotando unos instantes sobre las rosas, pero no había rosas, sólo quedaba un mundo hostil y negro en el cual algunos hombres tenebrosos llenaban el aire de crímenes: las mariposas habían muerto.

No le interesaba la conversación ni los comentarios que hacían sus amigos sobre los grupos que ocupaban las otras mesas. Miraba a Úrsula, sin poder descifrarla. Ella parecía muy tranquila y muy dueña de ella misma, empeñada en una conversación estúpida con Ramsey. Ni siquiera vio a su primo Jesús cuando entró al local, acompañado de un pequeño grupo de elegantes. André, en cambio, lo saludó con un movimiento seco de cabeza. Uno de los recién llegados descubrió a Úrsula y se acercó a la mesa. Cuando ella levantó la mirada, sus ojos se llenaron de sorpresa y, excusándose, se dirigió a la mesa de Jesús. Los amigos la recibieron levantando las copas:

—¡Pensamos que te había tragado la tierra! El pobre Alfonso anda haciendo el tonto por ahí —dijeron riendo.

—Ahora no se habla del pobre Alfonso —ordenó Jesús riendo.

Después la invitó a bailar. Desde la pista vio que André los seguía con la vista:

—¡Óyeme, ese chico amigo tuyo está enfadado!

André se levantó y se dirigió a ellos interrumpiendo el baile:

—¡Es mi turno! —dijo arrebatando a Úrsula.

Jesús la cedió sonriendo y volvió a su mesa.

—Cuando yo invito a alguien no se pasa a la mesa vecina. ¡Y ahora vámonos! —ordenó furioso.

Úrsula se dejó llevar y ambos partieron sin despedirse de nadie. Se encontraron de pie el uno frente al otro en el salón de André.

—¡Qué falta de mundo! No me diste tiempo de despedirme de Jesús —dijo ella en tono de reproche.

—¡Qué importa Jesús, si te permite hacer toda suerte de estupideces...! No me extraña que llores a medianoche —le dijo con dureza, alargándole un vaso cargado de whisky.

Úrsula lo apuró de un trago.

—La gente te comenta... siempre rodeada de hombres —dijo André en tono duro.

—¿Qué gente? ¿Qué hombres? —preguntó ella asombrada.

—La única gente que hay. ¿Sabes que Charlotte y Ramsey leyeron lo que escribiste en el espejo? ¡Después, todos te vieron sentada en la calle con ese malviviente con el que vives!

—Dimitri ya se fue y no era un malviviente. Era una persona desplazada, como hay tantas —contestó Úrsula con tristeza.

—No seas ingenua. Esos tipos siempre son o espías o terroristas. ¿Por qué se mete en tu casa en vez de presentarse con la policía y arreglar legalmente su situación? ¿Por qué no trabaja?

—¿Dimitri terrorista? Hay cosas que no entiendes. Dimitri es un músico...

André montó en cólera:

—¿Jesús sabe que vives con ese terrorista...? ¡Contéstame! ¡Ah, no lo sabe! Mañana mismo hablaré con ese estúpido primo tuyo para explicarle tu conducta —amenazó.

Úrsula se echó a reír:

—No conoces a Jesús... es igual a mí. Si creyera que Dimitri es terrorista, se convertiría en su mejor amigo...

André la miró incrédulo:

—¿Perteneces a una familia de locos?

Úrsula se puso de pie, se echó la capa sobre los hombros y avanzó hasta el centro del salón:

—Llévame a mi casa —ordenó.

André se sintió humillado. La joven acababa de decirle que no le permitía inmiscuirse en sus asuntos privados. Se acercó a ella y la vio tan derecha que le pareció que estaba borracha.

—No te vayas. Prometo no ofenderte más —dijo humilde.

Úrsula avanzó y dio un traspié. Sí, estaba borracha. André la sostuvo y ambos se encontraron besándose sobre un diván. André sintió que el mundo giraba vertiginosamente, la tomó y la llevó a su habitación. Después recordó André que Úrsula, al ver la cama, se detuvo, y riendo citó a Wilde:

—Wilde dijo: "Es difícil hallar a una mujer que nunca haya tenido un amante, pero es imposible encontrar a una mujer que haya tenido sólo un amante..."

Riendo, se tendió en la cama. André le preguntó:

—¿Cuántos amantes has tenido tú?

No recordaba su respuesta. Al amanecer la vio dormida junto a él. Sobre la alfombra estaba su traje blanco. Le besó los ojos cerrados y encendió un cigarrillo. Estaba preocupado. Ella le preguntó:

—¿Me amas, André?

No quiso mirarla, le parecía peligrosa. Tuvo la impresión de que lo tomaba como una aventura más. Ella insistió en la pregunta.

—Eres casada. Eso debes preguntárselo a tu marido —contestó.

Úrsula guardó silencio. A través de la ventana se colaba la primera luz violeta de la mañana. André se volvió a ver a su amante y, arrepentido, se inclinó a besarla; ella se separó:

—¡Déjame! Dimitri tenía razón, sólo querías traerme a tu cama.

—¿Ese vagabundo? ¿Cómo te atreves a nombrarlo ahora? —dijo furioso.

—Dimitri tiene razón. ¡Tiene razón! —gritó ella.

André la cogió y la sacudió por los hombros:

—Eres histérica y sentimental como todas las mujeres —dijo, aventándola sobre la almohada.

—Dimitri tiene razón —repitió ella.

André saltó de la cama y se envolvió en una bata. Encendió una lámpara y se dirigió al clóset.

—¿Qué vamos a hacer? —preguntó ella compungida.

—¿Yo? Voy a montar —contestó con sequedad.

Prefería no verla; pensó que la frescura del bosque lo aliviaría de la congoja que Úrsula le producía. No la vería nunca más.

—¿A qué hora llega Juana? —preguntó Úrsula sobresaltada.

André miró el reloj pulsera dejado sobre la mesilla de noche:

—Dentro de quince minutos. A las siete.

—Entonces será mejor que me vaya... me daría vergüenza que me encontrara aquí —dijo sentándose en la cama.

André pareció no escucharla y se fue directo al baño, cerrando la puerta tras de sí. Úrsula saltó de la cama y se metió en el vestido que recogió del suelo. Guardó las medias en su bolso. Salió de la habitación al mismo tiempo que escuchaba el ruido alegre de la ducha. En el salón recogió su capa y huyó de la casa de André. No quería estar allí cuando saliera del baño, ni cuando llegara la sirvienta. Sus lujosas ropas nocturnas la avergonzaban cuando cruzó las calles, por las que empezaban a circular los panaderos, los obreros y los sirvientes. Su casa estaba muy lejos y no tenía dinero para tomar un taxi. Buscó callecitas apartadas; se sentía humillada corriendo con los cabellos en desorden y la capa blanca y el traje de raso flotando a su alrededor. La gente la miraba con curiosidad, como si se tratara de una loca.

André volvió a su habitación, completamente vestido en traje de montar. El baño había disipado su rencor. Se sobresaltó al ver la desaparición de su amiga. La llamó en voz alta y luego salió corriendo a buscarla. En su coche recorrió las calles inútilmente y luego se dirigió a la casa de Úrsula. Se estacionó en una esquina para espiar su llegada: necesitaba verla. La vio aparecer: traía la cara descompuesta y el cabello rubio deshecho. La vio entrar a la pequeña panadería situada cerca de su casa y salir comiendo, distraída, un bizcocho. Adelantó el auto y le cerró el paso. Ella lo miró como si no lo conociera. La llamó varias veces y al final bajó del auto; la atrapó cuando iba a cruzar el portón. La obligó a subir a su coche y la vio detenidamente: vestida así a esa hora, parecía un ser irreal que lo miraba con reproche:

—No te pongas así, no seas inocente, por favor.

Ella no contestó.

—No quise hacerte daño... no cabe duda de que las mujeres son seres raros —continuó, sin saber qué más decir.

Ella permaneció en silencio. De la panadería los miraban. Los primeros coches empezaban a circular y al pasar junto a ellos les gritaban algo que André no entendía, ocupado en mirarla. Formaban una pareja irregular y los transeúntes se inclinaban a verlos: él en traje de montar y ella envuelta en una capa de pieles blancas, con el peinado deshecho. Un automovilista se detuvo y le gritó con ira:

—¡Sentido contrario, idiota!

André le contestó con un claxonazo iracundo. Después hizo un viraje forzado, se subió a la acera y enfrenó. Se volvió a Úrsula que seguía en la misma actitud, con la mano inerte sobre la falda blanca sosteniendo el bizcocho mordisqueado.

—Te invito un café... no creí que para ti esta aventura tuviera tanta importancia; de haberlo sabido...

Úrsula se volvió tranquila:

—¿Importancia? No seas inocente. Anoche me acosté con Dimitri.

André la miró con ira:

—¡No es justo...! ¡No es justo! ¿Anoche después de que lloraste, o antes?

—Después y antes —dijo tranquila y se bajó del coche.

—¡Mientes! No te acostaste con Dimitri —gritó André.

André la vio cruzar el portón de su casa. Iba muy derecha. Después se inclinó con desesperación sobre el volante y arrancó a toda velocidad.

—¡Dios mío, qué cara trae la señora! —dijo Adela, al abrirle la puerta.

Por el salón vacío, avanzó la alta silueta de Dimitri y luego, inmóvil, contempló la derrota de Úrsula. Ella corrió y se abrazó a su pecho.

—¡Dimitri...! tenías razón...

El joven la abrazó:

—No digas nada ahora, Úrsula...

—Tenías razón... —insistió ella llorando.

Él la guardó, estrechada contra su pecho:

—Yo tengo la culpa. Anoche volví corriendo, pero ya te habías ido... te esperé. Ahora vamos a que duermas.

Hablaba en voz baja y grave. La obligó a subir a su habitación y le ordenó a Adela que subiera un café. Cuando la convenció de dormir, bajó sombrío a la cocina y le pidió a Adela que, hasta su vuelta, no contestara el teléfono si escuchaba la voz de André en el auricular.

—¡Voy a buscar a ese individuo!

Adela lo miró con admiración. Antes de salir le recomendó:

—¡Mucho cuidado, señorito!

Dimitri salió corriendo. Llegó hasta el edificio de André y, decidido, subió la escalera. Llamó. Juana abrió sorprendida:

—No está el joven... —le anunció con precaución, pues el aire agresivo del desconocido la puso sobre aviso.

—¡Volveré! —exclamó Dimitri.

Desde la ventana del salón, Juana lo vio patrullar la casa un rato y luego irse. Dimitri se dirigió a la oficina del padre de André. El despacho era lujoso. Una secretaria lo miró curiosa:

—Creo que no ha llegado todavía... —contestó insolente.

Dimitri salió y la joven corrió al despacho de André para anunciarle que un individuo, extranjero y con aire agresivo, había venido a buscarlo.

—¿Dónde está? —preguntó furioso.

—Se fue... le dije que no estaba.

André corrió a la ventana y escrutó la calle. No vio a nadie. Dimitri lo esperó largo rato en el pasillo. La gente empezó a mirarlo y, convencido de que André no iría esa mañana, se fue a la calle, derrotado.

Por la tarde, Dimitri volvió a la casa de Úrsula. Subió hasta su cuarto y se echó boca abajo sobre la colchoneta, con la cabeza apoyada sobre los brazos cruzados. Al poco rato oyó los pasos de Adela subiendo la escalera. La mujer se detuvo junto a él.

—Señorito, encontré esto en el buzón —dijo en voz baja.

Dimitri se volvió y vio que de la mano de Adela columpiaba un corazón de plata, que pendía de una cadena. La sirvienta lo dejó caer sobre la colchoneta.

—No había ningún recado —dijo despectiva.

Dimitri lo examinó. Era una joya antigua. Le buscó el resorte y el corazón se abrió como una cajita mágica. Su interior estaba vacío. Era del tamaño del puño de un niño. Lo volvió a cerrar.

—Seguramente lo dejó el señorito André. ¿Habrá que dárselo a la señora o tirarlo a la basura? —preguntó.

Dimitri estuvo a punto de reír. Se lo echó al bolsillo y anunció:

—Yo se lo daré a la señora.

Entró al cuarto de Úrsula y se sentó a los pies de su cama. La llamó en voz baja:

—Lo quieres, ¿verdad? —preguntó serio.

—No lo sé...

—Él también. Mira lo que te dejó en el buzón —dijo columpiando el corazón de plata frente a Úrsula, que lo miró sin pestañear. Dimitri entonces se lo colocó sobre el pecho:

—Ahí está bien, junto a tu corazón —dijo sin mirarla.

Ella se tapó la cara avergonzada.

—¡No seas sentimental! ¡Levántate! Vamos a ver a mis amigos, los gatos de gotera.

Atropelladamente buscó entre las ropas de Úrsula y le lanzó unos pantalones, un suéter y un hermoso abrigo de pieles.

Al salir a la calle, Úrsula creyó ver a un hombre que los miraba con curiosidad. Cruzaron gran parte de la ciudad. Iban a paso largo, marchando como soldados. Dimitri la miraba de soslayo. El aire frío disipaba su pena y empezaba a sonreír; estaba alerta. Dos veces vio pasar cerca de ellos, en un automóvil, al hombre que estaba en la esquina de su casa. El hombre llevaba una gorra de astrakán. Le pareció que soñaba. Dimitri no lo notó.

—¿Lo viste? —preguntó cuando el hombre apareció por tercera vez, primero muy despacio y luego aceleró la marcha del coche.

—¿Qué? No vi nada. Estás nerviosa. No te preocupes, yo lavaré la afrenta.

Llegaron a un barrio elegante. Dimitri se detuvo frente a las rejas de una hermosa casa. Adentro se extendía un parque y prados todavía helados.

—¿Aquí viven? —preguntó asombrada.

—¡Aquí! —aseguró él, dando varios campanillazos.

Apareció un criado.

—¿El señor Fiodor? —dijo Dimitri.

El criado abrió las rejas y ambos entraron cogidos de la mano. La casa de piedra gris se levantaba majestuosa frente a ellos. Unos escalones amplios conducían a la puerta de entrada. Las ventanas tenían las cortinas echadas.

—¡Vengo de pantalones! —dijo ella asustada.

—A Fiodor eso no le preocupa en absoluto —dijo Dimitri lanzando una carcajada.

Después la desvió hacia la parte trasera de la casa, rodearon el jardín hasta llegar a las caballerizas y a las habitaciones de los criados. Desde lejos escucharon la música de una balalaika. Por una de las puertas de las caballerizas se escapaban una rendija de luz y la música. Dimitri llamó con los nudillos. Un hombre pequeño y rubio, vestido fuera de moda y con un monóculo colgando sobre el pecho, lo recibió con afecto:

—Hacía veinticuatro horas que no venías. Adelante, Dimitri —dijo solemne, al mismo tiempo que le hacía una reverencia a Úrsula.

Llegaron a una estancia pequeña de techo de madera, con divanes de cojines multicolores adosados a los muros también de madera. Había libros, objetos de plata y una gran tetera hirviendo en el centro de la habitación. Echados sobre los divanes estaban dos jóvenes y una muchacha de cabellos muy negros partidos en *bandeaux* y recogidos en la nuca. La muchacha miró a Úrsula con sus enormes ojos azules. Un hombre viejo y alto, al ver a los recién llegados, hizo una pequeña reverencia.

—¡Úrsula! —gritó Dimitri en medio de la habitación, con un orgullo que no pudo ocultar.

Fiodor se puso el monóculo y la examinó con atención, después besó la mano que ella le tendía:

—Una belleza de San Petersburgo —dijo con aire de conocedor.

El viejo dio un paso adelante y gritó:

—¡Viejo Fiodor! ¡Viejo Fiodor, estás loco! ¡Es una típica latviana! ¿Verdad, Vassily?

El joven aludido se acercó a Úrsula que, atónita, quería decir algo; la contempló atento y luego se volvió a su amigo:

—No, Vladimir. Úrsula es polaca. ¡Polaca! —repitió dando palmadas, que Dimitri coreó con entusiasmo. El juego continuó.

—Eres checa —dijo la muchacha de los ojos azules.

El joven que había permanecido junto a ella en el diván se acercó a Úrsula, le cogió los cabellos, los examinó con atención y anunció:

—¡De Budapest!

Al ver esto, el viejo se lamentó:

—¡Ah, los jóvenes nacidos después de la Revolución no tienen maneras!

—¡Abuelo Vladimir, no aprendimos maneras! ¡Nosotros no somos parásitos burgueses ni nobles sanguijuelas! —exclamó Dimitri, tomando a Úrsula por la cintura y girando con ella vertiginosamente. Sus amigos llevaron el compás aplaudiendo, mientras Fiodor tocaba unas notas en la balalaika. Al final, Dimitri levantó a Úrsula en vilo y luego la depositó en un diván. Ambos, sin respiración, miraron sorprendidos a los demás. Entonces Fiodor hizo las presentaciones:

—Maia, Vladimir, Serguei y Vassily.

Los dos jóvenes besaron a Úrsula y Vladimir le acercó una taza de té humeante. Fiodor exclamó:

—La belleza no tiene país. Además, todos somos apátridas.

—El mundo se ha revuelto como un rompecabezas en desorden —dijo Vladimir moviendo tristemente la cabeza.

Dimitri le explicó a Úrsula que Fiodor trabajaba para el dueño de la casa, un antiguo amigo suyo.

—Me ocupo de la biblioteca... y algunas veces he encontrado incunables y cuadros... soy muy afortunado —afirmó Fiodor.

—Dimitri, toca algo —suplicó Maia.

En la habitación había un clavecín, que atrajo la atención de Úrsula. Dimitri se apresuró a decirle:

—Fiodor tiene dos y me prestó uno. ¡Yo no poseo absolutamente nada!

—Mi pobre madre coleccionaba instrumentos musicales... salvamos dos clavecines —explicó Fiodor.

Maia hizo ademán de apurar un vaso de vodka, que Vassily le arrebató con brusquedad:

—¡Basta, Maia!

Úrsula lo miró, desaprobándolo. Vassily entonces cogió las muñecas de la joven y le mostró a la recién llegada unas cicatrices rojas y frescas:

—¡Mira lo que hizo hace apenas dos semanas! —exclamó furioso, soltando con brusquedad las manos de la joven, que permaneció impasible. Vassily bebió de un trago el vodka de Maia y guardó silencio. El viejo Vladimir habló despacio:

—Maia es una artista... no ha podido con los trabajos pesados. Se escapó y debía reunirse con su amigo, pero él no pudo cruzar la frontera. La pequeña no tiene permiso de residencia ni carta de trabajo, pero eso no debe desesperarla, ¿verdad, Úrsula? Dimitri y Vassily también son ilegales... Toca algo para nuestro querido conejito de Pascua —agregó dirigiéndose a Dimitri.

El muchacho se acercó al clavecín. Serguei se colocó en cuclillas frente a Maia y le besó las cicatrices de las muñecas. Fiodor escuchó la música con los ojos entrecerrados y Vladimir movía la cabeza con aire melancólico. Úrsula, sentada sobre las rodillas en un diván, miraba a sus nuevos amigos mitad aterrada, mitad fascinada. Cuando Dimitri volvió a su lado, Vladimir le ofreció un pastelillo empapado en dulce que no supo comer y se llenó los dedos y la boca de miel. Dimitri tomó una servilleta y le limpió los dedos y la boca; después, le echó un brazo al cuello y la atrajo hasta su pecho. Desde allí escuchó la conversación, interrumpida por la grave voz de Vassily, que cantaba trozos de canciones melancólicas.

De pronto, Vassily se puso de pie y se dirigió a Dimitri:

—Creo que debemos ir a la manifestación que preparan los aspirantes a esclavos —dijo rencoroso.

—Sí. ¡Creo que debemos empezar a romper cabezas. Sería una buena lección para los aprendices del nuevo orden! —gritó Dimitri entusiasmado.

Serguei habló despacio al inclinarse como un conspirador:

—Podemos empezar con los agitadores de la fábrica. Los tengo bien localizados. Sé dónde dejan sus automóviles...

Vladimir interrumpió:

—Muchacho, perderías tu trabajo y tus papeles, y ustedes dos irían a la cárcel. Los extranjeros no podemos intervenir en la política.

—¡No mienta, abuelo! Los he visto. ¿Qué, la libertad existe sólo para exigir exterminarla? —gritó Serguei.

—No hagas caso, Serguei, les romperemos las cabezas —afirmó Dimitri.

—¡No lo olvides, Dimitri, en nosotros están los gérmenes del terror y podemos vacunar a estos imbéciles para evitar la peste! —dijo Vassily con su voz sonora.

—¡Nihilistas...!, siempre nihilistas... —suspiró Vladimir.

La discusión subió de tono y Fiodor sacó unas notas de la balalaika. Parecía absorto en la música. Los tres jóvenes discutían acaloradamente con el viejo Vladimir.

Muy tarde, todos, menos Maia, abandonaron la caballeriza de Fiodor. La noche era muy fría. Los amigos, cubiertos apenas por sus suéteres gruesos, movían rítmicamente los brazos, para guardar el calor. Vladimir tiritaba dentro de su vieja chaqueta.

Dimitri y Úrsula se separaron en una esquina. Caminaban en silencio. Súbitamente, Dimitri había perdido la alegría y Úrsula lo veía avanzar sombrío, con las manos metidas tercamente en los bolsillos.

A esa misma hora, alguien llamó a la puerta de la casa de Úrsula. Adela se acercó sobresaltada a la mirilla:

—¿Quién? —preguntó.

—¿Está Dimitri? —dijo una voz desconocida de hombre.

Adela trató de ver por la mirilla, pero la oscuridad no le permitió ver nada. La voz repitió:

—¿Está Dimitri...? Me urge hablar con él.

—¡Aquí no vive ningún Dimitri! ¡Aquí no vive nadie! —contestó Adela. Pegándose a la puerta, oyó los pasos de un hombre que se alejaban por la escalera.

Adela recibió a Úrsula y a su amigo con los ojos hinchados por el sueño:

—Hace rato que vino alguien a preguntar por usted, señorito, dijo que le urgía hablarle, pero a mí me pareció raro y dije que no vivía aquí.

—¿Cómo era? ¿Llevaba un gorro de astrakán? —preguntó nerviosa Úrsula.

—¿Y yo qué sé? Si no le abrí, ni lo vi tampoco.

Dimitri se reclinó sobre el muro y miró a ambas con aire preocupado.

—Debe ser la policía. Siempre que hay agitación vigilan a los extranjeros... contrarrevolucionarios —dijo con amargura.

—¿Y el gorro de astrakán? —preguntó Úrsula asustada.

—La policía no lleva esos kepis, señorito —dijo Adela.

—Nadie los lleva. Sólo que esta noche la señora bebió mucho vodka —dijo Dimitri con simpleza.

—¡Dimitri! ¿No me crees? —gritó Úrsula ofendida.

—No. No te creo.

Ambos subieron discutiendo y Dimitri se dejó caer sobre su colchoneta. Úrsula se arrodilló junto a él.

—¿Qué hacen tus amigos? —preguntó en voz baja.

—¿Qué hacen? Ya lo sabes: Serguei trabaja de obrero. Vladimir vende billetes de lotería y Vassily no tiene papeles. Los tres viven en el cuarto de Vladimir. A Maia la recogió Fiodor después de su intento... —explicó cansado.

—¿Y qué hacían antes? —preguntó ella.

—¿Antes?... Vassily era oficial del ejército, Serguei era ingeniero, Maia era actriz, Fiodor es un judío que fue muy rico. Él y Vladimir eran zaristas —contestó y se volvió hacia la chimenea. Quería estar solo. Úrsula se inclinó, le dio un beso en la frente y se fue a su cuarto.

Se desvistió en silencio y trató de dormir, pero estaba turbada; sabía que su amigo tampoco dormía; sin embargo, no quiso llamarlo. Su vida entera le pareció banal; sus problemas, artificiales y estúpidos. Recordó a André y su aventura con él le pareció un pasado muy remoto.

Por la mañana, cuando Adela le trajo el café, le anunció:

—El señorito Dimitri salió muy temprano.

—¿Salió para siempre? —preguntó aterrada.

—Yo qué sé...

—Debe haber ido a casa de Fiodor —dijo de prisa.

Se vistió apresurada. Bebió el café de un trago y salió en busca de su amigo. Al dar vuelta a la esquina, la alcanzó el hombre con el gorro de astrakán. No lo había soñado. Con cinismo, el hombre se puso a caminar junto a ella, aparentando mirar a los transeúntes. No podía ir hasta la casa de Fiodor. Vio una oficina de correos y se le ocurrió entrar allí. Se acercó a una ventanilla, pero no tenía dinero para comprar estampillas. Al salir, el hombre se acercó cortés:

—Perdone. Perdone la indiscreción. Pero desde anoche que la vi me pregunté por qué una señora tan fina y elegante vive en este barrio.

Úrsula se echó a reír:

—Me gusta. Me gusta mucho —contestó.

Y muy seria tomó el camino de su casa. El hombre la alcanzó antes de cruzar el portón.

—¿Me permitiría visitarla alguna vez? —dijo tendiéndole una tarjeta, que ella dudó en tomar.

El hombre sonreía untuoso y ella, turbada, cogió la tarjeta y subió de prisa. Una vez en su salón, leyó el nombre del individuo: era un nombre raro, parecía árabe. Estaba escrita su dirección con pluma fuente: una suite en el hotel más elegante de la ciudad.

Se quedó estupefacta. Adela la miraba con curiosidad y Úrsula le tendió la tarjeta:

—Me la dio el hombre con el gorro de astrakán —dijo asustada.

—¡Vaya, por Dios, que nos pasan cosas raras! —exclamó mirando a la señora, con miedo.

—¿No ha llamado Dimitri?

—No... —contestó la sirvienta con aire preocupado.

Un campanillazo las sacó de las cavilaciones. Adela abrió mecánicamente y el hombre con el gorro de astrakán apareció en el salón vacío. Hizo una reverencia:

—Pensé que debía demostrar de alguna manera mi gratitud porque usted aceptó mi tarjeta —dijo tendiendo un pequeño bulto.

Úrsula, aterrada, no lo recibió. El hombre, con desenvoltura, buscó dónde depositarlo y entró a la segunda habitación.

—¡Qué hermosa casa! ¡Desde afuera, quién lo diría! —oyeron que exclamaba.

Ambas se acercaron a la puerta y vieron que el desconocido subía de prisa por la escalera de caracol.

—¡Ah, pero si hay un segundo piso! —dijo desapareciendo. Parecía entusiasmado:

—Esta casa es magnífica. Habría que decorarla con muebles normandos.

Úrsula y Adela, boquiabiertas, lo miraron girar, disponiendo los muebles que debían ir en cada habitación:

—Aquí una cómoda... —decía pensativo entrecerrando los ojos. Al final se volvió a ellas y pidió excusas—: ¡Qué horror! Perdone, señora. ¡Soy un intruso insolente...!, perdón, ¿podré tener el placer de volver a visitarla?

—Sí... —dijo Úrsula aterrada.

El individuo se acercó, le besó la mano, se colocó el gorro de astrakán lujoso y partió como había venido.

Adela, pegada a la pared, no había dicho una sola palabra. Parecía la estatua erigida al terror.

—¡Este tipo es un policía! —gritó.

Ambas se dirigieron a la otra habitación y se dejaron caer en las sillas. Sobre la mesa estaba el paquete. Úrsula quiso cogerlo:

—¡Déjelo, señora, que puede ser una bomba! —gritó Adela.

Úrsula la miró con reproche. El paquete contenía un hermoso libro con reproducciones de los cuadros más famosos del Renacimiento.

—¿Qué es esto? —dijo asombrada.

Y se dedicó a hojearlo. De pronto, debajo de un Fra Angélico, leyó manuscrito: "4 p. m. Hoy". Sintió que perdía la respiración. Era una cita en el Louvre. Siguió pasando las hojas y, bajo un retrato de Madame de Pompadour, encontró: "12 a. m. Mañana". Era otra cita en el Petit Palais. Las citas eran tres. Cerró el libro, aterrada.

—¡Llama inmediatamente a André! —le suplicó a la criada.

El teléfono de André llamó inútilmente.

—¡Llama a Jesús! —gritó Úrsula histérica.

El teléfono de su primo llamó también inútilmente. Los dos andaban fuera. Úrsula se escondió en su cuarto:

—¡No le abras a nadie! ¡A nadie! —gritó.

Escondió el libro debajo de su almohada y buscó el corazón de plata para guardarlo en la mano como un talismán.

Al mediodía, Adela le avisó que abajo esperaba el señorito Jesús. Bajó como una exhalación y encontró a su primo, tan elegante como siempre, esperándola de pie en el salón. Se besaron las mejillas. Úrsula columpió el corazón de plata frente a los ojos de su primo:

—¿Tú pusiste esto en el buzón? —preguntó.

Jesús cogió el corazón, lo examinó y contestó frívolo:

—¡No! ¡Jamás! Es un guardapelo de mal gusto... No, tal vez es una cajita de rapé sentimental —agregó pensativo.

Ella volvió a guardarlo en la mano y esperó.

—¿Qué has decidido...? ¿Volver a casa o irte con el dueño de ese corazón enviado por correo?

Úrsula se dejó caer en una silla:

—¡No lo sé...! ¡Me pasan cosas horribles...! ¡Estoy en tierra de nadie...!

—Pues estás a la última moda... ¡Qué fastidio! Todos tirándose garrotazos. ¿Y ves lo que sucede en las calles? Los carteles, las reivindicaciones, las estructuras. Pues lo único que buscan es, al final, fusilar a Mona Lisa...

Úrsula se echó a reír a pesar de su miedo. Se entendía con Jesús, ambos tenían el mismo idioma.

—Mira, guapísima, péinate un poco y vamos a brindar por última vez. Mañana quizá será tarde, el silabario ha hecho destrozos: todos leen los anuncios de la Coca Cola y los carteles de las nuevas estructuras.

Úrsula dudó. Luego pensó que debía esperar a Dimitri y avisarle lo que había sucedido.

—No tengo ganas de brindar...

—Pues por la urgencia de los recados que me dejó Adela, pensé que querrías verme. Es igual, mira, para estar a la moda te pondré un ultimátum: pasado mañana a las cinco vendré a buscarte y nos iremos a cazar conejos a la finca. Por supuesto que tú, como París, bien vales una misa. De modo que desafío la cólera de Alfonso —dijo alegre.

Los sorprendió un campanillazo; después entró André, que se detuvo al verlos.

—¡Pasa, chico! ¡Pasa! —invitó cordialmente Jesús.

André saludó indeciso:

—Venía sólo unos instantes... me dieron tus recados urgentes —dijo a manera de excusa.

—Entonces debo irme inmediatamente —dijo Jesús decidido.

—No... ¿por qué? —dijo ella bajando la mirada.

—¡Ah!, ¿ves que la idea de cazar conejos te sedujo? —comentó Jesús, mirando a André con malicia.

—¿Cazar conejos? —preguntó André dándose por aludido.

—Sí, en la finca. Me marcho. Voy a buscar un restaurante que figure en el itinerario de la manifestación, tal vez los angelitos rompan los cristales y me toque una piedra en una ostra —dijo Jesús con voz desganada.

Úrsula se echó a reír y André la miró sorprendido:

—¿No estás con los manifestantes? ¿No crees que es necesario un cambio? —preguntó incrédulo.

—¡Claro, chico, claro que estoy! ¿Para qué buscar perlas en las ostras? Hay que cambiarlas por piedras. Yo no soy un decadente. Recuerda a Heine: "¡No cantes a la rosa aristocrática, canta a la patata proletaria!" Hasta Marx aceptó que tenía gracia —dijo serio, mientras se acercaba Úrsula y le daba un beso en cada mejilla—. Recuerda el ultimátum. ¡Y mucho cuidado con el correo! ¡No olvides que lo inventó el primer burócrata de la historia: Napoleón Bonaparte! ¿Qué opinas de ese producto de la Revolución, querido André?

—¿De Napoleón? Creo que está por encima de nuestras opiniones, era un genio —contestó André con dignidad.

—En efecto, fue un gran hombre. Fue producto del pueblo y origen de su felicidad. Se sacralizó él mismo y estableció así el culto moderno a la personalidad. Después de él, todos los proletarios han usado su chaqueta. ¿Sabías que Josefina tenía muy malos dientes? La Malmaison es demasiado roja. Él adivinó la venida del Tercer Mundo y de los papagayos —agregó antes de desaparecer.

Úrsula se echó a reír y André se sintió fuera de lugar. Sin embargo, permaneció allí, mirándola con fijeza. Ahora empezaba a comprenderla.

—Si te digo ahora que te amo, ¿importaría algo? —preguntó.

Ella lo miró, pensativa. Lo había llamado porque tenía miedo. ¿Cómo decírselo?

—Si te digo que quiero vivir contigo y que te ayudaría en tu divorcio, ¿lo tomarías en cuenta? —preguntó ansioso.

—Lo tomaría muy en cuenta —contestó ella.

André le tomó las manos y se las besó:

—Te amo, Úrsula, te amo —dijo tranquilo.

Ella quería decirle algo sobre el hombre con el gorro de astrakán.

—André, me pasan cosas horribles... tengo miedo. Un hombre con un gorro de astrakán...

André la sentó frente a él y le tomó nuevamente las manos:

—Estás muy nerviosa. Trata de no ver fantasmas.

—¡No son fantasmas! ¡Me siguió...! Pregúntale a Adela...

—¡Úrsula! No existe un hombre con gorro de astrakán. Además, sólo a ti te ocurren esas cosas absurdas. Mira, voy a hablar con los Dejean y mañana te llevo a su casa de Maisons-Laffitte unos días, mientras se arregla tu situación. ¿Quieres? Vendré por ti a las doce.

—¡No! A las doce tengo cita con el hombre del gorro de astrakán —contestó ella, asustada.

—¿En dónde? ¿Qué dices? —dijo él alarmado.

—Junto al retrato de Madame de Pompadour... en el Petit Palais... —dijo ella, bajando la cabeza.

André pareció preocuparse, dio unas vueltas por el cuarto y miró hacia arriba, curioso.

—¿Dimitri está aquí? —preguntó tímido.

—No. Se fue...

—Me estás contagiando tu locura, Úrsula... pero, si es verdad que es un músico y que se escapó... podría ser de la KGB...

—¿Qué es eso? —preguntó Adela, asomándose alarmada.

—Un agente secreto ruso... pero el astrakán es muy obvio —dijo André como para sí mismo.

Guardó silencio. Parecía preocupado:

—Mira, Úrsula, debes salir de este mundo de fantasía... vendré por ti a las once de la mañana. Así no irás a ver al hombre ese del gorro de astrakán. ¡Debes salir de tantas fantasías! ¿No cambiarás de opinión? —preguntó ansioso.

Úrsula negó con la cabeza. Parecía triste. André la tomó por la barbilla:

—Allí te olvidarás de todo. Galoparemos por las mañanas, los Dejean son gente magnífica... y yo te amaré toda la vida —le dijo dándole un beso.

Úrsula depositó el corazón de plata sobre la mesa y André bajó la cabeza:

—¡No sabía cómo decírtelo! —dijo humilde, y agregó—: ¿Quieres cenar conmigo esta noche?

Ella aceptó.

—Buscaré un lugar tranquilo, la ciudad está muy revuelta.

Cuando se fue, Adela salió de la cocina enfadada.

—¿Qué, nos vamos a marchar con éste? —preguntó.

—No lo sé... —dijo Úrsula.

—¡Vaya lío en el que nos hemos metido! Tan bien que podíamos estar en casa... ¡aunque con el señorito Alfonso allí! Todo es un asco. ¡Hay que ver cómo están las calles...! Y el espía ese pisándonos los talones. ¿En qué juergas anda metido el señorito Dimitri?

Dimitri interrumpió el diálogo. Adela no quiso reprocharle su ausencia ni su vuelta, lo dejó llegar hasta Úrsula sin decirle una palabra. El muchacho traía la camisa fuera del suéter y desgarrada. Tenía un golpe en una sien y el pantalón lleno de tierra. Al ver a Úrsula, se puso en cuclillas frente a ella, le tomó las manos y preguntó:

—¿Qué pasa, pequeña Úrsula?

—Pensé que no ibas a volver... ¿Fuiste a romper cabezas? —dijo asustada.

—Sólo acompañé a Vassily y a Serguei... los perdí cuando llegó la policía. Pero te aseguro que les dimos un mal rato —dijo, echándose a reír alegremente.

—Entonces, Serguei no podrá seguir trabajando... —dijo Úrsula mirándolo asustada.

—No. Vassily y Serguei se van... también yo me voy —dijo bajando la cabeza.

—¿Te vas? ¿Te vas? ¿Y me dejas a mí con ése de la KGB? —gritó Úrsula aterrada.

—¿Cuál KGB? Estás muy nerviosa, Ursulina —dijo Dimitri, tratando de calmarla.

Úrsula gritó:

—¡Adela! ¡Adela, trae ese libro ahora mismo!

La criada pasó junto a ellos muy despacio, mirando a Dimitri con rencor y subió despacio a buscar el libro.

—¿Quién te dijo que era uno de la KGB? —dijo Dimitri asombrado.

—André.

Y Úrsula le contó a Dimitri precipitadamente lo sucedido esa mañana. El muchacho pareció preocuparse. Adela bajó con el libro y lo depositó sobre la mesa.

—¿Verdad, Adela, que aquí estuvo ese hombre?

—Aquí mismo. Y lo buscaba a usted —dijo acusadora.

Dimitri cogió el libro y lo hojeó. Úrsula, junto a él, le mostró las imágenes en donde estaban manuscritas las misteriosas citas. Ambos se miraron asombrados. Dimitri volvió a hojear el libro con cuidado. Úrsula entonces se acordó de la tarjeta de visita que le había dado el desconocido y se la dio a su amigo.

—Abdulla Hassan... —exclamó y de pronto pareció entender todo. Se volvió y miró a Úrsula. Guardó silencio.

—¿Quién es ese tipo? —gritó Adela.

—Es un sheik, que compra armas para los guerrilleros... y está en París —dijo bajando la cabeza.

—¿Y por qué no lo detienen? ¿Por qué amenaza ese tipo? —gritó Adela.

—Adela, eso se hace en secreto. Se supone que el gobierno ignora todo.

Úrsula se tapó la cara con las manos:

—Y tengo que verlo hoy... porque es capaz de matarnos —dijo aterrada.

Dimitri se puso de pie.

—No te preocupes. ¡Tú no vas a ir! Estás loca, Ursulina. Espera, voy a hacer una llamada desde el café...

Dimitri salió corriendo:

—¡Dimitri! ¡Dimitri! No te vayas, tengo miedo —gritó Úrsula.

El muchacho se detuvo un instante antes de salir y le lanzó un beso.

—Estamos en la ilegalidad. Nos busca la policía y la KGB... la hemos hecho buena —dijo Adela, indignada.

Desde el café, Dimitri llamó a Fiodor y le explicó lo sucedido. El viejo dandy no pareció inmutarse:

—Te llamaré más tarde, quédate con Úrsula —le ordenó.

A las cinco en punto de la tarde, Fiodor apareció en la galería del Louvre, en donde estaban los cuadros de Fra Angélico. Con disimulo miró hacia todas partes; en efecto, contemplando *La degollación de los mártires* se hallaba un hombre joven y fuerte. Iba elegantemente vestido. Bajo el brazo llevaba un gorro de astrakán. Fiodor se colocó el monóculo y se inclinó a contemplar el pequeño cuadro. Después se alejó un poco, para contemplarlo mejor:

—¡Qué perfección! —dijo para sí mismo.

El desconocido no reaccionó, parecía buscar a alguien con sus grandes ojos oscuros y su aire descuidado de atleta.

—Sólo un místico alcanza esta pureza —dijo Fiodor volviéndose a su vecino.

Éste lo miró con curiosidad. En efecto, Fiodor parecía salir de una ilustración de modas de 1910.

—¿No le parece? —preguntó el viejo Fiodor, mirándolo a los ojos.

El hombre movió la cabeza y miró su reloj. Fiodor lo importunaba. Éste se alejó un poco y siguió observando al desconocido que, impaciente, miraba el reloj a cada instante, y luego escrutaba la galería con ojos intensos. Fiodor permaneció allí hasta que lo vio alejarse con paso decidido. Entonces, él también abandonó el museo. Discretamente lo siguió desde lejos, y lo vio entrar a una caseta de teléfonos, luego lo vio abordar un automóvil lujoso, sport último modelo, y perderse entre la multitud. Fiodor apuntó las placas y, a su vez, entró a la caseta y marcó un número.

Úrsula y Dimitri, sentados en la colchoneta, esperaban su llamada. El muchacho se precipitó a contestar.

—¿Sí? ¿Qué sucedió?

—Tengo las placas de su automóvil. Sí existe. Desde luego es extranjero y puede tener cualquier oficio, menos el de experto en pintura. Me molesta el gorro. Es muy obvio. ¿No lo crees así? Aunque obran con tanta libertad, querido, que ya nada es asombroso... Es mejor que no te separes de ella. No te preocupes por nada, los niños están en la casa. Allí se quedarán hasta que salgan de viaje. Mañana. No lo olvides.

El viejo Fiodor colgó sin decir más. Dimitri se volvió a Úrsula que lo miraba atenta, sentada como un buda sobre la colchoneta.

—El hombre se presentó —dijo lacónico.

Encendió un cigarrillo y se empeñó en mirar al suelo. Úrsula se torció las manos.

—¿Qué voy a hacer, Dimitri? —dijo dramática.

—Nada, Úrsula. Mañana me voy y "muerto el perro, se acabó la rabia". Antes te entregaré con André.

—¿Con André? —gritó ella.

—¿No conviniste en eso con él? Allí estarás segura. Volverás al orden de tu hermoso mundo y Dimitri quedará atrás como una fea pesadilla —dijo en voz baja.

Úrsula le miró el golpe en la sien y se abrazó a él. Le besó el lugar lastimado:

—Muy temprano, Vladimir enviará un camión viejo que transporta periódicos a recoger el clavecín.

—¿Qué? ¿El clavecín? —murmuró Úrsula y se tapó la cara con las manos.

Dimitri se enderezó, enojado, y le separó las manos de la cara para obligarla a mirarlo a los ojos:

—¡El clavecín y Dimitri no tienen lugar en tu hermoso mundo! Ustedes están ciegos... ¡Mírame, Úrsula! A Maia le dejan el camino del río mientras ustedes juegan. ¿Me entiendes, preciosa criatura, precioso amor mío, tú que nunca entenderás a los acorralados?

Dimitri atrajo la cara aterrada de Úrsula hasta su boca y, después de dudarlo, la besó largo rato. Luego la soltó:

—Perdóname... —dijo abatido.

La muchacha se echó sobre su cuello, besándolo.

—Dimitri, bésame... te amo...

—¿Por cuánto tiempo...? ¿Hasta que se hayan llevado el clavecín?

—Sí... hasta que se hayan llevado el clavecín.

Ambos rodaron por la colchoneta y ninguno de los dos oyó subir a Adela, que retrocedió al verlos tendidos. Molesta, la sirvienta bajó a la cocina a esperar. Se santiguó varias veces. En la casa reinaba un silencio total y Adela no tenía nada que hacer; sacó su rosario y empezó el rezo con aire melancólico. Un campanillazo la sacó de su arrobo. Esperó a ver si alguien se movía arriba y le respondió el silencio. Un segundo campanillazo la sobresaltó. Decidida fue a la puerta y se encontró con André vestido elegantemente. En la mano, André traía tres rosas rojas. Adela cogió las flores y le cerró el paso:

—No está la señora...

—¿Que no está...? ¿Fue a la cita con ese individuo...? —gritó.

—¿Con cuál...? —preguntó Adela.

—¿Cómo que con cuál? Con el hombre del gorro de astrakán —dijo André alarmado.

—No, no, sucedió algo... no sé qué sería... y el señorito Jesús vino por ella. Noticias de casa. ¿Sabe? Llame más tarde... Muy tarde, porque con ésos nunca se sabe.

André parecía desconsolado. Adela cerró la puerta con suavidad. Volvió a la cocina y puso las rosas sobre la estufa:

—¡Rosas a estas horas! —dijo despectiva.

Hasta ella llegaron las notas melancólicas del clavecín. Cogió las rosas y subió. Dimitri tocaba para su amiga que, sentada en su cama de latón, envuelta en su capa de pieles, lo miraba embelesada. Tenía el cabello en desorden. Adela la vio con disgusto:

—El señorito André trajo estas rosas...

Dimitri se interrumpió y miró a la sirvienta con aire feroz.

—¡Tíralas! —dijo Úrsula tranquila.

El muchacho se lanzó sobre Adela y le arrebató las flores.

—Las rosas no se tiran nunca —dijo severo.

—Venía a buscar a la señora para cenar con ella.

—Dimitri y yo vamos a cenar aquí solos. Sube las lentejas y el pan —dijo Úrsula, tranquila.

Adela bajó con aire aburrido. Dimitri le tendió la mano a Úrsula y ella quedó en pie. El muchacho la llevó hasta el centro del cuarto, le arregló los pliegues de la capa para que quedaran junto a los pies, como en un cuadro primitivo. Luego, le puso los cabellos hacia adelante, como dos trenzas y le colocó las rosas en el cuello, junto a la garganta. Tomó la vela y se la colocó en una mano. Con el resplandor, Úrsula parecía un icono ortodoxo.

—Pareces Santa Isadora. Toca mi cabeza para que Vassily, Serguei y yo, estemos ungidos por la gracia —dijo, poniendo una rodilla en tierra e inclinando la cabeza con devoción.

Úrsula, con la mano libre, le tocó los cabellos:

—Isadora está con ustedes, mis valientes, hasta que hayan vuelto a mi lugar y dejemos de ser personas desplazadas —dijo con solemnidad.

Luego le tendió la mano y ambos se sentaron en el borde de la cama; parecían muy abatidos.

—¿A qué hora vienen por el clavecín? —preguntó Úrsula en voz muy baja.

—A las seis de la mañana —contestó Dimitri, sin cambiar de actitud.

—Dentro de diez horas —contestó Úrsula.

—Diez horas sólo para Dimitri —dijo el muchacho con voz trágica. Se tendió en la cama con los brazos sobre la nuca, mirando rencoroso el techo de la habitación.

—A las once tienes cita con André... me guardarás cinco horas de duelo... ¡Ah!, ni eso. Yo te llevaré a su casa a las siete, cuando me vaya —dijo sarcástico.

—¿Tú...?

—Sí, no puedo dejarte sola. No sabemos quién es el hombre del gorro de astrakán y Serguei y Vassily deben irse muy temprano. Y yo con ellos... mientras nos olvidan. Es decir, mientras nos olvida la policía, que es la única que se ocupa de nosotros y la única también que nos recordará durante algún tiempo —dijo con amargura.

Úrsula se echó sobre él y lo cubrió de besos.

Al amanecer, Úrsula dormía sobre el pecho de Dimitri que, en vela, la contemplaba con ojos desamparados y al pasarle la mano sobre los cabellos en desorden, tenía cuidado de no despertarla.

A las seis de la mañana, aparecieron Vassily y Serguei en la habitación, conducidos por Adela. Dimitri se puso de pie y Úrsula, sobresaltada, gritó:

—¡Dimitri...! ¿Me vas a dejar?

El muchacho condujo a sus amigos al cuarto contiguo, para dirigir la maniobra. Los tres pasaron junto a Úrsula, conduciendo el clavecín con gran cuidado. Úrsula se había envuelto en su capa y, con lágrimas en los ojos, los miraba hacer. Serguei y Vassily le guiñaron un ojo:

—Sin lágrimas. Volveremos pronto —dijo Vassily alegre.

Úrsula los siguió hasta el piso bajo. En la puerta, detuvo a Dimitri:

—¿Me vas a dejar? —repitió incrédula.

—Todavía lo tendrás una hora. Vendremos por él a las siete —dijo Vassily.

—No. Fiodor y yo quedamos en otra cosa. Yo iré a buscarlos después de dejar a Úrsula. No conviene que se acerquen por aquí a esas horas.

Los muchachos depositaron el clavecín en el suelo y se acercaron a Úrsula. La abrazaron estrechamente y la besaron efusivos:

—Gracias, Úrsula, nos veremos muy pronto.

—Volveremos a romper cabezas —dijo Vassily animado.

Y ambos salieron en silencio, cargando el clavecín. Dimitri se volvió a su amiga, una vez que sus compañeros se habían ido:

—Empaca tus cosas. Yo no tengo nada que empacar —dijo tranquilo.

—Dimitri, yo no podré vivir cuando tú te hayas ido... —dijo.

—No tendrás tiempo de guardarme duelo... Ven, estás descalza y te vas a enfriar —le dijo tomándola en brazos.

Adela vio cómo la subía y movió la cabeza. Dimitri se detuvo:

—¡Adela!, haga las maletas de la señora. Se van con André —ordenó con voz firme.

Úrsula, abrazada al cuello de su amigo, pedía:

—Quiero irme contigo...

—Pequeña Úrsula, no puedes convertirte en gata de gotera —le dijo Dimitri, tratando de parecer alegre.

—Sí puedo... sí podemos. ¿Verdad, Adela...? —preguntó a la sirvienta con voz esperanzada, cuando la vio aparecer con las tazas y la cafetera.

—¿Que podemos qué? —preguntó la sirvienta tratando de no ver a su ama colgada del cuello del joven.

—Ser gatas de gotera —dijo la joven.

—Vamos, nosotras podemos ser cualquier cosa: gatas o ratones o lobos. Lo que usted diga.

Puntual, a las once de la mañana, llegó André frente a la puerta de Úrsula. Llamó varias veces y nadie contestó. Insistió dando campanillazos y golpeando la puerta. Junto a la puerta estaba un bote de basura en que había zapatos, desperdicios y cosas inútiles que sobran en una mudanza o en un viaje. Se inclinó y vio encima de la basura un corazón de plata, brillante como una hoja. Lo recogió y, alarmado, volvió a golpear la puerta. El hombre gordo, que había encontrado el primer día de su visita a Úrsula, apareció en la escalera y lo miró con reproche.

—¿La señora Úrsula? —preguntó André sobresaltado.

El hombre levantó los hombros con desdén: —Me parece que se fue o se la llevaron... Esta mañana muy temprano vinieron unos extranjeros...

—¿Rusos...? ¿Con gorros de astrakán...? —preguntó André, aterrado.

El hombre pareció reflexionar:

—Sí, me parece que eran rusos... —dijo despectivo.

André consultó su reloj y bajó las escaleras a zancadas. Eran las once y media. A las doce en punto se halló en el Petit Palais bajo el cuadro de Madame de Pompadour que, sentada frente a su *secretaire*, contemplaba impávida lo que sucedía a su alrededor. Bajo ella, André vio al hombre con la gorra de astrakán. Cauteloso, se acercó a él y lo miró con detenimiento. André no sabía cómo empezar. Su aire atlético y las ropas elegantes lo turbaban. El hombre miró varias veces su reloj y escrutó la galería. André se puso frente al desconocido.

—¿Espera a la señora Úrsula? —dijo amenazador.

El joven lo miró asombrado, luego reaccionó, lo tomó por la solapa y le dijo severo:

—¡Usted es André! ¡Ah! No se complique en este oscuro asunto. No le conviene verse envuelto en esto.

Lo soltó y salió de prisa. André lo perdió en la avenida. Trató de seguirlo en su automóvil, pero el ruso resultaba muy hábil para esquivar a su perseguidor. Era mejor ir a la policía. Se dirigió inmediatamente al Ministerio de Policía. Subió la escalera a trancos.

A esa misma hora, Jesús subió los escalones del piso de su prima Úrsula. Llamó varias veces, con indolencia. Luego, impaciente, golpeó con el puño. Vio el bote de basura con disgusto y volvió a llamar. El hombre gordo subió la escalera de nuevo y miró a Jesús con desdén.

—Se fue...

—¿Qué dice? —preguntó Jesús asombrado.

—Esta mañana. Vinieron los rusos y luego se fue con uno de los terroristas —dijo simplemente.

—¿Y Adela? —preguntó Jesús desarmado.

—Se fue también con ellos... Creo que alguien me dijo que uno llevaba un gorro de astrakán...

—¿Qué...? ¡No es posible! —gritó Jesús.

Bajó a zancadas la escalera y salió corriendo a la calle. Dio vuelta en la esquina y llegó hasta un automóvil estacionado en una callejuela. Ahí, recargado, estaba el hombre del gorro de astrakán. Lo traía puesto como montera de torero.

—¡Chico! ¡Chico!, se nos pasó la mano. ¡Se asustó tanto que huyó!

El joven del gorro de astrakán pareció preocupado. Cambió el arreglo del gorro y dijo:

—Chico, pues la hicimos buena, porque no se fue con el francés. Se fue con el ruso ese...

Jesús subió al automóvil abatido:

—Bueno, cabrito que tira al monte... nosotros lo hicimos muy bien; sólo queríamos hacerla volver a casa...

—No me culpes a mí. La idea del gorro ruso fue tuya. Debías haberte puesto de acuerdo con Adela.

—¿Con ésa?... ¡Pero si es su *alter ego*! Vamos a comer con el loco ese de Abdulla, que me mata de la risa, y a olvidar la historia, Martín. La vida es un juego imprevisible.

Martín arrancó el coche y tiró el gorro por la ventanilla.

—¡Vaya calorcito que me daba el aparato este!

Se volvió a Jesús y le dijo serio:

—De esto, ni una palabra a Alfonso.

—Ni una palabra —aseguró Jesús, que se asomó a tirarle besos a una joven que cruzaba la calle.

Busca mi esquela
(1996)

La jovencita corrió calle abajo, sin importarle la lluvia ni la soledad de la noche. En su huida, olvidó cerrar las rejas de su casa. Sus zapatos sonaron sobre el asfalto, golpeando la noche lluviosa. Dio vuelta a la esquina, aminoró la carrera, miró las copas de los árboles dobladas por el viento, se abotonó la gabardina y siguió andando. Iba derecha, como si llevara un rumbo preciso, aunque en realidad no llevaba ninguno. No tenía miedo. Las calles, solitarias a esa hora, sólo ofrecían árboles graciosos mecidos por la lluvia y prados de crisantemos húmedos que iluminaban las sombras como minúsculos soles apagados. No había nadie, sólo ella, andando de prisa en las aceras angostas y resbaladizas... Caminó largo rato absorta, haciendo esfuerzos para no llorar; era mejor mirar la lluvia que le bañaba el rostro y los cabellos. "El que ama la lluvia ama la poesía", le había dicho una tarde un jardinero japonés; recordó sus cejas separadas y sus ojos dibujados como las alas de una golondrina, y, porque estaba absolutamente prohibido, decidió robar de los prados y de los jardines un gran ramo de crisantemos; iba a hacerlo cuando vio debajo de un roble joven a un hombre en mangas de camisa que la observaba. Lo descubrió a unos cuantos pasos de distancia, vio sus ojos oscuros, brillantes, de indio y supo que, al pasar cerca de él, el hombre saltaría sobre ella. El miedo la hizo aparecer tranquila; siguió avanzando, pasó junto al árbol y miró al hombre en mangas de camisa, que a su vez no le quitó la vista de encima. Había olvidado su deseo de robar crisantemos. Supo que cuando le diera la espalda, el desconocido se lanzaría en su persecución. Caminó erguida, consciente de la soledad de la calle y de la inutilidad de pedir auxilio. Las ventanas detrás de los jardines estaban apagadas. Apenas hubo avanzado unos cuantos pasos cuando sintió que el hombre abandonaba su refugio y caminaba detrás de ella. Lo imaginó tranquilo, con las manos metidas en los bolsillos del pantalón y siguiéndola con la seguridad de darle alcance en el momento que quisiera. Torció en la primera esquina con la esperanza de perderlo y apresuró la marcha. Su corazón hacía tal barullo, que le impedía escuchar el rumbo que tomaría el desconocido. A los pocos instantes, los pasos del hombre doblaron la esquina. La joven, al oírlos, apresuró aún más su marcha y los pasos del hombre aceleraron su ritmo. La calle se llenó de pasos precipitados. La chica dobló por la calle siguiente y echó a correr con la boca abierta, ahogada por el viento y la lluvia. Su carrera partía la noche como una ametralladora. Detrás de ella, la carrera del hombre aplastaba el asfalto. La muchacha desconoció la calle oscura, sembrada de faroles altos y separados que iluminaban las sombras con reflejos violetas: la calle era larga y ligeramente curva, de un lado había casas bajas y del otro, se diría que un pequeño bosque allí terminaba. Le pareció que había entrado a un lugar propicio para el crimen.

A lo lejos, un poco detrás de la curva de la calle, semiocultas por las copas de los árboles y los desniveles del terreno, se alzaban, como en los cuentos que leía de niña, las ventanas iluminadas de una casa pequeña defendida por unas rejas oscuras del siglo XIX. Corrió hacia ella, la detuvo un instante un súbito estrépito de luces y silbatazos y vio que lentamente bajaban las barreras del paso del tren. Ella alcanzó a atravesarlas y sin dudarlo, cruzó las vías del tren que se aproximaba y se lanzó a las rejas de la casa.

—¡Auxilio...! ¡Auxilio...! ¡Abran...! ¡Abran...! —gritó, asida a los barrotes de hierro negro. El tren apareció a sus espaldas, inocente en su estrépito de lo que sucedía. El hombre en mangas de camisa quedó detrás de la vía, los vagones de carga lo ocultaban, pero era cosa de minutos, la larga fila de vagones rojizos terminaría pronto y de la casa nadie acudía a sus gritos de auxilio.

Se volvió desesperada y se encontró junto a un automóvil que esperaba el paso del tren. Sin dudarlo abandonó las rejas, llegó junto al automóvil, abrió la portezuela y entró al lado del chofer que la miró atónito.

—¡Auxilio! —gritó la muchacha abrazándose al cuello del hombre.

Miguel, asombrado, trató de librarse del abrazo.

—¿Qué pasa?

La joven escondió la cabeza en su hombro y se cogió de su brazo.

—Me quiere matar.

—¿Quién...?

La joven levantó la cabeza y se volvió a mirar al tren que en ese momento acababa de desaparecer. Detrás del último vagón apareció la calle silenciosa.

—¡Ése! —gritó la jovencita, señalando un punto del otro lado de las vías.

En el lugar señalado por ella no había nadie. El hombre en mangas de camisa había desaparecido y la calle curva y abandonada estaba sola. Miguel miró aquella soledad batida sólo por la lluvia, luego se volvió a mirar la casa de ventanas encendidas y por último, la miró a ella con desconfianza.

—¡No hay nadie! —dijo con calma.

—¡Está escondido, esperándome! —aseguró al darse cuenta de la desconfianza que despertaba en el desconocido.

—¡Entre a su casa! —dijo éste con calma.

—-¡No quiero! ¡Lléveme lejos de aquí! Va a venir a matarnos por la espalda.

—¿Quién? —preguntó exasperado.

—¡Él!

—Escucha, pequeña. Cálmate —contestó Miguel, haciendo el gesto de bajar del automóvil.

La joven se abalanzó sobre él y lo abrazó con fuerza.

—Por favor... vámonos —suplicó sin soltarlo.

Miguel la miró con curiosidad y la encontró bonita, con sus cabellos rubios empapados por la lluvia. Se dio cuenta de que, bajo la gabardina, sólo llevaba un camisón de dormir muy corto. Tuvo la impresión de que estaba loca, o quizás drogada.

—Vámonos... —lloró la chica.

Miguel obedeció la orden y echó a andar el automóvil. La joven se tranquilizó inmediatamente y se replegó en el asiento sin decir una sola palabra.

—¿Por qué te escapaste? —preguntó él, conciliador y tratando de poner una mano sobre la rodilla desnuda de la muchacha.

La joven, al ver su actitud amistosa, se retiró aún más al fondo del asiento y replegó las piernas. ¿Por qué aquel desconocido se sentía autorizado a tocarle las rodillas? Miró atenta la noche lluviosa a través del parabrisas y no contestó. Miguel observó con recelo los ojos y la actitud hostil de la muchacha. "¿Qué se propone...? ¿Enredarme en un lío extraño?", se dijo preocupado. Del fondo de la noche, surgió melancólica la figura de un gendarme que hacía la ronda de la zona.

—Vamos a la policía para que aclare este misterio —anunció Miguel, con voz natural y observándola de reojo.

La joven pareció asustarse, pero optó por guardar silencio mientras él encaminaba el auto hacia el gendarme. La chica bajó los ojos rencorosa y Miguel detuvo el auto. El gendarme se acercó con cortesía, le gustaba que alguien le dirigiera la palabra en sus rondas solitarias. También él tenía miedo, girando siempre en su bicicleta a la espera del asesino que podía caerle por la espalda.

—¿Pasa algo, señor? —preguntó.

Miguel miró los ojos amables del gendarme y echó una ojeada rápida sobre la joven que sumisa había bajado la cabeza; dudó unos instantes; su compañera inesperada le pareció muy indefensa.

—Andamos perdidos... —y preguntó por una calle cualquiera.

El gendarme se perdió en explicaciones que ni Miguel ni su acompañante escucharon, pero él continuaba hablando para prolongar la agradable compañía.

—Gracias, muchas gracias.

El policía siguió su marcha y ellos se alejaron de prisa, abandonándolo en su ronda solitaria. Corrieron al azar, sin dirigirse la palabra, cada uno sumido en sus propias reflexiones.

—Es usted muy bueno —dijo ella con humildad.

—No, no soy bueno.

El automóvil enfiló al Paseo de la Reforma, pasó junto a la Fuente de Petróleos y continuó hacia el centro de la ciudad.

—Aquí puedo bajarme, hay mucha luz...

Miguel la miró con disgusto: ahora él no quería que la muchacha se bajara del auto. Hizo como si no la hubiera escuchado, pero la muchacha insistió en bajarse, cerca de San Juan de Letrán.

—¿Adónde te llevo? —preguntó él decidido.

—No lo sé... es la primera vez que no sé a donde ir —contestó ella.

—¿Y tu casa? —preguntó él con aire severo.

La chica hizo chasquear los dedos, lo miró de frente y dijo con simpleza:

—¡Se esfumó!

Miguel detuvo el automóvil para observar a su compañera. Examinó sus piernas desnudas, sus pies metidos en unos mocasines viejos y sus manos gravemente cruzadas sobre su gabardina abotonada. Estaba decidida a no escucharlo. Adoptaba una actitud de dignidad y compostura obstinadas. Su perfil estaba cerrado a cualquier discusión y algunas mechas le caían sobre la frente. Había sucedido algo cuando la joven dormía, algo que la había despertado y la había hecho huir. Trató de leer en su rostro serio el origen de su huida y de su actitud seria. Optó por sonreír y le pasó una mano sobre los cabellos húmedos de lluvia.

—¿Un disgusto?

La joven movió la cabeza y con los dedos se limpió con ira unas lágrimas que corrieron por su rostro.

—Una muerte —contestó iracunda.

—¿Una muerte? —preguntó él alarmado, tomándole el rostro y obligándola a mirarle.

—Sí, la mía —dijo ella con voz segura.

Las palabras de la joven le parecieron terribles y no supo qué contestar. Permaneció pensativo y silencioso. ¿Acaso alguien había tratado de matarla?

—¿Le parece raro? —le preguntó ella con naturalidad.

—No...

¿Por qué mintió, si la verdad era que no sólo la joven sino la situación le parecían extrañas? Tal vez para provocar las confidencias de su extravagante compañera. La miró preocupado y, por hacer algo, sacó su pañuelo y enjugó el surco húmedo dejado por las lágrimas recientes de la chica.

—¿Qué hago contigo? —le preguntó con sinceridad.

—Llévame a tomar un café. Tengo frío.

La chica, sin dudarlo, subió las piernas sobre el asiento y recostó la cabeza sobre las piernas de Miguel.

—Así nadie me ve y, en cambio, yo veo viajar las copas de los árboles —dijo tranquila.

—Pero... —"No puedo manejar así", iba a decir Miguel, y bajó los ojos para encontrarse con la cara confiada de la desconocida. La oyó decir:

—Así no tengo miedo.

Miguel no protestó. Una emoción extraña se apoderó de su corazón y aminoró la velocidad del auto para volver a mirarla.

—Pareces una ahogada... muy bonita —le dijo en voz baja.

La chica cerró los ojos, luego los abrió y lo miró desde abajo.

—Es verdad... ya no soy de este mundo. No valía la pena vivirlo...—contestó la joven observando el parabrisas azotado por la lluvia. En el cristal se abrían arroyuelos que se entrecruzaban, formando un sistema de canales veloces que corrían vertiginosamente.

—Tampoco tú eres de este mundo, los dos estamos en el fondo de un río —agregó la chica levantando una mano para hacer un cariño en la de Miguel, apoyada en el volante.

El hombre guardó silencio y prefirió no mirarla, recostada sobre sus piernas, con los ojos abiertos a la lluvia y a mundos ajenos a él que se abrían paso entre las ráfagas de agua que envolvían al automóvil.

—No sabía que iba a ahogarme con alguien tan bueno como tú —dijo la chica, besándose la punta de los dedos y llevándolos a los de él para transmitir el beso.

Miguel se empeñó en guardar silencio, no llevaba prisa. ¿Adónde iba? Hechizado por la situación inesperada, se dejaba llevar por cualquier calle; bajó los ojos y contempló a la joven que apoyaba su cabeza sobre sus piernas. Iba tranquila, como si siempre hubiera viajado apoyada en él y Miguel tuvo un sobresalto. La chica le era tan familiar, que le pareció increíble que hiciera apenas unos minutos que la había encontrado. Volvió a mirarla preocupado:

—¿Sabes? Yo te conozco...

Ella le devolvió una mirada tranquila.

—También yo.

Miguel detuvo el automóvil, se inclinó sobre el volante y permaneció en silencio, buscando arduamente en su memoria en dónde había conocido a la chica. Se volvió con seriedad a la joven:

—¿Dónde nos vimos?

—Antes de venir al mundo, por eso lo dejamos ahora juntos.

Pensativo, jugó con los cabellos de la joven colocados en desorden, sobre el casimir de su pantalón.

—¿Y en el mundo nunca nos vimos?

—¡Nunca! —contestó la muchacha cerrando los ojos convencida de lo que decía.

—Es muy triste.

Miguel le acarició los párpados, tiernos y jugosos como pétalos de camelia.

—¿Llevaste una vida triste? —preguntó ella dejándose acariciar.

—Nostálgica... te buscaba. Tuve todo, menos a ti. ¿Y tú?

—Yo tengo esta noche.

Miguel la enderezó y la apretó contra su pecho. Afuera la lluvia continuaba golpeando los cristales del automóvil.

—¡Estás helada!

Volvió a colocarla sobre sus piernas como antes y puso en marcha el auto en busca de un café. "Para mi hermosa ahogada" se dijo sin mirarla. Se detuvo frente a un café en las Lomas. Observó a la muchacha y tuvo la impresión de que el mundo se había vuelto irreal.

—Vamos a tomar ese café —ordenó con suavidad.

—No puedo bajar... me da miedo que alguien me vea... sería terrible —contestó ella.

La vio deslizarse de sus piernas y ocultarse en el fondo del coche, acurrucada en el suelo.

—Tráeme tú el café —le pidió ella en voz baja.

No le asombró su súplica. Sin proponérselo, se iba acostumbrando a sus excentricidades; debía tener algún problema poderoso. Entró solo al lugar y después de unos minutos volvió con la taza de café servida. La jovencita lo bebió a pequeños sorbos desde su escondite. Hubiera querido preguntarle por qué se ocultaba con tanto esmero, de qué tenía tanto miedo, pero ante la certeza de que la chica no le diría la verdad, prefirió no decir nada. Las luces de la calle apenas llegaban al rincón oscuro del auto en el que su amiga se escondía. Ella le devolvió la taza y él le acarició la cabeza.

—¿Cómo era tu otra vida? —le preguntó.

La joven hizo un mohín y calló.

—¿Prefieres ésta? —le dijo tímido.

La muchacha depositó un beso en la mano que le acariciaba los cabellos y permaneció quieta en el fondo del auto. Miguel entró al café, pagó la cuenta y volvió junto a ella; quería irse de allí inmediatamente. Salió sin rumbo, estaba desconcertado. Entendía vagamente que aquélla no era una aventura banal y miraba preocupado de cuando en cuando a su pareja, que había vuelto a recostar su cabeza sobre sus piernas y, tranquila, miraba el cielo cruzado por ráfagas de lluvia.

Se encontró corriendo por los alrededores de Tacubaya. Detuvo el automóvil en una calle anodina: todos dormían a esa hora, nadie transitaba en la oscuridad. La noche se había vuelto solitaria y silenciosa.

—Ven, mi pequeña.

La tomó en brazos para besarla; a los pocos instantes, una linterna sorda cayó sobre su abrazo. La chica se apartó aterrada y se cubrió el rostro con las manos. Un policía introdujo la cabeza.

—¿Algún problema? —preguntó.

—No, agente...

—Circulen, circulen —ordenó el agente, iluminando el interior del automóvil.

—Prohibido besarte en la calle —dijo Miguel riendo y echó a andar el automóvil.

—Prohibido amarme en este mundo —contestó la jovencita.

Dieron varias vueltas sin saber a dónde dirigirse; pasaron frente a moteles de paso anunciados por letreros pequeños. Miguel no se atrevió a proponerle entrar a uno de ellos: "sería ensuciar esta noche", se dijo a sí mismo, disgustado por su vulgaridad. Decidido, enfiló hacia la carretera de Cuernavaca; desde allí contemplarían la ciudad. A través de la lluvia y las sombras en el fondo mismo del firmamento, empezaba a producirse un resplandor, como una ligera veta verde que trataba de abrirse paso entre la tempestad oscura; también las casas viejas adquirían perfiles nuevos.

—A estas horas, los fantasmas empiezan a desaparecer —anunció sombría la joven.

Su acompañante se sobresaltó. La chica inclinó la cabeza. Ahora ya no iba recostada sobre sus piernas, estaba otra vez sentada, con las manos cruzadas sobre la gabardina y el perfil digno. Por primera vez, Miguel se dio cuenta de la juventud de la muchacha: a lo sumo tendría veintidós años, era casi una adolescente y él se sintió viejo a su lado. Observó sus maneras correctas, que anunciaban una educación disciplinada, y escuchó su silencio.

—No vas a desaparecer. Yo quiero amarte, amarte siempre —afirmó.

—Debo irme, sólo fue un sueño.

Se hallaban en el mirador de la carretera; misteriosamente la lluvia había cesado y el aire estaba fresco, recién nacido. A sus pies la ciudad se extendía tomando tonalidades pálidas. Unos cohetes rasgaron el cielo del amanecer. Acodados en la barandilla de piedra, contemplaron los cohetes, que subían al cielo con una fuerza extraña para deshacerse en luces anaranjadas, que caían como una nueva lluvia de fuego sobre la ciudad. Una vieja nostalgia, un dolor inexplicable se apoderó de él y recordó su infancia y el viejo balcón de su cuarto de niño.

—Vámonos —dijo la chica.

Volvieron a la ciudad. Se encontraron otra vez en Tacubaya.

—Voy a buscar un taxi —dijo la chica con suavidad.

La mano de Miguel la detuvo en seco.

—¿En dónde te veo? —preguntó casi sin verla.

—En el cielo, hoy, mañana, siempre...

Miguel la soltó para sacar apresurado una libreta de direcciones, de la que arrancó una hoja para escribir su nombre y su teléfono.

—Llámame, te lo suplico —dijo tendiéndole el papel.

La chica guardó el papel en un bolsillo de su gabardina, miró a su amigo con extrañeza y se echó a correr. Miguel la siguió, gritando:

—Yo te llevo...

—¡No...!, es mejor que vaya sola...

Un taxi apareció en ese momento y ella corrió hacia él, haciéndole señales con el brazo en alto. Miguel se detuvo en su carrera, estaba sorprendido. Alcanzó a gritarle:

—¿Cómo te llamas?

—Irene... —contestó ella antes de subir al taxi.

—Si no me llamas, iré a buscarte —le gritó él, con decisión.

La vio abordar el vehículo y éste se alejó rápidamente. El lugar quedó vacío, como quedan los lugares en donde suceden los milagros: esperando que el suceso inesperado se repita, a sabiendas de que el prodigio no sucederá nunca más... Miguel, anonadado, subió a su automóvil y recostó la cabeza sobre el volante, con la vista fija en el cielo cruzado de cohetes, tratando en vano de reconstruir su pasado y recordar su presente. ¿Cuál era su presente? ¡Irene! Asoció el nombre con el mar y con los vehículos de la policía cuando cruzan la ciudad con las sirenas abiertas, señalando un grave peligro invisible para los transeúntes que se asustan a su paso. "Irene, Selene, Sirena", se dijo maquinalmente y se supo en peligro. No le interesaba nada de lo que sucedía a su alrededor. Un cafetín abrió sus puertas y recordó que debía volver a su casa. Con desgano, puso su automóvil en marcha, subió a las Lomas y se detuvo frente a la casa vecina a las vías del tren, en donde por la noche había encontrado a Irene. "Ya debe haber llegado", se dijo. Estacionó el auto frente a la casa, que debía datar de principios de siglo. Sus rejas pintadas de negro, el jardín poblado de árboles viejos, los macizos de rosas y el camino de grava que conducía a la pequeña escalinata que daba a la terraza de entrada, pertenecían a aquella época. En el lado izquierdo de la casa se erguía un pequeño torreón, cuyas ventanas estaban cubiertas por visillos blancos. El aire que envolvía a la casa situada en el fondo del jardín, era apacible y perfumado. La casa estaba en silencio, perdida en ese lugar inesperado y en desacuerdo con el paisaje que la circundaba; era como la propia Irene: misteriosa y poética. La quietud del lugar lo intimidó, no podía llamar a esa hora. Irene podía enfadarse por su indiscreción. Las cortinillas blancas del torreón parecieron moverse ligeramente y decidió que alguien lo espiaba, tal vez la propia Irene. Echó a andar el automóvil y se alejó lentamente, volviendo la cabeza varias veces.

Cuando llegó a su calle, la mañana presidía a los árboles lavados por la lluvia; el reloj en el tablero de su coche marcaba las ocho de la mañana. Miguel aminoró la velocidad; no tenía ningún deseo de llegar a su hogar, antes quería poner en orden sus propios sentimientos. Sin darse cuenta, se encontró frente a su casa, separada de la calle por una barda alta y una puerta enorme que se abría automáticamente al apagar cierto botón eléctrico. "Vivo en una prisión", se dijo. Llamó con el claxon y la puerta se abrió desde dentro.

—Buenos días, señor —le dijo un criado, acercándosele solícito.

Cruzó el vestíbulo como un sonámbulo. Debía enfrentarse a su mujer; se preguntó si soportaría sus reproches. Recordó el vaho espeso que inundaba su enorme habitación cargada de perfumes, polvos y cosméticos. Tendría las cortinas echadas como de costumbre y seguramente se hallaba indispuesta. Enriqueta era quejumbrosa y ahora estaría indignada; no se sintió capaz de hacerle frente. "No puedo", se dijo y pasó de largo frente a la puerta cerrada de la habitación de su mujer. ¿Por qué se había casado? Era víctima de un destino fatal. Lo supo desde que su madre se empeñó en obligarlo a aquel matrimonio de razón o conveniencia. "El matrimonio es una sociedad, el amor se acaba... ¿qué más puedes pedir? Enriqueta es una chica dulce, bonita y bien educada", le había repetido una y otra vez. Su madre temía que cometiera alguna locura y se casara con una mujer fácil o de clase inferior a la suya...

La repentina aparición de sus dos hijos lo sorprendió. Los había olvidado. El pequeño Miguel, de nueve años, y su hermano Enrique, de siete, lo miraron con rencor.

—Mamá está enferma... —anunció el pequeño Miguel sin darle un beso.

La nana los tomó de la mano para llevarlos a la casa de su abuela y Miguel se sintió aliviado cuando los vio desaparecer acompañados de la mujer. Su matrimonio estaba hecho de pequeños disgustos y atropellos personales que él trataba de ignorar. Sus hijos lo compensaban en sus diarias desilusiones, pero ahora ni siquiera su presencia lo había aliviado de aquella emoción dolorosa que se había apoderado de él. Escuchó la voz de Enriqueta:

—Pasa, Lupe...

Su mujer fingía haber confundido sus pasos con los de su sirviente personal, y Miguel no tuvo más remedio que rehacerlos y entrar a la habitación de Enriqueta. La encontró envuelta en una bata de encajes, tendida sobre su cama, apoyada la cabeza en grandes almohadones. Vio sus párpados entrecerrados e hinchados por el llanto reciente y no supo qué decir. El vaho perfumado le produjo náuseas. Hubiera querido abrir los balcones para que entrara el aire fresco de la mañana, lavada por la lluvia de la noche anterior. Aquella tormenta veraniega había obrado milagros y, en ese instante, esa tormenta nocturna era tan remota e irrecuperable como su propia infancia. Irene, empapada por la lluvia, se había disuelto con la luz de la mañana y sólo quedaba aquella habitación cerrada e infestada de perfumes. Se dejó caer en un sillón de seda azul y se vio reflejado en un espejo antiguo; ése era él: con gesto trágico y rostro tostado por el sol.

—Sucedió algo imprevisto... —exclamó con veracidad.

—Perdona, no me siento bien... amanecí con una gran jaqueca... —contestó Enriqueta, tratando de evitar mirarlo. La irritaba Miguel. En ese momento odió su cuerpo atlético y sus manos de deportista, sanas y doradas. Creyó descubrir en sus ojos claros un fulgor desconocido. "No parece un hombre casado...", se dijo con rencor. Miguel estaba frente a ella, pero se hallaba en otra parte, muy lejos de su habitación y de su casa. Se sintió profundamente humillada. "Alguna mujerzuela vulgar...", pensó irritada. Ambos guardaron silencio; en realidad, en los diez años que llevaban casados ya se habían dicho todo. "Nunca me ha dicho que me ama", pensó Enriqueta con ira. Miguel, por su parte, se preguntaba inquieto qué le habrían dicho a Irene en su casa acerca de su escapada nocturna. "No deberíamos haber vuelto, deberíamos haber tomado cualquier carretera y desaparecido", pensó Miguel, sintiéndose muy desdichado.

—¿Recuerdas esto? —preguntó Enriqueta con voz nerviosa.

Al hacer su pregunta, enarboló una cartulina elegante, con los sellos del Palacio Presidencial de la República. Miguel se acercó y examinó la invitación con extrañeza. Recordó los cohetes que surcaban el cielo de México la víspera y sonrió con beatitud: era el 15 de septiembre.

—¡Ah!, el día de la libertad... —dijo en voz alta.

Su mujer contempló sus manos nervudas, sus espaldas amplias y sintió renacer aquel odio furioso contra él. No cabía duda de que había pasado la noche haciendo el amor con alguna y ella tenía que esperar en su casa y admirar su apostura desde lejos, pues cada día Miguel se convertía en un personaje más y más lejano.

—Dormiré un rato... —lo escuchó decir.

Sin dar más explicaciones, salió del cuarto de su mujer y se dirigió a su habitación situada en la parte más alejada de esa ala de la casa. En vano trató de dormir. La imagen de Irene envuelta en su gabardina mojada por la lluvia se le aparecía apenas cerraba los ojos. "Tiene que llamarme", se repitió mil veces.

Por la noche, metido en un esmoquin, esperó paciente a su mujer, que siempre tomaba demasiado tiempo en terminar su *toilette*. Fumó varios cigarrillos y contempló con indiferencia el vestíbulo elegante de su casa. Escuchó el timbre del teléfono y se precipitó a su despacho, pero alguien, seguramente ella, lo descolgó antes. Alcanzó a escuchar: "Soy la señora". Iracundo se dejó caer en un sillón. Unos minutos más tarde apareció Enriqueta, vestida de gala. Le disgustaron sus diamantes y su peinado alto. Ella esperó un elogio que no obtuvo. A Miguel de pronto, todo se le había vuelto extraño: esa mujer que era la suya, esa casa de pronto inhóspita, los criados, su despacho.

—¿Nadie me ha llamado? —preguntó.

—¡Nadie! —afirmó triunfante su mujer.

Un criado les abrió la puerta. Los dos subieron al automóvil, iban hostiles. Miguel la miraba de vez en cuando, sorprendido de que no fuera Irene la que ocupara ese lugar. Enriqueta también lo observaba de reojo, la lejanía de su marido la humillaba profundamente. Supo que había sucedido algo irremediable y decidió no dirigirle la palabra. Miguel no tomó el rumbo de la ciudad, sino que se dirigió hacia la casa de Irene.

—Tomaremos un poco de aire antes de encerrarnos en esa recepción. Después de todo, vamos adelantados —afirmó él con decisión.

Ella creyó adivinar su ansiedad y lo miró con profundo desagrado. Pasaron frente a la casa situada frente a la vía del tren; estaba como la noche anterior, con las luces encendidas, tranquila, alejada del mundo, ocupando su lugar poético. Miguel no cambió su aire indiferente y su mujer no pudo percatarse de nada, excepto que su marido parecía ansioso y desdichado.

Volvieron a entrar al Paseo de la Reforma, iluminado con profusión. La fuente de la Diana flameaba de luces como una llamarada multicolor. Los paseantes reían excitados; llevaban banderitas tricolores en la mano y gorros de fantasía en las cabezas. A todo lo largo del Paseo, una fila interminable de automóviles se dirigía como ellos hacia el Zócalo; las aceras estaban invadidas de público, de puestos de juguetes y de dulces, de máscaras, de "espanta-suegras", de pitazos y de risas. Miguel avanzaba con gran lentitud hacia el Palacio Nacional. Iba muy silencioso y Enriqueta lo contemplaba iracunda; se diría que buscaba a alguien. Al fin pareció decidirse a entrar en la fila de automóviles oficiales que avanzaba con lentitud y orden hacia el Palacio. En uno de ellos, Miguel creyó descubrir el perfil serio de Irene y sus hombros ahora desnudos. Llevaba el gesto obstinado y supo que llevaba las manos cruzadas sobre los pliegues de la falda de seda. Se adelantó con una salida brusca de la fila para alcanzar el auto en el que iba la joven, pero un agente de tránsito lo detuvo en seco y se acercó a la portezuela para reconvenirlo. Disgustado, tuvo que aguardar un claro en la fila que se movía con lentitud para reincorporarse al cortejo.

—¿Te has vuelto loco? —le preguntó furiosa Enriqueta.

—No lo dudes...

El Zócalo se hallaba atestado de una multitud oscura que se movía como un animal enorme. Cuando bajaron del coche, la gente se asomó para admirar a la pareja elegante invitada a la fiesta. Entraron protegidos por agentes y alcanzaron la escalera de piedra. Miguel deseaba ignorar a los lacayos solemnes y entrar de prisa para buscar a Irene, pero Enriqueta, consciente de los pliegues suntuosos de su traje, lo obligó a subir las gradas muy lentamente. Una vez dentro de los enormes salones, Miguel buscó sin éxito a la joven. "Es absurdo, absurdo, no era ella", se repitió al recordar la casa cercana a las vías del tren. Se vio rodeado de personajes indiferentes a su angustia. Escrutaba los grupos con encarnizamiento, buscándola a ella y sin notar que algunos de sus personajes lo saludaban con inclinaciones de cabeza. Enriqueta lo detuvo ante un grupo de amigos que reían del azoro de Miguel.

—Perdón, perdón estoy distraído... —dijo inquieto, sin dejar de inspeccionar a los invitados en busca de la cabeza de Irene. De pronto, creyó descubrirla en el fondo del salón, pero al instante otras cabezas la cubrieron.

—Vuelvo enseguida...

Decidido, se dirigió hacia aquel lugar. Su mujer lo alcanzó indignada.

—¿Qué haces?...

Miguel la miro resignado. ¿Qué podía decirle? Nada. Se sintió impotente, mirado por sus amigos, ridículo en medio de aquel lujoso salón invadido por personajes elegantes y mujeres lujosas.

—Te dije esta mañana que me sentía mal... sería mejor retirarnos... —añadió Enriqueta.

Trató de disculparse, pero ella se obstinó en abandonar la fiesta inmediatamente. La oyó hablar mientras él se perdía en otros recuerdos relacionados con el 15 de septiembre y volvió a sentir la misma amarga nostalgia, el mismo anhelo de lágrimas de aquella noche perdida de su infancia. Su mujer interrumpió sus recuerdos para obligarlo a partir en seguida. Resignado, se encontró abandonando el Palacio y luego en su automóvil, de regreso a su casa. Ambos iban en silencio.

—Sería mejor que adelantaras las vacaciones. ¿Para qué esperar? —le preguntó él al llegar frente a su casa.

—No pienso cambiar de planes —cortó ella con brusquedad.

Miguel pasó una mala noche, fumando un cigarrillo tras otro. Irene lo había embrujado: ¿era ella realmente la que se le mostró unos instantes primero en el automóvil y luego en la recepción? "Iré mañana a su casa", se dijo antes de caer dormido, casi al amanecer.

Un nuevo día lo encontró inquieto. Pasó junto a la puerta de la habitación de su mujer y se precipitó a la calle. En su despacho trató de ocuparse de los asuntos que apenas unas horas antes lo tenían absorto. Hacia el mediodía abordó su automóvil para dirigirse a las Lomas. Tranquilo, estacionó el auto frente a las rejas antiguas de la casa y examinó nuevamente el jardín, la terraza y el pequeño torreón de tejado de pizarra. La casa entera gozaba de un embrujo especial; sintió que nunca escaparía a su hechizo; decidido, bajó del auto y sacudió la campanilla de la reja. Nadie acudió a su llamado. Miró sorprendido a su alrededor y volvió a sacudir la campanilla con fuerza. Su sonido pareció alertar a los pájaros que, en bandada, cambiaron de copa de árbol. Miguel vio que una mano corría lentamente uno de los visillos en los cristales de la puerta de entrada que daba a la terraza. El hecho le pareció alentador y volvió a sacudir la campanilla con firmeza. La puerta se entreabrió para dejar ver a una viejecita de peinado alto y cuello de punto. Miguel le hizo señas para que se acercara. La viejecita volvió a cerrar la puerta. "Fue a llamar a Irene", se dijo y esperó unos minutos cogido de las rejas. Pero al ver que la casa entera volvía a su quietud habitual, sacudió la campanilla con una vehemencia que a él mismo le pareció impertinente. Su acción tuvo éxito, pues la puerta volvió a abrirse y la misma viejecita apareció en la terraza. Sonrió satisfecho y levantó una mano para hacerle un saludo. La viejecita avanzó por la terraza, bajó las gradas de piedra y a pasos menudos avanzó por el camino de grava que llevaba hasta las rejas. La vieja señora parecía sorprendida ante la insistencia de aquel joven elegante y bien parecido.

—¿Deseaba algo, señor? —preguntó con voz tenue.

—Sí. Perdone usted, pero necesito hablar un minuto con la señorita Irene...

Se interrumpió, pues tuvo la certeza de que desde el torreón alguien lo observaba. Miró con rapidez y vio caer el visillo almidonado de una de las ventanas, ocultando una forma imprecisa que le pareció femenina.

—¿Con quién? —preguntó su interlocutora fingiendo que no había escuchado bien.

—Con la señorita Irene... —repitió.

La anciana lo miró alarmada, como si hubiera dicho algo impropio: "Tal vez debí decir señora...", se dijo, preocupado. La viejecita abrió la boca como para decir algo, pero prefirió callar. Lo examinó con atención y lanzó una mirada al automóvil estacionado frente a la casa.

—Un momento, voy a consultar —explicó con su misma voz próxima a apagarse.

Miguel la vio irse a pasitos, subir las gradas, cruzar la terraza y entrar cerrando la puerta tras ella. La sombra del torreón había desaparecido y Miguel decidió esperar cogido de las rejas.

Dentro de la casa, la señorita Rosalía se reunió con su hermana menor, Clementina, que ya había bajado del torreón y esperaba las nuevas anhelante.

—Estoy segura, es el mismo automóvil que se detuvo antenoche durante el escándalo que armó esa muchacha y que volvió ayer por la mañana...

—¡Qué tiempo terrible! ¿Es él el que la secuestró? —preguntó aterrada Clementina.

—No lo sé... parece muy correcto. Tiene ojos color violeta, pero ahora todo ha cambiado...

—Ya no salgas. Este asunto es muy peligroso... ¿no será un policía?

—¡Un policía! No, no, es muy elegante...

—Entonces, puede ser un gángster, Rosalía. Hay que tener cuidado, no contradecirlo, acuérdate de la televisión.

—Sí, sí, tendré cuidado. ¡Dios mío! La policía o los gángsters en nuestra casa —exclamó Rosalía aterrada.

Las dos hermanas guardaron silencio y, de puntillas, se retiraron al torreón para observar al desconocido. Desde allí escucharon sus campanillazos, lo vieron esperar cogido de las rejas, lanzando miradas anhelantes a la puerta de la terraza.

—Me preguntó por ella, se llama Irene... ¡Míralo, parece muy triste! —dijo Rosalía.

—Quiere saber si notamos algo... ¡Pobre! Algo le pasa... —cuchicheó Clementina en voz muy baja.

Al cabo de media hora lo vieron subir a su automóvil y desde allí vigilar la casa, inclinado sobre el volante con ojos afligidos.

—No podemos hacer nada por él —dijo Rosalía, para consolarse de la pena que le producía el desconocido.

—¡Nada! No debemos mezclarnos en este asunto tan tenebroso —afirmó su hermana, compartiendo la piedad que les producía a ambas el joven del automóvil.

—¿Irene estará viva?

—¡Dios lo quiera! Estas jóvenes de ahora... —suspiró Clementina.

Miguel esperó en vano durante más de una hora y media. ¿Sería posible que Irene fuera casada? El sobresalto de la anciana no había sido fingido. Era absurdo sitiar la casa, pero era atroz alejarse de allí y volver a la rutina doméstica sin tener una palabra sobre Irene. Vencido por el silencio, escribió un pequeño recado: "Por favor, llámame", arrancó la hoja de su agenda, bajó del auto y lanzó el papel a través de las rejas. Después, se alejó despacio para volver al lado de Enriqueta.

Apenas hubo desaparecido, Rosalía salió cautelosa a recoger el papel que amenazaba irse con el viento de la tarde, que anunciaba tormenta. Las dos hermanas leyeron muchas veces el recado.

—¿Quién quiere que lo llame? —preguntó Clementina preocupada.

—Irene, por eso vino a buscarla.

—¿No se la raptó?

—Tal vez ella volvió a escapar... se me ocurre algo, ¡está enamorado! —dijo Rosalía triunfante.

—¿De quién...?, ¿y por qué la busca en nuestra casa? —preguntó asombrada Clementina.

—Desde luego, todo es preferible a llamar a la policía; nos haremos las que no sabemos nada... —afirmó Rosalía.

Las dos hermanas lanzaron un suspiro y se quedaron quietas a la espera de los acontecimientos. Para Miguel, la vida continuó su ritmo acostumbrado: cenaba con Enriqueta en restaurantes de moda, acompañado de amigos ruidosos. No le interesaban las conversaciones, escrutaba las mesas vecinas en busca del rostro perdido de Irene. La buscaba también en las calles o en las colas de los cines, mientras se repetía: "Es mala, no me llama". Prefería el silencio de su oficina, allí al menos podía reflexionar sobre lo que lo obsesionaba sin tener que disimular ante su mujer o sus amigos. Pasaba una y otra vez frente a la casa del torreón, con la esperanza de vislumbrar a la joven. A veces se detenía frente a sus rejas unos minutos, pero nunca logró ver a la muchacha ni a la amable viejecita que había salido a su encuentro.

—Ahí está otra vez... —anunciaba Clementina, sobresaltada.

Rosalía corría a mirar a través de la muselina de los visillos; no era normal que aquel desconocido insistiera en rondar su casa por el simple gusto de hacerlo. Su presencia se debía a algo importante, algún hecho grave que las hermanas desconocían. Habían pasado siete días desde que aquella muchacha se había aferrado a sus rejas, lanzando agudos gritos de auxilio; después, había huido en ese automóvil último modelo que se estacionaba a cualquier hora del día o de la noche frente a su jardín.

—Se trata de algo que nunca entenderemos... —dijeron las hermanas al ver partir el automóvil.

"No entiendo mi obsesión... es una aventurera...", se dijo Miguel en el momento de levantar su copa después del bautizo del hijo de su hermano y buscó a Enriqueta, que charlaba amigablemente con su cuñada. Su madre tenía razón: su mujer era dulce y sus maneras perfectas. Casi tuvo remordimientos, pero en ese momento se le acercó un criado para susurrarle casi al oído:

—Señor, lo llaman al teléfono.

Miguel se dirigió casi de puntillas al gabinete de trabajo de su hermano. ¿Quién podría llamarlo allí en ese momento?

—Miguel, estoy en una caseta de música en la Casa Wagner, en Venustiano Carranza. Ven pronto —dijo la voz tranquila de Irene.

Aturdido, oyó colgar el auricular; miró en derredor suyo, temeroso de que alguien fuera testigo de aquella llamada clandestina. Hasta él llegó el rumor de la fiesta, las risas y los murmullos de las conversaciones. Salió del despacho; nadie había notado su ausencia. Enriqueta charlaba inocentemente con su cuñada. Sin dudar un segundo, se escabulló a la calle y abordó su automóvil.

—Algo imprevisto —le dijo a un criado de su hermano.

Atravesó a toda velocidad la ciudad, que le pareció gigantesca. Al acercarse, estacionó su vehículo y salió corriendo en busca de la joven. La Casa Wagner era el lugar más remoto del mundo; nunca se le hubiera ocurrido buscar a su amiga en aquel sitio. Un empleado ceremonioso le salió al encuentro; apenas lo miró. Buscaba con la mirada las casetas de música. Detrás de los vidrios de una de ellas descubrió a Irene sentada, con las manos cruzadas sobre las rodillas y el perfil serio, escuchando una música que él no oía. Abrió la puerta plegadiza y entró con violencia. Irene levantó la vista, un golpe de violines y de notas celestes lo transportaron a un mundo fuera del mundo cotidiano y grosero.

—Irene...

—Es Mozart, Miguel... —contestó ella con sencillez.

Permanecieron el uno frente al otro sin hablarse, mecidos por la música que decía lo que ellos eran incapaces de decirse. Irene llevaba la misma gabardina y los mismos mocasines viejos. Parecía un personaje mitológico de nuestro tiempo. A Miguel le pareció un ángel marino y tuvo la impresión de hallarse frente a un ser irreal, un habitante de la lluvia, una criatura escapada del mar o de la música. La miró fascinado y de pronto la música cesó. Irene se puso de pie. Salieron juntos a la calle; cuando él trató de tomarla por el talle, ella lo esquivó con rapidez.

—Llévame adonde quieras, pero ve tú delante, yo te sigo —dijo la chica y retrocedió dos pasos.

Temeroso, caminó delante de ella hasta llegar al automóvil. Le abrió la portezuela; ella entró con rapidez y se acurrucó en el fondo del coche. Partieron veloces. Sin decir una palabra, Irene recostó la cabeza sobre sus piernas y se dedicó a mirar los tejados de las casas y más tarde, cuando salieron a una carretera, las copas de los árboles. Miguel, apaciguado, lanzaba miradas graves al rostro apacible de su amiga.

—Era Mozart..., nadie fue a su entierro, lo acompañó sólo su perrito... ¿tú irás al mío? —preguntó Irene y abrió los ojos para ver a su amigo con una mirada de adiós.

—Querida, ¿adónde vas cuando yo no te veo? —le preguntó Miguel a su vez.

—Contigo..., te sigo por las aceras, subo a tu lado a tu despacho, entro a los cafés, llego a las fiestas, te espío y de pronto... ya ves: te llamo en un bautizo... —dijo Irene tranquila.

Miguel detuvo el automóvil en una cuneta. Enderezó a la joven con suavidad y la miró como si quisiera leer el rostro de la joven.

—¿Cómo supiste que estaría en casa de mi hermano?

—Ya te dije, te espío... —suspiró ella ofreciéndole la boca.

—¿Por qué te niegan en tu casa? —preguntó, mirándola tendida hacia él, con los ojos cerrados.

—No lo sé... —dijo ella sin cambiar de actitud.

—¿Quiénes son las dos viejecitas que viven en tu casa? —preguntó Miguel, mirando aquella cara joven que continuaba esperando el beso.

—Mis tías...

Miguel la besó en los párpados y la tomó en sus brazos. Sintió que ocurría algo más grave que la primera noche del encuentro; quiso decirle que la amaba, pero se limitó a acariciarle el pelo. Ella separó la mano que la acariciaba; luego, seria, se arrinconó en el asiento, cruzó las manos sobre las rodillas y sin mirarlo le preguntó:

—¿Yo soy tu amor?

—Imagínate que sí. Imagínate que eres mi amor, que no puedo vivir sin ti..., el mundo se convierte en cenizas cuando no te veo. Es más, ahora sé que siempre fue cenizas...

Irene se volvió a mirarlo, subió las piernas sobre el asiento, colocó los brazos en el respaldo y apoyó sobre ellos la cabeza. Permaneció pensativa unos instantes.

—Tú también eres mi amor... ¿qué vamos a hacer? —preguntó tranquila.

Miguel se abrazó al volante para observar el atardecer. También él guardó silencio; la pregunta de Irene lo hundió en una realidad que hubiera querido borrar.

—¿Cómo podemos abolir el pasado? —preguntó con angustia.

—El pasado es inamovible —dijo ella con voz apacible.

Miguel se volvió a ella; sus palabras le parecieron de mal agüero.

—En este momento podemos cambiar lo que está por hacerse..., pero los dos juntos. Luego será tarde —dijo ella, con la mirada profundamente triste.

—Dime, mi amor, ¿qué es lo que está por hacerse? —preguntó él angustiado.

Irene levantó la vista y, a través del parabrisas, se volvió a mirar al cielo, que empezaba a cubrirse de tonos oscuros.

—Nada...; después de todo, nuestro futuro está allí, en el cielo.

—¿En el cielo? Pero aquí, antes, en la tierra...

—¿Aquí? —Irene le lanzó una mirada triste.

—Sí, aquí —pidió él, tomándola en sus brazos.

—Aquí tu pasado es inamovible —dijo ella retirando el rostro.

Miguel la guardó contra su pecho. Lo que Irene decía era verdad y, sin embargo, él quería proponerle que huyeran, era su única oportunidad de estar juntos. Este pensamiento lo ensombreció.

—Eres tan joven y no has tenido nada —le dijo sintiéndose culpable.

—¿Y qué se le da a una joven? —preguntó Irene.

—¿A una joven? ¡La vida! ¡La vida entera!

Se separó de ella y puso el automóvil en marcha. No sabía qué hacer ni adónde llevar a la muchacha recostada en sus piernas. En realidad, no necesitaba sino eso: correr juntos por una carretera oscura. Correr para olvidar lo que ninguno de los dos podía olvidar. Tal vez en la carrera encontrarían lo que ambos buscaban: quedarse juntos para siempre. Cruzaron varios pueblos perdidos. Miguel detuvo el auto en uno de ellos.

—Te voy a llevar a que comas algo.

Los habitantes del pueblo los vieron cruzar las callejuelas en busca de un restaurante. Encontraron una fonda bastante limpia; hasta allí había llegado el progreso y una sinfonola tocaba discos melancólicos. La dueña, una mujer vieja y afable, les preparó la cena.

—Sácame a bailar —pidió Irene.

—Baile, señor, baile con la señorita —ordenó la mujer, orgullosa de tener en su restaurante a la hermosa pareja.

Los clientes, silenciosos, los vieron bailar, escandalizados. El amor los unía estrechamente, se diría que ejecutaban un ritual amoroso. Después, sentados a su mesa, comieron sin apetito, mirándose a los ojos y acariciándose las manos por encima de la mesa.

Salieron a caminar por el pueblo de tapias semidesnudas, polvo y ramas de bugambilias. Llegaron al campo, iban cogidos de la mano, abstraídos y silenciosos. Tomaron una vereda. Sólo las estrellas iluminaban su camino.

—¡Cuánto silencio! —dijo Irene sobrecogida.

—Sí, sólo tú aquí, golpeando en el centro de mi pecho —contestó Miguel.

No deseaban irse, el campo parecía ser su campo y el pueblo, su pueblo. Caminaron abrazados, en paz, acogidos por un orden que les pertenecía. Muy tarde, en el camino de regreso a la ciudad, Irene se soltó a llorar.

—¿Por qué lloras, si yo no quiero separarme nunca de ti? —preguntó él, deteniendo el automóvil para consolarla.

—¿Nunca...? Mira la hora —dijo ella, en medio de sus lágrimas.

Miguel vio en el tablero del automóvil el reloj luminoso que marcaba la una de la madrugada. Guardó silencio; las horas junto a Irene corrían a una velocidad aterradora. Acongojado, se volvió a ella que, erguida, se cubría el rostro con las manos; para robar un poco más de tiempo junto a ella, torció por un camino vecinal abierto en la soledad del campo. A lo lejos descubrieron un automóvil antiguo, estacionado y con las luces apagadas. A su lado, un hombre viejo sostenía una barra de hierro en actitud amenazadora. Miguel aminoró la marcha e Irene le ordenó detenerse.

—¿Qué sucede? —preguntó Miguel, asomándose por la ventanilla.

—¡Me falta gasolina! —gritó el viejo.

—¡Espere! ¡Iré a buscarle un bidón! —contestó Miguel a voces.

Giró el auto y partió a toda velocidad, en busca de una estación de gasolina que habían visto en la carretera principal.

—Se quedó desolado. No creyó que fuéramos a buscársela —comentó Irene, conmovida por la soledad del viejo en aquel camino vecinal.

Compraron un bidón y regresaron al lugar en donde esperaba el desconocido. Lo descubrieron desde lejos, sentado sobre una piedra, resignado. Los faros del auto lo hicieron ponerse de pie de un salto. Miguel detuvo su automóvil a unos metros de distancia, mientras el hombre permanecía inmóvil. Cuando Miguel bajó de su auto, a la luz de los faros pareció un gigante corpulento y el viejo hizo entonces algo inesperado: lanzó varios alaridos potentes.

—¡No...! ¡No...! —gritó aterrado y echó a correr a tropezones por el camino.

Miguel, sin pensarlo, echó a correr tras él; luego se detuvo y volvió hacia Irene que también había bajado del auto y contemplaba la escena con asombro.

—¡Señor, le traemos gasolina! —gritó Miguel con todos sus pulmones para detener la carrera del viejo que trataba de subirse por la ladera de la cuneta. El viejo se volvió.

Miguel abrió la cajuela de su coche y sacó el bidón de gasolina, luego avanzó con él hacia donde se hallaba estacionado el coche viejo. El hombre no se dejaba ver. Aterrado, observaba desde lejos los movimientos de aquella pareja. Vio cuando Miguel, sin salirse de la luz de los faros, depositaba la lata en el suelo y luego regresaba a su automóvil.

—¡Aquí se la dejo! —le gritó.

El viejo apareció otra vez en la carretera, cauteloso, con el instrumento de hierro en la mano.

—¿Cuánto le debo? —gritó.

—¡Nada!

El hombre no se movió de su lugar ni cambió su actitud. Miguel se dispuso a entrar en su coche. El viejo entonces empezó a gesticular y a dar voces.

—¡Perdone!, ¡perdone...! Los jóvenes me dan miedo... Se han convertido en rebeldes... ¡Rebeldes peligrosos...! ¡Asesinos!

—¡Tiene usted razón! —gritó Miguel con todas sus fuerzas, llevándose las manos a la boca para hacer una bocina y que su voz retumbara en todo el campo.

Subió a su automóvil y arrancó, dejando el bidón en medio del camino vecinal. Después los dos se echaron a reír. Era terrible que los jóvenes produjeran ese terror. Miguel se sintió halagado: el viejo lo había tomado por un joven, a él, casado, con hijos y que acababa de cumplir treinta y dos años. El reloj luminoso marcaba ahora las dos y media de la madrugada. La hora avanzada los dejó súbitamente tristes. Irene adoptó su posición favorita: se tendió sobre las piernas de su amigo y guardó silencio. Él la observó acongojado; pensó que ignoraba todo de aquella chica y de pronto se identificó con el viejo del camino vecinal; también a él, Irene le producía miedo.

—Irene, no sé nada de ti, me escondes todo...

La joven abrió los ojos y se enderezó en el asiento.

—Pues, eres el único que sabe todo de mí... —dijo, echándole los brazos al cuello y escondiendo la cara sobre su hombro.

—Irene, ¿fuiste a la recepción del 15 de septiembre? —preguntó Miguel, aprovechando su momento de debilidad.

—Sí, fui —contestó ella con sinceridad.

—¿Con quién?

—Contigo... ¿y tú?

—¿Yo...? solo.

Irene se separó enfadada del hombro de su amigo.

—Es tarde...

—¿Tarde para qué? —preguntó él sobresaltado.

—Tarde para todo. Llévame a la ciudad para que pueda irme.

—¿Te vas a volver a ir? —preguntó, mirándola aterrado.

Irene no contestó, bajó la cabeza y cruzó las manos. Él vio su perfil cerrado y supo que era inútil el diálogo.

—No puedo volver a tu casa y hablar con tus tías; son muy raras, me ven como si fuera un asesino y te niegan. Tampoco puedo buscarte como loco por toda la ciudad... ¡Por favor dime dónde y cuándo nos podemos ver! —suplicó Miguel, con los ojos bajos.

Irene se volvió a mirarlo.

—¿Y qué podemos hacer...? ¿Desaparecer juntos?

Miguel inclinó la cabeza y guardó silencio un rato, luego dijo abatido:

—No sé..., no sé qué vamos a hacer..., cualquier cosa menos perderte...

Aminoró la marcha del automóvil. La carretera parecía muy corta de regreso y quería prolongar el tiempo junto a Irene. Sabía que, al llegar a la ciudad, el peligro de perder a la joven se volvía inminente. Mientras corría por el campo, buscaba con desesperación un motivo que la obligara a decirle dónde y cuándo podían verse; la miró recostada en sus piernas, era en verdad una criatura preciosa para él.

—Desde aquí veo la profundidad del cielo: está mucho más alto que las nubes —comentó Irene.

Miguel escrutó un claro abierto en el azul oscuro de la noche, allí un astro escondido debía filtrar una aureola de luz inesperada. Se volvió a Irene, bañada por ese resplandor, y pensó que ambos habían entrado en una nueva dimensión.

—Alguna vez seremos uno y entraremos por esa puerta abierta para nosotros en el cielo —dijo la joven.

Sus palabras lo irritaron; para ella era fácil consolarse con un encuentro imaginario en el cielo; en cambio, él debía volver a su casa al lado de Enriqueta, que sólo le producía tedio. "La veo y me parece que me entra arena en los ojos", se dijo, recordando a la madre de sus hijos. "¿Por qué me habré casado?" El rostro apacible de Irene le produjo ira, pensó que en un rato más ese mismo rostro estaría bajo unos ojos que él desconocía y la idea le resultó insoportable. Aceleró la marcha del automóvil.

—¿Y si tuviéramos un accidente mortal? —preguntó sombrío.

Irene no contestó. Se limitó a cerrar los ojos y dejarse mecer por la velocidad.

—Así tal vez entraríamos juntos en tu cielo —dijo Miguel con sorna.

Su tono de voz y su actitud no lograron impresionarla. Con suavidad, acarició una rodilla de su amigo y guardó silencio. Miguel detuvo el automóvil; quería decirle que sólo era una desconocida cualquiera, que se había introducido en su automóvil de mala fe para destruir el orden de su vida.

—¡Para ti yo no significo nada! ¿Cuántas veces has atrapado hombres a medianoche para luego abandonarlos? Eres una aventurerita moderna... ¡Eres abominable...! ¡Embustera...! ¡Engañadora...!

Irene se irguió en el asiento y lo miró con una fijeza terrible.

—Esas palabras no son tuyas. ¡No quiero oírlas! —gritó de pronto y abrió la portezuela, saltó a la carretera y echó a correr en la oscuridad de la noche.

El gesto intempestivo de Irene lo tomó por sorpresa; la vio alejarse de la luz de los faros y desaparecer. Asustado, bajó del auto y echó a correr en la dirección que ella había tomado.

—¡Irene...! ¡Irene...!

Su voz se perdió entre los árboles y las rocas del campo. Se detuvo. La carrera de la joven sobre el asfalto había cesado. No veía nada en aquella oscuridad. La siguió llamando. Se salió de la carretera para entrar bajo los árboles. La llamó con las palabras más tiernas, asustado de las que había proferido antes y la habían hecho huir. Deseaba que la dulzura de sus nuevas palabras borrara el horror de las otras, pero Irene continuaba silenciosa y perdida en la noche. Volvió a su automóvil y lo echó a andar muy despacio, iluminando con los faros la carretera y sus orillas umbrosas. Recorrió varias veces el trayecto por el que había huido la muchacha. Inútilmente. Abatido, estacionó el coche y se cogió la cabeza entre las manos, como si fuera a echarse a llorar. ¿Qué había hecho? Sólo deseaba que Irene apareciera en ese instante para empezar a vivir.

—Si fueras tan amable de llevarme a la ciudad... ya va a amanecer —dijo la voz de Irene a sus espaldas.

Sorprendido se volvió con rapidez para hallarla acurrucada en la parte trasera del coche. Se inclinó y la sacó de su escondite, la colocó junto a él y la recostó en el asiento para besarla, pero ella interrumpió sus besos.

—No se puede, Miguel, no se puede...

Su voz sonó solemne y él la enderezó para contemplar su rostro serio. La estrechó contra sí, abrumado por el peso del amor que sentía por aquella joven desconocida e inesperada. La separó de su pecho y la miró largo rato.

—¿No vas a decirme quién eres ni qué te pasa...?

Irene movió la cabeza, negando.

—Yo te amo, Irene.

—Lo sé... Yo también te amo —contestó con simpleza.

Serios y apesadumbrados, emprendieron el camino a la ciudad.

—Prométeme que nos vamos a ver hoy —le pidió él, mirando las luces tenues del amanecer.

—Te lo prometo —contestó Irene con voz melancólica.

Entraron a la ciudad con las primeras luces de la mañana.

—¿Dónde te encuentro y a qué hora? —preguntó Miguel.

—A las once... frente a mi casa... —contestó ella con voz insegura.

Miguel le acarició el cabello; se sentía tranquilizado. Cruzaron las calles en las que empezaba el movimiento de todos los días. Pasaron frente a un pequeño mercado en el que descargaban fruta.

—Quiero fruta, tengo sed... —pidió Irene.

—Lo que digas, linda.

Detuvo el automóvil y bajó confiado. Eufórico, se cargó de melocotones, de naranjas y de uvas. Le emocionaba el hecho de comer fruta en compañía de Irene. Con ella, el menor gesto tomaba proporciones mágicas y conmovedoras. Al volver al automóvil no la vio. "Está escondida en el fondo del coche", se dijo sonriendo ante el infantilismo de su amiga. Abrió la portezuela para sorprenderla con la frescura que traía en sus brazos y la alegría se convirtió en pánico: Irene había desaparecido. El coche estaba vacío. Dejó caer la fruta y se volvió a las gentes ocupadas en descargar bultos, indiferentes a su desolación. Un hombre, sentado sobre una caja lo miró con piedad.

—No la busque, señor. Apenas se alejó usted, ella salió corriendo.

—¿Hacia dónde? —preguntó Miguel, casi con lágrimas en la voz.

—Por ahí... No la busque, señor. Lo engañó.

Miguel salió corriendo en la dirección vaga que le señaló el vendedor. Su carrera fue inútil. No encontró ninguna huella de su amiga. Volvió a su automóvil y partió colmado de ira. Cruzó la ciudad y se dirigió a las Lomas. Se detuvo frente a la casa del torreón, bajó cerrando la portezuela de golpe, se acercó a las rejas y sacudió la campanilla con ferocidad. Nadie se movió dentro de la casa.

—¡Irene...! ¡Irene...! —gritó con todas sus fuerzas, mientras continuaba sacudiendo la campanilla con ira.

Vio que entreabrían la puerta de la terraza y repitió su grito iracundo:

—¡Irene, te estoy viendo! —la puerta se cerró de golpe.

Dentro de la casa, las señoritas Clementina y Rosalía, en camisa de noche, se miraron aterradas. Atrancaron la puerta con varias sillas, mientras escuchaban los gritos que partían de la reja.

—Hoy está muy excitado —dijo Rosalía.

—No. Está loco —afirmó Clementina.

—Hay que calmarlo... pobre hombre...

Miguel continuó sacudiendo la campanilla; de pronto, vio a la viejecita asomarse a una ventana del torreón.

—Señor...

Miguel la miró con impaciencia. Rosalía estaba sonriente, con gesto conciliador.

—¡Dígale que, si no sale ahora mismo, tiro la casa! —le gritó.

La viejecita lo miró aterrada.

—Está dormida... vuelva más tarde... —dijo para calmarlo y ganar tiempo.

—Yo sé que no está dormida —contestó con ira.

—Sí, señor. Irene está dormida... muy dormida... Más tarde le daré su recadito; es malo interrumpir el sueño de los jóvenes —afirmó la anciana con dulzura.

—¿A qué hora puedo volver? —preguntó Miguel, vencido por la cortesía de la viejecita.

—Pues... como a las once... Digamos a las doce, ¿qué le parece?

Miguel dio las gracias, se subió a su coche e inclinó la cabeza sobre el volante; se diría que lloraba. Rosalía lo observó desde el torreón y se sintió invadida por una gran tristeza, ¿quién era aquel joven apuesto y desesperado? ¿Y quién era Irene? Al poco rato lo vio echar a andar su auto y alejarse despacio, muy despacio. Bajó a reunirse con su hermana, que a su vez espiaba detrás de los visillos de la puerta de entrada.

—Lo vi todo. Aquí hay un gran misterio —afirmó Clementina, que había perdido la seguridad en sus juicios siempre acertados y que, al igual que su hermana, menor se hallaba desconcertada.

—¿Crees que es un maniático? —preguntó Rosalía con humildad.

—No..., las dos vimos cuando secuestró a esa infeliz muchachita... Después, ¿qué sucedió?

—Se enamoró de ella, le hizo confianza y la chica, ¡up!, se le escapó... —concluyó Rosalía.

—¡Muy bien pensado!... Pero ¿por qué la busca aquí...? Para nosotras esto es muy comprometedor.

—Mucho, mucho... —suspiró Rosalía.

—Hay que llevarle la corriente, no excitarlo; tú misma escuchaste cuando quiso derribar la casa.

—Si no fuera por esas maneras de salvaje, sería un muchacho encantador —terminó Rosalía.

Al llegar a su casa, Miguel se encerró en su habitación. Se tumbó vestido sobre su cama; ignoró la ira compungida de Enriqueta y la sorpresa de los criados.

—¡No tengo ninguna explicación que dar! —había dicho cuando vio el gesto y los ojos suplicantes de su mujer.

La ira de Enriqueta le llegaba a través de las puertas cerradas de su cuarto, pero él se quedó inmóvil, mirando el techo de su habitación y, de cuando en cuando, su reloj de pulsera que no avanzaba. Fumó un cigarrillo tras otro, hasta llegar a la hora convenida con la tía de Irene. Se puso de pie de un salto y, sin decir una palabra, salió a la calle y subió a su automóvil. A las once en punto se encontró nuevamente frente a la casa del torreón. Contempló las vías del tren con amor y luego tiró de la campanilla con suavidad. No se había afeitado y llevaba el mismo traje ya arrugado.

Rosalía abrió la puerta de la terraza; ella sí estaba engalanada como para recibir a un huésped de calidad. Bajó ceremoniosa las gradas de piedra y avanzó sonriente por el caminillo de grava. Su actitud cordial reconfortó a Miguel; se diría que ahora sí iba a recuperar a Irene.

—Buenos días, señor...

—Buenos días... Perdón por lo de antes... ¿Qué dijo...? ¿Me va a recibir...?

Rosalía bajó los ojos contrita y se retorció ligeramente las manos. Miguel vio que le temblaban los labios y esperó angustiado.

—¿No se lo dijo ella...? —preguntó con los ojos bajos.

—No, no me dijo nada... ¿Qué sucede? —preguntó él ansioso.

—Señor... Irene tuvo que salir de viaje... Fue todo tan imprevisto...

No pudo continuar: los ojos aterrados de Miguel le cortaron el discurso que tenía preparado.

—¿Salir...? ¿Adónde...?

La viejecita no contestó. La había tomado de improviso.

—¿Adónde? —preguntó Miguel con voz asesina.

—A Washington..., así es la vida..., las cosas se presentan de pronto, sin que uno lo desee... y el mundo sigue girando... —hablaba sin parar, con la voz temblorosa.

Miguel se cogió la cabeza entre las manos y la vieja tuvo la impresión de que ella lo había asesinado.

—A Washington... ¿Cómo pudo hacerme esto? —sollozó.

—Señor... señor... no se ponga así... Irene vuelve en unos días... Yo le prometo que le avisaré su regreso...

—¿Usted me lo promete, señora?

—Se lo prometo. Yo misma le aviso, el mismo día de su regreso... si usted quiere...

Miguel sacó su agenda, le arrancó una hoja y apuntó su teléfono y su nombre mientras repetía incrédulo:

—A Washington..., a Washington...

Le tendió la hoja a la viejecita y ella se precipitó a tomarla.

—Me promete que apenas llegue, ¿usted me avisa? —repitió desconsolado.

—Se lo prometo, señor.

Miguel dio las gracias repetidamente, se despidió, volvió a su coche y se alejó lentamente. Rosalía lo vio irse y regresó a su casa, andando trabajosamente. Su hermana la esperaba detrás de los visillos.

—El amor es una enfermedad muy triste, Clementina, muy triste... —exclamó Rosalía.

Miguel deambuló por su casa y por la tarde se encerró en su despacho. No tenía ganas de vivir. El mundo se le había caído en trozos; tenía la impresión de que estaban todos muertos. Le ordenó a su secretaria que preguntara los horarios de los vuelos a Washington y los estudió con atención; después olvidó su proyecto de viaje y se dejó llevar por la desesperanza. "Sólo me queda esperar." En su casa, trataba de evitar a Enriqueta, que no perdía ocasión para reprocharle que la hubiera abandonado durante el bautizo de su sobrino. Por las noches, encerrado en su estudio, contemplaba el enorme mundo, vecino a su escritorio, y lo hacía girar con indolencia. Su duelo secreto le impedía frecuentar a sus amigos y lo hacía evitar las últimas reuniones de la temporada de verano. Los timbrazos del teléfono lo sobresaltaban, pero nunca era Irene y la viejecita también lo había olvidado. Los criados lo observaban piadosos; sólo ellos parecían compartir un poco la pena que lo embargaba.

—Señor, lo llaman por teléfono —le anunció el criado una noche.

Tembloroso, se precipitó al aparato.

—Señor, soy la señorita Rosalía... —dijo una vocecita temblona que reconoció en seguida.

—¡Ah! Sí, señorita, dígame...

—Tuvimos carta de Irene. Dice que se ha sentido muy, muy triste, que no tarda en volver...

—¿Cuándo?... —preguntó él ansioso.

—Cosa de unas semanas... parece... Esté tranquilo, no haga ninguna tontería... Adiós, señor.

—Muy bien, esperaré —dijo consolado.

Enriqueta pasó junto a él sin mirarlo. Miguel se echó escaleras abajo; quería salir a la calle, alejarse de ella, que lo hacía sentirse culpable. ¿Culpable de qué? Siempre había sido un buen marido. Enriqueta no ignoraba que su matrimonio era un matrimonio de "razón" convenido por su madre y los padres de ella. ¿Por qué ahora trataba de comportarse como una mujer traicionada en su amor? "En su amor propio", se dijo mientras subía a su automóvil. Corrió hasta llegar frente a la casa de Irene. Contempló esperanzado sus rejas, su jardín y su torreón. En ese lugar misterioso y escondido, tan semejante a su propia casa, vivía aquella jovencita poética. Desde el torreón, las hermanas lo vieron contemplar la casa. Necesitaban actuar, calmar a aquel desdichado...

El teléfono no volvió a sonar para él en tres días. Al oscurecer del cuarto día, lo llamó la viejecita, que le anunció que pronto tendría una sorpresa.

—Tenga fe, señor, tenga fe —le repitió Rosalía.

Se repitió a sí mismo las palabras: "Ten fe, ten fe". Se había levantado de la mesa para acudir al teléfono, pues ambos estaban cenando. Se sintió optimista y le concedió una sonrisa a su mujer. La sirvienta volvió a anunciar:

—Lo llaman al teléfono, señor.

Enriqueta la miró con reproche. La criada enmudeció y Miguel las miró a las dos, soltó la servilleta y abandonó el comedor. Buscó el teléfono más alejado.

—Soy yo, Miguel... —dijo la voz temblorosa de Irene.
Miguel permaneció mudo por la emoción.
—Te espero en la estación, en la sala de espera —dijo la voz infantil de Irene.
—¿Acabas de llegar?
—No, me voy... —y colgó el teléfono.
Miguel no pensó nada más, colgó también el aparato y salió decidido a la calle, subió a su automóvil y partió veloz. Al llegar a la estación, la buscó con ojos ansiosos. La descubrió desde lejos: llevaba su misma gabardina, estaba de pie, leyendo con atención una revista norteamericana. Llegó hasta ella y, sin decirle una palabra, la tomó en brazos y la besó repetidas veces, como si de sus labios dependiera su propia vida. Irene correspondió a su abrazo; luego, sofocada, le pidió:
—No, no, nos van a ver...
Miguel la arrastró fuera de la estación, la condujo a su automóvil, montaron en él y partieron veloces. Iban transidos, sin poder hablar. Irene se acostó sobre sus piernas y cerró los ojos, parecía que había entrado en paz.
—¿Por qué dijiste que te ibas? —preguntó él con reproche.
—Porque es verdad, me voy... —contestó ella en voz muy queda.
—¡No te vas a ninguna parte! O te vas conmigo... ¿No sabes que no puedo vivir sin ti?
—No vas a vivir..., vas a sobrevivir... —dijo ella.
Miguel buscó afanoso un lugar en dónde poder estar solos, pero la ciudad oscura parecía hostil y cerrada a ellos.
—¿Dónde puedo hablar contigo? —preguntó él, desesperado.
Se le ocurrió ir a un hotel elegante y que ella entrara primero y pidiera una habitación; luego entraría él, pediría otra y después se reunirían.
—No puedo..., es peligroso que me vean. Además, los hoteles están llenos de turistas —contestó ella muy seria.
Se fueron a las colonias populares, detuvieron el automóvil y se besaron. Pasó un policía y Miguel prefirió marcharse de allí. De pronto enfiló hacia Toluca. En el camino buscó una desviación, entraron a un camino sombreado de árboles y se detuvieron en un motel elegante.
—Aquí nadie te ve —dijo Miguel en voz queda.
Irene aceptó. Se encontraron en un cuarto amplio, oloroso a árboles y se besaron como dos náufragos. Al amanecer, los dos se miraron melancólicos. El campo perfumado empezaba a llenarse

de rocío, de jugos frescos. La luz que bajaba del cielo les permitía distinguir las hojas tiernas.

—¿Sabes, Irene, que en un amanecer, cuando todavía era niño, descubrí en sueños la tristeza infinita de estar solo en el mundo y me desperté llorando…?

La joven lo miró con ojos graves; él se volvió para acariciarla.

—Entró mi madre y me encontró junto a la ventana, llorando, mirando el cielo cruzado de cohetes. Su presencia no me consoló, al contrario, casi me hizo sentir más huérfano. "¿Por qué lloras?", me preguntó asustada. "Por esos cohetes", le dije sollozando. Mi madre me abrazó: "Es por el 15 de septiembre, no te asustes", me explicó. Pero sus palabras no aliviaron mi pena profunda, extraña, que venía de muy lejos. Era el año en que murió mi padre y ella atribuyó mis lágrimas a eso. "No, no lloro por él", le dije y era verdad…

Irene se alejó y se lanzó a la cama, boca abajo, mientras él continuaba mirando el cielo perdido de sus recuerdos.

—No, no era la muerte de mi padre lo que me produjo esa pena aguda, ni mi madre pudo consolarme pues seguí igualmente triste… Era algo que no me abandona nunca… Sólo cuando estoy contigo me siento curado de esa pena. Cuando te me pierdes, toda la tristeza acumulada sobre mí durante años y descubierta esa noche, se me viene encima. Por eso no puedo vivir sin ti… ¿comprendes…? Desde esa madrugada me desperté llorando por ti…

Miguel se volvió a mirarla. La vio con la cabeza hundida en las almohadas, se acercó a ella, se tendió a su lado y la volvió boca arriba, para encontrarse con sus ojos asustados.

—¿Qué pasa, mi vida?

—Nada…, coincidencias… Yo nací la noche del 15 de septiembre de 1940 —dijo ella, asustada.

Miguel la soltó incrédulo, la miró unos instantes, sacó un cigarrillo y lo fumó, mirándola con fijeza.

—En 1940 murió mi padre… Estaba escrito que te amara…

Fue ella la que se soltó a llorar sin consuelo.

—¡No permitas que me maten! —gritó trágica.

Miguel la guardó contra su pecho.

—¿Matarte a ti…? ¿Por qué? —dijo, acurrucándola como si fuera un niño pequeño.

—Por dinero… —gimió Irene.

—No digas tonterías —le dijo él, sonriendo ante su infantilismo.

—Pasado mañana verás mi esquela en los periódicos… —sollozó ella, escondida en su pecho.

—Niña, niña, voy a hablar con tu tía Rosalía para arreglar todo... ¡es tan buena!

—Sí... es muy buena —dijo Irene, separándose bruscamente de Miguel.

Lo miró con fijeza y él se sintió incómodo.

—Mi tía Rosalía... —repitió como para sí misma.

—Nada es irremediable, el pasado no existe, los dos nacimos este 15 de septiembre... Le confesaré a tu tía que soy casado... —dijo acercándose a la ventana.

Irene se tapó la cara con las manos; el sol se levantaba con una velocidad aterradora. Se puso de pie nerviosa.

—¡Me voy, Miguel...! ¡Me voy...! —gritó, con una voz extraña.

—¿Por qué tan de prisa? —preguntó sobresaltado.

—Por mi tío Pablo... mi tío Pablo... Si ve a qué hora llego... Él no sabe lo que he hecho estas noches contigo...

—¿Pablo?

—Sí... el marido de mi tía Antonieta..., una vieja muy mala...

—Vámonos. No quiero causarte disgustos —contestó él, confiado.

Salieron juntos, de prisa. Corrieron por la carretera a gran velocidad. Una vez en la ciudad, Irene suplicó:

—Es mejor que me vaya sola... No quiero que me vean contigo a estas horas...

Miguel detuvo el automóvil y ambos bajaron en busca de un taxi. Irene esperaba la aparición del vehículo de alquiler con gesto extraño, como si no se resolviera a irse. Acariciaba con los ojos bajos los botones de la camisa de Miguel, la corbata, las manos de su amante; parecía ida, de pie frente a él.

—¿Qué pasa, amor mío? ¿No quieres irte? —le levantó la barbilla y le sonrió.

Irene no dijo una palabra.

—Ahora que nos amamos y que estaremos juntos para siempre, ¿no quieres irte? ¡No te vayas! —le dijo conmovido.

Irene se lanzó impetuosa y lo besó largamente, después cruzó la calle corriendo y subió a un taxi que se aproximaba. Asomada a la ventanilla lo vio confiado, mirándola partir.

—Si no me llamas hoy, haré un escándalo en la reja de tu casa —le gritó él, súbitamente preocupado.

Irene le hizo señales de adiós.

—¡Busca mi esquela en los periódicos! —le gritó en los momentos en que arrancaba el taxi.

La escuchó perplejo, asustado; se sintió estúpido de pie, en medio de la acera. Corrió a su automóvil y, angustiado, avanzó a toda velocidad hacia la casa de Irene. Quería llegar antes que su amante. Encontró la casa apacible, como de costumbre. Bajó del coche y llamó. Esperó un rato hasta que asomó la señorita Rosalía, que pareció asustarse ante lo intempestivo de la hora. La señorita dudó antes de bajar las gradas y se detuvo a mitad del caminillo.

—Perdón, señorita Rosalía... Creerá que estoy loco... y tal vez lo estoy... Necesito ver a Irene... —dijo mortificado y sin atreverse a confesar que acababa de dejarla en un taxi.

—Está dormida... —contestó trémula la viejecita.

—¿Tan pronto se durmió? —preguntó él, dejándose llevar por su arrebato.

—Sí... está muy cansada... El viaje, las emociones... —dijo la anciana en voz muy baja.

—Es tonto lo que voy a pedirle, pero cuídela por favor... La vi muy nerviosa. Todo se va a arreglar —aseguró enrojeciendo, pues recordó su matrimonio y se sintió culpable delante de aquella ancianita tan dulce, tan cortés.

—No tenga cuidado. No tenga cuidado... —aseguró ella, sin avanzar un paso más.

—Me voy. Si fuera usted tan amable de decirme qué hace..., más tarde...

—Sí, pierda cuidado, lo haré —prometió la viejecita.

Apoyado en las rejas, no se decidía a partir. Miraba a la anciana con desesperación, hubiera querido confesarle que sin Irene se sentía perdido, pero las palabras no fluían de su boca y Rosalía lo contemplaba atónita. Por fin se alejó de las rejas, subió a su auto y partió con desgano. Entró cabizbajo a su casa, tomó un baño rápido y salió hosco rumbo a su oficina. Desde allí llamó a la casa de Irene. Le contestó Rosalía.

—Irene está bien. Ya desayunó. Ahora está oyendo la radio —le explicó la viejecita

—¿La radio? —preguntó extrañado Miguel.

—No, no, quise decir, la música. Por eso no la llamo...

—Llamaré más tarde; ahora sólo dígale que pregunté por ella y que pienso a cada instante en... Si quiere llamarme, puede hacerlo, a cualquier hora —dijo al final.

Miguel no estaba tranquilo, no se decidía a marcharse de su oficina, debía tomar una decisión. La actitud desesperada de Irene no era fingida. “Sólo es una jovencita y yo he sido su primer amor.” Luego: “¿Qué digo? Es ella la que ha sido mi primer amor, mi único amor. Desde antes de nacer estaba predestinada para mí", y recordó la infinita tristeza de aquel amanecer que trajo al mundo a la pequeña Irene. Decidió hablar con Enriqueta.

Durante la comida observó a su mujer con tristeza; había vivido con ella casi diez años y, a pesar de que le tenía afecto, ahora veía con claridad que había compartido esos diez años con una extraña.

Enriqueta era bonita; inclinada sobre el plato se veía graciosa, a pesar de su gesto de disgusto. Decidió hablar con ella.

—Enriqueta, nunca pienses que eres fea, ni que estás perdida —dijo a manera de preámbulo.

Enriqueta lo miró con dureza.

—¿Por qué voy a pensar estupideces? —dijo con voz seca.

—No sé, de pronto la vida cambia, uno cambia, descubre que ha vivido engañado y engañando...

Enriqueta se levantó de la mesa con gran dignidad tratando de interrumpir aquella confidencia inoportuna.

—Por favor, no hagas discursos para decir que tienes una amante —dijo iracunda y abandonó el comedor con la cabeza en alto.

Miguel no terminó de comer. Todo le salía mal. Pasó la tarde intranquilo, los pensamientos más atroces lo invadían. Por la noche, angustiado, en vez de irse a la cama salió a la calle y se dirigió a la casa de Irene. No se explicaba por qué la amenaza de la joven, "¡Busca mi esquela en los periódicos!", lo había llenado de terror. "Son chiquilladas, chiquilladas", se repitió varias veces antes de llegar a la casa de su amante. Cuando se encontró frente a sus rejas, llamó con insistencia a la campanilla. Le pareció verla como la primera noche, llorando para que le abrieran y luego precipitarse dentro de su automóvil. "Estaba en peligro y no le creí", se dijo con amargura, mientras continuaba tirando de la campanilla. Nadie acudía a su llamado; sin embargo, las luces de la casa se encendieron.

—Será menester decirle la verdad. Confesarle que aquí no vive Irene —suspiró la señorita Clementina.

—Yo no tengo valor. Sal tú a decírselo —exclamó Rosalía.

—No cuentes conmigo para eso —respondió Clementina, que lucía ya su camisa de noche.

—Pues no sé qué vamos a hacer. Hemos llegado demasiado lejos en esta mentira piadosa —le contestó su hermana Rosalía.

—En estos momentos necesitaría un cigarrillo turco, de aquellos perfumados que fumaba papá —exclamó Clementina, dando pasos largos.

La señorita Rosalía entreabrió la puerta de la terraza.

—Soy yo, señorita Rosalía... —dijo Miguel con la voz agónica.

—¿Qué le sucede, señor?

—A mí nada. ¿Y ella? Irene... ¿Cómo está? Siento que me llama, que me busca, que llora...

—No, no, nada de eso. Está muy bien dormidita en su cuarto. Mañana lo llamará... Ya casi va a amanecer...

—Ayer estaba tan nerviosa... que tengo miedo...

La señorita Rosalía bajó las gradas y se acercó a las rejas. La cara extraviada de Miguel la asustó.

—¿Miedo de qué, señor? —preguntó asustada.

—No sé... las jóvenes son capaces de todo... hasta de suicidarse... ¡Qué palabra atroz! Prométame que estará junto a ella todo el tiempo, señorita Rosalía.

La señorita Rosalía abrió la boca aterrada.

—¡Prométamelo! —suplicó Miguel cogido a las rejas.

—Se lo prometo... voy con ella —y Rosalía se volvió a su casa de prisa y cerró la puerta con precipitación.

—¿Qué pasa? Estás muy pálida —preguntó su hermana asustada.

—Que se va a suicidar...

—¡Detenlo! ¡Pobre hombre!

—¡No, él no! ¡Irene! —gritó Rosalía.

Las dos señoritas se dejaron caer en un sillón.

—Hay que buscarla —exigió Clementina.

—¿En dónde? Si él no es capaz de saber dónde se esconde, ¿cómo lo vamos a saber nosotras, dos pobres viejas?

—¡Tú tendrás la culpa de esta tragedia! ¡Siempre fuiste una curiosa y una amante de las novelas! Ya sabía que esto terminaría mal, muy mal —acusó Clementina.

Miguel se levantó muy temprano. Estaba tranquilo y se sentía preso dentro de los muros de su casa.

—¡Los periódicos...! ¿Qué pasa con los periódicos? —gritó.

Un criado se los entregó en silencio. Miguel los revisó en orden: primero las esquelas mortuorias en las que no apareció el nombre de su amiga. Luego leyó las páginas de los crímenes. Tampoco halló nada. Después las de política; su lectura fue infructuosa. Estaba seguro de que el periódico tenía la clave de Irene, aunque él no lograba encontrarla. Se topó con las páginas de sociedad. ¡Allí la descubrió! Estaba vestida de novia, tenía la cara muy seria, llevaba las manos juntas y entre ellas sostenía un pequeño ramo de azahares. Pero, no era ella; la joven se llamaba Paulina y su boda con un industrial riquísimo se anunciaba como "la boda del año".

Paulina se había casado la víspera con ese imbécil llamado Pablo. Dejó caer el diario.

—Pablo... Pablo... —repitió incrédulo.

Volvió a examinar su rostro trágico, con la mirada baja cogió el diario y abandonó trastornado el comedor para salir rumbo a la casa de Irene. Al llegar allí, tiró con ira de la campanilla y esperó. Vio venir nuevamente a la tía Rosalía, dando pasitos por el caminillo de grava. Al acercarse la señorita, le mostró los diarios.

—¡Mire! Se ha casado. Tiene otro nombre: Paulina. ¿Por qué no me lo dijo usted, señorita Rosalía? ¿Por qué me ha engañado?... Se casó ayer... ayer...

—¿De verdad...? Perdone usted, señor, pero no sé cómo se llama... No la conozco... Mi hermana y yo sólo quisimos consolarlo, parecía usted tan enamorado, tan desesperado... y estas chicas modernas son tan terribles...

Miguel le enseñó las fotografías y se agarró de las rejas como un náufrago. La señorita Rosalía lo miró con ternura y luego examinó el diario.

—¡Ah!, pero si es la pequeña Paulina... Vive aquí muy cerca, en Montes Urales. Muy buena niña, muy buena. ¿Sabe usted, señor? Su familia es de mucha alcurnia, pero está arruinada... Si quiere usted, yo iré esta tarde a charlar con una de sus nanas; ya sabe, ellas cuentan todo. Llámeme hoy por la tarde.

Miguel la escuchó atontado. De manera que aquella viejecita sí conocía a Irene, es decir a Paulina.

—Sí, vendré por la tarde... Gracias...

No volvió a su casa. Se dedicó a dar vueltas en su automóvil, haciendo planes locos: iría a buscar a Irene, la obligaría a anular su matrimonio, él se divorciaría; el escándalo sería mayúsculo. No importaba, él no podía vivir sin ella. Al oscurecer, volvió a la casa de la señorita Rosalía y tiró sin esperanzas de la campanilla. La viejecita salió de prisa y llegó a las rejas con aire confidencial.

—¡Es una pena...! ¡Una tragedia...! La pequeña lloró mucho antes de salir para la iglesia, pero su mamá y su hermana se mostraron inflexibles. ¡Inflexibles! Se fue con su marido a Venecia, volverán a México dentro de dos meses...

—Dos meses... lloraba mucho... —repitió Miguel.

Se alejó de las rejas tambaleante, se alejó despacio, muy despacio, no llevaba rumbo...

Primer amor
(1996)

"Siempre hay señores en los pasillos de los trenes", pensó Bárbara cuando uno de ellos se ofreció a tomarla de la mano para ayudarla a cruzar de un vagón al otro. Pero Bárbara, su madre, agradeció con una inclinación de cabeza y rehusó la ayuda. En el vagón comedor, Bárbara vio al señor que desde la mesa vecina observaba la manera como su madre comía una pera tan amarilla como las hojas del otoño. Más tarde, cuando ella daba carreras por el pasillo del vagón, el hombre la llamó:

—¿Por qué está tan triste tu hermana? —le preguntó indiscreto.

Bárbara guardó silencio. Se sintió insegura. ¿Por qué su madre usaba mocasines y fumaba sin descanso? Las otras madres eran gordas y usaban sombreros de color marrón. Sin contestar se fue al compartimento y cogió su libro en donde las reinas vikingas daban órdenes con el brazo levantado a los príncipes de melenas rubias. El ruido de los brazaletes de oro de su madre al encender los cigarrillos la hacía levantar los ojos y mirarla inclinada también sobre un libro. "Está triste", se dijo la niña, mirando los cabellos rubios de su madre que caían lacios sobre sus hombros. Bárbara tenía un secreto, pero no podía decírselo al hombre del pasillo: su mamá estaba siempre triste. En la casa la observaba deambular por los salones fríos. La veía reflejada en los espejos, indiferente a lo que sucedía a su alrededor. Por la tarde, las dos tomaban un té caliente y leían en el cuarto amarillo. Las dos se acostaban muy temprano y hablaban poco. Nadie le había dicho nada, pero ella sabía que su padre no amaba a su madre. "No la quiere", y se quedaba sorprendida de su siempre nuevo descubrimiento. Un domingo se encontró sentada frente a su padre en Au diable Rose, un salón de té del mercado negro. El salón era color de rosa y una señora perfumada se acercó a ofrecerle galletas y chocolate. Bárbara se sintió acariciada en ese lugar silencioso que parecía un corazón de esencias inesperadas. Allí sólo sucedían pasteles y hermosas palabras apenas murmuradas. Miró a su padre con admiración. Éste se inclinó sobre ella y la miró largo rato con sus ojos claros:

—Bárbara, cuando crezcas trata de no parecerte a ella; para mí sería una catástrofe.

Sus palabras cayeron dentro de la tacita de chocolate, como piedras. Se asombró de que la taza no hubiera caído en trozos. Los ojos de su padre la siguieron mirando con fijeza.

—No me pareceré a ella —prometió asustada.

—Somos irreconciliables. Tú debes ser mediterránea, como yo —le ordenó su padre.

Bárbara no comprendió. Lo miró interrogante, ya no tenía ganas de beber el chocolate.

—¿Mediterránea...? —preguntó asustada.

—La barbarie es el Norte: significa la hipocresía, el puritanismo, la crueldad; en fin, no te parezcas a esa loca...

Volvió asustada a su casa. Por la noche los vio salir juntos. Bárbara, su madre, se inclinó sobre su cama para darle un beso: su traje azafrán, sus cabellos rubios y sus brazaletes de oro se la presentaron como a una de las reinas bárbaras de los cuentos que ella le había regalado. Le dio miedo. Detrás, su padre, con sus cabellos y su piel oscura, le pareció frágil y le produjo pena. Apenas salieron de su cuarto, Bárbara se miró en el espejo de la chimenea. ¿Por qué me pediría que no me pareciera a ella? Ahora, en el tren, la misma pregunta la distrajo de la lectura. Miró a su madre con atención, inclinada sobre el libro, miró su falda escocesa y sus mocasines; preocupada, volvió a la imagen de la reina vikinga que vivía en las páginas de su libro. Al anochecer llegaron a la costa. En la estación no las esperaba nadie. Nunca las esperaba nadie en ninguna parte. Bárbara cogió las maletas y echó a andar con paso firme. Caminaron un rato en silencio. La estación estaba en las afueras del pueblo. Soplaba un viento frío.

—¿Estás triste, Bárbara?

Su madre se volvió a verla.

—¿Yo triste? Nunca digas eso. Un general nunca está triste; a veces puede llorar a solas su derrota... —contestó, aminorando la marcha.

En el hotel, una mujer de pelo casi al rape las condujo a su habitación. Era la dueña, hablaba fuerte y tenía las manos rojizas. El cuarto era grande, con una cama enorme y una ventana que daba a las espaldas de la torre de una iglesia. La ventana olía a verde. Detrás de la torre, las colinas verdes esparcían un viento perfumado.

—Cenaremos en el cuarto —ordenó su madre.

En el cuarto había un espejo y, mientras Bárbara miraba por el balcón, la niña, sentada en una maleta, miraba la imagen de su madre reflejada en el espejo: de sus espaldas y de su pelo lacio como flecos se desprendían la soledad y la tristeza.

—Mañana vamos a caminar mucho —prometió de pronto, como quien promete un premio.

Bárbara no contestó. Estaba acostumbrada a las largas caminatas. Se diría que a su madre nada le gustaba tanto como caminar.

Las despertó el ruido de las gallinas; las dos saltaron de la cama contentas por el cielo claro y el cacarear de las gallinas. Salieron a reconocer el pueblo.

Se hallaron en una plaza triangular, adoquinada, en donde se levantaban la iglesia y la panadería. Bárbara buscó los cupones del racionamiento y compraron un pedazo de pan, dentro del cual pusieron unas barras de chocolate que habían traído de América. Después se alejaron. En unos minutos se encontraron en el campo. Delante de ellas caminaban siete hombres extraños. Los siete eran rubios, con los cabellos crecidos y algunas mechas desteñidas por el sol se habían vuelto casi blancas; los siete vestían unos harapos verdes, rotos. En las espaldas, una P blanca enorme los marcaba. Los siete llevaban palas y zapapicos al hombro. Caminaron un rato detrás de ellos. Luego los vieron detenerse, mirar en torno suyo y después inclinarse a trabajar en el camino roto.

—Son prisioneros alemanes —dijo Bárbara.

Al pasar junto a ellos se volvió sonriente y saludó:

—*Gutten Morgen.*

Los hombres se irguieron, las miraron con intensidad, y como movidos por un mismo impulso, las rodearon hablando en alemán.

—No, no somos alemanas —explicó Bárbara.

Los hombres se miraron y se echaron a reír. Uno de ellos se inclinó sobre Bárbara, la tomó en brazos y la levantó contra el cielo, mirándola con sus ojos azules y curiosos. La niña vio su piel ardida por el sol y sus cabellos deshilachados; una corriente extraña la unió al hombre que la sostenía en el aire y que la miraba con ojos brillantes y húmedos, como gotas de agua. Cuando la depositó otra vez en el suelo, miró los dedos de los pies asomando por los restos de unas botas y se quedó súbitamente triste. El hombre se puso en cuclillas junto a ella.

—¿Cómo te llamas? —le preguntó con una voz extraña.

—Bárbara... ¿Y cómo te llamas tú?

Los hombres se echaron a reír y hablaron con voces sonoras como tambores por encima de su cabeza.

—¿Yo? Siegfried —contestó él, que estaba en cuclillas junto a ella.

La madre se sentó sobre una piedra y les ofreció cigarrillos. Los siete jóvenes se miraron asombrados y luego fumaron risueños.

—¿Cuándo vuelven a Alemania? —preguntó Bárbara, mirándolos a uno por uno, asombrada de lo jóvenes que eran.

—Estaremos aquí trabajando hasta que se arregle la suerte de los prisioneros —contestó uno de ellos con voz baja. Los demás guardaron silencio. Parecieron de pronto muy tristes. La niña sintió que, como a su madre, tampoco los querían y, sin saber por qué, se quedó triste.

—No podemos hablar con nadie. Si la ven con nosotros le harán la vida difícil —dijo Siegfried, mirando a Bárbara con unos ojos tan azules, que se dirían una raya brillante del cielo.

La joven alzó los hombros despectivamente.

—Yo hago lo que me da la gana —contestó tranquila.

Estuvieron así un gran rato, sin hablarse, sorprendidos ellos de la súbita compañía de la niña y de la joven que les ofrecía cigarros. Y ellas, de la juventud y miseria de los prisioneros.

—¿El mar está lejos? —preguntó Bárbara, mortificada, pensando que los prisioneros no iban a la playa.

El corro de los siete hombres se atropelló para indicarle el camino al mar. Parecían todos dispuestos a lanzarse en búsqueda de la playa para servirla con prontitud. Sí, estaba lejos, ellos estaban abriendo un camino más corto que bajaría a la playa por entre los acantilados. Hicieron un movimiento como para lanzarse a mostrarle el camino; luego se detuvieron en seco y la miraron con ojos impotentes. Siegfried se golpeó la palma de la mano abierta con un puño, metió las manos en los bolsillos de su guerrera desgarrada y miró el suelo con obstinación. Bárbara comprendió que no podían abandonar su puesto de trabajo forzado, sin arriesgar un castigo que ella no podía prever.

—No tiene importancia, lo encontraré en seguida —dijo risueña.

Se despidieron y, antes de irse, Bárbara sacó el paquete de cigarrillos americanos y se lo tendió. El corro de jóvenes enrojeció violentamente; ella, entonces, avanzó un paso hacia Siegfried y le colocó la cajetilla en el bolso de su guerrera; instintivamente el soldado le detuvo la mano y luego, como a pesar suyo, guardó la mano suave de la joven en la suya y la miró nostálgico a los ojos.

—Por favor, guárdelos —suplicó ella.

El soldado guardó silencio mientras la miraba hipnotizado. Los demás bajaron los ojos, o bien, miraron hacia el cielo, respetuosos del deslumbramiento que produjo sobre su compañero la joven pulida como un caracol de mar, que vestía con shorts y camisa azul marinos y llevaba el cabello rubio al viento. A ellos también, su presencia y su cercanía, los llevó a sus días de libertad, a sus años familiares y permanecieron melancólicos, prisioneros en la infamia de ser seres aparte de la vida cotidiana y amorosa que sucedía a su alrededor.

Bárbara y su hija se alejaron cabizbajas, miradas por los siete hombres que, suspensos, las vieron irse entre la verdura de las colinas. Caminaron así varias horas; ahora no querían ir a la playa. Las hierbas verdes perfumaban la mañana y abrían caminos inesperados en el aire plateado del cielo. Pasaron caseríos de tejados rojos y se detuvieron a mirar a los campesinos que guiaban las yuntas de bueyes lanzando alaridos que retumbaban en las laderas de las colinas.

—¿Son soldados? —preguntó de pronto Bárbara.

—Sí… "A enemigo que huye, puente de plata" —contestó Bárbara con voz rencorosa.

Los siete jóvenes rubios y desgarrados rompían la armonía de la mañana. El orden de la belleza bajo el sol contradecía la humillación infligida a los siete soldados que picaban piedras. Eran alemanes y no merecían el respeto ni la piedad de nadie: los habían vencido y ahora había que romper hasta su última dignidad. Su presencia acusaba una falta de parte de los vencedores.

En el camino de regreso pasaron otra vez cerca de ellos. Los siete hombres se alinearon a la orilla del camino y agitaron las manos.

—*Auf Wiedersehn!*

Bárbara buscó, desde su pequeña estatura, los ojos de Siegfried que miraban a su madre. Más tarde, en el comedor del hotel, le preguntó:

—¿En dónde están ahora?

—Picando piedra —contestó ella con voz tranquila.

Los huéspedes del hotel las observaban. Casi todos los jóvenes iban vestidos de blanco y llevaban unas chalinas de seda al cuello. Sus ojos y sus cabellos brillantes contrastaban con los cabellos deshilachados y rubios de los prisioneros. Bárbara se empeñó en no mirar a nadie y ordenó a su hija que mirara exactamente a su plato.

Salieron a tomar el café a la terraza, bajo la sombra de los emparrados. Bárbara escogió una mesita alejada.

—Si quiere azúcar en el café son cincuenta francos extras por cuadrito.

Bárbara pidió muchos cuadritos para mojarlos en el café de su madre y, mientras mordisqueaba uno, volvió a recordar a los alemanes.

—¿En dónde están ahora? —volvió a preguntar.

—Picando piedra —contestó ella con voz tranquila.

La dueña del hotel se acercó furtiva.

—Madame, me dijeron que había hablado usted con los alemanes.

Bárbara levantó los ojos y la miró atónita.

—Le suplico que no lo vuelva a hacer.

La joven señora no contestó. Nunca le había gustado que le dieran órdenes, y mucho menos órdenes que contrariaran sus deseos o sus principios. Desde una mesa vecina, dos jóvenes morenos miraban la escena.

—Vamos al cuarto —dijo Bárbara a su hija poniéndose de pie y tomando a la niña de la mano.

En su habitación abrió la maleta en donde guardaba las golosinas que había traído de América: sacó varias pastillas de chocolate, algunos paquetes de galletas y cigarrillos y, decidida, los metió en el saco de playa, junto con los trajes de baño de ella y de su hija y salió con su niña de la mano, rumbo al lugar en donde se hallaban los prisioneros. Los vieron desde lejos picando piedra, inclinados bajo el sol de las tres de la tarde. Bárbara tuvo la impresión de que los jóvenes no se sorprendieron con su llegada. Su madre se sentó tranquila en una piedra. Los hombres detuvieron el trabajo y las miraron atentos. En medio de su cansancio, que no databa del trabajo reciente, sino de mucho antes —como si hubieran atravesado días terribles que habían quedado retratados en sus ojos—, las miraron llegar. Siegfried enrojeció y dio un paso hasta ellas.

—¿Ya comieron? —preguntó Bárbara, tratando de adoptar un tono de voz indiferente.

—Comemos a las seis... en la cárcel —contestó el joven con dignidad.

Bárbara esquivó mirarlos. Abrió su saco de lona blanca y sacó chocolates y galletas.

—Vinimos a comer el postre con ustedes —dijo tendiéndoles las golosinas.

Los alemanes se agruparon en cuclillas alrededor de ellas y cabizbajos comieron las galletas y los chocolates. Siegfried pasó un brazo alrededor del talle de la niña y la atrajo hacia sí. Bárbara se dio cuenta de que evitaba mirarla. Klaus habló de Hamburgo y de sus hermanos. No sabía nada de ellos. Los demás también ignoraban la suerte de sus familias. Estaban allí, esperando en un tiempo inamovible el destino que los estados les reservaran, separados de la vida y del afecto. Manfred se levantó las mechas rubias y mal cuidadas que le caían sobre los ojos.

—Mi madre y mis dos hermanas murieron incendiadas en el bombardeo de Dresden... Nunca el mundo volverá a ser lo que fue.

Desde ese día, Bárbara y su hija pasaban frente a los alemanes, de ida para la playa y de regreso al hotel. Se detenían un rato a platicar con ellos. Los hombres sabían la hora en que llegarían sus amigas y las esperaban escudriñando el camino verde que se abría paso entre las rocas y las colinas. A veces, al caer de la tarde, se entretenían un rato más con ellos y hacían juntos una parte del camino de regreso al pueblo. Era imprudente que los vieran llegar juntos. Los jóvenes se quedaban a un lado del camino, mientras ellas solas continuaban la marcha hasta el hotel. Siegfried se colocaba casi siempre al lado de la madre y miraba su perfil con los ojos bajos. Bárbara lo observaba también. Tal vez tendría veinte años. Sus hombros tenían todavía una delicadeza adolescente y, cuando inclinaba la cabeza, parecía un niño. Sus manos grandes, de palmas anchas, aún no eran las de un hombre. Su tristeza frente a la hermosura de las colinas no hacía sino que éstas se volvieran culpables de la suerte de aquel joven indefenso, privado del amor. Los días de los siete jovencitos eran áridos, sólo los rodeaba la hostilidad estúpida de la gente.

—Las noches son más tristes que los días... —dijo Siegfried con los ojos bajos.

Bárbara lo miró apesadumbrada. Nunca había pensado lo que podrían ser las noches para aquellos jóvenes.

—Cuando empieza a oscurecer, envidio a mis camaradas muertos —dijo el joven, mirando hacia el cielo, en busca de los rostros de sus amigos invocados

—Todo se arreglará pronto. Volverá a su país, verá a su familia, estará en su casa, se enamorará y verá cómo las noches son tan radiantes como los días —le contestó la joven, tocándole un brazo con la punta de los dedos.

Siegfried se volvió hacia ella y acarició con timidez el brazalete de oro que adornaba su muñeca.

—Usted es solar... de día y de noche...

Al decir esto, sus ojos resbalaron por la piel dorada del brazo desnudo de su amiga y llegaron hasta las puntas húmedas y rubias de sus cabellos lacios.

La niña lo miró y vio cómo enrojeció su madre. La tarde se llenó de melancolía. Adentro de sus harapos, Manfred y Klaus también se pusieron profundamente tristes.

—Es mejor que nos despidamos aquí mismo... —dijo Bárbara, tendiéndoles la mano.

Manfred se inclinó ante ella y se la besó. Después, todos repitieron el gesto. El último fue Siegfried que, pensativo, la miró alejarse. Apenas las dos hubieron desaparecido, los siete jóvenes se miraron entre sí y, silenciosos, emprendieron la marcha separados. Los siete pensaban en lo mismo: en el día en que el mundo les permitiera tomar la mano de una joven y caminar juntos por el campo. Estaban solos. En el ir y venir de los veraneantes vestidos de blanco, ellos, los prisioneros, formaban una pequeña mancha verde como el anuncio o el recuerdo de la soledad del hombre. Pertenecían a algo que nadie quería ver ni recordar. Eran un reproche.

—Alemania está cerrada... —dijo una tarde Siegfried, mirando al sol que se escondía detrás de las colinas.

Después, Manfred había cantado en voz muy baja:

—*Ob's stürmt...*

Su voz subió al cielo por una hendidura especial, como si no cantara para aquí abajo, sino para un recuerdo de fuego que había caído sobre ellos y cuya experiencia fuera intransmisible. Las palabras de Siegfried y el canto de Manfred parecieron terribles. Ahora, de regreso al pueblo, la niña recordaba la frase y el canto, y sabía que fuera de ella, en algún lugar, el mundo no era naranja, azul y rosa pálido como en la playa, sino que había algo oscuro y aterrador que la acechaba. Se cogió de la mano de su madre y atravesó la plaza del pueblo. A esa hora la plaza estaba llena de gente tostada por el sol. Las mesitas rebosaban de conversaciones y trajes claros, los vasos tintineaban llenos de un agua verde clara. Las dos iban a buen paso, tratando de no mirar a los curiosos que las veían pasar con ojos golosos. Un rato después, los prisioneros, buscando las orillas oscuras, pasaban para dirigirse a la cárcel. Los veraneantes los miraban con desdén, a veces con hostilidad.

Bárbara y su madre se encontraban en su cuarto y leían un rato mientras llegaba la hora de cenar. Antes de bajar al comedor, se cepillaban el cabello y cambiaban los shorts por trajes claros y escotados. Los jóvenes las miraban ávidos. Querían hablar con las extranjeras que no querían hablar con ellos. Su hostilidad provocaba el efecto contrario en los huéspedes curiosos, que habían formado grupos y bandas que salían después a bailar hasta muy tarde.

—¿Qué están haciendo ahora? —preguntó Bárbara, levantando los ojos hasta alcanzar los ojos de su madre.

Ésta la miró largo rato: en verdad, no sabía qué harían sus jóvenes amigos en la cárcel. Recordó las palabras de Siegfried: "Las noches son más tristes que los días..." También para ella las noches eran tristes. Cuando el sol se ponía, se hallaba siempre sola frente a un mundo hueco y sin respuesta. A esa hora imaginaba que alguna vez visitaría la gloria y nunca más se enfrentaría a las sombras sin voces que la esperaban cada noche. Sus gestos, sus paseos y sus palabras diurnas le resultaban absurdas y huecas. Se imaginaba girando en un mundo mecánico e insensible a su persona y a su necesidad de comunicarse con algo tibio y cálido. A veces esperaba que su hija se durmiera y entonces lloraba. Pensó allí, en el comedor, que las lágrimas de Siegfried y de sus amigos debían ser más tristes porque eran más jóvenes y era más difícil que entendieran lo que tampoco ella entendía. ¿Cómo serían las paredes y las palabras de la cárcel? ¿Y por qué la cárcel? ¿Qué habían hecho sus amigos para merecer esa última separación? Cruzó el comedor con aire hostil: le repugnaban los jóvenes de cabellos brillantes que bebían y charlaban en voz alta. "Después de todo, ellos no combatieron", se dijo, y escogió a los guerreros. Estaba leyendo cuando llamaron a su puerta. Abrió la puerta, curiosa.

—Queremos que venga con nosotros a la plaza... Se bailará la *farándole.*

Era uno de los jóvenes vestidos de blanco que la miraban todas las noches desde una mesa vecina. Tenía los ojos castaños y la voz dulce. Lástima que llevara siempre una bufanda al cuello, le daba un aire de guapo de película. Pero todos sus amigos cometían el mismo error.

—No puedo dejar sola a mi niña.

—¿Su niña...? —preguntó el joven, mirándola con los ojos muy abiertos.

Bárbara sonrió satisfecha. El intruso sabría ahora que eran inútiles sus gestos y sus palabras. La niña, sentada en la cama, vio la camisa albeante del joven y, hosca, hojeó su libro; luego miró a su madre, que lo miraba divertida. Pensó en sus amigos, los prisioneros, y un sentimiento de rencor inundó su pecho. ¿Por qué se reía su madre con aquel intruso?

El intruso se presentó:

—Claude Defarge.

El joven desapareció de la puerta. Bárbara vio cómo su madre cerraba la puerta con tristeza, como si la hubiera cerrado al mundo. Despacio, se dejó caer sobre la cama y pensó un rato. De pronto, se sentó frente al espejo, se pintó los labios y su imagen chisporroteó dentro del azogue. Se acercó al balcón abierto y escuchó la música que venía desde la plaza. La música entraba con fragmentos de risas, perfumada de mar, traída por una brisa húmeda.

—¡Ven! —exclamó Bárbara, acodada a la ventana.

La niña saltó de la cama. Su madre la tomó en brazos y la hizo ver la calle adoquinada que llevaba a la plaza, y por la que circulaban del brazo hombres y mujeres riendo, rumbo a la fiesta.

—¿Vamos? —le preguntó.

Sin esperar respuesta, levantó a la niña en brazos, tarareó un vals y giró por el cuarto esquivando los muebles. Luego se detuvo, colocó a la niña de pie sobre la cama y le puso un mandil de encaje inglés blanco, que le dejaba los hombros y la espalda desnudos. La puso frente al espejo para que se contemplara. Le cepilló los cabellos y colocó su rostro dorado por el sol junto al de su hija.

—Mira, somos iguales...

Su traje blanco de encaje inglés también dejaba desnudos sus brazos y sus hombros y la hacía extrañamente parecida a la niña.

—Vamos —dijo.

—No tenemos amigos... —dijo la niña, asustada de hallarse sola con su madre en medio de extraños.

Bárbara la miró con ojos suplicantes.

—Tengo sólo veinticuatro años... —le dijo sin saber que la niña no entendería lo que ella quería decirle.

Se dejó caer en la orilla de la cama súbitamente triste.

—Antes pensaba que el mundo era como esta noche: lleno de música y de luces... No sabía que era una cárcel —dijo con los ojos y la voz tristes.

La palabra "cárcel" llevó a la niña a sus amigos alemanes.

—La cárcel es para los soldados —dijo a su madre, para recordarle que sólo a ellos quería.

—¿Sabes, Bárbara? También yo soy un soldado en la derrota...

—¿Estás triste...? —preguntó la niña.

Salieron juntas de la mano. Caminaron la calle y cruzaron con dos sacerdotes jóvenes que hablaban de un juego de pelota. Caminaron detrás de ellos, tratando de oír lo que decían. Discutían del juego con toda seriedad. Al llegar a la plaza, se sentaron en una mesa apartada de la algarabía. Desde allí, melancólicas, miraban los corros que bailaban alegres. No había nada que comer y de beber, sólo Pernod. Bárbara pidió uno y su hija la vio beber el líquido verdoso. Grupos de jóvenes de pantalones blancos las miraban. Bárbara le hizo una señal al camarero y éste se acercó.

—¿Dónde está la cárcel? —le preguntó serena.

El hombre la miró como aturdido, luego levantó los ojos hacia un edificio de piedra gris que se alzaba en una esquina de la plaza, a espaldas de ellas.

—Allí.

La madre y su hija miraron hacia las ventanas pequeñas y oscuras del edificio. El camarero se alejó.

—Allí están Karl, Manfred, Ernest, Klaus, Christian, Ric y Siegfried —dijo la niña, mirando a su madre que, a su vez, miraba absorta las ventanas apagadas. Bárbara la vio bajar la vista y beber despacio su Pernod; luego su tristeza cayó sobre la niña, como una pared de polvo y la fiesta perdió el brillo de unos minutos antes. Se alejó para que ellas volvieran a su mundo, en donde la derrota dejaba soplar su viento de banderas rotas.

De pronto se presentó Claude Defarge, sonriente, inclinado sobre la mesa, mirándolas con ojos asombrados.

—¿Baila...? —preguntó mostrando sus dientes parejos.

Bárbara dudó unos minutos y luego se levantó decidida.

—Espérame, ahora vuelvo —le dijo a su hija que, atónita, la vio alejarse entre el torbellino de la gente.

La niña se quedó sola mucho rato. Su madre la traicionaba y traicionaba a sus amigos. Se volvió al hotel. La entrada estaba iluminada y los pasillos oscuros. Sin miedo, abrió su cuarto y buscó en las maletas unas barras de chocolate; después volvió a la calle, se abrió paso entre los corros que bailaban alegres y se dirigió a la cárcel. En la entrada del edificio había dos individuos de uniforme y de bigote. Los guardias la miraron curiosos, luego se miraron entre ellos. Uno de ellos se inclinó sobre la niña.

—¿Qué quieres?

—Quiero ver a Siegfried —contestó ella segura.

—¿El boche...? No se puede..., está encerrado —dijo el hombre, con voz divertida.

Su compañero la miró con curiosidad, pero ella no perdió el aplomo.

—Quiero ver a Siegfried —contestó en voz más alta.

Los guardianes se echaron a reír y ella entonces se sentó en el borde de la banqueta a esperar que terminaran sus bromas. Los guardias la miraron curiosos. ¿Qué pretendía la mocosa? Hablaron entre ellos, impacientes, porque la presencia muda de la niña les impedía disfrutar de la fiesta que sucedía a unos cuantos metros de ellos. Al cabo de un rato uno se acercó a la niña.

—¡Vamos! ¿Qué esperas...?

—A Siegfried —contestó segura.

—Te digo que está encerrado...

La niña miró los adoquines. A la vuelta de la esquina, sobre la plaza, la gente continuaba el baile. La música y los tamboriles llegaban hasta allí, repiqueteando. Los hombres volvieron a hablar entre sí, preocupados. Se acercó el otro y se inclinó sobre Bárbara.

—¿Vas a esperar hasta mañana?

—Sí —dijo Bárbara escondiendo los chocolates entre los pliegues de su mandil blanco.

—¿Quién eres?, ¿de dónde vienes? —le preguntó el hombre, intrigado por su terquedad.

—De Alemania —contestó ella sabiendo que esa palabra era importante decirla.

El hombre corrió hacia su amigo y Bárbara vio que, después de unas frases, desaparecía por la puerta abierta y oscura de la cárcel. Al poco rato, el que quedaba allí se acercó a ella.

—Ven.

La cogió de la mano y la condujo al interior del edificio. Entraron por una puerta y se encontraron en una habitación de piso de madera sin pulir, donde había dos sillas y unos armarios polvorientos.

—Ahora viene.

Bárbara esperó en silencio, bajo la vista del guardián que la miraba curioso. A los pocos instantes, entró Siegfried, acompañado del otro guardia. Al verla allí, de pie, muy seria, el joven prisionero se quedó mudo por la sorpresa. Bárbara corrió a abrazarse a sus piernas de pantalones rotos. El joven se arrodilló junto a ella y la tomó en sus brazos sin decir una palabra. Los guardianes los dejaron solos.

—Mamá se fue a bailar y yo te traje chocolates —le dijo la niña, sacando las tablillas y ofreciéndoselas.

Siegfried la volvió a abrazar sin pronunciar palabra. Le dio un beso en los cabellos y permaneció así largo rato. La niña le guardó los chocolates en los bolsillos de su guerrera rota.

—No quiero a mi mamá… —le dijo confidencial.

Siegfried la separó de su rostro y la miró a los ojos con su mirada seria.

—¡Ttt…! Mami te está buscando entre la gente… La vemos desde la celda —le dijo en tono de reproche.

Bárbara levantó los hombros.

—No me importa.

El joven la tomó por debajo de los brazos, la levantó en el aire y la miró largo rato; luego la sentó sobre su hombro.

—Ahora vas por mami. Mañana nos vemos todos —prometió.

Siegfried llamó a los guardias y la entregó a ellos. El que había ido a buscarlo se quedó con él, mientras su compañero llevaba a la niña hasta la puerta. Bárbara volvió a encontrarse en la calle, rodeada de desconocidos que ignoraban su presencia. Entró a la plaza bulliciosa y buscó la mesa en donde hacía un rato se había sentado con su madre. Estaba segura de que Siegfried y sus amigos la miraban desde una de las ventanas de la cárcel y esa invisible compañía la hacía sentirse menos sola. Vio a su madre que la buscaba entre la gente, y luego la vio acercarse a ella acompañada de Claude. Al verla se precipitó:

—¡Bárbara! ¿Adónde fuiste...?

Claude Defarge la miró con reproche.

—A ver a Siegfried. Está muy triste porque bailas con ése —dijo señalando al joven, que la miró súbitamente enojado.

Su madre volvió la cabeza hacia el muro de la cárcel y luego ordenó con calma.

—Vamos a dormir.

Volvieron al hotel. Hasta el interior del cuarto llegaban los redobles de los tamboriles.

—Yo sólo quiero a Siegfried —dijo la niña, mirando las espaldas doradas de su madre.

—Yo también —contestó la madre con simpleza.

En la playa ya no pudieron separarse de la compañía de Claude y de su primo Phillipe. Siempre estaban junto a ellas, hablando, riendo; conocían a todos los veraneantes y alrededor de Bárbara y su madre se formó un coro de gente joven y ruidosa. Las llevaban en automóvil a los pueblos vecinos, a tomar aperitivos y a presenciar partidos de frontón. Cuando los días eran lluviosos se refugiaban en el casino, donde las tías de los jóvenes las invitaban a sus mesas. Claude y Phillipe conocían a todo el mundo y su vida mundana y elegante no cesaba nunca. Rara vez hablaban de la reciente guerra, y cuando lo hacían, sus voces se volvían desdeñosas, como si quisieran ridiculizar a sus adversarios. Era un tema que en realidad no les interesaba.

Si Bárbara llevaba la conversación por ese rumbo, al llegar al desembarco americano sus amigos enrojecían de ira. "¡Ah, esos salvajes...!", comentaban. Frente a la playa, sobre los acantilados, se distinguían las cajas de píldoras construidas por los alemanes; detrás de los muros de roca que limitaban la playa estaban trabajando los prisioneros, sus amigos. A veces, cuando Bárbara se lanzaba al mar, pensaba en ellos con remordimiento. Ahora para verlos se escabullían a la hora de la siesta, cuando la marea cubría toda la arena y sus olas se estrellaban contra las rocas. Salían de prisa y se dirigían adonde los prisioneros picaban piedra. Los jóvenes las sentían llegar y suspendían el trabajo para verlas venir. Después, cuando ellas se sentaban sobre las piedras, las rodeaban y hablaban poco. Sabían que sus amigas ya no estaban solas. Bárbara se sentía culpable. Hubiera querido hacer algo por ellos, pero no podía ni siquiera decir una palabra en su favor. Miraba sus pieles ardidas por el exceso de sol y de viento y una especie de vergüenza la embargaba. Apenas se atrevía a mirar a Siegfried que, desde lo más profundo de sus ojos azules, la observaba.

—Nos vinimos corriendo… —anunció una tarde la niña.

Los jóvenes apenas sonrieron desde sus uniformes verdes que se volvían grises poco a poco; con sus cabellos rubios cubiertos del polvillo blancuzco de la piedra, parecían seres condenados a desaparecer en la sequía.

—Nos tuvimos que escapar de Claude —añadió la niña.

Bárbara lanzó su cigarrillo con ira.

—Hay que hacer algo, no es posible que ustedes sigan así…

Miró a Siegfried apoyado en el zapapico y luego miró a los otros: tenían los labios resecos y partidos por el polvo, parecían infinitamente cansados. Ninguno hablaba ya de sus estudios ni de sus familias. Siegfried apoyó la barbilla sobre el mango del zapapico, como si reflexionara.

Bárbara miró a su hija y se miró a sí misma: las dos parecían salidas de un lugar fresco y almidonado, sus pieles pulidas por el mar brillaban intactas junto a la tela blanca de los shorts. Una distancia enorme las separaba de los jóvenes vencidos y harapientos y no sabía cómo cruzarla. Ni siquiera se atrevía a hacerles regalos para no acentuar la diferencia de mundos en la que se movían. Ahora era la niña la que llevaba los cigarrillos y los dulces que ellos aceptaban sumisos. Pensó que, cuando volvieran a la ciudad, ellos se quedarían allí picando piedra, más solos y más sin esperanzas que antes de su amistad. Levantó la mano y la pasó por los cabellos de Karl, que se había sentado cerca de ella. El joven se dejó acariciar y sus amigos guardaron silencio, cabizbajos. El recuerdo de los relatos de las batallas le llegó en medio del sol de las cuatro de la tarde y los miró estupefacta: eran sobrevivientes de una experiencia terrible. Había muchos que habían enloquecido bajo los millares de aviones que los bombardeaban. Ahora estaban frente a ella como habitantes de otro planeta, con sus ojos claros, mirando al mundo silencioso, inmóviles en el desamparo.

La niña sintió también la profunda extrañeza de la tarde y se quedó quieta junto a Siegfried. No quería volver al hotel ni quería ir a la fiesta a la que estaban invitadas. Tampoco lo deseaba su madre.

—¿Nunca les permiten ir a la playa? —preguntó Bárbara tratando de volver casual su pregunta,

Manfred se echó a reír con una risa apagada. Los demás movieron la cabeza. Siegfried dejó de construir la casa de piedras que hacía en esos momentos para la niña y levantó los ojos asombrados. Después continuó el juego. Adentro de la casa vivirían él, la niña y la madre. Bárbara introdujo los dedos como si fueran piernas que caminaran, él hizo lo mismo y los dos se instalaron en la casita que vivía en un país lejano en donde no existía la ira.

—¡Ven a vivir con nosotros! —gritó la niña a su madre

Todos se agruparon alrededor de la casa y pidieron asilo. Las manos de Siegfried, de Bárbara y de su madre entraban y salían por los huecos dejados para puertas y recibían a los amigos. Al oscurecer, después del juego, volvieron juntos al pueblo. Caminaban en grupos: Siegfried al lado de ella, silencioso. Manfred, del otro lado del camino. Detrás, la niña acompañada de Karl y Ric y, cerca de ellos, Ernest, Christian y Klaus. Todos miraban el sol anaranjado que en esos momentos corría sobre los montes verdes inventando lagos y espejos. En lo alto, el cielo iba de un azul a otro, sin una nube, con los pinos reflejados en su superficie lisa.

Wie mein Glück ist mein Lied
Willst du im Abendrot
Froh dich baden? Hinweg ist's,
Und die Erd' ist kalt,
Und der Vogel der Nacht schwirrt
Unbequem vor das Auge dir.

La estrofa de Hölderlin, dicha por la voz profunda de Siegfried, subió por las colinas rojizas que en ese instante empezaban a palidecer; la brisa fría del mar sopló sobre ellas y el grupo de jóvenes guardó silencio. Podían compartir la belleza de la tarde y la melancolía de la noche que se aproximaba. Bárbara se volvió al joven.

—Gracias por compartir esta tarde conmigo —dijo, convencida de que había podido aceptar la belleza sin amargura.

—Es más difícil soportar solo a la belleza que al dolor —dijo el joven, deteniéndose frente a ella y mirándola directamente a los ojos.

Sus amigos se habían quedado unos metros atrás en un recodo del camino. Bárbara sintió la soledad del anochecer alrededor de ellos y sólo vio fulgurar los ojos azules del muchacho que se acercaron peligrosos hasta los suyos. Sintió las manos del joven sobre sus hombros desnudos y el roce de sus labios sobre los suyos. Pasó un automóvil junto a ellos y aminoró la velocidad, casi se detuvo.

—¡Cochinos nazis! —gritó una mujer asomada por la ventanilla y, para acompañar el gesto a la palabra, escupió sobre Bárbara.

El coche arrancó en ese mismo instante y ella se quedó allí limpiándose la saliva de la cara. Siegfried enrojeció violentamente; iba a decir algo, cuando sus amigos aparecieron llevando a la niña de la mano.

Al ver a Bárbara comprendieron lo sucedido.

—No la deben ver con nosotros —dijo Klaus avanzando hasta ella y mirándola impotente.

—¿Qué te pasa, mamá...? —preguntó la niña corriendo hasta ella.

—Nada... me escupieron —dijo con voz fría Bárbara que en ese momento sentía no poder contener las lágrimas que, involuntarias, corrían por sus mejillas.

—Váyanse —ordenó Siegfried a sus amigos, haciéndoles señas de que se llevaran a la niña para evitar que viera el llanto de su madre.

Los jóvenes echaron a andar con la niña de la mano, que se dejaba llevar sin volver la cabeza. Sabía que había ocurrido algo horrible, aunque no supiera bien quién ni porqué había escupido al rostro de su madre. Caminaron así un rato. De pronto se volvió para mirar las siluetas de ella y de Siegfried, que brillaban luminosas contra el ocaso, como si una aureola rodeara sus cabellos rubios y sus cuerpos dorados por el sol. Venían muy atrás. Frente a la niña y sus amigos aparecieron los primeros tejados del pueblo.

—Usted, Bárbara, es mi primer amor... —dijo Siegfried, con los ojos bajos cuando sus amigos caminaban adelante.

—Y usted es el primero que me ama —contestó Bárbara, casi con vergüenza frente a aquel jovencito que la miraba intensamente.

El joven recogió una brizna de hierba que se había quedado entre los cabellos de ella, la puso sobre la palma de su mano abierta y la sopló con delicadeza.

—Eso soy yo para usted —dijo melancólico.

—¿Usted...? No, no es la hojita que se quedó en el hombro de Sigfrido —dijo ella, tratando de aligerar la conversación que se volvía peligrosa.

Él guardo un silencio interrogante.

—Usted es Sigfrido, el guerrero —dijo ella, convencida en aquel momento de lo que decía.

Más tarde, en su hotel, no pudo dormir. Era absurdo dejarse amar por aquel niño. Sin embargo, ella no lo había provocado, había sucedido solo, a pesar de ella. Recordó sus ojos claros y sintió ganas de llorar. El escupitajo de la mujer había producido un efecto extraño: se había sentido unida a él por la ira estúpida, por el repudio de aquella mujer que confundía su propia fealdad con cosas externas e independientes a ella misma. El hecho de que la hubiera integrado en su odio a aquellos jóvenes, la unía a ellos de una manera misteriosa. Nunca podría separarse ya de los agredidos. La agresión la había vuelto igual a ellos. Se durmió con la sensación extraña de que un lazo misterioso la unía a Siegfried y a sus amigos. Su hija también sabía que algo muy importante acababa de sellar su amistad con los alemanes. Silenciosa, se acostó junto a su madre y pensó en cómo la miraba Siegfried. Quiso saber qué era lo que el joven admiraba en ella y recordó contenta que le había dicho que se parecía a su madre como una gotita de agua se parece a otra gota.

Al día siguiente, en la playa, Bárbara esperaba con ansias la hora de la comida, para luego volverse allí. Claude y Phillipe la rodearon alegres, pero ella apenas oía su conversación. Claude trató de hacerle reproches: la noche anterior los había dejado plantados. La había esperado hasta muy tarde para ir a la fiesta de Silvie. Bárbara los oía sin entenderlos. Pensaba en Siegfried y en sus amigos, que a esa hora estarían como siempre: picando piedra para abrir un camino más corto a aquella playa que nunca visitaban. La niña, junto a ella, construía una casita de arena parecida a la que había construido la víspera con Siegfried.

—¡Qué bonita casa! —dijo Claude, tratando de hacerse el simpático a aquella criatura que lo miraba con hostilidad.

—Es la casa para Siegfried, mi mamá y yo —dijo muy seria.

—¿Siegfried...? —preguntó Claude.

—Ya tenemos dos: una en el campo y otra en la playa —dijo la niña, mirándolo con sorna.

Al volver al pueblo, Claude y Phillipe las subieron en su automóvil. Parecía que sospecharan algo, pues en lugar de tomar el camino habitual, para llegar al hotel tomaron una desviación y pronto se encontraron cerca del lugar en donde trabajaban los alemanes. Claude manejaba sin prisa, como si buscara algo o reconociera el lugar. Bárbara, al ver el rumbo que tomaban, miró a su amigo de reojo y enrojeció violentamente. La niña se enderezó en su asiento, alerta. En un instante se hallaron frente a ellos. La niña los llamó por su nombre y ellos se irguieron asombrados. Bárbara se inclinó y sacó la mano para decirles adiós.

Los alemanes se quedaron de pie, mirándolas pasar.

—No entiendo cómo puede decir adiós a esos salvajes —reprochó Claude con rencor.

—Son soldados amigos míos —dijo ella muy seria.

—¿Amigos? ¿Usted es nazi, Bárbara? —preguntó Claude, desagradablemente sorprendido.

—¿Nazi...? —Bárbara se echó a reír.

Claude pareció furioso. Phillipe también la miró disgustado. Se hizo un silencio embarazoso. Los tres estaban enojados: ella había comprendido que la habían hecho pasar por allí con intención y su gesto indiscreto la enfureció; ellos, por su parte pensaban que era indigno de una señora hablar con aquellos sujetos desarrapados.

—Hubo nazis cuando Hitler estaba victorioso... y hubo muchos. Ahora sólo se trata de jóvenes soldados vencidos. "A enemigo que huye, puente de plata" —dijo Bárbara con reproche y mirando con sorna a los jóvenes elegantes que iban con ella en el automóvil.

Al llegar al hotel, la amistad se había enfriado notablemente. En el comedor, evitaron cruzar miradas. Phillipe, ostensiblemente, se dirigió a invitar a tomar el café a otra huésped y Claude los acompañó hasta la terraza. Desde allí lanzaba miradas furtivas a la extranjera que, abstraída en sus pensamientos, había olvidado su existencia

Bárbara tuvo la certeza de que Phillipe había contado a todos los huéspedes su amistad con los alemanes pues, de todas las mesas, la miraban con hostilidad las mismas personas que unas horas antes le sonreían amables. Se sintió terriblemente sola y terriblemente extranjera en medio de aquellas mujeres escotadas y aquellos hombres que llevaban, todos, unas bufandas en la garganta y hablaban acalorados de la magnificencia del menú de mercado negro, mientras bebían con deleite el café sudamericano. Casi a punto de llorar subió a su habitación. No le importaba el silencio de la gente. Por ella no cambiaría a Siegfried, al que debía un amor, ni por los otros, a los que debía una amistad.

—¿Estás triste, mamá? —preguntó Bárbara mirando a su madre.

—¿Yo triste...? Estoy enojada —contestó ella levantando la cabeza y mirando los pinos altos que se erguían por detrás de la torre de la iglesia.

Alguien llamó en esos instantes a la puerta.

—¡Adelante! —dijo Bárbara con voz dura.

La señorita Gabrielle entró de puntillas y luego se quedó mirándola sin saber qué decir. Bárbara vio su figura avergonzada, sus manos rojas por el trabajo y sus cabellos absurdamente cortos que la hacían aparecer ridícula.

—¡Mire...! —dijo la mujer llevándose la mano a los cabellos y tocando sus puntas.

Bárbara permaneció boquiabierta, no entendió lo que la mujer quería decirle.

—¡Mire...! Ya están creciendo. A él lo mataron... No los vuelva a ver —dijo en voz muy baja

Bárbara comprendió: la señorita Gabrielle había colaborado con los alemanes y tras la Liberación, la habían rapado como castigo.

—¿Colaboró? —preguntó también en voz baja.

—No. Viví con un alemán... Lo amaba y lo mataron —dijo con voz idiota aquella mujer que parecía incapaz de amar a nadie o de ser amada por nadie.

—¿Vivió con él?

—Sí, pero no colaboré. Los colaboradores son ellos —dijo la señorita Gabrielle apuntando con el dedo índice hacia abajo.

—¿Ellos?

—Sí. El señor Defarge, el señor Duelos, el señor De France, por eso tienen miedo y... millones —dijo casi en un suspiro la mujer.

Bárbara le ofreció un cigarrillo para calmarla, pues parecía presa de pánico.

—No se preocupe por mí, soy extranjera —dijo con calma.

—No se sabe jamás... Es mejor que no los vuelva a ver —dijo la mujer, recordando algo que todavía la aterraba.

Bárbara guardó silencio. Su hija miraba a la señorita Gabrielle con los ojos muy abiertos.

—¿No podemos ver a Siegfried? —preguntó.

—No, mi niña, no pueden. Les podría suceder algo a ellos... —dijo la señorita Gabrielle, mirando aterrada a Bárbara.

—Todo acaba de suceder hace apenas unos días. Hace apenas unos días él estaba aquí... Luego se lo llevaron todos... lo iban matando en el camino... lo arrastraron por la plaza.

La niña y su madre la escucharon en silencio y la vieron salir de pronto de la habitación, tocándose los cabellos cortos. Cerró la puerta y sus pasos huyeron por el pasillo. Se sintieron oprimidas por la confidencia de la mujer. En realidad, no sabían qué decidir; se acodaron en la ventana y contemplaron largo rato el cielo y la torre de la iglesia. Sin embargo, debían ir a verlos, sobre todo después de haber pasado frente a ellos en el automóvil de los otros, pero... la seriedad de la señorita Gabrielle las paralizaba. La madre cogió un libro y se tendió a leer, pero no entendía la lectura; las palabras le llegaban huecas: pensaba en Siegfried y en sus amigos, que a esa hora estarían como siempre, picando piedra. Era curioso; cuando no quería pensar en nada, cuando se sentía desorientada como ahora, nunca se le ocurría pensar en su casa ni en su marido. Su marido había permanecido como el ser más extraño de su vida, como el personaje que la había vuelto también extraña al mundo. Su desconocimiento la había lanzado a aquella soledad en donde no hallaba asidero. Quiso salir corriendo y lanzarse al cuello de aquel joven por quien la habían escupido la víspera y, en lugar de hacerlo, cerró el libro de un golpe y hundió la cabeza en las almohadas.

—¡Bárbara, vamos a dormir una siesta!

La niña se recostó en la cama y observó cómo su madre se dormía a los pocos instantes. Apenas la vio dormida, salió de la habitación, bajó las escaleras corriendo, atravesó el vestíbulo del hotel bajo la mirada indiferente de los huéspedes y se dirigió al camino que conducía a sus amigos. Llegó corriendo. Los vio desde lejos, inclinados; sus uniformes verdes sobre la piedra amarilla la llenaron de emoción. Se plantó entre ellos, que la miraron sonrientes; sólo Siegfried le pareció que la miraba con asombro, como si preguntara "¿Y por qué no vino?" La niña se apresuró a contestar la pregunta que el joven le hacía con la mirada.

—Está dormida.

Siegfried se sentó sobre una piedra y jugó un rato con las piedras pequeñas, abstraído, dejándose mirar por la niña y sus amigos. Bárbara contempló sus manos doradas por el sol: todo lo que se refería a él la intrigaba profundamente, sus menores gestos eran misteriosos y significativos. A través de él descubría planos, luces y palabras cargadas de un misterio desconocido. Siegfried era tan impenetrable como los personajes de los cuentos vikingos que le había regalado su madre. No entendía porqué estaba allí, prisionero, en lugar de huir en un velero entre las rocas y el mar. Ella se iría en ese mismo barco hasta el país de los vikingos.

—¡Siegfried!

El joven levantó los ojos y vio que Manfred le hacía señales de que hiciera caso a la niña que lo miraba dolida.

—¡Ven!

Bárbara se acercó a él, y Siegfried la sentó a su lado. Los otros suspendieron el trabajo para rodear a los dos amigos.

—La señorita Gabrielle le contó cómo mataron a su amigo alemán y mi mamá se durmió —dijo Bárbara a modo de explicación.

Jugaron un rato y luego volvieron al trabajo. Bárbara les ayudaba a transportar piedras pequeñas que ellos le entregaban. Allí, en el campo, al descubierto, sin objetos a los qué asirse, ni intereses, ni pasado ni futuro, los menores gestos se cargaban de importancia. Bárbara no olvidaría nunca sus voces ni sus gestos. Mientras rompían las piedras, les iban poniendo nombres preciosos para regalárselas a ella.

—Esta esmeralda es para Bárbara —y le pasaban una piedra que ella atesoraba en la orilla del camino.

Cada regalo tenía una historia secreta. A veces era Siegfried el que le pasaba el secreto y a veces eran Klaus o Christian.

—¿Avisaste a tu madre que venías con nosotros? —le preguntó súbitamente Ric.

—Sí... le avisé —mintió Bárbara.

—¿Ella vendrá por ti? —preguntó Siegfried, esperanzado.

—Sí... si la deja la señorita Gabrielle...

—¿Quién es la señorita Gabrielle? —preguntó Christian.

—A la que le mataron a su amigo alemán... —dijo Bárbara en voz baja.

Los jóvenes se miraron entre sí y guardaron silencio.

—Le contó a mi mamá que lo arrastraron por la plaza... —dijo Bárbara mirando en derredor suyo, como si tuviera miedo—. La señorita Gabrielle tiene mucho miedo —dijo escuchando la tarde rosa que giraba sobre sus cabezas en silencio. Los miró a cada uno.

—Yo no tengo miedo —afirmó en el silencio que guardaban sus amigos.

—Si no viene tu mamá, volverás con nosotros —decidió Siegfried, mirando también la tarde que zumbaba quieta alrededor de ellos.

La cogieron y la llevaron lejos del camino, casi oculta detrás de unas rocas que rompían. Hasta allí le llevaban después las piedras recién bautizadas por ellos. Debía ocultarse y ocultar sus tesoros para que no vinieran los malos a robárselos. Pero Bárbara sabía que no era por sus tesoros por lo que la ocultaban; sin embargo, aceptó el juego. Desde detrás de su escondite los espiaba sonriente, contenta de tener una complicidad con ellos. Desde allí los vio mirar el cielo buscando al sol, que lentamente giraba por el cielo, siguiendo siempre las cabezas rubias de los alemanes. De las piedras brotaba un calor seco que bebía la humedad que llegaba de la playa invisible. Siegfried, de cuando en cuando, escrutaba el camino abandonado. "La está esperando", se dijo la niña al ver la frecuencia con que su amigo miraba hacia el punto por donde debería aparecer su madre. Pensó que él la quería, más que ella a él, y se sintió triste. Lo llamó y el joven acudió cortés.

—Siegfried, yo te quiero mucho.

El muchacho le revolvió los cabellos como si jugara con un gato y luego fue en busca de una piedra preciosa.

—Éste es mi corazón —le dijo serio.

La niña lo guardó en el bolsillo de sus shorts. Cuando llegara a su casa lo guardaría en una bolsita roja de terciopelo que le había cosido su madre para que jugara a la señora. Allí guardaba la pierna de celuloide de un muñequito que se había ahogado en su tina y un escarabajo seco que se había encontrado en la Square Lamartine. De pronto la oyó venir corriendo. Sus sandalias golpeaban el camino precipitadas. Asomó la cabeza y vio a Siegfried salir a su encuentro, también corriendo. Los vio que, al acercarse, hablaban unos instantes y luego el joven le pasaba un brazo alrededor de los hombros y ella ocultaba la cabeza sobre la guerrera desgarrada, como si fuera a llorar. Así estuvieron unos minutos. Después, su madre pareció reponerse y avanzó con su amigo hasta el lugar en que los otros trabajaban. Todos la esperaban sonrientes.

—Allí está, escondida detrás de las piedras. Es muy rica, por eso se esconde —dijo Klaus.

Bárbara llegó junto a la niña y la miró largo rato.

—Me asusté mucho —le dijo.

—Te dormiste y me vine... —dijo Bárbara, contenta de ver que su madre se había asustado por su ausencia.

Se sentó junto a su hija, oculta también por las piedras, y allí permaneció largo rato preocupada. En cambio, Siegfried parecía radiante. Se sentó frente a ella sin decir palabra. Bárbara sacó la piedra del bolsillo de sus shorts y la mostró a su madre.

—Mira, es el corazón de Siegfried, me lo regaló —dijo orgullosa.

El joven bajó los ojos y luego acarició la punta de los dedos de Bárbara, que se asomaban por las correas de las sandalias. La madre cogió una piedrecita y la entregó al joven.

—Éste es el mío —le dijo.

Él miró la piedra largo rato y luego se la echó en el bolsillo, cerca de su pecho. Después la madre y la niña decidieron volver al pueblo. Las palabras de la señorita Gabrielle habían asustado a Bárbara. Siegfried salió hasta el camino a despedirlas. Hizo una reverencia y besó la mano de la joven. Ella, aturdida, lo cogió por los hombros y le dio un beso furtivo sobre los labios resecos por el polvo y ardidos por el sol.

—Siegfried, usted está hecho del pedacito de piel cubierta por la hoja de tilo —le dijo, mirando los ojos azules del joven que brillaban intactos en el resplandor de la tarde.

—Muy bonito lo que me dice —dijo, aceptando su vulnerabilidad.

Se quedó mirándolas alejarse y luego volvió con sus amigos que lo esperaban cabizbajos.

Por la noche, cuando Bárbara y su madre se preparaban a dormir, llamaron a su puerta. Era Claude, venía descompuesto y miró a Bárbara con ojos centelleantes. Desde su cama, la niña vio el fulgor oscuro de los ojos del joven.

—Necesito hablar con usted —suplicó.

Bárbara le hizo señales de que la niña podía oírlo. La tomó por la mano y la sacó al pasillo.

—Volveré dentro de una hora —dijo en voz colérica.

La joven lo vio irse alto y decidido por el pasillo, sin volverse una sola vez. Ella entró a su habitación y cerró la puerta, pensativa. Sintió que su hija la observaba con hostilidad. Se quitó el traje y se metió en la cama.

—Vamos a dormir —dijo apagando la luz de un golpe.

Pero no podía dormir, estaba segura de que Claude regresaría y llamaría a su puerta. No le gustaban las maneras atrevidas de su amigo. Había cometido un error en salir aquella noche a la *farándole*. Aunque, se consoló, tarde o temprano hubiera tenido que hablar con él. Le molestaba que volviera a su cuarto tan tarde. Tendría que salir de la habitación para evitar la discusión en su puerta. ¿Y qué discusión? No lo sabía, pero adivinaba que habría alguna. Entreabrió los ojos y vio que la niña la miraba desde lo oscuro. Prefirió no hablarle y hacerse la dormida. Al cabo de un rato oyó la respiración acompasada de su hija que dormía. Con infinitas precauciones se deslizó de la cama, se volvió a vestir y esperó. Pronto alguien llamó apenas con los dedos; abrió la puerta y salió de prisa. La cerró con gran cuidado.

—Nunca he hecho esto —dijo a Claude en tono de reproche.

—Vamos —dijo él.

—¿Adónde? No puedo dejar sola a la niña.

—Espéreme.

Claude corrió por el pasillo y volvió a los pocos instantes con la señorita Gabrielle.

—Ella va a cuidar a la niña mientras nosotros volvemos, ¿verdad, señorita?

La señorita Gabrielle aceptó sin reprochar. Entró de puntitas a la habitación y cerró la puerta con cuidado.

Claude cogió a Bárbara de la mano y la sacó de prisa hasta su automóvil.

—¿Adónde vamos? —preguntó Bárbara asustada.

—A casa de mi prima Silvie.

Corrieron por la noche marina. El viento yodado se pegaba a los cabellos y humedecía la piel. Claude estacionó el coche cerca de unas rocas y bajó. Bárbara hizo lo mismo. Sabía que la casa de Silvie estaba entre una colina y las rocas. Tomaron un caminillo pedregoso que olía a orégano y a yodo, y de pronto se hallaron en una especie de terraza formada por las rocas. Desde allí se veía muy abajo y brillante el mar. Arriba, el cielo profundo e infinito. La belleza del lugar hizo que Bárbara pensara en Siegfried y en que le gustaría compartir la belleza con él. "Es más difícil soportar solo la belleza que el dolor", le había dicho en la víspera. Y Bárbara sintió que no podría soportar la hermosura de aquella noche suspendida en mitad del cielo y del agua. Sintió cuando Claude se acercó a sus espaldas para tratar de besarla. Se volvió brusca.

—¡No, Claude!

El joven la miró con ira.

—¡Coqueta...!, me ha dado esperanzas.

—¿Yo...? —casi quiso reírse, pero se contuvo al ver los ojos iracundos del hombre.

—Sí..., usted...

La tomó por los hombros y la besó en los labios en medio de un forcejeo que a ella le pareció ridículo y ofensivo para los dos. Cuando se libró de él lo miró despectiva.

—Ahora, lléveme al hotel.

Claude pareció derrumbarse.

—Perdóneme, Bárbara, no la entiendo... ¿La ofendí...? ¿Qué puedo hacer para desagraviarla...?

Bárbara guardó silencio y empezó a bajar por el caminillo pedregoso por el que habían llegado hasta allí. Apenas si evitaba caer en las sombras sin el apoyo de la mano de Claude. Él la alcanzó para ayudarla a bajar.

—Vamos un rato a casa de Silvie... así olvidará la mala impresión —suplicó.

Bárbara aceptó. La noche era tan hermosa que le pareció injusto ir a encerrarse en su cuarto de hotel y, una vez que había empezado aquello, quería ver hasta dónde iba a llegar. Se desviaron unos pasos y se hallaron frente a la entrada casi escondida de la casa de Silvie. En el vestíbulo y en la terraza había personas elegantes y conocidas que bailaban o bebían en pequeños grupos. Silvie salió a recibirlos. Pronto se hallaron bailando entre las parejas que apenas se movían, ocupadas en besarse. Phillipe estaba allí, silencioso, mirando lo que ocurría en derredor suyo. Parecía fascinado con Silvie, que pasaba junto a él sin mirarlo.

—¿Le gusta Silvie? —preguntó Bárbara a Claude.

Claude se echó a reír.

—Los tres somos primos. Silvie está comprometida con Bertrand —le dijo señalando a Bertrand, que en ese momento charlaba con un hombre mayor.

Silvie pasó en ese instante frente a ella y la miró casi con reproche, como si supiera que estaba hablando de ella o como si le incomodara el escote exagerado de la extranjera y sus cabellos sueltos. Todas las demás llevaban trajes cortos, pero con las espaldas y los hombros cubiertos. Eran trajes plegados con eso que se llama "nido de abeja". Y los cabellos los llevaban con moños enormes recogidos sobre la cabeza. Además, no llevaban sandalias, sino zapatos de suelas gruesas de tres y cuatro centímetros.

Bárbara se sintió vestida y peinada diferente y pensó que eso le daba un aire sospechoso entre aquellos burgueses que comían, bebían y bailaban con moderación. Tal vez, debido a ello, Claude había armado la escena teatral de hacía unos minutos.

—¿Por qué no viene Phillipe a saludarme? —preguntó.

Claude se mordió los labios, luego la miró de frente.

—Por lo de los alemanes. Usted no lo comprende, es extranjera, pero para nosotros la ocupación es inolvidable —dijo orgulloso.

—Pero no tiene nada que ver. Eso ya pasó y no se debe tratar a los prisioneros de guerra como delincuentes —dijo Bárbara.

Claude la miró asombrado, luego se acercó a ella y le dijo en voz muy baja.

—Espero que no tenga usted un lío con alguno de esos individuos.

Bárbara quiso irse en esos momentos a su hotel, pero no pudo hacer nada. Estaba muy lejos y no podía disgustarse con Claude, pues era el único que todavía era amable con ella.

—Sí, Claude, estoy enamorada de uno de ellos —dijo desafiante.

Claude no la tomó en serio. Se echó a reír y la sacó a bailar.

—Es usted una sentimental —le dijo, seguro de sus palabras.

Era curioso que Silvie casi no bailara con Bertrand y era más curioso aún que Phillipe tampoco la invitara a bailar, y no hiciera otra cosa que seguirla con los ojos. Cuando Claude llevó a Bárbara al hotel, Phillipe vino con ellos. Parecía haber perdonado a Bárbara su amistad con los prisioneros, pues no hizo la menor alusión al asunto.

—Phillipe, no deje que Silvie se case con Bertrand— dijo Bárbara risueña.

—¿Yo? No estoy loco —contestó Phillipe.

Claude se echó a reír y Bárbara no supo a qué se referían. Parecía que los dos tenían un secreto.

Esa noche, casi de madrugada, llamaron a la puerta de su cuarto. Se enderezó en su cama y escuchó aterrada la insistencia del llamado. Prefirió no contestar: estaba segura de que era Claude. Afuera, el viento giraba sobre las colinas y golpeaba las persianas del balcón. Se enderezó en la cama y escuchó a la noche que pasaba gimiendo. Se sintió sola y desamparada. ¿Por qué venía Claude a esas horas de la noche a llamar a su puerta? Pensó que era humillante que eso sucediera y se mordió los labios con ira. Tal vez era mejor que volviera a París; sus vacaciones empezaban a complicarse demasiado. La idea de volver a su casa la paralizó. ¿Volver a la soledad de sus salones? ¿A sus comidas y sus cenas solitarias? ¿Servida por Teodoro, que la miraba moviendo la cabeza, con pena? Recordó su habitación, su suntuosa chimenea y ella siempre sola en medio de aquel frío de un invierno sin carbón y sin afecto y escondió la cabeza en las almohadas.

—¡Bárbara...! ¡Bárbara...! —no era la voz de Claude. Era la voz de una mujer.

Se levantó, abrió la puerta con sigilo y apareció Silvie, demudada.

—¿Qué pasa?

La joven entró con el rostro contraído y se dejó caer sobre su cama.

Bárbara se acercó a ella y la movió por los hombros, pero fue inútil.

Silvie no quiso decir nada. Bárbara esperó largo rato de pie. No entendía qué podía haber sucedido. Miró hacia su hija que, sentada sobre la cama, miraba atónita a la recién llegada.

—¿Qué haces? ¿Por qué no estás en tu casa...? —preguntó, pero no obtuvo respuesta.

La actitud rígida de Silvie empezó a asustarla. Bárbara empezó a llorar desde su cama: también a ella la asustaba la presencia de aquella joven muda y lívida, tendida en la cama de su madre. Bárbara quiso volverla boca arriba y, al hacerlo, vio que la joven, debajo de la gabardina, iba completamente desnuda. La soltó asustada.

—¡Voy a buscar a sus primos! —le dijo a la niña, que seguía llorando.

Salió de prisa por el pasillo. Trató de recordar el número de la habitación de Claude, pero no tenía idea de cuál era. Bajó a la administración y desde allí le llamó. El joven tenía la voz tranquila.

—¿Silvie...? No le haga caso.

Bárbara no comprendió ni la indiferencia de Claude ni la actitud de Silvie. Volvió a su cuarto, desconcertada. Vio con extrañeza a la joven que seguía tendida e inmóvil. Se sentía extraña frente a ella y frente a sus primos. No los entendía. Decidió acostarse con su hija y esperar a que amaneciera. Con la luz del sol, lo ocurrido en la noche le pareció aún más extraño. Cuando despertó, Silvie ya se había ido. Desayunó preocupada. Su hija la miraba sin entender tampoco nada y ella no sabía qué explicación darle. Se fueron a la playa, sintiéndose más solas que antes. Los únicos que le eran familiares y a los que comprendía era a sus amigos alemanes. Pensó en ellos con gratitud y recordó con ternura la cara polvorienta de Siegfried. Se tendió en la playa, sin ganas de encontrar a los otros. Una voz conocida la saludó.

—¿Qué hizo la loca de Silvie?

Era Claude que, familiar, se tendió junto a ella y empezó a jugar con sus cabellos lacios. Bárbara se retiró un poco para mirarlo.

—Nada. Llegó a mi habitación y se tendió en la cama sin una palabra. Yo pensé que estaba enferma.

Claude la miró divertido. Después se inclinó sobre ella y le dijo confidencial.

—Entró al cuarto de Phillipe, iba desnuda y cuando Phillipe quiso hacer el amor, se salió y se fue a mi cuarto, sin decirme que antes había ido ya varias noches al cuarto de Phillipe. También a mí me hizo lo mismo. La eché y entonces se fue a su cuarto. Estaba dispuesta a hacer una crisis.

Bárbara lo miró incrédula.

—¿Por qué? ¿Por qué hace eso?

Claude levantó los hombros y se echó a reír.

—Le gusta jugar con los hombres. Se divierte así —dijo tranquilo.

Bárbara se sintió incómoda. No podía creer que el joven que estaba junto a ella tomara con tal tranquilidad a una criatura tan extraña como Silvie. Claude, por su parte, no entendió la reprobación de Bárbara por su actitud. Apareció Silvie, pálida y misteriosa, y vino a tenderse junto a ellos. Después llegó Phillipe. Nada era distinto del día anterior. Todos parecían haber olvidado el incidente nocturno que a ella la había asustado. Bárbara los miraba con asombro. Quería irse.

Se alejó con la niña para nadar, pero no pudo evitar volver al pueblo con ellos. Desde su mesa del comedor observó a los dos primos, que la miraban como siempre. Le parecieron dos extraños a los que nunca había visto y, sin embargo, los encontraba por todas partes: en los trenes, en los restaurantes, en los teatros. Pertenecían a la inmensa multitud de jóvenes que buscan aventuras fáciles y que rodean a las mujeres solas como presas fáciles y pasajeras. Se levantó y se encerró en su cuarto. El mundo era desagradable. Estaba poblado por extraños voraces que la acechaban en cualquier parte. No se atrevió a ir a buscar a sus amigos alemanes. Temía que su intimidad con ellos les acarreara alguna contrariedad. Además, Siegfried la preocupaba. Sabía que el amor de aquel jovencito era peligroso y desgarrador. No podría convertirse jamás en nada positivo para ninguno de los dos. En cambio, sí podía afectarlo a él. No quiso decirse que también a ella, porque una especie de censura interior se lo impidió. ¿Qué haría? Encerrarse en su cuarto para huir de la peligrosa compañía de los extraños y del afecto de sus amigos, lo cual era un arma de dos filos. Sintió nostalgia de tener a alguien, de decirle a alguien que estaba desconcertada y que deseaba ver, sobre todas las cosas, a un joven soldado en harapos que la esperaba junto a unas piedras. Pero, ¿a quién podía hacerle una confidencia de tal gravedad? A nadie. Trató de leer y luego, decidida, cogió el papel y se sentó frente a la mesita. No sabía a quién iba a escribirle. Se quedó perpleja ante el papel en blanco. Tal vez le escribiría al mismo Siegfried. No. Decidió escribirle a su marido una de aquellas cartas impersonales y de cortesía que se cruzaban entre ellos. Puso la fecha.

—Mamá… ¿no vamos a la playa? —preguntó su hija que jugaba a su lado.

—No, voy a escribir unas cartas.

Bárbara guardó silencio. Sabía que su madre estaba preocupada y que pasarían la tarde encerradas en el cuarto. Se hundió en la lectura de su libro. Luego levantó los ojos y la vio curvada sobre la mesa. No, no saldrían y ella no quería quedarse allí. Quería ir a la playa. También ella estaba desconcertada por la noche anterior. La presencia de Silvie tendida sobre la cama de su madre seguía allí, invadiendo los rincones, asfixiando el aire de la habitación.

—Mamá, ¿no vamos a la playa?

Su madre se volvió violenta.

—Déjame escribir.

Se acercó al balcón y respiró el aire marino de la tarde. En cambio, el cuarto estaba caliente y olía a Silvie.

—Quiero ir a la playa.

Su madre se volvió indignada. Luego volvió a su carta y la desgarró. No era la carta que necesitaba escribir. En realidad, al único que quería escribirle era a Siegfried. Cruzó los brazos sobre el escritorio y escondió la cabeza. Permaneció así largo rato. Luego se decidió a escribirle al joven. Tal vez no le diera la carta, pero quería decirle que no quería verlo más porque, justamente, quería verlo todo el tiempo. Después se volvería a París. Pensó cada palabra. Pero todas eran, o demasiado directas o demasiado vagas. Volvió a inclinar la cabeza sobre los brazos. Sin embargo, no podía irse sin decirle adiós. Tampoco podía quedarse: la intimidad con Silvie y con Claude le había vuelto irrespirable el hotel. Claude, después de la noche anterior, tomaba prerrogativas inmerecidas y ella no sabía cómo detenerlo. Era muy distinto a ella y ninguna de sus palabras serviría para explicárselo. Tal vez era una debilidad suya, pero se sentía atrapada. Pensó que a esa hora los alemanes estarían esperando su llegada y, sin embargo, permanecía allí, inmóvil, sin atreverse a ir, ni a quedarse, ni a escribir. Dormitó un rato así, con la cabeza sobre los brazos cruzados. La despertó el silencio de su habitación. Volvió a buscar a su hija, pero la niña no estaba en el cuarto. Salió al pasillo y la llamó. Bárbara no contestó. Alarmada bajó a la administración.

—¿Han visto a Bárbara? —preguntó asustada.

—Sí... hace más de dos horas que salió. Llevaba su cubeta de arena —le dijo un empleado, con la voz llena de vino.

Bárbara salió corriendo. De seguro Bárbara se había ido otra vez con sus amigos. Corriendo tomó el camino que llevaba hasta los prisioneros. Le pareció más largo que la víspera. No sabía por qué, pero tenía casi la seguridad de que esta vez la niña no había ido a buscarlos. El sol de las cuatro de la tarde iluminaba los árboles y las colinas y le golpeaba la frente y los ojos. Los vio desde lejos, inclinados sobre la tierra, como formando parte de ella misma. Había un acuerdo entre la naturaleza y sus cuerpos claros y fáciles de movimientos. La sintieron llegar y Christian y Siegfried salieron a su encuentro. Se detuvieron en seco.

—¿No está? —preguntó sin aliento.

—No... no ha venido... —le dijeron asombrados.

Sintió que la tierra se abría bajo sus pies. Miró a Siegfried, sin esperanzas.

—Me distraje... le estaba escribiendo una carta y se fue...

Siegfried trató de calmarla.

—Debe de estar jugando en el pueblo.

Los demás se acercaron a ella. Cambiaron palabras. En pocos instantes organizaron la búsqueda. Se dividirían: unos irían al pueblo, otros a las colinas y Siegfried y ella al hotel y a la playa. ¡La playa! A esas horas no había playa. La marea invadía la arena y llegaba hasta los acantilados. Todos se encontrarían en los acantilados frente a la playa cubierta por la marea. Corrieron ella, Siegfried y Ric hasta el pueblo. Antes que nada, debía informarse bien en el hotel. Los muchachos la esperaron cerca de la cárcel. No querían mostrarse demasiado por temor a que los detuvieran y no pudieran ayudarla. El hombre del hotel la vio volver sudorosa y roja por la carrera.

—Le digo que salió de aquí hace más de dos horas —dijo aburrido.

—¿Quién?, ¿la niña? Sí, la vimos irse rumbo al camino de la playa. Llevaba su cubeta de arena —dijo una señora que, displicente, alargaba la mano para recoger la llave de su cuarto.

Bárbara vio a Claude y Phillipe que tomaban el fresco en la terraza. Se acercó a ellos.

—¿A la niña? No, no la vimos. Por ahí debe de andar. Es muy voluntariosa —dijo Claude, con naturalidad.

Bárbara volvió a la plaza y buscó refugio en Siegfried y en Ric, que la esperaban ocultos en una esquina.

—Parece que se fue a la playa —dijo con voz blanca.

Sin vacilar, rodearon algunas casas y luego hicieron un corte para llegar de prisa a la playa. Desde lo alto de los acantilados vieron que no quedaba playa. Las olas encrespadas llegaban hasta la muralla de piedra y se estrellaban con ira. Bárbara buscó desde lo alto el traje de baño blanco de la niña y sus cabellos rubios, pero no distinguió nada sino el vaivén furioso de las olas. Sus amigos la miraron serios. También ellos escrutaban las olas y las rocas sin éxito. Caminaron a lo largo de los acantilados buscando, desde arriba, las huellas de Bárbara, inútilmente. A lo lejos vieron sobre los acantilados a los demás alemanes que buscaban también infructuosamente a Bárbara. Se hicieron señales.

—Hay mucha corriente —dijo Christian con voz lúgubre, mirando al mar azul que se debatía a sus pies para convertirse en espuma blanca. Bárbara se sentó en las rocas y se detuvo, con las manos, los cabellos que el viento le batía. Estaba inerte y confusa. ¿Cómo podía sucederle aquello? Miró sin esperanzas la inmensidad que se extendía a sus pies. Siegfried se puso en cuclillas junto a ella.

—Bárbara está en alguna parte. Yo lo sé —le dijo con autoridad.

Le tendió la mano y la levantó para seguir la búsqueda. Anduvieron por las peñas escarpadas, sin éxito. De pronto se oyó la voz de uno de ellos, que llamaba desde lejos. La voz llegaba traída por el viento, sonora y con un acento de victoria. Era uno de ellos: Manfred, que señalaba hacia un lugar que ellos no distinguían. Se dirigieron hacia allí tropezando y haciendo equilibrios para no caer veinte o treinta metros más abajo. Manfred, con el uniforme batido por el aire, los esperaba sonriendo. Les señaló un punto veinte metros abajo. Allí, en una esquina pequeña formada por las paredes de roca, estaba la figura minúscula de Bárbara tomando el sol boca abajo. Su calzón blanco y su cabello brillaban al sol. Bárbara se sentó a observar a su hija. Los demás hicieron lo mismo. Las olas llegaban a unos cuantos centímetros de la niña y se retiraban rugiendo. De pronto alguna se estiraría un poco más para llevársela. ¿Cómo llegar hasta allí? Había que volver hasta el lugar de la playa y desde allí nadar, bordeando las rocas para atraparla. O bien, descender la muralla cortada a pico y alcanzarla. Bárbara se decidió por lo primero. Era buena nadadora. Siegfried iría con ella. Mientras, los otros vigilarían desde arriba.

—Es mejor bajar. Las corrientes son muy fuertes. Muchos de los nuestros se ahogaron aquí —recomendó Christian, preparándose a descender por el muro de piedra.

Bárbara corrió a lo largo de los acantilados, rumbo a la playa. Siegfried y Ric la acompañaron, mientras Manfred y Christian se preparaban a descender por aquel abismo. Ric no la dejó tirarse al agua. Siegfried le hizo señales de que la detuviera.

—Aquí esperaremos. Siegfried es buen nadador —le dijo Ric, con voz serena.

Miró a Siegfried, que le sonreía con sus dientes brillantes. Parecía agradecido de hacer algo por ella. Todo sucedió en unos instantes: lo vio quitarse la guerrera y las botas mientras la miraba con ojos centelleantes. Luego lo vio acercarse a ella, inclinarse, sintió sus labios partidos por el polvo sobre su mejilla y su mano de palma ancha sobre sus cabellos. Después lo vio echarse a las olas. Ric, en cuclillas junto a ella, encendió un cigarrillo de los que la niña les obsequiaba todos los días y lo fumó, mirando obstinado hacia el suelo. Su mano descansaba autoritaria sobre su hombro desnudo.

Una voluntad más fuerte que la suya la obligaba a permanecer inmóvil. Siegfried se alejó mar adentro para buscar después el camino hacia el lugar en el que se encontraba la niña.

—Aquí la traeré en unos minutos —le dijo antes de irse al agua.

Pasaron unos minutos graves. Ninguno de los dos se decía una palabra. Christian terminó su cigarrillo y escrutó el mar, entrecerrando los párpados de pestañas rubias. Se volvió a mirarla; estaba serio y en sus ojos se reflejaba la ansiedad. Bárbara entendió que tenía miedo por los dos: por Bárbara y por su amigo. El joven inclinó la cabeza.

—Siegfried la ama —dijo en voz baja.

—También yo lo amo —dijo ella con simpleza.

Y esperaron un rato que crecía y se ampliaba, como en una bocina se amplía la voz. La joven miró la tarde inútil y su cuerpo inútil también. Nada tenía sentido. Miró la rodilla de Christian muy cerca de la suya, envuelta en la sarga verde de su uniforme y lo miró a él, escrutando la luz y el agua. ¿Qué quería decir todo aquello? ¿Por qué sucedían cosas tan absurdas como la fuga inútil de su niña y el cautiverio inútil de aquellos jovencitos? Y ella, ¿qué hacía allí, sino esperar el final inesperado de aquella situación absurda? Todo sucedía en un abrir y cerrar de ojos: la aparición de su hija en el mundo. Trató de recordar cómo era su vida sin ella y no lo consiguió. Bárbara siempre había crecido a sus costados. Era estúpido pensar que alguna vez no había estado con ella. También siempre había conocido a aquellos chicos. Eran tan viejos en su vida como ella misma. Tuvo la impresión de que siempre había estado con ellos y que siempre estaría junto a sus uniformes verdes. También todo: ella, su hija y sus amigos desaparecerían en un abrir y cerrar de ojos, tan súbitamente como habían aparecido en este mundo. Vivían dentro de un minuto deslumbrador y fugaz que los unía desgarradoramente. Todos ellos eran uno mismo y ella y Bárbara formaban parte de ese todo. Lo demás era irreal, por eso la niña había huido de la presencia fantástica e indeseada de Silvie y de Claude. No pertenecía a aquel tiempo extranjero de sus amigos desconocidos del hotel. Un tropel de palabras usadas cayó sobre su cabeza y le oscureció la vista.

"¿La niña...? Se fue a la playa..." Sus voces no sonaban dentro de su ámbito, por eso no estaban cerca de ella ni formaban parte de ella misma. "Volveré con ella dentro de unos minutos", era la voz de Siegfried que la volvía a la realidad de aquel minuto que no terminaba nunca. Miró la colilla de Christian, deshecha ya por la humedad de la roca y se volvió a mirarlo. También el joven vivía el mismo instante que ella. También él vivía el mismo minuto centelleante y sólo era parte de ese todo minúsculo y enorme que los circundaba. Se volvió a mirarla reconociéndola y no trató de sonreír. No necesitaban consolarse. Eran una misma persona. Los sacó de su asombro la voz de Ric. Venía acompañado de Manfred que traía de la mano a la niña. Eran las cinco y media de la tarde. Un poco detrás venían Klaus y Ernest. Se reunieron todos. Sólo faltaba Siegfried. Bárbara estaba sorprendida. Los miró a todos.

—¿Dónde está Siegfried? —preguntó la niña.

Su madre y sus amigos guardaron silencio. Más tarde salieron todos en su busca. Nadaron en todas direcciones, escrutaron las rocas y, cuando cayó la noche, volvieron a la cárcel. Bárbara y su hija los acompañaron hasta allí. Debían atestiguar que su fuga era irremediable. Sobre la mesa, Bárbara encontró la carta en la que debía explicarle al joven por qué no debían verse más.

En el tren alguien le preguntó a la niña:

—¿Por qué está tan triste tu hermana?

Bárbara sabía que no sólo su madre estaba triste; también ella buscaba el uniforme verde en el reflejo de la ventanilla y lo buscaría más tarde en las playas, en las calles, en las ventanas de su casa. Había perdido a su primer amor.

Un traje rojo para un duelo (1996)

—¡Cuídate de esta hidra! —me dijo Miguel en un momento en el que mi abuela Pili salió del cuarto que hacía de comedor.

Sorprendí en los ojos rubios del muchacho un odio repentino acompañado de miedo y le agradecí el consejo. El escándalo se abatía sobre mi casa y yo me encontraba perdida y absolutamente sola en el estruendo que rugía en la ciudad contra Natalia, mi madre. La acusaban de prostituta. Mi abuela Pili entró inmediatamente, ya que no le gustaba que yo hablara con ningún miembro de su familia y Miguel era su sobrino, el hijo de Alfredo, su hermano menor, lo cual convertía al muchacho en mi tío. Sin embargo, Miguel me trataba de "primita", ya que sólo tenía cinco años más que yo.

—¿Qué murmuran? —preguntó mi abuela Pili, mirándonos con sus ojos grises y secos como piedras.

—Nada, abuela... —y bajé la cabeza.

—Nada, tía... —contestó Miguel.

Lo vi enrojecer como si fuera culpable y desvió la vista. Mi abuela se sentó frente a nosotros y fumó, aspirando el humo del cigarrillo con delicia. No me gustaba verla: sus piernas eran tan gordas que, sentada sobre la silla de bejuco, se hubiera dicho que eran almohadas dobladas, y sus pies calzados con chancletas no alcanzaban el suelo. Me asustaba la idea de que pudiera ser enana; me sentía en peligro. Me preocupaba la idea de descender tan directamente de aquel ser extraño. Con su pequeña cabeza de rasgos hermosos montada sobre los hombros enormes, resultaba terrible. Miguel y yo sabíamos lo que encerraba Pili y cuáles eran sus designios. "Donde ella entra hace ¡así! y destruye todo", me había dicho Miguel, juntando los puños y luego separándolos con violencia, como si diera un golpe preciso con ambos codos. La sangre común que corría en nosotros nos capacitaba para saber quién era mi abuela Pilar.

Los dos le temíamos; estábamos seguros de que ocultaba secretos horribles y en su presencia permanecíamos quietos y tratábamos de esbozar una sonrisa. Por mi madre supe que mi abuelo paterno, Gerardo, la llamaba la Tortuga, y por la hermana de mi abuela, Angustias, que éste se había suicidado. La tía Angustias me relató el suicidio de mi abuelo con voz de sibila, y durante mucho tiempo tuve sueños atroces. Pregunté varias veces: "¿Y cómo murió mi abuelo Gerardo?" Pili levantó los ojos: "En ese accidente... ¿por qué lo preguntas tantas veces?" Mi padre repitió: "En un accidente..." Estaba confundida y Angustias se me acercó una mañana: "No lo repitas, ya sabes cómo es mi pobre hermana. Te confié un secreto, ¿quieres que riña con Pili y Gerardito?" Gerardito es mi padre. Y el secreto del suicidio de mi abuelo me pesó como una losa. "¿Por qué lo hizo?" Angustias se llevó un dedo a los labios y lanzó un suspiro profundo: "Lo hacían muy desdichado..." Ese mismo día, mi abuela se acercó cuando se fue su hermana, me lanzó una mirada, fumó y exclamó en voz alta:

—¡Pobre Angustias, siempre me tuvo envidia y siempre odió a Gerardito! No creas nada de lo que te diga. ¿Has visto lo feísima que es su nieta? En cambio tú, hijita, tienes una piel de rosa de mayo...

Me quedé desconcertada. Era imposible descubrir quién mentía; sin embargo, tuve la certeza de que mi abuelo se había suicidado. Lo que desconocía eran los motivos. En cualquier caso, ni mi abuela ni mi padre parecían preocuparse por aquel acto terrible ocurrido en la familia; no estimaban a mi abuelo Gerardo y eso me atormentaba.

Mi madre permanecía paralizada de terror frente a mi abuela, que apenas le llegaba a la cintura, y "gracias" al miedo se convertía en un ser abyecto. Esto nunca se lo dije, sólo lo veía y callaba. Su terror la conducía al desastre y con la mirada vaga veía caérsele encima el mundo sin hacer un solo movimiento de defensa. Me resultaba imposible respetar a aquella cobarde, que caminaba a largos pasos y parecía reírse del mundo. "¡Ah!, si te vieran... temblando...!", me decía a mí misma cuando la veía reír despreocupada... aparentemente.

Remedios, la madre de Miguel, vivía dedicada a regentear la cocina de los restaurantes de su marido, Alfredo, de los que mi abuela Pili era socia capitalista. Nadie de la familia me lo dijo; fue Higinio, el criado de mi abuela, el que me confió el secreto. ¡Pobre Higinio, no me atrevo a decir lo que le ocurrió más tarde! Remedios, La Flapper, como la llamaba Pili, se vestía siempre de negro, era muchos años mayor que mi madre y apenas hablaba: "¡Pobre Natalia!", susurraba cuando alguien hablaba de mi madre.

Ahora Miguel había dicho: "¡Pobre tiíta Natalia!", y entre él y yo se estableció una corriente de afecto. Los dos sabíamos, pero los dos debíamos callar.

—¿Podemos ir a jugar al boliche? —preguntó Miguel con voz tímida.

Mi abuela columpió los pies calzados con chancletas, fumó en silencio y con la mano libre se acarició un pecho. Miguel insistió y la respuesta se produjo.

—¡No! ¡No puede ir! Su abuelo Antonio se está muriendo y ella sólo piensa en divertirse. Miguel se volvió a verme, sorprendido.

—Es cierto. Por eso me trajo aquí mi padre —le dije.

Miguel se disculpó conmigo. No me preguntó por qué no se lo había dicho antes; sabía muy bien que en la casa de mi abuela Pili estaba prohibido hablar de la familia de mi madre. A él le sucedía lo mismo con la familia de Remedios. El muchacho dijo algo y yo miré con miedo a Pili, a quien mi madre llamaba La Gorgona. Me sentí atrapada en un vaho paralizante que emanaba de ella. Cuando Miguel se fue, permití que ella continuara mirándome.

Hacía dos días que esperaba en esa casa la muerte de mi abuelo materno. "Me llevo a Irene, porque no quiero que se impresione", anunció mi padre, y contra mi voluntad me llevó a vivir con él y con mi abuela. Era la primera vez que me invitaban y yo estaba incómoda. Me sentía fuera de lugar y tenía pesadillas. Mi abuelo Antonio iba a morir; recordé sus ojos verdes estriados de amarillo como las hojas del otoño. Me gustaba hablar con él. Había una parte mía que sólo encontraba eco en él, cuando me explicaba el lado oculto de las religiones; me hablaba de Teología, me leía los Evangelios, me relataba el misterio de los Templarios del Santo Grial, de la Cábala, de *Los Vedas* y de las analogías y correspondencias de los mitos. Él me enseñó la aceptación de los misterios y cómo de la misma vida emanaban efluvios que me conducían al éxtasis, frente al origen desconocido de la belleza, o al terror, frente al mal que rondaba los días. La verdad era la fuente de todo lo creado y la mentira, la máscara terrible de la destrucción y del miedo. Sin él, caminaba a tientas. Las cosas no eran tan materiales como aseguraba mi padre, ni tan perversas como decía mi abuela Pili, ni tan simples como las tomaba Natalia. "Te haré una fiesta", me decía sonriendo, cuando me veía afligida. El escándalo alcanzó a Natalia cuando yo alcancé su estatura y el mundo se volvió hostil. También yo tenía miedo y el miedo sólo se me disipaba con mi abuelo. Hablar con él me consolaba de las aceras llenas de rostros iguales y de la irregularidad mezquina de sus casas cerradas para mí. Ahora él, mi abuelo Antonio, se iba a morir, y era difícil aceptarlo. La muerte era algo irreal, aunque a veces, por las calles, me sorprendía a mí misma mirando a los que se cruzaban conmigo como a futuros muertos y la certeza de que todos, absolutamente todos, iban a morir, me dejaba atónita. Sólo mi abuela Pili no moriría; era permanente y eterna como el mal.

—Pili se morirá sólo cuando haya corrido sangre —aseguraba mi madre con voz hueca.

¡Era verdad! La miré sentada frente a mí y me pareció un ser antediluviano. "Las tortugas viven siglos", me dije. Y vi que no tenía ninguna hendidura por la que pudiera deslizarse la muerte. "Tiene tanta grasa que ni siquiera una bala la atravesaría."

—¿Por qué me miras así? Eres igual a tu madre —me dijo sobresaltada.

Tenía el don de adivinarme el pensamiento. Esa frase de la bala se la había escuchado a Natalia, mi madre. "Me adivina el pensamiento", me dije y no le contesté. Me di cuenta de que la temía como la temíamos todos los que no fuéramos su hijo Gerardo o su hermano Alfredo, aunque, pensándolo bien, los dos adoptaban una actitud demasiado sumisa frente a ella, y yo los había visto enfurecerse en rebeliones súbitas y pasajeras. Pensé que con ella me sería muy difícil vivir y lamenté que se hubiera marchado Miguel. También él estaba condenado como yo. Su padre y mi abuela traficaban con todo, por eso eran millonarios y sus negocios los unían estrechamente, aparte de las ligas sentimentales y enfermizas que ambos mantenían y que nos excluían a nosotros como a seres extraños e inoportunos para su intimidad. Entró Pancho, el chofer de mi padre.

—Me mandó el señor a preguntarle si se le ofrecía algo.

Conocía bien a Pancho. Antes estuvo bajo las órdenes de mi madre y en esos días le tenía afecto. Mi abuela lo miró con humildad.

—Nada. Muchas gracias... —dijo, procurando hacer una voz de niña.

Mi abuela cambiaba de expresión y aun de voz siempre que se encontraba frente a algo o a alguien que estuviera en relación con su hijo. Pancho se fue a la cocina. Su uniforme y el automóvil que esperaba en la calle contrastaban con la sordidez de la casa que, a pesar de hallarse en uno de los mejores barrios, se descascaraba por falta de pintura. La casa imitaba a un cortijo andaluz y con los años y la falta de cuidados se había convertido en un andrajo de tejas rotas y paredes sucias. Mi abuela rentaba el piso superior a una familia numerosa, que convirtió al jardín en un rincón de polvo y de raíces secas. Ella y su hijo ocupaban la planta baja, antes destinada a bodegas, y en esos cuartos estrechos acumulaban baratijas, flores de papel y calendarios. En las vitrinas guardaban cristales preciosos, restos de la casa de mis abuelos paternos. En una habitación adyacente al cuarto central, que hacía de comedor, habían colocado los anaqueles de caoba cargados de libros. "¡Mira, diecisiete años de casada en comunidad de bienes y sólo me tocaron dos camas!", repetía Natalia, mirando lo que nos había quedado en el departamento que ocupábamos. Junto a los libreros, Pilar colocó un sofá y dos sillones pesados forrados en terciopelo rojo con dibujos labrados. Los muebles pertenecían al gusto dudoso de su segundo marido, ya difunto. Los sótanos habitados por mi padre y por mi abuela atestiguaban dos culturas, dos clases sociales mezcladas con torpeza: la alta burguesía del siglo XIX, a la cual pertenecía mi padre, sobre cuyos restos se imponía la obtusa clase baja de los comerciantes a la que pertenecía mi abuela, con su gusto por las baratijas de plástico. Pilar había logrado borrar casi por completo a mi familia paterna, ante la impasibilidad de Gerardo, su hijo. En la habitación de Cuca, su sirvienta, se acumulaban en desorden las fotografías de mis bisabuelos y de mi abuelo y sus hermanos, que yo a veces revisaba a escondidas. Era increíble que mi padre, crecido en una casa en la que se imponía el orden de los cristales, las maderas preciosas, los espejos y las mesas impecables, pareciera no notar que la casa en la que yo me hallaba era la de una sirvienta enriquecida. Escuché salir a Pancho para dirigirse a la oficina de mi padre y me repetí que el rango social y la cultura de Gerardo no correspondían con aquel cuadro mezquino en el que yo me asfixiaba. "En una cabaña podría ser feliz... pero aquí...", me dije con disgusto.

"¿No sabes que mi hermana Pili adelantó las vísperas?", me dijo Angustias para explicarme el rencor que mi padre había acumulado para su familia paterna. El desaliño de Pilar, llegado a la familia de mi padre por la puerta falsa de un embarazo anticipado, había sido aceptado con cortesía y sin entusiasmo. "¡Pobre Cecilia, tu abuelo era su hermano favorito! Nunca dijo nada; se dedicó a educar a tu papá, pero mi hermana Pili lloraba ¡tanto! Decía que sólo deseaba robarle el amor de su hijo." Sí, yo sabía que la vida de mi padre estaba inundada por torrentes de lágrimas. La capacidad de mi abuela para el llanto era asombrosa. Era capaz de llorar durante días enteros hasta lograr que mi padre hiciera lo que ella deseaba. Después todos murieron y ella y su hijo quedaron frente a frente, hasta que apareció la tonta de Natalia, que no hizo sino reemplazar a Cecilia. ¡Era curioso! En el cuarto de Cuca y de cara a la pared estaba un retrato al óleo de Cecilia, vestida de blanco y sosteniendo un abanico. Tenía los ojos profundos y la tez pálida.

A su lado estaba también el de mi madre, vestida de negro, con el cabello rubio y los ojos asustados. Las dos tenían pinchazos en la cara y el óleo se resquebrajaba.

—Abuela, ¿no sería bueno colgar esos retratos? —le dije una tarde.

—¡Déjalos donde están! ¿Con qué derecho entras tú al cuarto de Cuca? —contestó furiosa.

"¡Eran muy distintas y Pili nunca la quiso, nunca la tragó!", me dijo Angustias casi al oído y continuó fumando. Cuando entró su hermana cambió de expresión y la llamó "hermanita". En verdad que ambas eran asombrosas. En verdad que cualquiera hubiera dicho que Angustias y Pilar se odiaban y, sin embargo, siempre estaban juntas. Tal vez espiándose mutuamente. "Tú, ¿qué piensas?", me preguntó Angustias con voz rápida.

—¿Qué pienso de qué? —le pregunté asustada.

—De... todo esto... ¿No crees que hay algo raro? —me preguntó en voz muy baja, como si temiera que la escuchara mi abuela desde la cocina.

Esa tarde no supe qué decir. Sobre mí caían demasiadas cargas y me sentía aplastada. Una cortina tenebrosa cubría el pasado y yo no era capaz de correrla. Miré los techos bajos del cuarto donde me encontraba y luego los ojos de mi abuela, que me miraban con fijeza y dentro de los cuales estaba el pasado impenetrable que convertía a la casa entera en un lugar donde se hubiera cometido un crimen.

—¿Vas a seguir sentada toda la tarde? —me preguntó mi abuela con violencia.

—¿Cómo murió mi abuelo? —le dije sin saber por qué lo hacía.

—¡Tu abuelo! Deja de preguntar por él y por su hermana. ¡Eres igual a ella; por eso te vas a quedar soltera! ¡Sí, solterona! —me dijo con malignidad.

Guardé silencio y recordé a mi padre: "Odias a los hombres, eres una reprimida, una puritana, como tu madre. Nunca te vas a casar". Mi abuela había agregado envalentonada por las palabras de Gerardo: "A los hombres no les gustan las mujeres como tú y como ella". Me lastimaron profundamente y no comprendí cómo podían acusarla de prostituta y de reprimida sexual y puritana al mismo tiempo. Según ellos, Natalia estaba rodeada de hombres, pero estos huían de ella. "¡Alberto está muy enamorado de ella!", contesté sintiéndome acorralada.

—¿Alberto? Ni siquiera se acuesta con ella —dijeron a un tiempo y se echaron a reír.

Guardé silencio y recordé la queja de Natalia: "Tu padre me ha impuesto un amante equivocado e inexistente", decía al referirse a Alberto. Lo decía con simpleza, sin darse cuenta de que caminaba en arenas movedizas que la tragaban poco a poco.

Siempre supe que mi casa no era como las otras casas y de niña sufría por esa rareza, pero todo empeoró cuando apareció Juan. Desde la primera vez que lo vi en el salón, con una taza de té en la mano, sonriente y parecido a mi madre, supe que era él quien iba a decidir mi suerte. Me fui a mi cuarto a preparar mis clases y nunca olvidé esa primera vez que los vi juntos. "¿Por qué no te vas con Juan?", le pregunté a Natalia. Ella me miró en silencio y le repetí la pregunta. "No volvería a verte. Necesito esperar doce años para que seas mayor de edad", me contestó pensativa. ¿Doce años?, era casi tanto tiempo como toda la eternidad. Ahora ya habían pasado cinco años y sólo le quedaban siete; yo sé que llevaba bien la cuenta. El miedo había convertido a Natalia en un ser paciente, muy paciente...

—¿No vas a hacer nada? —preguntó mi abuela interrumpiendo mis pensamientos. ¡Claro!, debía hacer algo. En ese cuarto siempre estaba la lámpara encendida: tenía la forma de un ramo de violetas de porcelana gruesa y los pétalos estaban engarzados en plomo. La luz eléctrica me impedía calcular la hora; era como si hubieran abolido al día.

—Voy a dar una vuelta —dije.

La tarde me recibió con indiferencia. Sus luces naranjas daban reflejos inesperados a las casas semiderruidas situadas a espaldas de la casa de mi abuela. Muy cerca, un parque enorme sembrado de fresnos abanicaba el cielo. Caminé a la deriva y me encontré en la vieja plazoleta vecina, en donde se levanta frente a la iglesia la antigua casa de mi padre, ahora convertida en convento. "Cecilia salía en carretela. Tenía los mejores tiros de caballos", me había dicho Angustias. Me pareció ver abrirse las puertas altísimas del convento para dar paso a aquella tía abuela enfundada en su traje de raso blanco. Yo estaba fuera y nadie deseaba introducirme en el círculo de aquella familia que fue mía. Me consoló saber, de una manera misteriosa, que me hubieran aceptado con gozo. Recordé a mi abuelo Gerardo: "Si él viviera, yo no estaría sola, viendo la puerta cerrada de su casa", y pensé que ni siquiera conocía su tumba. Lo habían matado, callaban su muerte, escondían sus retratos y su fugitiva presencia en este mundo. Los muros altos de su casa abarcaban una manzana entera y sobre ellos las madreselvas se desbordaban con alborozo y asomaban las copas de los cedros y los fresnos. "Lo mejor de la casa de tu padre era la biblioteca, pero tu abuela la cerró cuando me sorprendió leyendo", me contó varias veces Natalia y agregó: "Dijo que no me casé para leer sino para remendar calcetines; yo juré que nunca los remendaría y he cumplido mi juramento".

Natalia se sentía orgullosa de su hazaña. ¡No la comprendía! Ni comprendía sus súbitos berrinches. Desde el principio permitió que la hundieran poco a poco en la abyección. Esos muros altos escondían el pasado y yo quería descifrarlo; después de todo yo era el resultado de una suma incalculable de errores y merecía descubrir el secreto. ¿Las monjas sabrían lo que ocultaba y que yo andaba merodeando? "Pili y yo veíamos desde la cantina de mi papacito a tu tía y a tus abuelos. ¡Qué boato! ¡Qué sombrillas de encaje las de Cecilia! Nunca imaginamos que Pili iba a entrar en tu familia...", me repetía Angustias, mientras yo callaba frente a ella, que hablaba metida en una bata de cretona, fumando, con los ojos chispeantes de malicia y la oreja tendida para espiar los pasos de su hermana Pili. Ella también era gordísima, pero su gordura no inspiraba terror; sólo me recordaba que la invasión de grasa podía ser hereditaria y comprendí a Natalia: "Gerardo, sólo vas a comer carne y una ensalada", le decía a mi padre, y lo obligaba a dar largas caminatas. A mí me observaba en silencio durante las largas horas dedicadas a la natación, a la bicicleta, a las clases de danza y a las caminatas. "Siempre tuve miedo", repetía en voz baja. Era difícil que los extraños creyeran en su cobardía; caminaba con decisión y su cabello rubio brillaba como una bandera... pero no deseaba recordarla. La verdad era que yo estaba de más en el círculo que formaban ella, Gerardo y sus amigos. Ahora vivían separados. Me quedé con ella porque mi padre se opuso con violencia a vivir conmigo y escogió regresar con su madre. El día de la separación ella le dijo: "Dile a Alberto que no vuelva nunca más a esta casa". Él la miró divertido: "Alberto es un hombre magnífico", afirmó. Ella se levantó de un salto y llamó a Pili por teléfono y ésta se presentó inmediatamente, hizo las maletas con los efectos personales de su hijo y anunció: "Me lo llevo". Mi padre sonrió satisfecho; hacía ya mucho tiempo que esperaba ese momento y ese día ya no vino a comer. A los pocos días se llevó casi todos los muebles que teníamos. Por la noche mi madre colocó la cama contra la puerta de la habitación y repitió: "¡Tengo tanto miedo!... tú no sabes nada..."

La tarde empezaba a pardear. Me acerqué a la casa convertida en convento, pasé bajo sus balcones elegantes y tiré varias veces de la campanilla de entrada. Una monja morena abrió y me miró atentamente.

—¿Qué se te ofrece, niña? —dijo con compostura.

—¿Es cierto que en el jardín hay paseos sembrados de fresnos y una fuente en el centro? —pregunté.

—Sí, es cierto... ven cuando quieras, ahora ya es tarde —dijo sin cambiar su tono de voz.

Me despedí y ella cerró el portón. No volvería nunca. Los fantasmas de mi abuelo Gerardo, el *Borracho*, como lo llamaba mi padre, y el de mi tía Cecilia, estaban ahora confundidos entre las cofias de las monjas. De ellos sólo quedaban objetos impares revueltos en el cuarto de la criada de Pili. Crucé la plazoleta por la que circulaban albañiles borrachos y sirvientes. No tenía miedo. Ni siquiera me asustó la idea de que mi padre llegara antes que yo y que Pili le dijera que yo andaba vagabundeando. ¿Acaso no era una vagabunda? No pertenecía a la cueva de Pili, ni al piso impecable que había construido mi madre y en donde la presencia repetida e inoportuna de Alberto nos llenaba de turbación. Era el germen de la destrucción y, cuando Natalia trataba de impedirle el paso, se producían escenas terribles. Giré alrededor de la plazoleta; cerca de la casa de mis abuelos me sentía segura. El miedo me lo producía Natalia, alerta siempre a enemigos imaginarios. En cambio, yo temía las represalias de mi padre. Yo lo conocía mejor y la inconsciencia de Natalia me daba vértigo. Desde la aparición de Juan esperaba la respuesta de mi padre y sabía que ésta iba a ser terrible, por eso le aconsejé en aquella tarde lejanísima que huyera con él; estaba aún a tiempo, pero ella prefirió quedarse conmigo. De una manera que no puedo explicar, siempre supe de su infelicidad profunda. Gerardo nunca la quiso: le molestaba su cabello rubio, su risa y su aparente seguridad en ella misma. Yo sentía una compasión extraña por mi padre; sus manos eran débiles y pequeñas y delante de los poderosos tartamudeaba siempre. No amaba a Natalia, pero sin ella se sentía perdido. Después de las comidas y cuando ambos tomaban el café en el salón, yo sabía que iban a reñir, aunque yo estuviera en el colegio o en mi cuarto haciendo mis tareas. Me sentía señalada: nadie tenía padres como los míos, tan jóvenes y tan cubiertos de escándalos; por eso prefería los internados. Allí me olvidaba de la frase de Natalia: "Gerardo, soy un rompecabezas revuelto, déjame que acomode las piezas..."; y durante meses Natalia se negaba a salir a la calle o a recibir a la gente que inundaba mi casa. "¡Yo sólo estoy aquí para calentar sillas en el salón...! ¡No quiero...! ¡No quiero!", decía a voz en cuello. "¡Loca! ¡Estúpida! Cuando Irene crezca viviremos juntos; ella es terrenal, sabrá cuidar la casa y hará una brillante carrera de traductora simultánea, así podrá ganar dinero en los congresos internacionales", le contestaba mi padre. La idea de ser "traductora simultánea" me inmovilizaba. ¿Por qué Gerardo me había reservado ese destino sombrío? Me llevaba a caminar para repetirme una y otra vez: "No la escuches. Está loca. Tú pondrás orden y llevarás una vida ordenada de traductora simultánea". Al volver a la casa, hipnotizada por sus palabras, buscaba el desorden inexistente en los ramilletes de flores que hacía Natalia o en los menús bien balanceados. No. El desorden no estaba en la mesa almidonada, ni en las habitaciones pulidas; estaba en otra parte de la casa que yo no alcanzaba a descubrir. A veces, por las noches, me asomaba al cuarto de Natalia y la espiaba leer, o iba al cuarto de Gerardo para ver si ya había llegado, pues mi padre me producía una piedad infinita. En cambio a ella, tan alta y tan buena deportista, la miraba con severidad. Estaba siempre tostada por el sol y no me permitía quejarme, ni se quejaba. Sólo tenía miedo. "¿Qué es tu madre?", me preguntaba Gerardo, y a fuerza de escuchar esta pregunta, Natalia se me convirtió en un ser mitológico. Ignoraba "quién" era mi madre.

Vi los montones de basura que se acumulaban en la plazoleta, confundidos con el lodo dejado por la lluvia y vi a los grupos de pobres indios comiendo fritangas frente a puestos de comida atendidos por mujeres viejas. Mi vida era tan ajena a ellos que me resultaron irreales. Existía una zanja profunda entre aquellas vidas misteriosas que se debatían a oscuras en la plazoleta y la mía. Sus ojos oscuros me seguían los pasos, pero yo no quería volver a la casa de Pili y tampoco deseaba ir a la de Natalia, en donde agonizaba mi abuelo Antonio. "¡Lástima!", me dije, y recordé aquella tarde misteriosa y terrible. Mi madre acompañó a Gerardo hasta la puerta, después envió a los criados fuera; entonces, me dio las pastillas y abrió el gas. Recordé que el criado nos despertó a bofetadas. Unos minutos después llegó mi padre.

—¡Está loca!

Era la misma conclusión de siempre: "Está loca" y que necesitaba rudeza y disciplina. Pili y Gerardo se encargaron de imponerle ambos rigores. También yo padecía la misma severidad, con el fin de prevenir los gérmenes de la locura. Era una lástima que aquella tarde de mis siete años no hubiera tenido el final buscado por Natalia, pues nada de lo que me sucedía tenía realidad: "¿Estás segura de que necesitas ir al oculista?", y durante muchos meses traté de adivinar lo que sucedía en el pizarrón del colegio. Cuando

Pili y Gerardo estuvieron seguros, mi abuela me llevó al oculista para evitar que Natalia "se robara" el dinero de la consulta. "¿Estás segura de que no mientes?", me preguntaban cuando comentaba algún libro, y entonces ya no estaba segura de haberlo leído. A Natalia le sucedía lo mismo siempre que pedía o decía algo y entonces callaba o lloraba. Ahora, si volvía a la casa de Pili, me someterían a uno de esos interrogatorios estrechos a los que sometían a Natalia. Yo no diría nada; había aprendido la lección. Natalia, en cambio, confesaba lo que ellos le pedían, aunque a mí me constara que no era verdad. Por eso dejó ir a Juan y por eso también aceptaba la presencia de Alberto, que estropeaba el orden establecido por ella. La plazoleta estaba oscura. Sorprendí a Cuca, la criada de mi abuela, rondando los árboles en mi busca y corrí a un callejón. Tenía que regresar, pero no de la mano de Cuca, que nunca obedecía mis órdenes, aunque yo la tratara con mucha cortesía.

—¡Tú no eres nadie para dar una orden! —me decían Pili y Gerardo cuando pedía algo, pero tampoco podía ir en busca de lo que necesitaba, porque entonces me acusaban de andar hurgando en la casa.

Desde lejos vi el automóvil de mi padre estacionado frente a la puerta de Pili y escuché los alaridos del hombre borracho que vivía en el piso superior de la casa de mi abuela. Pancho, el chofer, dormitaba sobre el volante, indiferente ante aquel escándalo. En el cuarto que hacía de comedor me encontré con mi padre, comiendo de prisa los restos recalentados de la comida del mediodía:

—¿Dónde anduviste? —me preguntó sin dejar de masticar.

—Fui a dar una vuelta a la plaza.

—¡Mientes! ¿Dónde anduviste?

—Fui a dar una vuelta, mi abuela me dio permiso.

—¡Mientes! ¡Mientes! ¡Mientes! —dijo sin dejar de masticar, mirándome con ira. Me volví hacia mi abuela, que sonreía satisfecha.

—Abuela, usted me dio permiso.

—Mientes. Te dije que no fueras al boliche —contestó tranquila.

—No fui al boliche...

—Mientes. Fuiste al boliche con Miguel, contraviniendo las órdenes de mi madre. ¡Tú y ese mequetrefe se burlaron de mi madre! —me acusó mi padre, furioso.

—No es verdad. Miguel se fue mucho antes de que mi abuela me ordenara salir a dar una vuelta —dije.

—¡Mientes! Mi madre te vio por la ventana; Miguel te esperaba en la esquina y te fuiste con él.

—¡Miente ella! ¡Miente! —grité.

Me sentí en peligro. Los dos eran hostiles, compartían la mentira como lo habían hecho con Natalia, a sabiendas de que ambos mentían. Su juego era muy extraño y por primera vez les tuve casi tanto miedo como el que les tenía Natalia. ¿Qué se proponían? Pili llamó por teléfono a su hermano Alfredo; en efecto, Miguel todavía no llegaba a su casa y Pili le repitió a su hermano la calumnia de que Miguel me había llevado al boliche contraviniendo sus órdenes. Ella nos había visto irnos juntos. Su cara parecía muy compungida y en sus ojos de piedra había lágrimas. Era necesario que Alfredo castigara a su hijo, pues Gerardito estaba enfadado con ella por culpa nuestra.

—¿Ves, Dito? ¿Ves cómo no miento? —le dijo a mi padre cuando hubo colgado el teléfono.

—Tú no llores, mamá —contestó mi padre, mirándome con severidad.

Pero él sabía que ambos mentían. Había visto su juego con Natalia cientos de veces y ahora lo ejercitaban conmigo. ¿O realmente lo creían...? Tal vez estaban locos... jugando aquella comedia en mitad de un cuarto alumbrado por tres violetas de porcelana gruesa. No supe si fingían su cólera o si realmente se habían encolerizado. "Tu abuelo Gerardo se suicidó", me había dicho Angustias. También Natalia había abierto el gas; quizás ni él ni ella se sintieron capaces de continuar el juego llevado por la madre y el hijo, que ahora me miraban en silencio, con sus ojos de piedra reseca. Pili continuaba llorando sin lágrimas, sólo con gestos.

—Lo hizo sólo porque le pedí que respetara la agonía de su abuelito Antonio... —aseguró Pili entre hipos.

—¡Sólo piensas en ti! —me dijo Gerardo, masticando la ensalada con ira.

—Me quiero ir a mi casa —contesté resuelta.

—¡Nos odias! —gimió mi abuela.

—Sí, nos odias —repitió mi padre.

No contesté. Me dije que contestándoles les hacía un mal, me convertía en su cómplice, les ayudaba a degradarse delante de ellos mismos y delante de mí. Era necesario terminar con esa farsa que les hacía daño. Miré a mi padre con compasión: sostenía un cigarrillo entre sus dedos gordezuelos y débiles, y pensé que su crueldad residía en sus manos pequeñas y pálidas. No pude evitar sentir piedad por él; sólo era el instrumento de Pili, que cultivaba en él la desconfianza en los demás para controlarlo ella sola. Pili era el motor peligroso. Poseía una fuerza bruta dirigida a exterminarnos; por eso Natalia se paralizaba de terror en su presencia. Se convertía en un ser estúpido. Yo no me dejaría atrapar en sus redes harto conocidas. Si mi abuelo Antonio moría, no tendrían ya ningún pretexto para retenerme, y volvería a mi casa que, según Gerardo decía, era la reproducción de su casa, que ahora era convento. La vi caminando descalza sobre las alfombras; ya no era joven, había cumplido treinta y cinco años, pero guardaba una silueta de adolescente, y recordé a mi padre: "Natalia es una Narcisa. No piensa en ti; ¡mira!, se ha fabricado este departamento que sólo es un marco para su tipo físico". Después quiso consolarme y me dijo que Natalia vivía al día y que bastaba un gesto suyo para que el orden y la perfección de sus ramilletes y su mesa se vinieran al suelo con estrépito. "¡Bastaría con que no pagara la renta!", agregó risueño. En efecto, el contrato del alquiler del departamento estaba a su nombre y era él quien pagaba la renta; así lo habían convenido. Natalia trabajaba, y con orden y esmero decoró y amuebló el departamento. Cosió a mano las cortinas, combinó los ocres, los marrones y los oros hasta lograr un interior luminoso como una nuez. La casa fabricada por ella indignaba a Pili: "Natalia vive por encima de sus medios", le repetía a todo el mundo, dando a entender que los muebles forrados por Natalia arruinaban a su hijo. Un coro de rumores obscenos rodeaba mi casa y los amigos se retiraron, sin que mi madre hiciera un solo gesto para retenerlos. En cambio, mi padre se lamentaba de su infortunio, ayudado por Pili.

—Quiero irme a mi casa —insistí esa noche.

Pili y Gerardo decidieron que al día siguiente le haría una visita a mi madre y a mi abuelo Antonio.

Dormí muy mal sobre el sofá de terciopelo rojo comprado por el segundo marido de Pili. El sofá hervía como una caldera y el cuarto estrecho, de techos bajos, se pobló de presencias amenazadoras. Por la pequeña ventana enrejada no entraba ninguna luz; la casa, cerrada como una caja fuerte, me produjo asfixia.

Pasé la mañana sentada en el cuarto de comer. Mi padre llegó muy tarde y tomó mucho tiempo para masticar su ensalada.

—¡Arréglate bien! No quiero que nos reprochen tu desaliño —me ordenó.

—¡Vaya!, tantas pretensiones y ni ella ni el viejo tienen dinero para pagar la agonía —dijo mi abuela.

—Delirio de grandeza. Todos los días la llamo por teléfono para suplicarle que gestione la entrada de su padre a un hospital de caridad —contestó mi padre con simpleza.

Era verdad; muchas veces Gerardo había llamado a la casa para exigirle a mi madre que internara a mi abuelo Antonio en una institución de caridad. Ella no podía contestar, pues el teléfono estaba en la habitación en la que agonizaba su padre.

—¡No tiene en qué caerse muerto! —agregó Pili con ira.

Pili tenía razón: mi abuelo no tenía en qué caerse muerto. Cuando mi madre lo trajo de Cuernavaca, del departamento amueblado donde vivía con mi abuela Margarita, sólo trajeron dos maletas viejas y unas cajas de libros. Desde ese día mis abuelos ocuparon la habitación principal. Mi abuelo Antonio, sentado frente a una hermosa mesa, estaba atado a un tanque de oxígeno que lo mantenía con vida, mientras él se dedicaba a la lectura. Por su parte, su mujer, mi abuela Margarita, también leía, *El Paraíso perdido,* sentada en un sillón. Así los encontramos esa tarde cuando llegamos de visita. Natalia nos recibió con su cabello rubio cepillado y un traje de algodón azul.

—Te ves más joven que Irene y más cuidada... —le dijo Pili.

Me sentí herida: estaba cansada de que mi abuela Pili y su hijo me compararan con mi madre, siempre con el objetivo de hacerme sentir mal. Corrí al cuarto de mi abuelo, que al verme trató de ponerse en pie. Nunca olvidó sus maneras aprendidas en los colegios de frailes españoles. Nunca hizo alusión a su muerte, por cortesía. Sólo una noche antes de morir llamó a Natalia, le pidió una cajita china de laca y con manos temblorosas buscó entre los papeles doblados y amarillentos.

—Aquí está —le dijo a su hija y señaló un papel.

Mi madre apenas lo miró: era la papeleta de propiedad de la tumba familiar en el Panteón Español.

—Para que no te molestes buscándola —agregó, mirando a su hija con los ojos estriados de verde y amarillo, que con los años se fueron apagando.

Esto lo supe después. Esa tarde, Pili ocupó una silla cerca de mi abuelo moribundo y él trató de conversar con naturalidad.

—¡Qué rosa estás! —me dijo.

—Le he suplicado que no se maquille —contestó Pili, mirándome con tristeza.

Pensé que iba a llorar y saqué mi pañuelo con precipitación para frotarme las mejillas y demostrar que no llevaba colorete.

—No me maquillo... son mentiras de ella —dije acalorada.

Mi abuelo y Natalia parecieron turbarse y Pili guardó silencio. Desvió la mirada hacia la válvula del tanque de oxígeno y me di cuenta de que estaba a punto de terminarse. También supe que mi madre y mi abuelo lo sabían y que trataban de ignorarlo. Le leí el pensamiento a Pili: "¿Si no tiene dinero por qué no ingresa en un hospital de caridad?" También leí lo que mi abuelo pensaba: "La Divina Providencia siempre provee". En efecto, no era la primera vez que se terminaba el oxígeno y la Divina Providencia tomaba la figura de los obreros vestidos de dril gris, que distribuían el oxígeno y que se habían encariñado con Natalia y con mi abuelo y dejaban el tanque, aunque en ese momento no hubiera dinero.

Pili quiso irse en seguida y en el camino nos detuvimos en un restaurante de su hermano Alfredo. Debía quejarse de la conducta de Miguel, que me había llevado al boliche.

—Gerardito se enojó conmigo porque tu hijo se llevó a la niña al boliche —le dijo a Alfredo.

También Alfredo sabía que su hermana mentía; sin embargo, movió la cabeza, disgustado, y bebió su copa de coñac. Era tan gordo como Pili y los dos me produjeron ira. Los escuché en silencio y traté de descubrir el misterio de sus embustes, pero fue inútil; ambos se miraban con ojos de mártires y se quejaban de la injusticia con la que los había tratado la vida. Empezaba a oscurecer y las sombras ligeras me pusieron triste. Ahora, los hermanos hablaban con palabras inconsideradas acerca del pobre de Miguel y calculaban los castigos que debían imponerle. ¿Por qué Pili quería castigarnos a todos? La miré con miedo: se dirigía a su hermano con voz persuasiva, mientras lo aconsejaba. Éste la escuchaba desde su grasa flácida y sus ojos saltones, mientras asentía con gestos de cabeza. "Si yo repitiera lo que ha dicho, ella juraría que nunca lo dijo", pensé resignada y deseé volver a la casa de mi madre. Encendieron las luces del restaurante; me sentí tocada por el odio y tuve la seguridad de que existía la maldad. "No vale la pena vivir", me dije escuchando a los hermanos y traté de olvidar sus cuerpos gordos que esparcían el mal. Era inútil imaginar una defensa o una venganza; ellos tenían mucho dinero, mucho poder, y Miguel y yo sólo éramos dos infelices.

Muy temprano, el teléfono sobresaltó la casa. Pili se precipitó a contestar y después corrió al cuarto donde dormía mi padre.

—¡Es Lola!... ¡Ya llegaron! —anunció.

Lola era la sirvienta de mi madre, y me levanté de un salto para preguntar quiénes habían llegado, pero mi abuela Pili cerró la puerta y su voz me llegó apagada.

—Dice que Natalia aceptó que la lanzaran y se fue a acostar...

Yo ignoraba qué significaba "que la lanzaran" y continué escuchando: durante ocho meses mi padre no había pagado la renta del departamento que ocupábamos mi madre y yo. El propietario entabló un juicio y Gerardo lo dejó avanzar hasta que el dueño obtuvo la autorización judicial del "lanzamiento". Es decir, iban a echar a la calle a mi madre, a mi abuela y a mi abuelo Antonio. Me quedé petrificada.

—¿Llamo al Gran Rioja? —preguntó Pili muy excitada.

El Gran Rioja había sido testigo en la boda de mis padres y un gran amigo de Gerardo. Era un abogado tramposo. Recordé su cara negruzca, sus labios abultados, su cabello de erizo y me sentí mal. Me vi reflejada en los vidrios de la puerta, metida en un camisón enorme de Pili, de seda color mandarina con encajes que me caían hasta las rodillas; parecía un payaso inesperado.

—¡Qué buena lección! A ver qué hace con el viejo agonizante. Tú no cedas, hijito, ¡oblígala a pedirte perdón por todos los daños que te ha hecho!

—Cuando me llame seré magnánimo —contestó mi padre con voz mitad satisfecha, mitad avergonzada. Abrí la puerta de golpe y aparecí ante ellos con aquel camisón que me colgaba como una cortina mal puesta. Ambos se sobresaltaron. Yo no dije absolutamente nada.

—La frase favorita de tu madre es: "todos vivimos de milagro", y tiene que aprender que la vida no es un milagro, sino algo mucho más serio —me dijo mi padre con voz severa.

—Sí, es un milagro —contesté, identificándome con Natalia por primera vez.

—Ya veo que te ha domado. Verdaderamente, es la picaresca española en todo su apogeo —me contestó con tono despectivo.

—¿No te da vergüenza presentarte así?... ¿medio desnuda? —me gritó mi abuela, tomándome por el brazo y sacándome a tirones del cuarto que ocupaba mi padre.

Volví al sofá rojo. Un tumulto se había formado dentro de mi cabeza y al vestirme me equivocaba de prendas y me temblaban las manos. Iría al auxilio de Natalia. Escuché nuevamente el teléfono y Pili se precipitó a contestarlo.

—Un momentito, señor, voy a llamar a mi hijo —dijo con voz melosa.

Era el dueño del edificio, el señor Mondragón. Gerardo habló con él en tono comedido y prometió ir a la casa de Natalia de inmediato.

—Estamos separados... usted sabe lo que ocurre en estos casos... —explicó con modestia.

—¡La gran puta! Vete tú a saber lo que se traiga con este viejo —exclamó Pili cuando mi padre colgó el teléfono.

—Llama al Gran Rioja —ordenó él, sombrío.

Salté la barda del jardín y corrí a la parada del autobús. Al llegar a la casa de mi madre encontré la calle y el edificio en calma, como si no sucediera nada. El elemento perturbador era un grupo de cargadores que con las reatas en las manos esperaban sentados en la orilla de la acera. En el salón amplio de colores nuez había un grupo de señores elegantes acompañando al señor Mondragón, el dueño del edificio, quien al verme enrojeció.

—Son los abogados —me dijo.

Corrí al cuarto de mi abuelo y lo encontré tranquilo:

—Vamos, no te preocupes. Lola tiene un paraguas —me dijo.

La mañana era lluviosa y la calle estaba empapada, por eso mi abuelo había tomado precauciones. Mi abuela Margarita, cubierta con las mantas, sollozaba y sólo alcancé a ver sus cabellos blancos revueltos sobre la almohada. Entró mi madre y me miró con disgusto:

—¿Por qué viniste a ver esta escena asquerosa?

—Te van a echar a la calle... —le dije.

Natalia alzó los hombros con desdén.

—¡Qué bueno! A ver qué dicen las lenguas que me acusan de explotar a tu padre y de tener un amante millonario al que también exploto —dijo en un súbito arranque de ira.

Mi abuela Margarita se enderezó llorando.

—No hables así. ¿Te das cuenta de lo que esto significa para esta pobre niña? —le reclamó a su hija.

Las palabras de mi abuela y el desatino de mi madre me asustaban aun más de lo que ya estaba. La pobre Natalia nunca entendió que la gente cree sólo lo que le conviene creer, sobre todo si se trata de dinero. Sentí pena por ella, que insistía en creer en la verdad. Atontada, me acerqué al salón y me detuvo la voz del Gran Rioja:

—Mi cliente no está capacitado para cubrir esta renta. Está separado de su esposa y la señora debe mudarse. Se le ha repetido muchas veces, pero ella se niega y abusa de la buena fe de mi cliente...

El Gran Rioja mentía. La discusión continuó. Natalia se fue a dormir; había velado a su padre toda la noche.

—Pueden ustedes proceder al lanzamiento. La señora se declara en rebeldía —terminó diciendo el Gran Rioja.

Sus palabras cayeron como una enorme baba; vi sus labios abultados, su piel negruzca y pensé que iba a llorar. Acto seguido, tomó a mi padre por el brazo y ambos abandonaron la casa. El señor Mondragón se acercó al ventanal y los vio irse. Se volvió perplejo y miró a sus abogados, que estaban aun más perplejos que él. Después se dirigió a Lola, que esperaba sus palabras con ansia.

—Dígale a la señora que me llame cuando despierte —y le tendió su tarjeta.

Se volvió a sus acompañantes y el grupo salió ceremonioso del departamento en donde agonizaba mi abuelo Antonio. Lola se precipitó a la habitación de mi madre.

—¡Ya se fueron! —gritó triunfante.

—¿De qué se venga Gerardo? —preguntó Natalia levantando la cabeza de la almohada y mirándome con sus ojos castaños llenos de asombro.

Me sentí culpable frente a ella. Me lo preguntaba a mí, a la hija de Gerardo, y yo no podía darle la respuesta. Sabía que su vida con mi padre era un ruidoso fracaso, que con él fue muy infeliz... "¿Más que ahora?", me sorprendí preguntándome. ¿Por qué no veía a algún abogado? "Es inútil, ella no tiene poder", me contesté a mí misma; quizás mi padre se vengaba de ella por lo de Juan; yo sabía que nunca le perdonaría a Juan, ni tampoco a ella, a la que jamás quiso.

—Mi padre no logró anular mi matrimonio, a pesar de que yo era menor... —dijo como para sí misma, abrazándose las rodillas y mirando al vacío. Era su postura favorita—. Debe ser por Juan... o yo qué sé... —terminó.

Yo conocía bien a mi padre y estaba segura de que nunca dejaría de perseguir a Natalia. Siempre inventaría un nuevo sistema para atormentarla. ¿Por qué?, lo ignoraba. En la casa de Pili lo escuché hablar por teléfono con Alberto: "¡Pobre de ti! Está loca..." También supe que Alberto inventó su amor por Natalia para separarse de su mujer y quise explicárselo a mi madre. Ella se echó a reír y dijo:

—¿Y crees que no lo sé?

La escuché asombrada. Entonces, ¿por qué se dejaba manejar como a un títere? Debía existir algo que yo ignoraba. Lola, la criada, me llamó a desayunar.

—¿Han tenido dinero? —le pregunté.

—Sí, tu mamá cobró unas traducciones y mi hermano nos trajo comida de Sahagún —me contestó Lola sin dejar de arreglar la cocina.

Lola me explicó que mi madre velaba toda la noche, se acostaba a las siete de la mañana, se levantaba a los dos de la tarde y empezaba su trabajo de traducción hasta las diez de la noche. Su padre la había llenado de energía. "Irene, ya puedo leer otra vez a los hermanos Grimm y a Andersen y olvidar 'las crisis del capitalismo'", acostumbraba decir riendo. Era verdad: los libros en los que se hablaba "del avance inexorable de la Historia" y de las "estructuras del capitalismo" habían desaparecido de la casa, junto con el grupo de amigos ricos que frecuentaban a mi padre.

Pancho vino a recogerme. Crucé la ciudad, sobre la cual continuaba lloviendo. A medida que me acercaba a la casa de Pili, pensé en aquel sueño de gas, interrumpido por las bofetadas del criado. ¿Por qué tenía yo que permanecer en medio de la interminable batalla sostenida entre Gerardo y Natalia? Me hallaba en la tierra de nadie, contemplando mezquindades como la de aquella mañana. ¿Y así debería continuar hasta el final de mis días? "Pili no se morirá hasta que corra sangre", decía Natalia, y decía una verdad. Ella era el motor de aquella carrera hacia el desastre que nos dirigía a todos hacia la catástrofe. Y ahora tenía que enfrentarme a ella. La vi de pie frente a la puertecilla de servicio abierta en el muro de su jardín y que conducía a su morada casi subterránea. Llevaba el mismo traje de siempre: negro y raído; estaba sin pintar y su piel blanca parecía de tierra seca y arrugada. Me miró con sus ojos grises.

—¿Por qué te largaste? —me preguntó a bocajarro.

No contesté y ocupé mi lugar en el comedor iluminado por las tres violetas de porcelana gruesa. La humedad de la lluvia produjo olores desconocidos en los rincones de la habitación y sentí náuseas. Entró Cuca.

—¡Anda!, vete al restaurante y agarra unas buenas langostas para mi hijo y unas papayas para mí. Necesito recogerme la bilis que me hizo pasar ¡ésta! —dijo Pili refiriéndose a mí.

Cuca hacía el mercado en los restaurantes de Alfredo y siempre quedaba insatisfecha; según ella, Remedios, la madre de Miguel, le daba lo peor que tenían en las bodegas. Escuché las quejas de las dos mujeres; lo único que me interesaba era la llamada que Lola debía hacerme para avisar lo que decidieran mi madre y el señor Mondragón. En la casa de Pili aprendí lo terrible de la ociosidad total: me sentía impotente y atrapada, aislada de lo vivo. La tarde transcurrió con lentitud. Me resultó imposible tragar la cena y a las nueve de la noche tuve noticias de mi casa. Lola me explicó por teléfono que el señor Mondragón le rogó a Natalia que se defendiera y buscara a un abogado. Le dio un mes de plazo para hacerlo, pero ella se negó: "Proceda de acuerdo con su conciencia. No pienso defenderme, no creo en los abogados", le dijo. Su insensatez me desesperó. ¿Por qué tenía que actuar siempre como una estrafalaria?

A la mitad de la siguiente mañana, se presentó Miguel. Venía desconsolado.

—Tía, llama a mi padre y dile que no llevé a tu nieta al boliche —suplicó.

Mi abuela Pilar permaneció muda, fumando con gesto cínico su cigarrillo rubio y mirándonos con desafío.

—¡No lo hará! Odia a los jóvenes. ¡Nos odia! Nuestro único pecado es ser hijos de su hermano y de su hijo, por eso nos calumnia —acusé en voz alta, armándome de valor.

—No sé qué lío tan puerco se traen ustedes dos —contestó mi abuela, mirándonos primero a uno y luego al otro.

Miguel se dejó caer en una silla. Parecía aplastado por la desdicha; llevaba la camisa arrugada.

—Tú sabes, tiíta, que eso no es cierto. No fuimos al boliche y mi papá me echó de la casa. Te ruego que le llames y le digas la verdad —suplicó.

—¡Yo le voy a hablar! —dije con decisión.

—Tú no vas a hacer nada. Vamos a esperar a que llegue tu papacito para aclarar lo que te traes con este —dijo Pili, con gesto amenazador.

Mi abuela siempre amenazaba; ella misma era una amenaza cuando no había testigos. Siempre admiré su capacidad para fingir frente a los extraños una especie de inocencia sufrida, humillada por mí o por Natalia o por Miguel. Si era necesario, lloraba: "Mire usted, señor, soy una pobre vieja que adora a su nieta y cómo me trata...", decía entre hipos al primer llegado. Apenas daba éste la espalda, Pili se volvía a mí con su mirada fija: "Me las vas a pagar", decía; y Pili cumplió siempre su palabra. Esa mañana quiso golpearme y Miguel se interpuso entre las dos; luego él se sentó a la mesa, apoyó la cabeza sobre los brazos y lloró.

—No llores. No le tengas miedo a esta enana...

Me detuve, aturdida por haber pronunciado aquella palabra. "Tú serás alta como yo, vamos a nadar", me repetía mi madre desde que era muy pequeña. Ahora que había alcanzado su estatura de un metro y setenta, me había confesado: "Tenía miedo de que salieras enana...", lo dijo en voz baja, y yo había pronunciado la palabra prohibida en voz alta. Miguel, al escucharme, se puso de pie y desde su metro ochenta de estatura me contempló aterrado. También él sabía que no debí decir nunca esa palabra: enana. Miré a Pili, impávida, sentada y columpiando los pies calzados con chancletas, mientras aspiraba el humo de su cigarrillo. No tenía rostro de enana. La contradicción entre su cabeza pequeña, de facciones regulares y la enormidad de su cuerpo enano era lo que la volvía tan temible. Su gordura y su estatura eran anormales, planteaban misterios insolubles. Su absoluta quietud y su mirada gris y fija me produjeron un pánico repentino.

—¡Vamos al boliche! —le dije a Miguel.

Desafiar a la enana era la única manera que encontré para romper su hechizo. Miguel se puso de pie; también él temía quedar bajo la mirada de su tía Pili, que lo inmovilizaba, como nos inmovilizaba a todos. No teníamos dinero y me dirigí a la cocina; abrí el cajón de la mesa, lugar donde guardaban el dinero para las compras, y tomé unos pesos. Miguel me siguió como a pesar suyo. La calle todavía estaba húmeda por la lluvia persistente de la víspera y ni él ni yo teníamos ganas de ir al boliche. Las aceras rotas se hallaban cubiertas de fango y del parque emergían las copas frondosas de los árboles. Caminamos abrumados a sabiendas de que el peligro se había convertido, a partir de la palabra "enana", en un hecho terrible. ¡Pili no perdonaría nunca el adjetivo!

—Ya debe haber llamado a mi padre... —dijo Miguel.

—También al mío... —contesté.

Y continuamos caminando sin rumbo. "Todo lo que hagas estará siempre mal hecho, por eso es mejor que hagas su voluntad", me había dicho Natalia. Y ella, que había cumplido siempre con la voluntad de Pili, se hallaba en una situación peor que la de Miguel o que la mía. Para consolar al muchacho le dije lo que pensaba de mi madre y de su obediencia estúpida. Él me escuchó en silencio y después comentó en voz alta:

—Si ella se negó a hablar con mi padre para confesar que había mentido, no volveré a mi casa...

—Puedes ir a refugiarte con algún amigo —le aconsejé.

—Nadie quiere problemas, Irene. ¡Nadie!

Remedios, su madre, no tenía dinero que darle. El sistema de la casa de Miguel era el mismo que imperaba en la mía: Alfredo controlaba el dinero, pagaba todas las cuentas, y por las manos de Remedios no pasaba un céntimo. No pude menos que reír.

—¿Alfredo pretende también que tu madre lo roba? —le pregunté.

—¡Claro! Y no sólo ella sino todos nosotros... si pudiera irme con mis hermanos...

Sus hermanos habían huido a los Estados Unidos, en donde trabajaban como camareros, pues Alfredo, por consejo de Pili, se negó a pagarles una educación. Le confié que, la víspera, mi padre había querido echar a la calle a mi madre y a mi abuelo moribundo y Miguel se detuvo asustado.

—¡Qué malos son!... ¡qué malos! Sólo tú y yo sabemos hasta dónde llega su maldad. Pero, ¿quién puede creernos? ¿Quién le ha creído a mi madre...? —preguntó desesperado.

Nadie nos creería: Pili gozaba de una impunidad absoluta para cometer sus crímenes y esa impunidad residía en la complicidad de los demás. ¿Qué ofrecía a cambio mi abuela? Nada, sino el mal ejercido sobre seres inocentes y los demás amaban el mal, aunque no se atrevieran a ejercerlo. En silencio, habían permitido que se ejerciera la violencia absoluta en contra de Remedios y en contra de mi madre, que ofrecían belleza y gracia. Remedios estaba terminada, pero sobre su silueta alta y su rostro pálido flotaban restos de una belleza frágil y delicada. Mi madre era luminosa, aunque estuviera próxima a extinguirse como una hermosa llamarada. Fue ese día, en medio de los árboles húmedos, cuando supe que Pili estaba poseída por algún ser minúsculo y perverso que le inspiraba aquellos gestos impíos y recordé al insecto oscuro que vivía en el cuarto de baño de su casa. Era pequeño, como un tomate, se enderezaba como una persona, miraba y corría a esconderse en una rendija que yo no había logrado descubrir. Para aliviar el terror que me inspiraba cuando me veía con sus ojillos pequeños y saltones, le puse un mote: El Gigante, y me quejé con mi padre de aquel bicho. "Yo no lo he visto. Estás completamente loca." En cambio, Cuca lo conocía bien y se negaba a matarlo con una escoba. Yo llamaba a la sirvienta, aterrada, pues El Gigante me miraba desde el piso de mosaico azul cuando yo tomaba la ducha.

—No hace nada —me decía la india, mirándome con los mismos ojos del insecto.

Tuve la certeza de que aquel bicho era el alma gemela de Cuca y que entre ambos y mi abuela existía un pacto secreto. "El mal es algo pequeño", me dije esa mañana, asustada ante el recuerdo del insecto amigo de Cuca y de mi abuela. A nadie, ni siquiera a Natalia, le había hablado de mi descubrimiento; no sé por qué tuve la necesidad de decírselo a Miguel.

—En su casa está un demonio minúsculo. Vive en el cuarto de baño —le dije.

Miguel me miró con sus ojos rubios y no pareció sorprendido.

—Lo he visto muchas veces —me contestó con simpleza.

Entonces, yo fui la sorprendida.

—Sí, vive allí desde que yo era niño. Salía a verme cuando entraba al baño. Una vez quise matarlo con un palo y se detuvo y me miró de tal manera que el palo se me cayó de la mano —me explicó.

—Se parece a una araña... —dije.

—No es una araña. Tiene una cabeza muy grande y un cuerpo largo. ¿Has visto sus patas? Tienen dedos...

Sí, el mal era la pequeñez. Algo minúsculo poseído de una fuerza diabólica, capaz de engendrar todos los daños. Algo oscuro, móvil, veloz, visible sólo para los condenados a sufrirlo; y decidí no regresar a la casa de mi abuela. El bicho podía meterse en mis sueños o subir al sofá rojo y colocarse sobre la almohada. Tal vez podía matarme.

—¿Crees que es venenoso? —le pregunté a Miguel.

—¡Muy venenoso! —contestó.

Continuamos caminando sin rumbo. Nos dimos cuenta de que ya hacía mucho rato que había pasado la hora de la comida y de que andábamos muy lejos de la casa de Pili. No teníamos adonde ir, nos sentíamos abandonados y a medida que pasaba el tiempo aumentaba nuestro pánico. Me volví hacia Miguel y vi su rostro envejecido prematuramente.

—No quisiera que mi padre me echara de la casa; mi pobre madre se quedará tan sola...

Recordé a Remedios, trabajando en las cocinas de los restaurantes y luego encerrada en su casa, adonde yo nunca había entrado. No hablaba con nadie y nadie la nombraba. Remedios no existía; así lo decretó mi abuela. "¿Por qué no viene nunca?", pregunté varias veces en la casa de Pili. "¡Ésa!... ¡Esa desgraciada!... ¡Ladrona! ¡Prostituta!... Pobre hermanito mío...", contestó mi abuela con gesto alterado, para suavizar la voz cuando nombró a "su hermanito". Me pareció anormal el amor de Pili por su hermano y por su hijo.

—Está cegada —le dije a Miguel.

—No. Está poseída —me contestó el muchacho.

Ya era de noche y ninguno de los dos habíamos decidido nuestras vidas. Teníamos hambre y entramos a una taquería a comer un bocado y beber una Coca-Cola. Era demasiado tarde para echar marcha atrás y regresar a la casa de Pili o a la casa de Alfredo. Decidí ir a la casa de Natalia, aunque era un acto atrevido que podía traernos consecuencias graves, pero no teníamos otro recurso. Caminamos largo rato, meditando sobre el paso que íbamos a dar, y llegamos muy tarde al edificio donde vivía mi madre. Eran las once de la noche cuando Lola nos abrió la puerta y nos hizo entrar al salón, en donde sólo había una lámpara de porcelana blanca encendida, junto a la cual se agrupaban mi madre y sus hermanos. Mi tía Ana levantó la cabeza de cabellos cobrizos y nos miró con sus ojos almendrados. La vida la había tratado con dureza y sus rasgos delicados contrastaban con sus manos enrojecidas por el trabajo.

Había sido la belleza de la familia y guardaba un cuerpo esbelto, incapaz de disimular la enorme fatiga que caía sobre ella como un fardo. Vista desde cierta distancia parecía una adolescente, aunque era preciso decirlo: una adolescente con ropas muy usadas. A ella tampoco la compadecía nadie. Era distinta a los demás, y sus valores, aunque deformados por el esfuerzo de adaptarlos a la vida cotidiana, contraria a su naturaleza y a su pasado, permanecían opuestos a los de la gente que formaba el círculo de su marido. "¿Ana? Está loca", decían con petulancia las esposas de los amigos de su esposo.

Ana se puso de pie y se llevó un dedo a los labios. Los demás permanecieron quietos. ¿Qué sucedía? Lola, la criada, nos trajo un café caliente.

—Tu abuelito se puso muy grave... Tu papá ha estado llamando —nos explicó la sirvienta.

Miguel y yo guardamos silencio, y mi tío Eduardo nos hizo una señal para que ocupáramos un lugar en el sofá. Eduardo era el menor de la familia de mi madre y también, según mi padre y los amigos, estaba "loco". Sumido en un sillón, con los cabellos rubios y lisos peinados con esmero, miraba a sus hermanas con aire aterrado. Él, como toda su familia, vivía poseído por el miedo. Yo había notado que, cuando cruzaba el salón, lo hacía casi de puntillas y que, en presencia de mi padre, únicamente sonreía. Cuando alguna vez comió en mi casa, antes de que Gerardo se mudara con Pili, mi tío asentía a todas las afirmaciones de mi padre y procuraba no hablar con Natalia, para no herir la susceptibilidad de mi padre, que se ofuscaba de ira cuando sorprendía a mi madre riendo o charlando con "su secta", como él llamaba a la familia de mi madre. Yo provoqué en una ocasión una escena tremenda: al entrar al salón besé primero a mi tío Eduardo, que se hallaba de visita, y este gesto espontáneo causó una riña espectacular entre Natalia y Gerardo, quien me acusó de estar bajo el influjo pernicioso de "esa gente". Durante la discusión, mi tío Eduardo no dijo una palabra y a la hora de comer apenas probó bocado. Me di cuenta de que temía a mi padre y su cobardía me llenó de vergüenza. ¿Para qué le servían sus bellas maneras, su prudencia y su cortesía? Todo eso que deberían haber sido virtudes, se convertían en defectos imperdonables frente a la seguridad de Gerardo para afirmar sin ningún pudor sus principios, que borraban por decreto los principios y creencias de los otros y principalmente los de Natalia y su familia. Tal vez mi tío Eduardo resultaba la persona más patética de los hermanos de Natalia: casado con una mujer de clase media baja, había tenido que adaptarse y tratar de pasar inadvertido; para ello usaba cazadoras, bigote y ungüentos para oscurecerse el cabello. Según los parientes de su esposa el hombre debía ser gordo, oscuro de piel y pendenciero. Ante la mirada mestiza de su esposa, Eduardo temblaba como temblaba ante mi padre. Eduardo debía ser otro, ya que a él jamás lo entenderían. Sus niños eran peligrosamente rubios y crecían asustados como él. "Es un cobarde", me dije al verlo aquella noche. Eduardo pareció adivinar mi pensamiento, me pasó la mano por los cabellos y saludó con afecto a Miguel. No preguntó nada. Tampoco Natalia o Ana lo hacían; aceptaban las conductas ajenas con discreción. Yo le agradecía a Eduardo el que me hubiera enseñado a bailar y que me cubriera siempre de elogios desmesurados en los que él creía firmemente. Sentía un afecto especial hacia él y su cortesía, y si me enojaba su mansedumbre, era que yo sí sabía que sería su tumba. Traté de no mirarlo...

Sentada frente a sus hermanos estaba Natalia, que los veía como si jamás los hubiera conocido. Le parecía increíble que aquellos dos fracasados que esperaban callados la muerte de su padre, fueran sus hermanos. Se hubiera dicho que seres ajenos a ellos se hubieran posesionado de sus cuerpos. ¿Qué había sucedido? Los observé como si visitara un futuro infernal reflejado en un espejo deformante. ¿Qué harían si moría su padre? No lo habían pensado nunca, aunque existió siempre la posibilidad de que alguna vez sucediera aquella catástrofe remota. Antonio era la energía que les impedía hundirse totalmente en los pozos oscuros de la ciudad inhóspita, a la que no lograron controlar y que ahora los empujaba a sus esquinas sucias y burlonas. Sin la mano de su padre caerían inevitablemente en la abyección. En el armario colgaba un traje inglés, roído por el uso y, sobre los libreros, algunas fotografías de niños y personas mayores muy rubias y vestidas con elegancia, que habían sido ellos y sus familiares. El traje inglés y las fotografías llegaron a la casa de Natalia con la agonía de mi abuelo Antonio. Desde las fotografías, sus mayores y ellos, de niños, miraban a los tres hermanos ateridos de miedo. "¡Ésos que los miran fueron ellos!", me dije asustada. También los miraba Antonio, con su mirada brillante y el cuello blanco del frac. No podía abandonarlos en el terror de la ciudad, hostil a sus valores.

Lola trajo el café y Natalia se dirigió a Miguel que, mudo, presenciaba la escena, sintiéndose inoportuno.

—¿Y Remedios? —preguntó mi madre en voz baja.

El muchacho hizo un signo de que estaba bien y guardó silencio.

"Sí, mamá, me pondré los calcetines de lana para ir al parque..." Era la voz de mi abuelo que murmuraba en su habitación. "Llueve, llueve mucho... estuve bajo unos arbustos, pero llueve tanto que estoy empapado... no, no tengo frío..."

Guardamos silencio para no interrumpir el diálogo de mi abuelo con su madre. De pronto, en el salón sopló un viento húmedo y vi cómo se deslizaba un parque e invadía la habitación. En el parque, sentado en una banca de piedra, colocada bajo unos arbustos, estaba un niño de flequillo rubio, que era mi abuelo Antonio. El viento y la lluvia nos salpicaron el rostro. Una mujer con una cofia blanca recogió al niño. "¿Por qué?", preguntó mi abuelo desde el sillón de su cuarto. "¡Ah, me espera mi madre!", dijo sonriendo y el niño se acercó a una señora rubia que lo esperaba en la puerta de una casa de piedra. La señora rubia estaba en una fotografía y era mi bisabuela. Todos escuchamos aquella conversación llevada en un caminillo de grava mojada y oscurecido por las ramas frondosas de los árboles. Después, todo volvió al silencio y mi abuelo pareció regresar de aquel día infantil, y sólo quedó el perfume de la lluvia en el salón.

—¡Qué bien huele aquí! Se diría que hay castaños y manzanos en el cuarto... —dijo mi abuelo con voz clara.

El timbre de la puerta llamó agitado y rompió el hechizo. Era una amenaza inesperada y de pronto vi frente a mis ojos la mirada iracunda de mi padre.

—¿Qué haces aquí? ¡Mi pobre madre se ha vuelto loca buscándote!

Natalia y sus hermanos se pusieron de pie y fijaron en mí sus ojos aterrados, mientras que Miguel enrojeció hasta la raíz de los cabellos y miró a su primo con los ojos muy abiertos.

—¿Y tú...?, ¿tú...? —preguntó mi padre, estremecido de cólera.

En unos minutos nos encontramos en el automóvil de Gerardo rumbo a la casa de Pili. Escuché una orden dada a Pancho:

—¡Deténgase aquí!

El auto se detuvo y mi padre abrió la portezuela y le indicó a Miguel que bajara del vehículo en esa esquina. Vi al muchacho de pie en el borde de la acera sin saber adónde dirigirse y me hundí en el asiento. Tenía más suerte que yo: lo dejaban libre; en cambio, yo debía enfrentarme con Pili, con Cuca y con aquel insecto cuya presencia en la casa le constaba también a Miguel. El regreso fue mudo y cargado de violencia. Pili se plantó frente a mí, fumando colérica, y permanecimos así durante más de una hora, mientras mi padre masticaba ruidoso la lechuga de su ensalada. Nunca entendí las crisis de odio que sufría Pili ante mi persona; sus ojos pétreos no permitían conocer sus intenciones, únicamente sus gestos contenidos y vulgares me indicaban la medida de su cólera. Me entregaron al sofá de terciopelo rojo, comprado por el último marido de Pili, y a través de las sombras vi los ojillos del insecto paseando sobre los entrepaños de los libreros, rodeándome, mirándome con fijeza como si tratara de embrujarme. Sus saltos repentinos y veloces eran peligrosos; me recordaban la increíble velocidad de mi abuela para correr y abrir el bolso de Natalia o el cajón de algún escritorio de la casa de Natalia. Yo la había sorprendido muchas veces en aquellas maniobras y me sorprendía más su velocidad para correr, que el hecho de hurgar en la intimidad de mi madre. El Gigante debía guardar una íntima relación con Pili, o quizás algún parentesco extraño: los dos miraban con fijeza, los dos aparecían siempre en los momentos menos deseados, los dos eran amantes de fisgar y los dos poseían aquella cualidad de la velocidad increíble... y los dos infundían terror. Miguel estaba lejos de ese bicho, en la calle lluviosa, fumando para entrar en calor, mientras que yo, encerrada en aquel cuarto parecido a una caja fuerte, me asfixiaba y cuidaba que aquel insecto terrible no saltara a mi almohada. El día había sido largo y cargado de desdicha y la noche era la continuación normal e interminable. ¿Por qué no me dejaron con Natalia?...

—Te voy a domar, chiquita —me había dicho mi padre en el trayecto, una vez que Miguel bajó del auto. "Te voy a domar, chiquita", era una frase que presidió mi infancia. La frase iba entonces dirigida a Natalia, e invariablemente me hacía pensar en los circos a los que me llevaba mi madre. El león de cabellera rubia era ella, Natalia, y el domador de botas altas y látigo en la mano era él, Gerardo. La amenaza me resultaba tan absurda como casi todas las cosas que sucedían en mi casa. Ahora la frase venía dirigida a mí y pensé que mi deber era impedir "la doma". Para ello debía escurrirme, volverme casi un ser invisible y veloz como el mercurio. Natalia había intentado un sistema defensivo y de ella no quedaba nada. Nada sino unas maneras repetidas mecánicamente y una risa también mecánica. Sí, Natalia estaba domada. La acción de la víspera era una prueba: mi madre no tenía ni siquiera ganas de defenderse y, si todavía gozaba de techo, era debido a la cortesía del señor Mondragón, el propietario del edificio. El Gigante estaba frente a mí y noté que tenía algún parecido con el Gran Rioja, aunque el insecto careciera de los labios abultados de aquel abogado tramposo y cómplice de Gerardo. Me pregunté cuál sería su recompensa y los ojillos redondos del insecto brillaron como chaquiras negras. Era inútil tratar de dormir con aquella presencia pequeña y amenazadora del Gigante.

Por la mañana el insecto estaba frente a la bañera, cerca del toallero. Lo vi y salí huyendo. En la casa todo seguía quieto: mi padre dormía, mi abuela esperaba atenta el minuto en el que su hijo abriera los ojos para llevarle la bandeja con el primer jugo de naranja. Él lo bebería en la cama, después le llevaría los diarios y, mientras les echaba el primer vistazo, Pili prepararía la bandeja con los huevos fritos, la salsa de tomate, el pan tostado, la mantequilla, la mermelada y el café con leche. Yo ya estaba sentada en el cuarto comedor en donde pasaría el día entero esperando. Mi padre, después de salir, volvería al amanecer y yo continuaría esperando su vuelta en el cuarto comedor, según las reglas instituidas por mi abuela. Así vivió Natalia varios años y así vivía yo, su hija. Apenas muriera mi abuelo Antonio, no volvería a ver a mi padre. Es decir, lo vería sólo en las ocasiones en las que él dispusiera de la casa de Natalia para recibir a sus amigos. Entonces, llegaría unos minutos antes que sus invitados para comprobar que todo estuviera listo y en orden. Natalia, vestida con algún traje escotado, esperaría la llegada de Gerardo con aire indiferente; luego llegarían los invitados. Yo, desde mi habitación, escucharía el rumor de sus voces y, cuando ya todos se hubieran marchado, vería entrar a Natalia. Mi madre se pondría en ropa de dormir con aire pensativo, fumaría un cigarrillo, haría sus oraciones y se dormiría apaciblemente. Sí, la habían domado. Su conducta era bastante indigna.

Pasaron dos semanas idénticas y yo sentí que empezaba a volverme loca. El cuarto de baño me producía terror: grande, con un tocador de espejo enorme que reflejaba los innumerables pomos de cremas, frascos de perfumes, lociones, polvos, lápices de labios y coloretes de mi abuela. La bañera, colocada bajo una ventana enrejada y de vidrios esmerilados y, sobre una pared, enormes manchas de humedad. Sabía que apenas intentara tomar la ducha de agua casi fría, el bicho iba a aparecer a grandes carreras para colocarse sobre los mosaicos. Tenían razón los cuentos de hadas: en las casas de las brujas malignas vivían seres perversos que originaban desgracias. Ese bicho era el testigo y el instigador de lo que sucedía. Era, además, la liga entre Pili y Cuca que, a pesar de ser muy diferentes físicamente, pensaban y actuaban exactamente igual. Cuando una de las dos se ausentaba, quedaba la otra para mirarme y, si me hallaba lejos de las dos, aparecía el bicho. Pensé que debía buscar a Miguel para que matara al Gigante a palos. "A palos" y era apenas del tamaño de un tomate chico... Bueno, de un pisotón. Si ese insecto moría, mi abuela perdería su poder sobre los demás, "su poder maléfico", me dije, pero no salí en busca de Miguel. No podía moverme de la silla del cuarto comedor; había perdido el apetito y me era indiferente que amaneciera o que oscureciera. Además, en esa casa semisubterránea era casi imposible saber la hora y, si veía el reloj, la hora no significaba nada, ya que la luz de la lámpara de las violetas de porcelana gruesa siempre era la misma. Me hallaba en una indiferencia completa y sólo se me ocurría envidiar a mi abuelo Antonio, que iba a morir. Hasta entonces, yo había ignorado que la vida fuera tan terriblemente larga. ¡Nunca terminaba! Y lo que era peor, el miedo de Natalia se me había contagiado y todas las personas me producían pánico. Ahora la palabra "pánico" estaba unida a mí para siempre.

—Vamos a dar una vuelta —me ordenó mi padre una tarde.

Obedecí sin chistar y no pregunté por qué dejó a Pancho en la casa y él tomó el volante del automóvil. Dio varias vueltas por la ciudad y al final se detuvo en un camino del Bosque de Chapultepec; me miró con ojos trágicos y dejó caer la cabeza sobre el volante. Después se enderezó y volvió a mirarme.

—¡Yo soy Zhivago!... —me dijo con voz entrecortada.

Lo miré sin comprenderlo. Me explicó que había leído la novela de Pasternak y que se identificaba con el personaje. No me asombró; era su costumbre reconocerse en los héroes de los libros que leía. Guardé silencio.

—Tu madre es Lara... y la he perdido para siempre. ¡He perdido a mi conciencia...! —exclamó sollozando.

Estaba acostumbrada a sus crisis y me empeñé en guardar silencio; además, no había leído la novela e ignoraba quién era Lara.

—Dime, Irene, ¿qué es el alma rusa...? Quiero saber qué cosa es el alma rusa... —dijo llorando.

No pude contestarle. Ahora me salía con "el alma rusa". ¿Por qué si lloraba por Natalia la perseguía como a su peor enemigo? Yo había escuchado sus conversaciones con Pili y con el Gran Rioja para aniquilar a mi madre. Había visto con horror el vacío que Gerardo formaba poco a poco alrededor de ella, dejando caer frases mortales entre los amigos y me sentía perdida, mientras que Natalia permanecía impasible. Yo sabía que nunca la había querido; la rigidez de su trato en la intimidad de la casa me había producido escalofríos desde mi primera niñez y, ahora, en esa tarde fugitiva, lloraba por ella como ya lo había hecho muchas veces. "Tal vez llora para impresionarme...", me dije.

—Y si tanto la quieres, ¿por qué no te divorciaste de ella para que se fuera con Juan? —le pregunté con dureza.

—Juan es un Don Juan sudamericano. ¿Entiendes lo que eso significa? Yo quise protegerla —me contestó con voz dolorida.

Me explicó que Natalia carecía de toda experiencia y que, en manos de ese "individuo cazador de fortunas", mi madre se hubiera convertido en un harapo, en una prostituta. Él se había limitado a ayudarla y ella rechazó su ayuda, encerrándose en el silencio. Le creí. Ésa era la verdad y mi madre no quiso darse cuenta, prefirió seguir creyendo en ese amor desgraciado. Yo sabía que dos o tres veces por semana le llegaban cartas de Juan y se lo dije a mi padre.

—Todavía se escriben mucho...

Él me miró a través de sus lágrimas.

—No se lo perdonaré nunca. ¡Actuó como una sirvienta! —exclamó con ferocidad.

Y volvió a reclinar la cabeza sobre el volante. Le dolía Juan... "Y es un gran amigo de Alberto", pensé.

—¿Y Alberto? —le pregunté.

Mi padre se echó a reír.

—No tiene importancia... ninguna importancia. Alberto es un hombre ¡magnífico! No trates de hablar mal de él; es mi amigo —dijo con voz severa.

Quise indignarme, pero preferí callar. "Alberto es su amigo." Recordé las escenas de Alberto en el salón de mi casa y su presencia continua y no solicitada. Recordé a Natalia, inclinada, escribiéndole a Juan con aplicación. Ahora, mi padre acababa de decirme que Juan no la quería y me sentí confundida. Entonces, ¿por qué continuaba escribiéndole con regularidad?

—Le divierte. Natalia es muy inteligente y sus cartas son siempre graciosas —aseguró mi padre.

¡Pobre Natalia! Era verdad que nadie la había amado; era demasiado guapa y ahora se hundía a gran velocidad debido al engaño de Juan y a que mi padre no la perdonaría jamás.

—¡Divórciate de ella! —le dije con tono severo.

Gerardo me miró rencoroso; no, nunca se divorciaría y al final los dos volverían a vivir juntos, cuando ya fueran viejos.

¡Cuando ya fueran viejos! Siempre me decía lo mismo en los momentos de sus confidencias. Y mientras eso ocurría, yo estaría allí para escuchar sus quejas. Era irritante que nunca pensara en mí, que era la única joven de los tres. Me aburrió su frivolidad. ¿Acaso no veía que su cuerpo se derrumbaba en la barriga y en los hombros? Cuando menos, Natalia evitaba hacerme confidencias.

—¡La voy a doblar! —dijo, golpeando con su puño débil el aro del volante.

Se equivocaba: Natalia no se doblaría, porque ya estaba rota. Traté de explicárselo, pero él me calló con violencia y partimos del bosque a gran velocidad. En el camino de regreso, decidió que yo era la culpable de que él hubiera perdido a "su conciencia". Ahora llamaba así a Natalia y debía encontrar algún culpable.

—¿Yo? —pregunté asombrada; pensé que estaba loco.

—¡Tú! Me las pagarás, chiquita —contestó.

La palabra "chiquita" en labios de mi padre siempre era una amenaza y preferí guardar silencio. Al llegar a su casa ya se había consolado de "haber perdido a su conciencia"; me miró divertido y me dijo:

—Siempre fue muy puta. ¿Sabes lo que hacía...?

—¡Ya no quiero oírte! —le grité, y me bajé corriendo de su automóvil y entré a la casa de su madre. Las conversaciones con él siempre me dejaron confusa. Desde que era yo muy niña, acostumbraba sacarme a dar una vuelta para culpar a Natalia de terribles pecados; después de aquellos paseos, prefería no ver la cara engañosa y risueña de mi madre y trataba de esconderme en mi habitación. Ahora, en el cuarto comedor estaban Pili y su hermana Angustias.

—¡Cómo se parece esta niña a su madre! —exclamó Angustias al verme.

Ocupé una silla para escuchar el ruido de la conversación. Yo sabía que en cuanto Pili se descuidara, la vieja Angustias se acercaría a mí para advertirme de algún peligro.

—¿Qué piensas hacer cuando tu abuelito haya muerto? —me preguntó en un descuido de Pili.

La pregunta me cayó de sorpresa y no supe qué decir. Pili volvió inmediatamente y la pregunta de Angustias me dejó preocupada. También ella era gordísima y su cuerpo enorme, cubierto por una bata de cretona, era un enigma increíble: ¿Cómo se podía llegar a ser tan gordo? Natalia tenía razón en vigilar estrechamente las dietas de Gerardo y en obligarlo a hacer largas caminatas. De pronto tuve miedo: ¿y si yo heredo esta gordura deforme? Vi salir a Pili rumbo a la cocina y Angustias se precipitó a decirme:

—Miguel está trabajando de camarero en un café del centro...

Su voz era maliciosa y quise preguntarle en cuál café, para ir a buscarlo, pero no tuve valor; podía ser una trampa ideada por mi abuela. "Cuando se suicidó, tu abuelito Gerardo se peleaba mucho con Pili y con tu papacito... luego, tu pobre mamá les sirvió de almohadilla de choque. ¡Pobre, era tan jovencita!", volvió a decir, y tuve la seguridad de que me hablaba en clave. Sus palabras iban acompañadas de miradas significativas. Hubiera deseado hacerle algunas preguntas, pero sabía que no iba a contestarlas. Quería que yo adivinara un pasado celosamente escondido. Angustias abría una rendija y la cerraba inmediatamente, asustada de su acción. No me diría nada más acerca del suicidio de mi abuelo Gerardo, como tampoco me diría en cuál café trabajaba Miguel. Si lo hacía, le cerrarían el paso a la casa de Pili y ella deseaba continuar como testigo de lo que ocurría en aquel lugar. La vieja Angustias era un archivo sellado. Me prometí escapar algún día y sostener con ella una conversación larga y aclaratoria, que abriera aquel absceso que era la casa de mi padre. Tal vez la podredumbre saldría con violencia para siempre y yo podría vivir. Angustias me miraba con cierta pena.

—¿Sabes por qué te tienen aquí...? —dijo con voz precipitada.

No contesté. Pili, con el cigarrillo colgando de una esquina de la boca, volvió chancleando; se sentó frente a nosotras para hipnotizarnos con sus ojos de piedra gris. Se fue Angustias y yo permanecí sentada en el cuarto comedor hasta altas horas de la noche, esperando el regreso de Gerardo. La vida continuó con la misma rutina. En varias ocasiones traté de ir a la casa de Angustias para descubrir los secretos que escondían mi padre y mi abuela, pero no tuve tiempo. Una mañana, a las siete en punto, el teléfono despertó la casa. Pili corrió excitada a contestarlo y luego se precipitó al cuarto en donde dormía su hijo.

—¡Ya murió...! ¡Ya murió...! —gritó con voz aliviada.

Me enderecé en el sofá de terciopelo rojo, con la seguridad de que mi abuelo Antonio había muerto, y miré la ventana con rejas y la puerta cerrada con barras y candados que me guardaba. La muerte de mi abuelo me libraría de aquella casa y de su maleficio. Los escuché hablar en voz baja; era mi tía Ana la que había dado la noticia. Quieta, escuché los preparativos que hacían para ir a la casa del duelo. Cuca corrió al baño para llevar las toallas calientes con las que se envolvería Gerardo después de su largo baño y su ducha. Pili llevó de prisa la bandeja con el zumo de naranja hasta el cuarto de su hijo. Me vestí y me coloqué en el cuarto que hacía de comedor, a esperar. De pronto apareció mi padre, frente a mí, con los cabellos rizados en desorden.

—No te aflijas. Tu abuelo ya era muy viejo, la muerte es algo completamente natural —me dijo con suavidad.

No contesté. Seguí observando el ajetreo de las mujeres que lo atendían. Él pareció preocuparse; me miró con atención, como si fuera ésta la primera vez que me viera.

—Mira, para compensarte, te llevaré a una recepción el lunes. Tu abuelita Pili se encargará de comprarte el vestido.

Pili avanzó hasta mí con aire consternado, me pasó la mano por los cabellos y sonrió con dulzura.

—Sí, hijita. No llores; eres una niña. Mira, mañana, después del entierro, iremos a buscar un traje de fiesta para ti. No creo que tu mamacita se oponga, ¡ya has sufrido bastante! Sí, has sufrido demasiado, con tanta locura que hay en tu casa...

Me sentí confundida y enrojecí con violencia, invadida por sentimientos contradictorios. La muerte de mi abuelo me liberaba de vivir con Pili y con Gerardo, que ahora no me parecían tan diabólicos. Tal vez los había juzgado injustamente y en realidad me tenían afecto, ya que su primer pensamiento era el de consolarme. La promesa de un traje y de una fiesta me distrajeron del hecho misterioso de la muerte de mi abuelo. Nunca había visto a un muerto y la muerte era un hecho lejano que, en realidad, era poco probable que ocurriera, aunque era seguro que todos éramos mortales. Me sentí invadida por una melancolía repentina y me rehusé a pensar en Natalia. De pronto, la mirada de mi padre me sobresaltó.

—¿Por qué me invitas ahora si nunca has querido llevarme a una fiesta? —le pregunté inquieta.

—Eres una niña y me opongo a que tu madre te arrastre a la desesperación de su duelo. La conozco —dijo, mirándome de frente.

Estaba acostumbrada a escuchar de sus labios que Natalia estaba loca y que me arrastraba a su locura y ahora, ante el misterio de la muerte, me dio temor; no sabía cuál iba a ser su reacción. Guardé silencio y aproveché el momento en que mi padre entró al cuarto de baño para escapar a la calle y dirigirme a la casa de Natalia. Al enfrentarme con su palidez mortal, apenas logré reconocerla. No me dijo nada. En la casa reinaba un aire apacible, como si un viento suave hubiera barrido el dolor insoportable de unos minutos antes. Entré a la habitación en la que yacía mi abuelo muerto. ¿Muerto? No lo creí. Acostado y muy pálido, parecía sonreír ligeramente. Cerca de la cama había una palangana llena de sangre. Rezando, arrodillados frente a él, estaban mis tíos Ana y Eduardo y mi abuela materna. Sólo mi madre permanecía de pie, sin llorar y sin rezar. Llegó Tomás, un médico, y uno de los pocos amigos que Natalia había conservado en el torbellino del escándalo que la envolvía. Tomás se acercó a mi abuelo.

—Sí, Natalia, tu padre está muerto —dijo con voz solemne.

—Voy a arreglar el entierro —contestó ella.

No quiso mirar a sus hermanos, que continuaban de rodillas como si un rayo los hubiera abatido. Salió acompañada de Tomás y yo los alcancé en la calle. Subimos al viejo automóvil del médico fracasado.

La agencia funeraria era un gran edificio de lujo, hecho de mármoles, cristales y bronces. Parecía un banco importante. Los empleados iban vestidos de luto, muy elegantes, y vi que Natalia se sintió perdida cuando algunos la abordaron. No supo qué decir. ¿Cómo se arreglaba un entierro? Tomás salió en su auxilio, sacó su recetario y extendió un certificado médico: "Paro cardiaco". Parecía preocupado con la actitud ausente de Natalia. Junto a nosotros había grupos de personas enlutadas que hablaban en voz baja y que buscaban féretros. ¡Era muy extraño, casi un sacrilegio, que alguien más que mi abuelo hubiera muerto en ese día! Dos empleados nos llevaron a un salón para mostrarnos las cajas en las que terminamos todos. Las había grises, doradas, con asas de bronce y adornos de metales. Natalia escuchó los precios de aquellos ataúdes faraónicos.

—No sabía que morir era tan caro... —dijo atónita.

No tenía dinero y a sus hermanos les ocurría lo mismo. No podría enterrar a su padre. El sol que entraba por los cristales de las enormes ventanas le produjo náuseas y buscó apoyo en el mostrador de mármol. Nunca imaginé que alguien pudiera ponerse tan pálido. El empleado acudió a ella solícito, mientras que Tomás fingía ocuparse en un papeleo importante y revisaba su maletín de médico sin dinero.

—¿Desea algo más barato...? ¿Un entierro completo?

—Sí... completo... —murmuró Natalia.

—¿De primera...? ¿O tal vez de segunda...? —preguntó el empleado con cautela.

—¿Hay de tercera? —preguntó ella con voz tranquila.

—Por supuesto, señora... —afirmó el empleado, mirándola con lástima.

—De tercera clase, por favor —pidió Natalia.

Natalia entregó la papeleta del Panteón Español, firmó unos papeles y salimos. Ahora debía abrir la tumba familiar para recoger huesos y preparar el lugar reservado para mi abuelo. La tumba se abriría al día siguiente a las siete de la mañana. ¿Habría alguien presente...? Sí, ella misma, le había anunciado al empleado de la casa funeraria.

Volvimos a la casa en la que mi abuelo Antonio continuaba muerto.

—¡Qué misterio…! ¡Qué misterio! —repitió Natalia con los ojos muy abiertos. La vi retirarse a su habitación en silencio. El timbre de la puerta de entrada sobresaltó la casa quieta. Eran mi padre y Pili, ambos de riguroso luto. Sin titubear, se dirigieron al cuarto de Natalia. Entré tras ellos y vi el sobresalto de mi madre, que abrió los ojos para contemplarlos con asombro.

—Lo siento, Natalia, sé lo que para ti significaba tu padre —dijo Gerardo, y su madre repitió la misma frase.

Natalia los miró con frialdad. ¿Por qué habían venido? ¿Quién los llamó? Respondiendo a sus preguntas no formuladas en voz alta, mi padre explicó:

—Ana nos avisó… Lo siento muchísimo. Estoy tan gastado, Natalia, que no podré pagar el entierro de tu padre…

—Sí, Natalia, estamos muy gastados… —confirmó Pili.

—¡Estoy de luto…! ¡Estoy de duelo! —contestó ella con voz extraña.

La vi enderezarse en el lecho, extender el brazo y señalar la puerta. Ambos salieron huyendo. En el salón se encontraron con Ana y con Tomás, que los miraron atónitos. Mi padre llamó con gesto severo al médico y habló con él durante unos minutos. Vi que Tomás, asustado, asentía con signos de cabeza. El amigo de mi madre tenía miedo por haber sido testigo de que Natalia echara de la casa a Gerardo y a Pili. Después del aparte con Tomás, mi padre llamó a Pili y ambos abandonaron la casa.

Los agentes de la funeraria llegaron inmediatamente. Sus uniformes grises, galoneados de negro, me impresionaron. Con aire impersonal acostaron a mi abuelo dentro del féretro que traían y lo colocaron en el salón, cerca de los libreros. Lola depositó unas rosas blancas a sus pies. Natalia le puso un crucifijo sobre el pecho. Se veía muy hermoso con el pelo blanco iluminado por el sol que entraba por el ventanal y la sonrisa apenas dibujada.

No había nadie a quién avisarle de su muerte. No era nadie: sólo un extranjero muerto en una tierra que no era la suya. Vi llegar a mis primos morenos, los hijos de Ana, que se deshicieron en lágrimas. Después llegaron los hijos de Eduardo, muy rubios, y el primogénito se comió los higos que dejó mi abuelo la última noche que vivió. Mi abuelo Antonio no había dejado nada, ni siquiera una familia, sólo a tres fracasados que ahora parecían aterrados. Natalia anunció:

—Voy a buscar el dinero para el entierro.

Ana, solitaria, se hundió en un sillón a llorar. Su figura delgada y frágil parecía rota por algún viento adverso, mientras que Eduardo, con el cabello pálido, parecía un guiñapo humano. No contestaron a Natalia. Para ellos había terminado todo y no lograban sobreponerse al miedo. ¿En dónde se buscaba el dinero? Vi salir a Natalia y volver al cabo de dos horas para contemplar a su padre muerto y enseguida volver a salir. Mi abuela materna también estaba allí, en el salón, aunque nadie notaba su presencia callada. Ana puso música de Bach y en la casa reinó un orden perfecto y una paz inesperada. Yo estaba absorta en el salón ante el misterio insondable de la muerte.

Por la tarde, mi madre recordó la existencia de unos amigos alemanes de mi abuelo Antonio y los llamó. Llegaron tres señores viejos y una señora alta y de cabellos grises, que abrazaron y besaron a Natalia como si todavía fuera una niña. Los visitantes besaron a toda la familia y ocuparon sillones en silencio.

Mi madre volvió a salir a buscar dinero. "Si no pago, no lo entierran...", me confió en voz muy baja. Estaba muy extraña, con los ojos vidriosos y la piel pálida. Se diría que el cabello rubio tenía ahora tintes verdosos. Al anochecer, llegaron tres obreros que habían trabajado con mi abuelo cuando él poseía una fábrica y era rico. Los hombres se pusieron de rodillas y rezaron con recogimiento. Después, en silencio, se sentaron en un diván pequeño y trataron de ocultar sus zapatos rotos.

La casa nunca estuvo tan bella: las rosas de Lola y los cirios ardiendo produjeron un perfume desconocido. Pronto amanecería y los hombres de la agencia funeraria llegarían a romper aquel orden precioso, pero para que esto sucediera era necesario pagar los gastos del entierro. A la una de la madrugada volvió Natalia. Sus hermanos la vieron, asustados, y ella los llamó a su habitación para mostrarles el billete para liquidar la cuenta. El señor Isaac, un amigo de mi abuelo Antonio, le prestó dinero a cambio de alguna joya que ella se empeñó en dejarle. Fue entonces cuando Natalia se echó a llorar amargamente.

¿Cuánto tiempo lloró? No lo supe. Encogida sobre su lecho lloraba con tal ardor que la vi perdida, definitivamente perdida sin su padre. A esa hora llegó Portilla, un antiguo amigo de mis padres. Me explicó que estaba en una cena con Gerardo y se enteró allí de la muerte de mi abuelo Antonio y se precipitó a presentarse ante Natalia. Era el único amigo que había acudido al duelo. Lo vi entrar a la habitación donde sollozaba mi madre y tratar de consolarla desde su catolicismo.

—Portilla, ya nada tiene remedio. Lo desobedecí... y ahora todo está sellado para siempre... —le explicó Natalia al amigo que la miraba desde sus gafas espesas.

En efecto, ningún sufrimiento de mi abuelo podía ser compensado y el final de aquella vida silenciosa era ahora irremediable ¡para siempre!, ¡para siempre! Aquel "¡para siempre!" hacía que Natalia llorara con más desconsuelo. Habían quedado tantas cosas que nunca le había dicho... En el salón, los obreros, los alemanes y mis tíos rezaban a coro, y Lola les sirvió un café.

Vi amanecer. Muy temprano acompañé a Natalia al Panteón Español. Allí, con aire sonámbulo, buscó la tumba familiar y los enterradores levantaron la losa e hicieron un agujero, para no romper la bóveda. Ella se sentó en la tierra, con las piernas colgando sobre aquel hoyo profundo y mirando con incredulidad lo que sucedía. Desde el pozo profundo, un hombre le tendió una cabellera rubia y bien peinada, como una peluca. Natalia recibió el cabello y lo examinó absorta; era el pelo de su abuela, que había muerto con un hermoso peinado alto y dos ricitos en la nuca.

—El cabello es lo que mejor se conserva —dijo uno de los enterradores.

Los hombres juntaron trozos de huesos cubiertos de tierra y los colocaron en una bolsa de lona blanca, que le entregaron a Natalia. Ella colocó en su interior la cabellera de su abuela, cerró la pretina y entregó a su vez la bolsa a un viejecillo encargado del Panteón Español que, estoico, contemplaba aquellos menesteres.

—Esta bolsa debe colocarse en el interior del ataúd de mi padre —le dijo. En silencio volvimos a la casa.

—Tú eres fuerte. Estás hecha de la madera de tu padre. ¡Sigue viva! —le dijo Portilla, que en esos momentos estaba en el salón, acompañado de Tomás.

Ellos dos, los alemanes y los obreros eran los únicos dolientes. De la enorme caravana de amigos a los que mi madre ayudó mientras vivía con Gerardo, no se presentó ninguno. Sin proponérmelo, recordé los pleitos entre ella y su marido, cuando Natalia se empeñaba en ayudar a alguno de ellos: "Un día te arrepentirás. ¡Déjalo que se hunda!", decía Gerardo indignado. Mi padre tenía razón: ellos dejaban hundirse a Natalia. ¡Más aún!, ¡la hundían! A nadie le gustan los fracasados y ese día de San Miguel, patrono de mi abuelo Antonio, empecé a entender al mundo y reconocí que Natalia no lo había entendido nunca; por eso no la entendían a ella. Pensé que la espada luminosa de San Miguel había cortado el camino pedregoso de la vida de mi abuelo y le había abierto una rendija de luz, de cuyo resplandor gozábamos nosotros en esos instantes. Después volveríamos a la oscuridad del lugar feroz en el que nos hallábamos y sentí miedo. El timbre del teléfono me sacó del estupor: era Pili.

—¿Adónde fue tu mamá tan temprano? Ya he llamado varias veces...

—No lo sé... —contesté de mala gana.

—¿Fue a pedir dinero para el entierro? —preguntó.

No quise contestar y ella, irritada, continuó:

—¿Ya tiene el dinero para pagar el entierro?

—Sí, ya lo tiene... —contesté a mi pesar.

—Eres tan soberbia como tu madre, chiquita —me dijo con voz dura.

Cuando colgó el teléfono me sentí aliviada. Sentí que ahora podía llorar; en la casa de Natalia no había gavetas ni armarios cerrados con llave. No era como los sótanos habitados por Pili, cerrados como tumbas y cargados de secretos. En la casa de Pili se descomponían los cuerpos, los sentimientos, y la vida entraba en un orden maloliente. La tumba abierta de la familia de Natalia guardaba aquel pequeño haz de luz de la cabellera de mi bisabuela, ¿qué guardaba la casa-tumba de mi abuela Pili?

Me pareció natural el llanto de mi tía Ana y la música de Bach me reconfortó. Me acerqué a contemplar la quieta presencia de mi abuelo sonriendo y descubrí que el máximo misterio era la belleza y que la casa estaba bañada de belleza con la muerte de mi abuelo. Era un grave misterio que estuviera allí y que, sin embargo, ya no estuviera. Tuve la impresión de que la muerte era sólo el paso de lo imperfecto a lo perfecto y que mi abuelo, al cruzar el umbral hacia la perfección de la belleza, había dejado tras de sí el resplandor del misterio entrevisto, que ahora flotaba magnetizando la luz, las flores y los muebles. Sólo Natalia parecía desconsolada y apenas podía reconocerla. Súbitamente se había vuelto fea; parecía un andrajo, envuelta en su traje negro. Sus cabellos rubios eran verdosos y su boca risueña parecía estúpida.

—Ahora ya no pagas. Estás en un mundo gratuito —le dijo en voz baja a su padre.

En ese momento, y a través del ventanal, vi llegar a Gerardo, acompañado de su madre. Él la ayudó a bajar de su automóvil y supe que entraban al portal del edificio. No dije nada. Unos minutos después aparecieron en el salón y ambos se dirigieron a mi tía Ana. Todo sucedía en una dimensión irreal, en la que los personajes enlutados se movían, llevados por una fuerza inexorable. Permanecí cerca del ventanal y vi llegar un camión negro, alto y viejo, que se estacionó frente al edificio. Luego llegó una carroza gris, de la que descendieron cuatro hombres vestidos de uniforme gris con galones negros. Los cuatro hombres aparecieron inmediatamente en el salón.

—¡Ya llegaron! —gritó Lola.

Los hombres no saludaron a nadie. Apagaron los cuatro cirios, recogieron los candelabros, los bajaron a la carroza y volvieron a aparecer veloces. Parecían muy eficientes.

—¡Vamos! —dijeron a coro.

Se colocaron uno en cada esquina del féretro y lo cargaron en hombros. Los vi salir llevándose a mi abuelo. Era terrible. Bajé tras ellos y los vi meterlo dentro de la carroza. Natalia bajó detrás de mí, acompañada de su sirvienta, Lola. Mi padre la alcanzó en la acera.

—Natalia, aquí está el automóvil —le dijo, abriendo la portezuela de su coche.

Sin una palabra, mi madre se dirigió al camión negro y con ella subieron Lola y los cuatro obreros. Mi padre, entonces, tomó del brazo a mi abuela materna, mientras que Pili cogió a mi tía Ana, y ambas mujeres se dejaron conducir al automóvil de mi padre. Yo me fui en un taxi con mi tío Eduardo y su mujer. Otro automóvil se llenó con los amigos alemanes de mi abuelo Antonio y la carroza partió seguida por la modesta comitiva. "Dios mío, ¿esto es todo para mi abuelo?", me dije, enrojeciendo de ira. Para mí, la muerte de mi abuelo debía conmover al mundo entero y ¡no era así! Me volví varias veces para ver a mi madre dentro del camión negro, extrañamente vacío, que atravesaba la ciudad como un enorme pájaro negro.

Delante de las rejas del panteón, los hombres sacaron el ataúd de la carroza y volvieron a llevarlo en hombros, avanzando con rapidez por la avenida central del cementerio, seguido por mi madre y Lola. Detrás caminaban los amigos y los familiares. La ceremonia religiosa en la capilla del cementerio pasó como un relámpago. Todo sucedía con una velocidad desconocida. Tomamos el camino situado atrás de la capilla y llegamos a la tumba abierta. De pie, al borde de aquel agujero negro, mi madre y sus hermanos parecían títeres rotos, mientras que mi abuela Margarita parecía tan vieja bajo el sol de las doce del día, que se diría un pequeño montón de despojos abandonados en un lugar extraño. Impávida, se sostenía sobre sus viejos zapatos planos. Alguien había arrojado un velo negro sobre sus cabellos blancos y no llevaba guantes. Absorta en pensamientos desconocidos, miraba cómo enterraban a su marido.

Los hombres levantaron por última vez la tapa del ataúd y mi madre colocó a los pies de mi abuelo la bolsa blanca con los huesos y el cabello rubio de su abuela. Después, los hombres clavaron la caja. No me era fácil escuchar aquellos golpes de martillo. "¿Por qué lo clavan?", me pregunté bajo el sol de aquella mañana desierta y soleada. Era aterrador. Bajaron la caja, echaron la tierra, y el pequeño grupo —ante la nada de la vida que termina así, clavada y enterrada sin más explicaciones— se miró desconcertado.

Mi madre rompió el instante de asombro y se alejó de prisa, acompañada de Lola. Los demás la seguimos hasta las rejas del panteón, en donde el grupo se deshizo. Mi padre me ordenó:

—Tú te vienes con nosotros.

Antes de partir con él en el automóvil, vi a mi abuela Margarita, a mi madre y a mis tíos subir al viejo camión negro. Su última imagen enlutada y pálida me produjo la impresión de dejar atrás a un pequeño grupo de náufragos o de seres llegados de algún rincón desconocido y sentí que iba a llorar. Frente a la súbita solicitud de mi padre, me sentí culpable ante ellos, aunque mi madre ni siquiera me hubiera dirigido la palabra, absorta como estaba en su pesar. Los golpes del martillo en el ataúd seguían golpeando mis oídos. Los escuché decir: "An-to-nio- ha- muer-to". Entonces le pedí a Pili y a mi padre que me llevaran a mi casa, pues necesitaba estar con ellos. Pero mi padre dispuso lo contrario: era sábado y Pili debía llevarme a escoger el traje para la fiesta que se efectuaría el lunes. "No puedes hacerle este desaire a tu papacito", repitió Pili con voz quejumbrosa. Me sentí copada, dividida entre mi padre que deseaba aliviar mi pena y mi madre a la que deseaba ayudar a llevar su dolor. Callé; estaba muy cansada. Era la primera vez en mi vida que la fatiga caía sobre mis hombros como un fardo. Dejamos a mi padre frente a su oficina.

—Esta noche te llevaré a ver a tu madre —me prometió antes de bajar del auto.

Mi abuela y yo fuimos a recorrer tiendas. Pili desplegó ante mí vestidos lujosos que no pude apreciar debido al cansancio y al estupor que me invadía.

—¡Mira éste...! ¡Mira éste! ¡Te iría tan bien...!

¿Por qué debía escoger justamente esa mañana un traje de baile si antes no lo tuve nunca? Deseaba ir a mi casa y la solicitud de mi abuela paterna, su voz cariñosa y su sonrisa humilde me produjeron un sentimiento de culpa, pero recordaba a Natalia y pensé que traicionaba a las dos. Mi abuela sólo deseaba consolarme, y yo me hallaba en una tienda, mientras Natalia... me dio miedo recordarla.

—No quiero nada, abuelita...

Ella me puso delante de los ojos un traje rojo de seda francesa. Sus pliegues caían como llamaradas de fuego; el rojo iluminó la tienda y yo sentí su calor después de aquella mañana sedienta.

—¡Pruébatelo...! ¡Anda...! —me rogó mi abuela.

En el espejo del vestidor apareció una nueva imagen mía, desconocida y relampagueante. Hasta entonces ignoraba la blancura de mis hombros y la perfección de mi espalda. "La natación es el deporte completo", me había repetido Natalia desde mi infancia y yo era una gran nadadora. Los pliegues suntuosos me convirtieron en una estatua de fuego y desde todos los ángulos del vestidor los espejos me devolvieron la imagen de una Irene desconocida. La seda roja me devolvió la vitalidad perdida: detrás de los espejos se encontraba la vida y yo, como Alicia, mi personaje literario preferido, cruzaba en ese instante el azogue para llegar al mundo de las maravillas.

—¡Se ve usted preciosa...! pero es un traje para una mujer de treinta años, y usted es una niña —dijo la voz francesa de la dueña de la tienda, interrumpiendo mi asombro.

—Si a mi nietecita le gusta... —contestó mi abuela con voz suave.

—¡Sí, sí, me gusta! —afirmé convencida.

Las escuché discutir con suavidad sobre el precio del traje, que era el más caro de aquella tienda elegante. Pili se volvió hacia mí.

—Se lo diremos a tu papacito —dijo mi abuela.

Me volví a enfundar en mi blusa blanca y mi falda azul marino, que me convirtieron otra vez en una escolar insignificante y pronto me encontré en el cuarto comedor de la casa de Pili, esperando la llegada de Gerardo. Esperé en vano, ya que a las once de la noche yo continuaba aguardándolo, sentada en una silla austriaca. Hubiera querido llorar, pero la mirada fija de mi abuela me secaba las lágrimas y me impedía imaginar lo que sucedería a esas horas en mi casa. El ruido del enorme reloj de pared se convirtió de pronto en los martillazos dados en el ataúd de mi abuelo. También a mí me habían clavado y encerrado en la casa asfixiante de Pili y, aterrada, me pregunté si mi abuelo tendría a esa hora la misma sensación de pánico y ahogo que yo sufría.

—¡Duérmete! No voy a velar toda la noche —dijo la voz de Pili cuando el reloj dio la una de la madrugada.

No pude dormir; los techos bajísimos y la minúscula ventana cerrada eran una tumba más temible que la de mi abuelo; cuando menos su espíritu flotaba libre... ¿En dónde? Quise imaginar el lugar azul y ligero en el que se hallaba, lejos del sótano oscuro que me asfixiaba. Desde las tinieblas, El Gigante vigilaba con sus ojillos malignos. Encendí la lamparilla de luz rojiza y lo vi de pie sobre un librero, mirándome con fijeza. "Es un cara de niño, mejor no lo ataque", me había advertido Cuca con su voz de tartamuda.

Si intentaba salir del sofá de terciopelo rojo, él daría un salto y si corría a la puerta él llegaría antes que yo; era tan veloz como mi abuela Pili... y me quedé quieta observando sus patas minúsculas, dotadas de unos extraños dedos pequeñísimos. "Miguel debió matarlo a palos", me dije, mientras un sudor frío me recorría la espalda. ¿Por qué el bicho no iba a vigilar el sueño de Pili? Mi pregunta era tonta: el bicho aparecía cuando ella se ausentaba. Aquel insecto maligno era su perro guardián. "Tiene un pacto con el Diablo...", me dije aterrada, y en ese instante, como si hubiera escuchado mi pensamiento, Pili abrió la puertecilla del sótano y me miró con sus ojos de piedra.

—¿Te vas a dormir? ¡Apaga esa luz! —me ordenó.

Llevaba un camisón muy viejo y desgarrado, que apenas cubría las carnes enormes que formaban su cuerpo espeso. Era redonda; sólo la cabeza pequeña pertenecía a un ser normal, aunque sus ojos fueran espantosos. Apagué la luz para no verla y me quedé a solas con el bicho. Al amanecer oí llegar a mi padre.

Aparecieron las primeras luces del domingo y esperé hasta la una del día, hora en la que mi abuela le llevó a Gerardo su zumo de naranja a la cama.

—Quiero irme a mi casa... —dije con los ojos bajos.

—Esta noche iremos un rato... —contestó.

Estaba leyendo el suplemento cultural de los periódicos dominicales y parecía no darse cuenta de la sordidez que lo rodeaba. ¿Por qué vivía de esa manera? Como si escuchara mi pensamiento, levantó los ojos y me dijo:

—¿No te gusta cómo vivo?

Preferí guardar silencio y traté de no pensar en nada.

—Soy un modesto funcionario. No puedo despilfarrar el dinero como lo hace tu madre —dijo disgustado.

Era mejor no pensar siquiera en la manera de vivir que había escogido mi padre. Debía tener la mente en blanco. Volví al cuarto comedor a escuchar el ruido de las cañerías y el correr de la abuela para atender a su hijo. A las tres y media de la tarde nos sentamos a la mesa y mi abuela comentó el tema del traje.

—Es carísimo, pero precioso... —explicó con una voz cargada de suspiros.

Mi padre evitó el tema del traje. ¿Para qué hablar de él si la fiesta era el lunes por la noche? Con ademán ceremonioso, me tendió el pliego de invitación. La calidad del papel y la elegancia de las letras trazadas con finura, explicando la hora y el lugar de la recepción, me produjeron un placer desconocido. Coloqué la cartulina sobre el mantel; era como la hoja de un cuaderno de música con sus pautas y notas dibujadas en tinta negra. Las pautas guardaban el secreto hermético de la música de la misma manera que las letras de la cartulina guardaban el misterio de la fiesta. Pensé que esa fiesta podía abrir la puerta para salir al mundo y escapar del sótano de mi abuela, del temor hacia mi padre y del orden solitario establecido por mi madre. ¡Nunca había asistido a una fiesta! Las había visto en las películas y había escuchado el relato de las fiestas a las que había asistido mi abuela Margarita o mi madre y sus hermanos.

Gerardo se echó a dormir la siesta y yo quedé esperando en el cuarto comedor. Pensé que mi vida estaba hecha de discusiones mezquinas, puertas cerradas, maldades hechas con pericia para no dejar huella visible y, al final, el gran misterio de la muerte de mi abuelo Antonio. Mis compañeras de escuela eran felices; vivían en hogares normales, desconocían la sordidez íntima que me rodeaba. ¿Por qué yo debía vivir en dos mundos diferentes e igualmente infernales? Mi madre se encerraba en su casa y se negaba a contestar el teléfono. "Di que salí", le ordenaba a su sirvienta Lola. Estaba asustada. ¿Por qué le tenía tanto miedo a la gente? Se había fabricado un claustro en el cual no sucedía absolutamente nada. Cuando mis compañeras de escuela me visitaban, ella sonreía y se encerraba en su habitación. "¡Qué encantadora es tu madre!", me decían mis amigas, y yo callaba. La tiranía de la soledad impuesta por ella me aplastaba, y a veces prefería el desorden que reinaba cuando vivíamos con mi padre y la presencia continua de amigos escandalosos y sucios que llenaban la casa destartalada de gritos, colillas y platos con restos de comida. Sí, quizás su insolencia era preferible a la perfección de las cortinas, las cómodas de marquetería y las alfombras que, indiferentes, oían circular los pasos solitarios de mi madre. Debía vestirme con cuidado para sentarme a la mesa, siempre albeante. Alegre, llegaba del bullicio de la calle para encontrar a mi madre, vestida como para salir a una visita importante... pero jamás salía. "Tú no existes, sólo existe ella", me repetía Gerardo, para añadir: "Si supieras quién es ella..." Sus amigos me miraban con asco o me ignoraban y yo tenía el deber de callar ante sus insolencias. "¡Cállate!, ¡cállate!, ¡cállate!", gritaba a Natalia exasperado cuando intervenía en alguna de sus conversaciones. Su tiranía era intolerable y recordé que yo misma acusé a Natalia de falta de dignidad por dejarse callar de aquella manera. Había algo muy extraño en el odio de Gerardo para con Natalia. ¡La obligaría a confesarme la verdad! Tomé la decisión en aquel sótano cerrado herméticamente y en el cual reinaba el terrible poder del bicho que se paseaba por el cuarto de baño y aparecía en todos los lugares en los que yo me encontraba. Pensé que el traje rojo que vendía la francesa podía incendiar la mezquindad que me rodeaba. Desde la silla austriaca que ocupaba, contemplé las vitrinas en las que mi abuela Pili encerraba ignominiosamente los cristales preciosos de mi tía Cecilia. Cerca de ellos, Pili había colocado sombreros charros minúsculos y ciervos de porcelana burda. Unas carpetas pequeñas, bordadas con grosería con racimos de uvas moradas, colgaban a los pies de las hermosas copas rojas con hojas de parra de oro, grabadas a fuego. La vista de la belleza aprisionada por la vulgaridad me encolerizó. Recordé a mi abuelo muerto. Ahora él estaba libre de las carpetas bordadas, de las flores de papel y de los ahorros; con su cabello blanco flotaba en olas de luz. Me había hablado de la música de las esferas y ahora él mismo se confundía en esas notas inaudibles, mientras que yo permanecía encerrada en aquel sótano que olía de una manera insoportable al cuerpo de Pili. Me puse a llorar con desconsuelo.

—¿Por qué lloras? —me preguntó Pili con voz disgustada.

Comprendí el terror de mi madre y quise correr a su casa y no salir de allí jamás. Por la ventana estrecha del cuarto donde yo dormía, vi que ya había oscurecido.

—¿A qué hora se despertará mi papá?

—¡Déjalo que duerma! Trabaja mucho. ¡Mucho, mucho, mucho! —repitió mi abuela.

Eran las nueve de la noche cuando Gerardo se presentó frente a mí.

—Vamos a ver a tu madre —dijo.

Al entrar a mi casa me sentí aliviada. El salón estaba como siempre: con las cortinas echadas y las lámparas blancas encendidas. El brillo de los muebles y de los libros me consoló. Mi madre y mi abuela Margarita cenaban en el pequeño comedor en donde el espejo ovalado reflejaba las jarras de plata y los cristales. Sentadas ante la pequeña mesa redonda, las dos mujeres enlutadas parecían dos personajes extraños. Se diría que un viento terrible hubiera soplado sobre sus rostros y sobre sus personas. Sin embargo, nada había cambiado: ni el mantel almidonado, ni el centro de mesa en el que yacían dos rosas blancas agonizantes, ni los cubiertos de plata colocados al lado de los platos sin tocar; sólo habían cambiado los rostros de mi madre y de mi abuela, que súbitamente parecían el mismo. En silencio, mi padre y yo ocupamos dos lugares en la mesa. Natalia estaba más pálida que mi abuelo muerto. Me sentí turbada y vi que también lo estaba Gerardo.

—¿Nos invitas a cenar? —preguntó.

Natalia asintió con la cabeza. Cenamos en silencio y noté que ni Natalia ni mi abuela Margarita probaban bocado. Tampoco dijeron una sola palabra; se diría que nada ni nadie existía para ellas. Ambas vagaban como barcos inútiles después de la catástrofe. Gerardo observó a mi madre.

—Perdona, Natalia, cuando te vi y vi a tus hermanos junto a la tumba abierta de tu padre, me pareció increíble que fueran aquellos niños rubitos y poéticos que conocí. ¿Te das cuenta de que están acabados...? ¿Te das cuenta de que sólo son sombras patéticas?

Mi madre no contestó. Siguió contemplando su plato como una vieja sonámbula y Gerardo continuó hablando.

—Junto a la tumba de tu padre vi su fracaso total y rotundo. ¡Yo lo sabía! No es posible educar a los hijos en el aislamiento, encerrados en un mundo imaginario, como los educaron a ustedes. ¡Perdón, señora! —agregó dirigiéndose a mi abuela Margarita, que hizo un breve gesto de afirmación y guardó silencio.

—La fantasía como regla para la vida termina en lo que vi al lado de la tumba: en tres desechos humanos irreconocibles. Hubiera sido mejor que los enterraran en el mismo agujero que a tu padre. ¿Comprendes?

Mi madre permaneció en silencio; yo quise decir algo, pero Gerardo me calló con un gesto.

—Comprenderás ahora por qué me opongo a que ¡mi hija! siga tus pasos, que sólo llevan al fracaso y al suicidio. ¡Al suicidio, escúchame bien! —dijo estas últimas palabras haciendo alusión al suicidio del hermano menor de mi madre, ocurrido tres años antes.

—No se suicidó —contestó mi madre súbitamente, con voz seria.

—¿Vas a empezar otra vez con tus teorías absurdas? ¡Se suicidó!; aunque tú no lo aceptes, como acostumbras no aceptar la realidad.

—¡No se suicidó! Tengo las pruebas, pero tú te negaste a ayudarme y precipitaste el entierro. No se suicidó. Ni siquiera permitían las autoridades que se le diera sepultura...

— Di lo que quieras. Empéñate en tu locura. Yo voy a ocuparme de Irene —agregó mi padre y esperó una respuesta que no se produjo...

A renglón seguido, afirmó enérgico que yo iba a cumplir quince años. "No es una falta de respeto a la muerte de tu padre, es una medida saludable", dijo para explicar que iba a llevarme a la gran fiesta del lunes. Mi abuela Pili había escogido un hermoso traje para la recepción; yo había sufrido demasiado y necesitaba algún estímulo vital para sacarme del pozo oscuro al que me habían arrojado sus disputas. "No deseo hacerte reproches. Nunca lo he hecho, pero permíteme que acuda en esta ocasión tan lamentable, en auxilio de mi hija." Me sentí culpable frente a Natalia e incliné la cabeza, no sin cierta satisfacción al ver que mi padre deseaba protegerme.

—Es un traje francés de seda roja —dije en voz baja.

—¿Un traje rojo para un duelo? —preguntó mi madre con un ligero asombro.

Hubo un silencio. Yo quise levantarme de la mesa y correr a mi cuarto. Ya no deseaba el traje, ni la fiesta; sólo deseaba estar sola, pero mi padre me detuvo y me miró con fijeza.

—El color carece de importancia. Lo vital es salvar a esta niña de la desesperación y de tu manía suicida y depresiva. ¡Tú ya viviste...! ¡Déjala vivir a ella!

Mi madre no contestó. Su rostro pálido permaneció impasible, así como el de mi abuela. Por los ojos extrañamente brillantes de Natalia, desfilaban sucesos y personajes que yo no veía y me sentí en peligro ante su pasividad y su voluntad de permanecer sola. Las palabras de mi padre ponían al descubierto su empeño destructivo, como decía él. ¿Por qué deseaba destruirme Natalia? ¿Y cómo iba a lograrlo? Era inútil preguntarle a mi abuela Margarita. Ella vivía en otra dimensión y ni siquiera se había dado cuenta de que su marido se hallaba moribundo, ocupada como estaba en leer *El Paraíso perdido* de Milton. La miré con intensidad y ella levantó la vista y exclamó:

—¡Irene!, qué bonita estás. Pareces el espíritu del viento —y después calló, asustada.

Mi padre le lanzó una mirada de reproche, ante lo que él juzgó "una manera de evadir la realidad" y mi abuela inclinó la cabeza y calló. Sus palabras me reconfortaron: "el espíritu del viento".

—¿De cuál viento, abuela? —le pregunté.

—Del viento del Norte —contestó ella con la vista baja.

Mi lectura favorita era "La Reina de las Nieves", de Andersen, y la opinión inesperada de mi abuela me llenó de regocijo. ¡Nadie, excepto mi madre y mi abuelo Antonio, me había dicho bonita! Pero la palabra era banal. En cambio, el juicio de mi abuela estaba cargado de misterio. Sentí que me envolvía la nieve y se prendía de mis cabellos...

—Mi madre y yo haremos el sacrificio de comprar ese traje para aliviar a Irene de esta pena terrible —afirmó mi padre con seriedad.

—¿Cuánto vale el traje? —preguntó Natalia levantando los ojos para mirar de frente a mi padre.

—¡Siete mil pesos!

Natalia me miró con pena, mientras yo luchaba entre el placer producido por el juicio de mi abuela, el dolor por la muerte de mi abuelo Antonio y el regocijo por aquel primer traje y aquella primera fiesta.

En el salón, mi padre ocupó un lugar frente al sitio en el que unas horas antes estuviera el féretro de mi abuelo y tomó su café en silencio.

—¿No crees que deberías consultar con un psiquiatra? La muerte de tu padre te ha producido un efecto ¡anormal! —le dijo Gerardo a Natalia, mirándola con fijeza.

—No lo creo. Quizás deberías consultar tú con uno de ellos, ya que encuentras ¡anormal! llorar por la muerte de un padre... y un padre como el mío... —contestó con frialdad.

—¡Sigue así, chiquita! Y usted, señora, debería convencer a su hija de consultar a un psiquiatra —le dijo Gerardo a mi abuela.

—Eso es muy complicado, Gerardo. Me parece mejor esperar a que se alivie poco a poco esta pena. El tiempo cierra las heridas...

Mi padre hizo un gesto de impaciencia y no se volvió a hablar de la muerte que acababa de ocurrir en esa casa. Yo había olvidado que era "el espíritu del viento del Norte" y la imagen esplendorosa de la Reina de las Nieves había desaparecido de mi mente. De pronto, Gerardo miró su reloj.

—¡Nos vamos! Mañana debo estar en mi despacho a las nueve en punto.

Siempre repetía lo mismo, para hacer notar que él no era un parásito como Natalia. Me ordenó ponerme de pie.

—Siento enormemente lo ocurrido —dijo con voz solemne.

Una vez en el automóvil, le ordenó a Pancho que nos llevara a la casa de Eusebio Corrales, un intelectual amigo suyo con el que estaba escribiendo "El ensayo ciego". Era un experimento que ya se había hecho en Europa: él escribiría una frase y Corrales escribiría la otra. Cuando hubieran llenado varias páginas distribuirían las frases, una de Corrales y otra de mi padre, y así obtendrían "El ensayo ciego". Ésta sería la demostración perfecta del pensamiento colectivo. Corrales estaba entusiasmado con el experimento; era ligeramente más joven que Gerardo y lo consideraba su maestro. Ambos estaban dispuestos a alcanzar el poder y la gloria. "Son juegos pueblerinos", había dicho Natalia. A mí, aquellos juegos me producían un enorme tedio. El automóvil se detuvo en una esquina ruidosa de la colonia Polanco. Sentada en un sillón de raso de color salmón, manchado de grasa, observé la boca de Corrales: pequeña como la de Hitler y al abrirse semejaba un abismo sin fondo. "El ensayo ciego" alcanzaría un éxito enorme, no en balde sus autores pertenecían al mundo oficial. Los escuché parlotear hasta las tres de la mañana.

No pude dormir. El Gigante paseaba por la habitación estrecha y aumentaba mi confusión, mezclándola con pánico. No entendía la banalidad de mi padre y el gusto de mi madre por la soledad me daba miedo. La discusión sobre el suicidio del hermano de mi madre me reveló que la vida de la familia era más grave y secreta de lo que suponía. Recordé que mi padre ocultaba celosamente el suicidio de su padre y que en cambio desplegaba con tranquilidad el de mi tío Boni. ¿Por qué? Natalia dijo: "No se suicidó, tengo las pruebas y tú precipitaste el entierro..." Me sentí turbada: mi madre nunca me dijo nada del suicidio de mi abuelo paterno y mi padre temía que yo me suicidara. Entonces, ¿por qué después de aquel empeño suyo tan generoso para salvarme de mi madre me llevaba a la casa de Corrales...? La idea del "pensamiento colectivo" me resultó insoportable. Yo creía que el pensamiento era una disciplina interior y estrictamente personal. Corrales y mi padre deseaban aplicar la teoría de la memoria colectiva a la del pensamiento colectivo, que conducía a la masa como única realidad. ¿Cómo mi padre, que acababa de rozar el misterio de la muerte, se entregaba a semejante banalidad? ¿Y cómo, si acababa de acusar a mi madre de empujarme al suicidio, podía ignorar las profundidades del alma humana de esa manera tan frívola? Me resultaba imposible vivir bajo tantas contradicciones. El aire enrarecido del cuarto estrecho en el que me hallaba me produjo angustia; yo estaba acostumbrada a vivir entre corrientes de aire, ya que abría todas las ventanas. En el sótano, todo se hallaba quieto, descomponiéndose secretamente.

Muy temprano entré a la ducha. Antes de abrir los grifos se presentó el insecto, que me miró con fijeza y después huyó cuando entró mi abuela.

—¡No gastes el agua caliente! Es para tu papá —me ordenó.

Todo lo que existía en esa casa era para mi papá: el agua caliente, el silencio, las horas de las comidas, del sueño, la gran cama de latón, la ropa limpia, las toallas tibias, los zumos de naranja, el dentista, el dinero, absolutamente todo. Las sobras eran para mí, cuyo único deber era no existir. Así había sido antes, cuando él vivía con Natalia y conmigo y Pili ordenaba los menús cotidianos desde su casa y la distribución del dinero, que excluía a mi madre por completo. Por eso, Natalia había trabajado siempre. Ahora Pili me urgía para que yo hiciera lo mismo: "Eres una carga muy pesada para tu papacito... debes pensar en buscarte algún trabajito", me repetía todos los días. El insecto negro, que acababa de desaparecer de mi vista, parecía ser el dictador y el dueño de todos los actos de esa casa, en la que las menores cosas se convertían en mezquindades oscuras y escondidas.

A las diez de la mañana depositamos a mi padre en la puerta de su despacho y Pili y yo fuimos de tiendas. No podía evitar la ilusión inesperada que me producía la fiesta de esa noche. Me desconcerté al ver que no íbamos directamente a la casa donde se hallaba el traje rojo.

—Hay que estar seguras de que no hay otro más bonito —dijo mi abuela.

En los grandes almacenes Pili revisó con cuidado las secciones de trajes hechos y tuve que probarme uno tras otro. A las dos de la tarde estaba cansada y ansiosa.

—¡Abuela, habíamos escogido el traje rojo! —le reclamé.

Pancho nos llevó a la tienda de la francesa. En el trayecto me asustó la tensión del rostro de mi abuela: se diría que se preparaba para hacer algo perverso. La señora francesa nos recibió sonriente y yo volví a probarme el traje rojo y a contemplarme en "los espejos de Alicia". De pronto escuché decir a mi abuela:

—No puedo pagar ese precio. Si puede dejármelo en dos mil quinientos pesos, yo pondría la mitad y su madre pondría la otra mitad...

Me asomé por las cortinillas del vestidor y vi la cara alarmada de la francesa.

—Señora, yo no hago rebajas.

Salí del vestidor con el traje puesto:

—Abuela, ¿si no pensaba comprármelo para qué me trajo aquí? —le dije desesperada.

Los ojos se me llenaron de lágrimas y la francesa me miró con compasión e incredulidad, como si no creyera que yo era la nieta de aquella mujer que me llegaba a la cintura y a la que en ese momento vi como un hongo chato y venenoso.

—¡No sé cómo puedes pensar en trajes cuando apenas antes de ayer enterraron a tu abuelo! El pobre todavía no se enfría y tú sólo piensas en fiestas —me dijo Pili con aire severo para defenderse de la aversión que había detectado en mí y en la francesa. Después agregó suspirando:

—¡Sí, señora! Y su pobre abuelito era un santo varón, pero ya ve usted cómo son las jóvenes modernas. ¡Y ésta, quiere ahora un traje rojo para el duelo!

La francesa me miró asombrada. ¡Mi conducta era escandalosa! Yo corrí al vestidor para arrancarme el traje rojo. Me sentía terriblemente humillada y culpable. Lo que no podía explicarle a aquella señora era que mi abuela y mi padre me habían convencido de la necesidad ¡vital! de ir a aquella fiesta y poseer aquel traje. Nadie me creería y yo resultaba una infame. ¿Qué acaso Gerardo no había acusado a Natalia de empujarme al suicidio queriéndome guardar con ella durante los días de duelo? Antes de salir del vestidor me enjugué unas lágrimas de fuego, muy distintas a las llamaradas del traje y a las que derramé por mi abuelo Antonio. Pili asomó su cabeza pequeña por las cortinillas del vestidor; parecía satisfecha. ¡Como siempre, me había vencido y además me hacía aparecer como un monstruo!

—¡Vámonos! —ordenó.

La francesa recogió el traje y permaneció atónita, viéndonos partir. Mi abuela se colgó de mi brazo y yo me sentí presa de un gnomo maligno. Recogimos a mi padre en la puerta de su despacho. Como era su costumbre, traía un gesto malhumorado. Se instaló en el asiento posterior y encendió un cigarrillo. Mi abuela le tomó la mano libre y se la acarició con insistencia.

—¿Estás muy cansado, hijito? —le preguntó con solicitud.

Gerardo no contestó y fue entonces cuando mi abuela sacó el tema del traje y del precio.

—¡Estás loca, chiquita! No tienes idea de quién eres. Tu madre te ha educado como si fueras millonaria y veo que no tienes remedio. Acabas de ver que tu madre y sus hermanos no tenían dinero ni para enterrar a tu abuelo. ¿Acaso no viste el entierro de tercera clase? Y ahora, te atreves a pedir un traje de ese precio. Yo soy un modesto funcionario... sin embargo, si tu madre puede pagar el traje yo no me opondré a su nuevo capricho y te llevaré a la fiesta. ¡Pancho, vamos a la casa de la señora! —ordenó.

Sus razones me produjeron una confusión nueva y no supe qué decir; estaba ofuscada. Encontramos a Natalia, vestida de negro y acostada en su cama, mirando con obstinación el techo de su cuarto. Al vernos, se enderezó y nos miró con los ojos muy abiertos por la sorpresa, ya que no nos esperaba. Yo me eché a llorar.

—Tu hija se empeña en comprar un traje de siete mil pesos. ¿Puedes pagarlo? —preguntó Gerardo, inclinándose sobre su mujer y pronunciando las palabras muy despacio.

Natalia no contestó.

—Yo digo que, ¿cómo puede tener corazón para ir a una fiesta cuando apenas antier enterramos a tu papacito? —agregó Pili con voz trágica.

Natalia se empeñó en guardar silencio y en mirar a Pili y a su hijo con ojos asombrados.

—Bueno, si tú quieres que festeje el duelo con ese traje rojo, haz lo que dice Gerardito; tal vez yo pueda ayudarte con algunos pesos —agregó Pili, mirándola con sus ojos grises de piedra.

Yo, sentada a los pies de la cama, lloraba en sollozos. Mi madre me miró unos segundos y se reconoció en mí: así había llorado ella muchas veces delante de aquellos dos personajes, unidos como dos figuras de piedra de un extraño monumento funerario y que ahora, como siempre, la observaban con ojos ávidos. Asfixiada por su enorme peso, que había caído sobre mí, levanté los ojos y vi a Pili y a Gerardo, imperturbables e impávidos ante el lazo misterioso que los unía hasta convertirlos en una sola figura inseparable. Los vi ajados como los viejos monumentos resecos por el sol, e impenetrables en su obstinada postura, inamovible como la piedra de la que están hechos y me produjeron miedo. Contemplaban a mi madre desde el fondo de un cementerio prehistórico, desmoronándose el uno dentro del otro y mirándola siempre con el odio de lo inanimado para todo aquello que goce de espíritu, esté vivo y respire. En verdad que era un monumento singular el que formaban; permanecía quieto en el tiempo y estaba destinado a destruir a las hierbas y a las mujeres jóvenes. Recordé el monumento funerario de mi abuelo: una cruz con los brazos extendidos y flores sembradas en la orilla. ¡No! Allí no estaba mi abuelo; la cruz indicaba únicamente un lugar señalado y exento de la profanación.

—¡Váyanse y dejen aquí a Irene! —dijo con voz tranquila.

—¿Qué dices...? ¿Estás loca? Sólo deseamos consolarla —exclamó Pili.

—¡Ya sabía que nos acusarías de algo...! ¡Ya lo sabía! —exclamó el hijo de Pili.

—¡Váyanse y no vuelvan a esta casa...! se los ruego —repitió con voz fría.

—Entonces, ¿tu hija no irá a la fiesta? ¿Te empeñas en contagiarle tu locura? —exclamó Gerardo, indignado.

—Sabía que jugaban con ella como han jugado conmigo —contestó con aire cansado.

—¡Me das pena, una gran pena, Natalia! Creo sinceramente que necesitas un psiquiatra —contestó Gerardo con la voz afligida.

—¡Pobre criatura! ¡Pobre hijita mía...! No es justo, no es justo que la encierres aquí contigo. Tú ya viviste... —sollozó Pili.

Natalia guardó silencio; en alguna parte de la casa sentí la presencia de mi abuela Margarita y quise salir en su busca, pero no me moví.

—¡Vámonos, Irene! Tu madre está muy nerviosa. Volverás mañana, cuando se haya calmado un poco —ordenó mi padre, tomándome con fuerza por un brazo.

—Sí, hijita, ¿no ves que tu mami está mal? Se encuentra muy nerviosa y es capaz de hacer cualquier tontería; es mejor que vengas con nosotros —coreó Pili, tomándome del otro brazo.

Natalia permaneció impasible. Me sacaron de la casa sin que me diera cuenta y, desde la calle, Gerardo contempló las ventanas del departamento de mi madre y movió la cabeza.

—¡Está perdida! ¿No se da cuenta de que basta una palabra mía para acabar con su locura? —dijo.

Recordé al Gran Rioja y recordé que el plazo dado por el señor Mondragón, el propietario del edificio, ya se había vencido y durante el trayecto a la casa de Pili me invadió el terror. Mi abuelo ya había muerto y su agonía no iba a detener el lanzamiento. "¡Lanzamiento!", la palabra me perforó el corazón. Era verdad que, sin Antonio, su padre, Natalia estaba perdida.

No probé bocado; me limité a escuchar a mi padre masticando ruidosamente la ensalada. Los comentarios de Pili eran alfilerazos destinados a encender la cólera siempre pronta de su hijo. Después cambiaba de tono, suspiraba y emitía consejos con voz dulce.

—¿Vas a llamar al Gran Rioja, hijito? —preguntó Pili con voz aniñada.

Mi padre guardó silencio y continuó masticando, como si en ese instante sólo le preocupara su alimentación. Su madre insistió:

—¿Vas a llamarlo? No es que yo quiera opinar pero, ¡ha sido tan buen amigo! ¿Te acuerdas cuando venía aquí los fines de semana a estudiar contigo? ¡Qué feliz eras entonces, hijito! Eras ¡tan feliz! Yo me ponía contenta de servirlos... ¡Dios mío, cuánta desdicha ha caído sobre esta casa!

Después de comer, mi padre llamó a su amigo. Lo llamaban el Gran Rioja, me había contado riendo, porque desde muy joven mostró sus aptitudes para ejercer la abogacía, y porque era el hijo de una actriz de la radio que los domingos recitaba comedias de Benavente en la Estación Cultural de la radio. El Gran Rioja además había leído a Spengler y mezclaba en sus conversaciones legalistas al filósofo alemán y a Arniches y Muñoz Seca, pues había heredado de su madre el gusto por el teatro.

—Acabo de sostener una conversación con Natalia. Quise hacerle entender que debe mudarse, pero resultó inútil. Ya conoces su delirio de grandeza. ¿Puedes decirle al propietario que no estoy capacitado para cubrir esa suma? Me es completamente imposible...

Mi padre guardó unos minutos de silencio; después continuó:

—¿Ya marcaste la fecha en tu agenda...? ¡Magnífico! Sí, es mejor que no estés en la ciudad, no quiero transacciones.

Cuando colgó el teléfono, tomó su café a sorbitos, sin dirigirme una sola mirada. Mi abuela pasó con el esmoquin de su hijo rumbo a la habitación de éste y mi padre la detuvo.

—Espero que no cometa alguna tontería irreparable...

—¡Déjala, hijito! Tú no puedes impedirle que se mate...

Pili se volvió a mí, corrió a colgar el esmoquin de su hijo en una percha de su habitación y volvió a mi lado. Tomó mis manos, me miró angustiada con los ojos llenos de lágrimas.

—¡Hijita! ¡Hijita, prométeme que tú nunca vas a suicidarte! ¡Prométemelo...! ¡Júralo por Diosito Santo...! —me pidió a grandes voces.

Me solté de sus manos de dedos cortos y torcidos y preferí no contestar.

—¡Déjala, mamá! ¡Déjala! Es una insolente. Pobre chica, no quiere darse cuenta de que sólo es una fracasada. ¡Una fracasada!

Esta palabra cayó sobre mí con el efecto de un muro que se desploma. "¡Fracasada!" Acababa de enterarme de que iban a echar a la calle a Natalia, de que ella iba a suicidarse y yo también... y a mi padre sólo se le ocurría llamarme "fracasada". Y, ¿por qué iba a suicidarse mi madre? Ante mí apareció su imagen risueña y rubia, pero a pesar de todos sus atributos, también era una "fracasada". Debía detener aquel fracaso y aquel suicidio. Miré a mi padre, que terminaba su cigarrillo y su café; iba a decirle algo, pero él se levantó.

—Voy a dormir una siesta —dijo.

—¿Puedo ir a mi casa? —pregunté con voz humilde.

—Irás cuando yo lo disponga, chiquita —contestó sin mirarme.

Lo dispondría cuando ya hubieran echado a la calle a Natalia. Durante la conversación telefónica sostenida con el Gran Rioja no pude enterarme de la fecha en que iban a lanzar a mi madre, aunque estuve segura de que sería en dos o tres días. Cuando mi padre se fue a dormir la siesta, me acerqué al teléfono para tratar de comunicarme con el propietario del edificio. Fue entonces cuando vi escrita sobre la agenda la fecha "3 de octubre". Era la letra de mi padre. ¡Ésa era la fecha! El Gran Rioja se iría de México. Faltaban, pues, dos días para que Natalia y yo nos encontráramos sobre las aceras. Corrí a encerrarme al cuarto de baño, el único lugar de la casa en el que podía estar sola. ¿Sola? Me encontré con el bicho negro que corrió sobre el piso de mosaicos dibujando letras que leí hipnotizada: "¡Suicídate!", escribió el insecto, sin dejar ninguna huella. Me salí con sigilo al jardín, salté la barda y huí a la casa de Natalia. La encontré muy apacible, ignorante de lo que preparaban para ella. Sonreí, pues supe que no iba a matarse. Mi abuela Margarita salió de su habitación.

—Hija, qué bueno que volvió esta niña. Mírala, parece el Gran Viento del Norte...

Callé lo que sabía.

—¿Y no vas a la fiesta, hijita? —me preguntó mi abuela.

—No, no voy... no tengo ganas, ni traje...

Y olvidé el traje rojo para el duelo. ¿Lo olvidé? No, no lo olvidaré jamás. Todavía ahora me pregunto quién se habrá envuelto entre sus pliegues suntuosos como llamaradas. En esa tarde silenciosa sólo me preocupaba el señor Mondragón. Busqué su nombre en la lista telefónica y lo encontré sin dificultad. Debía hablar con él antes de que Gerardo se presentara a recogerme. Lo llamé muchas veces sin lograr encontrarlo. Me era difícil marcar su número sin que se notara y mientras hacía girar el disco, mi corazón latía con demasiada violencia. Había olvidado que ya no me hallaba en la casa de Pili y que nadie vigilaba mis gestos ni mis pasos.

Al oscurecer, llegaron mis tíos para rezar el rosario y, para mi sorpresa, también apareció mi abuela Pili, envuelta en mantos negros, igual a un bulto de enorme mal agüero. La vi rezar levantando los ojos; era ella la que llevaba el rosario, mientras los otros contestaban. De cuando en cuando sus ojos de piedra gris se clavaban en mí, amenazadores. "¿Por qué vino...? ¿Por qué no la echan?", me pregunté angustiada; y ante la absoluta pasividad de mi madre y de su familia, me sentí en peligro. La presencia de Pili en mi casa se debía a mí exclusivamente. Levanté los ojos y me encontré con los suyos: "Si hablas, maldita...", me advirtieron en la mitad del rezo que ella dirigía, y traté de olvidar su mirada observando las penumbras suaves del salón.

—¿Nos vamos? —me preguntó mi abuela Pili cuando el interminable rosario terminó.

Natalia, su madre y sus hermanos permanecieron tranquilos, dispuestos a dejarme ir con ella; se dirían tres muñecos rotos. "No tienen voluntad...", me dije con enojo. En cambio, Pili dominaba la situación: de pie, envuelta en el manto negro que la cubría desde la cabeza, era un bulto dotado de una fuerza todopoderosa. Ejercía su dominio con impudicia y su estatura enana se imponía sobre las estaturas altas de los que la rodeaban con una seguridad ¿basada en qué...? Tal vez en la impunidad. Recordé al bicho de su cuarto de baño y decidí desafiarla.

—Me quedo —anuncié.

Aquella respuesta marcó mi destino. Pili arregló los pliegues de su manto negro, lanzó una mirada circular y anunció.

—Se lo diré a tu papacito.

Sus palabras me produjeron pánico y comprendí que me había convertido en una segunda Natalia, pero acepté el desafío. Me volví a mirar a mi madre: "Descubriré los secretos que guardas", me dije, y vi partir a Pili, envuelta en la violencia.

Durante la cena sólo pensaba: "Te voy a interrogar. Me has dejado andar a ciegas", y no quité la vista de Natalia. "No seré una fracasada. Daré una gran batalla", y recordé a Napoleón, mi héroe preferido. La indiferencia de mi madre me desconcertó; tal vez había olvidado todo y me volví a mi abuela Margarita, que comía su sopa con tristeza y que no había perdido su inocencia. Ella me diría los secretos familiares que me agobiaban. Tenía fama de indiscreta, le gustaba charlar de "sus tiempos" y olvidaba guardar los secretos. Hablar con ella era un placer; yo sabía el nombre de todos sus pretendientes y los colores de sus trajes de fiesta. Cuando me hablaba de sus hermanos me llegaba el olor del agua de colonia que usaban... tal era su poder evocador. Para encontrar lo que buscaba, sólo debía cuidarme de Natalia. Esa noche acompañé a mi abuela hasta su cama y evité mirar la cama vecina, en la que unos días atrás había muerto mi abuelo. "Que Dios te bendiga", me dijo cuando la dejé entregada a su lectura.

Me acosté a dormir; estaba inquieta y en sueños seguí las huellas de mi abuelo. Lo vi de espaldas caminando por una avenida muy amplia, trazada en el aire y que desembocaba en el sol. Iba a buen paso y lo seguí, observando su túnica blanca. La avenida no tenía casas; se diría una carretera y sobre sus aceras se erguían astas muy altas, con banderas amarillas ondeando en el viento plateado. El espectáculo era asombroso y al despertar supe que era muy superior en belleza a la fiesta a la que nunca asistí.

—Es la una, niña —me dijo Lola asombrada.

Había dormido tantas horas... Me levanté con pie ligero; de pronto el fardo de piedras que me agobiaba en la casa de Pili se había evaporado y me dirigí a la ducha y aspiré el perfume del jabón. Nadie me cortó el agua caliente y el bicho negro no apareció correteando por los mosaicos del piso. Me puse ropa limpia y bien planchada y fui al encuentro de Natalia y de mi abuela, que me esperaban para la comida.

—Debo terminar la traducción... —dijo Natalia con aire preocupado.

En ese instante recordé al señor Mondragón y por poco me ahogo con el arroz.

—¿Qué te sucede? —me preguntó.

No podía confiarle el secreto a aquella inconsciente que se empeñaba en ignorar que estaba al borde de la catástrofe. A esa hora, el dueño del edificio se hallaría en cualquier parte y yo no podía alcanzarlo. Angustiada, acompañé a Natalia y a mi abuela al salón. "Tal vez por última vez...", me dije, y miré hacia la calle: "Ahí estaremos mañana si no encuentro hoy por la tarde al señor Mondragón", pensé, y un terror súbito me impidió hacer el menor movimiento. Natalia estaba pálida y enlutada, como su madre, y la luz radiante de la tarde iluminaba sus cabellos rubios y plateados. Las dos cabezas tenían un halo que me pareció muy extraño; era también como si lanzaran sus luces metálicas por última vez. "¿Por qué las odia?", me pregunté, inquieta, al recordar a mi padre, que a esa hora estaría masticando su ensalada en compañía de Pili, mi otra abuela. "Mi familia es anormal", me dije con desesperación. Mi abuela Margarita cabeceaba de sueño; la llevaría a su habitación y más tarde trataría de sacarle la verdad, aunque ya era tarde, muy tarde y continué petrificada, pensando en que nos esperaba la calle... ¡La calle! No podríamos comer, ni bañarnos, ni dormir... entró Lola blandiendo un periódico en la mano.

—¡Señora...!, ¡señora! Mire lo que dice aquí —le dijo a Natalia tendiéndole el diario. Mi madre lo leyó con indiferencia y comentó:

—¡Pobre hombre...! —y dejó caer el periódico de la tarde.

—¿Pobre...? ¿Pobre...? ¿Ya no se acuerda la señora? —comentó Lola con voz sorprendida.

Cogí el diario y busqué el lugar señalado por Lola: "El abogado Rioja, muerto en un accidente". Leí la noticia: el automóvil del Gran Rioja se había estrellado en una carretera y su cuerpo se hallaba destrozado. Mi padre le ordenó que saliera de viaje y ahora estaba muerto... "Es un golpe para él", me dije, y me sentí aliviada. Corrí al teléfono, marqué el número de Pili y escuché su voz consternada.

—Abuela, ¿usted cree en Dios?

—Sí... —contestó con voz frenética.

—Abuela, ¿usted cree en la justicia divina?

—¿Por qué me preguntas eso?

—Por lo del Gran Rioja...

—¡Me la vas a pagar! ¡Me la vas a pagar! —dijo y colgó el aparato.

El problema con Pili era que siempre había que pagarle algo... y aseguro que se cobraba con sangre. Sabía que había perdido esa partida, que nosotras gozábamos de una tregua y eso la convertía en un ser furioso. En el silencio perfecto del cuarto donde murió mi abuelo, su ira hizo temblar los muros y yo me quedé con el aparato telefónico en la mano, aturdida por su amenaza y sin saber qué decirme. Recordé a mi papacito, que estaría escuchando sus palabras de Gorgona, y recordé que debía buscar una tablita de salvación. Temblorosa, llamé al dueño del edificio y tuve la suerte de hallarlo: "No te preocupes, niña, esperaré a que tu señora madre pueda arreglar este asunto tan enojoso para ella y que a mí me resulta incomprensible", dijo el señor Mondragón. Tampoco él entendía lo que sucedía en mi casa. Lo escuché con alivio; yo tenía una tregua necesaria para investigar... ¿Investigar, qué? Por ejemplo, por qué me prometieron ese traje rojo para el duelo de mi abuelo Antonio. Por qué odiaban a Natalia...

Nunca imaginé que mi investigación resultaría tan peligrosa, por eso la empecé sin ningún miedo... Ahora sé que Pili se cobró con sangre y tengo miedo. Estoy bien escondida y ellos me buscan; pienso que darán conmigo, aunque ando de mendiga. Han muerto mis amigos, pero yo tengo la hermosa espada de la verdad. ¡Ya no investigo! Lo sé absolutamente todo y los secretos que descubrí son espantosos. El hedor de la casa de Pili se ha extendido como una mancha de aceite por el mundo, pero esta flor pequeña y verdadera que poseo es inmortal y por ella ya ha corrido sangre. De esa sangre pura nació ella y es tan visible e invisible como la verdad a la que sólo niegan o disfrazan los cómplices de la mentira. No sé qué sucedió con aquel famoso traje rojo para un duelo, pero sí sé que para mí se convirtió en una espada flamígera y que su resplandor iluminó las tinieblas en las que me hallaba.

A los pocos días reapareció mi abuela Pili. Venía de luto; era la hora de comer y mi abuela Margarita y yo estábamos sentadas a la mesa. Se le recibió con cortesía. Ocupó una silla, sacó de un canastito un tarro con arroz con leche y se lo tendió a Natalia, que lo aceptó con desgano, pero con mucho miedo. La vi columpiar sus pies regordetes que no alcanzaban el suelo y sus piernas en forma de almohada y, asustada ante la voluntad de poder de sus ojos de piedra, me pregunté: "¿Cómo vas a golpearnos ahora?" Todavía no me repongo de aquel siniestro asunto...

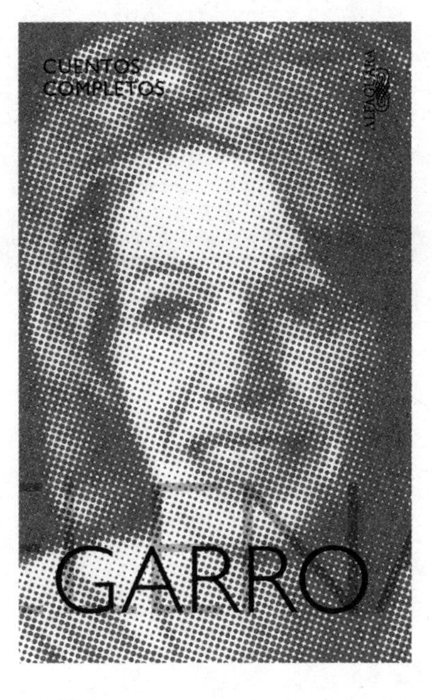

CUENTOS
COMPLETOS
Elena Garro

«Elena es un icono, un mito, una mujer fuera de serie,
con un talento enorme.»

ELENA PONIATOWSKA

«La literatura era una antes de Elena Garro
y otra después.»

EMMANUEL CARBALLO

ERNESTO PARA INTRUSOS

Ernesto de la Peña

«Su obra, casi inexplorada, me encanta para lectores que tiendan puentes, túneles, escaleras para llegarle. Desafiantes, desprejuiciados. Para Odiseos que emprendan el viaje de ida y vuelta, sin importarla edad. Este Ernesto para intrusos festeja que le haya "roto los labios al silencio".»

MARÍA LUISA TAVERNIER

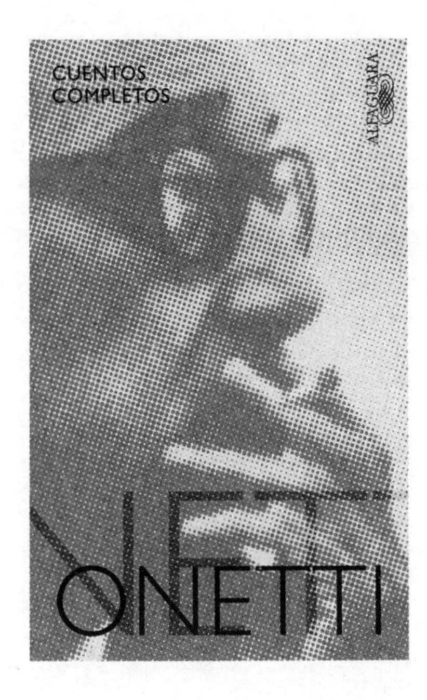

CUENTOS
COMPLETOS
Juan Carlos Onetti

«Onetti es de esos escritores dotados de una percepción tan singular y poderosa del mundo y de sus propias facultades que son inconfundibles desde las primeras líneas. Los lectores de Juan Carlos Onetti hemos aprendido que algunos sueños pueden convertirse en verdad: cada uno de los relatos de este libro, por ejemplo, es un sueño realizado.»

ANTONIO MUÑOZ MOLINA

«Los autores latinoamericanos tenemos una deuda impagable con Onetti.»

MARIO VARGAS LLOSA

«Las novelas y cuentos de Onetti son las piedras de fundación de nuestra modernidad. A todos sus descendientes nos dio una lección de inteligencia narrativa, de construcción sabia, de inmenso amor a la imaginación literaria.»

CARLOS FUENTES

Novelas breves de Elena Garro
se terminó de imprimir en octubre de 2022
en los talleres de
Impresora Tauro, S.A. de C.V.
Av. Año de Juárez 343, col. Granjas San Antonio,
Ciudad de México